속임수의 섬

일러두기 _____

- 옮긴이주는 *로 표시했다.

속임수의 섬

히가시가와 도쿠야 지음 ― 김은모 옮김

차례

프롤로그

바람 한 점 없이 바다가 잔잔하다. 올려다본 밤하늘에 뜬 둥그런 달이 바다에 자리 잡은 여러 섬을 비춘다. 세토내해(內海)는 평소와 다름없이 평온한 밤을 보내고 있었다.

시선을 멀리 옮기자 작은 섬을 성큼 건너는 것처럼 느껴지는 거대한 다리의 실루엣이 보였다. 거인의 다리 같은 교각은 섬의 한복판 언저리를 짓밟듯이 우뚝 서 있었다. 그 교각에서 조금 떨어진 곳에 묘하게 각진 건조물이 달빛을 받아 은색으로 빛나고 있었다. 다리에 비교하면 훨씬 작지만, 개인의 집치고는 아주 크다. 3, 4층 규모의 기발하게 생긴 빌딩 같은 느낌이라고 할까. 여기에 위화감을 느낀 사기누마 히로시는 작은 배의 뱃머리에서 손가락으로 건물을 가리키며 중학교 선배에게 소박한 의문을 던졌다. "저건 뭔가요, 기타자키 선배?"

그러자 뒤쪽에서 "뭐야, 사기누마. 그런 것도 모르냐" 하고 진심으로 어이없어하는 목소리가 들렸다. 3학년인 기타자키 신야다. 그

7

는 오카야마(*일본 주고쿠 지방 동남부에 있는 현) 토박이의 사투리로 말을 이었다. "뭐, 넌 가사오카 사람이 아니니까 모르는 것도 무리는 아니지. 똑똑히 봐라, 사기누마. 저게 그 유명한 세―."

"세토대교잖아요. 그건 알아요."

누가 바보인 줄 알아요, 선배? 하고 사기누마는 하마터면 진심 어린 핀잔이 튀어나올 뻔했지만 겨우 참았다. 도쿄에서 초등학교를 졸업한 후에 부모님 일 관계로 오카야마현 가사오카시의 공립 중학교에 입학한 지 2년여가 지났다. 그동안 몸으로 학습한 바에 따르면, 이 지역 상급생들은 같은 "그게 무슨 소리예요, 선배"라는 말이라도 오카야마 사투리로 따지면 "에이, 농담이야" 하고 대처하는 반면 표준어로 따지면 진심으로 공격받았다고 느끼고 화낸다. "바보인 줄 알아요?" 하고 무심코 말했다가는 "너야말로 날 무시하냐!"라면서 진짜 싸움으로 번질 게 틀림없다.

한밤에 세토내해를 나아가는 작은 배에서 그런 불상사가 발생하는 것만큼은 진심으로 피하고 싶었으므로, 사기누마는 선배의 착각을 점잖게 정정했다.

"그게 아니라, 저기 은색으로 빛나는 건물 말이에요."

"엥, 은색? 어디, 어디?"

기타자키는 자신의 자랑거리인 리젠트 머리 아래에 오른손을 펴서 붙이고는 어두운 바다에 시선을 모았다. 큰 도시의 중학교에서는 이미 멸종됐다는 소문이 도는, 리젠트 머리의 불량 학생. 이제는 가사오카의 거리에서도 그 모습을 보기 쉽지 않다. 기타자키는 이 헤어스타일을 강경하게 고수하는 마지막 용사다. 기타자키는 모자

챙처럼 튀어나온 머리칼을 좌우로 흔들며 말했다. "엥? 은색으로 빛나는 건물이라니, 그런 게 어디 있는데……."

그러자 기타자키 뒤쪽에서 다른 목소리가 들렸다. "요코시마섬에 있는 은색 저택이라. 그럼 주몬지 저택이겠지. 주몬지건설 사장이 지은 희한한 저택 말이야."

3인조의 리더인 3학년 오가와라 고스케다. 작은 배의 선미에 쪼그려 앉아 익숙한 손놀림으로 선외기(*선체의 외부에 붙일 수 있는 추진 기관)를 조작하는 중이다. 오가와라는 어부의 아들이고, 이 작은 배도 부모님이 쓰는 물건이다. 항구에 매어 둔 배를 부모 몰래 밤바다로 몰고 나온 것도 그다. 오가와라는 화제에 오른 은색 저택을 바라보며 덧붙였다. "하지만 10년쯤 전에 살인사건이 발생한 후로는 아무도 안 산다나 봐. 지금은 폐허나 다름없다는군."

"이야, 10년이요. 그렇다면……." 사기누마는 멍하니 허공을 바라보며 중얼거렸다. "즉, 80년대 중반이라는 거군요. 저는 아직 네 살……."

그렇다면 그곳에서 살인사건이 발생한 줄 몰랐던 것도 당연하다고 사기누마는 생각했다. 지금은 세기말에 가까워진 1995년 3월이다.

일본의 거품 경제가 꺼지고 몇 년이 지난 올해 한신·아와지 대지진이 발생해 몇천 명이 목숨을 잃는가 싶더니, 얼마 전에는 도쿄 지하철에 사린이라는 맹독이 살포돼 세상을 벌벌 떨게 했다. 그렇듯 시대가 격동하는 가운데, 오카야마현 가사오카시에 사는 중학생 3인조—그중 두 명은 다음 달에 고등학생이 되지만—는 무슨 이유로 한밤중에 몰래 배를 타고 바다를 나아가고 있는 걸까.

그들 나름의 심원한 목적이 존재하는……건 절대로 아니다.

세 사람이 품고 있는 건 미지의 체험을 추구하는 모험심과 다소의 용돈을 원하는 야심. 요컨대 그들은 부모 몰래 배를 몰고 나가 밤낚시를 즐길 작정이었다.

낚시로 잡은 물고기를 지인이 경영하는 요릿집에 팔면, 그 돈은 고스란히 세 사람의 호주머니에 들어온다. 취미와 실익을 겸한 아르바이트다. 그리고 낚시에 대해 잘 아는 오가와라가 "밤낚시 때는 씨알 굵은 놈이 올라와. 낮에 하는 낚시와는 비교도 안 돼"라며 장담했다. 그 매력적인 말의 유혹을 이기지 못하고, 사기누마도 애용하는 낚싯대를 들고서 설레는 마음으로 배에 올라탔다.

"그런데 지금 저희가 향하는 섬은 그 희한한 저택이 있는 섬이 아니죠?"

"응, 거기는 아니야. 우리 목적지는 더 작은 섬. 오카야마에서도 손꼽히는 부자가 소유한, 그야말로 아득히 먼 바다의 외딴 섬이지."

오가와라가 과장되게 설명하자 동급생 기타자키가 "아득히 먼 바다의 외딴 섬은 개뿔, 어차피 세토내해 한구석에 있는 섬이잖아"라며 핀잔을 주었다. 오가와라는 "그랑께" 하고 웃는 얼굴로 대처했다.

'그랑께'는 오카야마 지역에서 애매한 긍정을 의미하는 사투리다. 사기누마도 이쪽 중학교에 입학하자마자 이 말의 올바른 사용법을 익혔다. 같은 학년끼리는 다양한 상황에서 사용할 수 있는 편리한 말이지만, 상급생에게 사용하면 당장 손찌검을 당하는 금지어이기도 하다. 사기누마는 신중하게 말을 골라서 3학년들에게 물었다.

"하지만 문제의 소지가 있지 않을까요? 개인이 소유한 섬이면, 다시 말해 섬 전체가 남의 정원이라는 뜻이잖아요. 거기에 생판 남인 저희가 멋대로 들어가서 낚시를 했다간─."

걸리면 분명 야단맞는다. 어쩌면 경찰에 신고할지도 모른다.

하지만 오가와라는 불안에 휩싸인 사기누마를 보고 대담하게 말했다.

"아냐, 아냐, 문제없어. 섬은 개인 소유라도 바다는 우리 모두의 것이니까."

과연, 하고 한순간 수긍할 법한 논리지만 어디까지나 궤변 아닐까. '한밤중에 남의 섬에서 낚시하는 행위'는 역시 도의적으로 인정받지 못할 것이다. 사기누마가 불안을 감추지 못하자 이번에는 기타자키가 입을 열었다. "그럼, 그럼, 걱정 붙들어 매. 그 섬에 건물이라고는 아무개 씨라는 부자가 지은 별장 한 채밖에 없으니까. 왜, 그 아무개 씨 있잖아. 오카야마에서 유명한 출판사를 경영하는─."

"어, 설마 후쿠타케 서점이요?!" 통신교육 강좌로 유명한 후쿠타케 서점(훗날의 베네세 코퍼레이션)은 오카야마에 본사를 둔 유명한 향토기업이다. 그런 대기업을 경영하는 사람의 섬에서 밤낚시를 즐기자는 건가. 사기누마는 눈이 동그래졌지만 오가와라는 대번에 고개를 저었다.

"아니, 거기 말고. 사이다이지."

"그래, 거기. 사이다이지 가문." 기타자키도 손뼉을 짝 쳤다.

"어, 사이다이지 가문? 앗, 혹시 그림책으로 유명한 사이다이지 출판의─."

"응, 맞아. 사이다이지 출판의 창업주 집안이 소유한 섬이지."

기타자키가 대수롭지 않다는 듯 대답했다. 사기누마는 역시 불안해졌다. 후쿠타케 서점 정도는 아니지만, 사이다이지 출판도 전국에 이름을 날리는 유명 출판사다. 불안에 휩싸인 사기누마 앞에서 이번에는 오가와라가 가슴을 탁 두드리고 말했다.

"걱정할 것 없다니까. 사이다이지 가문 사람에게 들킬 염려는 없어. 애당초 그 가문의 별장은 섬 남쪽에 있는걸. 우리는 섬 북쪽에서 낚시할 거고. 그쪽은 깎아지른 듯한 벼랑이라 낮이든 밤이든 아무도 가까이 안 와. 내가 보장할게."

참으로 용기가 넘치는 말이다. 하지만 오가와라 선배의 보장에 대체 무슨 의미가 있을까?

약간의 의혹이 남았지만, 이제 와서 배에서 내린다는 선택지는 없었다. 사기누마는 두 선배와 함께 행동하는 수밖에 없었다. 세 사람이 탄 배는 밤바다를 가르며 경쾌하게 나아갔다. 바다는 변함없이 잔잔하고, 달빛을 가릴 구름은 어디에도 보이지 않는다. 순탄한 항해를 막을 방해물은 하나도 없었다.

마침내 배 앞쪽에서 작은 섬이 모습을 드러냈다. 저렇게 생긴 섬은 난생처음 보았다. 멀리서 보기에는 섬 전체가 완만한 경사면을 이룬 것 같았다. 섬 남쪽부터 시작된 오르막이 한참을 이어지다가 바다를 향해 수직 낙하하듯 험준한 벼랑이 섬 북쪽에 나타난다.

마치 바다 위에 만들어진 점프대 같다는 것이 사기누마가 본 섬의 첫인상이었다. 가령 남쪽 바다를 엄청난 속력으로 달리는 자동차가 있다고 치자. 자동차가 섬의 경사면을 단숨에 달려 올라가 북쪽 벼랑에서 바다를 향해 점프한다면, 분명 끝내주는 점프 기록을 세울 수 있을 것이다. 물론 바다 위를 엄청난 속도로 달리는 자동차가 있다면 말이지만.

그런 어처구니없는 상상을 하며 사기누마는 작은 섬을 가리켰다. "오가와라 선배, 혹시 저 섬이 저희 목적지인가요?"

"응, 혹시라는 말을 붙일 것 없이, 저 섬이야. 틀림없어. 저게 비탈섬이야."

"흠, 비탈섬이라. 그냥 평범하네요."

그건 그럴 것이다. 세토내해의 외딴 섬이라고 해서 하나같이 '옥문도'니 '악령도' 같은 불길한 이름이 붙어 있을 리 없다(*옥문도와 악령도는 일본의 추리작가 요코미조 세이시가 쓴 장편소설 제목이자, 소설에 등장하는 섬이다). 그리고 점프대처럼 생긴 섬의 모양새를 보건대, 비탈섬이라는 이름이 찰떡같이 잘 어울린다. 뭐, 본격 추리소설의 제목이 '비탈섬'이어서는 전혀 독자의 관심을 못 끌겠지만.

사기누마가 그런 생각을 하는 동안에도 오가와라는 선외기를 능숙하게 조종해 섬 북쪽으로 배의 방향을 잡았다. 가까이에서 보자 섬 북쪽은 상상했던 것 이상으로 경사가 급한 벼랑이었다. 아니, 급경사라기보다 거의 수직이다. 장소에 따라서는 오히려 벼랑 위쪽이 바다를 향해 튀어나온 듯한 느낌마저 들었다. 그야말로 바다에 솟은 바위 병풍이다. 단애와 절벽을 합친 단애절벽이라는 말이 딱 들어맞는 광경이다.

과연, 오가와라의 말대로 여기라면 섬사람에게 들킬 걱정은 없으리라. 대신 섬에 상륙하기도 어려울 듯했다. 험준한 벼랑 밑에는 발을 디딜 만한 바위고 뭐고 전혀 없었다. "이런 곳에서 어떻게 낚시를 하는데요?"

소박한 의문을 꺼내자 오가와라는 선외기를 정지시켰다. 그리고 "내가 하는 걸 봐" 하고 뱃머리로 이동했다. 거기에는 작은 배에 어울리지 않게 커다란 조명 기구를 설치해 놓았다. 오가와라는 자동차 전조등과도 비슷한 그 기구에 한 손을 대더니, "이걸 이렇게 하는 거야" 하며 불빛을 아래로 향했다. 눈부신 불빛이 어두운 바다를 한낮처럼 밝게 비추었다. 오가와라는 의기양양한 표정으로 설명을 덧붙였다.

"이렇게 바다에 조명을 비추면 물고기가 저절로 모여들지. 모여든 물고기를 우리가 배 위에서 일망타진하면 되는 거야."

"이야, 굉장하네요."

감탄스러웠지만 이럴 때 '일망타진'은 잘못된 표현이 아닐까 싶었다. 투망을 던져서 잡는 게 아니라 낚싯대로 한 마리씩 낚아 올릴 테니까. 사기누마는 속으로 고개를 갸우뚱했지만, 물론 그런 생각을 입 밖에 내놓을 정도로 멍청하지는 않다.

게다가 어차피 세세한 부분에 연연할 여유는 없었다. 바다를 향한 불빛에 이끌려 배 주변에 물고기가 잔뜩 모여들었다. 해수면에 닿을락 말락 헤엄치는 물고기의 모습을 육안으로도 똑똑히 확인할 수 있을 정도였다. 풍어의 예감에 기대가 더욱 부풀어 올랐다.

"자, 봐 봐. 벌써 물고기가 우글우글 모여들잖아."

"진짜네. 좋아, 얼른 잡자."

두 선배가 앞다투어 낚싯대를 집었다. 이렇게 된 이상 자기만 미적거릴 수는 없다. 사기누마도 냉큼 자기 낚싯대를 들고 바다에 낚싯줄을 드리웠다.

이리하여 남자 중학생 세 명이 경쟁하는 심야 낚시 대회의 막이 올랐다.

이런 날을 두고 낚시 '신'이 내렸다고 하는 것이리라. 미끼 없이 낚싯바늘과 낚싯줄만 있으면 되지 않을까 싶을 만큼 물고기가 잘 낚였다. 세 사람은 정신없이 낚싯대를 올렸다 내렸다 했다. 들고 온 아이스박스는 순식간에 물고기로 가득 찼다. 난생처음 하는 체험에 흥분한 사기누마 히로시는 이번 밤낚시에 자신을 끼워 준 두 선배가 고마울 따름이었다.

축제 같은 분위기가 싹 가시고, 세 사람의 눈앞에서 몸이 얼어붙을 듯한 일이 벌어진 건 낚시를 시작한 지 한 시간쯤 지났을 무렵이었다. 새벽 1시가 넘은 시각, 세 사람이 탄 배는 벼랑에서 몇 미터 떨어진 바다 위에 둥실둥실 떠 있었다.

셋은 낚싯대를 내려놓고 캔콜라를 마시며 휴식을 취하는 중이었다. 서로 캔을 부딪치며 "건배" 하고 외치며 오늘 밤의 엄청난 조과를 축하했다. 낚시하러 가자고 제안한 오가와라 고스케는 특히 기분이 좋았다. "어떠냐, 사기누마. 오길 잘했지?"

"네. 이렇게 많이 잡은 건 태어나서 처음이에요."

"나중에 또 오자." 기타자키 신야도 캔콜라를 한 손에 들고 눈웃음을 지었다. "다음에는 더 큰 아이스박스를 들고 오는 거야."

"그렇께." 오가와라는 고개를 끄덕이며 빈 알루미늄 캔을 양손으로 찌그러뜨렸다. 그리고 다시 자기 낚싯대를 들고 늠름하게 일어서며 말했다. "하지만 밤이 끝나려면 아직 멀었어. 낚시 대회 2탄이다. 요 부근 물고기의 씨가 마를 정도로 잡는 거야."

"씨가 마르는 건 오버 아니냐?" 웃으면서 기타자키도 낚싯대를 잡았다.

"그럼 저도." 사기누마도 자기 낚싯대에 손을 뻗었다. 그때.

첨벙!

뒤쪽에서 느닷없이 커다란 물소리가 들렸다. 물론 바다 위에 있으니까 파도 소리는 끊임없이 들린다. 하지만 단순한 파도 소리가 아니었다. 아무래도 벼랑 쪽에서 들린 듯했다. 배와 벼랑 사이에 펼쳐진 아무것도 없는 해수면에서 갑자기 요란한 물소리가 난 것이다.

그 순간, 사기누마는 재빨리 뒤를 돌아보았다. 혹시나 누가 있는 것은 아닐까 걱정됐다. 사기누마 일행은 허가 없이 어획 행위를 하고 있기 때문이다. 섬사람에게 그 장면을 적발당하는 것만큼은 피하고 싶었다. 그것이 사기누마의 꾸밈없는 진심이었다. 분명 선배 두 명도 같은 기분이었으리라. 사기누마와 거의 동시에 벼랑 쪽으로 고개를 돌려 겁먹은 얼굴로 해수면을 바라보았다. 다음 순간, 세 사람의 눈앞에서 하얗게 거품이 이는 해수면이 살짝 부풀어 오른 것처럼 보였다. 마치 바닷속에서 거대한 뭔가가 떠오르기라도 하는 듯. 그리고.

"앗." 세 사람이 입을 모아 소리친 직후였다!

그것은 세찬 물보라를 일으키며 어두운 해수면에서 맹렬한 기세로 튀어나왔다.

사기누마는 물속에서 홀연히 나타난 그것을 보고 한순간 돌고래
인 줄 알았다. 바다에서 저렇게 풀쩍 점프할 수 있는 대형 생물이라
면 일단 돌고래가 떠오르리라. 하지만 사기누마의 키를 넘어 머리
보다 한참 위쪽까지 다다른 그 생물은 온몸이 묘하게 허여멀겠다.
흰색 돌고래도 있다고는 들었지만, 세토내해에 그런 돌고래가 살
까. 아니면.

그렇게 생각한 순간, 허여멀건한 생물은 어두운 밤하늘을 배경 삼
아 두 손과 두 발을 격렬하게 버둥거렸다. 아무것도 없는 공중에서,
그래도 필사적으로 뭔가를 붙잡으려는 듯한 동작. 사기누마는 자신
도 모르게 눈을 부릅떴다. 돌고래가 아니다! 이런 말도 안 되는 일이!

사기누마는 입을 떡 벌린 채 머리 위를 올려다보았다. 사지를 가
진 그 생물은 아름다운 포물선을 그리는가 싶더니, 갑자기 급강하
했다. 공중으로 점프한 물체가 낙하한다. 당연한 물리 현상이지만
문제는 낙하지점이었다. 그것은 사기누마 일행이 탄 배를 향해 똑
바로 떨어지는 것처럼 보였다. 한발 먼저 위험을 알아차린 오가와
라가 허둥지둥 경고했다.

"으아아, 피해, 피해!"

세 사람은 양쪽으로 갈라지듯 일제히 펄쩍 물러났다. 선수 쪽에
오가와라, 선미 쪽에는 사기누마와 기타자키. 이로써 배 한복판에
텅 빈 공간이 생겼다. 공중에서 떨어진 수수께끼의 생물이 배 한복
판에 세게 충돌했다. 쿠웅, 중량감 있는 소리가 울려 퍼졌고, 배가
바닷속에 가라앉을 것처럼 아래로 쑥 꺼졌다. 선외기가 달린 작은
배는 마치 장난감 배처럼 흔들렸다. 사기누마는 비명을 지르며 안

간힘을 다해 뱃전을 붙잡았다. 반면 붙잡을 게 없었던 기타자키는 양팔을 빙빙 돌리며 "으아아악" 하고 고함을 지르다 뱃전을 넘어 리젠트 머리부터 바다에 빠졌다. 큰 물보라가 일었고, 배는 더 심하게 균형을 잃었다. 다음 순간, 배가 거꾸로 뒤집혔다. 전복이다. 사기누마와 오가와라는 동시에 바다로 내던져졌다.

전부 순식간에, 눈 깜박할 정도의 짧은 시간에 벌어진 일이었다.

무슨 일이 일어난 건지 전혀 이해되지 않았다. 사기누마는 어두운 해수면에 고개를 내민 채 파도 사이를 떠다니다 겨우 정신을 추슬렀다. 두 선배가 제일 먼저 머릿속에 떠올랐다. 두 사람은 무사할까.

불안감을 끌어안고 귀를 기울이자 멀리서 "얘들아, 괜찮아?" 하는 오가와라의 목소리가 들렸다. 거기 호응하듯 기타자키가 "여기야, 살아 있어"라고 외쳤다. 둘 다 목숨에 지장은 없는 모양이었다. 안도감에 가슴을 쓸어내린 사기누마는 "저도…… 어푸푸…… 괜찮아요" 하고 어둠에 대고 힘껏 대답했다. 그때.

몇 미터 앞쪽에서 떠내려오는 물체가 보였다. 어두컴컴한 바다에서 몹시 선명하게 보이는 흰색 물체. 사기누마는 깜짝 놀라 개구리헤엄으로 열심히 그 물체에 다가갔다. 하얘 보인 것은 인간의 등이었다. 흰옷을 입은 사람이 달빛을 받으며 어두운 해수면을 떠다니고 있었다.

사기누마의 머릿속에 아까 보았던 기적 같은 광경이 되살아났다. 바닷속에서 높은 상공으로 풀쩍 점프한 후, 배 한복판으로 떨어진 수수께끼의 물체. 흰색 돌고래가 아니라 흰옷을 입은 사람이었다. 그런데 왜 사람이 그런 이상한 짓을? 더구나 바닷속에서 돌고래 저리 가라 할 만큼 힘찬 점프를 선보이다니, 인간의 힘으로는 도저히 불가능할 것 같은데. 아니, 지금은 그런 생각을 할 때가 아니다.

"이, 이봐요. 정신 차려요."

사기누마는 상대의 등에 팔을 두르고 얼굴을 해수면에서 꺼냈다. 그제야 그가 남자임을 깨달았다. 등 뒤에서 끌어안은 자세라 얼굴은 잘 보이지 않지만, 체격에서 어쩐지 남자라는 감이 왔다. 남자는 힘없이 축 늘어진 상태였다. 자기 힘으로 헤엄칠 수는 없을 듯했다. 그냥 기절한 걸까, 아니면 설마.

찜찜함을 느낀 사기누마는 해수면을 떠다니며 어떻게든 자세를 바꾸려고 시도했다. 상대의 호흡을 확인해야 했기 때문이다. 남자 앞쪽으로 돌아가려는 순간이었다.

"으악, 어푸푸……."

꽤 높은 물결이 밀려와서 사기누마는 저도 모르게 비명을 질렀다. 동시에 느슨해진 양팔 사이로 남자의 몸이 빠져나갔다. 마치 지우개로 지우듯 남자의 모습은 순식간에 시야에서 사라졌다.

"망할, 놓쳤네……. 어디냐, 젠장……."

사기누마는 해수면에서 고개만 내놓은 상태로 주변을 둘러보았지만 어두운 바다와 험준한 벼랑밖에 눈에 들어오지 않았다. 그러고는 뒤집힌 배뿐이다. 흰옷을 입은 남자는 바닷속으로 가라앉은 걸까.

사기누마는 마음을 단단히 먹고 시커먼 바닷속으로 잠수했다. 잠수하면서 눈을 뜨자 캄캄할 줄만 알았던 바닷속은 의외로 밝았다. 뒤집힌 배의 선수에 설치된 조명등이 아직 켜져 있는지, 불빛이 바닷속을 밝게 비췄다. 이거 다행이다 싶어 사기누마는 눈을 크게 뜨고 주변을 살폈다. 소리 없는 물속 세계에서 조명등 불빛에 비친 경치는 의외로 아름답고 환상적이었다. 물에 빠진 사람을 찾는다는 목적을 잠시 깜박하고서 황홀한 기분으로 감상할 만큼 매력이 넘쳤다.

불빛을 보고 모여든 물고기 무리가 눈앞을 휙휙 지나갔다. 수많은 다리를 흔들며 돌아다니는 저것은 거대한 문어일까, 아니면 오징어의 일종일까. 바닷속을 유영하는 가늘고 긴 끈 모양의 저것은 아마도 바다뱀일 것이다.

희한한 바다 생물은 자꾸 눈에 들어오건만, 흰옷을 입은 사람의 모습은 어디에도 보이지 않았다. 눈앞에는 신비한 바닷속 경치만 펼쳐질 뿐이었다. 바로 그때!

'응? 뭐지, 저건?'

사기누마는 바닷속을 유영하는 거대한 뭔가를 시야 가장자리로 포착하고 깜짝 놀랐다. 놀란 나머지 숨을 내뱉는 바람에 일단 해수면 위로 얼굴을 내밀었다. 거칠게 숨을 쉬고 있자니 어디선가 오카야마 사투리로 외치는 소리가 들렸다.

"용이다, 용…… 용이 있어!"

오가와라일까, 아니면 기타자키일까. 설마 흰옷을 입은 남자는 아니겠지만, 그나저나 '용'이라니 무슨 소리일까?

사기누마는 소리 질러 물어보려고 했다. 하지만 입에서는 "으앗" 하고 다른 소리가 나왔다.

뭔가가 느닷없이 사기누마의 오른쪽 발목을 붙잡았다. 아니, 실제로 붙잡은 건지 아닌지는 잘 모른다. 상대가 인간인지, 바다 생물인지조차 불확실하다. 얼른 오른쪽 다리를 흔들어서 뿌리치려 했지만 효과는 없었다. 오히려 발버둥 치면 칠수록 그것이 오른발에 더 엉겨 붙어서 몸이 물속으로 가라앉았다. 오른발을 붙잡은 무언가가 바닷속 깊은 곳으로 끌고 가려는 게 틀림없다. 사기누마는 그런 사악한 의지조차 느꼈다.

'망할, 놔. 에이 씨, 놔, 놔, 놔, 놓으라고!'

너무 불안하고 무서웠던 나머지 사기누마는 공황 상태에 빠졌다. 어떻게든 물 위로 고개를 내밀려고 두 다리를 버둥거렸지만, 바닷속으로 끌어들이려는 힘이 그 이상으로 강해서 도무지 몸이 떠오르지 않았다. 이윽고 체력이 다 떨어지고 호흡도 한계에 다다르자, 사기누마는 자신이 곧 죽을 것임을 깨달았다.

'틀렸어. 죽는다. 이대로 빠져 죽는 거야.'

사기누마는 체념했다. 그때 흐릿해진 시야에 놀라운 광경이 나타났다. 조명등 불빛이 밝게 비치는 바닷속에서 사납게 날뛰듯 구불거리는 실루엣. 의식이 희미해지는 상황에서도 사기누마는 재빨리 그 존재를 인식했다.

'아아, 저게 '용'인가. 용이다. 검은 용. 해룡이구나.'

그럼 이제 용에게 잡아먹히는 걸까. 세토내해의 한구석에서 해룡의 먹이가 되어 짧은 인생을 마치는 건가.

그렇게 생각한 직후, 시가누마 히로시는 두둥실 날아오를 것처럼 몸이 가벼워지는 느낌을 받았다.

1장

저택이 있는 섬

1

오카야마역에서 쾌속 마린 라이너를 타고 남쪽으로 향하길 30분. 열차는 세토대교선의 고지마역에 도착했다. 혼자 플랫폼에 내려서자 상쾌한 가을바람이 불었다. 바람에 섞인 희미한 바다 냄새를 맡고 야노 사야카는 세토 안쪽 지방(*혼슈 서부, 시코쿠, 규슈에 둘러싸인 세토내해의 연안 지역)의 항구 도시에 왔음을 실감했다. 사야카의 고향인 구라시키에서는 결코 느낄 수 없는 냄새다.

"……뭐, 지금은 고지마도 구라시키의 일부지만."

그렇게 중얼거린 사야카는 오카야마현 구라시키시에서 태어나고 자랐다. 고지마시가 구라시키시와 합병되어 이제는 '구라시키시 고지마'라고 불리게 된 것이 2018년인 현재도 가슴에 딱 와닿지 않는, 구라시키 시민 중 한 명이다. 구라시키 쪽 사람조차 그러하니, 고지마 쪽 주민들은 더더욱 와닿지 않으리라는 게 사야카의 추측이지만. "아니지, 그건 지금 나랑 아무 상관도 없는 문제야. 일단 항구에서 배를 찾아야 해."

사야카는 머릿속에서 구라시키와 고지마 문제를 떨친 후, 캐리어를 끌고 개찰구를 통과해 역 밖으로 나왔다. 수수하고 건실해 보이는 감색 치마 정장에 검은색 펌프스. 어깨선에 맞춰 가지런히 자른 검은 머리. 눈가를 덮은 안경 역시 검은 테다. 한마디로 수수한 색으로 전체를 통일한 복장이다. 이 지역 사람 눈에는 어떻게 비칠까.

'흠, 아직 직장을 구하지 못한, 불쌍한 취준생으로 보이겠지.'

사야카는 자학적으로 상상했지만, 그녀의 나이는 27세다. 대학생으로 불리지 않게 된 지 벌써 5년이 지났다. 취준생으로 오해받기는 아무리 바란다고 해도 불가능하다. 오히려 보수적인 딱딱한 패션과 기죽지 않는 태도 때문에 실제 나이보다 연상으로 보이기 쉬운 타입이다.

사야카는 한산한 역 앞에 서서 작은 코를 실룩이며 바다 냄새가 나는 방향을 찾았다. 그러다 검은 테를 손끝으로 가볍게 밀어 올린 후 "응, 이쪽이네" 하고 적당한 방향을 똑바로 가리키고 걸음을 옮겼다. 일절 망설임이 없는 발걸음이다. "뭐, 지도 앱 같은 건 안 봐도 괜찮아. 아무 문제 없어. 외국도 아닌걸. 일단 여기도 구라시키 시내니까."

하지만 몇 분 후. 사야카는 어디에도 바다가 보이지 않는 길가에서 핸드폰 화면과 진지하게 눈싸움을 벌였다. 지도를 아무리 들여다봐도 어디가 어딘지 분간이 안 돼서 짜증 어린 표정을 지으며 소리쳤다. "아이 씨, 대체 바다는 어디야! 여기 항구 아니지!"

아무리 봐도 상점가다. 낯선 바닷가 마을에서 우왕좌왕하던 사야카가 수십 분을 더 헤맨 끝에 기진맥진한 몸으로 도착한 작은 어업용 항구는, 아까 사야카가 "이쪽이네" 하고 가리킨 방향과 정반대였다. 그래도 오기가 강한 사야카는 누가 듣는 것도 아닌데 무의미한 허세를 부렸다.

"역시 내 생각대로였어!"

그러고 나서 천천히 오른손으로 손차양을 만들어 이마에 대고, 눈앞의 광경에 시선을 주었다.

쇠락한 어업용 항구에는 바다로 튀어나온 잔교가 있었다. 잔교에 매어 놓은 어선 몇 척과 먹이를 찾아다니는 흰 고양이 한 마리를 빼면, 조용한 파도 소리와 바다 위를 날아다니는 갈매기만이 사야카를 맞이했다.

사야카는 잔교 끄트머리로 걸어가며 어선을 차례대로 확인했다.

"어디 보자, 벤텐마루호, 벤텐마루호. 아, 혹시 이건가."

잔교 끄트머리에 옆으로 대어 놓은 흰색 어선이었다. 사야카는 선체 앞쪽에 적힌 '벤텐마루'라는 큼지막한 글씨를 확인하고 배 위로 시선을 옮겼다. 조타실 창문 너머에서 두 남자가 정다운 분위기로 담소를 나누고 있었다. 사야카는 양손으로 손나발을 만들고는 외쳤다.

"실례합니다, 벤텐마루호의 선장님 계세요? 야노 법률 사무소에서 나왔는데요."

그러자 조타실에서 한 명이 갑판으로 나왔다. 힘깨나 쓸 것처럼 생긴 상고머리 남자다. 기름 얼룩이 두드러지는 바지에 크루 넥 셔츠를 입었다. 나이는 40대 초반일까. 사야카가 꾸벅 고개를 숙이자 사람 좋아 보이는 웃음을 지으며 물었다. "오오, 댁이 야노 씨네 따님인가?"

사야카가 네, 하고 웃는 얼굴로 고개를 끄덕이자 선장은 배와 잔교 사이에 걸쳐 둔 발판을 가리키며 큰소리로 "여기로 올라와" 하고 말했다. 사야카는 얼른 발판을 건너 배에 올라탔다.

"기다리고 있었어. 항구가 어딘지 바로 알겠던가?" 선장의 무심한 질문에 사야카는 "네?! 네, 물론이죠"라며 냉큼 거짓말했다. 실은 어마어마하게 헤맸지만 전혀 티 내지 않고 둘러댔다. "역에서 걸어서 금방이던걸요. 네?! 약속 시간에 5분 늦었다고요? 어, 그건 그, 실은 마린 라이너가 엔진 고장으로 멈추는 바람에. 아하하하……."

사야카는 밝게 웃으며 어떻게든 얼버무리려 했다. 그러자 조타실에 남아 있던 남자가 갑판으로 나왔다. 상고머리인 선장과 대조적으로 이쪽은 머리를 반들반들하게 밀었다.

"좀처럼 안 오시길래 선장님과 함께 걱정하던 참이었습니다."

윤기가 도는 뽀얀 피부. 단정한 이목구비. 온화한 표정. 덕분에 몇 살일지 짐작도 가지 않지만, 승려라는 점만큼은 분명했다. 삭발한 머리에 장삼과 가사를 조합한 어엿한 그의 모습이 허름한 어선 위에서 엄청난 위화감을 뿜어냈다. 그는 눈을 감고 합장하면서 말했다. "별 탈 없이 도착하셔서 다행입니다. 이 또한 부처님의 가호겠지요. 나무아미타불, 나무아미타불……."

느닷없이 염불을 외워서 당혹스러웠지만, 사야카는 다시 선장에게 고개를 숙였다.

"이번에 무리한 부탁을 드려서 죄송해요. 비탈섬까지 태워 주신다는 말씀을 들었거든요."

"그 정도는 식은 죽 먹기지. 옛날에 그쪽 아버님께 신세도 졌겠다, 어차피 이 중을 태워 가기로 약속했으니까 겸사겸사."

선장은 아하하, 하고 호쾌하게 웃었다. 그 옆에서 경칭이고 뭐고 없이 그냥 '이 중'이라고 불린 승려가 다시 합장하고 허리를 숙였다. "저는 도라쿠라고 합니다. 도를 즐긴다고 써서 도라쿠(道楽)."

"어, 도라쿠요?!" 도락 스님이라 그건가. 어쩐지 노는 데 정신이 팔렸을 것 같은 이름이다.

"고묘지라고, 고지마에 있는 오래된 절의 주지입니다. 오늘은 비탈섬에서 거행될 사십구재 법사 때문에 섬에 가려고요. 잘 부탁드립니다."

"저야말로 잘 부탁드려요. 저는 야노 법률 사무소의 야노 사야카라고 합니다."

어색하게 고개를 숙이며 사야카는 도라쿠 스님과 첫인사를 나누었다.

두 사람이 서로 고개를 숙이는 가운데, 선장은 잔교 쪽으로 몸을 돌렸다. 그리고 누군가를 찾듯이 좌우를 두리번거리며 물었다. "그런데 혼자 왔나? 다른 사람은 없고?"

"네, 혼자예요. 원래는 아버지도 같이 가기로 했었는데, 갑자기 몸이 안 좋아져서요. 그래서 저 혼자 비탈섬에 가기로—."

"그렇군. 혼자란 말이지. 그럼 이제 출발해도 되나?"

"네, 물론이죠." 사야카는 망설임 없이 고개를 끄덕였다.

선장은 어쩐지 의문이 남은 표정으로 손목시계를 들여다보더니 작게 중얼거렸다.

"뭐, 갈까. 시간도 시간이니까."

그리고 로프를 풀고 발판을 갑판으로 끌어 올린 후, 조타실로 들어갔다. 선장은 다양한 기기들이 줄지은 공간에서 길이 잘 든 타륜을 잡았다. 이윽고 선장의 입에서 "그럼 비탈섬을 향해 출발!" 하고 기세 넘치는 호령이 떨어졌다.

하지만 벤텐마루호는 소형 어선이라 대답하는 선원은 아무도 없다. 대신에 사야카가 선장의 호령에 응해 소리쳤다. "잘 부탁드립니닷!"

힘찬 엔진 소리가 울려 퍼졌다. 벤텐마루호의 흰색 선체가 전투를 앞두고 흥분해서 몸을 떠는 무사처럼 흔들렸고, 조용했던 항구가 잠깐이나마 떠들썩해졌다. 뱃머리에 앉아 휴식을 취하던 갈매기가 허둥지둥 날아올랐고, 잔교에서 먹을 걸 찾던 흰 고양이도 놀라서 달아났다.

사야카는 어선 갑판에서 멀어지는 고양이의 모습을 바라보았다. 그때 고양이와 교대하듯 두 사람이 잔교에 나타났다. 둘 다 남자지만 겉모습은 몹시 대조적이었다.

한 명은 몸집이 아담하다. 커다란 여행 가방을 어깨에 멨고, 적갈색 치노 팬츠에 노란색 셔츠, 그리고 녹색 블루종을 입었다. 차림새가 너무 다채로워 한낮의 잔교에 나타난 '걸어 다니는 신호등' 같았다. 작은 몸을 최대한 크게 보이려고 어깨를 흔들며 걷는 모습이 약소한 야쿠자를 연상시켜서 오히려 우스꽝스럽기까지 했다.

'신호등 남자'와 나란히 걸어오는 사람은 키가 크고 비쩍 마른 젊은 남자다. 검은색 슬림핏 정장에 가느다란 넥타이. 긴 머리와 뾰족한 턱. 하지만 눈을 가린 선글라스 때문에 어떻게 생겼는지는 잘 보이지 않는다. 오른손에는 검은색 서류 가방을 들었다. '신호등 남자'를 수행하듯 걷는 모습이 불법적인 단체의 조직원이나 큰돈으로 고용된 경호원, 또는 솜씨 좋은 킬러처럼 보였다. 그렇다면 서류 가방에는 분명 분해된 라이플이 들어 있을 것이다.

물론 사야카는 약소한 야쿠자와 솜씨 좋은 킬러가 왜 잔교에 나타났는지 전혀 이해가 가지 않았다. 위험한 거래라도 하려는 걸까? 이런 항구에서 대낮에 당당하게?

말도 안 되는 망상을 부풀리며 사야카가 두 남자를 바라보고 있을 때였다.

검은색 정장 차림 남자가 잔교 중간에서 갑자기 걸음을 딱 멈췄다. 막 출항하려는 흰색 선체를 보고는 어째선지 깜짝 놀란 표정을 지었다. 허둥지둥 선글라스를 오른손으로 들어 올리더니, 한껏 커진 길쭉한 눈을 끔뻑끔뻑한다. 놀라움과 당혹스러움이 깃든 얼굴이다. 그러더니 갑자기 상상을 초월할 만큼 큰소리로 외쳤다.

"거기 그 배! 잠깐 기다려어엇!"

항구를 뒤흔드는 고함은 조타실의 선장에게도 들렸을 것이다. 안타깝게도 일단 움직이기 시작한 배를 급제동할 방법은 없다. 벤텐마루호는 천천히 잔교를 떠났다.

그러자 무슨 생각인지, 남자가 서류 가방을 든 채 잔교를 일직선으로 달려왔다. 아니, 그저 달려온다는 표현으로는 불충분하다. 출항한 배를 추월하려는 것처럼 전력 질주다. 조금 늦게 '신호등 남자'도 그를 뒤쫓았다. 방금까지 평온한 분위기에 감싸여 있던 잔교가 100미터 경기의 직선 주로로 변했다.

'저 사람들, 대체 뭘 어쩌려는 거지?!'

두려움마저 밀려와서 사야카는 뺨이 굳어 버렸다. 그런 사야카가 지켜보는 가운데.

잔교 가장자리에 다다른 젊은 남자는 속도를 줄이지 않고 콘크리트 지면을 구둣발로 박찼다. 다음 순간, "으랏차!" 하는 엄청난 기합과 함께 남자는 출항한 어선을 향해 힘껏 점프했다. 그야말로 홀딱 반할 듯한 점프였다. 검은색 정장을 입은 호리호리한 몸이 한순간 허공을 날았고, 두 다리가 잔교와 어선 사이에 검은색 아치를 그렸다. 절망적으로 느껴졌던 거리도 그의 점프력 앞에서는 아무것도 아니었다. 남자는 벤텐마루호의 뱃전을 가뿐히 뛰어넘어 구두 뒷굽이 닿는 소리와 함께 갑판에 착지했다.

전부 찰나의 순간에 벌어진 일이었다.

"괴, 굉장해!" 사야카는 신체 능력이 엄청나게 뛰어난 남자에게 놀라 눈이 휘둥그레졌다.

남자 본인이 생각하기에도 회심의 점프였으리라. 멋지게 갑판에 내려선 그는 "앗싸!" 하는 환희에 찬 감탄사를 내지르며 왼손으로 주먹을 불끈 쥐었다. 그리고 그대로 승리를 자축하듯 좁은 갑판을 일직선으로 달려가는가 싶더니 반대쪽 뱃전도 여유롭게 뛰어넘었다.

그의 모습은 눈 깜박할 사이에 사야카의 시야에서 마법처럼 사라졌다.

"어?!" 사야카는 자신의 두 눈을 의심했다. 그 시선 끝에서 풍덩, 애처로운 물소리가 들리고 물기둥이 위로 쭉 솟구쳤다. 그리고 공중에 떠오른 검은색 서류 가방만 갑판에 툭 떨어졌다. 이 또한 전부 찰나의 순간에 벌어진 일이었다.

킬러 느낌의 남자는 출항한 배를 따라잡아 뛰어올랐지만, 결국 바다에 빠지고 말았다.

"이게 오버런(*철도나 비행기가 정차 위치를 지나치는 것을 가리키는 용어)이라는 건가……?"

이번엔 얼간이 능력이 엄청나게 뛰어난 남자에게 놀라 사야카의 눈이 휘둥그레졌다.

"무, 무슨 일이야!?" 조타실에서 고개를 내민 선장은 사태를 파악하지 못해 당황한 눈치였다.

잔교 끄트머리에는 점프를 자중해 재난을 면한 '신호등 남자'가 어리벙벙한 표정으로 우두커니 서 있었다.

자초지종을 가만히 지켜보던 도라쿠 스님은 뭘 착각한 건지, 느닷없이 두 손을 마주 모으더니 "나무아미타불, 나무아미타불……" 하고 랩처럼 빠르게 염불을 외웠다.

수수께끼의 오버런 남자는 선장이 던져 준 구명 튜브를 잡고 무사히 배 위로 올라왔다. 흐트러진 긴 머리가 이마에 들러붙었고, 정장도 구두도 흠뻑 젖었다. 선글라스는 남자의 코 위에 간신히 삐딱하게 걸려 있었다. 솜씨 좋은 킬러 같았던 겉모습은 이제 양동이의 물을 뒤집어쓴 옛날 옛적 희극 배우로밖에 보이지 않았다.

"……출항한 배에 뛰어오르려고 하다니 당치도 않은 짓을 했군."

선장은 어이없는 투로 말하며 갑판에 주저앉은 남자의 얼굴을 들여다보았다. 사야카도 팔짱을 낀 채 안경 너머로 차가운 시선을 남자에게 퍼부었다. "그러게요. 까딱 잘못했다간 대참사가 벌어질 뻔했어요."

도라쿠 스님만 "뭐, 다행이지 않습니까. 어쨌거나 바다에 빠진 직후에 운 없이 스크루에 휘말려 갈기갈기 찢어지는 최악의 사태는 면했으니까요"라면서 아무렇지도 않은 얼굴로 말했다.

'이 스님, 그런 참혹한 사태까지 가정하고 있었던 건가!'

"그래서 염불을 외우신 거군요." 사야카는 스님을 가볍게 흘겨본후, 흠뻑 젖은 남자에게로 시선을 되돌렸다. "그건 그렇고 대체 무슨 생각이에요? 그런 위험한 짓을 하다니……."

좀 모자란가 봐요, 라는 진심이 무심코 입 밖으로 튀어나올 뻔했다.

그런 사야카 앞에서 남자는 네 발로 엎드려 "콜록, 콜록" 연신 기침하며 변명하듯 말했다. "미, 미안해. 영화 같은 데서 주인공이 출발한 열차에 올라타는 장면이 자주 나오잖아. 더구나 그런 장면에서 주인공은 대개 무사히 열차를 따라잡으니까. 그래서 나도 별생각 없이 그만—."

별생각 없이 출항한 배에 올라타려고 한 모양이다. 확실히 그는 배를 따라잡았다. '따라잡고도 멈출 줄 몰랐다'는 건 영화와는 다른 점이지만.

사야카는 한숨을 푹 쉬며 선장에게 물었다. "그러고 보니 선장님, 혼자 온 저를 보고 어쩐지 의아해하는 눈치였는데, 혹시……?"

"맞아. 마누라한테 듣기로는 중과 변호사님, 그리고 '한 명 더' 배에 탄다는 이야기였거든. 그래서 이상하다 싶기는 했는데……."

선장은 미안하다는 듯이 머리를 긁적였다. 그 경박한 태도가 성질을 건드린 걸까. 남자는 벌떡 일어서더니 삐딱해진 선글라스를 벗고 선장에게 대들었다.

"이봐요, 선장님. 이상하다 싶었으면 기다려야죠. 저를 내버려두고 출항하다니 너무하지 않습니까. 어, 약속 시간에 10분 늦었다고요?! 아, 그건 그러니까, 실은 제가 탄 마린 라이너가 브레이크 고장으로—."

"응? 브레이크 고장?! 엔진 고장이 아니라?!"

"어, 그게, 뭐였더라. 그게 무슨 상관입니까. 어쨌든 제가 탈 배가 눈앞에서 떠나는 걸 보고 얼마나 마음이 조마조마했는지 아세요!"

하지만 선장은 "그야 나는 모르지" 하고 쌀쌀맞게 고개를 저었다. "그리고 아무리 조마조마한들, 그런 상황에서 배에 점프하는 사람은 여간해서는 없을 거야."

"그, 그건, 뭐, 제가 생각하기에도 무모한 행동이었습니다만." 남자는 겸연쩍은 표정으로 젖은 머리를 쓸어올렸다. "하지만 선장님, 말씀드리는데 배에 더 타기로 한 사람은 '한 명'이 아닙니다. 정확하게는 '두 명'이에요. 저랑 저기 저 사람이요."

남자가 늦게나마 손가락으로 잔교를 가리켰다. 신호등 색깔로 옷을 맞춰 입은 아담한 남자는 여전히 잔교에 서 있었다. 패션은 화려하지만 그렇게 젊지는 않다. 이미 중년에 들어선 것처럼 보였다. 점프를 자중해 일련의 소동에서 홀로 남겨진 그는 안절부절못하는 모습이었다. 배에 올라타고 싶어도 이제는 방법이 없다.

갑판에 선 사야카는 잔교에 있는 중년 남자에게 물었다. "아저씨도 배에 타실 건가요?"

남자는 감정이 격해졌는지 얼굴을 벌겋게 물들이며 작은 몸으로 커다란 분노를 표현했다.

"암, 당연히 타야지. 그 배를 타려고 일부러 멀리서 왔단 말이야. 자, 배를 이쪽에 대고 나를 태워. 사람 짜증 나게 만들지 말고, 빨리!"

꽤 다혈질인 모양이다. 사야카는 당황한 표정으로 선장을 보았다. 선장은 혀를 차더니 "어쩔 수 없지" 하고 중얼거리며 혼자 조타실로 돌아갔다.

"죄송해요. 잠깐만 기다리세요." 사야카는 싹싹하게 웃는 얼굴로 다혈질 중년 남자를 달랜 후에 흠뻑 젖은 남자에게 고개를 돌렸다. 그리고 인상을 팍 쓰면서 작은 목소리로 물었다. "대체 뭐예요, 저 망가진 신호등은? 당신 친구예요?"

"아니, 내 친구는 아니고, 신호등도 아니야. 확실히 조금 망가지기는 했지만."

남자는 입꼬리를 끌어 올려 씩 웃으며 설명했다. "그의 이름은 쓰루오카 가즈야. 사이다이지 가문의 사십구재 법사에 참석하기로 한 사람 중 한 명이지. 그러니 무슨 일이 있어도 이 배를 타야 해."

그가 예상 밖의 이름을 꺼내서 사야카는 저도 모르게 놀라움에 찬 목소리를 흘렸다.

"어, 쓰루오카 가즈야라니, 저 사람이?!"

"그래. 그러고 보니 당신은 변호사랬지. 그럼 내 말이 무슨 뜻인지 알겠군."

"네, 알아요. 하지만……." 그렇게 되면 모르겠는 건 눈앞에 있는 이 사람이다. 사야카는 그 점을 물었다. "그럼 쓰루오카 씨와 동행하는 당신은……?"

"응? 나?!" 의외인지 눈을 깜박거리던 젊은 남자는 잘 보라는 듯 양손을 펼치며 말했다. "나야 보다시피 바다에 빠져서 쫄딱 젖은 훈훈한 청년이지."

"……." 아무 거리낌도 없이 자칭 훈훈한 청년 운운하는 남자가 멀쩡한 인간일 리 없다.

사야카는 이름을 물어보고 싶은 기분이 싹 가셔서 입을 꾹 다물었다.

그러자 남자는 침묵을 못 견디겠는지 "어, 하지만 그냥 훈훈한 청년이어서는 당신도 이야기를 나누기 힘들 테니, 역시 이름을 대야겠군" 하고 멋대로 배려심을 발휘하며 젖은 양복 가슴께에 오른손을 댔다. "내 이름은 고바야카와. 고바야카와 다카오야. 직업은 보다시피—."

'—또 '보다시피'야? 그럼 역시 덜떨어진 킬러나 희극 배우, 둘 중 하나겠네.'

사야카는 속으로 그렇게 짐작했다. 하지만 남자는 사야카의 선택지에는 없는, 뜻밖의 직업을 말했다.

"보다시피 사립탐정이야. 오카야마의 '고바야카와 탐정 사무소'라고 들어 봤지?"

"……." 미안, 처음 들어 봤어!

사야카는 입을 다문 채 거북한 심정으로 고개를 저을 수밖에 없었다.

34

2

시간이 조금 흘렀다. 드디어 항구를 떠난 벤텐마루호는 잔교에서 일어난 소동을 까맣게 잊은 것처럼 순조로이 항해하고 있었다. 하늘은 쾌청하고 물결은 잔잔하다. 바다에 부는 바람도 상쾌했다.

상고머리 선장은 조타실에서 키를 잡고 있다. 앞쪽 갑판에서는 도라쿠 스님이 단아하게 무릎 꿇은 자세로 두 눈을 감고 명상하는 중이다. 뒤쪽 갑판에서는 색색의 옷을 차려입은 쓰루오카 가즈야가 뱃전에 등을 기대고 앉아 있다. 잔교에서 난리를 친 끝에 그는 배에 올라타 승객의 일원이 됐다.

쓰루오카 옆에는 자칭 사립탐정이라는 고바야카와 다카오가 앉아 있다. 이제야 흠뻑 젖은 양복저고리와 셔츠를 벗고 새 흰색 셔츠로 갈아입은 참이다(그래도 바지에서는 물이 뚝뚝 떨어진다). 아무래도 검은색 서류 가방에는 라이플이 아니라 갈아입을 옷을 비롯한 여행 물품이 들어 있었던 모양이다.

뭐, 그야 그렇겠지, 하고 중얼거리며 사야카는 벤텐마루호의 뱃머리로 다가갔다. 앞쪽에 가을 햇살을 받은 세토내해가 펼쳐졌다.

"아아, 기분 좋다. 힐링이 되는 느낌이야……."

바다의 아름다움에 취해 잠시 넋 놓고 있는데 뒤쪽에서 남자의 기척이 느껴졌다.

"응? 뭐야, 혼자서 '타이타닉' 흉내인가. 좋아, 그럼 뱃머리에 서서 양팔을 벌려 봐. 내가 뒤에서 확 떠밀어 줄 테니까."

"잠깐……. 뭐예요, 그게?!" 내가 아는 영화와는 다른 버전이 있나?!

가슴이 철렁해서 뒤를 돌아보자 흰색 셔츠 차림의 고바야카와 다카오가 서 있었다. 위험을 느낀 사야카는 그의 손을 피해 빠져나가듯이 거리를 두었다. 다카오는 히죽 웃더니 오른손을 휘휘 내저으며 말했다. "농담이야, 농담. 아무 이유도 없이 미녀를 바다에 빠뜨리지는 않아."

"무슨 당연한 소리를 하고 있어요!" 고함을 빽 지른 사야카는 상대방의 주의를 돌리기 위해 뒤쪽 갑판을 가리켰다. "그건 그렇고, 쓰루오카 씨와 같이 안 있어도 돼요? 저 사람을 무사히 섬까지 데려가는 게 당신 임무죠?"

"맞아. 하지만 이런 조그만 어선에서 잃어버릴 리도 없잖아. 여기까지 왔으니 이제는 바캉스나 마찬가지야. 의뢰인에게 노고를 위로하는 말과 보수만 잘 받으면 돼."

"의뢰인?! 그러고 보니 누구예요? '소식이 끊긴 쓰루오카 씨를 찾아내서 비탈섬으로 데려올 것.' 당신에게 그런 의뢰를 한 사람이 있는 거죠?"

"물론. 하지만 그게 누구인지 내 입으로 말할 수는 없어. 하기야 섬에 도착하면 저절로 알게 되겠지만."

"그럼 여기서 알려 줘도 상관없잖아요?"

"미안하군. 탐정은 비밀을 엄수할 의무가 있거든."

다카오는 그렇게 말하고 10엔의 가치도 없는 윙크를 날렸다. 그리고 갑자기 목소리를 낮추더니 "그런데 나도 당신한테 물어보고 싶은 게 있어" 하며 사야카에게 얼굴을 가까이 댔다. "사이다이지 고로 씨의 유언장은 지금 당신이 가지고 있지? 당신이 그걸 사람들 앞에서 낭독하는 건가?"

진지한 얼굴로 묻는 다카오에게 샤아카는 '부르는 게 값이라면 100만 달러'의 윙크로 답했다.

"미안해요. 변호사에게도 비밀을 엄수할 의무가 있거든요."

그렇게 얼버무리고 넘어가기는 했지만, 탐정이 짐작한 대로다. 이번에 사야카가 비탈섬으로 가는 이유는 두 가지. 먼저 사이다이지 가문의 고문 변호사인 아버지를 대신하여 사망한 사이다이지 고로 씨의 유언장을 섬의 별장에서 전달하는 것, 그리고 유족 앞에서 유언장을 낭독하는 것이다.

일의 발단은 한 달 보름쯤 전으로 거슬러 올라간다. 불볕더위가 기승을 부리던 8월이었다. 사이다이지 출판의 사장 사이다이지 고로 씨가 70년의 생애를 마감했다. 위암이었다. 부고는 순식간에 오카야마현 전 지역에 전해졌고, '오카야마 경제계의 거성이 지다'라는 거창한 헤드라인이 지역 신문을 장식했다.

하지만 오카야마현 외부에는 이 소식이 크게 보도되지 않은 모양이다. 고로 씨는 어디까지나 오카야마 경제계의 거성이지, 전국적으로는 '산요 지방의 소행성' 정도로밖에 여겨지지 않았기 때문으로 추정된다. 하지만 거성인지 소행성인지는 제쳐 두고, 고로 씨가 오카야마에서 저명한 경제인이자 손꼽히는 자산가였음은 사실이다. 현 사람들은 분명 큰 놀라움과 슬픔, 그리고 구경꾼같이 약간의 호기심을 품고서 그의 죽음을 받아들였을 것이다.

그 증거로, 고로 씨의 장례식은 오카야마현에 연고가 있는 수많은 경제인, 문화인, 정치인 및 본격 미스터리 작가 등이 한자리에 모이는 대규모 이벤트로 성대하게 거행됐다. 그리고 참석한 유족은 예외 없이 슬픔에 잠겨 눈물을 흘렸다. 하지만.

장례식이 끝나면 유족의 관심은 반드시 상속 문제로 옮겨 간다.

그리고 이 문제의 핵심을 쥐고 있는 것이 바로 고로 씨가 남긴 유언장이었다. 유언장은 장례식 다음 날, 구라시키시에 있는 사이다이지 가문의 저택에서 개봉됐다. 사야카는 아버지인 야노 고조 변호사의 수행원 자격으로 그 자리에 동석했다. 영정사진이 놓인 큰 거실에 긴장한 표정으로 모인 유족들. 그 모습을 맹장지 뒤편에서 몰래 살펴보며 고조는 사야카에게 작은 목소리로 설명했다.

고조는 "이번 유산 상속의 중심인물은 고로 씨가 남긴 3남매야. 일단 저 사람이 첫째 딸 사이다이지 에이코, 41세" 하며 기모노 차림의 여자를 가리켰다. 의연한 표정으로 조용히 꿇어앉은 모습에서는 관록마저 느껴졌다. "에이코는 일단 전업주부지만, 남편이 사이다이지 출판의 부사장이지. 봐, 저 사람이야."

고조는 에이코 옆에 앉아 있는 풍채 좋은 중년 남자를 가리키며 말했다. "사이다이지 아쓰히코. 에이코와 결혼하면서 데릴사위로 가문에 들어왔어. 당연히 유력한 차기 사장 후보겠지. 두 사람 사이에는 미사키라는 고등학생 딸이 한 명 있고."

그러고 보니 에이코와 아쓰히코 뒤편에 교복을 입은 여자아이가 앉아 있었다.

"둘째 아들 게이스케는 38세. 독신—" 하며 고조는 실제 나이보다 젊어 보이는 모범생 느낌의 남자를 가리켰다. "게이스케는 아버지의 회사 경영에는 일절 관여하지 않고 작가로 활동하고 있어. 하기야 저서는 대부분 사이다이지 출판에서 간행되지만."

과연, 작가로서의 역량은 제쳐 놓고 확실히 지적으로 생기기는 했다.

"그리고 셋째 딸 유코, 29세." 고조는 검은색 원피스를 입은 여자를 가리켰다. "언니와 오빠하고는 터울이 많이 지는 막내로, 역시 독신. 지금은 지역 문학관에서 학예사로 일하고 있어. 어때, 예쁘지?"

확실히 미인이다. 어쩐지 덧없는 분위기가 감도는 미모에는 특히 나이든 남자를 끌어당기는 매력이 있는 듯했다. 헤벌쭉 웃는 아버지의 옆얼굴만 보아도 알 수 있었다. 그런데 그 옆에 지긋한 나이의 살찐 여자가 앉아 있었다. "저 사람은?" 하고 사야카가 묻자 고조는 대답했다.

"죽은 고로 씨보다 세 살 어린 동생 마사에야. 마사에도 이번 상속으로 얼마쯤 돈을 받을 가능성이 높겠지."

그것으로 고조는 설명을 대강 마쳤다. 하지만 고인에게 가장 중요한 인물이 없었다. 고로 씨의 아내인 가나에 부인이다. 몸이 약해 잔병치레가 많은 부인은 어제 장례식에는 참석했지만, 이 중요한 모임에는 참석을 보류했다고 한다.

그리고 오늘 모인 유족들 앞에서 유언장을 개봉하는 중대한 역할을 맡은 사람이 다름 아닌 사야카의 아버지 야노 고조 변호사다.

고조는 기합을 넣듯이 가슴을 세게 한 번 친 후에 사야카를 데리고 거실 한복판으로 나아갔다. 유족들 앞에 꿇어앉아 일단 영정사진에 예를 갖추었다. 그리고 천천히 갈색 봉투를 꺼냈다. 이때 고조는 전에 없이 긴장한 표정이었다. 실은 고조 본인조차 유언장의 내용을 전혀 몰랐기 때문이다.

이 비밀스러운 유언장에 어떤 파란의 씨앗이 심겨 있을까. 유족보다 더 긴장한 눈빛으로 고조는 가위로 봉투 입구를 잘랐다. 가위질하는 손이 꼴사나울 만큼 덜덜 떨렸다.

이윽고 갈색 봉투 안에서 나타난 건 편지지 한 장과 다른 갈색 봉투였다.

눈살을 모은 사야카. 웅성거리는 유족.

고조는 바싹 마른 입술을 열심히 움직여 편지지에 적힌 내용을 유족들 앞에서 읽었다.

나, 사이다이지 고로는 신뢰하는 고문 변호사 야노 고조 씨에게 이 유언장을 맡긴다.

다만 유언장을 개봉할 때는 다음 지시 사항을 엄수해 주기 바라는 바이다.

첫째, 유언장은 내가 죽은 후 적당한 시기에 비탈섬의 별장에서 개봉할 것.

둘째, 유언장을 개봉하는 자리에는 내 여동생 마사에, 3남매 에이코, 게이스케, 유코, 그리고 조카 쓰루오카 가즈야가 참석할 것.

셋째, 다섯 명이 모이기 전에는 유언장을 절대 개봉하지 말 것. 다만 온갖 수단을 다 사용했는데도 다섯 명 중 누군가가 발견되지 않거나, 사망했음이 확인됐을 경우는 이 조건을 철회한다. 그때는 남은 사람들 앞에서 개봉할 것.

　이상을 사이다이지 고로의 마지막 부탁으로 이해하고 잘 대처
해 주기 바란다.

　고조가 낭독을 마치자 거실은 깊은 정적에 휩싸였다. 다들 고인이
남긴 요구 사항을 어떻게 받아들여야 할지 난감해하는 눈치였다.

　그런 와중에 일동을 대표하듯 첫째 에이코가 의문을 제기했다.

　"이게 무슨 소리죠, 야노 선생님? 그럼 '쓰루오카 가즈야가 발견
될 때까지는 유언장을 개봉하지 마라'는 건가요? 여기에 유족들이
이렇게 모여 있는데도요?"

　"그, 그런 것 같습니다. 이, 이건 고인의 유지이니 어쩔 수 없지
않나 싶은데요."

　고조는 딸인 사야카가 듣기에도 한심할 만큼 떨리는 목소리로 애
써 대답했다.

　"하지만 말입니다." 에이코의 남편인 아쓰히코가 끼어들었다.
"쓰루오카 가즈야는 제 아내의 사촌이에요. 장인어른께는 조카겠
지만, 어쨌거나 그렇게까지 중요한 인물은 아닐 겁니다. 그런데 왜
그가 동석해야 하는 겁니까. 아, 설마!"

　갑자기 뭔가 깨달은 것처럼 아쓰히코의 표정이 굳어졌다. 마사
에가 바로 말을 이어받았다.

　"그래, 분명 그거야. 오빠는 분명 쓰루오카 가즈야 군에게도 뭔가
남긴 거겠지. 나름대로 중요한 상속인으로 취급해서, 나름대로 중
요한 뭔가를."

마사에의 말을 게이스케와 유코는 긴장한 표정으로 듣고 있었다. 그렇지만 독자적인 의견을 내놓지는 않았다. 편지 내용에 따르겠다는 의사 표시일까, 아니면 의외로 남겨진 재산에 흥미가 없는 걸까. 사야카는 그 점이 알쏭달쏭했다.

한편 에이코는 불만이 수그러들지 않는지 변호사가 잘못했다는 듯 또 빠르게 말을 쏟아 냈다.

"그런 어이없는 소리가 어디 있어요? 아버지가 쓰루오카 가즈야에게 중요한 뭔가를 남기다니!"

"어, 그걸 저한테 말씀하셔도, 그……."

"선생님한테 말하는 거 아니에요. 더구나 쓰루오카 가즈야가 지금 어디서 뭘 하는지 모르잖아요. 연락이 끊긴 지 20년도 넘었다고요."

분통을 터뜨리는 에이코의 말에서 쓰루오카라는 인물이 복잡한 상황에 있다는 걸 짐작할 수 있었다.

그때 드디어 둘째 게이스케가 입을 열었다. 누나 에이코와는 대조적으로 차분한 목소리였다.

"그런데 야노 선생님, 아버지의 진짜 유언장은 그 갈색 봉투에 들어 있는 거죠?"

그 말을 듣고서야 고조는 흠칫 놀라 편지지와 함께 있었던 또 다른 갈색 봉투를 허둥지둥 집어 들었다.

사야카도 아버지 옆에서 봉투 겉면에 적힌 글씨를 들여다보았다. 봉투에는 남성적인 느낌이 물씬 풍기는 붓글씨로 이렇게 적혀 있었다. '유언장 PART 2.'

"……파, 파, 파, 파트 2…… 파트 2라니…… 그, 그런……."

고조의 입에서 탄식 어린 목소리가 새어 나왔다. 너무 긴장했다가 힘이 쭉 빠진 탓일까. 그 직후에 고조는 "끄응" 앓는 소리를 내는가 싶더니 봉투를 쥔 채로 다다미에 푹 고꾸라져 실신했다. 사야카는 저도 모르게 "끼야악!" 하고 모임의 분위기에 어울리지 않는 비명을 지르며 아버지 몸에 매달렸다.

"괜찮아? 정신 차려, 아빠!" 부탁이야, 많은 사람 앞에서 창피하게 만들지 마!

하지만 열심히 부르는 사야카의 목소리도 기절한 아버지의 귀에는 닿지 않은 모양이다. 결국 고조는 다다미에서 몸을 일으키지 못하고, 그대로 병원에 실려 갔다.

아버지도 참 못 미더운 구석이 있다. 그로부터 약 한 달 보름이 지났는데도 끝내 몸 상태가 돌아오지 않아서 중요한 업무를 딸에게 떠맡기다니. 속으로 그렇게 중얼거리며 사야카는 재킷 가슴께를 오른손으로 살짝 눌렀다. 안주머니에 '유언장 PART 2'라고 적힌 갈색 봉투를 핀으로 단단히 고정해 두었다. 그 감촉을 확인한 사야카는 안도감에 작게 숨을 내쉬었다.

바로 그때. "으헉, 어어엇."

느닷없이 고바야카와 다카오가 소리를 질렀다. 사야카는 놀라서 하마터면 갑판에 넘어질 뻔했다.

"어, 왜요? 뭔데요?!"

사야카가 눈을 깜빡이며 재차 물었다. "갑자기 왜 그래요?! 식인 상어라도 봤어요?"

"아니, 그게 아니라." 다카오는 좌현 방향을 보고 팔을 쭉 뻗어서 앞쪽을 가리켰다. 아주 거대한 건조물과 작은 섬이 보였다. "저거야, 저거. 저건 대체?"

"네?! 아아, 저거요. 저건 세계에 자랑할 만한 오카야마의, 그 유명한 세—."

"세토대교잖아. 그 정도는 보면 알아."

다카오가 바보 취급하지 말라는 듯 말을 내뱉자 사야카는 발끈했지만 할 말이 없었다. 조금 떨어진 곳에서 도라쿠 스님이 "큭큭큭" 실소를 흘렸다. 명상 중인 줄 알았는데, 이쪽 이야기에 귀를 기울이고 있었던 모양이다. 기분 나빠진 사야카는 다카오에게 고개를 홱 돌려 말했다.

"그럼 뭘 보고 그렇게 놀랐는데요? 혹시 세토대교 너머로 아카시대교(*세토대교와 함께 혼슈와 시코쿠 지방을 연결하는 다리. 서로 150킬로미터 이상 떨어져 있다)라도 보였나요?"

세토내해에 관련된 실없는 농담이지만 다카오는 사야카의 농담을 일소에 부쳤다.

"하하하, 설마. 그런 게 아니라, 봐, 저기 교각이 있는 섬 보이지?"

세토대교의 교각 중 몇 개는 해상에 점점이 위치한 섬에 세워져 있다. 다리는 그 섬들을 성큼성큼 밟아서 건너듯이 지나간다. 그야말로 교각의 섬이다. 다카오는 그중에서 평평한 섬 하나를 가리키며 물었다. "저 섬 가장자리에 은색 저택이 있었던 것 같은데, 어디로 갔지?"

"뭐야, 그거였어요?" 사야카는 어깨를 으쓱하고 경위를 설명했다. "은색 저택이라면 주몬지 가문의 저택이잖아요. 1980년대에 거기서 살인사건이 발생한 후로 사는 사람이 아무도 없어서 폐허 비슷하게 변했고, 결국 최근에 철거된 모양이에요. 폐허 마니아들과 일부 미스터리 팬에게는 그런대로 인기 있는 건물이었지만요."

"엇, 부숴 버렸어? 그거 아쉽게 됐군."

"아쉽다니요? 앗, 고바야카와 씨, 혹시 주몬지 가문과 무슨 인연이라도 있어요?"

"인연이 있느냐고 묻는다면 그렇다고 대답해야겠지. 실은 우리 어머니가 젊은 시절에 주몬지 가문의 저택에서 발생한 살인사건 (*저자의 전작이자 다카오의 어머니가 탐정으로 등장하는 『저택섬』에서 발생한 사건을 가리킨다)을 해결했거든. 당시 어머니는 독신이었고, 이 지역에서 평판이 자자한 미인 탐정이었다나. 어머니 말로는 그렇다니까 실제로도 그랬겠지. 아무튼 어머니는 그때 괘씸한 독신 형사였던 아버지와 우연히 만났어. 아버지는 어머니를 억지로 자빠뜨렸고, 내가 태어났지."

"자, 잠깐, 뭐예요, 그 갑작스러운 전개는!"

"아니, 아니, '억지로'라고 해도 어디까지나 체포되지 않을 수준이었대. 그리고 아버지가 옛일을 무용담처럼 과장해서 말했을 가능성도 있고. 내가 추리하기로는 아버지가 어머니를 자빠뜨리려고 했지만, 어머니에게 반격을 당했고, 그래도 포기하지 못해 결국은 머리를 조아리며 어머니에게 간청한 게 아닐까 싶어. 그게 아니고서야 그 두 사람이 살 붙이고 살 리 없잖아?"

"내가 그걸 어떻게 알아요!"

사야카는 얼굴을 붉히며 고함을 질렀다. 주몬지 가문에서 발생한 사건을 해결로 이끈 여성 탐정에 관한 이야기는 분명 들어 봤다. 그렇다면 고바야카와 다카오라는 이 남자는 2대 탐정이라는 건가. 사야카는 그렇게 생각하며 그의 얼굴을 빤히 쳐다보았다.

"그러고 보니 당신은 야노 고조 변호사의 딸이라면서? 그럼 우리 둘 다 2대로군."

탐정은 두 사람의 유일한 공통점을 강조하며 넉살 좋게 오른손을 내밀어 악수를 청했다.

"아무래도 당신과는 친하게 지낼 수 있을 것 같아. 안 그래, 야노 사야카 씨?"

"……." 지금까지 나눈 대화에 친해질 법한 요소가 있긴 했나. 사야카는 고개를 갸웃하며 탐정의 오른손을 허공에 내버려두었다. "딱히 친하게 지낼 필요는 없잖아요. 섬에서 법사를 올리고, 유언장만 개봉하면 끝인걸요. 달리 특별한 일은 일어나지 않을 거예요."

"물론이지. 일어나면 곤란해."

탐정은 뜻밖에도 진지한 어조로 중얼거렸다. 사야카는 무의식중에 오른손으로 가슴을 눌렀다. 그 순간 그가 강한 눈빛을 뿜어냈다. "흐음, 거기 있나? 고로 씨의 유언장."

다카오는 사야카의 가슴께를 서슴없이 바라보았다. 사야카는 경계하듯 가슴 앞에 팔짱을 꼈다.

"미안한데요. 너무 빤히 보지 좀 말래요?"

"아, 이거 실례했군. 착각은 마. 난 직업상 당신이 가지고 있는 유언장에 관심이 있을 뿐이지 결코 당신의 가슴에 엉큼한 관심이 있는 건─."

"이상한 소리 하지 말아요, 진짜!"

사야카는 분별없는 시선을 튕겨 내듯 탐정을 매섭게 노려보았다.

그때 조타실에서 선장의 목소리가 들렸다. "여봐, 이제 저기 보여."

그 순간 사야카와 다카오는 무심코 얼굴을 마주 보았다. 명상 중
인 도라쿠 스님도 두 눈을 번쩍 뜨고 일어섰다. 뒤쪽 갑판에 있던
쓰루오카 가즈야도 앞쪽 갑판으로 왔다.

모두 앞쪽을 똑바로 쳐다보았다. 그 시선 끝에는.

푸른 바다에 섬 하나가 외따로 떠 있었다. 섬 전체가 커다란 점프
대를 연상시키는 특징적인 실루엣. 그 광경에 시선을 빼앗긴 네 사
람에게 조타실의 선장이 다시 큰 소리로 말했다.

"다들 잘 봐 둬. 저게 비탈섬이야."

3

선장은 섬 북쪽으로 배를 몰았다. 벤텐마루호는 순식간에 깎아
지른 듯한 벼랑에 접근했다. 가까이에서 보자 줄지은 갈색 암석이
앞쪽에 벽처럼 버티고 있어 압박감이 느껴졌다. 박력 넘치는 광경
앞에서 고바야카와 다카오는 손바닥을 펴서 눈 위를 가리며 천박하
게 휘파람을 불었다.

"이거 굉장한걸. 떨어지면 저승길 직행이겠어. 이 벼랑, 이름이
따로 있습니까?"

그 질문에는 도라쿠 스님이 대답했다. "지역 어민들은 '도깨비 뒤

집기 벼랑'이라고 부르는 것 같더군요. 왜, 성의 석벽 중에 위로 갈수록 경사가 급해지는 걸 '무사 뒤집기'라고 하잖습니까. 이 벼랑은 '무사 뒤집기'보다 더 경사가 급해서 도깨비섬의 도깨비조차 기어오르다가 뒤집힐 정도라는 뜻에서 그런 이름이 붙은 거죠."

도깨비섬이라는 게 정말로 있다면 말이지만요, 라면서 스님은 얄밉게 덧붙였다. 말할 필요도 없겠지만 오카야마현 사람들이 다들 도깨비가 살았다는 도깨비섬 전설을 무턱대고 믿는 건 아니다.

사야카는 작게 미소 짓고 앞을 올려다보았다. 확실히 가파른 벼랑이다. 꼭 수직으로 세운 병풍 같다. 아니, 벼랑 위쪽 끄트머리는 약간이지만 바다 쪽으로 튀어나온 것처럼 보인다. '무사 뒤집기'보다 오르기 힘든 '도깨비 뒤집기 벼랑'이라는 이름은 결코 허명이 아니라고 생각했다. '뭐, 도깨비섬 전설은 눈곱만큼도 안 믿지만.'

그때 사야카 옆에서 쓰루오카 가즈야가 갑자기 밉살스러운 투로 말했다.

"흥, '도깨비 뒤집기 벼랑'은 개뿔. 그냥 흔해 빠진 벼랑이잖아. 신기할 것 하나 없어. 어이, 선장. 여기서 이러고 있지 말고 얼른 선착장으로 갑시다. 관광하러 온 것도 아니니까."

다짜고짜 날아든 재촉에 조타실에 있던 선장은 씁쓸한 표정을 짓더니 고개를 설레설레 흔들고는 배의 속도를 높였다. 벤텐마루호는 '도깨비 뒤집기 벼랑'을 돌아서 섬 남쪽으로 향했다. 이쪽은 섬에서도 비교적 경사가 완만한 지대다. 단애절벽은 자취를 감추고 대신에 녹색 초목과 하얀 모래톱이 눈에 띄기 시작했다. 몇 분 후.

벤텐마루호는 섬 남쪽 가장자리에 있는 작은 선착장에 도착했

다. 선장은 신중하게 키를 조작해 벤텐마루호를 무사히 선착장에
댔다. 동시에 "해, 해냈다!" 하고 조타실 안에서 선장이 불끈 쥔 두
주먹을 번쩍 쳐들었다.

그 모습에 사야카가 고개를 갸우뚱하며 물어보았다. "어, 선장
님, 이 섬에 익숙한 거 아니에요?"

그러자 선장은 머리를 긁적이며 "아니, 늘 근처를 지나다니지만
선착장에 배를 댄 건 처음이야"라고 의외의 사실을 밝혔다. "그것도
그렇고 이 부근 바다에는 숨겨진 암초가 많아서 물결이 잔잔할 때
도 안심은 금물이지. 이러다 조금만 바다가 거칠어지면 배로는 접
근을 못 해. 날씨가 오늘만 같다면야 별문제 없지만."

선장은 기대를 담아 푸른 하늘을 올려다보았다. 마침 조타실의
라디오에서 일기예보가 흘러나왔다. 여자 아나운서는 선장의 기대
를 뚝 꺾듯 찜찜한 정보를 전했다.

'중형 태풍 11호는 세력을 유지한 채 아마미오시마섬 근해를 북
상하는 중입니다. 머지않아 다네가시마섬과 야쿠시마섬이 태풍의
영향권에 들어갈 예정입니다. 앞으로도 태풍의 진로에 주의를 기
울여 주시기 바랍니다. 한편 태풍 11호의 남쪽 해상에서는 더 규모
가 큰 대형 태풍 12호가 점점 발달하며 북상하는 중입니다. 이쪽에
도 경계가 필요하고……'

선장은 탁, 하고 갑자기 전원을 꺼 불길한 소리를 내뱉는 라디오
를 침묵시켰다. 그리고 "어험" 헛기침을 한 번 하더니, 사야카를 보
고 어색하게 웃었다. "난 바로 항구에 돌아갈 거야. 나중에 이 배로
데리러 올게. 어, 뭐라고? 태풍이 오고 있다고?! 에이, 이쪽 방면으

로는 안 올라오겠지만, 오더라도 그때는 그때고. 안 그런가?"

"아, 네, 그렇죠."

하지만 '그때는 그때고'라니, 그런 태도로 정말 괜찮은 걸까?

사야카는 무심코 눈살을 찌푸렸다. 가슴속에 약간이지만 확실하게 불안이 싹텄다.

고바야카와 다카오와 쓰루오카 가즈야는 자기 짐을 들고 발판을 건넜다. 야노 사야카와 도라쿠 스님도 그들을 뒤따랐다. 선장은 무사히 땅에 내려선 네 사람에게 가볍게 손을 흔든 후에 "그럼 이만 갈게" 하고 말하고는 조타실로 들어갔다. 조용한 섬에 엔진 소리가 울려 퍼졌다. 선착장을 떠난 벤텐마루호는 푸른 바다에 하얀 물결을 남기며 비탈섬에서 멀어졌다.

"망할 놈의 섬에 드디어 도착했네." 쓰루오카는 여행 가방을 어깨에 메며 선착장 주변에 따분해 보이는 시선을 던졌다. "흥, 정말이지 바뀐 구석이라고는 하나도 없는 섬이라니까."

도라쿠 스님은 의외라는 표정을 지었다. "어라, 이 섬에 처음 오신 게 아니군요."

"응, 옛날에는 가끔 놀러 왔지. 일단 친척이니까. 마지막으로 온 지 20년도 넘었지만. 그러는 스님은 오늘처럼 법사 같은 일로 가끔 오나?"

"아니요, 저는 오늘 처음으로 왔습니다. 고묘지는 사이다이지 가문의 보리사(*한 집안에서 대대로 장례를 지내고 조상의 위패를 모셔 명복을 비는 절)지만, 지금까지 이 섬에서 법사를 올린 적은 없거든

50

요. 어떤 곳일까 상상했었는데. 흠, 꽤 좋은 섬 같군요."

스님의 태평한 말에 사야카는 절로 고개가 갸웃거려졌다. "어, 좋은 섬일까요."

눈에 들어오는 건 해안을 따라 펼쳐진 울퉁불퉁한 바위밭과 비탈을 기어오르듯이 펼쳐진 나무들. 그야말로 개발의 물결이 미치지 못하고 홀로 남겨진 무인도 같은 이미지다. 여기에 자산가의 별장이 존재한다니, 도저히 믿을 수가 없었다.

"어쩐지 저희만 섬에 남겨진 것 같은—."

"아니, 그렇지도 않아, 사야카 씨." 다카오가 앞쪽을 가리켰다. "아무래도 마중을 나왔나 보군."

그쪽을 쳐다보니 녹지와 바위밭을 누비는 모양새로, 좁은 길 한 줄기가 비탈을 기어오르듯 뻗어 있었다. 저택으로 이어지는 길인 모양이다. 그 좁은 길을 따라 선착장으로 다가오는 두 사람이 보였다.

잠시 후 검은 턱시도 차림의 남자와 진한 감색 원피스 차림의 여자가 사야카 일행 앞에 섰다. 둘 다 머리가 희끗희끗한 초로의 콤비다. 얼핏 본 인상으로 판단하자면, 자산가의 집에서 일하는 집사와 가사도우미에 해당하는 사람들일 것이다.

실제로 검은 턱시도 차림의 남자는 사람들 앞에서 공손하게 고개 숙이더니 이렇게 말했다.

"잘 오셨습니다, 여러분. 저는 사이다이지 가문을 모시고 있는 고이케 기요시라고 합니다. 이쪽은 제 아내인 고이케 시노부고요. 잘 부탁드립니다. 그럼 여러분, 저택으로 안내하겠습니다. 짐은 들어 드릴 테니 저한테 주십시오."

"그럼 부탁할게." 쓰루오카는 자신의 여행 가방을 냉큼 턱시도 차림의 집사에게 맡겼다. "그나저나 당신네 부부, 아직 사이다이지 집안에 있었네. 꽤 오랜만에 보는군. 날 기억하나?"

"23년 만입니다. 오랜만에 뵙습니다. 쓰루오카 님. 건강해 보이셔서 다행입니다."

고이케 기요시는 무표정한 얼굴로 고개를 숙이더니 쓰루오카의 짐을 받아들었다. 한편 도라쿠 스님은 "이것도 수행이니까요" 하며 짐 맡기길 거부했다. 스님의 짐은 차라리 두타대(*여러 곳을 돌아다니며 도를 닦는 승려가 옷가지를 넣어 걸고 다니는 자루)라고 부르고 싶을 만큼, 허름한 숄더백 하나뿐이었다.

옆에서 가사도우미 고이케 시노부가 사야카의 캐리어에 손을 뻗었다. 대번에 두 여자 사이에서 "아니요, 이건 제가……", "하지만 이게 일이니까요……", "아니요, 고맙지만 신경 안 쓰셔도……", "자, 그렇게 말씀하지 마시고……", "아니요, 정말로……" 하는 '예의범절 배틀'이 발생했다.

비생산적인 광경을 참다 못했는지 고바야카와 다카오가 끼어들어 "그럼 아주머니는 이걸 들어 주시겠어요" 하고 자신의 검은색 양복저고리를 척 맡겼다. 바닷물에 흠뻑 젖은 양복저고리. 축축하고 찝찝한 감촉에 가사도우미의 표정이 한순간 흐려졌지만 다카오는 주눅 드는 낌새 하나 없었다.

"세탁도 해 주시면 고맙겠는데요."

알겠습니다, 가사도우미는 공손하게 고개 숙였다.

사야카 일행은 고이케 부부의 안내를 받아 오르막길을 올랐다. 작은 숲으로 들어가서 걷기를 몇 분. 주변을 뒤덮은 나무들 사이를 빠져나오자 갑자기 시야가 탁 트였다.

거기에 건물이 있었다. 섬에 와서 처음으로 보는 건조물이었다. 놀랄 만큼 크고 모양새가 기묘했다. 눈이 동그래진 사야카 뒤에서 고바야카와 다카오가 또 천박하게 휘파람을 불었다.

"굉장한걸. 이게 사이다이지 가문의 별장인가. 거품 경제 전성기에 지어진 리조트 호텔 같은 느낌이잖아. 게다가 엄청 독특하게 생겼네. 외딴 섬에 있으니까 별문제 없지만, 촌 동네의 도롯가에 있었다면 완전히 러브호―."

"잠깐…… 안 돼요, 고바야카와 씨!" 사야카는 버럭 소리 질러 실언을 막았다.

하지만 그의 조심스럽지 못한 발언에도 확실히 수긍 가는 부분은 있었다. 사실 척 보기에도 기묘한 건물이다.

사야카는 건물과 정면으로 마주 섰다.

철근 콘크리트 구조일까. 정면에서 보이는 부분은 옆으로 길쭉한 2층짜리 건축물이다. 건축물의 좌우 양쪽 끝부분에서 길쭉한 건물 두 동이 사야카 일행을 향해 평행으로 쭉 뻗어 나왔다. 이 부분은 단층이다. 위에서 보면 건물 전체는 가타카나의 '코(コ)' 모양일 것이다. コ의 세로획에 해당하는 부분이 2층, 가로획 두 개가 단층인 셈이다. 그 단순한 형태만 보면 멋대가리 없는 학교 건물 같기도 하지만, 실제로는 조금 다르다. 건물을 광택 있는 회색으로 통일하여 차분한 분위기를 자아냈다. 그리고 2층으로 이루어진 정면 부분

의 옥상 한복판에 한층 눈길을 끄는 특징적인 물체가 있었다.

그건 거대한 구체였다. 가을 햇살을 받고 번쩍번쩍 빛났는데, 회색이라기보다 은색에 가까웠다. 거대한 지구의 같기도 했고, 너무 큰 저수탱크 같기도 했다. 러브호텔 옥상에 간판 대신 장식한 오브제 같다면 그럴싸하지만 설마 그렇지는 않으리라.

사야카는 스스로 생각하기를 포기하고 순순히 정답을 물어보았다.

"옥상에 있는 저 동그란 물체는 뭔가요?"

이 질문에는 고이케 기요시가 대답했다. "아아, 저거요? 뭐랄까, 전망실이기도 하고, 휴게실이기도 하고, 도서실이기도 하죠. 요컨대 원형 방입니다, 네."

"원형 방이라." 다카오가 고개를 끄덕끄덕했다. "저는 러브호텔 옥상에 간판 대신 장식한 오브제 같다고 생각했거든요. 그렇지, 사야카 씨?"

"그, 그렇기는요! 제, 제가 그렇게 생각할 리 없잖아요."

같은 부류로 취급하지 말라는 듯 사야카는 안경을 손가락으로 밀어 올리며 다카오를 째려보았다.

하지만 탐정은 실실 웃더니, 옆에 서 있는 중년 남자에게 고개를 돌리고 물었다. "어떻습니까, 쓰루오카 씨. 23년 만에 이 건물을 본 소감은?"

"음, 어쩐지 많이 변했군. 옛날에는 이런 ㄷ자 모양이 아니었고, 옥상에 저런 구체도 없었어. 색도 전체적으로 좀 더 하얬을 거야."

"이야, 그런가요." 탐정은 고개를 끄덕였다. "참고로 섬에 건물은 이 별장뿐입니까?"

"응, 옛날에는 그랬지. 지금은 어때, 할아범?"

할아범이라고 불린 고이케 기요시는 눈썹 하나 까딱하지 않고 정중하게 대답했다.

"네. 예나 지금이나 비탈섬에 건물은 이 '화강장' 한 채뿐입니다."

그 이름을 듣고 도라쿠 스님이 입을 열었다. "오, 이름이 '화강장'입니까. 화강하면 화강석이죠. 듣고 보니 건물 표면을 덮은 광택 있는 돌은 분명 화강석 같군요. 어허, 이런 외딴 섬에 이렇게 훌륭한 건물이 있을 줄이야ㅡ."

스님은 몹시 감동했는지 거대 유적에 경의라도 표하듯 저택을 향해 말없이 두 손을 모았다. 쓰루오카가 스님 옆을 성큼성큼 지나가며 답답하다는 듯 목소리를 높였다.

"이봐, 스님. 건물에 인사는 무슨 인사야. 얼른 안으로 들어가자고. 당장 뜨거운 물로 샤워하고 한숨 자고 싶단 말이야. 안 그래? 탐정님도 그렇지?"

"어, 저요? 아니요, 몸도 꽤 말랐겠다, 저는 이대로도 괜찮습니다만."

'무슨 소리야! 당신은 샤워해야지! 아까 바다에 빠졌잖아!'

사야카는 그렇게 외칠 뻔했지만, 그 말을 막기라도 하듯 갑자기 주변에 굉음이 울려 퍼졌다. 하늘을 올려다보자 헬리콥터 한 대가 이쪽으로 다가오고 있었다. 섬에 착륙하려는 모양이었다. 사야카는 허둥지둥 고이케 부부에게 물었다.

"이 섬에 헬기가 착륙할 수 있나요?"

그러자 고이케 시노부가 저택 부지 한복판, ㄷ 모양의 건물에 둘러싸인 중정 부분을 가리켰다.

"중정을 헬기 착륙장으로 사용해요. 섬에 헬기를 댈 수 있는 평지는 여기밖에 없거든요."

듣고 보니 분명 고이케 시노부의 말대로였다. 잔디밭과 화단도 있기는 했지만, 중정 한가운데의 넓은 공간을 차지하고 있는 건 콘크리트로 포장한 헬기 착륙장이었다. 헬기 착륙장임을 알리는 'H'라는 글자가 회색 지면에 노란색으로 큼지막하게 적혀 있었다.

사야카 일행은 일단 건물 쪽에 붙어서 안전을 확보했다. 사람들이 지켜보는 가운데, 검은색 기체가 신중하게 내려오더니 무사히 중정의 착륙장에 내려앉았다.

헬기 문이 열리고 흰 가운을 입은 젊은 남자가 제일 먼저 내렸다. 단정하게 생긴 얼굴과 청결감이 느껴지는 짧은 머리. 은테 안경이 지적인 인상을 주었다.

이어서 지팡이를 짚은 백발 여자가 모습을 나타냈다. 나이가 많은 탓인지 걸음걸이가 불안해 보였다. 파란색 카디건과 베이지색 치마로 야윈 몸을 감쌌다.

그 몸을 뒤에서 지탱이라도 하듯, 체격이 건장하나 결코 젊지는 않은 여자가 마지막으로 모습을 나타냈다. 나이에 안 어울려 보이는 화려한 꽃무늬 원피스 차림이었다. 허리에 감은 벨트가 두툼한 몸통을 파고든 모습이 어쩐지 우스꽝스러워 보였다.

고이케 부부는 얼른 세 사람에게 달려가 그들의 짐을 받았다. 사야카는 별로 말을 섞고 싶지 않았지만, 달리 물어볼 사람도 없어서 어쩔 수 없이 쓰루오카 가즈야에게 물어보았다.

"머리가 세었고 몸이 야윈 여자분은 누구시죠?"

"뭐야, 모르나? 저 사람이 바로 죽은 고로 외숙부의 아내야."

"어, 저분이 가나에 부인?!" 너무 의외라 사야카는 눈을 깜박깜박했다. 잔병치레가 많은 가나에 부인은 죽은 남편의 장례식에는 참석했지만, 그다음 날 '유언장 PART 1'을 개봉하는 자리에는 참석하지 않았다. 그래서 사야카는 가나에 부인을 직접 보지는 못했다. "하지만 아버지한테 가나에 부인은 예순다섯 살이라고 들었는데요."

헬기에서 내린 여자는 그보다 열 살은 더 많아 보였다.

"그러게, 나도 놀랐어. 한동안 못 본 사이에 폭삭 늙어 버린 모양이군. 병이라도 앓은 거겠지. 덧붙여 같이 있는 뚱뚱한 아줌마는—."

"아, 그쪽은 알아요. 마사에 씨죠. 고로 씨의 여동생. 오히려 흰 가운을 입은 남자가 누군지 모르겠는데요."

"저 젊은 남자? 나도 모르는데. 하지만 흰 가운을 입었으니 아마도 의사겠지. 그러고 보니 23년 전에는 다카자와라는 중년 남자가 사이다이지 집안의 주치의였어. 어쩌면 그의 아들일 수도 있겠군. 얼굴도 닮은 것 같으니 말이야."

젊은 남자는 의사일 것이라는 쓰루오카의 짐작은 맞으리라. 흰 가운을 입은 남자는 헬기에서 꺼낸 접이식 휠체어를 재빨리 펼치고 거기 가나에 부인을 앉혔다. 그러고는 휠체어를 밀며 헬기 착륙장을 벗어났다. 마사에와 고이케 부부도 그 뒤를 따랐다. 그 직후, 헬기는 프로펠러를 빠르게 회전시켜 다시 하늘로 급상승했다. 그리고 이런 외딴 섬에 오래 머무르는 건 쓸데없는 짓이라는 듯 엄청난 속력으로 비탈섬을 떠났다.

폭음이 멀어지는 가운데, 고바야카와 다카오는 휠체어에 앉은 노부인에게 똑바로 다가가서 깊이 고개 숙였다. 하지만 어째선지 가나에 부인과는 일절 말을 나누지 않고, 대신에 마사에한테 친근 감 깃든 시선을 던졌다.

"이야, 타이밍 끝내주는군요. 저희도 방금 도착했거든요. 설마 헬기로 오실 줄은 몰랐지만."

"그래? 올케한테는 헬기가 제일 부담이 덜할 것 같아서. 다카자 와 선생님도 찬성했어. 참, 여러분은 다카자와 선생님과 초면이지? 이쪽은 올케의 주치의인 다카자와 나오토 씨. 다카자와 선생님, 이 쪽은 사립탐정 고바야카와 다카오 씨, 변호사 야노 사야카 씨, 고묘 지의 도라쿠 스님, 그리고…… 어머나, 진짜 오랜만이다!"

남자의 얼굴을 보자마자 푸둥푸둥한 마사에의 얼굴 전체에 그리 움과 안도감이 번졌다.

"내 조카 쓰루오카 가즈야 군. 아아, 다행이야, 정말로 와 주었구 나. 사립탐정까지 고용해서 수색한 보람이 있었어. 용케 찾아냈네, 고바야카와 씨. 뭐라고 감사를 해야 할지, 정말 고마워."

"에이, 그렇게 감사하실 것까지야. 그래도 사례금은 받겠습니다 만."

아, 마사에가 탐정에게 의뢰했던 건가. 사야카는 몰래 고개를 끄 덕였다.

하지만 그런 것보다.

휠체어에 앉은 가나에 부인은 일방적으로 떠드는 마사에와 달리 아무 말도 없다. 오늘은 고문 변호사의 대리인 자격으로 왔으니 마사에보다 가나에 부인에게 먼저 인사해야 하리라. 그렇게 생각한 사야카는 노부인 앞에 서서 허리를 가볍게 구부렸다.

"저어, 처음 뵙겠습니다. 저는 야노 사야카라고 합니……."

다음 순간, 사야카는 흠칫 놀라서 말을 집어삼켰다. 가나에 부인의 두 눈에는 초점이 없었다. 공허한 시선은 눈앞에 있는 사야카의 얼굴을 지나쳐 어딘가 저 먼 곳을 향한 것 같았다. 당황한 사야카 뒤에서 마사에가 미안한 듯한 목소리로 설명했다.

"미안해. 올케는 마음에 병이 생긴 지 꽤 오래됐어."

짤막한 설명이었지만 그걸로 충분했다. 사야카는 아까 탐정이 그랬듯 고개를 깊이 숙이는 것으로 인사를 마쳤다. 미묘한 침묵이 한순간 주변을 지배했다. 정적을 깨부수듯 마사에가 한층 쾌활한 목소리로 말했다.

"자, 이야기는 이쯤 하고 얼른 안으로 들어가지. 그런데 기요시 씨, 나머지 세 사람은 도착했어?"

'나머지 세 사람'은 물어볼 필요도 없이 에이코, 게이스케, 유코 3남매를 가리키리라.

고이케 기요시는 웃는 얼굴로 대답했다. "네. 세 분 다 어제부터 기다리고 계십니다."

"그래, 다행이네."

만족스럽게 고개를 끄덕인 마사에는 흥분을 억누르지 못하는 표정으로 중얼거렸다. "그럼 이번에야말로 오빠의 진짜 유언을 들을 수 있겠군."

<h1 style="text-align:center">4</h1>

어선을 타고 섬에 온 야노 사야카, 고바야카와 다카오, 쓰루오카 가즈야, 도라쿠 스님. 헬리콥터를 타고 섬에 온 사이다이지 가나에 부인, 사이다이지 마사에, 다카자와 나오토. 총 일곱 명은 사이다이지 가문의 고용인인 고이케 부부를 따라 '화강장' 현관으로 향했다.

현관은 ㄷ 모양 건물의 제일 깊숙한 곳, 즉 중정이 끝나는 부분에 있었다.

고이케 부부가 중후한 두짝문을 열자 눈앞에 호사스러운 현관홀이 펼쳐졌다. 빨간 카펫을 죽 깔아 호텔의 프런트 로비가 연상되는 공간이었다. 리셉션 데스크와 제복을 입은 직원이 있었다면 망설임 없이 체크인부터 해야지, 생각했으리라.

"굉장하다." 감탄한 사야카는 안경을 손끝으로 밀어 올리며 소리쳤다. "호텔 같네요."

"그것 봐!" 다카오는 불만스럽게 입을 삐쭉 내밀고 말했다. "아까부터 내가 몇 번이나 어쩐지 러브호텔 같다고 그랬잖아. 그런데 당신은……."

"그런 뜻이 아니라, 고급 호텔 같다는 거라고요!"

사야카는 헛소리를 봉쇄하기 위해 옆에 있는 탐정을 흘겨보았다. 실제로 눈앞의 광경은 도무지 개인의 저택, 그것도 별장 같아 보이지 않았다. 사야카는 사이다이지 가문의 재력에 새삼 혀를 내둘렀다.

현관홀 안쪽에서 기묘한 물체가 존재감을 과시했다. 소용돌이 형태의 오브제를 연상시키는 특징적인 겉모습은 거대한 나선계단이었다. 사야카는 매끄러운 곡선이 만드는 아름다운 모습에 시선을 빼앗겼다. 그때 여자 두 명이 나선계단을 우아하게 내려왔다.

"아아, 오셨군요."

상복 같아 보이는 거무스름한 드레스 차림의 중년 여자가 카랑카랑한 목소리로 말했다. 농익은 과일을 연상시키는 외모와 육감적인 몸매. 일종의 관록조차 풍기는 여자를 물론 사야카는 기억하고 있었다. 사이다이지 에이코. 죽은 사이다이지 고로의 첫째 딸이다.

뒤이어 내려온 사람은 터울이 많이 지는 셋째 딸, 사이다이지 유코다. 이쪽은 수수한 감색 원피스를 입었다. 그래도 반짝이는 미모와 고가의 보석 같은 기품이 유코 주변에 화사한 분위기를 자아냈다. 뽀얀 피부와 윤기가 흐르는 긴 흑발은, 같은 여자인 사야카가 보기에도 매력적이었다. 게다가 돈까지 많다니, 오카야마의 신은 불평등하다고 사야카는 생각했다.

나선계단을 내려온 자매는 사야카와 도라쿠 스님 앞으로 똑바로 다가왔다. 다시 에이코가 입을 열었다. "기다리고 있었어요. 오늘 아무쪼록 잘 부탁드립니다."

물론 사십구재 법사와 유언장 개봉을 뜻하겠지만, 굳이 따지자면 주안점은 후자에 있을 것이다. 그 증거로 에이코는 나이가 더 많은 도라쿠 스님이 아니라 사야카에게 깊숙이 고개 숙였다.

"아, 아니요, 저야말로……." 사야카도 허둥지둥 고개를 숙였다.

그러고 나서 에이코는 휠체어에 앉은 가나에 부인을 보고 어색한 미소를 지었다.

"어머니도 건강해 보여서 다행이네."

가나에 부인은 딸의 말을 이해했을까. 부인의 입에서는 "게이스케는……?" 하고 다소 엉뚱한 질문이 흘러나왔을 뿐이었다.

에이코는 낙담한 듯 후우, 한숨을 쉬며 어깨를 축 늘어뜨렸다. 그러자 옆에 서 있던 유코가 자세를 낮추고 다정하게 말을 걸었다.

"걱정 안 해도 돼, 엄마. 게이스케 오빠는 벌써 와 있어. 곧 만날 거야."

그리고 유코는 휠체어 뒤편에 서 있는 다카자와에게 자연스러운 웃음을 지었다.

"선생님도 고생 많으셨어요. 오는 길에 아무 일도 없었나요?"

"어, 아아, 네. 용태도 안정적이셨고, 헬기를 무서워하는 낌새도 없으셔서 아무 문제 없이 왔습니다. 마사에 씨도 여러모로 도와주셨고요."

젊은 의사는 안경과 가운의 소맷자락을 거듭 만지작거리며 대답했다. 아무래도 눈앞에 있는 미인의 얼굴을 제대로 못 보겠는 모양이다. '흠, 잘생긴 것치고 의외로 순정파인가 보네'라며 사야카는 멋대로 추측했다. 잘생겼으니까 순정파가 아니라든가 못생겼으니까 순정파라는 법칙성은 현재까지 오카야마에서 확인된 바 없지만.

딴생각하는 사야카 옆에서 마사에가 또 목소리를 높였다.

"자자, 이야기는 나중에 하고, 일단 올케부터 방으로 데려가야겠어. 올케 방은 평소 사용하던 1층 방이면 되지? 알았어. 가지, 선생님."

"앗, 네. 그럼─."

의사는 한순간 아쉬운 듯한 시선을 유코에게 던지고 나서 휠체어를 밀었다. 마사에와 다카자와는 가나에 부인과 함께 현관홀을 나아갔다. 나선계단 쪽으로는 가지 않고 로비에서 좌우로 뻗은 복도를 왼쪽으로 나아갔다. 세 사람이 시야에서 사라진 후, 에이코는 그제야 사촌 오빠에게 얼굴을 돌렸다.

"오랜만이네, 가즈야 오빠. 지금까지 어디서 뭘 한 거야?"

나이가 비슷한 사촌이라 마음이 편해진 걸까. 에이코의 말투에서 격식이 확 빠져나갔다. 하지만 쓰루오카 가즈야는 에이코의 질문을 피하듯이 대꾸했다. "그런 이야기는 나중에 해도 되잖아. 낮잠을 자고 싶으니까 얼른 방으로 안내나 해."

"어머, 안내는 필요 없잖아. 오빠 방은 옛날부터 사용하던 그 방이야."

"아아, 지하의 그 방. 알았어. 거기라도 상관없어. 그럼 나중에 보자."

쓰루오카는 고이케 기요시에게 짐을 받은 후 크게 하품했다. 그리고 나선계단으로 곧장 걸어가서 큼지막한 계단을 한 단씩 내려갔다. 나선계단은 지하로도 통하는 모양이다. 이윽고 쓰루오카는 계단 아래로 사라졌다.

에이코는 얼마 남지 않은 손님들 쪽으로 돌아섰다. "스님과 야노 변호사님이 쓰실 방도 준비해 놨어요. 유코, 안내해드리렴."

"응." 유코가 대답했을 때, "어험, 어허험" 하고 옹색하게 헛기침하는 소리가 들렸다. 자기가 여기 있다고 티 내는 짓이다. 그러자 에이코는 비로소 남자의 존재를 알아차렸다는 듯 깜짝 놀란 표정으로 물었다.

"어머, 그쪽은 그러니까, 법률 사무소에서 나오신 분?"

"그렇습니다."

남자가 2초 만에 들통날 거짓말을 하길래 사야카는 옆에서 정정하지 않을 수 없었다.

"아닌데요. 이 사람은 법률 사무소가 아니라 탐정 사무소 사람이에요."

"아아, 그럼 당신이 고바야카와 다카오 씨로군요." 에이코는 손뼉을 짝 치며 말했다. "괜찮아요. 당신 평판은 마사에 고모한테 들었어요. 어머님이 명탐정이라면서요?"

"네?! 아아, 그건 제가 아니라 어머니 평판이로군요. 음⋯⋯."

뭐, 틀린 말은 아니지만요. 2대 탐정은 그렇게 중얼거리며 턱 언저리를 손가락으로 긁적였다.

"정말 괜찮은 겁니까. 제 방도 준비해 두신 거죠?"

미묘한 분위기가 감도는 가운데, 유코가 "걱정하지 마세요"라면서 밝은 목소리로 말했다. "각자 하나씩 방을 준비했으니까요. 그럼 이쪽으로 오세요."

유코가 앞장서서 걸음을 옮겼다. 야노 사야카, 고바야카와 다카오, 도라쿠 스님이 유코를 졸졸 따라갔다. 짐을 든 고이케 부부가 손님들의 뒤를 이었다. 유코는 망설임 없는 걸음걸이로 나선계단에 다가갔다. 방은 2층에 있는 모양이었다.

나선계단은 건물을 중심으로 거대한 소용돌이를 그리는 듯한 구

화강장 평면도

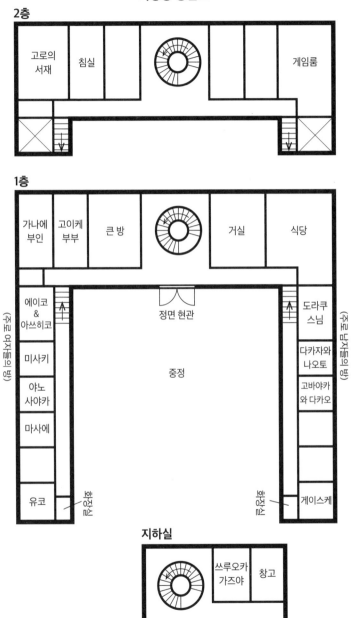

2층

| 고로의 서재 | 침실 | | | | 게임룸 |

1층

| 가나에 부인 | 고이케 부부 | 큰 방 | | 거실 | 식당 |

(주로 여자들의 방)

에이코 & 아쓰히코
미사키
야노 사야카
마사에
유코
화장실

정면 현관

중정

(주로 남자들의 방)

도라쿠 스님
다카자와 나오토
고바야카와 다카오
게이스케
화장실

지하실

| | 쓰루오카 가즈야 | 창고 |

조다. 빙글빙글 두 바퀴 돌고 나자 2층이 나왔다. 걸어서 올라가기가 그리 편하지는 않다. 사야카는 평소 운동이 부족했음을 절실히 느꼈다.

사야카에 이어 도라쿠 스님이 도착했다. 도라쿠 스님도 운동 부족인 듯 어깻숨을 몰아쉬며 말했다.

"후우, 이것 참, 아주 운동이 많이 되는군요."

그리고 방금 올라온 계단에 두 손을 모았다. 뭐든 고마운 대상에 인사를 올리는 버릇이 있는 모양이다. 유코는 재미있다는 듯 웃음을 지으며 말했다. "마음에 드셨어요?"

그사이 마지막으로 계단을 올라온 다카오가 두 무릎에 손을 짚은 채 대답했다.

"헉, 헉, 네……. 그, 그야…… 이렇게 멋진, 계단은…… 찾아보기, 힘들죠……. 후우."

"이봐요, 숨을 너무 헐떡이는 거 아니에요?! 아까는 바다에 뛰어들 만큼 엄청난 점프를 했으면서."

"미안하게 됐군. 난 순발력은 치타지만, 지구력은 토끼야."

그야말로 희귀 동물이다. 사야카는 어이없어하면서 나선계단 위쪽을 쳐다보았다. 계단은 2층에서 끝나지 않고 위로 이어졌다. 그러고 보니 이 건물 꼭대기에는 특징적인 구체 건조물이 있었다. 그 사실을 떠올리며 사야카는 유코에게 물었다.

"이 나선계단, 동그란 전망실로 이어지는 거죠?"

"네." 유코가 고개를 끄덕였다. "전망실이자 휴게실이자 도서실이기도 해요."

"어쩐지 재미있는 공간이로군요."

"네, 멋진 방이에요. 꼭 이용해 보세요. 어머나?!"

그때 유코의 시선이 계단 위쪽에 멈추길래 바라보니 한 남자가 나선계단을 내려왔다. 누구일지는 생각해 볼 필요도 없었다. 사이다이지 가문의 3남매 중 아직 모습을 나타내지 않은 인물. 둘째 아들 사이다이지 게이스케다.

"아아, 유코구나. 목소리가 들려서 내려와 봤는데, 손님이시니?"

유코는 게이스케에게 부드러운 미소를 지으며 대답했다.

"응, 맞아, 오빠. 사야카 씨와 스님은 알지?"

사야카는 유언장을 개봉하는 자리에서 게이스케와 만났다. 그때는 장례식 다음 날이라 상복 차림이었던 게이스케도 지금은 데님에 베이지색 폴로셔츠라는 털털한 차림새였다. 지난번에 만났을 때도 서른여덟 살이라는 실제 나이보다 젊어 보였지만 평상복을 입자 서른 살 안팎으로밖에 보이지 않았다. 균형 잡힌 몸매에 이목구비가 단정한 얼굴. 보슬보슬한 긴 머리털이 지적인 눈가에 드리워졌다.

사야카와 도라쿠 스님에게 간단히 인사한 게이스케는 긴 앞머리를 손으로 쓸어넘기며 신기한 표정으로 탐정을 바라보았다. "어, 이쪽 분은…… 역시 법률 사무소에서 나오셨나요?"

"이야, 알아보시겠나요?"

"아니에요!" 사야카는 0.5초 만에 탐정의 거짓말을 정정했다. "탐정 사무소에서 나온 사람이에요."

"탐정?! 아아, 그런 거로군요." 전부 이해했다는 듯 게이스케가 고개를 끄덕였다. "이제 '유언장 PART 2'를 무사히 개봉할 수 있겠네요. 에이코 누나도 안심이겠네."

말투만 들으면 게이스케 본인은 유언장 개봉에 큰 관심이 없는 듯하다. 과연 본심은 어떨까. 사야카는 짐작이 가지 않았다.

"그것보다 오빠, 엄마가 오셨어. 가서 얼굴 보여드려."

"아아, 알았어. 바로 갈게. 그럼, 여러분, 편안한 시간 보내시길."

게이스케는 가볍게 고개 숙인 후 1층으로 나선계단을 내려갔다.

그의 모습이 사라지자 유코는 남자 손님들에게 고개를 돌렸다.

"그럼 고바야카와 씨와 스님은 저쪽으로." 유코는 건물 좌우로 뻗은 복도 한쪽을 가리켰다. 다음에는 반대쪽을 가리키며 말했다. "사야카 씨는 이쪽으로 안내할게요."

아무래도 ㄷ 모양 건물의 양쪽에 갈라서 방을 준비해 둔 모양이다.

"남자 손님과 여자 손님을 따로 모시는 편이 좋을 것 같아서요." 집사 고이케 기요시가 설명했다.

"아니요, 아니요, 그렇게 신경 쓰실 필요 없는데요." 다카오가 말했다.

"그거, 남자가 할 말은 아니거든요!" 사야카는 핀잔을 주고서 고이케 기요시에게 머리를 꾸벅 숙였다. "배려해 주셔서 감사합니다. 그럼 탐정님, 나중에 봐요!"

사야카가 손을 살짝 흔들자 탐정은 뚱한 표정을 지었다. "어쩔 수 없지. 다음에는 칼같이 주름을 잡은 바지와 잘 마른 윗옷을 입고 만나자고. 그럼, 가실까요, 스님."

다카오와 도라쿠 스님은 고이케 시노부를 따라 복도 저편으로 멀어졌다. 사야카는 복도 반대쪽을 보고 말했다. "그럼, 안내 부탁드릴게요, 유코 씨."

"네, 이쪽이에요." 유코는 앞장서서 걸음을 옮겼다. 사야카가 그 뒤를 따랐고, 짐을 든 고이케 기요시가 제일 후미에 섰다. 잠시 나아가자 복도는 직각으로 꺾어졌다. 그 앞에는 또 계단이 있었다. 하지만 나선계단은 아니고 평범한 직선 계단이다. 세 사람은 계단을 한 단씩 천천히 내려갔다.

계단을 내려가는 도중에 "어?!" 하고 사야카는 문득 걸음을 멈췄다.

유코도 계단 중간쯤에 멈춰 서서 고개를 갸웃했다. "왜 그러세요?"

"아니, 그게…… 이상하잖아요. 아까 나선계단으로 2층에 올라갔는데, 다시 계단으로 1층으로 내려가고 있어요. 한 층 올라갔다가 한 층 내려가면…… 결국 제 방은 1층과 2층 중 어디에 있는 건가요?"

"아아, 그거요. 사야카 씨의 방은 1층이에요."

"그럼 아까는 왜 굳이 나선계단으로 2층에 올라간 거죠? 설마 훌륭한 나선계단을 자랑하고 싶으셨던 건 아니죠?"

"네, 물론 그런 이유도 있어요."

있었냐! 사야카는 눈앞의 미인에게 속으로 누구나 던질 법한 일갈을 날렸다. 하지만 유코는 아무렇지도 않게 말을 이었다. "그렇다고 일부러 멀리 돌아간 건 아니고요."

"멀리 돌아간 건 아니라고요?"

"네, 이 길이 아니면 준비된 방에는 못 가거든요."

무슨 말인지 이해가 가지 않아 사야카는 어리벙벙한 표정을 지었다. 무심코 고이케 기요시에게 시선을 주자 그도 유코의 말을 지지하듯 고개를 끄덕였다.

'아무래도 그런 건물인가 보네.'

사야카는 그러려니 받아들이는 수밖에 없었다. 물어보고 싶은 건 많았지만, 일단 무의미한 계단을 마지못해 내려갔다. 다시 1층에 다다르자 길쭉하게 뻗은 복도가 나왔다. 복도 한쪽에 방문이 주르르 늘어섰다. 역시 호텔 같았다. 반대편으로 눈을 돌리자 복도 창문 너머로 중정의 풍경이 보였다. 사야카는 유코의 안내를 받아 복도를 나아갔다.

도중에 문 하나가 벌컥 열리더니 소녀 한 명이 쑥 뛰쳐나왔다. 소녀와 부딪칠 뻔한 사야카는 걸음을 멈췄다.

"꺅."

두 사람의 입에서 거의 동시에 비명이 튀어나왔다. 사야카는 안경테를 손가락으로 잡은 채 상대의 얼굴을 빤히 들여다보았다. 상대방도 커다란 눈으로 이쪽을 쳐다보았다. 이목구비가 반듯하게 생긴 예쁜 소녀다. 어깨선에 맞춰서 가지런히 자른 검은 머리가 잘 어울렸다. 교복인지, 흰색 셔츠에 감색 조끼를 입었다. 아래는 짧은 체크 무늬 치마. 사야카는 이 교복을 본 적이 있었다.

"아아, 뭐야. 너, 미사키로구나. 에이코 씨의 딸."

'유언장 PART 1'을 개봉할 때 에이코 곁에 있었던 여자아이다. 고등학교 1학년인 열다섯 살이라고 들었다. 느닷없이 이름을 불린 소녀는 "어, 아, 네, 그런데요" 하고 당황한 표정으로 고개를 끄덕이더니 궁금한 듯이 물었다. "그러는 언니는요?"

기억하지 못하는 것도 무리는 아니다. 사야카가 자기소개를 하려는 찰나였다.

"무슨 일이야, 미사키! 방금 비명이 들린 것 같은데⋯⋯."

걱정스러워하는 남자의 목소리와 함께 문이 하나 더 열렸다. 소녀가 나온 방의 바로 옆방이다. 문을 열고 나온 사람은 풍채 좋은 중년 남자였다. 굵은 눈썹과 되록되록 굴러갈 듯 크고 동그란 눈. 볕에 탄 피부에서 젊음이 느껴지는 한편으로, 희끗희끗 센 머리칼도 눈에 띈다. 고급인 듯한 와이셔츠만 보면 일류 기업의 부장급처럼 느껴지지만 안타깝게도 아랫도리는 세로 줄무늬가 들어간 사각팬티 바람이라 전체적으로 보면 느닷없이 복도에 나타난 변태로밖에 보이지 않았다. 여자들의 비명이 다시 복도에 메아리친 건 말할필요도 없다.

"꺄아아아악."

물론 그는 부장도 변태도 아니다. 에이코의 남편이자 미사키의아버지, 그리고 현재 사이다이지 출판의 부사장으로 있는 사이다이지 아쓰히코였다.

딸의 비명을 듣고 부랴부랴 복도로 나온 모양이다. 차림새가 변태 같은 건 그 때문이다. '아무리 그래도 바지 정도는 입고 나와야지!' 사야카는 생각했지만 상대가 혹시나 사장 자리를 차지할 때를대비해 난폭한 발언은 삼갔다.

애당초 사야카가 뭐라고 말하기 전에 딸 미사키가 "아빠, 꼴이 왜그래! 내가 다 망신스럽잖아!"라면서 아버지를 억지로 방에 밀어넣었으므로 결국 사야카는 차기 사장 후보와 인사할 여유조차 없었다. '상관없다. 부사장과는 예전에 한 번 얼굴을 봤으니까.'

사야카가 숨을 푹 내쉬자 유코가 사과했다. "아까 남자와 여자 방을 구분해 놨다고 했는데, 이 방 하나만 에이코 언니와 형부 방이에요. 그 옆방을 미사키가 혼자 사용하고, 그 옆방이 사야카 씨 방이에요."

"아아, 그렇게 된 거로군요."

사정을 이해한 사야카는 미사키에게 몸을 돌려 다시 인사했다.

"난 야노 사야카라고 해. 병아리 변호사야. 잘 부탁해."

"사이다이지 미사키예요. 아빠가 괜히 정신 사납게 허둥대서 민폐를 끼쳤네요." 소녀는 고등학생답지 않게 완벽한 태도로 사과하더니, 태도를 싹 바꾸어 수줍은 미소를 띠며 "언니랑은 이웃이네요" 하고 자기 방 옆에 있는 문을 가리켰다.

"그러게. 나중에 놀러 와도 돼."

사야카의 말에 미사키는 검은 머리를 흔들며 "네" 하고 기쁘게 고개를 끄덕였다.

유코가 사야카의 방으로 가서 문을 열었다. 그리고 방 열쇠를 건네며 물었다. "오후 3시에 1층 큰 방에서 법사를 올릴 예정이에요. 사야카 씨는 참석하시나요?"

"네, 괜찮으시다면 꼭 참석하고 싶네요."

대답하면서 사야카는 고이케 기요시에게서 짐을 받아들었다. 그리고 미사키에게 손을 흔들어 잠깐의 작별을 고한 후, 유코에게 "그럼 3시에 뵙죠" 하고는 방문을 닫았다.

방 또한 호텔처럼 깔끔하고 쾌적한 공간이었다. 구라시키의 집에서 비탈섬의 '화강장'에 있는 이 방까지 돌이켜보면 길고도 먼—실제 이동 거리를 따지면 그 정도는 아니겠지만—피곤한 여정이었다. 사야카는 안도감에 "휴우" 한숨을 내쉰 다음 들고 있던 짐을 바닥에 내려놓자마자 소리쳤다. "드디어 도착했다!"

사야카는 커다란 침대로 다가가, 눈앞에 펼쳐진 시트의 바다로 머리부터 힘껏 다이빙했다.

| 2장 |

유언장과 빨간 도깨비

1

정신을 차리니 침대 위였다. 눈을 뜨자 안경 너머로 낯선 천장이 보였다. 잠시 후에야 사야카는 여기가 '화강장'이라는 사실이 떠올랐다.

그러고 보니 방에 들어오자마자 침대로 몸을 던진 기억이 났다. 그렇다기보다 거기까지밖에 기억이 없었다. 옷도 갈아입지 않고 그대로 잠든 모양이다.

상황을 이해한 사야카는 "헉" 소리와 함께 재킷 가슴께에 손을 댔다. 소중한 봉투의 양감이 손바닥에 느껴지자 이번에는 "휴" 하고 가슴을 쓸어내렸다. "다행이다."

그때 침대 옆의 유선 전화가 갑자기 전자음을 내뱉었다. 벌떡 몸을 일으켜 수화기를 들자 어쩐지 경박한 남자 목소리가 귀에 닿았다. 사립탐정 고바야카와 다카오였다.

"이봐, 사야카 씨." 다카오는 일방적으로 나무라는 투였다. "아직 방에 있다니, 법사에는 참석하지 않을 생각이야? 뭐, 당신은 사이다이지 가문의 친척이 아니니까 무리해서 참석할 필요는 없지만. 그럼 시작해도 상관없겠지?"

"어우, 시작해도 상관없느냐니⋯⋯." 어, 무슨 소리지? 지금 몇 시야? 사야카는 머리맡에 있는 디지털 시계를 보고 바로 괴상한 소리를 질렀다.

"으엑, 3시 1분!"

법사는 오후 3시부터라고 유코가 그랬다. 탐정 말마따나 사야카는 사이다이지 가문의 혈연이 아니니까 참가 의무는 없지만, 불참할 생각은 아니었다.

"죄송해요, 당장 갈게요!"

사야카는 수화기를 내려놓고 허둥지둥 방을 뛰쳐나왔다.

복도를 나아가서 계단을 뛰어올랐다. 2층 복도에 다다르자 직각으로 꺾었다. 또 쭉 나아가자 거대한 나선계단이 나왔다. 사야카는 거대한 소용돌이를 빙글빙글빙글빙글 돌아 1층으로 뛰어 내려가며 모르는 건축가에게 불만을 퍼부었다.

"어휴, 진짜! 이 건물을 지은 건축가는 머리가 얼마나 나쁜 거야!"

'그 건축가에게는 분명 '두 점 사이를 똑바로 연결한 선이 최단 거리'라는 개념이 없을 거야!'

다시 1층으로 내려온 사야카는 현관홀에 가까운 큰 방으로 뛰어들었다. 카펫이 깔린 서양식 방에는 이미 관계자들이 모두 모여 나란히 줄지은 의자에 앉아 있었다.

휠체어를 탄 가나에 부인. 그 옆에 둘째 아들 게이스케가 어머니의 손을 잡고 앉아 있었다. 그리고 에이코와 유코. 에이코의 남편 아쓰히코와 외동딸 미사키. 고인의 여동생인 마사에. 그리고 쓰루오카 가즈야. 여기까지가 사이다이지 가문의 친인척이다. 그 외에 의사 다카자와 나오토, 탐정 고바야카와 다카오, 고용인 부부인 고이케 기요시와 시노부. 물론 도라쿠 스님도 있었다. 사야카까지 합치면 총 열네 명이다. 이들이 이번에 '화강장'에 모인 면면들이다.

사야카는 사람들에게 "늦어서 죄송합니다" 하고 고개 숙여 사과한 후에 탐정 옆자리에 앉았다. 그는 짓궂은 시선을 던지며 "이야, 좋은 아침이야"라면서 어째선지 아침 인사를 했다.

"어?!" 사야카는 한순간 어리둥절했다. 그러고 나서야 놀라서 작게 소리쳤다. "어, 어떻게? 내가 잔 걸 알았어요?"

그러자 탐정은 자기 옆머리를 손끝으로 톡톡 두드리며 말했다. "여기야, 여기."

"엇, 머리?! 추리력을 발휘했다는 말이에요?!"

"추, 리, 력이 아니라." 탐정은 손가락으로 다시 옆머리를 두드렸다. "뻗, 쳤, 어."

'아차, 거울을 안 보고 뛰쳐나오는 바람에!'

사야카는 얼굴이 벌게진 채 흐트러진 머리를 손으로 정리했다. 다카오가 그 모습을 곁눈질하며 히죽 웃었다. 지금 그는 잘 마른 정장 차림이었다. 흠뻑 젖은 정장을 고이케 부부가 서둘러 세탁해 준 것이리라. 일솜씨가 참 멋지다.

"이제 다 모인 것 같군요." 도라쿠 스님이 의자에서 일어났다. 방 정면에 위치한 작지만 훌륭한 제단에서 고인의 영정사진이 사람들을 바라보고 있었다. 스님은 제단 앞으로 나아가더니 "뭐, 사십구재

법사라고 해도 결국은 핑계 같은 거지요. 냉큼 끝내 버릴까요" 하고
갑자기 흘려 넘길 수 없는 문제 발언을 입 밖에 꺼냈다.

상복 차림의 아쓰히코가 바로 쓴웃음을 지으며 "하하하, 핑계라
니요. 스님도 참 무슨 말씀을. 저희는 고인의 명복을 빌기 위해 모
인 거잖습니까."

"그랬죠. 그럼 제일 불심 넘치는 염불을 풀 버전으로 외워서 고인
의 명복을 빌어 볼까요? 세 시간쯤 걸립니다만."

스님이 심술궂은 웃음을 짓자 아쓰히코는 대번에 진심을 말했
다. "어, 아니요, 단축 버전으로 부탁드립니다. 불심이 적당하고 짧
은 염불로 꼭."

아쓰히코가 법사 말고 그 후의 유언장 개봉에 관심이 있다는 건
누가 봐도 명백했다.

물론 이 자리에 있는 대부분이 같은 기분일 것이다. 도라쿠 스님
도 잘 알고 있는 듯했다. "알겠습니다. 그럼 짧은 염불을 약식으로
외워 볼까요."

'법사의 염불을 '약식'으로? 고인은 그걸로 속세에 대한 미련을
버리고 마음에 평안을 얻을 수 있을까?'

사야카가 의문스러워하거나 말거나 스님은 염불을 시작했다. 큰
방에 울려 퍼지는 중후한 저음, 정확한 억양, 그리고 염불이라고는
생각되지 않을 만큼 너무나 경쾌한 속도감. 일동이 얌전한 얼굴로
염불을 듣는 가운데, 어째선지 '색색' 편안한 숨소리가 들렸다. 신
경이 쓰여 옆을 보자 탐정은 어느새 의자에 푹 퍼질러 앉아 잠의 심
연에 빠져든 뒤였다.

과연, 여기 모인 사람들 가운데 고인을 공양하는 데 제일 흥미가 없는 사람은 이 남자가 틀림없다고 사야카는 확신했다.

스님이 선언한 대로 염불은 약식으로 끝났다. 그와 동시에 말뚝 잠을 자던 탐정이 눈을 번쩍 떴다. 도라쿠 스님이 사람들에게 몸을 돌렸다.

"보통은 이쯤에서 승려가 참석자들에게 뼈가 되고 살이 되는 설법을 들려드리지만, 상황이 상황이니 만큼 그것도 생략해도 될까요?"

주주총회처럼 '이의 없소!'라는 목소리가 튀어나올 듯한 분위기였다. 도라쿠 스님은 고개를 살짝 끄덕였다.

"승려로서 한 말씀을 드리자면, '돈과 지위에 너무 탐욕을 부리다 간 신세를 망칩니다'. 물론 여기에는 그런 분이 한 분도 안 계시리라 생각합니다만, 아무쪼록 조심 또 조심하십시오."

스님은 중얼거리듯이 말하면서 합장했다. 너무나 뼈가 되고 살이 되는 말씀에 일동은 작게 앓는 소리를 냈다. 스님은 자신의 역할이 끝났다는 듯이 의자로 돌아가 앉았다.

이로써 사십구재 법사는 대충 끝난 모양이다.

이제 사람들의 관심사는 딱 하나다. 사야카는 뜨거운 시선이 자신에게 쿡쿡 박히는 느낌을 받았다. 고집과 욕망과 자존심, 또는 호기심이나 구경꾼 근성을 가슴에 숨긴 수많은 시선이다. 사야카의 등에 식은땀이 흥건히 배었다.

이런 분위기에서 3남매를 대표하듯 사이다이지 에이코가 의자에서 일어났다.

"자, 사십구재 법사도 무사히 마쳤으니, 돌아가신 아버지도 편안하게 여행을 떠나셨겠죠. 참석해 주신 여러분께 아버지를 대신해 감사 말씀을 올립니다."

조용히 고개 숙인 에이코는 다시 고개를 들고 약간 밝은 어조로 말을 이었다.

"다행히 이 자리에 관계자 여러분이 모두 모여 계시네요. 기왕 모인 김에 아직 처리하지 못한 사안을 마무리하고 싶은데 어떠신가요, 여러분?"

에이코가 말하는 '아직 처리하지 못한 사안'은 물론 유언장 개봉이다. 사람들이 한순간 술렁였지만 결국은 또 '이의 없소!'라는 분위기로 수렴됐다. 에이코는 만족스럽게 고개를 끄덕이고 사야카에게로 고개를 돌렸다. "변호사님, 아버지의 유언장은 지금 어디 있나요?"

"아, 네, 여기 있는데……." 사야카는 허둥지둥 재킷 안주머니에 오른손을 넣었다. 떨리는 손끝으로 안전핀을 빼고 봉투를 꺼냈다. 아무 특징도 없이 흔해 빠진 갈색 봉투. 겉면에 적힌 '유언장 PART 2'라는 글씨. 사야카의 아버지, 야노 고조를 실신으로 몰아넣은 찜찜하고 짜증 나는 유언장이다.

그것의 존재를 내보인 순간, 한숨과도 비슷한 소리가 큰 방에 퍼져 나갔다. 사야카는 그들의 반응에 움츠러들면서도 말을 꺼냈다. "여, 여기서 개봉하나요? 저기, 그렇게 서두를 필요는 없지 않을까요. 저녁 식사라도 하고 나서 다 함께 느긋하게—."

"아니, 여기서 개봉해." 고인의 여동생 마사에가 딱 잘라 말했다.

마사에는 제단에 놓인 고로 씨의 영정사진을 보며 말을 이었다. "오빠도 저기서 우리를 지켜보고 있잖아. 지금 당장 오빠가 남긴 말을 들어 보도록 하자고."

가장 연장자인 마사에의 말에는 충분한 설득력이 있었다. 다들 이 자리에서 고로 씨의 유언을 들을 태세다. 도라쿠 스님은 "흠, 이것도 일종의 단축 버전이로군요" 하고 묘하게 수긍하는 모습을 보였다. "자, 당신이 나설 차례야. 힘내, 변호사 양반." 다카오가 그렇게 말하면서 사야카에게 장난스러운 윙크를 날렸다. 물론 격려가 아니라 방관자로서 놀리는 말이다.

'이렇게 된 이상 어쩔 수 없지. 해보자!'

사야카는 입을 꾹 다물고 의자를 박차듯이 자리에서 일어났다. 그대로 제단 앞으로 나아가 변호사로서 위엄을 나타내듯 사람들을 날카롭게 노려보았다. 그리고 흔들림 없는 투로 말했다.

"그럼 개봉에 앞서 한 가지만 말씀드릴게요. 사이다이지 가문의 친인척이 아니신 분은 방에서 나가 주시기 바랍니다. 그게 좋겠죠, 마사에 씨?"

"그러게. 미안하지만 나가들 줬으면 해."

마사에의 말에 다카자와 나오토, 도라쿠 스님, 고이케 부부는 얌전하게 자리에서 일어나 큰 방에서 나갔다. 사람 수가 줄어들자 큰 방은 더 조용해졌다. 사야카는 "에헴" 하고 짐짓 헛기침한 후, 천연덕스러운 얼굴로 앉아 있는 남자를 가리키며 말했다. "거기 탐정님도요. 당신은 사이다이지 가문의 친인척이 아니잖아요!"

"어, 나도?!" 탐정은 의외라는 듯 자기 얼굴을 가리키며 대꾸했다. "에이, 난 괜찮잖아."

"……." 왜 자기만 동석이 허용될 거라고 생각하는지 사야카는 이해가 가지 않았다.

"왜 『이누가미 일족』(*일본의 추리작가 요코미조 세이시가 쓴 장편 소설, 또는 동명의 소설을 원작으로 한 영화)에서 유언장을 개봉하는 장면을 보면 변호사와 탐정 긴다이치 고스케가 동석하잖아. 그렇다면 '사이다이지 일족'의 똑같은 장면에 내가 있어도―."

"안 돼요. '사이다이지 일족'이라는 소설은 없잖아요. 아무 상관도 없는 이야기 하지 말아요."

탐정의 주장을 단호하게 물리친 사야카는 핑계를 용납하지 않는 표정으로 출구를 가리켰다. 탐정은 입을 삐죽거리면서 맥없이 방에서 나갔다.

이리하여 큰 방에는 사이다이지 가문의 친인척만 남았다. 사야카는 문제의 갈색 봉투를 보란 듯이 새삼스레 높이 쳐들었다. 그리고 중대한 한마디를 더 꺼냈다.

"누가 가위 좀 주세요! 가위가 없으면 개봉을 못 해요!"

방에 있던 사람들 대부분이 "어, 가위, 가위?" 하며 허둥지둥 호주머니를 뒤지기 시작했다. 결과적으로 가위를 가지고 있는 사람은 없었지만, 대신에 칼 한 자루가 사야카 눈앞에 쑥 디밀어졌다.

칼을 내민 사람은 쓰루오카 가즈야였다. "정 없으면 이걸 사용해."

"……." 이 남자, 왜 이런 흉흉한 물건을 가지고 다니는 거람?

당연히 그런 의문이 떠올랐지만, 지금으로서는 고마웠다. 사야카는 빌린 칼로 봉투의 입구를 잘랐다. 그 속에서 몇 겹으로 접힌

전통종이가 나왔다. '유언장 PART 3'라고 적힌 갈색 봉투가 나오지 않아서 사야카는 가슴을 쓸어내렸다. 문제의 유서를 펼치자 유려한 붓글씨가 종이 위에서 춤췄다. 사야카는 사람들에게 선언하듯이 말했다.

"그럼 읽을게요!"

사야카는 사이다이지 고로 씨의 유언을 소리 내어 읽었다. 뜻밖에도 '유언장 PART 2'는 고인이 고문 변호사에게 남기는 말로 시작됐다—.

친애하는 야노 고조 변호사에게. 자네가 이 문서를 읽고 있다는 건 '유언장 PART 1'의 약속이 이행됐다는 뜻이겠지. 압박감에 약한 자네이니 어쩌면 정신적 스트레스 때문에 쓰러져서 유언장 개봉을 딸 사야카에게 맡겼을 가능성도 있겠지만. 뭐, 누가 읽든 상관없어. 아무튼 약속이 지켜졌다고 믿고 내 유언을 여기에 쓰도록 하겠네.

저도 모르게 낭독을 중단한 사야카는 "크험" 하고 헛기침을 한 번 했다. '어휴, 아빠도 참. 창피해 죽겠네! 죽은 사람한테 이렇게까지 완벽하게 예상당하다니!'

사야카의 얼굴이 벌겋게 달아올랐다. 반대로 생각하면 고로 씨는 일류 경영자였던 만큼 실로 뛰어난 통찰력을 지니고 있었던 셈이다. 사야카는 마음을 다잡고 유언장에 시선을 되돌렸다.

나, 사이다이지 고로가 남긴 유산은 아래와 같이 분배할 것.

구체적인 내용은 여기서부터다. 사야카는 한 구절, 한 글자도 틀리지 않도록 조심스럽게 읽어 나갔다.

첫째, 사이다이지 출판의 주식은 전부 첫째 딸 에이코에게 물려준다.

그 순간 에이코의 얼굴에 안도하는 표정이 번졌다. 고로 씨가 소유한 주식을 전부 상속하면 에이코는 사이다이지 출판의 최대 주주가 된다. 즉, 에이코가 회사 경영권을 손에 넣어 남편 아쓰히코가 새로운 사장으로 취임한다는 뜻이다. 경사 났다고 생각한 것이리라. 아쓰히코는 "해냈다!"라는 듯 두 주먹을 불끈 쥐었다. 좌우에 앉은 에이코와 미사키가 경망한 행동을 하지 말라는 듯 아쓰히코의 주먹을 하나씩 잡고 아래로 끌어내렸다. 역시 저 일가는 여성의 힘이 막강한 모양이다. 사야카는 표정 변화 없이 계속 낭독했다.

둘째, 오카야마시에 있는 사이다이지 가문의 토지, 건물 및 거기 딸린 비품은 여동생 마사에에게 물려준다. 마사에는 그것들을 적절히 관리하고 활용할 것.

이건 사이다이지 가문의 본가를 가리키는 거라고 사야카는 이해했다. 오카야마 시내에 있는 그 저택은 넓은 부지에 세워진 일본식

가옥이다. 호화롭기는 하지만 지은 지 수십 년이 지났고, 젊은 사람이 그다지 좋아할 만한 양식은 아니다. 마사에가 그 집을 물려받는 건 전혀 이상하게 느껴지지 않았다.

마사에는 미동도 없이 무표정을 유지했다. 사야카는 다음 항목을 읽었다.

셋째, 내가 소유한 그림, 골동품, 미술 공예품은 전부 셋째 딸 유코에게 물려준다. 유코는 그것들을 적절히 관리하고 활용할 것.

자기 이름이 나온 순간, 유코는 고개를 번쩍 들고 놀란 표정을 지었다. 객관적으로 보자면 전혀 놀랄 일이 아니다. 오카야마의 문학관에서 학예사로 일하는 유코는 문학은 물론 예술 전반에 정통한 재원이라고 들었다. 그 점을 이해하고 남긴 유언이리라. 사야카는 수긍하고서 유언장을 읽어 나갔다.

넷째, 내가 오랜 세월 수집한 모든 장서는 둘째 아들 게이스케에게 물려준다. 게이스케는 그것들을 적절하게 관리하고 활용할 것.

자기 이름이 나오자 게이스케는 막내 유코와 비슷하게, 숙이고 있던 고개를 들고 놀란 듯한 표정을 지었다. 하지만 바로 냉정한 원래 표정으로 돌아가더니 만족스러운 듯 고개를 몇 번 끄덕였다. 작가인 게이스케가 고인의 장서를 물려받는 것 또한 당연하다 할 수 있었다.

현재까지 유언장의 내용에 특별히 부자연스러운 부분은 없었다. '좋아, 이 기세로 마지막까지 가자!' 사야카는 그렇게 기원하며 다음 부분을 읽었다.

다섯째, 비탈섬의 토지, 건물 및 그에 딸린 비품은 아내 가나에에게 물려준다.

그 순간 처음으로 술렁대는 분위기가 큰 방을 가득 채웠다. "어, 올케……", "어머니가……" 하고 의외라는 듯이 중얼거리는 목소리가 사야카에게도 들렸다. 물론 고인의 배우자인 가나에 부인은 엄연한 상속인이다. 오히려 지금까지 이름이 나오지 않았던 것이 이상하다고도 할 수 있다. 하지만 많은 사람이 여기 의문을 품는 이유도 모르는 바는 아니다.

'지금 같은 상태에서 가나에 부인에게 섬과 별장을 물려준들 뭘 어쩌란 말인가?'

그런 의문이 그들의 머릿속에서 소용돌이치고 있으리라. 고인은 그에 대한 해답을 유언장에 남겼다. 사야카는 한층 큰 목소리로 "다만!" 하고 말을 이었다.

다만 몸 상태가 좋지 못한 가나에를 대신하여 죽은 여동생 시즈에의 아들인 쓰루오카 가즈야에게 관리를 맡긴다. 그것들을 적절하게 관리하고 활용해 주는 대가로 쓰루오카 가즈야에게 현금 3천만 엔을 증여한다.

쓰루오카 가즈야는 당연히 격한 반응을 보였다. 본인도 이 타이밍에 자기 이름이 나올 줄은 상상도 못 했으리라. 의자에 아무렇게나 앉아 있던 그는 갑자기 허리를 쭉 펴더니 "어, 3천만?!" 하고 일단 금액만 확인했다. 사야카가 말없이 고개를 끄덕이자 두 손을 쳐들고 기쁨을 폭발시켰다. 게다가 아쓰히코 때와 달리 쓰루오카의 경망스러운 태도를 나무라는 사람은 아무도 없었다. 그 결과, 큰 방에는 쓰루오카의 아주 솔직한 말이 울려 퍼졌다.

"크하핫, 3천만 엔이라니! 땡잡았네. 일부러 오카야마 촌구석까지 행차한 보람이 있었어!"

덮어놓고 기뻐하는 그를 보자 사야카조차 발끈해서 인상이 찌푸려졌다. '당신, 방금 '오카야마 촌구석'이라는 발언으로 오카야마현 사람들을 전부 적으로 돌린 거야. 그걸 알기나 해!'

사야카는 환희에 젖은 쓰루오카의 얼굴을 매섭게 노려본 후 다시 유언장으로 시선을 돌렸다. 고인의 유언은 이제 얼마 안 남았다.

여섯째, 오랜 세월 사이다지이 가문을 위해 일해 준 고이케 기요시, 고이케 시노부에게는 현금 1천만 엔씩 증여한다. 마찬가지로 오랜 세월 주치의로서 헌신적인 모습을 보여 준 다카자와 다다나오의 아들 나오토에게 현금 1천만 엔을 증여한다.

고이케 부부가 이 자리에 있었다면 어떤 표정을 지었을까. 환희에 차서 울었을까, 아니면 깜짝 놀라서 멍해졌을까. 어쨌거나 고인은 감사의 마음을 표현하고자 두 사람에게 각각 1천만 엔을 증여한 것이리라. 고인과 고이케 부부 사이의 끈끈한 인연이 느껴졌다. 한편으로 다카자와 다다나오라는 인물은 사야카도 금시초문이었다. 내용으로 추측건대 의사 다카자와 나오토의 아버지이자, 일찍이 사이다이지 가문의 주치의를 맡았던 사람인 모양이다.

사야카는 유언장에 시선을 되돌렸다. 그리고 항목별로 작성된 유언의 마지막 항목을 낭독했다.

일곱째, 이미 명기한 것 이외의 현금, 예적금, 유가증권, 부동산 등은 3등분하여 에이코, 게이스케, 유코에게 물려준다.

거액의 유산을 물려받은 3남매는 일제히 영정사진을 향해 고개를 숙였다. 유산 분배에 관한 구체적인 내용은 이로써 전부 끝났다. 그리고 유언장은 사야카의 아버지에게 남기는 말로 마무리됐다.

다시 한번 친애하는 야노 고조 변호사에게. 마지막까지 잘 읽었나? 내 유언은 이걸로 끝이야. 사이다이지 가문의 고문 변호사로서, 내 유언이 충실하게 실행되도록 자네가 부디 잘 도와주기 바라네. 마지막으로 그 점을 강조, 또 강조하겠네. 이상.

낭독을 마친 순간 큰 방은 미묘한 정적에 휩싸였다. 많은 사람이 복잡한 표정을 짓는 한편으로, 솟아오르는 웃음소리를 억지로 씹어 삼키는 남자도 있었다. 세상을 살아가는 인간들의 모양새는 각양각색이다. 그런 와중에 제 역할을 마친 사야카는 여기에 없는 아버지에게 마음속으로 보고했다.

'아아, 아빠, 아주 안타까운 사실을 보고해야겠어. 우리 법률 사무소에 떨어질 국물은 한 방울도 없나 봐. 주치의와 고용인에게는 1천만 엔이나 증여했으면서, 왜 고문 변호사에게는 한 푼도 남겨 주지 않는 건데? 아빠, 혹시 고로 씨한테 미움받았어?'

"뭐, 이제 와서 아무래도 상관없지만."

사야카는 작게 한숨을 내쉬며 유언장을 봉투에 넣었다.

2

유언장 개봉이라는 커다란 이벤트가 끝나자 사이다이지 가문의 친인척들은 제각각 자리에서 일어나 큰 방을 나섰다. 어떤 사람은 심각한 표정, 어떤 사람은 상쾌한 표정으로. 쓰루오카 가즈야는 콧노래라도 부를 것처럼 기분 좋은 표정으로 방을 나섰다.

한편 사야카는 막중한 임무를 무사히 마쳤다는 안도감이 가슴에 가득했다. 유언장 개봉 외에 따로 맡은 일은 없다. 이제는 모처럼 방문한 외딴 섬에서 느긋하게 여가를 만끽하면 된다.

큰 해방감을 맛본 사야카는 "끄응" 기지개를 켜면서 유유히 큰 방을 뒤로했다. 일단 자기 방으로 돌아가려고 나선계단을 올라갔다. 하지만 2층 층계참에서 위로 이어지는 거대한 소용돌이를 바라보는 사이에 마음이 바뀌었다. 이 계단을 쭉 올라가면 옥상에 있는 은색 구체의 내부에 다다를 것이다. 아까 유코가 거기는 '멋진 방'이라고 했다. '꼭 이용해 보세요'라고도 했다.

"그럼 사양할 것 없겠지."

높은 곳에서 경치를 구경할 거면 밝을 때 보는 편이 낫다는 생각에, 사야카는 다시 계단을 올랐다. 얼마 지나지 않아 나선계단 주변이 금속으로 된 벽에 폭 감싸였다. 이미지상으로는 거대한 차통 속에 있는 나선계단을 올라가는 느낌이랄까. 사야카는 '화강장'을 방문했을 때 보았던 건물의 특징적인 외관을 떠올렸다.

"요컨대 이 '차통' 위에 커다란 구체가 얹혀 있는 거로군."

사야카는 자신에게 들려주듯 중얼거리며 조심조심 위로 향했다. 잠시 후 머리 위에 공간이 탁 트이면서 거대한 소용돌이가 끝났다. 계단의 마지막 한 단을 올라가자 눈앞에 의외로 널찍한 공간이 나타났다.

돔 모양의 천장이 원형 플로어를 뒤덮고 있다. 과연, 전망실이 틀림없다. 주위를 둘러보자 커다란 창문 여러 장이 띠 모양으로 줄지어 있었다. 동시에 여기는 휴게실이기도 하리라. 여기저기에 세련된 디자인의 의자와 테이블이 놓여 있었다. 또한 도서실이기도 한 모양이다. 플로어의 절반쯤 되는 공간에 키가 큰 서가가 여러 개 늘어서 있었다. 서가는 고인이 남긴 수많은 장서로 가득했다.

"우와, 굉장하네." 사야카는 무심코 감탄에 찬 목소리를 내뱉었다.

"응, 확실히 굉장해." 갑자기 뒤쪽에서 누군가 대꾸했다.

깜짝 놀라 돌아보자 플로어 한구석에 놓인 의자가 눈에 들어왔다. 커다란 의자 등받이 뒤편에서 남자가 쑥 일어나며 "안녕" 하고 한 손을 살짝 들었다. 누군가 했더니 이제는 익숙해진 검은색 정장 차림의 고바야카와 다카오였다. 사야카는 숨을 후, 내쉬며 말했다.

"뭐야, 고바야카와 씨였네. 여기 있었어요?"

"응, 바다를 지나가는 배를 바라보며 혼자 고독하게 손톱을 깨물고 있었지." 탐정은 실로 기분 나쁜 소리를 했다. "유언장 개봉은 무사히 끝났나?"

"네, 아무 문제도 없어요."

"흐음, 깜짝 놀랄 내용이라든가, 엄청난 반전이라든가, 치고받는 싸움이라든가, 딱히 그런 일도 없이?"

"그럼요. 적어도 치고받는 싸움은 없었던 것 같네요."

깜짝 놀랄 내용은 다소 있었던 것 같기도 하지만, 굳이 탐정에게 보고할 이유는 없다. 사야카는 여느 때처럼 "비밀 엄수 의무 때문에 더는 말 못 해요"라는 말로 얼버무렸다.

"그렇군. 그나저나 너무했어. 그 타이밍에 나를 방에서 쫓아내다니."

다카오는 사야카를 원망하는 눈으로 바라보았다. "만에 하나 유언장에 '전 재산을 탐정 고바야카와에게 물려준다'는 내용이 있었으면 어쩔 건데? 당신 때문에 인생 최고의 순간을 맛볼 기회를 놓치는 거잖아."

"아하. 그거라면 안심해요, 고바야카와 씨. 당신은 아무것도, 맛볼 기회를 놓치지 않았으니까."

"그래? 쳇, 유감이군."

"진심으로 기대했어요?" 사야카는 킥, 웃으며 안경 너머로 탐정의 얼굴을 주시했다. 그리고 시선을 다시 창문으로 돌렸다. "이야기를 되돌릴게요. 여기 경치가 아주 좋네요."

돔 모양 전망실 평면도

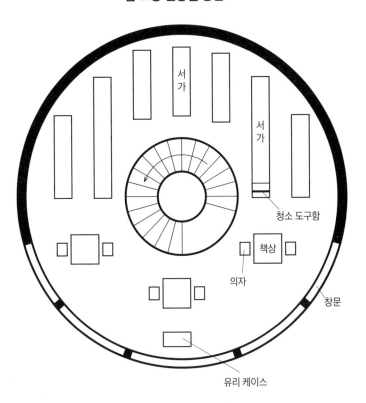

서가

서가

청소 도구함

책상

의자

창문

유리 케이스

사야카는 창가로 다가갔다. 세토내해의 경치가 한눈에 들어왔다. 푸르고 잔잔한 바다. 하얀 물살을 남기며 나아가는 어선. 멀리 점점이 자리한 녹색 섬들. 물론 세토대교의 웅대한 모습도 저 멀리 보인다. 원형 플로어를 둘러싼 창문으로 어디를 바라봐도 절경이었다.

"응, 확실히. 원래 건물 자체가 비탈섬의 높직한 곳에 있는 데다, 돔 모양의 이 공간은 건물 옥상에 있잖아. 경치가 좋을 만도 하지."

다카오의 설명을 들으며 사야카는 다양한 각도에서 경치를 바라보았다. 서가가 놓인 방향—그쪽이 북쪽인 듯하다—을 제외하고, 띠 모양으로 줄지은 창문을 통해 동쪽, 서쪽, 남쪽을 한눈에 바라볼 수 있다. 특히 지금 시각은 서쪽 창문으로 비쳐드는 세토내해의 석양이 예뻤다.

"흠, 고바야카와 씨. 혼자 이 경치를 바라보며 지질한 생각에 잠겨 있었던 거로군요."

"지질한 생각 안 했어. 그냥 고독을 곱씹고 있었을 뿐이야."

"그런가요. 뭐, 아무래도 상관없어요." 정말로 아무래도 상관없다고 사야카는 생각했다. "그나저나 처음 봤을 때는 저게 대체 뭔가 싶었는데, 쓸모가 있는 공간이었네요."

"그러게. 하지만 쓰루오카 가즈야의 이야기로는, 그가 이 섬에 마지막으로 왔던 23년 전에는 이 구체가 없었대."

"그 후에 증축한 거군요. 고로 씨는 분명 이 절경을 즐길 전망실을 가지고 싶었던 거겠죠. 그리고 실제로 그걸 만들었고요. 역시 부자는 다르네요." 원형 플로어를 둘러보던 사야카는 새삼 목소리를 높였다. "어라, 이건 뭘까요?"

구체의 정면 쪽 창가에 위치한 기묘한 물체가 사야카의 시선을 사로잡았다.

아니, 사실 구체에 정면이고 뒷면이고 없지만, 요컨대 건물 남쪽을 향한 창문이다. 내려다보면 콘크리트가 깔린 중정이 눈에 들어온다. 아까 헬리콥터가 착륙한 곳이다. 지상에 적힌 거대한 'H'가 이 창문에서는 90도 기울어져 보인다. '장인 공(工)'이라는 한자나 가타카나 '에(エ)' 같다.

그런 남향 창가에 어째선지 유리 케이스가 있었다. 허리 높이의 받침대 위에 놓인 직육면체다. 크기는 소형 슈트케이스를 옆으로 눕힌 정도다. 투명한 유리 너머로 안을 들여다보자 안에는 귀금속도, 보석이 박힌 장식품도 아니라 갈색 책 한 권이 있었다.

정확하게는 책이라기보다 책 모양의 오브제라고 해야 할까. 만져서 확인할 수는 없지만 재질은 분명 종이가 아니다. 일종의 금속이다. 녹청이 슨 듯한 독특한 색깔과 질감으로 보건대 청동이리라. 다시 말해 청동으로 만든 책인 셈이다. 크기는 보통 단행본보다 훨씬 크고, 형태도 정육면체에 가깝다. 두께도 백과사전이나 국어사전 못지않게 두껍다.

"이거, 무슨 책일까요?" 사야카가 소박한 의문을 입에 담자 다카오는 관심 없는 투로 대답했다.

"글쎄, 뭔가를 기념해서 만든 책 모양 오브제 아닐까."

그렇다면 뭘 기념한 걸까. 사야카의 의문은 전혀 해소되지 않았다. 자세한 걸 물어보려 해도 사정을 알 만한 사이다이지 가문 사람은 여기에 없었다.

3

시간이 조금 더 흘렀다. 해가 세토내해의 서쪽으로 가라앉자, 비탈섬에도 밤이 찾아왔다. 시곗바늘이 가리키는 시간은 오후 7시. '화강장'을 방문한 사람들이 1층 식당에 다시 모여 앉았다.

천장에 달린 호화로운 샹들리에. 볼링 레인에 다리를 단 것처럼 길쭉한 테이블. 화사한 분위기의 식탁 상석에는 사이다이지 마사에와 도라쿠 스님이 앉았다. 그리고 에이코, 게이스케, 유코 3남매. 에이코 옆에는 신임 사장으로 취임할 것이 확실시되는 아쓰히코와 외동딸 미사키가 앉았다. 그러고 나서 쓰루오카 가즈야, 다카자와 나오토, 야노 사야카로 이어진다. 제일 말석이 주어진 건 물론 고바야카와 다카오다. 원래 상석을 차지해야 할 가나에 부인은 자기 방에서 식사하므로 식당에는 모습을 나타내지 않았다.

서빙은 고이케 부부가 맡았다. 두 사람이 직접 만든 가지각색의 요리가 식탁을 화려하게 수놓았다. 그런데도 만찬은 조용하고 엄숙하고, 어쩐지 어색한 분위기 속에서 진행됐다.

딱히 요리가 맛없었던 건 아니다. 고이케 부부가 공들여 내놓은 창작 요리는 아주 만족스러울 만큼 완성도가 뛰어났다. 주요리에 이르러서는 본격적인 프렌치 요리와 오카야마가 자랑하는 서민 요리인 '데미글라스 소스 돈가스 덮밥'을 융합한 기적 같은 일품이 나왔다. 맛도 정말이지 먹어 본 사람밖에 모른다고 할 만큼 수준이 높왔다. 적어도 사야카는 군침이 돌아서 입맛을 다셨다.

하지만 기적 같은 일품도, 식탁의 싸늘한 분위기를 깨부수지는 못했다. 이유는 분명했다. 식탁을 둘러싼 사람들 대부분이 중요 인물에 대한 중요한 화제를 피하고 있기 때문이다.

물론 중요 인물은 쓰루오카 가즈야다.

그 증거로 아까부터 3남매와 마사에, 아쓰히코는 자꾸 쓰루오카에게 시선을 주었다가 다시 다른 곳을 보곤 했다. 사야카는 그 사실을 눈치챘다. 말석에 앉은 탐정도 직업상 분명 눈치챘을 것이다. 그렇게 생각하고 곁눈질로 살짝 확인하자 뜻밖에도 고바야카와 다카오는 무제한으로 제공되는 맥주를 퍼마시고 이미 뺨이 발갛게 물들었다.

"응? 왜 그러지? 내 얼굴에 뭐라도 묻었나?"

다카오가 가벼운 말투로 묻길래 사야카는 "아니요" 하며 고개를 휙 돌렸다. 그러자 그쪽에서는 역시 술로 얼굴이 벌게진 쓰루오카가 큼지막한 고깃덩이를 쩝쩝 먹고 있었다. 맞은편 자리에 앉은 다카자와는 무표정한 얼굴로 담담히 식사했다.

"그건 그렇고 말이야, 쓰루오카 군." 갑자기 멀리 떨어진 자리에서 아쓰히코가 말을 꺼냈다. "장인어른의 아들도 아닌 처남이 설령 현금만이라도 유산을 상속받다니 의외였어."

약간 커지고 높아진 목소리로 추측건대, 술에 좀 취했으리라. 그래서 무심코 본심이 튀어나온 것이다.

하지만 그의 말은 이 자리의 많은 사람이 가슴속에 꼭꼭 담아 두었을 생각이 틀림없었다. 안 그래도 싸늘했던 식당 분위기는 그 순간 짜자작, 하는 소리를 내며 얼어붙었다. 에이코가 "여보!" 하고 목소리 높여 남편을 질책했지만 이미 늦었다.

쓰루오카는 아쓰히코가 자신을 모욕했다고 받아들인 듯했다. 입으로 가져가던 맥주잔을 딱 멈추더니 "뭐라고?" 하며 턱을 내밀고 아쓰히코의 얼굴을 노려보았다. "왜? 내가 유산을 상속하는 데 불만이라도 있나?"

"응?!" 눈총을 받은 아쓰히코는 의외라는 표정을 지었다. 황급히 얼굴 앞에다 대고 양손을 내저었다. "아니야, 아니야. 불만이 있다니, 그런 의도로 말한 건……."

"그럼 무슨 의도인데!"

쓰루오카는 언성을 높이더니 테이블에 둘러앉은 사람들을 둘러보았다. "당신만이 아니야. 이 인간이고 저 인간이고 다들 속으로는 똑같은 생각이겠지. 왜 저 녀석이 큰돈을 상속받는 거냐고. 그렇지? 안 그래?"

사이다이지 가문 사람들은 일제히 고개를 저었다. 움직임이 딱 일치해서, 이래서는 모두 함께 고개를 끄덕인 것이나 마찬가지라고 사야카는 느꼈다. 쓰루오카도 똑같이 해석했으리라.

"거짓말 집어치워!"

쓰루오카가 주먹으로 테이블을 두드렸다. 그러자 멀리 떨어진 자리에서 마사에가 냉정한 목소리로 말했다.

"거짓말 아니야. 우리는 오빠의 유언에 따를 뿐인걸. 불만이 있을 리 있나. 하지만 마음에 걸리니까 하나만 물어볼게."

"뭔데?"

"가즈야 군, 지난 20여 년간 어디서 뭘 했니? 20년쯤 전에 병약했던 시즈에 언니가 병으로 세상을 떠났지. 아들인 너는 언니의 유산을 물려받은 후 어째선지 소식이 뚝 끊겼고. 도쿄로 올라가서 장사를 시작했다는 소문을 들었는데, 정말이니?"

"응, 맞아. 도쿄에서 사업을 하려고 마음먹고 어머니 유산을 가지고 상경했지. 도쿄에서 세련된 카페를 차렸어. 개업과 동시에 엄청난 호평. 연일 문전성시를 이루는 대성황. 바로 체인점을 늘려서 내 카페가 전국에 퍼져 나가는…… 그런 계획이었지만, 뭐, 그렇게 일이 잘 풀리지는 않았어."

"당연하죠." 다카자와가 불쑥 말했다.

쓰루오카는 눈살을 살짝 찌푸리면서도 계획과는 달랐던 현실을 이야기했다. "카페는 개업과 동시에 엄청난 악평. 연일 파리가 날리는 대참사. 재정 상황 악화로 어머니의 유산을 까먹는 나날이었지. 체인점을 늘리기는커녕 체인으로 목을 맬까 싶을 만큼 난 궁지에 몰렸어. 결국 1년도 못 버티고 카페를 접었지. 어찌어찌 잘 처분한 덕분에 다행히 빚은 남지 않았지만, 이후로는 여러 직업을 전전하며 살았어. 돈이 되는 일이라면 뭐든지 했지. 유흥주점 호객꾼, 길거리 판매 영업, 노인네들을 상대로 반드시 목돈이 되는 연리 15퍼센트짜리 투자 상품을 전화로 팔기도 하고—."

"어, 연리 15퍼센트? 진짜로요?" 어째선지 탐정이 혹해서 덤벼들었다. 수십 년 후에는 사기꾼의 먹잇감이 될 유형이다. 사야카는 팔꿈치로 탐정의 옆구리를 쿡 찔렀다. '그런 꿀 빠는 이야기가 어디 있겠어!'

탐정은 "윽" 하고 목소리를 흘리더니 입을 다물었다. 쓰루오카가 자기 이야기를 계속했다.

"그러다 보니 어느덧 20년이 흘렀지. 제일 최근에 한 일은 빌딩 경비원이었어. 입주한 회사의 비품을 슬쩍한 게 들통나서 결국 잘렸지만."

"최악이네." 이번에는 다카자와 말고 다른 누군가가 중얼거렸다.

쓰루오카는 다시 눈살을 찌푸리며 말을 이었다. "그러저러해서 다음 일자리를 찾던 내 앞에 갑자기 이 남자가 나타난 거야."

쓰루오카는 가까이에 앉은 탐정을 엄지손가락으로 가리켰다. 고바야카와 다카오는 바로 고개를 끄덕이고 말을 이어받았다.

"네, 그랬죠. 수색은 난항을 거듭했습니다만, 겨우 도쿄에 사는 쓰루오카 씨의 오랜 친구를 찾아내서 간신히 쓰루오카 씨의 주소를 알아냈습니다."

"탐정님에게 의뢰한 건 나야." 마사에는 자신이 의뢰인임을 밝혔다.

"그거 고맙군. 덕분에 큰돈을 벌었어."

쓰루오카는 자신의 행운에 건배라도 하듯 맥주잔을 쳐들었다.

그때 또 누군가가 중얼거렸다. "차라리 찾아내지 못했으면 좋았을 텐데."

쓰루오카는 단숨에 맥주를 들이켜고 빈 잔을 테이블에 세게 내려놓았다. 잔 밑바닥이 테이블 상판에 부딪혀 큰소리가 났다. 식당 전체에 찌릿찌릿한 긴장감이 퍼졌다.

쓰루오카는 화난 목소리로 사촌 동생의 이름을 불렀다.

"야, 유코! 뭐야, 이 녀석. 뭐가 그렇게 불만인데? 아까부터 다 들렸어!"

쓰루오카는 의자를 박차듯이 일어섰다. 한편 유코도 겉보기와 달리 겁 없는 성격인 듯했다.

"불만이 있을 리가요. 전부 아빠의 유언인데요, 뭘!"

유코는 거의 동시에 자리에서 일어나 한참 연상인 사촌 오빠를 정면으로 응시했다. 식당에 일촉즉발의 분위기가 감돌았다. 그때 두 사람의 충돌을 막으려는 건지 다카오가 대뜸 일어섰다.

하지만 다카오보다 한발 먼저 다카자와가 일어서서 "그만하세요, 쓰루오카 씨" 하고 유코를 편들었다. 위기에 처한 공주님을 구하러 달려온 용감한 기사 같은 모습이었다. 그 결과, 다카오는 기사를 수행하는 종자처럼 "그, 그래, 맞아!" 하고 얼빠진 맞장구를 치는 게 고작이었다.

'대체 뭘 하고 싶은 거야, 탐정님?'

사야카는 무심코 한숨을 쉬었다. 미지근한 외풍이 긴장된 장면을 쓸고 지나갔다. 그런 가운데.

"탐정님은 관계없잖아요." 다카자와가 말했다.

"그래. 당신이 뭔 상관인데?" 쓰루오카도 따졌다.

다카오는 "아아, 그것도 그러네요" 하고 힘없이 자리에 앉으며 묘하게 자포자기한 듯한 대사를 내뱉었다. "그럼 저는 손을 떼겠습니다. 이제 두 분이 욕을 하든 치고받든 마음대로 하세요." 이 대사에도 다소나마 긴장을 완화하는 효과가 있었던 듯하다.

테이블을 사이에 두고 서로 매섭게 노려보던 쓰루오카와 다카자와는 다음 순간, 누가 먼저랄 것도 없이 고개를 휙 돌려 시선을 피했다. 유코의 입에서 안심한 듯한 한숨이 새어 나왔다.

그때 가장 연장자인 마사에가 입을 열었다. "둘 다 그만. 식사 자리잖아. 그리고 유코도 가즈야 군에게 사과해. 우리로서는 가즈야 군이 일부러 섬까지 먼 걸음해 준 걸 고맙게 여겨야 해. 가즈야 군이 오지 않았다면 오빠의 유언을 못 들었을 테니까. 그렇지, 유코?"

마사에의 말은 지당했다. 쓰루오카는 분명 불쾌한 인물이나 그의 참석은 고인의 뜻이다. 그 사실은 유코도 충분히 이해하고 있으리라. 유코는 딱딱하게 굳은 표정으로 쓰루오카에게 조용히 고개 숙였다. "죄송해요. 제가 신경에 거슬리는 말을 했네요."

"에이, 괜찮아. 알아주면 그걸로 됐어. 그럼 화해의 표시로, 그렇지." 쓰루오카는 자기 자리에 앉더니 "화해의 표시로 한잔 받아 볼까" 하며 빈 잔을 유코에게 내밀었다.

'이런, 이런, 무슨 사극 속의 악덕 벼슬아치냐! 술 정도는 알아서 따라 마셔!'

사야카는 속으로 고함을 지르며 쓰루오카를 흘겨보았다. 일단은 싸움을 그만둔 다카자와도 다시 일어설 듯한 낌새였다.

하지만 그걸 제지하듯 유코가 "알았어요" 하고 대답했다. 맥주병을 들고 쓰루오카 곁으로 다가가 잔에 호박색 액체를 남실남실 따랐다.

"고마워." 쓰루오카는 만족스러운 웃음을 지었다.

한편 유코는 더 이상 참기 힘들었는지 굳은 표정으로 맥주병을 테이블에 내려놓고 말했다.

"죄송해요. 저는 이만 실례할게요."

유코는 그대로 발걸음을 돌려 혼자 식당을 빠져나갔다.

"앗, 잠깐만, 유코 씨!"

다카자와가 벌떡 일어서더니 유코를 뒤쫓듯 식당을 뛰쳐나갔다.

"흥, 저 자식, 무슨 기사라도 된 양 깝치기는." 쓰루오카는 선남선녀가 나간 방향을 보며 맥주를 한 모금 마셨다. 그리고 식당에 남은 사이다이지 가문 사람들에게 고개를 돌려 약간 혀가 꼬인 어조로 갑자기 묘한 말을 꺼냈다.

"잘 들어, 날 너무 무시하지 않는 게 좋을 거야. 당신들도 잘 알잖아. 내가 그 비밀을 까발리면 어떻게 될지 정도는."

그 순간, 실로 기묘한 분위기가 식당을 뒤덮었다. 어떤 사람은 깜짝 놀란 표정을 지었고, 어떤 사람은 무표정으로 일관했다. 어떤 사람은 공포에 찬 표정을 짓는가 하면, 또 어떤 사람은 무슨 말인지 전혀 모르겠다는 듯이 어리둥절한 표정이었다. 워낙 한순간이라 쓰루오카의 발언에 누가 어떤 표정을 지었는지는 확실치 않다. 또 그 표정에 진짜 심리가 반영됐다는 보장도 없으리라.

다만 사이다이지 가문에 뭔가 비밀이 있고, 그 비밀을 쓰루오카 가즈야가 쥐고 있다는 것만큼은 확실했다.

'그래서 고로 씨는 이 쓰레기 같은 남자에게 유산을 일부 물려준 걸까?'

사야카는 재빨리 머리를 굴렸다. 옆에 앉은 탐정도 직업의식을 크게 자극받은 모양이었다.

"흐음. 어쩐지 한바탕 말썽이 생길 것 같은 분위기로군."

탐정은 유쾌하게 중얼거리더니 잔 밑바닥에 남은 맥주를 단숨에 들이켰다.

4

만찬은 어색한 분위기 속에서 끝났다. 도중에 물러간 사이다이지 유코와 유코를 뒤쫓아 간 다카자와 나오토가 그 후 어떻게 됐는지 는 사야카도 모른다. 쓰루오카는 혼자 식당에 남아 공짜 술을 실컷 마시려는 모양이다. 사이다이지 가문 사람들은 자기 방이나 전망실 에 간 듯했다. 전망실에서 감상하는 세토내해의 야경은 아주 볼만 할 것이다. 그 유혹에 미련이 남았지만 약간 피곤했던 사야카는 곧 장—계단을 오르내리긴 해야 하지만—자기 방으로 돌아갔다.

방에서 샤워하고 잠옷으로 갈아입고는 2인용 소파에 드러누워 황망했던 하루를 돌아보았다. 벤텐마루호를 타고 비탈섬으로 건너 온 게 마치 두 달 전 일처럼 느껴졌다.

"뭐, 어쩌겠어. 아무튼 일은 끝났고, 나머지는 사이다이지 가문 의 내부 문제니까."

내 알 바 아니지, 하고 될 대로 되라는 식으로 중얼거리며 사야카 는 피곤한 눈을 살짝 감았다. 잠들기에는 아직 이른 시간이었지만, 파란만장한 하루가 강력한 수마로 변해 사야카의 몸을 덮쳤다. 사 야카는 금방 깊은 잠의 심연으로 끌려 들어갔다.

시간이 얼마나 흘렀을까.

흠칫 놀라 눈을 뜬 사야카는 자기가 소파에서 곤히 잠들었었다는 사실을 깨달았다. 아무래도 깜빡 잠든 모양이다. 안경을 벗지 않았고, 방에 불도 켜 뒀다.

벽시계를 확인하자 짧은 바늘이 숫자 1을 가리키고 있었다. 오전 1시다. "안 돼, 안 돼. 침대에서 제대로 자야지."

소파에서 일어난 사야카는 침대의 수면등을 켜고 방의 불을 껐다. 하지만 침대에 눕지 않고 방에 비치된 얇은 가운을 걸쳤다. 자기 전에 화장실에 다녀올 생각이었다. 방에는 화장실이 없고, 복도 끝에 공용 화장실이 있다. 사야카는 복도로 나가려고 문에 손을 뻗었다. 그때 갑자기.

"꺄!"

문밖에서 외마디 비명이 들렸다. 사야카는 놀란 나머지 뻗은 손을 뒤로 뺐다.

'방금 뭐지? 여자의 비명인가?'

사야카는 흘러내린 안경을 손끝으로 밀어 올리며 스스로에게 물었다. 물론 답은 나오지 않는다. 사야카는 문고리를 잡고 천천히 문을 열었다. 머뭇머뭇 고개를 내밀고 어두운 복도를 확인했다.

"누, 누구 있어요……?"

다음 순간 작은 형체가 어두운 복도에서 방으로 뛰어들었다. 그것은 민첩한 새끼 고양이를 연상시키는 몸놀림으로 순식간에 사야카 옆을 빠져나가 실내로 침입했다.

"꺄악!" 이번에는 사야카가 비명 지를 차례였다. 허둥지둥 몸을 돌린 사야카는 벽의 스위치를 눌러 방에 불을 켰다. "어라?!"

바로 사야카의 입에서 김빠진 목소리가 흘러나왔다. 다시 밝아

진 실내. 벽 옆에 놓인 침대에 웬 여자가 이불을 머리부터 푹 덮어
쓴 채 엎드려 있었다. 아니, 여자라기보다는 소녀다. 이불 끄트머리
에서 드러난 작은 엉덩이와 꽃무늬 잠옷만 봐도 확실했다. 위험에
처했을 때 머리만 모래 속에 숨기는 타조 같은 모습이다. '화강장'
에 머무르는 사람 가운데 소녀라고 해야 할 인물은 한 명뿐. 사야카
는 그 이름을 불렀다.

"뭐야, 미사키였네."

하지만 에이코의 외동딸 사이다이지 미사키는 이불을 뒤집어쓴
채 벌벌 떨기만 할 뿐, 얼굴을 꺼내려고 들지 않았다. 사야카는 깜
짝 놀라서 침대로 다가갔다.

"왜 그래, 미사키? 무슨 일 있었어?"

그 질문에 호응하듯 이불로 된 작은 산이 격하게 들썩거렸다. 미
사키가 고개를 끄덕인 모양이다.

"뭔데? 무서운 일? 언니한테 말해 봐."

다정하게 말을 걸자 미사키는 그제야 이불 속에서 얼굴을 절반쯤
내밀었다. 그리고 한쪽 눈만으로 사야카를 쳐다보며 말했다. "저,
저, 봤어요."

심상치 않은 말에 사야카는 침을 꿀꺽 삼켰다. 벌벌 떨며 꺼낸 말
이니, 아름다운 풍경을 본 것은 아니리라. 사야카가 떨리는 목소리
로 물었다.

"봐, 봤다니. 설마 귀신이라든가?"

소녀는 한순간 정지되었다가 고개를 옆으로 붕붕 흔들었다.

"아니에요. 귀신이 아니라 그건 도깨비예요. 빨간 도깨비!"

"빨간 도깨비?!" 사야카는 자신도 모르게 딱딱한 웃음을 지으며 말했다. "하하, 하, 장난치는 거지? 빨간 도깨비라니."

"장난치는 거 아니에요!" 미사키는 덮어쓰고 있던 이불을 치우고 사야카에게 달라붙었다. 그리고 잠옷 소매를 꽉 붙잡은 채 말했다. "정말로 봤어요. 복도 창문으로!"

"복도 창문?"

"네. 좀처럼 잠이 오지 않길래 화장실이나 다녀오려고 했죠. 볼일을 보고 제 방으로 걸어갔어요. 그런데 어쩐지 창밖이 신경 쓰여서 고개를 돌렸더니, 창밖에─."

"빨간 도깨비가 서 있었어?"

"아니요. 빨간 도깨비가…… 둥실 떠 있었어요!" 미사키는 공포에 찬 눈으로 사야카를 바라보며 소리쳤다. "얼굴이 새빨간 남자 도깨비였어요. 두 발이 땅에서 몇십 센티 떠 있더라고요!"

"공중에 떠 있었다고?"

"네."

"공중에 떠 있었다면 역시 귀신 아닐까?"

"에이, 귀신이 어디 있다고 그래요."

"빨간 도깨비도 있을 리 없잖아!"

"있을지도 모르죠. 비탈섬은 오카야마의 섬이니까."

확실히 오카야마의 외딴 섬에 도깨비섬 전설은 으레 따르기 마련이다. 하지만 "공중을 떠다니는 빨간 도깨비는 모모타로 이야기 (*복숭아에서 태어난 모모타로가 개, 원숭이, 꿩과 함께 나쁜 도깨비를 퇴치하러 가는 내용의 일본 설화)에도 안 나오는데."

"그러고 보니 그렇지만요."

"저기, 어디쯤에서 그걸 봤어?"

"오두막 앞이요. 아니, 오두막이랄까, 작은 집이랄까, 창고인지도 모르지만, 어쨌든 작은 건물 앞에 빨간 도깨비가 둥실둥실 떠서ㅡ."

"자, 잠깐만…… 그게 무슨 소리야, 미사키?!"

"네?!"

"네는 무슨. 미사키, 복도를 걸어왔지?"

"맞아요."

"도중에 창문으로 밖을 봤고."

"네."

"그럼 창문 너머로 중정이 보였겠네."

"네, 그런데요. 어, 그러고 보니 이상하네."

"이상하지. 중정에 오두막이니 창고니, 그런 건물은 없는걸."

중정은 헬기 착륙장으로 이용된다. 방해되는 건물이 있을 리 없다. 사야카는 미사키의 두 눈을 들여다보며 물었다. "미사키, 꿈이라도 꾼 것 아니니?"

"꿈?!" 미사키는 한순간 생각에 잠긴 표정을 지었다. 바로 고개를 젓고 말했다. "아니에요, 그럴 리 없어요. 꿈을 꾸면서 어떻게 화장실에 가겠어요? 복도도 못 걸어 다닐 테고……."

"……." 꼭 그렇게 볼 수만은 없다는 것이 사야카의 생각이었다. 비몽사몽 상태로 볼일을 보고, 다시 침대로 돌아와 쿨쿨 잠들었지만 아침이 되면 아무 기억도 나지 않는다. 세상에는 그런 사람도 있다고 들었다. 미사키도 실은 그런 유형 아닐까. 그렇게 의심하고 있자니 미사키가 사야카의 팔을 잡아당기며 호소했다.

"거짓말 같으면 언니가 직접 확인해 봐요."

그 말에 사야카는 저도 모르게 목을 움츠렸다. 그러자 사야카의 속마음을 민감하게 감지했는지, 미사키가 의심에 찬 목소리로 물었다. "어? 언니, 혹시 무서워요?"

"뭐? 무, 무섭냐고?! 하, 하하, 설마. 무섭기는 뭐가. 그야 도깨비나 귀신은 무서워. 하지만 미사키는 꿈을 꾼 거니까 무서울 것 하나 없지."

"그렇군요. 그럼 부탁이니까, 저 대신에 복도 창문 좀 확인해 주세요!"

미사키는 그렇게 말하며 일방적으로 사야카의 등을 꾹꾹 떠밀었다. '애 좀 봐. 막무가내로 막 떠밀지 마, 미사키!'

사야카는 무의식중에 소리 지를 뻔했지만, 이렇게 된 이상 빠져나갈 구멍은 없었다.

"알았어, 알았어. 확인해 볼게. 내가 알아서 갈 테니 좀 있어 봐!"

"와, 고마워요, 언니."

미사키는 순수하게 고마워하며 등을 떠밀던 손을 멈췄다.

아, 진짜! 사야카는 한숨을 내쉬며 조금씩 문으로 다가갔다. 문고리를 잡고 문을 살짝 열었다. 어두운 복도에 인기척은 없었다. 사야카는 복도 중간쯤까지 나아갔다. 사야카를 방패로 삼는 듯한 형태로 잠옷 차림의 미사키가 따라왔다. 복도에는 창문이 같은 간격으로 죽 늘어서 있다. 미사키는 그중 하나를 가리키며 말했다.

"저, 저거. 저 창문이에요, 언니."

미사키가 가리키는 창문으로 다가간 사야카는 용기를 짜내 창밖을 내다보았다. 그 직후, 사야카의 입에서 "뭐야" 하고 안도감 어린 목소리가 새어 나왔다. "역시 아무것도 없잖아!"

낮에 보았던 것과 완전히 똑같은 중정의 풍경이 시야에 펼쳐졌다. 지금은 한밤중이라 어둡지만, 중정 여기저기에 상야등을 켜 놓아서 결코 캄캄하지는 않다. 그런 중정에 미사키가 말한 오두막이니 창고 같은 건 눈을 씻고 찾아봐도 없었다.

물론 공중에 둥실둥실 떠 있는 빨간 도깨비도 없었다.

"자, 미사키도 와서 봐. 괜찮아."

겁에 질려 뒤쪽에 숨어 있는 미사키를 보고 사야카는 창밖을 가리켰다. 조심조심 고개를 내민 미사키도 다음 순간에는 "에엥?!" 하고 낙담과 안도가 섞인 미묘한 표정을 지었다. 그리고 창가로 다가가 유리창에 얼굴을 바짝 대고 말했다. "진짜네. 이상해라."

아니, 이상하지 않다, 전혀 이상할 것 없다. 이게 맞다. 이렇지 않으면 오히려 이상하다.

사야카는 자신을 타이르듯 몇 번 고개를 끄덕인 후, 미사키의 어깨를 탁 두드렸다.

"자, 이제 안심하고 잘 수 있겠지, 미사키?"

"아, 으음, 그건 좀……."

미사키의 표정이 바로 흐려졌다. 아직도 공포심이 완전히 가시지는 않은 모양이다.

"아직 불안해? 그럼 엄마 아빠 방에 가서 같이 자면 어떨까?"

"앗, 그건 안 돼요!" 미사키는 어째선지 사야카의 제안을 단번에 거절했다. "엄마 방에는 침대가 두 개밖에 없는걸요. 제가 엄마 방에 가면 아빠는 바닥에서 자야 하잖아요. 그럼 아빠가 너무 불쌍해서."

신임 사장으로 취임할 것이 확실해 보이는 사이다이지 아쓰히코지만, 회사에서는 서열이 최상위일지라도 가정에서는 서열이 딸보다 아래인 듯하다. 과연 불쌍한 아빠라고 사야카도 진심으로 딱하게 여겼다. 하지만 바닥에서 자기 싫으면 아빠가 딸 방에 가서 자면 되지 않을까? 문득 그런 생각이 들었지만, 미사키는 사야카에게 귀엽게 두 손을 모으고 말했다.

"저기, 오늘 밤은 언니 방에서 재워 줘요. 부탁할게요!"

미사키는 한쪽 눈을 귀엽게 찡긋하며 애원했다. 뜻밖의 부탁에 사야카는 한순간 어안이 벙벙해졌다. 그리고 "휴" 하고 작게 한숨을 쉰 후 살짝 웃으며 말했다. "어쩔 수 없지. 특별히 오늘 밤만이야."

"앗, 언니, 진짜요?! 와, 고마워요." 드디어 미사키의 얼굴에 안도의 표정이 번졌다.

미사키는 통통 튀는 듯한 발걸음으로 사야카의 방에 들어갔다.

미사키의 천진난만한 행동에 사야카는 무심코 쓴웃음을 지었다. 그리고 어두운 창밖으로 다시 고개를 돌려 중정의 풍경에 시선을 모았다. 역시 아무것도 없었다.

"응, 괜찮아. 별문제 없어."

사야카는 고개를 살짝 끄덕인 후 몸을 빙글 돌려 소녀를 뒤쫓듯 자기 방으로 돌아갔다.

| 3장 |

죽음과 폭풍우

1

갑자기 '쿠웅!' 하고 큰소리가 울려 퍼졌다. 동시에 강렬한 통증이 엉덩이에서 등으로 퍼졌다. 놀라서 눈을 뜨자 정면에 본 적 있는 천장이 있었다. 어째선지 몸은 딱딱한 바닥에 누워 있었다.

야노 사야카는 잠옷 차림으로 허리를 누르며 "아야야야야……" 하고 앓는 소리를 냈다. 그래도 겨우 상체를 일으키고 주변을 둘러보자 어제부터 머무르고 있는 '화강장'의 방이었다.

하지만 본래 사야카의 편안한 잠을 책임져야 할 침대에는 사야카 말고 미사키가 누워 있었다. 얌전한 숨소리와는 달리, 두 팔과 두 다리를 활짝 펼친 대담한 자세로 침대 대부분을 차지했다. 미사키의 나쁜 잠버릇 때문에 침대에서 밀려나 바닥에 떨어진 모양이라고 사야카는 생각했다. "그러고 보니 애를 재워 줬더랬지, 참."

사야카는 어젯밤에 있었던 빨간 도깨비 소동을 떠올렸다. 소동이라고 해도 실제로는 미사키 혼자 난리를 쳤을 뿐이다. 사야카는 빨간 도깨비의 뿔조차 보지 못했지만, 무서워하는 미사키의 부탁으로 미사키를 자기 방에 재웠다.

"그리고 결국 침대를 빼앗긴 건가……." 사야카는 자조하듯 중얼거리며 벽시계를 보았다.

오전 8시. 어쨌거나 이제 일어날 시각이었다.

그런데 갑자기 누군가 방문을 두드렸다. 문을 열자, 미사키의 어머니 사이다이지 에이코가 서 있었다. 에이코는 잠옷 차림이 아니라 이미 옅은 파란색 블라우스와 베이지색 치마로 갈아입은 모습이었다. 양갓집 사모님다운 차림새다.

에이코는 사야카의 얼굴을 보자마자 당황한 목소리로 하소연했다. "사야카 씨, 큰일 났어요. 우리 딸이 어디에도 보이질 않아요. 대체 어디로 간 거람……."

아침에 일어나서 딸의 방을 들여다봤는데 텅 비어 있어서 혼란에 빠진 걸까. 사야카는 냉큼 자기 침대를 가리키며 말했다.

"진정하세요, 에이코 씨. 미사키라면 저기 있어요."

그러자 사야카가 가리킨 침대에서 미사키가 몸을 벌떡 일으키더니 "아, 엄마, 잘 잤어……" 하고 졸음이 덜 가신 눈을 손으로 비비며 인사했다. 몇 분 전, 고약한 잠버릇으로 옆에서 자던 친절한 언니를 바닥에 떨어뜨린 게 맞나 싶을 만큼 천진난만하고 사랑스러운 표정이었다.

"다행이다. 여기 있었구나, 미사키." 에이코는 정말 안심했는지 가슴에 손을 얹고 한숨을 내쉬었다. 그리고 신기하다는 듯 사야카를 쳐다보았다. "어머, 그런데 왜 우리 딸이 사야카 씨의 침대에?"

어머니가 의문스러워하는 것도 무리는 아니다. 뭐라고 설명해야 좋을까…….

대답을 망설이는 사야카를 내버려두고 에이코는 방을 대충 둘러보았다. 그리고 다시 고개를 갸우뚱했다.

"여기에는 미사키 혼자뿐인 모양이네요."

침대에 앉은 미사키는 하품을 씹어 삼키며 대답했다. "응, 나 혼자야. 그리고 언니."

당연하다. 침대 하나에 서너 명이 잘 수 있을까. 안 그래도 댁의 따님은 공간을 두 사람 몫이나 차지할 만큼 잠버릇이 나쁜데. 속으로 불평을 중얼거리던 사야카는 에이코의 말에서 석연치 않은 뭔가를 느꼈다.

"에이코 씨? 혹시 미사키 말고 다른 사람도 찾으시나요……?"

에이코는 고개를 똑바로 끄덕였다.

"맞아요. 제 사촌 오빠 쓰루오카 가즈야의 모습이 안 보이는 것 같아서요. 어디로 간 걸까?"

얼핏 듣기에는 걱정하는 것 같이 느껴지나 사실 에이코는 쓰루오카가 뭘 하든 눈곱만큼도 신경 쓰지 않을 것이다. 에이코는 쓰루오카가 걱정되는 건 아니라, 모습이 보이지 않는 미사키가 혹시 쓰루오카와 함께 있는 게 아닐까 걱정한 것이리라.

그 증거로 에이코는 딸이 무사한 걸 알고 마음을 푹 놓은 표정이었다. 그리고 잠이 덜 깬 미사키에게 "빨리 세수하고 식당으로 와" 말하고는 혼자 방 앞을 떠났다.

에이코는 자기 딸이 남의 침대에서 잠잔 걸 어떻게 해석했을까.

그 점은 밝혀지지 않았지만 사야카가 "뭐, 어때. 아무튼 옷이나

갈아입자"라고 하자 미사키는 "네" 하고 밝게 대답하더니 창가로 다가가서 커튼을 활짝 젖혔다. 상쾌한 가을 햇살이 눈부시게 쏟아지기를 기대했지만 날씨는 기대와 정반대였다.

밖에는 비가 내리고 있었다. 그것도 옆으로 세차게 내리치는 것처럼 바람과 빗발이 강했다.

'태풍 두 개가 아마미오시마섬 근해를 북상하는 중.' 사야카는 새삼 어제 라디오로 들은 일기예보를 떠올렸다.

변호사 야노 사야카는 흰색 셔츠에 진한 감색 바지. 여고생 사이다이지 미사키는 흰색 셔츠에 짧은 체크무늬 치마. 두 사람은 나이에 걸맞은 옷차림을 갖추고 함께 식당으로 향했다.

복도를 걸으며 사야카는 안경 너머로 창문에 시선을 주었다. 유리창 너머로 비에 젖은 중정의 풍경이 보였다. 어젯밤 미사키는 여기서 '빨간 도깨비'를 목격했다고 주장했지만, 하룻밤이 지난 지금은 그런 존재의 낌새가 일절 느껴지지 않았다. 빨간 도깨비 뒤편에 있었다는 오두막(?)도 물론 보이지 않는다. 역시 어젯밤 미사키가 잠에 취해 꿈이라도 꾼 것이리라.

그런 생각을 하고 있는데, "저기, 사야카 언니" 하고 미사키가 걸음을 옮기며 이름을 불렀다. 미사키도 중정 쪽을 보고 있었다.

"왜, 미사키?"

의문형으로 대꾸하자 미사키는 갑자기 고개를 저었다. "아니요, 아무것도 아니에요……."

미사키는 무슨 이야기를 꺼내려다 왜 말을 삼켰을까. 사야카는 의문스러웠지만 깊게 파고들지는 않았다. 두 사람은 복도 끝의 계단으로 2층에 올라가서, 나선계단을 통해 다시 1층으로 내려갔다. 잠시 후 식당에 도착했다.

식당으로 들어가자 '화강장'에 머무르는 사람들이 대부분 모여 있었다.

휠체어를 탄 가나에 부인. 그 옆에는 주치의 다카자와 나오토가 있었다. 에이코와 게이스케, 그리고 유코 3남매는 함께 식탁에 앉아 있었다. 에이코 옆에는 남편 아쓰히코가 자리 잡았다. 아쓰히코는 사랑하는 딸을 보자마자 "잘 잤니, 미사키" 하고 기쁘게 손을 들었다. 한편 미사키는 그 나이대의 소녀답게 "네, 네, 그럼요"라면서 쌀쌀맞게 대꾸했다.

마사에와 도라쿠 스님은 식당 한구석에 있었다. 거기 있는 텔레비전으로 일기예보를 보는 모양이다. 고용인인 고이케 부부는 부지런히 움직이며 아침 식사를 식탁에 늘어놓았다.

식당을 대충 둘러보자마자 사야카는 생각했다.

'확실히 쓰루오카 가즈야만 보이질 않네.'

그 직후에 뒤에서 문이 열리더니 "꾸모잉" 하고 무슨 동물 소리 같은 남자의 목소리가 들렸다. 아침 댓바람부터 검은색 정장 차림이라는 평범치 않은 패션 센스의 소유자였다. 자다 눌린 머리를 오른손으로 쓸어올리며 등장한 그를 보고, 사야카는 드디어 자신의 사소한 실수를 알아차렸다. '그러고 보니 이 사람도 없었네.'

사야카에게 존재감을 발휘하지 못한 남자, 고바야카와 다카오는 자신을 향한 시선을 알아차리고 의아한 표정을 지었다. "응? 왜?

내 얼굴에 뭐라도 묻었어?"

"아니요. 아무것도 아니에요. 그것보다 아까 그건 무슨 울음소리를 흉내 낸 건가요?"

"내가 울음소리를 냈다고?! 난 그저 '굿모닝' 하고 인사했을 뿐이야. 혹시 귀가 안 좋아?"

"……." 내 귀가 아니라 당신 발음이 너무 안 좋은 거지!

사야카는 발끈한 표정으로 다카오의 질문을 묵살했다. 결국 두 사람 사이에서 상쾌한 아침 인사는 이루어지지 않았다.

고바야카와 다카오는 식당에 모인 사람들을 둘러보더니 "어, 쓰루오카 가즈야만 없는 것 같은데……" 하고 누구에게랄 것도 없이 중얼거렸다.

"맞아." 에이코의 남편 아쓰히코가 허물없이 말을 받아 주었다. "아까 방에 가 봤는데 텅 비었더군. 문도 안 잠그고 대체 어디로 사라진 건지……. 자네와 함께 있던 것 아니었나?"

"네?! 제가 왜 아침부터 그런 남자와 함께 있어야 하는데요?"

"그것도 그렇지만, 우리 미사키는 변호사님과 같이 잤다고 그러고……."

아쓰히코는 자기 딸을 가리켰다. 다카오는 비어 있는 의자를 끌어당겨 앉으며 말했다. "어쨌든 저도 쓰루오카가 어디 있는지 모릅니다. 그 사람의 보모 역할까지 의뢰받은 적은 없으니까요. 아침 산책이라도 나간 게 아닐까요?"

"비가 이렇게 퍼붓는데?" 아쓰히코는 비아냥거리듯이 말하며 비에 젖은 유리창을 가리켰다.

"그것도 그런가⋯⋯. 그럼 실내 산책일지도요. 이 별장은 꽤 넓으니까요."

그러자 텔레비전을 보고 있던 도라쿠 스님이 갑자기 이쪽을 돌아보고 말했다. "태풍이 시코쿠 지방으로 진로를 바꾸면서 이쪽으로 접근하는 중이랍니다. 이거, 어쩌면 오카야마를 직격할 수도 있겠는데요. 이야, 참 곤란하게 됐습니다, 후후후!"

이 스님은 뭘 기뻐하는 거지? 사야카는 무심코 고개를 갸웃했다.

세상에는 태풍이 접근하면 묘하게 들뜨는 난감한 족속들이 있는데, 도라쿠 스님도 그중 하나인 모양이다. 목소리에서는 어쩐지 태풍이 직격하기를 기대하는 낌새가 느껴졌다.

"아, 그러고 보니." 이번에는 마사에가 돌아보았다. "세상에는 태풍이 접근하면 묘하게 들뜨는 난감한 족속들이 있는 것 같은데⋯⋯."

"⋯⋯아, 네⋯⋯." 당신 옆에 딱 맞는 샘플이 있네요. 사야카는 속으로 중얼거린 후 말했다. "그게 왜요, 마사에 씨?"

"어쩌면 가즈야 군은 이렇게 궂은 날씨인데도 밖에 나갔을지 몰라. 바다가 얼마나 거칠어졌는지 자기 눈으로 확인하려고. 성격상 그런 어린애 같은 짓을 할 것 같지 않아?"

지금까지 잠자코 있던 게이스케가 끼어들었다. "확실히 바다의 상태가 어떨지 걱정되기는 하네요. 하지만 그 양반이 그렇게까지 괴짜는 아닐 것 같은데⋯⋯."

그러자 여동생 유코가 고개를 저으며 말했다. "아니, 오히려 그 인간이 할 만한 짓이야."

"그럼 어쩌지?" 게이스케가 복잡한 표정으로 턱에 손을 댔다. "찾으러 가야 하려나?"

"너무 걱정할 것 없어, 오빠." 유코는 매정한 어조로 말했다. "배고프면 돌아오겠지, 뭐."

아무래도 유코에게 쓰루오카 가즈야는 들개와 동급인 모양이다. 하지만 그 말에는 일종의 설득력이 있었다. 쓰루오카를 화제로 이야기를 벌였던 사람들은 "하긴 그래", "유코 말이 맞아", "걱정한들 무슨 소용이야", "애당초 그렇게 걱정되지도 않아", "그것보다 아침밥이지", "어머, 맛있겠다", "자, 먹자, 먹자" 하며 쓰루오카에게서 관심을 돌렸고, 나머지도 자리에 앉았다. 식탁에는 스크램블드 에그, 샐러드, 토스트, 커피 등 아침 식사를 대표하는 메뉴가 차려져 있었다.

"하지만 만약을 위해······." 마사에가 포크를 들면서 말했다. "아침을 먹은 후에도 가즈야 군이 보이지 않으면 찾으러 보낼까."

"음, 찾으러 보내다니, 누구한테 시키시려고요?"

게이스케가 고개를 갸웃했다.

마사에는 당연하다는 듯이 대답했다. "그야 물론 사람을 찾는 건 탐정이 할 일이지."

부탁한다는 듯 마사에는 탐정의 얼굴에 시선을 주었다.

어휴, 비가 이렇게 내리는데요? 그런 속마음을 드러내듯 탐정은 인상을 썼다.

2

아침을 다 먹은 후에도 쓰루오카 가즈야는 식당에 나타나지 않았다. 식사를 마친 사람들은 제각각 식당을 나섰다. 쓰루오카가 없어졌는데도 다들 별로 신경 쓰지 않는 눈치였다.

그런 와중에 마사에가 탐정 고바야카와 다카오에게 의뢰했다. "……이렇게 됐으니, 미안하지만 부탁 좀 할게."

"쓰루오카를 찾아오라는 말씀이시죠? 어차피 요 부근에 있겠죠. 애당초 비탈섬은 외딴 섬이라 어디에도 갈 곳이 없잖습니까. 아아, 네, 네. 알겠습니다. 찾아볼게요. 찾아보면 되잖아요. 찾아드릴 테니 그렇게 노려보지 마세요."

탐정은 마사에의 날카로운 눈빛에 굴복해 순순히 의뢰를 받아들였다.

"뭐, 이런 호텔 같은 별장에 머물며 공짜 밥을 얻어먹었으니, 숙박비 대신에 무료 봉사하겠습니다. 어디부터 찾으면 좋을까요?"

"그건 탐정님한테 일임할게." 마사에는 모조리 떠맡기는 태도를 보였다.

그러자 아직 식당에 남아 있던 미사키가 옆에서 끼어들었다. "쓰루오카 씨의 방은 지하에 있잖아요. 일단 거기부터 조사하면 되지 않을까요?"

"그렇지만 그 방은 텅 비어 있었다고, 아까 너희 아빠가 그랬는데……."

"하지만요!" 미사키는 어째선지 열심히 물고 늘어졌다. "우리 아빠는 덜렁이니까 뭔가 놓친 점이 있을지도 몰라요. 아니, 분명 놓친 점이 있을 거예요. 그러니까, 알았죠!"

미사키는 변함없이 자기 아버지를 몹시 낮게 평가하는 것 같지만, 그건 제쳐 놓고.

귀여운 소녀가 두 손 모아 부탁했으니 탐정으로서도 나쁜 기분은 아니었으리라. 다카오는 태도를 싹 바꿔서 "그럼 가 볼까" 하고 드디어 무거운 엉덩이를 들었다.

그러자 미사키는 "자, 언니도 같이 가요!"라면서 사야카의 팔을 잡고 의자에서 억지로 일으켜 세웠다. 사야카도 사랑스러운 미사키를 정체 모를 탐정과 단둘이 지하실에 보낼 생각은 없었지만, 어쩐지 태도가 마음에 걸렸다. 무슨 꿍꿍이일까.

사야카는 의혹과 흥미를 품고는 두 사람과 동행했다.

식당을 나서서 현관홀로 향했다. 거기에 있는 거대한 나선계단을 통해 지하로 내려갔다. 거대한 소용돌이에 휘말리는 듯한 독특한 감각에 약간 겁이 날 정도였다.

이윽고 세 사람은 계단을 다 내려가서 지하에 다다랐다. 사야카는 처음으로 발을 들여놓는 미지의 공간이다. 1, 2층과는 달리 그리 넓지는 않았다. 계단에서 이어지는 짧은 복도에 문이 몇 개 보였다. 제일 앞쪽 방이 쓰루오카 가즈야의 방이라는 건 마사에에게 미리 확인했다.

다카오는 망설임 없이 그 방 앞에 서서 문고리를 잡았다. 잠기지 않은 문은 아무 저항 없이 열렸다. 안을 들여다보았지만, 역시 아무도 없었다. 세 사람은 차례대로 실내에 들어갔다.

의외로 평범한 방이었다. 벽 앞의 침대도, 방구석에 놓인 텔레비전도, 작은 책상도 전부 사야카의 방에 있는 것과 똑같다. 굳이 따지자면 창문이 없다는 점이 유일하게 지하실다운 부분이랄까.

"이 방은 쓰루오카가 이곳에 방문할 때마다 이용했던 방이래. 분명 어제 여기 오자마자 쓰루오카 본인이 그런 식으로 말했지."

다카오는 그렇게 말하며 벽 앞에 놓인 침대로 다가갔다. 혹시 누군가 숨어 있지는 않은지 확인하듯 침대 밑을 들여다본다. 하지만 이 침대는 다리가 없는 유형이라 밑에 사람이 숨을 만한 공간은 없다. 다카오는 납득한 표정으로 이불을 살피기 시작했다.

이번에는 다카오의 표정이 바로 어둡게 흐려졌다.

"이상한데. 어쩐지 잠자리가 너무 깨끗하지 않아?"

"그런가요?" 사야카는 안경 너머로 침대에 시선을 주었다. "누군가 잠잔 흔적은 남아 있는데요."

이불이 약간 흐트러졌고, 시트에도 주름진 부분이 있었다.

"그건 그래. 당신도 기억하겠지만, 쓰루오카는 별장에 도착하자마자 낮잠을 자고 싶다고 했어. 실제로 그는 이 침대에서 낮잠 잤을 거야. 그렇다면 당연히 침대에 사용한 흔적이 남을 테고. 하지만 그 잠버릇 고약하게 생긴 남자가 술을 퍼마시고 하룻밤 잔 것치고는 침대가 너무 깨끗하지 않냐 이 말이야."

"쓰루오카의 잠버릇이 좋은지 나쁜지 누가 알겠어요?" 당연한 지적을 한 후, 사야카는 침대를 다시 살펴보았다. "확실히 고바야카와 씨 말이 옳은 것 같네요. 이 침대, 사용한 느낌이 별로 없어요. 어떻게 된 걸까요?"

"쓰루오카는 어젯밤에 이 침대에서 잠을 자지 않은 거야."

"그럼, 어젯밤에 대체 어디서 뭘⋯⋯?"

사야카가 중얼거리자 다카오는 몸을 빙글 돌려 미사키와 마주 보고 섰다. 미사키의 표정이 확 굳어졌다. 다카오는 그 얼굴을 들여다보며 단도직입적으로 물었다.

"그런데 미사키, 우리한테 뭔가 하고 싶은 말이 있는 거 아니야?"

탐정의 말을 들을 필요도 없이, 사야카도 그건 눈치챘다. 다카오와 사야카를 지하의 이 방으로 데려온 건 다름 아닌 미사키다. 뭔가 비밀리에 하고 싶은 이야기가 있는 모양이었다.

사야카는 미사키의 속을 떠보기 위해 슬쩍 미끼를 던졌다. "혹시 어젯밤 봤다는 빨간 도깨비에 관한 이야기라든가?"

"뭐라고, 빨간 도깨비?!" 뜬금없이 괴상한 반응을 보인 사람은 오히려 탐정이었다. 그는 사야카와 미사키를 번갈아 바라보며 떠들어댔다. "어, 뭐야, 뭐야, 왜 갑자기 빨간 도깨비가 나오는데? 어이어이, 잠깐만. 그런 이야기 난 한마디도 못 들었어. 도깨비라니 뭐야? 뭔데, 뭔데? 자, 숨기지 말고 빨리 가르쳐 줘!"

"그 입 좀 다물어요, 고바야카와 씨! 당신이 시끄럽게 떠들면 미사키가 말을 못 하잖아요!" 사야카는 탐정에게 고함을 지르고, 다시 미사키에게로 고개를 돌렸다. "어떠니, 미사키?"

"네, 실은 바로 그건데요."

미사키가 담담히 말을 이었다. "어젯밤에 제가 빨간 도깨비를 봤다는 이야기, 사야카 언니는 안 믿으시죠? 저도 솔직히 악몽이라도 꾼 거겠거니 했어요. 오늘 아침에 잠에서 깰 때까지는요. 하지만 아까 쓰루오카 씨가 보이지 않는다는 이야기를 엄마에게 들었을 때, 가슴이 철렁하더라고요. 그러고 보니…….”

“그러고 보니?!”

“그 빨간 도깨비는 남자였구나 싶어서…….”

“그야 보통 도깨비 하면 남성의 이미지지.”

“이미지가 아니라 실제로 남자였다고요. 즉, 저는 그 빨간 도깨비의 얼굴을 본 거죠. 생김새에 관해서는 솔직히 말해 어렴풋한 인상밖에 남아 있지 않았지만, 엄마 이야기를 듣자 어쩐지 갑자기 기억이 났어요. 그 빨간 도깨비…… 그 남자의 얼굴은…… 어쩌면…… 그…….”

미사키는 공포로 눈을 부릅뜨며 말을 삼켰다. 하지만 미사키가 무슨 말을 하려는지는 분명했다.

사야카는 침을 꿀꺽 삼키며 물었다. “설마, 그 빨간 도깨비의 정체가 쓰루오카 가즈야였다는 건가?”

그 이름을 꺼내자 미사키는 조심조심 고개를 끄덕였다. “네, 아마도…….”

미사키의 말에 사야카의 몸이 바르르 떨렸다. 어젯밤에 웃어넘겼던 괴담이, 날이 밝은 지금 이런 형태로 되살아날 줄은 상상조차 못 했다.

침묵에 빠진 사야카와 미사키. 정적이 흐르는 지하실.

그때 의도치 않게 따돌림을 당한 탐정이 뒤에서 하소연을 하듯 물었다.

“이봐, 지금 둘이서 무슨 이야기를 하는 거야? 나도 알아듣도록 설명 좀 해 줘."

　탐정에게 설명하느라 시간을 10분 가까이나 허비했다. 미사키의
이야기를 들은 고바야카와 다카오는 "아하, 그런 거였군" 하고 고개
를 살짝 끄덕이더니 사야카에게 확인했다. "늦은 밤에 남자 빨간 도
깨비가 중정에 나타났다. 미사키는 복도 창문으로 그걸 봤다. 하지
만 당신이 창문으로 중정을 내다봤을 때는 아무것도 없었다. 창고
같은 오두막도, 허공에 뜬 빨간 도깨비도. 그런데 창고 같은 오두막
이라니, 대체 그게 뭐야?"

　"몰라요. 나도 못 봤다고요. 그것보다 빨간 도깨비의 정체가 궁금
하네요. 만약 미사키 말대로 쓰루오카였다면, 역시……."

　"역시……. 제가 본 건 도깨비가 아니라…… 쓰루오카 씨의 귀
신일까요?"

　미사키가 아주 자연스럽게 뜬딴지같은 소리를 했다. 다카오는
쓴웃음을 지으며 고개를 저었다.

　"아니, 그런 게 아니야, 미사키. 네가 본 건 남자 빨간 도깨비. 즉,
얼굴이 시뻘게진 남자라는 뜻이지. 그렇다면 그건 빨간 도깨비가
아니라 얼굴이 피로 물든 쓰루오카였을지도 몰라. 아니, 그 시점에
숨이 붙어 있었는지, 끊어졌는지도 불확실해. 어쩌면 쓰루오카는
그때 이미……."

　"그게 무슨!" 미사키는 새삼스레 눈을 동그랗게 떴다. "제가 본 게
빨간 도깨비도, 귀신도 아니라 시체였다는 거예요? 시체라니 싫어.
차라리 도깨비나 귀신이 나아."

기분은 알겠지만 뭐가 싫고 뭐가 낫다는 문제는 아니리라.

"요컨대 가능성의 이야기야." 다카오는 냉정하게 설명했다. "미사키가 빨간 도깨비나 귀신을 봤다, 또는 뭔가를 아예 잘못 봤다기보다는 크게 다쳐 얼굴이 피투성이가 된 쓰루오카를 목격했을 가능성이 높다는 거지. 실제로 오늘 그의 모습이 보이질 않으니 더더욱."

"확실히 그럴지도 모르겠네요." 사야카는 고개를 끄덕이고 이야기를 진행시켰다. "하지만 쓰루오카가 죽었든, 빈사의 중상을 입었든 핵심은 똑같아요. 문제는 그가 지금 어디에 있느냐죠. 우리는 어디를 찾아보면 될까요?"

다카오는 턱에 손을 대고 묵묵히 생각에 잠겼다. 그리고 잠시 후 천천히 고개를 들었다.

"뭐라고 정확하게는 말을 못 하겠지만, 실내는 아닐 것 같아. 얼굴에서 피를 흘리는 사람을 실내에 들여놓으면 뭔가 흔적이 남을 테니까. 그렇다면 바깥을 찾아봐야겠지. 일단 중정부터 살펴볼까. 뭔가 단서가 있을지도 몰라."

다카오의 말에 사야카와 미사키는 고개를 끄덕였다.

지하의 방을 나서서 1층으로 돌아온 그 길로 세 사람은 중정으로 향했다.

3

되짚어 보면 어젯밤 빨간 도깨비 소동이 있었을 때는 복도 창문으로 밖을 내다봤을 뿐이었다. 오늘 아침은 일어나고부터 계속 비가 왔으므로 한 번도 밖에 나가지 않았다. 중정에 직접 발을 내디디는 건, 어제 낮에 헬리콥터의 착륙을 지켜본 이후로 처음이다. 야노 사야카는 그런 생각을 하며 '화강장' 현관으로 향했다. 우산꽂이에서 적당한 우산을 골라 밖으로 나갔다. 다카오와 미사키도 우산을 들고 뒤를 이었다.

다행히도 빗발은 일시적으로 약해졌다. 바람은 불지만 우산을 못 쓸 정도는 아니었다.

현관 밖에서 빨간 우산을 펼친 사야카는 검은 테 안경을 손끝으로 밀어 올리며 눈앞의 중정을 둘러보았다.

ㄱ 모양 건물에 둘러싸인 중정은 변함없이 넓기만 하고 살풍경한 인상이었다. 헬기 착륙장으로 사용하기 위해 대부분 콘크리트로 포장해 놓았다. 어제는 희읍스름해 보인 콘크리트가 지금은 비에 젖어 회색으로 색깔이 변했다. 그 주변에 명색뿐인 화단과 관목을 배치하기는 했지만 딱히 정취가 느껴지지는 않았다.

사야카는 우산을 두드리는 빗소리에 뒤지지 않도록 목소리를 높였다. "아무것도 없는 것 같은데요."

다카오도 크게 대답했다. "뭐, 그렇겠지. 이 탁 트인 중정에 시체가 널브러져 있었다면 이미 누가 발견했을 테고……."

그래도 시야를 막는 물체가 아예 없지는 않다. 사야카 일행은 화단과 관목 뒤편 등 시야에 들어오지 않는 부분을 꼼꼼히 살폈다. 역시나 쓰루오카의 행방으로 이어질 만한 단서는 찾지 못했다. 물론 변사체가 나뒹굴고 있지도 않았다.

"그런데 미사키, 그 빨간 도깨비를 중정 어디쯤에서 봤지? 어디에 어떤 식으로 서 있었어?"

"아니에요, 탐정님. 빨간 도깨비는 서 있었던 게 아니라, 허공에 떠 있었어요."

미사키는 탐정의 착각을 정정한 후 중정 거의 한복판을 가리켰다. "아마 저 부근이었을 거예요."

"헬기 착륙장의 한복판? 그렇게 눈에 잘 띄는 곳에?"

"그랬을 텐데…… 아닌가." 미사키는 자신 없는 듯 고개를 기울였다.

다카오는 미사키가 가리킨 곳으로 걸어갔다. 사야카와 미사키도 뒤따라갔다.

거기에는 헬기 착륙장임을 나타내는 영어 'H'가 노란색 페인트로 큼지막하게 그려져 있었다. 너무 커서 가까이에서 보면 'H'라고 인식하지 못할 정도다. 그냥 콘크리트에 노란 선을 별 의미도 없이 그은 것처럼 느껴진다. 페인트를 꽤 두껍게 칠했는지, 그 부분만 몹시 두두룩해 보였다.

"미사키가 본 빨간 도깨비는 이쯤 떠 있었어. 그렇다면 그 이야기에 나온 오두막도 이 부근에 있었다는 뜻이야?"

다카오의 질문에 미사키는 또 자신 없는 표정으로 고개를 끄덕였다. "네, 아마 그랬을 거예요……."

"하지만 사야카 씨가 창문으로 중정을 확인했을 때는 아무것도 없었고?"

"네. 빨간 도깨비도, 창고 같은 오두막도, 물론 쓰루오카의 시체도 없었어요."

"음, 이게 다 무슨 일이지?!" 탐정은 얼굴에 당혹스러운 빛을 띤 채, 제법 큰소리로 혼잣말을 중얼거렸다. "건물 소실의 일종인가?! 창고 같은 오두막이 소실되는 것과 동시에 시체도 소실됐다?! 아니, 아직 쓰루오카가 죽었다고 단정할 근거는 없지만……."

"어쨌거나 시체인지, 부상자인지, 도깨비인지, 귀신인지가 아주 잠깐 나타났다가 사라진 건 사실 같아요. 게다가 오두막도 동시에 나타났다가 사라졌죠."

"당최 모르겠네. 오두막이라니 그게 뭔데? 그런 게 중정에 있을 리 없잖아."

"하지만 미사키는 확실히 봤다고 하고, 실제로 쓰루오카 가즈야는 행방불명됐잖아요."

"맞아. 그러고 보니 녀석을 찾는 중이었지. 건물 소실은 뒤로 미루자. 쓰루오카를 찾는 게 급선무야. 일단 건물 주변을 한 바퀴 빙 돌아 볼까."

다카오는 ㄱ 모양 건물의 벽을 따라 걸음을 옮겼다. 그 뒷모습을 쫓듯 사야카와 미사키도 따라갔다.

그때였다. "응?!"

무슨 기척이 느껴졌다. 사야카는 저도 모르게 멈춰 고개를 돌려 주변을 확인했다. 하지만 안경 너머로 보이는 건 비에 젖은 중정과 ㄱ 모양 건물뿐이었다.

"왜 그래요, 언니?" 미사키가 의아한 표정으로 물었다.

"어, 아니, 아무것도 아니야." 사야카는 어색한 웃음을 지으며 얼른 고개를 저었다. "누가 훔쳐보는 것 같은 느낌이 들었는데, 착각이었나 봐."

"누가 훔쳐본다고요?! 어, 뭐야, 그게?! 어쩐지 소름 끼치네요."

펼친 우산 밑에서 미사키가 인상을 찡그렸다. 그 모습을 보고 사야카는 애써 경쾌한 목소리로 말했다.

"걱정하지 마, 그냥 기분 탓이니까. 자, 가자, 미사키!"

한참 앞서가는 탐정의 뒷모습을 쫓듯 사야카와 미사키는 다시 걸음을 옮겼다.

중정을 나선 일행은 ㄱ 모양 저택을 시계 방향으로 한 바퀴 돌 작정으로 건물 뒤편을 향해 나아갔다. 그사이에도 방심하지 않고 주변을 유심히 관찰하며 걸어갔지만, 특별히 부자연스러운 흔적은 눈에 띄지 않았다. 애당초 장대비가 내리는 중이다. 예를 들어 혈흔이나 발자국 같은 흔적이 다소 남아 있었더라도, 이미 다 씻겨 나가서 육안으로는 발견할 수 없을 것이다.

그런 생각을 하며 나아가는 동안 일행은 건물 뒤편에 다다랐다. 흙바닥이 넓게 펼쳐진 거친 들판이었다. 면적으로 따지자면 중정과 비슷한 정도일까. 관리하지 않아 황폐해진 지면은 물결치듯 울룩불룩했고, 잡초가 무성했다. 하지만 버려진 듯한 이 공간에 어째선지 건물 한 채가 있었다. 그 광경을 보자마자 사야카는 우산 아래에서 무심코 손가락을 앞으로 뻗었다. "말도 안 돼. 뭐야, 저거!"

"오호, 저건, 그야말로……." 고바야카와 다카오도 의외라는 듯 눈을 끔뻑끔뻑했다.

두 사람의 놀란 마음을 대변하듯 사이다이지 미사키가 외쳤다.

"우와, 저건 그야말로 오두막이잖아요. 소위 정자라고 부르는!"

그건 확실히 정자였다. 기둥은 네 개고 사각뿔 모양의 간소한 모임지붕을 이었다. 벽은 허리 높이라 기둥과 기둥 사이로 반대편이 훤히 보인다. 요컨대 공원 등에서 흔히 볼 수 있는 단순한 휴게건물이다. 오두막이라 불러도 틀린 건 아니리라. 방치된 땅 한복판에 선 오두막은, 역시 방치된 것처럼 지저분해서 폐허로 변한 휴게소 같아 보였다.

"그나저나 지붕이 있어서 고맙군. 어쩐지 빗발도 강해진 것 같으니……."

다카오는 남에게 뒤질세라 문제의 정자로 달려갔다. 사야카와 미사키는 신발이 더러워지지 않도록 최대한 신중하게 다카오를 따라갔다. 정자 입구에 도착한 사야카와 미사키는 그제야 한숨 돌리고 우산을 접었다. 폐허나 마찬가지지만 지붕은 본래 역할을 다하고 있는 모양이었다. 기와를 두드리는 빗소리가 머리 위에서 들려왔지만, 비는 한 방울도 떨어지지 않았다.

"아아, 옷이 젖었네. 응?! 왜 그래요, 고바야카와 씨?"

사야카는 정자 입구에 우두커니 서 있는 탐정의 등에 대고 말했다. "길 막지 말고 빨리 들어가요."

"어, 아니, 그게……." 다카오는 다리가 얼어붙은 것처럼 자리에서 꼼짝도 하지 않았다.

"왜 그래요? 먼저 온 손님이라도 있어요?"

사야카는 농담조로 말하며 다카오의 어깨 너머로 정자 안을 들여다보았다. 그 순간 사야카는 헉, 하고 숨을 삼켰다. 진짜로 '먼저 온 손님'이 있었기 때문이다. 손님은 널빤지가 깔린 바닥에 위를 본 자세로 드러누워 있었다. 얼굴은 시뻘건 피로 범벅됐다. 연노란색 셔츠도 원래 빨간색이었다고 착각할 만큼 붉게 물들어 있었다. 치노팬츠는 원래부터 적갈색이었으므로 얼핏 보면 얼굴부터 발끝까지 몽땅 빨간색으로 느껴진다. 물론 그 정체는 빨간 도깨비가 아니다.

"이, 이건, 쓰, 쓰루오카 가즈야!"

사야카가 떨리는 목소리로 소리친 직후, 뒤에서 미사키의 비명이 들렸다.

"꺄아아아아악."

공포에 휩싸인 듯 미사키가 사야카의 등에 찰싹 달라붙었다. 사야카는 미사키를 끌어안고 진정시키려 했지만, 그러는 본인도 두 다리가 와들와들 떨렸다.

한편 고바야카와 다카오는 한발 먼저 냉정함을 되찾은 듯했다. 바닥에 누운 쓰루오카 가즈야 곁으로 다가가 이마에 쩍 벌어진 상처가 있는 걸 확인했다. 그리고 셔츠 소맷자락 밑으로 드러난 손목을 잡고 맥박이 있는지 살폈다. 어두운 표정으로 일어난 탐정에게 사야카는 머뭇머뭇 물었다.

"주, 죽었나요, 이 사람……?"

다카오는 고개를 살짝 끄덕인 후 사야카에게 반쯤 명령하듯 말했다.

"난 여기 있을 테니, 사야카 씨는 미사키를 데리고 건물로 돌아가. 그리고 우선 마사에 씨에게 보고해 줘. 일단 이건 마사에 씨에게 의뢰받은 일이니까. 그리고…… 그렇지, 다카자와 선생을 이리로 보내 줘."

"마사에 씨에게 보고하고, 다카자와 선생님을 불러 달라는 거죠?"

"응. 명심해, 의사를 보내라고 했어, 스님은 아직 안 불러도 돼."

"알아요. 누굴 바보로 아나, 스님을 불러올 리 없잖아요!"

상황이 이런데도 어떻게 농담할 여유가 있는 걸까. 하지만 평소와 다름없이 초연한 그의 태도가 든든하기도 했다. 탐정은 마지막으로 당부하듯 덧붙였다.

"다른 사람들에게는 의사가 살펴본 후에 알릴 거야. 되도록 소란스러워지지 않도록 부탁해."

"나한테 맡겨요. 가자, 미사키."

사야카는 자기 우산을 펼치고 미사키의 팔을 잡았다. 미사키는 충격을 받은 나머지 혼자서는 제대로 걷지도 못할 만큼 동요한 듯했다. 사야카는 왼손으로 우산을 들고, 오른손으로 미사키를 부축하며 정자를 떠났다. 쏟아지는 비가 우산을 세차게 때렸다. 사야카는 아무 말 없이 걸음을 옮겼다.

옆에서 미사키가 잠꼬대하듯 중얼거렸다.

"그건 빨간 도깨비가 아니었어……. 그때 쓰루오카 씨는 이미 죽은 뒤였던 거야……."

4

야노 사야카는 사이다이지 미사키와 함께 정면 현관으로 들어가서 일단 1층 거실로 뛰어들었다. 다행히 마사에는 소파에 엎드려

책을 읽고 있었다. 하늘색 책등이 특징적인 단행본. 하지만 지금은 책이나 읽을 때가 아니다. "마, 마, 마, 마사에 씨!"

동요를 감추지 못하는 사야카를 보고 마사에는 놀란 표정이었다. 들고 있던 책을 덮더니 왜 그러냐고 묻듯 두 사람을 쳐다보았다.

사야카는 마사에가 입을 열기도 전에 비상사태가 발생했음을 알렸다.

"크, 큰일 났어요, 마사에 씨! 쓰루오카 씨가 발견됐어요. 그런데 그게…… 그…… 이미 죽었어요……. 건물 뒤편에 있는 정자 같은 오두막에서…… 피투성이가 된 모습으로……."

"진짜예요, 고모할머니! 탐정님이 발견했어요!"

옆에서 미사키가 보충 설명을 하자 마사에의 입에서 뒤집어진 목소리가 튀어 나왔다.

"뭐라고! 가즈야 군이 피투성이로 죽다니ㅡ."

"쉿!" 사야카가 황급히 손가락을 입술에 대고 타일렀다. "마사에 씨, 조, 용, 히!"

그러자 마사에는 "엉?!" 하고 어리둥절한 표정을 지었다. 그리고 오른손을 똑바로 들어 사야카의 뒤쪽을 가리켰다. "조용히 하라니…… 하지만 저기……."

"네?!" 이번에는 사야카가 소리칠 차례였다.

머뭇머뭇 뒤쪽을 확인했다. 이 방에는 마사에 혼자만 있는 줄 알았건만, 예상과 달리 거실 한구석에 한 명이 서 있었다. 아차, 도라쿠 스님이다!

이미 늦었다. 사야카의 말을 엿들은 스님은 "쓰루오카 가즈야

씨가 돌아가셨다니, 이럴 수가!"라고 외치자마자 거실 입구로 고개를 내밀고 복도에 있는 사람에게 알렸다. "이보세요, 아쓰히코 씨. 탐정님이 쓰루오카 씨의 시체를 찾아냈답니다!"

"어엇, 정말이요, 스님!" 복도에서 아쓰히코의 목소리가 울려 퍼졌다. 아쓰히코는 복도에 있는 다른 사람에게 상황을 전했다. "이봐, 들었나. 쓰루오카가 죽었대. 그 탐정이 찾아냈어."

"앗, 그거 큰일이군요" 하고 소리친 사람은 게이스케 같았다. 게이스케는 나선계단을 쿵쿵 뛰어오르며 말했다. "얘, 얘, 유코, 탐정님이 쓰루오카가 죽은 걸……."

"뭐라고요, 오빠!" 유코의 목소리가 2층 어딘가에서 울려 퍼졌다. "크, 크, 큰일이야, 언니, 탐정님이……."

"앗, 정말이니, 유코?!" 이번에는 에이코의 목소리가 들렸다. "큰일 났어요, 다카자와 선생님……."

"뭐라고요, 설마…… 정말입니까!" 저 멀리서 들리는 경악에 찬 고함은 아무래도 다카자와 나오토의 목소리인 듯했다.

결국 '쓰루오카 사망'이라는 극비 정보는 전혀 예상치 못한 방법으로 다카자와의 귀에 들어간 모양이다.

극비 정보인 만큼 가능하면 극비로 전달하고 싶었지만, 완전히 물 건너갔다. 사야카는 입구에 서 있는 스님에게 원망스러운 시선을 던졌다. '에라, 이 망할 화상아! 누가 보면 확성기인 줄 알겠네!'

계단을 허둥지둥 뛰어 내려오는 여러 명의 발소리가 망연자실해진 사야카에게도 들렸다.

결국 저택에 있는 사람들 대부분이 흉흉한 소식을 듣고서 거실에 모였다. 의사 다카자와가 사람들을 대표해 질문했다.

"탐정님이 돌아가셨다는 거 정말입니까? 왜?"

"어, 어엇……?!"

왜냐고 묻고 싶은 건 이쪽이다. 대체 왜 탐정이 죽었다는 말이 나오는 걸까. 말 전달 게임이 얼마나 어려운지 실감한 사야카는 사람들 앞에서 다시 사실을 알렸다.

"아니에요, 아니에요! 돌아가신 건 쓰루오카 씨예요. 탐정님은 아직 쌩쌩하게 살아 있으니까, 멋대로 죽이지 말아요."

그로부터 몇 분 후. 저택 사람들이 대거 건물 뒤편에 있는 정자를 방문했다. 쓰루오카의 죽음을 두 눈으로 직접 확인하기 위해서다. 덕분에 좁은 정자의 인구밀도가 아주 높아졌다.

바닥에 위를 보고 누워 있는 쓰루오카의 시체. 그 모습에 마사에는 깜짝 놀란 눈치였다. 옆에서는 에이코와 아쓰히코 부부가 미사키의 손을 잡은 채 굳어 버렸다. 유코는 시체를 보자마자 양손에 얼굴을 묻고 오빠에게 몸을 기댔다. 여동생의 어깨를 끌어안은 게이스케도 표정이 딱딱했다. 그런 오빠와 동생을 다카자와는 어쩐지 복잡한 표정으로 바라보았다. 잘생긴 의사 옆에서 도라쿠 스님이 합장한 자세로 "나무아미타불, 나무아미타불……" 염불을 외기 시작했다.

당연히 고바야카와 다카오가 씁쓸한 표정을 지을 만한 상황이다. 그는 사야카의 귓가에 얼굴을 대고 속삭이는 목소리로 불평을 털어놓았다. "스님은 아직 안 불러도 된다고 했잖아!"

"죄송해요!" 혼란에 책임을 느낀 사야카는 울고 싶은 기분이었다. "어쩔 수 없었어요……. 설마 이런 대소동이 벌어질 줄은 상상도……."

사야카의 변명에 탐정은 "아이고" 하고 중얼거리며 어깨를 살짝 움츠렸다.

"뭐, 됐어. 어차피 사람들이 시신을 확인할 필요는 있었으니까……." 다카오는 자신을 타이르듯 말하더니, 사람들에게 목소리를 높였다. "자, 이제 다 보셨죠, 여러분? 여기는 좁아요. 당장이라도 바닥이 꺼질 것 같군요. 마사에 씨와 다카자와 선생님 외에는 일단 저택으로 돌아가십시오. 뭔가 알아내면 나중에 보고하겠습니다."

다카오의 말에 에이코가 냉정하게 반응했다.

"맞아. 여기는 탐정님에게 맡기자. 우리가 할 수 있는 일은 아무것도 없어."

"아니요, 저라면 염불의 힘으로 고인의 영혼을 성불시킬 수 있을지도……."

"그건 장례식 때 하시든가요!"

에이코는 도라쿠 스님의 엉뚱한 주장을 단호하게 물리쳤다. 덧붙여 스님 말고는 이 자리에 기꺼이 머무르려고 하는 사람이 없는 듯했다.

탐정 고바야카와, 사이다이지 마사에, 의사 다카자와만 정자에 남고 나머지 사람들은 빗속을 걸어 저택으로 되돌아갔다. 사야카도 사람들을 따라가려고 우산을 펼쳤을 때였다.

"이봐, 당신은 여기 남아야지."

"네?!" 예상치 못한 말에 사야카는 고개를 휙 돌리자마자 물었다. "왜요?"

너무나 소박한 사야카의 질문에 탐정은 팔짱을 꼈다. "음, 왜냐고 물으면 나도 대답하기가 쉽지는 않지만, 탐정에게는 조수가 필요하잖아. 요컨대 당신은 이 사건의 기록자야."

"어, 기록자? 그게 뭔데요? 이 사건을 출판할 건가요? 사이다이지 출판에서?"

"글쎄. 사이다이지 출판일지 도쿄소겐샤(*약 70년의 역사가 있는 장르소설 전문 출판사. 이 책의 원서도 이곳에서 출간되었다)일지는 모르지만, 아무튼 당신은 여기 있어. 말동무라도 해 준다면 내 입장에서도 그럭저럭 도움이 될 거야……."

일방적으로 그렇게 말한 후, 탐정은 시체 쪽으로 몸을 휙 돌렸다.

"……." 그를 도와줄 의리는 없지만, 사건에 흥미를 느꼈으므로 사야카는 정자에 남기로 했다. 펼친 우산을 접고 정자 지붕 밑으로 돌아갔다. "착각하지는 말아요. 딱히 당신을 돕기 위해서가 아니라, 어디까지나 변호사라는 직업상 관심이 생겼을 뿐이니까!"

"응? 뭐라는 거야? 딱히 당신을, 뭐라고?"

"아니, 아무것도 아니에요! 아무것도 아니라고요!"

새침데기 같은 자신의 발언에 얼굴을 붉히며 사야카는 고개를 붕붕 내저었다.

그런 두 사람을 본체만체, 다카자와는 재빨리 바닥에 무릎을 꿇고 쓰루오카의 시체를 면밀하게 살폈다. 손가락으로 눈꺼풀을 벌리고 눈동자를 들여다보거나, 손끝으로 피부를 눌러 보거나, 관절을 움직여 보거나…….

초조한 시간이 흘러가는 가운데, 사야카는 아까부터 마음에 걸렸던 점을 마사에에게 물어보았다. "그런데 이 폐허 같은 정자는 뭔가요? 꽤 오랫동안 방치된 것 같은데요."

"아아, 이 건물. 확실히 일종의 폐허라고 할 수 있겠지. 원래는 돌아가신 우리 아버지, 사이다이지 도시로가 뒤뜰을 정비할 때 만든 거야. 뭐, 산책하다 잠깐 쉬어 가는 휴게소 같은 공간이랄까. 하지만 20여 년 전에 아버지가 돌아가신 후로는 완전히 방치됐어. 아버지에게 별장을 물려받은 오빠는 별장을 대폭 증축하고 개축해서 지금같이 거대한 저택으로 만들었지만, 그런 오빠도 뒤뜰에는 별 관심이 없었지. 그 결과, 뒤뜰은 황무지로 변했고 이 정자만 폐허 같은 모습으로 남은 거야. 철거해도 됐겠지만 철거하는 데도 수고와 돈이 들어가잖아."

"흠, 그랬군요."

"솔직히 정자가 있다는 것 자체를 까맣게 잊어버렸을 정도야. 그런데 설마 여기서 이런 터무니없는 일이 일어나다니……." 마사에는 고개를 천천히 젓더니, 정자 한가운데 누워 있는 시체를 다시 바라보았다. "대체 어떻게 된 걸까. 가즈야 군의 죽음은 아무리 생각해도 자연스러운 현상이 아닌 것 같아. 좋게 봐도 사고고, 나쁘게 보면……."

마사에는 '살인'이라는 불길한 말을 꿀꺽 삼킨 것 같았다. 다카오는 마사에가 무슨 말을 하려고 했는지 알아차렸으리라. "네, 제 생각도 그렇습니다." 다카오는 진지한 표정으로 고개를 끄덕인 후 시체 옆에 꿇어앉은 의사에게 물었다. "어떻습니까, 선생님?"

질문을 받자 다카자와가 드디어 입을 열었다. "네, 확실히 이건 평범한 죽음이 아닙니다. 아니, 그 정도가 아니라 꽤 기묘한 죽음으로 보이네요."

"기묘한 죽음이라니요?"

"보시면 알겠지만, 시신의 이마 한가운데쯤이 손상됐어요. 두개골이 함몰되고, 피도 많이 났겠죠. 그게 직접적인 사인일 겁니다. 아마도 단단한 막대기 같은 물건으로 강한 타격을 준 게 아닐까 싶습니다. 외상은 거기서 그치지 않습니다. 예를 들면 시신은 코뼈가 부러졌어요."

"코뼈가요?!"

"네, 그렇습니다." 다카자와는 자기 콧대를 쓰다듬으며 말했다. "여기 뼈가 부러졌어요. 그 때문에 코에서도 출혈이 있었고요. 역시 뭔가 단단한 물건으로 코를 세게 때려서 그런 거겠죠. 그리고 후두부도 손상됐습니다. 이건 뒤쪽으로 쓰러지면서 바닥이나 지면에 뒤통수를 세게 찧은 탓에 생긴 상처일지도 모르겠네요. 그리고―."

"더 있습니까?"

"네. 갈비뼈가 몇 개 부러진 것 같습니다. 더 자세하게 살펴보면 그밖에도 부러진 곳이 몇 군데 더 있을 것 같습니다만⋯⋯."

"⋯⋯." 탐정은 잠시 침묵했다. 너무나 처참한 시체의 상태에 놀란 모양이었다.

정말로 끔찍하게 죽었다 싶어 사야카도 무심코 몸을 부르르 떨었다. 쓰루오카 가즈야는 이 섬에서 집단 폭행이라도 당한 걸까.

아니, 설마 그럴 리가. 고개를 저은 사야카는 그와는 다른 가능성을 떠올렸다.

"쓰루오카 씨가 높은 곳에서 떨어졌다고 볼 수는 없을까요? 예를 들어 벼랑에서 떨어졌다든가. 그런 상황이라면 이마와 뒤통수를 다치거나, 코뼈와 갈비뼈가 부러져도 그렇게 부자연스럽지 않을 것 같은데요."

"네, 확실히 그렇죠." 다카자와는 고개를 끄덕였다. "하지만 벼랑에서 떨어졌다면 그럴싸한 흔적이 남을 겁니다. 예를 들면 상처에 모래나 흙이 묻어 있거나, 옷이 진흙투성이가 되거나, 손이나 얼굴에 찰과상이 여러 개 생기는 식으로요. 하지만 이 시신은 그렇지 않죠. 몹시 많이 다치기는 했지만, 흙이나 진흙으로 범벅이 된 건 아니에요. 그런 의미에서는 아주 깨끗합니다."

다카오가 의사의 말에 고개를 끄덕이며 다시 입을 열었다.

"높은 곳에서 떨어졌든, 누구한테 흠씬 두들겨 맞았든 이 정자가 현장일 리는 없겠죠. 여기에는 시체에서 흘러나왔을 피가 별로 없으니까요."

"탐정님 말씀이 맞습니다. 쓰루오카 씨는 어딘가 다른 장소에서 변을 당해 절명한 후, 여기로 옮겨진 거겠죠."

"누군가 시신을 여기까지 이동시켰다……. 그것만으로도 충분히 범죄라고 할 수 있겠지……."

다카오가 혼잣말처럼 중얼거렸다. 사야카는 그가 입에 담은 '범죄'라는 단어에 가슴이 철렁했다.

"그럼 역시 쓰루오카 씨는 누군가에게 살해당했다는 건가요?!

이거 살인사건이에요?!"

사야카의 솔직한 의문에 다카자와는 주저 없이 고개를 끄덕였다.

"네, 제가 살펴본 바로는 거의 틀림없이 타살입니다. 아마 어젯밤에 살해당했겠죠. 사후경직이 꽤 많이 진행됐으니까요."

의사의 결정적인 말에 사야카를 비롯한 나머지 세 사람은 입을 다물었다. 한순간 정자에 침묵이 내려앉았다. 쓰루오카 가즈야의 죽음은 사고나 자살이 아니라 타살로 봐도 무방하다. 더구나 끔찍한 살해 수법을 사용한 것으로 추정된다. 문제는 대체 누가 그랬느냐는 것이다.

네 사람이 만든 침묵을 깨고 마사에가 입을 열었다.

"알았어. 일단 우리도 저택으로 돌아가지."

그러고 나서 마사에는 중얼거리는 듯한 목소리로 의미심장한 말을 꺼냈다.

"이번 일, 모두 함께 잘 상의해야겠어……."

5

야노 사야카와 고바야카와 다카오는 마사에와 다카자와를 데리고 일단 저택으로 돌아갔다.

쓰루오카의 시체를 정자에 남겨 두었지만, 지붕이 있으니까 문제는 없을 것으로 판단했다. 무엇보다 이런 빗속에서 시체를 운반하는 건 너무나 가혹한 작업이다. 죽은 쓰루오카에게는 미안하지만, 한동안 정자를 잠자리로 삼아야 할 것이다. 그렇게 생각하자 지붕 달린 오두막이 더할 나위 없는 시체 안치소처럼 보이기도 했다. 범인의 눈에도 그렇게 보였는지 모른다. '그래서 일부러 정자로 시신을 옮긴 걸까?'

그런 생각을 하며 사야카는 '화강장'으로 되돌아갔다.

다시 거실로 들어가자 무겁고 탁한 공기가 감돌고 있었다.

사이다이지 3남매는 함께 소파에 앉아 있었다. 울었는지 유코의 눈이 새빨갰다. 게이스케는 여동생을 위로하듯 손을 잡고 있었다. 에이코 옆에는 미사키가 긴장한 표정으로 앉아 있었다. 아버지 아쓰히코는 안절부절못하는 태도로 거실을 조급하게 돌아다녔다. 이와는 대조적으로 도라쿠 스님은 창가에 기대 사태를 관망하는 태도였다. 아까 소동이 벌어졌을 때는 보이지 않았던 고용인 고이케 기요시와 시노부 부부도 방 한쪽 구석에 공손한 자세로 서 있었다.

정자에서 돌아온 네 사람을 포함해 총 열두 명. 몸이 안 좋은 가나에 부인만 보이지 않았다. 분명 자기 방에 있으리라. 가나에 부인을 제외한 나머지는 전부 거실에 모였다.

"왔군, 어땠나?" 가장 침착하지 못해 보이는 아쓰히코가 제일 먼저 상황을 물었다. "시신을 자세하게 조사했겠지. 뭔가 알아냈나?"

질문을 받은 다카자와는 마사에와 재빨리 눈빛을 교환했다. 그리고 고개를 살짝 끄덕이더니 아까 정자에서 들려준 수준의 이야기를, 사람들 앞에서 다시 말했다. 쓰루오카의 시체는 처참한 상태라는 것. 따라서 살인으로 추정된다는 것. 시체는 정자로 옮겨졌다는 것. 범행은 어젯밤에 일어났다는 것 등등.

거실에 곧장 깊은 한숨과 당혹스러운 목소리가 퍼졌다. 의사가 들려준 내용이 사람들의 상상을 초월했기 때문이리라. 그런 와중에 아쓰히코가 어쩔 줄 모르는 목소리로 말했다.

"이게 대체 어떻게 된 일이야? 뜬금없이 살인사건이라니. 게다가 평범하게 죽인 것도 아니야. 코뼈와 갈비뼈를 부러뜨리질 않나, 아주 난폭한 수법이잖아."

"정말입니다. 마치 집단 폭행이라도 당한 것 같네요."

분위기를 읽을 줄 모르는 도라쿠 스님이 태평한 어조로 콕 집어 지적했다.

누구나 비슷하게 생각하는 모양이다. 사야카는 자신도 모르게 한숨이 나왔다.

그때였다. "스님이 말씀하신 일이 실제로 벌어졌을지도 모르죠."

갑자기 남자 목소리가 거실에 울려 퍼졌다. 깜짝 놀란 사람들의 시선을 받으며 사립탐정은 히죽 웃었다. 도라쿠 스님 못지않게 분위기를 읽을 줄 모르는 남자―아니, 읽으려고 하지 않는 남자일지도 모르지만―고바야카와 다카오는 거실에 모인 사람들을 바라보며 더 자극적인 말을 꺼냈다.

"여러분께 쓰루오카 가즈야가 탐탁지 못한 인물이라는 건 의심할 여지가 없는 사실 아닙니까. 그런 쓰루오카가 거액의 유산을 물려받는 걸 못마땅하게 여기는 사람도 많았겠죠. 아니, 거의 모두가 그렇게 생각했을지도 몰라요. 왜 이딴 녀석이 사이다이지 가문의 유산을 축내느냐면서요."

너무나 솔직한 지적에 뜨끔했는지, 사람들 사이에서 "윽" 하는 소리가 흘러나왔다. 아무래도 탐정의 말이 정곡을 찌른 모양이다. '그건 그렇고 이 남자는 자극이 강한 말을 완충재로 부드럽게 감쌀 줄은 모르는 걸까. 지금 발언으로 사이다이지 가문 사람을 전부 적으로 돌린 것 같은데.'

사야카가 그런 걱정을 하거나 말거나, 다카오는 더욱 도발적으로 말을 이어 나갔다.

"어떻습니까, 여러분. 차라리 내가 쓰루오카를 죽였다고 이 자리에서 손들 분은 안 계십니까? 어쩌면 '우리'라고 복수형으로 표현해야 하려나. 이번 일이 정말로 집단 폭행이라면, 범인은 한 명이 아닐 테니까요. 어떻습니까, 아무도 안 계세요?"

다카오는 자기 오른손을 머리 위로 쳐들며 손 들기를 요청했다. 사람들은 서로 얼굴만 마주 볼 뿐, 손드는 사람은 없었다.

"아무도 없나요? 솔직하게 말하면 선생님은 화 안 낼 거예요."

다카오가 진지한 말투로 말썽꾸러기를 찾아내려는 담임 선생님 같은 분위기를 자아내며 다시 사람들에게 호소했다.

뭐, 그야 그렇겠지, 사야카는 생각했다. 그런 방법으로 범인이 자수한다면 이야기는 간단하다. 실제로는 교실의 말썽꾸러기도 이런다고 손을 들지는 않는다. 흉악한 살인범이라면 더 그럴 것이다.

그러자 3남매 중 한가운데에 앉아 있던 게이스케가 손을 드는 대신, 목소리 높여 항의했다.

"어쭙잖은 짓은 그만두시죠, 탐정님. 저희 사이다이지 가문 사람들이 합세해서 쓰루오카를 때려죽였다, 그런 말씀입니까? 말도 안돼요. 우리 가문 사람은 그렇게 난폭한 짓을 하지 않아요. 그렇지, 누나?"

"물론이지." 에이코가 바로 고개를 끄덕였다. "확실히 가즈야 오빠의 태도가 좀 심하기는 했어요. 하지만 그 정도 일로 죽인다고요? 어처구니가 없네요. 그렇지, 유코?"

"어, 응, 맞아. 내 생각도 그래." 유코는 딱딱하게 굳은 얼굴로 입술을 떨었다. "이, 이건 분명 무슨 착오가 있는 거야. 정말 믿기지 않아……."

3남매는 하나같이 범행을 부정했다. 하지만 그들이 뭘 어떻게 호소하든, 쓰루오카 가즈야가 여러 군데 상처를 입고 참혹하게 살해당했다는 사실은 변함없다. 그때 아쓰히코가 주먹으로 손바닥을 탁 치더니, 새삼스럽게 한 가지 가능성을 제시했다.

"그렇지. 범인은 혹시 외부에서 온 것 아닐까?"

"어휴, 섬 밖에서요? 바다를 건너서 말입니까?" 다카오가 기가 찬다는 듯 어깨를 으쓱했다.

하지만 아쓰히코는 자신 있게 "그렇고 말고" 하고 고개를 끄덕인 후 말을 이었다. "오늘은 아침부터 장대비가 쏟아졌지만, 어젯밤은 아직 비가 내리지 않았어. 바람도 그렇게 강하지 않았을 거야. 섬 밖에서 누군가 숨어들었을 가능성은 충분하지. 이유는 모르지만 누군가는 처남을 밖으로 불러내 심하게 폭행했어. 그리고 시신을 저택 뒤편 정자에 방치하고, 폭풍이 불기 전에 재빨리 섬을 빠져나간 거야. 어때? 아예 말도 안 되는 이야기는 아니잖나."

"네, 뭐, 그렇죠. 아예 말도 안 되는 이야기는 아닐지도 모르지만……."

다카오는 머리를 긁적이며 미사키를 힐끗 보았다. 그 시선 끝에서 미사키는 아빠 이야기가 틀렸다는 듯 양손을 교차시켜 가위표를 만들었다. 가령 이번 일이 아쓰히코가 주장하듯 단순하면서도 조잡한 범행이라면, 어젯밤 미사키가 보았다는 이상한 광경은 뭐였을까. 그 부분이 전혀 설명이 안 되니까, 미사키가 불만을 느끼고 이의를 제기하는 것이다.

미사키는 어젯밤에 체험했던 기묘한 일을 여기서 이야기할 생각은 없는 듯했다. 다카오도 미사키에게 이야기하라고 재촉하지 않았다. 중정에 빨간 도깨비가 나타난 일은 당분간 비밀로 하는 편이 상책이라고 판단한 것이리라. 그렇다면 사야카도 비밀을 나불나불 떠들 수는 없다. 결과적으로 세 사람은 모두 입을 꾹 다물었다.

그러자 아쓰히코는 자신의 '외부 범행설'을 지지한다고 착각했는지 더욱 자신을 얻은 어조로 말을 이었다. "생각해 보면 처남은 여러모로 적을 만들 법한 성격이었잖아. 분명 우리가 모르는 부분에서 엄청난 말썽이 있었겠지. 응, 틀림없어."

아쓰히코는 자기 자신을 설득하듯 "응, 응" 하고 거듭 고개를 끄덕였다. 그러자 탐정이 느닷없이 검은색 정장 안주머니에서 핸드폰을 꺼내 들고 사람들에게 물었다.

"그렇군요. 외부인의 범행이라면 이러니저러니 고민할 것 없겠죠. 선량한 시민의 당연한 의무로서, 지금 당장 경찰에 신고해야 합니다. 그래도 괜찮겠습니까? 괜찮으신 거죠? 그럼!"

말을 마치기가 무섭게 다카오는 숫자 '1', '1', '0'을 누르려고 했다.

다음 순간 사람들이 아우성쳤다. "잠깐, 잠깐!" "기다리세요!" "서두를 것 없어!" "좀 더 생각해!" "맞아, 신고는 생각해 보고 나서 해도 늦지 않아!" "야, 멋대로 행동하지 마!"

도라쿠 스님과 의사 다카자와도 포함해 거실에 있던 여러 사람이 일제히 탐정에게 달려들었다. 불쌍한 탐정은 고작 세 자리 숫자를 누르기도 전에 수많은 손에 붙잡혀 바닥에 쿵 엉덩방아를 찧었다.

"어이구…… 뭡니까, 여러분. 너무하네요." 허리를 문지르며 비틀비틀 일어선 다카오는 원망 어린 시선을 던지며 일단 게이스케에게 항의했다. "저기요, 아까 사이다이지 가문 사람은 난폭한 짓을 하지 않는다고 하시지 않았던가요?"

"어, 그게, 죄송합니다. 저도 모르게 손이 나가 버려서……."

사과하는 게이스케는 어째선지 오른손에 다카오의 핸드폰을 쥐고 있었다. 아까 우격다짐을 벌일 때 억지로 빼앗은 것이다. 게이스케는 머리를 긁적이며 핸드폰을 다카오에게 돌려주었다. 얼핏 얌전해 보이지만, 여차할 때는 실력 행사도 마다하지 않는 성격인 모양이다.

게이스케는 어색한 웃음을 지으며 다시 호소했다. "뭐, 어쨌든 좀 더 생각하고 신고해도 늦지는 않을 겁니다. 그렇죠, 탐정님?"

"거참, 뭘 더 생각한다는 겁니까. 범인은 섬 밖에서 왔다면서요? 그럼 무서워할 것 하나 없겠네요."

'외부인이 범인일 가능성은 손톱만큼도 안 믿는 주제에!'

사야카는 그렇게 생각하며 무심코 쓴웃음을 지었다. 한편 다카오는 천연덕스러운 표정이었다.

말문이 막힌 게이스케는 "무, 물론, 무서울 것 하나 없습니다만……"이라면서 벌레 씹은 듯한 표정으로 에이코를 보았다. "누나 생각은 어때? 경찰을 부르는 수밖에 없으려나."

에이코도 당혹스러운 표정이었다. 진심을 말하자면 이 섬에 경찰을 부르고 싶지는 않다, 라고 얼굴에 똑똑히 쓰여 있었다. 하지만 쓰루오카 가즈야의 변사체가 실제로 존재하는 이상, 신고하지 않는다는 선택지가 있을 리 없다. 결국 에이코는 상식적인 판단을 내리는 수밖에 없을 것이다. 사야카가 그렇게 생각한 순간이었다.

"저기, 주제넘게 나서서 죄송합니다만, 에이코 님."

거실 한구석에 공손한 자세로 서 있던 고용인 고이케 기요시였다. 뜻밖의 인물이 말을 꺼내자 사람들의 시선이 그에게 집중됐다.

"왜 그래요, 기요시 씨. 무슨 좋은 생각이라도 있어요?"

에이코가 문자 초로의 남자는 황공하다는 듯이 몸을 움츠렸다.

"어, 아니요. 좋은 생각은커녕 오히려 발칙한 생각입니다만……."

"발칙한 생각?! 괜찮으니까 말해 봐요."

에이코의 재촉에 고이케 기요시는 한순간 망설이는 표정을 지었지만, 마음을 굳힌 듯 한 발짝 앞으로 나서더니 감정이 깃들지 않은 목소리로 말했다. "지금 이 섬에는 저희밖에 없습니다. 외부에서 누군가 침입했을 가능성도 부정할 수는 없겠지만, 일단은 이 거실에 계신 분들과 가나에 님뿐이라고 봐도 무방하지 않을까 싶은데요."

"뭐, 그렇겠지. 그래서요?"

"모두 함께 입을 맞추면, 이 사건을 묻어 버리기는 그리 어려운 일이 아니지 않을까……."

"입을 맞추다니?! 모두 함께 거짓말을 하자는 거예요?!"

"네. 그렇다고 어려운 거짓말은 아닙니다. 아무것도 보지 못한 걸로 할 뿐이죠. 정자의 시체는 보지 못했다. 아침에 일어났더니 쓰루오카 님이 사라졌다. 짐작 가는 곳을 찾아보았지만 어디에도 없었다. 그런 식으로 둘러대는 거죠."

"둘러대다니, 그런 소리를 한들 가즈야 오빠의 시신이 실제로 있는걸요."

"시신은 땅을 깊게 파고 묻으면 되지 않을까 싶습니다만⋯⋯."

"그런다고 경찰의 눈을 속일 수 있을 것 같지는 않은데요."

"평소 같으면 불가능하겠죠." 고이케 기요시는 그렇게 말하고 창밖에 의미심장한 시선을 던졌다. "하지만 지금은 마침 태풍이 접근하는 중입니다."

그의 지적을 듣고 사람들 사이에 흠칫 놀란 듯한 분위기가 퍼져나갔다. 대부분이 고이케 기요시가 말하려는 바를 막연하게나마 이해한 것이리라. 초로의 고용인은 담담히 말을 이었다.

"이런 시기에 쓰루오카 님이 행방불명됐다고 경찰에 신고하면 어떻게 될까요? 경찰은 분명 쓰루오카 님이 폭풍이 치는 와중에 무슨 이유로 해안에 다가갔다가 높은 파도에 휩쓸려 바다에 떨어졌다는 식으로 판단하겠죠. 해안에 쓰루오카 님의 소지품을 남겨 두면 더더욱 그렇게 믿을 겁니다. 물론 태풍이 통과한 후에 경찰이 부근 바다를 수색하겠죠. 하지만 익사체는 발견되지 않습니다. 애당초 아무도 바다에 빠지지 않았으니 당연합니다."

"하지만 익사체가 발견되지 않으면 경찰이 수상쩍게 여기지 않으려나?"

"아니요, 문제없습니다. 바다에 빠져 죽은 사람의 시신이 반드시 발견된다는 보장은 없으니까요. 시신을 찾지 못한 채 사망이 인정되는 사례가 가끔 있습니다. 경찰도 딱히 부자연스럽게 생각하지는 않겠죠. 어쨌거나 태풍이 왔었으니까요."

"……." 고이케 기요시의 악마 같은 제안에 에이코는 움찔했고, 시선이 이리저리 흔들렸다. "그, 그러게요. 확실히 그런 일이 가끔 있기는 하죠……."

찬물을 끼얹은 것처럼 거실이 고요해졌다. 창밖에 내리는 빗소리만 들렸다.

사이다이지 가문의 관계자들이 무슨 생각을 하는지 사야카도 어렴풋이 알 것 같았다.

양심상으로는 고이케 기요시의 제안이 비상식적이며 반사회적임을 이해하면서도, 한편으로는 그 매력적인 제안을 완전히 거부할 수가 없다. 확실히 그의 제안을 받아들이면 이번 살인사건은 태풍이 몰아치는 상황에서 일어난 슬픈 사고로 처리될지도 모른다. 그리고 가문의 명예를 중시하는 사이다이지 가문 사람들에게는 그것이 가장 바람직한 결과다.

잠깐의 침묵이 흐른 후, 게이스케가 제일 먼저 입을 열었다.

"아, 아주 흥미로운 제안인 것 같은데……. 어떻게 생각해, 유코?"

"나, 나는 결정 못 하겠어……." 유코는 망설임에 찬 얼굴을 푹 숙였다.

"나쁘지 않은 생각이야."

묻지도 않았는데 아쓰히코가 나서서 의견을 제시했다. "처남이 외부인에게 죽었든, 내부인에게 죽었든 이 사건 자체가 스캔들인 건 변함없어. 사건이 드러나면 경찰은 무작정 집안사람을 의심하려 들 테고, 매스컴도 난리를 치겠지. 생각해 봐. 기자가 카메라를 들고 흙발로 우리 일상에 쳐들어와서 주변을 들쑤시고 다닐 거야. 그리고 '사이다이지 가문의 숨겨진 민낯'이라고 대문짝만하게 헤드라인을 박은 주간지가 나오면, 아무 근거도 없는 뜬소문이 그럴싸하게 퍼지겠지. 견딜 수 있겠어? 무엇보다 대형 미디어, 특히 출판사 놈들은 말이야……."

"여보, 그만! 당신도 출판사 부사장이잖아!"

안색이 바뀐 에이코가 문제시될 남편의 발언을 막았다. 아쓰히코는 기죽은 표정으로 한 발짝 뒷걸음치며 말했다.

"아, 응, 그렇지. 아니, 물론 사이다이지 출판은 별개야. 우리는 남의 스캔들을 폭로하는 짓은 하지 않아. 학술서, 교육 관련 서적, 아동서, 본격 미스터리를 다루는 우량 출판사인걸. 아니, 그렇다고 남의 스캔들을 폭로하는 출판사가 우량하지 않다는 건 아니야. 물론 양쪽이 다 있어야 출판업계라는 것이 성립되고……."

'대체 누구 눈치를 보는 거야?'

고개를 갸우뚱하는 사야카의 시선 끝에서 에이코가 작게 한숨을 쉬었다. "당신 생각은 잘 알았어. 솔직히 나도 가능하면 기요시 씨의 아이디어에 동참하고 싶어. 하지만 과연 잘 될까. 어때요, 마사에 고모?"

에이코는 믿고 따르는 고모에게 매달리는 듯한 시선을 던졌다. 그러자 마사에는 허리를 쭉 펴고 대답했다.

"안 돼, 에이코. 기요시의 생각에는 동참할 수 없어. 그때와는 달라……."

마사에는 반대하는 이유를 설명했다. "애당초 여기에는 사이다이지 가문 사람만 있는 게 아니야. 고이케 부부와 다카자와 선생님은, 뭐, 협력해 준다고 치더라도, 예를 들면 아주 입이 가벼워 보이는 스님이 있지. 과연 스님의 입을 막아 놓을 수 있을까?"

"그건 무리지요." 도라쿠 스님은 바로 인정했다. "스스로 말하기는 좀 그렇지만, 제 입은 가볍기로 정평이 났습니다. 이렇게 중대한 사건의 비밀을 무덤까지 가지고 가기는 힘들겠지요."

"그렇겠지." 마사에는 바로 고개를 끄덕였다. "게다가 아주 성실해 보이는 변호사님도 있잖아. 저 사람이 우리 거짓말에 장단을 맞춰 줄까?"

"어, 아니요, 아니요. 그건 곤란한데요." 사야카는 고개를 좌우로 붕붕 흔들었다. "이래 보여도 저는 정의로운 변호사가 목표거든요. 거짓말할 자신 없습니다!"

"그래, 훌륭한 마음가짐이야." 마사에는 여유롭게 미소를 지었다. "그리고 어쩐지 믿음이 가지 않는 탐정도 있어. 저 사람은 우리 거짓말에 기꺼이 협력해 주겠지. 다만 그 대가로 대체 얼마를 요구할지 몰라. 분명 죽을 때까지 뜯어먹으려고 할 거야."

"그런 짓 안 합니다! 마사에 씨, 탐정이라는 직업에 편견이 있군요!"

다카오는 뿔난 표정으로 항의했다. 하지만 탐정 본인의 말에 설득력은 별로 없었던 모양이다. 사이다이지 가문의 관계자들은 얼굴을 마주 보고 비교적 잘 들리는 목소리로 밀담을 나누었다.

"듣고 보니 확실히……." "저 인간이라면 그럴지도 몰라……."

"평생 협박하겠지⋯⋯." "그럼 끝장이야⋯⋯." "그럴 바에야 차라리 솔직하게⋯⋯." "응, 역시 거짓말은 좋지 않아⋯⋯."

고바야카와 다카오가 신용을 얻지 못한 것이 효과를 발휘했다고 해야 할까. 고이케 기요시의 반사회적인 제안에 귀가 솔깃했던 사람들도, 상식적인 방향으로 마음을 돌린 듯했다. 사야카는 다카오의 어깨를 치며 말했다.

"잘됐네요, 고바야카와 씨. 당신이라는 존재가 큰 도움이 됐어요!"

"그런가. 하나도 기쁘지 않은데⋯⋯." 탐정은 복잡한 표정이었다.

어쨌거나 거실에서 열린 파란만장한 회의는 겨우 마무리된 듯했다. 마사에가 모두의 의견을 정리하듯 큰 소리로 말했다. "그럼, 경찰에 신고할게. 괜찮지?"

안 된다고 대답하는 사람은 없었다.

마사에는 만족스럽게 고개를 끄덕이더니 다카오를 보고 말했다.

"그럼, 탐정님. 잘 부탁해."

다카오는 기다리고 있었다는 듯이 다시 핸드폰을 꺼내 이번에야말로 숫자 '110'을 눌렀다. 핸드폰을 귀에 댄 다카오가 문득 찜찜한 소리를 중얼거렸다.

"응?! 그나저나 폭풍이 이렇게 치는데 경찰은 어떻게 출동하려나. 이 외딴 섬에⋯⋯."

6

고바야카와 다카오가 경찰에 신고한 후, 무거운 분위기가 거실을 장악했다.

에이코, 게이스케, 유코 3남매는 다시 소파에 앉아 입을 꾹 다물었다. 에이코 옆에 앉은 미사키는 평소의 발랄한 모습은 어디 갔는지 긴장한 표정이었다. 한편 변함없이 거실을 이리저리 돌아다니는 아쓰히코는 시간이 갈수록 더 안절부절못하는 것처럼 보였다. 마사에는 도라쿠 스님과 함께 창가에 서서 쏟아지는 비를 묵묵히 바라보았다. 의사 다카자와는 벽에 기댄 자세다. 뭔가 깊은 생각에 잠긴 듯한 모습이지만 그러다가도 가끔 소파에 앉은 유코에게 시선을 주었다. 고이케 부부는 거실 입구 부근에 공손한 자세로 서 있었다.

사람들의 모습을 바라보고 있자니 야노 사야카는 숨이 막힐 듯했다. 긴장감 넘치는 이 심각한 분위기 속에 30분만 더 있으면, 산소 결핍이나 빈혈, 또는 유머 부족으로 푹 쓰러질지도 모른다. 사야카는 성실하면서도 유쾌한 경찰관들이 한시라도 빨리 거실 문을 열고 들어오길 바랐다.

하지만 아까 다카오가 중얼거린 말이 사야카의 머릿속에 되살아났다. 태풍이 접근 중인 외딴 섬에 과연 경찰은 어떻게 출동할까. 한 가지가 더 생각났다. 어제 벤텐마루호로 섬에 왔을 때 상고머리 선장이 한마디 하지 않았던가. 비탈섬 부근 바다에는 숨겨진 암초가 많아서 물결이 잔잔할 때도 안심은 금물이다, 바다가 조금만 거칠어지면 배로는 접근을 못 한다. 그런 아주 불길한 한마디를.

오늘은 바다 상태를 확인하지 않았지만, 이런 폭풍우가 몰아친다면 세토내해라 해도 결코 잔잔하지 않을 것이다. 바람과 물결이 방해하면 경찰이라 한들 섬에 늦게 도착할 가능성이 높다. 그렇다면 여기서 가만히 기다려 봤자 아무 소용없는 셈이다.

사야카가 그런 생각을 하고 있는데, 더는 못 견디겠다는 듯 유코가 소파에서 벌떡 일어나서 거실 출입구로 걸어갔다. 사람들이 얼떨떨한 표정으로 그 모습을 지켜보았다. 게이스케가 걱정스러운 목소리로 동생에게 물었다. "잠깐, 유코. 어디 가는 거야?"

"어디냐니, 내 방이지." 유코는 딱딱한 표정으로 돌아보았다. "그래도 상관없잖아, 오빠? 경찰이 도착했을 때 바로 나와서 맞이하면 아무 문제도 없을 거야."

"아니, 문제 있어." 게이스케도 소파에서 일어나서 동생에게 다가갔다. "지금은 혼자 있으면 위험해. 아까 못 들었어? 외부에서 침입한 살인범이 섬을 어슬렁거릴 가능성이 있다고."

"게이스케 말이 맞아." 에이코가 고개를 끄덕였다. "안전을 위해서야. 우리랑 함께 있자, 유코. 적어도 경찰이 도착할 때까지는 여기에 있어."

"그래. 그게 좋겠어." 에이코의 남편 아쓰히코도 거들었다. "혹여 외부에서 침입한 악당이 섬에 숨어 있더라도, 사람들이 모여 있는 거실에는 나타나지 않을 거야. 만약 나타나면 그야말로 불을 보고 뛰어든 여름 날벌레지. 우리 손으로 흠씬 두드려 패서 거꾸로 매달면 그만이야."

이 남자가 가까운 장래에 사이다이지 출판의 사장이 되는 건가. 그런 것치고는 약간 소견이 좁다고 해야 할까, 묘하게 가벼움을 풍기는 발언이다. 사야카가 듣기로는 그랬다.

하지만 아쓰히코의 과격한 발언에는 거실을 장악한 답답한 분위기를 날리는 효과가 있는 듯했다. 미사키가 "와아, 아빠, 든든해!" 하고 웬일로 자기 아버지를 긍정적으로 평가했다. 아쓰히코는 양손을 허리에 대고 기분 좋게 말했다. "아하하하, 이제야 알았니, 미사키."

그에 일조하듯 도라쿠 스님도 호쾌한 웃음을 터트렸다.

"크하하하! 과연 부사장님답게 위세가 좋으시군요. 어쨌거나 옳으신 말씀입니다. 만약 외부인이 범인이라면, 그자는 거실에 얼씬도 못 할 겁니다. 하지만 내부인이 범인이라면, 그자는 이 거실에 섞여 있는 셈이겠지요."

'아아, 이 덜떨어진 땡중아, 쓸데없는 소리 하지 마!'

사야카는 그만 속으로 도라쿠 스님을 덜떨어진 땡중이라고 부르고 말았다. 하지만 무슨 소리를 해도 이미 늦었다. 순식간에 거실이 고요해졌다. 날아간 것 같았던 답답한 분위기가 두 배의 무게로 사람들을 짓누르는 것 같았다. 그때였다.

고용인 부부 중 남편인 고이케 기요시가 걱정스러운 표정으로 에이코 앞에 나섰다.

"저어, 만에 하나의 일이 벌어질지도 모르니, 저희는 가나에 님 곁에 있는 편이 좋지 않을까 싶습니다만. 가나에 님 혼자 계시는 게 어쩐지 걱정돼서……."

"알았어요. 가 봐요." 에이코가 고개를 끄덕였다. "두 사람도 충분히 조심하도록 해요."

"알겠습니다. 그럼 실례하겠습니다."

고이케 부부는 공손하게 고개 숙인 후 함께 거실을 나섰다. 그들

155

은 가나에 부인 옆에 붙어서 간병과 경호에 힘쓸 것이다. 그나저나 지금 같은 상태로 가나에 부인이 과연 쓰루오카 가즈야가 살해됐다는 사실을 인식할 수 있을지는 약간 의문이었다. 인식하지 못한다면 오히려 다행일지도 모른다고 사야카는 생각을 바꿨다. 쓸데없는 공포에 사로잡혀 겁먹지 않아도 된다면, 그게 최고다.

그때 사야카 옆에서 느닷없이 '삘릴릴릴리' 하고 전자음이 울려 퍼졌다. 깜짝 놀라 시선을 주자 분홍색 집 전화가 울리고 있었다. 가장 가까이 있던 사야카는 별생각 없이 수화기를 집었다. 모르는 남자의 목소리가 들려왔다.

"아, 여보세요. 사이다이지 씨 댁입니까?"

상대방 목소리가 너무 커서 사야카는 인상을 찡그리며 수화기를 귀에서 뗐다.

"아, 네. 댁이랄까, 사이다이지 가문의 별장인데요……. 어, 누구세요?"

"아참, 소개가 늦었네요." 전화 저편에서 이마를 찰싹 두드리는 듯한 소리가 들렸다. "저는 오카야마 현경 수사1과의 과장으로 있는 소마 다카유키라고 합니다."

"어, 소마 씨……. 오카야마 현경의……?!" 그렇다면 형사인가. 사이렌을 시끄럽게 울리며 다니는 사람들답게 목소리도 크다. 분명 태도도 거들먹거리는 편일 것이다. 사야카는 긴장한 나머지 "그, 그러신가요. 수사1과장님……. 안녕하세요, 이번 일은 아무쪼록 잘 부탁드립니다……" 하고 약간 얼빠진 소리를 늘어놓았다.

그러자 전화 저편의 남자는 "아니요, 아니요. 저야말로요" 하고 송구스러워하더니, 뜻밖의 말을 꺼냈다. "그런데 저희 아들이 그쪽에 신세를 지고 있을 텐데요."

"앗, 아드님이요?!" 사야카는 어리둥절해졌다. 이곳에 형사의 아들이 있었나. 그러고 보니 괘씸한 형사를 아버지로 둔 사람이 한 명 있었던 것 같지만, 그의 성씨는 소마가 아니다. "어, 여기에 그런 사람은 없는 것 같은데……."

그때 옆에서 손이 쑥 튀어나오는가 싶더니 "내 전화야" 하고 누군가 사야카의 손에서 수화기를 낚아챘다. 그는 수사1과장에게 뒤지지 않을 만큼 큰소리로 수화기에 대고 외쳤다.

"전화 바꿨어. 나야, 다카오. 아버지, 무슨 볼일이라도 있어?"

고바야카와 다카오는 수사1과장을 '아버지'라고 불렀다. 역시 '소마 다카유키'라는 형사가 그의 아버지인 것이다. 아버지와 아들의 성씨가 다른 걸 보니 분명 가정에 복잡한 사정이 있으리라. 얼추 짐작은 갔다. 탐정의 이야기를 들어 보니, 그의 아버지는 여자관계가 깔끔하지 못한 사람인 듯하다. 소문난 미인 탐정과 결혼해 아들을 얻었지만, 결혼 생활이 파탄 난 것이리라. 그 때문인지 다카오는 소마 형사에게 아주 버릇없이 굴었다.

"왜 나한테 전화를 안 걸고 여기로 걸어? 번호 몰라?"

"어디로 전화를 걸건 내 마음이지. 그리고 전화 상대도 네가 아니라도 상관없어. 아까 전화를 받은 목소리가 귀여운 아가씨라도 말이야. 괜찮으면 바꿔 줄래? 그 아가씨와 좀 더 통화하고 싶은데."

다카오는 "알았어, 바꿀게" 하며 수화기를 쑥 내밀었다.

하지만 사야카는 "싫어요, 불쾌해!"라고 말하며 수화기를 더러운 물건이라도 되듯 밀어냈다.

다카오는 수화기를 다시 자기 귀에 대고 말했다.

"굉장한데. 벌써 안티가 생겼네."

"음, 그러냐. 싫어하는 이유를 모르겠는데……." 전화 저편에서 고개를 갸웃거리는 수사1과장의 모습이 보이는 듯했다. "뭐, 됐어. 그것보다 중요한 이야기가 있어서 전화했다. 네가 아까 경찰에 신고했다고 들었어. 비탈섬에 있는 사이다이지 씨의 저택에서 살인 사건이 일어났다는 거 정말이냐?"

"농담 삼아 경찰에 신고할 리 있겠어? 정말이야. 쓰루오카라는 남자가 살해당했어. 그러니까 쓸데없이 전화로 시간 잡아먹지 말고 빨리 와. 다들 경찰이 도착하기를 숨죽인 채 기다리고 있으니까."

"그렇구나. 아니, 물론 우리도 당장 달려가고 싶은 마음은 굴뚝같지만……."

"굴뚝같다니……. 아니, 설마!"

"거기는 섬이잖아. 바다 위를 두 다리로 달려갈 수는 없는 노릇 아니냐."

"당연한 소리를 왜 해? 배로 와, 배로!"

"배는 안 돼. 비탈섬의 조그마한 선착장에는 소형 선박만 댈 수 있지. 하지만 소형 선박으로는 지금 몹시 거칠어진 바다를 건너갈 수가 없어."

"그럼 헬기는? 섬에는 헬기 착륙장이 있어."

"헬기?! 지금 헬기를 띄우라고? 후하하하……." 소마 다카유키 는 힘없는 웃음소리를 흘리자마자 갑자기 언성을 높였다. "이 폭풍우에 헬기를 어떻게 띄워! 100퍼센트 추락이야! 헬기 한 대 값이 얼만지는 아냐, 돌대가리야!"

"사람을 보고 돌대가리라니, 망할 꼰대가 못 하는 말이 없네! 그럼 우릴 보고 어쩌라는 거야?"

"거기서 기다려야겠지. 달리 뾰족한 수가 없어. 경찰은 당분간 그 섬에 갈 수가 없으니까. 적어도 이번 태풍이 지나갈 때까지는 불가능해. 하기야 하나가 지나가도 다음 태풍이 접근하는 중이지만, 후후."

"후후? 에이씨, 지금이 웃을 때야?"

"안 웃었어. 방금 그건 낙담의 한숨이야. 후우."

수사1과장은 수화기에 대고 일부러 한숨을 내쉬고 말을 이었다. "뭐, 그렇게 됐으니 뒷일 잘 부탁한다. 저택 사람들이 의심에 사로잡혀 혼란을 일으키지 않도록 주의해. 그리고 혹시 몰라서 말해 두는데, 목소리가 귀여운 아가씨에게 혹해서 추근거리면 안 돼."

"안 그래! 내가 아버지인 줄 알아?"

"모를 일이지. 세토내해의 외딴 섬. 기묘한 저택. 접근하는 태풍. 그리고 살인사건. 내가 사키 씨에게 혹했을 때와 상황이 아주 비슷해. 역사는 되풀이되는 법이거든."

"되풀이되지 않아!" 다카오는 짜증 어린 목소리로 수화기에 소리를 질렀다. "용건은 그것뿐이야? 따로 할 말은 없고?"

"지금은 딱히 없어. 방금 내가 한 말을 사이다이지 가문 사람들한테 잘 포장해서 전달해 줘. 쓸데없는 이야기는 생략해도 돼. 아니, 생략하지 않으면 곤란해."

"그래? 하지만 이미 늦은 것 같아, 아버지."

고바야카와 다카오는 침울한 표정으로 주변을 둘러보았다. 수화기를 든 그의 주변에는 사야카는 물론이고 사이다이지 가문의 관계자들이 빠짐없이 모여 있었다. 두말할 필요도 없이 다들 아버지와 아들의 희한한 통화에 귀 기울이고 있었다.

수화기에서 새어 나오는 수사1과장의 더럽게 큰 목소리는 전부 그들의 귀에 들어갔다.

| 4장 |

고립된 저택에서

1

낮게 깔린 회색 구름과 빛을 잃은 납빛 바다. 양쪽의 경계선을 지우려는 듯 줄기차게 내리는 비. 물론 바람도 상당할 것이다. 물살이 해수면에 금 간 것 같은 선을 수없이 그려 냈다. 평소 잔잔한 세토내해도, 오늘만큼은 아주 거칠어진 모습을 보였다.

"확실히 지독한 악천후네요. 이래서는 경찰이 못 올 만도 한가……."

돔 모양의 전망실. 사야카는 완만한 곡선을 이루는 창문으로 거칠어진 바다 풍경을 바라보며 탄식했다. 옆에서 창문을 바라보던 사이다이지 마사에도 씁쓸한 표정으로 고개를 끄덕였다.

"정말이지 생각지도 못한 사태가 벌어졌어. 하필 이럴 때 경찰에 의지하지 못할 줄이야……."

불안에 잠긴 듯한 마사에가 갑자기 뭔가 생각난 것처럼 고개를 번쩍 들더니 "아, 한 가지 궁금한 게 있는데" 하고 옆에 있던 탐정에게 물었다. "성씨가 왜 소마가 아니라 고바야카와? 아버지는 소마라고 했던 것 같은데."

"이 상황에서 제일 먼저 나오는 질문이 그겁니까, 마사에 씨?"

고바야카와 다카오는 어이없다는 표정으로 의뢰인을 노려봤지만 마사에는 전혀 개의치 않아 하며 대답했다. "아버지와 아들의 성씨가 다르다니, 신경 쓰이잖아. 물어보면 안 되는 질문이었나?"

"자자, 마사에 씨, 뭐 어때요. 누구든지 남에게는 말할 수 없는 가정사라는 게 있는 법이잖아요." 사야카가 끼어들었다. "그렇죠, 고바야카와 씨?"

"이봐, 멋대로 단정하지 마!" 다카오는 눈꼬리를 추켜올리며 양복 가슴께를 엄지손가락으로 가리켰다. "남에게 말 못 할 가정사 같은 거 없어. 난 태어났을 때부터 소마 다카오였다고."

"이야, 그쪽이 본명이로군요." 사야카는 뜻밖이라는 기분으로 중얼거렸다. "그럼, 소마 다카오 씨가 굳이 고바야카와라는 성씨를 쓰는 이유는 뭔가요? 목소리가 큰 아버지와 잘 안 맞아서?"

"음, 그런 이유도 있지."

"역시 그랬군요!"

"그것뿐만은 아니야. 고바야카와는 어머니의 옛날 성씨이자 탐정 사무소의 이름이기도 해. '고바야카와 탐정 사무소'지. 난 그 간판을 이어받았어. 그래서……. 이봐, 당신도 아버지의 변호사 사무소에서 일하니까 이해할 텐데? 의뢰인은 '고바야카와 탐정 사무소'의 평판을 듣고서 찾아온다고. 그런데 내가 '소장 소마 다카오입니다'라고 소개하면 실망하지 않겠어? 기왕이면 '사립탐정 고바야카와 다카오'인 편이 낫겠지. 그래서 소마가 아니라 고바야카와라는 성씨를 사용하는 거야. 뭐, 일종의 예명 같은 거지. 아니면 탐정명이라고 해야 하려나."

'명탐정'이라는 말은 자주 듣지만 '탐정명'이라는 말은 처음 들어봤다. 그야 어쨌든 그가 말하는 바는 사야카도 이해가 갔다. 분명진실일 것이다.

"그럼 소마 형사님과 미인 탐정님은 헤어지지 않고, 지금도 금실좋게 지내는 거로군요."

"응, 결혼한 지 30년이 넘었는데도 뜨거운 사이지." 다카오는 무뚝뚝한 표정으로 고개를 끄덕이더니 갑자기 화제를 바꾸었다. "그보다 정말로 그래도 되겠습니까, 마사에 씨?"

"물론이지, 부부는 금실 좋게 지내는 게 최고인걸."

"아니, 그 이야기는 이제 됐다니까요!" 다카오는 오른손을 내저었다. "그런 게 아니라 이 저택에 있는 사람들 말입니다. 경찰이 당분간 못 온다는 걸 알고서 다들 자기 방으로 돌아갔는데, 정말로 그래도 되겠습니까?"

"모두 한곳에 모여 있는 편이 안전하다고 말하고 싶은가 보군. 확실히 탐정님 말이 옳을지도 몰라. 하지만 실제로는 무리야. 열 명도넘는 사람이 좁은 방에 모여 앉아 언제 도착할지도 모르는 경찰을가만히 기다리다니, 너무 답답해."

"아무리 답답하고 따분해도, 목숨에는 비할 수 없다고 생각합니다만."

"네?!" 사야카는 탐정의 말이 마음에 걸렸다. "그럼 고바야카와씨는 쓰루오카 말고 또 누군가 살해당할 거라고 생각하는 거예요?!

사건은 이걸로 끝난 게 아니라고……."

"아니, 그건 나도 몰라. 애당초 범인이 쓰루오카를 살해한 동기도 모르는걸. 아참, 그와 관련해 당신에게 물어보고 싶은 게 있었어. 난 개봉하는 자리에 입회하지 못해서 유언장의 자세한 내용은 모르지만, 쓰루오카의 몫이 꽤 짭짤했으리라는 건 짐작이 가. 어젯밤 만찬 자리에서 쓰루오카는 기분이 아주 좋았으니까."

"네, 맞아요. 그런데 그게 왜……?"

"쓰루오카가 죽었으니, 그가 받기로 한 유산이 어떻게 되는지 궁금해서. 그런 점에 대해 유언장에 특별한 규정 같은 게 적혀 있었나?"

"아니요, 그런 규정은 안 적혀 있었는데요. 그냥 쓰루오카에게 유산을 물려준다고만……. 에잇, 상황이 상황이니만큼 털어놓을게요. 3천만 엔, 그게 쓰루오카의 몫이었어요."

"그럼 쓰루오카가 죽은 지금, 그 돈은 누구에게 돌아가지? 혹시 사이다이지 가문의 관계자들이 공평하게 나누어 가진다든가?"

"어머, 그렇다면 내 몫도 조금은 늘겠네." 마사에가 유쾌하게 말하자 다카오가 비아냥거리듯이 대꾸했다.

"그럼 마사에 씨에게도 동기가 있다는 뜻인데요. 그래도 괜찮겠습니까?"

탐정과 의뢰인 사이에 미묘한 분위기가 흐르는 가운데, 사야카는 단호하게 고개를 저었다.

"아니요, 그렇게는 안 돼요. 유언장에 적힌 내용은 유언자가 사망한 시점으로 거슬러 올라가서 효력이 발휘되니까요. 유언장은 어제 개봉됐지만, 거기 적힌 '쓰루오카 가즈야에게 3천만 엔을 증여한다'라는 내용은 사이다이지 고로 씨가 돌아가신 날에 집행된 것으로 간주되어요. 즉, 3천만 엔은 한 달도 넘게 전부터 쓰루오카 가즈야의 재산이었던 셈이죠. 그 상태로 그가 죽었으니 근친자, 즉 쓰루오카의 아내나 자식, 부모, 형제 같은 사람들이 상속받을 거예요. 사이다이지 가문 사람들은 쓰루오카의 친척이지만, 유산 분배에 낄 정도의 관계는 아니니까요."

"어머, 그렇구나." 마사에는 진심으로 낙담한 표정이었다. 그래도 포기하지 못한 듯 사야카를 물고 늘어졌다. "난 가즈야 군의 이모야. 그래도 안 되나?"

"네, 안 돼요. 쓰루오카 가즈야가 유언장에 '유산을 이모 사이다이지 마사에에게 물려준다'라고 적었으면 별개지만요. 설마하니 그런 문서는 없죠?"

"뭐, 없겠지." 마사에는 어깨를 축 늘어뜨리고 힘없이 웃었다. "아아, 아쉬워라!"

"의외로 욕심이 많으시군요, 마사에 씨." 다카오는 무심한 말투로 독설을 내뱉었다. "사야카 씨의 말이 사실이라면 쓰루오카를 왜 살해한 건지 더더욱 모르겠는데. 유산 상속이 살해 동기가 아니라면……. 그러고 보니 쓰루오카가 어젯밤 만찬 자리에서 묘한 소리를 했었는데. 자기가 그 비밀을 까발리면 어떻게 될지 아느냐는 둥, 무슨 양아치같이 으르댔지. 그 말은 무슨 뜻입니까, 마사에 씨?"

다카오가 그 화제를 꺼낸 순간, 흠칫하는 표정이 마사에의 얼굴을 스치고 지나갔다. 동요를 감추지 못한 마사에는 다카오를 외면하듯 얼굴을 휙 돌리고 말했다. "어머나, 가즈야 군이 그런 소리를 했던가?"

"말했습니다, 다 들리게 큰 소리로요. 마치 중대한 비밀을 쥐고 있는 것처럼요."

"그래. 그럼 분명 과장해서 말한 거겠지. 가즈야 군은 중대한 비밀을 쥘 만한 위치에 있는 사람이 아니었어. 그 정도는 탐정님도 알 텐데?"

"흠, 확실히 쓰루오카가 사이다이지 가문에서 중요한 존재였다고 볼 수는 없겠죠. '화강장'에도 23년 만에 방문했을 정도니까요. 하지만 그만큼 어쩐지 묘해요. 대체 어떤 비밀을 가리키며 그런 소리를 한 걸까요."

그 점은 사야카도 마음에 걸렸다. 다카오 말대로 유산 상속이 쓰루오카를 살해한 동기가 아니라면, 필연적으로 그가 입 밖에 낸 '비밀'이라는 말이 부각된다. 쓰루오카는 사이다이지 가문에 얽힌 무슨 비밀을 손에 쥐고 있었다. 그리고 그 비밀이 밝혀지지 않기를 바랐던 누군가에게 처리당했다. 그렇게 생각하면 쓰루오카가 갑자기 살해당한 것도 설명된다.

하지만 마사에는 단호하게 고개를 젓고 탐정과 변호사에게 등을 돌렸다.

"그건 이번 사건과 관계없어. 무슨 비밀이 있길래 가즈야 군이 그런 소리를 했는지는 모르지만, 그 둘은 별개의 문제야. 괜히 파고들지는 말아 줬으면 해."

부탁한다는 말을 남기고 마사에는 홀로 전망실을 떠났다. 아래층으로 이어지는 나선계단에서 나는 마사에의 발소리를 들으며 탐정은 불만스러운 표정으로 팔짱을 꼈다.

2

마사에가 떠난 전망실. 고바야카와 다카오는 불쾌한 듯 눈살을 찌푸린 채 비로 뿌예진 세토내해의 풍경을 바라보았다. 그러다 무슨 생각을 했는지 사야카에게 등을 휙 돌리더니, 마사에의 말투를 흉내 내며 내뱉듯이 말했다. "뭐야, 저 태도는. '괜히 파고들지는 말아 줬으면 해'라니! 아니지, 어떻게 생각해도 파고들 필요가 있잖아. 이봐, 그렇지 않나?"

"흐음, 어떨까요." 사야카는 고개를 기우뚱하면서도 속으로는 '굳이 마사에 씨의 말투를 흉내 낼 필요는 없지 않나?' 하고 그쪽에 의문을 품었다.

말투를 흉내 낼 필요성은 제쳐 놓고, 확실히 사이다이지 가문에는 뭔가 있다. 남에게 들키고 싶지 않은 뭔가가. 사야카도 그걸 파헤치고 싶은 욕구가 없지는 않다. 그렇다기보다 확실하고 명확하고 분명하게 그런 욕구가 있다. 하지만 "사이다이지 가문의 비밀을 파헤치는 게 이번 사건의 해결로 이어지려나……."

사야카는 안경테에 손끝을 대며 스스로에게 묻듯이 중얼거렸다. 사건 해결과 무관한 비밀이라면, 그걸 파헤치는 행위는 단순한 관음 취향으로 전락하는 것 아닐까.

"글쎄, 그건 아직 뭐라고도 할 수가 없지만……. 응?!"

다카오는 갑자기 말을 멈추고 입을 다물었다. 귀를 기울이자 나선계단에서 누군가의 기척이 느껴졌다. 두 명의 발소리가 전망실로 서서히 다가오는 것 같았다. 이윽고 게이스케와 유코 남매가 전망실에 나타났다. 두 사람은 탐정과 변호사의 모습을 보고 한순간 의외라는 표정을 지었다. 하지만 바로 표정을 풀더니 게이스케가 한 손을 들었다.

"이야, 두 분도 여기 계셨군요. 탐정님, 바다 상태는 어떻습니까?"

탐정은 남쪽 창문을 바라보며 대답했다. "별문제 없습니다. 평소보다 파도가 좀 높고, 너울이 심하게 일고, 시야가 안 좋을 뿐입니다."

바로 그게 큰 문제잖아! 사야카는 무심코 미간에 주름을 잡았다. 다카오는 개의치 않고 슬쩍 질문을 던졌다. "두 분도 바다 상태가 궁금해서 오셨습니까?"

이 질문에는 유코가 대답했다. 유코는 도서 코너에 시선을 주며 말했다.

"네, 바다 상태도 걱정됐지만, 그보다 기분 전환 삼아 책이라도 읽으려고요. 경찰이 올 때까지는 할 일이 없으니까요."

"독서라. 그거 괜찮군요."

다카오가 감정이 깃들지 않은 목소리로 대꾸하며 고개를 끄덕였다. 그리고 묻지도 않았는데 쓸데없는 이야기를 늘어놓았다. "개인적으로는 애거사 크리스티의『그리고 아무도 없었다』, 아야츠지 유키토의『십각관의 살인』, 아리스가와 아리스의『외딴섬 퍼즐』, 가가미 마사유키의『감옥섬』을 추천합니다."

그 작품들은 분명 걸작이지만, 지금 비탈섬이 처해 있는 상황에서는 절대로 추천 못 해. 사야카는 내심 그렇게 생각했다(*모두 섬에 갇힌 상황에서 살인사건이 벌어지는 이야기다).

한순간 미묘한 틈이 생긴 후, 이번에는 게이스케가 의아한 표정으로 물었다.

"그런데 두 분은 여기서 뭘 하셨습니까? 그러고 보니 아까 계단 어귀에서 마사에 고모와 마주쳤는데, 혹시 무슨 일 있었습니까? 고모의 표정이 어쩐지 무섭던데요······."

"마사에 씨가 무서운 표정을?" 짐짓 고개를 갸웃한 다카오는 다음 순간, 고개를 척 들고 말했다. "아니, 하지만 그분은 원래 그런 표정이잖습니까. 그렇지, 사야카 씨?"

"······." 뭐라고? 나한테 이야기를 맞춰 달라는 거야?!

막무가내나 다름없는 다카오의 요청에 사야카는 약간 동요한 티를 내면서도 결국은 고개를 끄덕이기로 했다.

"그, 그러게요. 그러고 보니 마사에 씨는 원래 그런 얼굴인지도······. 아니, 어쩌면 계단을 내려가다가 지네라도 밟았으려나요." '청결감 넘치는 '화강장'에 지네 같은 게 있겠냐!'

자신에게 핀잔을 주는 한편으로, 사야카는 여기 없는 마사에에게 속으로 두 손을 모아 사과했다. '죄송해요, 마사에 씨. 결코 진심은 아니에요. 전부 이 남자가 시킨 탓이에요! 무섭게 생겼다고 생각한 적 없어요!'

그런 사야카를 보고 게이스케와 유코는 어이없다는 표정으로 "아, 네······" 하고 대답했다.

결과적으로 게이스케의 의혹을 떨치는 데 성공한 다카오는 만족한 표정이었다. 그리고 이번에는 화제를 전환하려는 듯 손뼉을 딱

치더니 곁에 있는 유리 케이스를 가리켰다.

"아아, 그렇지. 그러고 보니 한번 물어보고 싶었는데요."

어제도 사야카와 다카오 사이에서 잠시 화제가 된 유리 케이스다. 안에는 책 모양 오브제가 들어 있다.

다카오가 물었다. "이것은 뭡니까?"

"이것은 책입니다." 게이스케가 성실하게 답변했다.

사야카는 중학교 1학년 때 배웠던 영어 교과서 첫 페이지가 생각나서 묘한 감개에 젖었다.

이렇게까지 수준 낮은 대화를 지켜볼 기회는 평생 한 번 있을까 말까 할 것이다.

"하지만 보통 책은 아니잖아요." 다카오가 물고 늘어졌다. "청동 같은 소재로 만든 것 같은데요."

"네, 분명 청동, 이른바 브론즈 북이에요. 그래서 책이라고 해도 펼쳐서 읽을 수는 없죠. 뭐, 요컨대 그냥 장식품입니다. 아버지가 전망실을 증축할 때 특별 제작한 오브제예요. 그렇지, 유코?"

"응, 맞아." 유코는 오빠의 말에 바로 고개를 끄덕였다. "나도 아빠한테 그렇게 들었어. 기념품이라고……."

그렇게 말한 순간, 유코의 단정한 옆얼굴에 한순간 그늘이 졌다. 다카오는 그걸 놓치지 않고 질문을 던졌다. "기념품?! 기념이라니, 뭘 기념한 건가요?"

"네?! 글쎄요, 그건, 음……. 그러고 보니 뭐였더라." 유코는 더 크게 동요하면서 말했다. "맞다. 케이스에 뭐라고 안 적혀 있나요?"

다카오는 케이스 안과 바깥을 유심히 살펴본 후 고개를 저었다.

"아쉽게도 안 적혀 있는 것 같은데요……."

그때 두 사람을 잠자코 바라보던 게이스케가 씩 웃었다. 자기만 답을 안다는 우월감에서 나온 여유 있는 미소 같았다.

"그건 회사 창립 50주년 기념품입니다. 선대 사장이자 저와 유코의 할아버지인 사이다이지 도시로가 사이다이지 출판 주식회사를 세운 지 50년이 되는 해를 기념해, 아버지가 이 전망실에 브론즈 북을 장식했어요. 아버지 입장에서는 뭔가 후세까지 형태가 남아 있을 기념품을 가지고 싶으셨던 거겠죠. 뭐, 수백 년을 버티는 종이책도 있기는 하지만 아무래도 종이책은 보존하기 어려운 측면이 있으니까요."

"확실히 청동이 풍화에는 강하겠죠." 다카오는 그렇게 중얼거리며 새삼 유리 케이스에 얼굴을 가까이 댔다. "이 책의 제목은 뭡니까……. 표지에 뭔가 적혀 있는 것 같긴 한데, 녹청이 슬어서 잘 안보이네……."

"제목이요? 그런 게 있으려나. 이건 어디까지나 장식을 위한 용도의 물건이에요. 구체적인 제목이 있는지 없는지 저는 잘 모르겠는데……. 유코는 어때?"

"글쎄. 나도 들어 본 적 없어. 모델이 된 책이 있었던 걸까."

결국 브론즈 북에 관한 탐구는 거기서 끝났다.

사야카는 딱히 청동 장식품에 대해 알고 싶은 게 아니었다. 정말로 알고 싶은 건 마사에가 괜히 파고들지 말라고 못을 꽝꽝 박은 비밀에 관한 정보다. 다카오도 같은 생각이었는지 약간 갑작스럽게 "그러고 보니……" 하고 손가락을 하나 세우며 게이스케와 유코에게 질문을 던졌다.

"어젯밤 만찬 자리에서 쓰루오카 가즈야가 묘한 소리를 했죠. 자기가 그 비밀을 까발리면 어떻게 될지 아느냐고요. 그 말투로 추측건대 쓰루오카는 뭔가 중대한 비밀을 쥐고 있는 눈치였습니다. 그가 쥐고 있던 비밀은 대체 뭘까. 두 분은 뭔가 짚이는 점이 없으십니까?"

"어, 그 사람이 그런 소리를?" 유코는 금시초문이라는 듯이 눈이 휘둥그레졌다. 그러고 보니 쓰루오카가 그 발언을 했을 때, 유코는 이미 식당을 떠난 뒤라 쓰루오카의 발언을 직접 듣지는 못했다. "그랬어, 오빠?" 유코는 게이스케에게 확인했다.

"응, 확실히 쓰루오카가 그런 소리를 했어. 유코는 못 들었겠지만, 난 똑똑히 들었어." 게이스케는 다카오를 보고 말했다. "하지만 탐정님, 쓰루오카의 말이 무슨 뜻인지는 저도 잘 모르겠습니다. 마치 사이다이지 가문의 중대한 약점이라도 쥐고 있는 것처럼 으스댔지만, 과연 어떨까요? 그냥 입에서 나오는 대로 지껄인 것 아닐까 싶은데요. 그때 쓰루오카는 취했으니까요."

"그럼 사이다이지 가문에 까발려도 곤란한 비밀은 없다, 그런 말씀이십니까?"

"아니요, 그런 건 아니고요. 그야 사이다이지 가문은 오카야마의 명문가인 만큼, 남에게 숨기고 싶은 비밀도 많을지 모르죠. 그렇지만 그걸 쓰루오카가 알고 있을 리는 없어요. 쓰루오카는 사이다이지 가문과 20여 년간 교류가 전혀 없었으니까요. 그리고 생각해 보세요, 탐정님. 정말로 쓰루오카가 사이다이지 가문의 약점을 잡고 있었다면 20년 넘게 비밀을 가슴속에 가만히 품고만 살았을까요?"

"그렇군요. 확실히 잠자코 있지 않았겠죠. 좀 더 빨리 찾아와서 돈을 뜯어내든 어쨌든 무슨 행동에 나섰을 겁니다. 그는 그런 인간이에요."

"네, 그는 그런 인간이에요." 게이스케가 말했다.

"맞아요, 그는 그런 인간이에요." 유코도 맞장구를 쳤다.

죽은 사람을 험담하면 안 된다. 돌아가신 할머니의 가르침이 사야카의 머릿속에 메아리쳤다. 그래서 사야카는 아무 말도 않았지만, 속으로는 세 사람의 의견에 찬성이었다. 쓰루오카가 사이다이지 가문의 중대한 비밀을 알면서도 20년 넘게 침묵을 지킨다는 건 생각하기 힘든 일이다.

그럼 역시 게이스케 말마따나 쓰루오카의 문제 발언은 사실무근이었을까. 그저 입에서 나오는 대로 지껄인 걸까. 그렇지만.

사야카는 전부터 머릿속에 있었던 생각 한 가지를 꺼내 놓았다. "쓰루오카가 사이다이지 가문에 쳐들어와 돈을 갈취하는 짓은 하지 않았겠죠. 하지만 그는 다른 형태로 큰돈을 얻었어요. 사이다이지 고로 씨의 유언이라는 형태로요."

"음, 그게 무슨 말씀이시죠?" 게이스케가 사야카에게 험악한 시선을 던졌다.

사야카는 단어를 골라 가며 말을 이었다. "어, 그러니까 쓰루오카는 실제로 무슨 비밀을 쥐고 있었던 게 아닐까……. 그래서 사이다이지 고로 씨가 그에게 유산을 남겼을지도 모른다는……."

"그럼 이른바 입막음 조로 아버지가 쓰루오카에게 유산을 남겼다는 말씀인가요?"

"네, 그럴 가능성도 있지 않을까요?"

사야카는 조심스레 고개를 끄덕였다. 뜻밖에도 다카오가 사야카의 가설을 정면으로 부정하고 나섰다.

"아주 재미있는 이야기로군. 하지만 난 납득이 안 돼. 가령 당신 말대로 고로 씨가 입막음 조로 쓰루오카에게 유산을 남겼다고 치자. 그럴 경우, 쓰루오카는 고로 씨의 부고를 듣자마자 제 발로 사이다이지 가문에 얼굴을 내밀 거야. 그런데 실제로는 신변을 감추듯 조용히 살고 있어서, 마사에 씨가 그를 찾아내기 위해 실력 좋은 탐정을 고용해야 했을 정도였지."

실력 좋은 탐정?! 아니, 뭐, 됐다. 사야카는 잠자코 탐정의 이야기에 귀를 기울였다.

"그리고 내가 쓰루오카를 찾아내서 오카야마로 오라는 뜻을 전달했을 때도, 그는 결코 쌍수를 들고 기뻐하지 않았어. 도리어 오카야마에는 가기 싫어하는 눈치였지. 내켜 하지 않는 그에게 '자자, 그러지 마시고요. 어쩌면 얼굴만 내밀어도 큰돈이 굴러 들어올지 모르잖습니까. 이득이면 이득이지 손해는 없는 일이라고요' 하고 달콤한 말을 쏟아부은 끝에 간신히 여기까지 데려온 거야."

"그랬군요. 그것참 몹쓸 짓을 했네요……." 사야카는 일부러 침울한 표정으로 말했다.

"음, 지금 생각하면 억지로 데려오는 게 아니었어……." 한순간 다카오의 옆얼굴에서 후회의 감정이 묻어났다. 하지만 그는 바로 고개를 휙휙 내저었다. "아니지, 내가 지금 무슨 소리를 하는 거람.

난 마사에 씨의 의뢰를 받고 성실히 일했을 뿐이야. 책임은 그를 죽인 범인이 져야 해. 절대로 내 탓이 아니야!"

다카오의 말이 맞다. 나쁜 건 범인이다. 사야카는 엇나갈 뻔한 화제를 원래대로 되돌렸다.

"그럼 제 상상이 틀린 걸까요? 쓰루오카가 비밀을 쥐고 있던 것과 고로 씨가 쓰루오카에게 유산을 남긴 건 전혀 무관한 일일까요?"

"글쎄, 무관한지는 모르겠지만 적어도 쓰루오카는 고로 씨가 유산을 물려주리라는 걸 상상도 못 했을 거야. 쓰루오카의 태도를 보면 짐작이 가지. 결코 쓰루오카가 사이다이지 가문의 비밀을 꼬투리 삼아, 유산을 남겨 달라고 고로 씨를 협박한 건 아니야. 그렇다면 고로 씨가 유언장에 쓰루오카의 이름을 올린 건 순수한 고인의 의사라고 봐야겠지. 반대로 쓰루오카에게는 예상치 못하게 호박이 넝쿨째로 굴러떨어진 셈이고."

"그러고 보니 유언장을 개봉했을 때, 쓰루오카는 엄청나게 놀라고 기뻐했죠. 그게 연기였을 것 같지는 않네요." 사야카는 당시 상황을 떠올리며 고개를 끄덕였다. "결국 어떻게 된 거죠? 쓰루오카는 뭔가 비밀을 쥐고 있었던 걸까, 아니면……."

"그야 모를 일이지." 다카오는 대번에 고개를 저었다. "애당초 비밀, 비밀, 하고 떠들고 있지만 우리는 그게 어떤 비밀인지조차 전혀……."

그때 탐정의 말을 막듯 유코가 갑자기 입을 열었다.

"이제 그만 좀 하세요!"

상냥해 보이는 겉모습과는 어울리지 않는 격하고 날카로운 목소리였다. 그 목소리가 돔 모양 전망실 전체에 울려 퍼진 다음 순간, 주변에 깊은 침묵이 내려앉았다. 사야카와 다카오는 얼떨떨한 표정으로 얼굴을 마주 보았다. 게이스케도 어안이 벙벙한 표정이었다.

유코가 고개를 약간 숙인 채 다시 말을 꺼냈다. 조용하지만 힘 있는 말투였다.

"탐정님은 대체 무슨 권한으로 남의 집 비밀을 파헤치려는 건데요?"

"엇?! 무슨 권한이라니…… 권한?!" 그런 단어는 처음 듣는다는 듯이 다카오는 고개를 꼬며 말했다. "그, 그야, 그러니까, 그거죠. 그, 뭐더라, 어…… 아버지가 오카야마 현경의 수사1과장이라는 걸로는 안 되겠습니까?"

"당연히 안 되죠!" 유코는 더 말할 가치도 없다는 듯 딱 잘라 대답했다. "아버지가 누구든, 당신은 경찰이 아니에요. 그냥 사립탐정이라고요. 게다가 사이다이지 가문 사람에게 살인사건을 조사해 달라고 의뢰받은 것도 아니에요. 당신이 의뢰받은 일은 쓰루오카 가즈야를 찾아내서 이 섬에 데려오는 것. 그것뿐이었잖아요. 굳이 이번 사건을 파고들 이유는 없을 텐데요. 물론 남의 비밀을 파헤칠 이유도."

유코의 따끔한 말을 듣고 있자니, 사야카는 자신이 규탄당하는 듯한 기분이었다. 주로 다카오를 향한 말이기는 했지만 사야카 자신에게도 해당되는 말이다. 유코가 지적한 대로 둘 다 이번 사건을 파고들 정당한 이유는 없다.

"유, 유코, 이 녀석이!"

옆에서 게이스케가 끼어들었다. "손님한테 실례잖아. 탐정님도 좋아서 남의 비밀을 파헤치려는 게 아니야. 아니, 좋아서 하는 일일지도 모르지만. 어쨌거나 상관없어. 손님을 호기심 넘치는 구경꾼이나 천박한 하이에나같이 여기는 건 좋지 못한 짓이야. 얼른 사과드려, 유코!"

게이스케가 호되게 질책하자 유코는 흠칫 놀란 표정으로 입가에 오른손을 댔다. 자신이 지나쳤음을 깨달은 듯 부끄러워하는 모습이었다. 유코는 두 손을 앞으로 모으고 "정말 죄송합니다" 하며 고개를 깊숙이 숙인 후, 치맛자락을 흔들며 몸을 빙글 돌렸다. 그리고 발소리를 울리며 나선계단을 뛰어서 내려갔다.

"유코, 기다려. 아아, 저 녀석이 정말."

홀로 남겨진 꼴이 된 게이스케는 어이없다는 표정이었다. 그는 허리를 깊숙이 숙여 탐정과 변호사에게 사과했다. "볼꼴 사나운 모습을 보여드렸네요. 탐정님을 두고 구경꾼이라느니, 하이에나라느니, 동생이 몹시 실례되는 말을……."

'아니, 아니, '구경꾼'과 '하이에나'는 게이스케 씨가 한 말이잖아? 유코 씨는 그렇게까지 심한 말은 안 했는데?'

그런 생각에 사야카는 쓴웃음을 지었다. 한편 탐정은 방금까지 오갔던 대화를 듣고 문득 현실을 인식한 듯한 표정으로 말했다.

"아니요, 확실히 유코 씨 말씀이 옳습니다. 제게 이 사건을 조사해 달라고 의뢰한 사람은 없죠. 즉, 진실을 밝혀 본들 땡전 한 푼 안 나오는 거야!"

결국 돈 문제구나! 속으로 핀잔을 준 사야카는 그의 가치관을 일부 엿본 기분이었다. 사실 돈은 중요하다. 의뢰인도 없는데 자청해서 공짜로 일할 사립탐정이 어디 있겠는가. 의뢰도 들어오지 않았는데, 공짜로 법정에 서는 변호사가 없는 것과 마찬가지다. 실제로 돈이 되지 않는 사건임을 재인식하고서 탐정은 의욕을 완전히 상실한 눈치였다. 더는 사이다이지 가문의 비밀에 대해 깊이 파고들려는 자세를 보이지 않았다.

사야카도 입을 다무는 수밖에 없다.

이리하여 사이다이지 가문의 비밀 탐색은 일단 실패로 끝났다.

3

동생이 걱정됐는지, 게이스케는 결국 도서 코너에서 책을 고르지 않고 전망실을 떠났다. 고바야카와 다카오는 그 모습을 잠자코 배웅한 후에 창가에서 물러나 도서 코너로 향했다. 거기에는 키 큰 서가가 빗살 모양으로 죽 늘어서 있었다. 그 곁의 열람 공간에는 편해 보이는 의자와 작은 테이블을 호사스럽게 배치해 두었다.

다카오는 1인용 의자에 떡하니 앉아 두 다리를 앞으로 아무렇게나 쭉 뻗은, 예의 바르지 못한 자세로 "아이고, 어쩐지 피곤하네"라고 한숨을 섞어 약한 소리를 내뱉었다.

"피곤하기는 뭐가 피곤해요. 아직 사건의 수수께끼는 하나도 해명되지 않았다고요."

사야카도 옆에 있는 의자에 앉았다. 다카오는 뒤통수에 깍지를 끼고 말했다. "뭐, 그렇긴 하지. 하지만 당신도 유코 씨 말을 들었잖

아. 그리고 가시가 삐죽삐죽 돋친 태도를 떠올려 봐. 미인에다 상냥하고 온화하고 귀엽고 얌전한 유코 씨가 아까는 귀신처럼 무서운 모습이었어. 하마터면 좋아한다고 말할 뻔했다고."

"의외로 괴롭힘당하는 걸 즐기는 성향인가 보네요." 사야카는 어처구니없다는 듯 중얼거린 후, 코끝의 안경을 손가락으로 밀어 올리며 물었다. "무슨 말을 하고 싶은 거예요, 고바야카와 씨?"

"우리가 사건의 수수께끼를 파고드는 걸 아무도 바라지 않는다는 거야. 마사에 씨도, 유코 씨도 결국 화를 내고 나갔잖아. 뭐, 게이스케 씨는 그다지 싫어하는 눈치가 아니었지만……. 음, 그러고 보니 왜 그 사람은 아무렇지도 않았을까?"

다카오는 생각에 잠긴 듯 천장을 올려다보다가 고개를 휙휙 내저었다.

"어쨌거나 이 상태로 계속 이것저것 캐다가는 저택에 있는 사람들 대부분이 적으로 돌아설 수도 있어. 그럼 곤란하잖아. 경찰은 내일 도착할지, 모레 도착할지 몰라. 경찰이 올 때까지는 파문을 일으키지 않고 얌전히 지내는 게 상책 아닐까. 난 점점 그런 기분이 드는데. 애당초 의뢰받은 사건도 아니고 말이야."

말을 마친 다카오는 "으아아" 하고 의자에 앉은 채 기지개를 쭉 켰다. 사건을 해명할 의욕을 잃은 그는 이대로 의자에 앉아 꾸벅꾸벅 졸 기세였다. 어쩐지 보고 있기가 한심해서 좀 더 탐정다운 모습을 보였으면 싶기도 했다.

사야카가 그런 생각을 하던 바로 그때, 탐정의 양복 안주머니에서 핸드폰 수신음이 울렸다.

"뭐야, 또 아버지인가?! 하핫, 이번에는 나에게 걸렸네……."

다카오는 안주머니에서 꺼낸 핸드폰을 아무렇게나 귀에 대더니 "녜에, 여보세여" 하고 상대를 놀리듯이 가벼운 태도로 대응했다. 하지만 다음 순간, 상황이 일변했다. 다카오의 입에서 갑자기 "아, 네, 다카오입니다!" 하고 긴장감 넘치는 목소리가 흘러나왔다. 동시에 쭉 뻗고 있던 두 다리로 바닥을 박차듯 의자에서 일어서더니 등을 쭉 편 채 직립부동 자세를 취했다. 핸드폰을 쥔 오른손이 바들바들 떨렸다. 탐정은 그 자세를 유지한 채 누군가와 통화했다.

"아, 네……. 넵…… 그렇습니다. ……비탈섬에서 살인사건이…… 네, 네……."

대답하면서도 주변을 두리번두리번 둘러보던 그의 시선이 어느 곳에 딱 멈췄다. 도서 코너의 서가에 인접한 문이었다. 얼핏 보기에는 커다란 사물함이나 청소 도구함의 문처럼 느껴졌다. 다카오는 무슨 생각인지 핸드폰을 귀에 댄 채 그 문으로 다가가 망설임 없이 손잡이를 당겼다. 열린 문 안쪽에는 역시 대걸레와 빗자루, 먼지떨이 등의 청소 도구가 들어 있었다. 하지만 다다미 반 장(*다다미 한 장은 약 0.5평, 1.65제곱미터)만 한 공간에는 아직 충분히 여유가 있었다.

다카오는 또 무슨 생각인지, 청소 도구함으로 들어가서 문을 탁 닫았다. 청소 도구함이 일시적으로 전화부스가 된 셈이다. 어지간히도 통화 내용을 남에게 들려주기 싫었나 보다.

"뭐, 뭐예요, 진짜! 그렇게까지 하지 않아도 훔쳐 들을 리……."

사야카는 큰소리를 지르며 망설임 없이 청소 도구함으로 살금살

금 다가갔다. 철문에 얼굴을 가까이 대고 기척을 살피자 희미하게
나마 다카오의 목소리가 들렸다.

"……네. ……네, ……그렇습니다……. 오두막이 나타났다가
사라지고…… 그리고 피해자는 마치 집단 폭행이라도 당한 것처
럼……. 엇, 폭행입니다, 포켓이 아니라……."

통화 상대에게 이번 사건의 개요를 설명하는 듯했다. 누구랑 통
화하는 걸까. 존댓말인 걸 보니, 상대는 윗사람이거나 중요한 인물
이 틀림없다. 적어도 아까 통화한 아버지는 절대로 아니다. 다카오
는 아버지와 반말로 통화했다. 그뿐만 아니라 '망할 꼰대'라고 부르
기까지 했다.

더더욱 흥미가 생긴 사야카는 철문에 귀를 붙였다. 청소 도구함
안에서 이마에 땀을 흘리며 열심히 대답하는 다카오의 모습이 눈에
보이는 듯했다. 그러는 사이에 문 너머로 들리던 다카오의 목소리
가 한층 높아졌다. 두 사람의 통화가 막바지에 다다른 모양이다.

"네……. 네…… 압니다……. 네, 물론…… 네, 저 고바야카와
다카오가 몸과 마음을 다 바쳐…… 사건의 수수께끼는 반드시 제
가……. 네…… 어, 어머니의 이름을 걸고!"

'앗, 어머니?! 그건 그렇고 방금 어떤 만화의 아주 유명한 대사
(*『소년탐정 김전일』에 나오는 "할아버지의 이름을 걸고"를 뜻한다)를
대놓고 표절하지 않았나?!'

여러모로 놀라서 사야카는 눈이 동그래졌다. 동시에 문 안쪽에
서 말이 뚝 끊겼다.

허둥지둥 청소 도구함에서 물러난 사야카는 서가에 죽 꽂힌 책

중에서 적당히 한 권을 꺼내 펼쳤다. 잠시 후 '전화 회담'을 마친 다카오가 문을 열고 나왔다. 다카오는 핸드폰을 안주머니에 넣으며 "휴우우" 크게 한숨을 쉬더니 손등으로 이마에 맺힌 땀을 닦았다.

"어머, 통화가 꽤 길었네요. 전화 부스가 그렇게 편했나요?"

사야카는 천연덕스러운 표정으로 가벼운 농담을 던졌다. 하지만 다카오는 아무 대꾸도 하지 않았다. 대신에 아까와는 다른 사람이 된 것처럼 강한 의지가 담긴 두 눈으로 사야카를 바라보며 선언하듯 말했다.

"훗, 아무래도 이 사건, 내가 해결해야겠어."

"그게 무슨 소리예요? 방금 통화한 사람은 누구……." '말 안 해도 다 알아. 어머니지?'

그러자 다카오가 맹렬한 기세로 말을 쏟아냈다.

"소장님이야, 소장님. '고바야카와 탐정 사무소'의 위대한 소장님! 무슨 뜻인지 알아들었지! 소장님이 '사건을 해결하고 와라. 경찰에 지지 마라' 하고 내게 지시했어. 그러니 사건을 해결하는 수밖에. 탐정 사무소의 위신을 걸고! 일찍이 명탐정이라 불렸던 소장님의 이름을 걸고!"

흐음, 그렇구나. 사야카는 막연하게나마 상황을 이해했다.

요컨대 태평스러웠던 '고바야카와 탐정 사무소'의 2대 탐정은, 1대 탐정에게 채찍질을 당해 사건 해결에 발 벗고 나설 수밖에 없게 됐다. 아무래도 그런 모양이다.

사야카는 다카오를 벌벌 떨게 만든 어머니의 굉장한 존재감에 놀라움과 경외심을 느꼈다.

어쨌거나 2대 탐정이 사건에 적극적으로 임하게 된 건, 바람직한 일이었다.

4

2대째 명탐정으로서 자신의 입장을 재확인한 고바야카와 다카오는 돔 모양 전망실을 나서서 2층으로 나선계단을 내려갔다. 야노 사야카도 분위기상 그를 따라가기로 했다.

"사건을 조사하려는 거죠? 어디로 가는 건데요?"

사야카의 질문에 검은색 정장 차림의 탐정은 복도를 나아가며 대답했다. "유코 씨와 게이스케 씨에게는 일단 이야기를 들었어. 그렇다면 이번에는 첫째인 에이코 씨 차례겠지. 에이코 씨 방에 갈 거니까 당신도 가자. 나 혼자 가면 경계할 우려가 있으니까."

"확실히 그렇긴 해요. 탐정인 줄 알았던 사람이 실은 살인범일 가능성도 충분히 생각해 볼 수 있으니까요."

사야카는 안경의 렌즈 너머로 탐정에게 의심 어린 시선을 던졌다.

"음, 유감이지만 당신 말이 맞아." 다카오는 울적한 표정을 지었다. "지금까지 '탐정은 범인이 아니다'라는 법칙이 발견된 적은 없어. 아니, 오히려 미스터리 소설에서는 제일 현명해 보이던 탐정이 실은 진범일 때도 있지. 에이코 씨도 분명 날 꺼림칙해하는 눈으로 볼 거야. 그래도 변호사와 함께라면 방에 들여보내 줄 것 같군. 기왕 말이 나온 김에 당신을 좀 써먹어 볼까."

"말 좀 조심해서 해요!" '부탁받는 입장에서는 같은 말이라도 아

다르고 어 다른 법인데!'

발끈해서 눈살을 찌푸리면서도 사야카는 다카오를 뒤따라갔다. 두 사람은 1층으로 내려가기 위해 복도 끝에 있는 계단으로 향했다. ㄱ 모양 건물의 가로획에 해당하는 부분이다. 계단을 내려가는 도중에 사야카는 새삼 소박한 질문을 꺼냈다. "저기, 고바야카와 씨. 이 계단 묘하지 않아요? 1층의 내 방에서 1층에 있는 식당으로 곧장 갈 수가 없다니까요. 이 계단으로 일단 2층에 올라가서 복도 한복판에 있는 나선계단을 내려가야 1층 식당에 다다르는 구조예요. 대체 왜?"

"나한테 물어본들 알겠나. 나도 이 저택에 온 후로 내내 신기했어. 뭔가 이유가 있는 걸까?"

이유도 없이 이런 구조로 만들었다면, 그야말로 기묘하다. 사야카가 그런 생각을 하고 있자니 다카오가 먼저 계단을 다 내려갔다. 사이다이지 에이코가 남편 아쓰히코와 함께 사용하는 방은 복도 제일 앞쪽이다. 다카오가 방문을 두드리자 바로 문이 살짝 열렸다. 좁은 문틈으로 에이코의 얼굴이 보였다. 다카오가 걱정했던 대로 에이코는 다카오를 꺼림칙해하는 눈으로 쳐다보았다.

마치 '나타났구나, 살인귀!' 하고 말할 것처럼 겁먹은 눈이었다.

하지만 옆에서 사야카가 얼굴을 내밀고 "저어, 잠깐 이야기 좀 나눌 수 없을까요?" 하고 요청하자 경계심이 많이 누그러진 듯했다. 당장이라도 닫힐 것 같았던 문이 두 사람 앞에서 활짝 열렸다. "어머, 어서 오세요, 야노 변호사님. 자, 안으로 들어오세요."

사야카는 고개를 꾸벅 숙인 후 방으로 들어가며 말했다. "어때요,

탐정님? 써먹은 보람이 있죠?"

다카오는 불만스럽게 고개를 기울이며 사야카를 따라 들어왔다. "젠장, 어쩐지 마음에 안 드는데……."

작은 소리로 대화하는 두 사람은 본체만체, 에이코는 재빨리 커피 세 잔을 준비해서 테이블에 내려놓았다.

사야카와 다카오는 에이코가 권한 의자에 앉아 김이 피어오르는 커피잔을 들었다.

"에이코 씨, 혼자 계셨어요? 집안의 가장은 어디에?"

실제로는 에이코가 주인마님이고, 아쓰히코가 머슴 같은 이미지라고 생각하면서도 일단 그렇게 물어보았다. 에이코는 정면의 의자에 앉으며 대답했다.

"남편은 미사키 방에 있어요. 딸아이가 걱정되는 거겠죠."

"무리도 아니죠. 쓰루오카 씨를 죽인 범인은 아직 섬 어딘가에 숨어 있을지도 모르니까요." '어쩌면 섬이 아니라 이 저택에 있을지도 모르니까.'

속으로 몰래 중얼거리며 사야카는 커피를 한 모금 마셨다. "빨리 경찰이 와서 범인을 붙잡으면 좋겠네요."

"……." 에이코는 사야카의 말을 흘려 넘기고, 말없이 커피를 마셨다. '범인이 잡히지 않아도 상관없다'라고 주장하는 듯한 모습이었다. 실제로 에이코의 꾸밈없는 본심은 그럴지도 모른다.

"그런데 에이코 씨." 사야카 옆에 앉은 다카오가 태평하게 느껴지는 어조로 말했다. "경찰도 당분간은 섬에 못 올 모양이니, 지금 저희 손으로 조사할 수 있는 부분은 조사해 두는 편이 좋을 것 같아서요. 그래서 좀 여쭤보고 싶은데…….”

“어머, 탐정님. 혹시 제 알리바이라도 조사하겠다는 건가요?”

“아니요, 아니요, 알리바이라니 당치도 않습니다. 애당초 알리바이를 조사하는 데는 무리가 있습니다. 쓰루오카의 시신을 살펴본 다카자와 선생님은 막연하게 범행이 어젯밤에 일어났다는 의견을 제시했을 뿐, 사망추정시각을 자세하게 말씀하시지는 않았으니까요. 아마도 법의학 쪽은 전문이 아니겠죠. 저도 시체만 봐서는 아무것도 모르고요. 사망추정시각을 모르면 범행이 일어난 시각도 알 수가 없습니다. 이런 상황에서 알리바이를 조사하기는 불가능하겠죠. 아, 그런데, 에이코 씨.” 탐정은 문득 목소리를 낮추어 말을 이었다. “참고삼아 여쭙는 건데요. 어젯밤 늦은 시각, 또는 날짜가 바뀐 오늘이라도 상관없습니다만, 그쯤에 뭔가 수상한 소리를 못 들으셨습니까?”

다카오의 갑작스러운 질문에 에이코는 어리둥절한 표정으로 고개를 저었다. “어젯밤 늦은 시각? 아니요, 아무 소리도 못 들었는데요. 침대에 누워서 푹 잠들었을 시간이니까요. 남편은 함께 있었지만 코를 골며 잠들었으니 분명 저보다 더 숙면을 취했겠죠. 가령 이게 알리바이 조사라면 우리 부부는 둘 다 알리바이가 성립하지 않겠네요, 호호호.”

소리 높여 웃는 에이코에게는 아랑곳없이 다카오는 “에이코와 아쓰히코, 알리바이 성립 안 됨……” 하고 작게 중얼거렸다. 에이코는 ‘가령’이라고 표현했지만 다카오는 처음부터 알리바이를 조사하겠다는 의도를 잔뜩 품고서 질문을 던진 것이다. 사야카는 그걸 똑똑히 이해했다.

다카오 말대로 의사 다카자와는 사망추정시각을 자세하게 밝히지 않았다. 그것과는 별개로 범행 시각이라고 추정되는 시간대가 있다. 오늘 새벽 1시 전후다. 그 무렵에 미사키가 중정에서 허공에 떠 있는 '빨간 도깨비'를 보았다. 물론 미사키가 잠에 취해 꿈을 꾸었을 가능성도 부정할 수는 없지만, 현재로서는 미사키의 이야기를 믿는 수밖에 없다. 그래서 다카오는 넌지시, 아니 대놓고 에이코에게 심야의 알리바이를 물어본 것이다.

하기야 자정이 지난 시간대에 완벽한 알리바이가 있는 사람은 없는 게 당연하다. 만에 하나 그런 사람이 있다면 탐정은 그 사람을 제일 먼저 의심해야 하리라. 에이코의 대답은 평범했지만, 딱히 의문을 끼워 넣을 여지는 없었다.

"또 뭔가 물어보실 게 있나요?" 에이코가 여유로운 웃음을 띠고서 물었다.

사야카는 질문을 망설이는 다카오를 곁눈질하다가 단도직입적으로 물어보았다.

"저기, 어제 늦은 밤에 중정에서 뭔가 못 보셨나요?"

"흠, 중정에서 뭔가라니요? 중정에 뭔가 있었나요?"

"어, 그러니까…… 예를 들면 오두막이랄까, 정자랄까……."

"정자?!" 에이코는 더욱 의아한 표정을 지었다. "그거라면 중정이 아니라 뒤뜰에 있잖아요? 거기서 가즈야 오빠의 시신이 발견됐고요. 그게 왜 중정에 있어요?"

"그, 글쎄요, 왜일까요……."

사야카는 난처한 표정으로 머리를 긁적이는 것이 고작이었다. 스스로도 뭘 물어보는 건지 통 모르겠다. 질문하는 쪽이 이런 지경이니, 질문받은 쪽은 더욱 난감하리라. 에이코는 고개를 설레설레 흔들더니, 사야카에게 딱하다는 듯한 눈빛을 던졌다.

"무슨 말씀인지 모르겠네요. 중정에 정자라니, 그런 게 있을 리 없잖아요."

"그, 그렇죠……." 사야카는 더 이상 아무 말도 못 하고, 속으로 에이코에게 불만을 툴툴 늘어놓았다. '애당초 당신 딸이 그걸 봤대서 물어보는 거잖아! 내가 생각하기에도 그건 꿈일 거야! 당연하잖아!'

사야카는 열받은 나머지 커피를 꿀꺽꿀꺽 들이켰다. 다카오는 그런 사야카의 옆얼굴을 히죽히죽 웃으며 바라보았다. 에이코가 두 사람에게 말했다.

"물어보시고 싶은 게 더 있나요?"

"아니요." 사야카는 고개를 숙이며 대답했다. 옆에서 다카오도 "아니요, 딱히요" 하고 고개를 저었다.

그런데 그 직후에 갑자기 중대한 뭔가가 생각난 것처럼 다카오가 "아아, 그렇지. 한 가지 궁금한 게 있었는데요" 하고 대뜸 물었다.

"저기, 에이코 씨. '그때'는 언제입니까?"

"……." 그 순간 에이코는 분명 움찔했다. 하지만 바로 냉정한 표정을 되찾고 되물었다. "그게 무슨 소리죠? 제가 언제 그런 말을?"

"그게, 에이코 씨가 하신 말씀은 아니고요. 마사에 씨가 에이코 씨에게 그렇게 말씀하셨죠. 고용인 고이케 기요시 씨가 이번 살인

사건을 사고로 위장하면 어떻겠느냐고 근사한 제안을 했을 때요. 에이코 씨가 '어때요, 마사에 고모?' 하고 의견을 묻자 마사에 씨는 안 된다면서 이렇게 말씀하셨죠. '기요시의 생각에는 동참할 수 없어. 그때와는 달라'라고요. 저한테는 마사에 씨의 대답이 약간 이상하게 들렸는데, 에이코 씨는 아무래도 수긍하신 눈치였습니다."

"그, 그랬었나. 잘 기억이 안 나는데요."

"하지만 마사에 씨가 에이코 씨에게 분명 그렇게……. 그렇지, 사야카 씨?"

도움을 요청하듯 다카오가 사야카를 보았다. 사야카는 흠칫했다. 사야카도 마사에의 그 발언이 약간 마음에 걸리기는 했기 때문이다. 지금까지는 그다지 염두에 두지 않았지만, 새삼 생각해 보니 확실히 부자연스러운 발언이었다.

"네, 저도 마사에 씨가 에이코 씨에게 그런 말씀을 하신 게 기억나요. 무슨 뜻인지 잘 몰라서 한순간 머릿속에 물음표가 떠올랐죠. 그건 무슨 말이었나요?"

"그걸 저한테 물어보시다니 참 난처하네요. 제가 한 말도 아닌걸요. 분명 마사에 고모의 머릿속에는 그 순간에 딱 떠오른 '그때'가 있었겠죠. 어차피 별일 아닐 거예요. 이제는 마사에 고모도 잊어버리셨을걸요……."

이 일을 중대한 문제로 삼고 싶지 않다는 강한 의지가 에이코의 태도에서 엿보였다.

그래도 다카오는 끈질기게 물고 늘어졌다. "흠, 마사에 씨의 머릿속에 딱 떠오른 '그때'요? 아, 혹시 그 '비밀'에 관련된 일 아닙니까?"

"비밀?! 아아, 어젯밤 만찬 자리에서 가즈야 오빠가 떠벌렸던 그 거요?"

"그렇습니다. 쓰루오카가 떠벌렸던 그거요."

정확하게 말하자면 쓰루오카는 사이다이지 가문의 비밀을 쥐고 있다는 사실을 사람들 앞에서 과시했을 뿐이다.

'뭐, '떠벌렸다'라는 견해도 틀리지는 않지만. 그렇다기보다 '떠 벌렸다'라는 표현이 참으로 딱 들어맞을 것 같지만.'

"그거야말로 무슨 뜻인지 모를 발언이었죠." 에이코는 반쯤 웃는 표정으로 과장되게 어깨를 으쓱했다. "대체 어떤 비밀을 쥐고 있었 다는 걸까요? 이제는 알 길이 없지만요."

'죽은 자는 말이 없다'라며 벋대는 듯한 말투였다.

다카오는 그런 에이코의 얼굴을 똑바로 바라보며 물었다.

"짚이는 점이 전혀 없습니까?"

"네, 전혀요. 어쩌면 가즈야 오빠의 근거 없는 허세가 아니었을까 요?"

"입에서 나오는 대로 말했다 그건가요? 흠, 과연."

더 이상 깊이 추궁해 봤자 무리라고 판단했는지 다카오는 "에이 코 씨 말씀이 옳을지도 모르겠네요" 하고 태도를 싹 바꾸어 이해심 있는 모습을 보였다. 그리고 테이블에 놓아두었던 커피를 조용히 들이마셨다.

5장

23년 전의 사건

1

결국 야노 사야카와 고바야카와 다카오는 수확을 거의 올리지 못하고 사이다이지 에이코의 방을 나섰다. 사야카는 불만에 찬 표정으로 옆에 있는 탐정을 쳐다보았다.

"고바야카와 씨, 의외로 순순히 물러났네요. 왜죠? 에이코 씨는 분명 뭔가 알고 있을 거예요. 척 보기에도 심하게 동요했다고요."

"맞아. 하지만 너무 자극해도 역효과가 나겠지. 그들이 조개처럼 입을 꽉 다물면 앞으로 일을 풀어 나가기가 힘들어. 애당초 쓰루오카가 언급한 '비밀'에 관한 진실을 사이다이지 가문 사람들에게 알아내기는 불가능하지 않겠어? 난 그런 기분이 들어. 마사에 씨, 유코 씨, 에이코 씨, 모두 다 '비밀'에 얽힌 질문을 받은 순간 언짢아하거나 시치미를 떼거나……. 어쩐지 제대로 대답해 줄 것 같은 느낌이 아니야."

"그만큼 중대한 비밀이라는 뜻이겠죠. 그렇다면 더더욱 궁금해지는데……. 누구에게 물어보면 알려 줄까요?"

사야카는 무거운 발걸음으로 계단을 올랐다. 앞서서 올라가던 탐정이 말했다.

"오히려 사이다이지 가문에 속하지 않은 사람이어야 가망이 있을지도 모르지."

"그렇겠네요. 그런데 지금 '화강장'에서 사이다이지 가문에 속하지 않은 사람은 우리 둘을 제외하면……. 어, 이게 무슨 소리지?!"

2층에 도착한 순간 사야카는 발을 멈추고 귀를 기울였다. 복도 어디선가 남자의 말소리와 '딱, 딱' 하고 잘 마른 나무끼리 두드리는 듯한 소리가 들려왔다. 그 경쾌한 소리에 이끌리듯 두 사람은 2층 끄트머리에 있는 방으로 걸음을 옮겼다.

살짝 문을 열자 오락실 또는 게임룸이라고 불러야 할 만한 공간이 보였다.

벽 앞에는 다트 핀이 몇 개 꽂힌 다트 머신이 있었다. 한쪽 구석에 자리한 녹색 테이블은 마작 테이블이다. 그리고 제일 눈에 띄게 한복판을 독점한 건 본격적인 당구대였다.

당구대 옆에는 남자 두 명이 큐대를 들고 서 있었다. 다카자와 나오토와 도라쿠 스님이었다. 다카자와는 흰색 와이셔츠에 감색 바지. 스님은 베이지라기보다 차라리 '낙타색'이라고 하고 싶은 구성진 색상의 전통 작업복 차림이었다. 순수한 일본풍 복장으로 큐대를 들고 당구대 옆에 서 있는 모습은 실로 초현실적이라고 할까, 허무개그 같다고 할까, 아니면 경건하지 못하다고 해야 할까. 아니, 승려가 당구를 즐겨서는 안 된다는 규칙은 오카야마 어디에도 없지만…….

사야카가 그런 생각을 하고 있자니, 옆에서 다카오가 쾌활한 목소리로 말했다. "이야, '화강장'에 이런 멋진 방이 있는 줄은 미처 몰랐네요."

"어, 탐정님." 스님이 겨누고 있던 큐대를 내리고 반들반들한 머리를 들었다. "당구 칠 줄 아십니까? 호오, 그거 의외로군요."

'아니, 아니, 스님이 칠 줄 아는 게 훨씬 의외지!'

사야카가 속으로 핀잔을 주는 사이에 다카오는 스님에게 똑바로 다가갔다.

"뭐, 실력이 좋은 편은 아니지만 공 치는 방법 정도는 압니다. 아, 좀 빌려주시겠어요?" 말을 마치자마자 다카오는 스님의 손에서 억지로 큐대를 빼앗았다. 그리고 당구대로 몸을 돌리더니 큐대 끝부분으로 노란 공을 가리키며 "그럼 저기 흰 공을 코너 포켓에 넣겠습니다" 하고 느닷없이 선언했다. 스님과 의사는 "엇" 하고 놀라며 얼굴을 마주 보았다. 한편 다카오는 개의치 않고 자세를 잡았다. 잠깐 정적이 흐른 후, 다카오가 기합 넣는 소리와 함께 큐대가 공의 중심부를 쳤다. 힘차게 튀어 나간 노란 공이 멋지게 흰 공에 적중했다. 흰 공은 당구대 측면에 한 번 부딪친 후에 노린 것처럼 똑바로 코너 포켓에 빨려들었다. 전부 한순간에 벌어진 일이었다. 회심의 원샷에 성공하자 탐정은 아주 만족스러운 표정이었다. 그 모습을 보고 도라쿠 스님이 탄식했다.

"흐음, 대단하군……."

"아니, 하지만요……."

다카자와는 어쩐지 미묘한 표정으로 방금 흰 공이 들어간 코너 포켓을 가리키며 말했다. "원래 흰 공은 포켓에 넣으면 안 됩니다.

아시죠, 탐정님?"

"어, 그래요?" 다카오는 눈을 동그랗게 뜨고 말했다. "어, 언제부터요? 옛날부터 그랬습니까?"

곧바로 게임룸에 이완된 분위기가 감돌았다. 탐정은 공을 치는 기술은 뛰어나지만 당구 규칙은 전혀 모르는 모양이다. 대체 어디서 큐대를 다루는 기술만 배운 걸까. 사야카는 고개를 갸웃거리지 않을 수 없었다.

다카오는 그다지 신경 쓰는 기색도 없이 큐대를 스님에게 돌려주며 말했다.

"뭐, 규칙은 아무래도 상관없습니다. 당구를 치려고 여기 온 건 아니니까요. 그렇지, 실은 선생님께 여쭤보고 싶은 게 있었습니다."

그 순간 게임룸에 "어엇?!" 하고 놀란 목소리가 울려 퍼졌다. "그럼 소승에게는 물어보고 싶은 게 전혀 없다는 말씀이십니까? 의사 선생님께는 물어보고 싶은 게 있지만, 소승에게는 하나도?" 도라쿠 스님이 불만 어린 표정으로 물었다. 다카오는 미안하다는 듯이 머리를 긁적였다.

"네, 없습니다. 스님께 물어보고 싶은 건 딱히······."

그러자 스님은 방출 통보를 받은 노장 야구선수처럼 아연실색한 표정을 지었다. 자기 나름대로 사건 해명에 도움이 되고 싶었던 모양이다. 하지만 다카오는 그런 스님에게 등을 휙 돌려 다카자와와 마주 보았다.

"실은 어젯밤 일을 여쭤보고 싶어서요. 만찬 때 쓰루오카와 유코 씨가 말다툼을 벌였고, 유코 씨가 식당을 떠났죠. 그 직후에 선생님도 유코 씨를 뒤쫓듯 식당을 나가셨고요. 그때 두 분이 어떤 말씀을 나누셨는지 아무래도 궁금하더라고요. 대답해 주실 수 있겠습니까, 선생님?"

"아아, 그때……. 그렇다면 이야기는 간단하지요. 식당을 나선 유코 씨를 따라잡아, 그대로 어둠 속에서 유코 씨를 다정하게 끌어안고……. 헤헷."

"저기요, 스님. 입 좀 다물어 주면 안 되겠습니까. 지금 중요한 이야기를 하는 중이라……."

다카오는 옆에서 끼어들어 멋대로 망상을 부풀리는 스님을 방해꾼 취급하며 나무랐다. 그리고 의사에게 다시 물었다. "어떻습니까, 선생님?"

"네, 어둠 속에서 끌어안지 않았습니다. 그럴 리 없잖습니까!"

다카자와는 화난 듯 은테 안경을 손끝으로 밀어 올리며 말을 이었다. "분명 그때 유코 씨를 쫓아갔습니다. 모욕을 받고 슬퍼하는 유코 씨를 내버려둘 수가 없었거든요. 저는 2층으로 향하는 나선계단에서 유코 씨를 따라잡았습니다. 따라잡기는 했지만 뭐라고 할 말을 못 찾겠더군요. 게다가 원래 유코 씨는 그렇게 약한 여자가 아니에요. 속내는 어떻든 겉으로는 굳세게 행동했습니다. 제가 괜찮냐고 물어보자 쓴웃음을 지으며 '죄송해요. 부끄러운 모습을 보여 드렸네요' 하고 대답했어요. 그뿐입니다. 유코 씨는 제게 인사한 후 몸을 돌려 계단을 총총히 뛰어 올라갔습니다."

"정말로 그게 전부입니까?! 아무리 그래도 위로의 키스 정도는……."

도라쿠 스님이 또 끼어들었다. 다카자와는 더는 참을 수 없다는 듯 말했다.

"그런 짓은 안 한다니까요! 이런 망할⋯⋯."

다카자와는 도라쿠 스님에게 퍼부으려던 모멸적인 말을 간신히 삼켰다. 하마터면 '망할 땡중'이라는 칭호를 얻을 뻔했던 도라쿠 스님은 '어, 지금 뭐라고 하셨죠?' 묻듯 귀에 손을 댔다.

다카자와는 "휴우" 하고 깊은 한숨을 내쉬고 따지듯이 물었다. "정말이지 예의라고는 없군요. 이봐요, 진짜로 승려 맞습니까?"

"네, 승려입니다." 합장하며 대답한 스님은 어디까지나 무례한 스님이라는 입장을 일관하려는 것처럼 보였다.

"저기요, 스님. 말허리 좀 끊지 맙시다. 진짜로 방해되거든요."

탐정도 어처구니없다는 표정으로 스님을 타박했다. 사야카는 궤도에서 이탈한 화제를 되돌리기 위해 의사에게 물었다. "선생님은 그 후에 어떻게 하셨어요?"

"더는 유코 씨를 쫓아갈 수가 없겠더군요. 떠나가는 유코 씨의 뒷모습이 혼자 놔두라고 호소하는 것처럼 보였어요. 아마 유코 씨는 그대로 자기 방으로 갔겠죠. 전망실에 갔을지도 모르고요."

"그럼 선생님은 어디로? 식당에는 안 돌아오셨잖아요."

"네, 그 상황에서 혼자 터덜터덜 식당으로 돌아가도 멋쩍기만 할 테니까요. 하는 수 없이 저택을 나서서 정원을 산책했습니다. 그때는 아직 비가 내리지 않았거든요. 기분 내키는 대로 잠시 중정과 건물 주변을 돌아다녔습니다."

"엇, 중정⋯⋯." 그 말을 들은 순간, 사야카는 그 일에 관해 물어

196

보고 싶어졌다. "저어, 좀 엉뚱하게 들리시겠지만, 그때 중정에 부자연스러운 부분이나 마음에 걸리는 점은 없었나요? 어, 그러니까 예를 들면 '낯선 오두막'이 있었다든가."

너무 직설적이지 않느냐는 듯이 탐정이 어이없다는 눈으로 사야카를 바라보았다. 하지만 오히려 직설적이라서 상대의 의혹을 사지 않은 것도 같았다. 성실한 의사의 귀에 사야카의 질문은 현실과 동떨어진 농담 정도로 들렸으리라. 다카자와는 어리둥절한 얼굴로 "아니요, 중정은 평소와 다름없었습니다"라고만 대답했다.

"그렇군요. 뭐, 그렇겠죠." 사야카는 순순히 물러났다.

이번에는 다카오가 물었다. "그럼 뒤뜰에는 가셨습니까? 정자가 있는 뒤뜰요."

"네, 갔습니다. 어슬렁어슬렁 걷다 보니 자연스레 발길이 그쪽으로 향했죠."

말을 마치자마자 다카자와의 단정한 얼굴에 초조한 기색이 확 번졌다. 그리고 자신의 발언을 취소하겠다는 듯 양손을 내저었다. "앗, 착각은 하지 마세요, 탐정님. 그때 저는 혼자였습니다. 정자도 그냥 지나쳤을 뿐이에요. 누구하고도 안 만났습니다."

"네, 물론 그렇겠죠. 선생님이 뒤뜰에 갔을 무렵, 쓰루오카는 아직 식당에서 술을 마시고 있었으니까요. 선생님이 산책하다 정자에서 쓰루오카와 마주칠 리 없습니다. 아니, 잠깐만……. 시간이 흘러 한밤중이었다면 이야기는 별개일지도……."

다카오는 턱에 손을 댄 채 혼잣말을 중얼거렸다.

"……어쩌면 쓰루오카는 한밤중에 술에서 깨기 위해 밖에 나갔는지도……. 그 모습을 창문으로 본 선생님이 뒤뜰로 나가서 쓰루오카를 불러 세웠을…… 가능성도 없지는 않아……. 가령 그랬을 경우, 선생님과 쓰루오카 사이에서 다툼이 벌어졌어도 이상할 것 없지……. 선생님이 호감을 품고 있는 유코 씨를 쓰루오카가 공공연하게 모욕했으니까……."

'혼잣말도 참 크게 하네. 전부 다 들려.'

실제로 남에게 들려주기 위한 혼잣말이었으리라. 아니나 다를까, 다카자와는 안색이 바뀌어서 항의했다. "아닙니다, 탐정님. 그건 완전히 오해예요!"

"오해? 그럼 유코 씨에게 특별한 감정은 없는 겁니까?"

"아, 아니요, 그 점은 부정하지 않겠습니다. 그야 유코 씨는 매력적이니까요. 남자라면 누구라도 호감을 품겠죠. 유코 씨를 모욕한 쓰루오카에게 화가 난 것도 사실이고요. 하지만 저는 어젯밤에 정자에서 쓰루오카 씨와 만나지 않았습니다. 저는 절대로 그를 죽이지 않았어요."

"하지만 동기는 있죠. 분명 기회도요. 선생님, 어젯밤 늦은 시각에 알리바이도 없지 않나요?"

탐정은 일부러 도발적인 말을 던졌다. 다카자와는 더욱 감정이 격해진 말투로 대답했다.

"그, 그야 누구든지 늦은 밤에는 혼자 방에 있을 테니까요. 누구에게나 범행을 저지를 기회가 있었을 겁니다. 그리고 동기도 저한테만 있는 건 아닐 테죠. 다른 사람들에게도 뭔가 동기가 있지 않을까요?"

"호오. 뭔가 동기라니, 예를 들면 어떤?"

"아니, 그건……."

"혹시 쓰루오카가 만찬 자리에서 말했던 '비밀'에 관련된 겁니까?"

다카오가 슬쩍 유도하자 다카자와는 진심으로 의아한 듯 고개를 갸우뚱했다.

"응? 비밀?! 무슨 말씀이십니까?"

"아아, 그러고 보니 선생님도 자리에 안 계셨죠. 선생님이 유코 씨를 쫓아 식당을 나선 후에 있었던 일이니까요. 실은 두 분이 나간 후에 쓰루오카가 심상치 않은 소리를 떠들어 댔습니다. 자기가 그 비밀을 까발리면 어떻게 되는지 아느냐고요."

"어, 그런 협박 같은 말을 그 남자가?"

"그렇습니다. 즉, 쓰루오카는 그 비밀을 지키고 싶은 사람 손에 살해당했을 가능성이 있는 거죠. 선생님, 쓰루오카가 언급한 '비밀'에 관해 뭔가 짚이는 점은 없으십니까?"

탐정이 상대의 얼굴을 들여다보며 물었다. 그러자 다카자와는 단정한 얼굴에 동요한 기색을 드러내며 입을 다물었다. 옆에서 도라쿠 스님이 소외된 설움을 풀풀 풍기며 말했다.

"이보시오, 탐정님. 제게는 뭔가 짚이는 점이 없느냐고 안 물어보십니까?"

"어, 스님께요?" 다카오는 스님의 매끈매끈한 얼굴을 곁눈질하더니, 마지못해 물어본다는 듯한 태도로 질문을 던졌다. "그럼 혹시 모르니 물어볼까요. 스님, 사이다이지 가문의 비밀에 관해 뭔가 짚이는 점은 없으십—."

"아니요, 없습니다. 전혀요." 질문이 채 끝나기도 전에 스님은 단호하게 고개를 저었다.

다카오는 길길이 화를 냈다. "그럼 쓸데없이 왜 물어보래? 이 망할 땡중아!"

이리하여 결국은 탐정이 '망할 땡중'이라는 칭호를 스님에게 부여했다. 물론 스님도 잠자코 있지는 않았다. "땡중? 이 어린놈의 자식이, 멀쩡한 승려를 보고 땡중이라니" 하고 비슷한 수준의 욕설을 퍼부으며 맞서 싸울 태세를 취했다. 이윽고 누가 먼저랄 것도 없이 다가선 두 사람은 이마와 이마—스님은 어디부터가 이마인지 경계선이 몹시 모호하지만—를 서로 밀어 대며 눈싸움을 벌였다. "으그그그그……." "끄으으으으……."

"아이고." 사야카는 어깨를 축 늘어뜨렸다. 이런 수준 낮은 싸움에는 일절 관여하지 않고 내버려두고 싶었지만 그럴 수도 없다. 어쩔 수 없이 서로 노려보는 '땡중'과 '어린놈' 사이에 끼어 "자자, 진정하세요" 하고 일촉즉발 상태인 두 사람을 열심히 달랬다. 이렇게 무익한 싸움이 언제 끝날까 걱정이었다.

"아아, 진짜 그만 좀 하세요, 스님!" 그때 갑자기 게임룸에 의사의 목소리가 울려 퍼졌다.

일방적으로 질책당한 도라쿠 스님은 어리벙벙한 표정으로 탐정과의 눈싸움을 중단했다. 스님은 자기 얼굴을 가리키며 말했다. "저요?! 소승이 잘못했다는 겁니까. 그야 뭐, 확실히 장난이 좀 심하기는 했지만, 그렇게 따지면 이 탐정님도 비슷한……."

"아무튼!" 다카자와는 책임을 전가하려 드는 스님의 말을 도중에 막고서 쏘아붙였다. "스님이 말허리를 너무 끊잖아요. 솔직히 성가 십니다. 미안하지만 나가 주시겠습니까?"

일방적으로 악당 취급을 당한 스님은 당연히 화난 표정이었다. "뭐, 뭐라고…… 으그그……."

얼마나 화났는지 정수리까지 벌겋게 물든 도라쿠 스님. 개의치 않고 문을 가리키며 나가라는 자세를 취하는 다카자와. 둘 사이에 깊은 침묵이 감돌았다. 결국 스님이 먼저 꺾였다.

"흥, 알았소. 나가면 될 것 아니오. 어차피 당구에도 질린 참이었으니."

그러고는 손을 내젓고 몸을 휙 돌렸다. 그리고 게임룸 문을 열더니 "불가에 몸담은 이 몸을 방해꾼 취급하다니, 이런 천벌을 받을 놈!"이라며 한껏 저주의 말을 퍼붓고는, 분노를 표출하듯 문을 쾅 닫고 그대로 방을 떠났다. 복도를 쿵쿵 내디디며 멀어지는 스님의 발소리가 들려왔다. 그 소리가 사라지기를 기다렸다가 사야카는 젊은 의사에게 고개를 돌렸다.

"그렇게 말씀하실 것까지는 없지 않았을까요? 사실 탐정님도 잘 못했는걸요. 스님을 '망할 새끼'라고 욕했으니까……."

"잠깐, 잠깐! '망할 새끼'라니, 난 그런 말 안 했어. '망할 땡중'이라고 했을 뿐이야."

"어라?!" '그러고 보니 그런가. 뭐, 비슷한 욕이잖아!'

어깨를 으쓱하는 사야카 앞에서 다카자와는 고개를 저었다. "아니요, 이걸로 됐습니다."

"이걸로 됐다고요? 그럼 선생님도 스님이 '망할 새끼'라는 욕을 먹어도 싸다고 인정하시는……?"

"아니요, 그게 아니라요, 탐정님." 다카자와는 허둥지둥 손을 내저었다. "솔직히 스님은 많이 불쾌하셨겠지만 어쩔 수 없었습니다. 지금부터 제가 들려드릴 이야기에는 중대한 문제가 담겨 있습니다. 하지만 제가 보기에 저 스님은 입이 너무 가벼운 것 같아요. 그래서 비밀 이야기를 하기 위해서는 내보낼 수밖에 없었습니다."

다카자와는 닫힌 문으로 다가가 손끝으로 자물쇠 손잡이를 돌렸다. 문이 안에서 잠기자 게임룸은 이제 아무도 들어올 수 없는 밀실이 되었다.

고요해진 밀실에서 탐정이 다카자와를 다그쳤다.

"비밀 이야기라고요?! 그럼 선생님은 역시 뭔가 비밀을 아시는 거로군요."

"네. 하지만 저희끼리만 아는 비밀입니다. 어쨌거나 비밀 이야기니까요."

"비밀 이야기라면, 쓰루오카가 언급한 비밀 말씀입니까?"

"네, 그 비밀입니다. 그렇지만 비밀 이야기니까, 이 이야기는 부디 비밀로……."

"알겠습니다." 다카오는 고개를 깊이 끄덕이며 말했다. "걱정하지 마세요. 여기서 이야기한 비밀 이야기는 반드시 비밀로 할 테니까요. 알겠지, 사야카 씨. 비밀 이야기는 절대로 비밀이야."

"음, 어, 그게……." '비밀'이라는 말이 너무 많이 나와서 뭐가 뭔지 잘 모르겠지만……. "아, 네, 알겠어요. 요컨대 비밀이라는 거군요." 사야카는 적당히 고개를 끄덕이고 이야기를 재촉했다. "그래서요, 선생님? 대체 뭘 알고 계시는 건가요?"

그러자 다카자와는 게임룸에 있으면서 어딘지 먼 곳을 보는 듯한 눈빛을 지었다. 그리고 먼 옛일을 이야기하듯 더듬더듬하는 말투로 사야카와 다카오가 예상치도 못한 이야기를 꺼냈다.

"이건 세상 사람들에게는 알려지지 않은 어떤 사건에 관한 이야기입니다. 무대는 23년 전의 비탈섬이고요. 사이다이지 출판의 초대 사장님인 사이다이지 도시로 씨를 찾아온 갑작스러운 죽음에 얽힌 일이죠."

2

"1995년 3월이었습니다. 그 며칠 전에는 도쿄 지하철에서 사린 가스 테러 사건이 발생했죠. 더 거슬러 올라가면 1월에는 한신·아와지 대지진으로 수많은 피해자가 나왔고요. 그런 해였기에 세상 민심이 뒤숭숭했던 게 기억나네요. 그런 와중에 사이다이지 도시로 씨는 가족과 관계자를 데리고 비탈섬에 있는 별장을 방문하셨습니다."

"여기 '화강장' 말씀이군요." 고바야카와 다카오가 확인했다.

그 말에 다카자와 나오토는 고개를 저었다. "아니요, 엄밀하게 말하면 조금 다릅니다. 1995년 당시에 이 별장은 아직 '화강장'이라는 이름으로 불리지 않았거든요. 다들 그냥 '비탈섬의 별장'이라고 불렀던 것 같습니다. 형태도 지금과는 전혀 달랐고요. 지금은 ㄱ 모양의 건물에 공처럼 둥근 전망실이 얹혀 있는 특이한 형태지만, 당시는 별 특징 없는 2층짜리 직육면체 건물이었어요."

"아, 그러고 보니 오랜만에 별장을 방문한 쓰루오카 가즈야가 도착하자마자 눈이 동그래졌더랬죠. 그럼 혹시 당시에 섬을 방문한 사람 중에도 쓰루오카가?"

"네, 분명 그도 참석했습니다. 섬으로 건너온 사람은 사이다이지 도시로 씨 외에 아들 고로 씨와 가나에 부인 부부. 부부의 세 자녀인 에이코 씨, 게이스케 씨, 유코 씨. 도시로 씨의 딸인 마사에 씨. 도시로 씨의 손자에 해당하는 쓰루오카 가즈야. 고이케 부부도 당시부터 사이다이지 가문에서 일하고 있었고요. 그리고 주치의이자 제 아버지인 다카자와 다다나오. 지금은 돌아가셨지만요. 마지막으로 저, 다카자와 나오토도 포함되어 있었습니다."

"총 열두 명입니까. 이번 사십구재 법사 참석자와 꽤 많이 겹치는군요." 다카오는 젊은 의사에게 얼굴을 쑥 들이밀고 말했다. "만약을 위해 물어보는 건데, 방해만 되는 스님은 없었습니까? 도라쿠 스님 또는 그의 선대 스님은 참석하지 않은 거죠?"

"네, 참석하지 않았습니다. 그때는 법사가 아니라 그저 봄방학을 이용한 휴가였으니까요. 이번과는 취지가 다릅니다. 다른 걸로 따지면 23년 전이니까 모두 지금보다 스물세 살 젊었죠. 도시로 씨는 당시 70대였지만 여전히 사장 자리에 군림했습니다. 40대인 고로 씨는 임원 중 한 명에 지나지 않았고요. 가나에 부인은 당시부터 선이 가늘고 병약한 구석이 있었지만, 그때만 해도 기운차고 명랑한 분이셨습니다. 3남매도 다들 어렸죠. 첫째인 에이코 씨가 18세. 고등학교를 졸업한 직후였고, 물론 아직 미혼이었습니다. 게이스케 씨는 중학교를 갓 졸업한 15세였죠. 막내인 유코 씨는 고작 여섯 살이었고요. 쓰루오카는 20세 안팎의 청년이었지만, 무늬만 대학생이지 부모님 돈으로 노느라 정신이 없었습니다. 당시부터 평판이 좋지 못한 사람이었죠. 덧붙여 저는 당시 13세. 4월부터 중학교 2학년으로 올라가기 직전이었습니다."

"오, 아직 열세 살이라. 선생님은 그 무렵부터 사이다이지 가문 사람들과 어울리셨던 겁니까?"

"아니요, 그렇지는 않습니다. 실은 제가 소년 시절 그 가문분들과 제대로 만났던 건 23년 전 봄방학 때 딱 한 번뿐이에요. 사이다이지 가문과 관계가 있다고 해도, 아버지가 주치의로서 드나들었을 뿐 저는 친척도 뭐도 아니니까요. 아버지는 사이다이지 가문분들과 자주 접할 기회가 있었겠지만, 저는 아버지의 이야기로만 알고 있었습니다. 아버지는 분명 장래에 제가 아버지의 뒤를 이어 의사가 되었을 때를 염두에 두고 일찌감치 저를 사이다이지 가문에 소개하고 싶었던 거겠죠. 그래서 아직 중학생인 저를 군이 비탈섬에 데려갔을 거예요. 나이상으로도 게이스케 씨와 또래니까요."

"그렇군요." 다카오는 고개를 끄덕였다. "그래서, 휴가는 어떠셨습니까?"

"일주일쯤 머무를 예정이었는데요. 처음 며칠은 아무 일도 없이 지나갔습니다. 도시로 씨는 느긋하게 독서 등의 취미를 즐겼고, 고로 씨는 아버지와 함께 낮에는 낚시, 밤에는 게임룸에서 당구와 장기 따위를 하며 시간을 보냈죠. 저는 3남매와 함께 해변에서 해수욕이나 다이빙을 하며 놀았고요. 가나에 부인은 고이케 부부와 함께 주방에서 요리 실력을 발휘했죠. 뭐, 대충 그런 식이었습니다. 어, 쓰루오카요? 그러고 보니 그는 우리와 함께 지내는 한편으로 가끔 '섬을 탐험한다'는 명목으로 혼자 섬 안쪽을 산책하러 갔었던 것 같습니다. 중학생이었던 저도 그런 쪽에 제법 흥미가 있어서 따라가려고 했더니, 어린애는 위험하다며 매정하게 쫓은 기억이 나네요. 하기야 저는 저대로 멋대로 숲속에 들어가서 여기저기 탐험하며 돌아다녔지만요."

"즐거운 시간을 보내셨군요."

"네. 한적하고 평온한 시간이 사흘쯤 이어졌습니다. 다들 그렇듯 평화로운 시간이 휴가 마지막 날까지 계속되리라고 믿어 의심치 않았죠. 그런데 그런 평온한 나날이 단번에 돌변했어요. 아직도 똑똑히 기억나네요. 섬에 건너간 지 나흘째가 되는 날 밤이었죠."

"그날 밤에 뭔가 특별한 일이라도?"

"아니요. 결코 특별한 밤은 아니었습니다. 저녁 식사 때도 다 함께 모여서 시끌벅적한 분위기였던 걸로 기억합니다. 밤이 깊어지자 사람들은 자기 방으로 물러갔죠. 참고로 아버지와 저는 2층 방에 머물렀습니다. 저는 아버지에게 안녕히 주무시라고 인사하고 제 침대에 누웠죠. 얼마 지나지 않아 옆 침대에서 아버지가 코 고는 소리가 들렸습니다. 저는 왠지 좀처럼 잠이 오지 않더군요. 몸을 뒤척이다 보니 밤 1시에 가까워졌습니다. 아버지가 깨지 않도록 조심스레 침대를 빠져나와 슬리퍼랄까, 비치 샌들 같은 신발을 신고 혼자 방을 나섰습니다. 화장실에 갈 생각이었죠. 당시 화장실은 1층과 2층 복도 끝에 하나씩 있었습니다. 방을 나선 저는 어두운 복도를 나아갔습니다. 저택은 괴괴하니, 어쩐지 겁이 날 정도였죠. 화장실에 도착해서 서둘러 볼일을 보고는 다시 어두운 복도로 나왔습니다. 물론 곧장 방으로 돌아가서 다시 잠자리에 들 생각이었어요. 그런데 복도를 나아가다 나선계단 옆에 다다랐을 때 이변이 발생했습니다. 밤이 깊어 고요한 저택에 느닷없이 여자의 비명이 울려 퍼진 거죠. 정말 섬뜩할 만큼 날카로운 비명이라……. 그야말로 '비단을 찢는 듯한'이라고나 표현해야 할 만큼 어마어마한 절규였습니다…….”

당시의 기억이 선명하게 되살아났는지 다카자와의 목소리가 떨렸다. 사야카는 어디선가 여자의 비명이 들려올 것만 같아서 등골이 오싹했다. 한편 다카오는 냉정하게 물었다. “그건 누구의 비명이었습니까?”

“바로는 모르겠더군요. 저택에 여자가 여러 명 있었으니까요. 다만 1층에서 들린 소리라는 건 막연하게나마 알아차렸습니다. 저는 얼른 눈앞의 나선계단을 뛰어 내려갔습니다. 1층에 도착하자마자 좌우로 뻗은 복도를 둘러봤죠. 그러자 문 하나가 활짝 열려 있더군요. 저기는 누구 방이었더라, 하고 고개를 갸웃하며 그 문으로 달려갔습니다. 그리고 무슨 일이냐고 물으면서 문 안쪽을 들여다봤죠. 다음 순간 상상도 못 한 광경이 눈에 들어왔습니다.”

사야카는 침을 꿀꺽 삼켰다. 다카오도 잠자코 다카자와의 이야기에 귀를 기울였다.

“어스름한 방에는 베갯머리의 전기스탠드만 희미하게 켜져 있었습니다. 정면에 한층 호화로운 침대가 보이더군요. 두툼한 이불은 몹시 흐트러져 있었습니다. 이불 끄트머리로 잠옷 차림의 남자가 보였죠. 침대 위에서 바닥으로 미끄러져 떨어진 듯한, 아주 부자연스러운 자세였습니다. 두 다리만 침대 위에 걸친 상태로, 상체는 바닥에 누워 있었죠. 남자의 얼굴은 잘 보이지 않았지만 풍성한 백발이 눈에 들어왔습니다. 그 순간 저는 드디어 알아차렸습니다. 그 남자가 사이다이지 도시로 씨라는 사실을요. 네, 그 방은 도시로 씨의 방이었습니다. 동시에 저는 그의 침대에서 조금 떨어진 벽 앞에 누군가 있다는 사실도 알아차렸습니다. 잠옷 차림의 중년 여자였어요. 바닥에 철퍼덕 주저앉은 자세로 말없이 저를 바라보더군요. 가나에 부인이었습니다."

다카오는 뜻밖이라는 듯이 눈살을 모았다. "그럼 날카로운 비명도 가나에 부인이?"

"네, 그랬던 것 같아요. 몹시 놀랐는지, 벽 앞에 엉덩방아를 찧은 채 몸을 부들부들 떨 뿐 못 일어나시더군요. 그래서 저는 곧장 도시로 씨에게 달려갔습니다. 얼굴을 들여다보니 도시로 씨는 무서운 표정으로 눈을 부릅뜨고 있더군요. 하지만 두 눈에는 초점이 전혀 없었습니다. 반쯤 벌어진 입술에서도 목소리는커녕 숨결조차 새어 나오는 낌새가 없었고요. 불길한 예감을 느끼며 주변을 자세히 살펴보자 바닥에 칼 한 자루가 떨어져 있지 뭡니까. 게다가 칼날이 새빨간 피 같은 액체에 젖어서 빛나고 있더군요. 저는 도시로 씨의 몸을 다시 한번 재빠르게 관찰했습니다. 그리고 드디어 알아차렸죠. 도시로 씨의 잠옷 왼쪽 가슴께가 빨간 액체에 푹 젖어 있다는 걸요. 그걸 보고는 당시 중학생이었던 저도 바로 상황을 이해했습니다. 도시로 씨는 누군가에게 칼로 왼쪽 가슴을 찔려서 이미 숨진 상태였던 겁니다."

다카자와가 꺼내 놓은 너무 의외의 이야기에 사야카는 말문이 막혔다. 한편 다카오는 고개를 기울이며 물었다.

"23년 전, 당시 사이다이지 가문의 가장이 칼에 찔려 살해당했다고요?! 아니, 그런 이야기는 못 들어봤습니다만. 사실이라면 당연히 지역 뉴스에서 크게 다루었을 텐데요."

하지만 다카자와는 "사실입니다" 하고 힘 있게 고개를 끄덕였다. 다카오는 더 이상 자세하게 캐묻지 않고 이야기를 재촉했다. "그래서, 선생님은 어떻게 하셨습니까?"

"그게, 그⋯⋯." 다카자와는 갑자기 고개를 숙이더니 부끄러운 과거라도 고백하는 듯한 어조로 말을 이었다. "실은 범인을 쫓아갔습니다."

"범인을 쫓아갔다고요?!" 뜻밖의 말에 놀랐는지 다카오의 목소리가 커졌다. "하지만 쫓아간대도, 어떻게요? 그것보다 범인이 누구인지 어떻게 알고요?"

"아니요, 범인이 누구인지는 물론 모릅니다. 하지만 봤어요. 보였습니다."

"보였다니요?"

"침대 옆의 커다란 창문이 어째선지 활짝 열려 있어서 커튼이 바람에 흔들렸습니다. 그걸 보면 누구나 틀림없이 저기로 범인이 도망쳤다고 생각하겠죠. 그래서 저는 시체 곁에서 일어나 창가로 다가갔습니다. 그때 뒤뜰에 한순간 사람 형체가 보였어요. 그 사람은 뒤뜰 한구석에 있는 좁은 길로 들어가는 것 같더군요. 비탈섬의 높은 쪽, 즉 섬의 북쪽 숲으로 이어지는 길입니다. 저도 며칠간 섬을 탐험하며 여러 번 들락날락한 길이었죠. 수상한 사람은 그 좁은 길을 따라 숲속으로 도망쳤습니다. 그걸 알아차린 순간, 가슴속에 일종의 사명감 같은 것이 솟구치더군요. 이대로 범인을 놓칠 수는 없다는 사명감이요. 어느새 저는 창틀을 뛰어넘어 전속력으로 수상한 사람을 쫓아갔습니다."

"이야, 아주 용감하시군요." 다카오의 입에서 감탄의 말이 나왔다.

"용감한 게 아니라 무모한 것 아닌가요?!" 사야카는 기가 막혀서 눈을 동그랗게 뜨는 것이 고작이었다. "선생님, 그때 중학생이었잖아요."

"네. 장래에 의사가 되어서 탐정의 조수로 들어갈까, 아니면 탐정이 되어서 의사를 조수로 삼을까 진심으로 고민하던 중학생 남자아이였죠."

잘생긴 의사는 뜻밖의 과거를 털어놓았다. 이건 이것대로 충격적이었다.

다카오는 "과연" 하고 고개를 깊이 끄덕이며 말했다. "요컨대 당시 선생님은 셜록 홈스의 세계에 목까지 푹 빠진 바보 같은 중2병 소년이었던 거로군요. 네, 잘 압니다. 저도 어릴 적에는 그랬어요. 아니, 지금도 그럴지 모르겠습니다."

"허, 중2병 기질이 있었던 건 부정하지 않겠습니다만 탐정님과 같이 취급하는 건, 음, 좀⋯⋯." 수긍이 안 된다는 듯이 다카자와는 인상을 팍 썼다.

애당초 중2병이라는 개념이 20년도 넘게 예전부터 존재했는지는 알 수 없지만, 지금은 그게 중요한 게 아니다. 사야카는 느슨해진 분위기를 죄듯 이야기를 되돌렸다.

"선생님, 수상한 사람을 쫓아 숲속으로 들어가신 다음에는 어떻게 됐나요? 추적에 성공했나요?"

"물론 쫓아가기가 쉽지는 않았습니다. 예나 지금이나 비탈섬은 사이다이지 가문의 별장을 제외하면 불빛 하나 없는 외딴 섬이니까요. 다만 그날 밤은 보름달이 휘영청 밝아 주변이 희미하게나마 보였어요. 덧붙여 앞에서 도망가는 범인은 의외로 얼빠진 구석이 있었습니다."

"그게 무슨 말씀이시죠?"

"범인은 손에 조명 기구를 들고 있었습니다. 손전등이나 펜 라이트 같은 조명 기구를요. 어두운 숲속에서 그런 불빛은 눈에 딱 들어오는 표시물이죠. 범인의 모습이 어둠 속에 실루엣으로 떠오르더군요. 인상착의는 알 수 없었지만, 놓칠 걱정은 없었습니다. 저는 불빛에 의지해 수수께끼의 남자를 뒤쫓았습니다. 어떻게 남자인 줄 알았느냐고요? 그야 여자일 가능성도 없지는 않겠지만 달리는 자세나 속력으로 대강 짐작이 가잖아요. 게다가 당시 저는 중학생이었지만 덩치는 제법 큰 편이었고, 발도 느린 편이 아니었습니다. 그런데도 상대를 따라가는 게 고작이었으니, 역시 도망친 건 남자였을 겁니다."

"그자가 다부진 남자였다고 치죠. 만약 상대가 갑자기 멈춰 서서 역습하면, 선생님은 어떻게 대처할 작정이셨습니까?"

다카오가 소박한 의문을 꺼내자 다카자와는 진지한 표정으로

"글쎄요, 당시의 저한테 물어보고 싶네요." 하고 새삼스레 고개를 갸웃했다. "지금 돌이켜보면 아주 위험하기 짝이 없는 짓이었다고 생각합니다. 하지만 상대방은 한 번도 뒤를 돌아보지 않았어요. 어쩌면 도망치는 데 정신이 팔려서 제가 쫓아가는 줄도 몰랐던 것 아닐까요?"

"그렇군요." 다카오는 고개를 끄덕였다. "그런데 추적극의 결과는요?"

"그래 봤자 작은 섬입니다. 숲을 빠져나가면 북쪽 가장자리에 다다르죠. 거기는 숲속과 달리 나무가 듬성듬성 자란 살풍경한 바위밭이에요. 거기에 다리가 하나 놓여 있는데요……."

"다리요?! 섬에 강이라도 흐릅니까?"

"아니요. 다리라고 해도 잘라 낸 통나무를 몇 개 걸쳐 놓은 이른바 통나무 다리예요. 강을 건너기 위한 다리도 아니고요. 실은 바위밭에 깊이 갈라진 부분이 있어서요. 바위 크레바스(*빙하 표면에 생긴 깊은 균열)라고 하면 될까요. 암반에 깊은 균열이 생긴 겁니다. 폭이 3미터쯤 되는 균열이요. 거기를 뛰어넘어서 맞은편으로 가기는 불가능해요. 그래서 통나무로 다리를 놓은 거죠. 네, 균열이 생긴 부분을 건널 다리는 그 다리 하나뿐입니다. 제 눈앞에서 범인의 뒷모습이 다리를 건너갔어요. 하지만 저는."

"흠, 겁을 먹고 다리 앞에서 멈춰 섰다는 말씀이시군요. 무리도 아닙니다. 탐정 흉내를 내는 중학생이 다 그렇죠, 뭐."

현재의 사립탐정인 다카오는 당시의 '중학생 탐정'을 야유하듯 히죽 웃었다. 다카자와는 옛날의 자신을 옹호하듯 언성을 높였다.

"딱히 겁먹은 건 아닙니다. 머리를 좀 썼을 뿐이죠. 균열이 생긴 부분에 놓인 다리는 하나뿐. 그리고 다리 건너에는 아무것도 없습니다."

"아무것도 없다니요?! 진공이라는 뜻입니까?"

"그럴 리가 있겠습니까!" 다카자와의 목소리가 거칠어졌다. "도망칠 곳이 전혀 없다는 뜻입니다. 비탈섬은 이름대로 섬 남쪽에서 북쪽이 오르막으로 되어 있습니다. 그리고 북쪽 가장자리에서 오르막이 끝나죠. 거기서부터 깎아지른 듯한 벼랑이 거의 수직으로 바다와 이어집니다. 그야말로 단애절벽이죠."

"하하하, '도깨비 뒤집기 벼랑' 말이군요. 어선을 타고 이 섬에 오는 도중에 봤습니다. 확실히 그리로 도망치면 더는 달아날 길이 없죠. 독 안에 든 쥐입니다."

"바로 그겁니다." 다카자와는 만족스럽게 고개를 끄덕였다. "그래서 제가 통나무 다리 앞에서 멈춘 거예요. 끈질기게 쫓아가면 오히려 범인에게 도주할 기회를 줄지도 모르죠. 더 이상 쫓아가지 않아도 괜찮아요. 다리 앞에서 버티고 있으면 결국 범인은 다리로 돌아올 테니까요."

"위험한 작전이기도 한데요. 이번에야말로 범인과 딱 마주칠 확률이 높아요."

"네, 그렇죠. 하지만 그 걱정도 기우로 끝났습니다. 숲속의 좁은 길로 지원군이 도착했거든요. 사이다이지 고로 씨와 제 아버지 다 다나오였죠. 숲으로 들어간 제가 걱정돼서 쫓아온 겁니다. 저는 두 분께 현재 상황을 간단히 설명했습니다. 제 말을 듣고 아버지와 고로 씨는 아까 탐정님처럼 말했습니다. 독 안에 든 쥐라고요. 저희 세 명은 숨 죽인 채 다리 앞에 가만히 서 있었죠. 독에서 쥐가 나오길 기다린 겁니다. 하지만 쥐가 나올 생각을 않더군요. 아버지와 고로 씨는 점차 조바심을 내기 시작했습니다."

"실제로는 얼마쯤 기다리셨습니까?"

"기껏해야 15분이나 20분 정도였을 겁니다. 아버지와 고로 씨는 이대로 다리 앞에서 가만히 기다릴지, 누군가 범인을 찾으러 다리를 건너갈지를 의논했습니다. 물론 누군가 다리를 건너가더라도 다른 사람이 다리 앞에서 감시할 필요가 있었죠. 그렇다고 해도 중학생 혼자 남아서 감시하는 건 위험하지 않겠느냐고 두 분이 상의하고 있을 때, 숲속에서 지원군이 한 명 더 나타났습니다. 쓰루오카 가즈야였어요. 별장에 남아 있는 여자들에게 사정을 듣고 헐레벌떡 뛰어왔다고 했습니다. 이제 머릿수가 넷이니까 두 팀으로 나누기로 했습니다. 저와 아버지는 다리 앞에서 대기. 고로 씨와 쓰루오카는 다리 건너편 탐색. 그렇게 역할을 분담했죠."

"아주 위험한 짓이네요." 다카오는 기가 찬다는 표정이었다. "저라면 경찰에 맡길 겁니다. 다들 흥분한 나머지 탐정 흉내를 낸 겁니까? 아니면 넷 다 중2병이었다든가?"

"딱히 그런 건……. 확실히 경찰에 맡겨야 할 상황이었을지도 모르지만, 피치 못할 사정이 있었습니다. 그건 나중에 자세하게 설명하겠습니다. 그러나 하나만 알아 두십시오. 1995년 당시는 휴대전화가 많이 보급되지 않았고, 설령 휴대전화가 있었더라도 전파 상태가 좋지 못한 세토내해의 외딴 섬에서는 먹통이 되기 십상이었다는 걸요."

"아아, 그런 사정은 있겠군요." 다카오는 충분히 이해했다는 듯 고개를 끄덕였다.

"그런 것보다……." 사야카는 의사에게 얼굴을 가까이 대고 물었다. "다카자와 선생님과 아버님을 남겨 두고, 고로 씨와 쓰루오카가 통나무 다리를 건너갔잖아요. 수색 결과는 어땠나요? 다리 건너편에 범인이 있었나요? 범인을 붙잡았어요?"

그러자 다카자와는 작게 한숨을 내쉬더니 고개를 설레설레 흔들며 대답했다.

"고로 씨와 쓰루오카는 30분쯤 후에 저희가 있는 통나무 다리로 돌아왔습니다. 돌아오자마자 쓰루오카가 다리 건너편에는 아무도 없었다고 하더군요. 고로 씨도 바위 뒤편이나 나무 덤불을 빈틈없이 살펴봤지만 쥐새끼 한 마리 못 봤다고 하셨고요. 그리고 두 사람은 제게 이구동성으로 똑같은 질문을 던졌습니다. 정말로 범인이 이 다리를 건너는 모습을 봤느냐고요. 저는 물론 똑똑히 봤다고 자신 있게 대답했죠. 그렇다면 이 현상이 의미하는 바는 하나밖에 없습니다. 중학생의 머리로도 간단히 이해가 가더군요."

다카자와는 사야카와 다카오의 얼굴을 번갈아 바라보며 한 가지 결론을 내놓았다.

"다리를 건넌 범인은 섬 북쪽 벼랑, 통칭 '도깨비 뒤집기 벼랑'에서 바다로 몸을 던졌다. 정황상 그렇게밖에 생각할 수 없었죠. 즉, 사이다이지 도시로 씨를 살해한 범인은 막다른 골목에 몰린 끝에 스스로 죽음을 선택한 겁니다."

3

"음. 범인이 벼랑에서 몸을 던졌다고요……."

고바야카와 다카오는 복잡한 표정으로 가슴 앞에 팔짱을 낀 채 고개를 비틀었다. 그리고 무슨 생각인지 다트 머신 앞으로 가서 다트 핀을 하나 집었다. 신중하게 겨냥해서 가볍게 던지자, 완만한 포물선을 그리며 날아간 다트 핀은 완전히 빗나가서 아무것도 없는 벽에 꽂혔다. 다카오는 아무 일도 없었다는 듯이 고개를 돌리고 물었다. "그런데 선생님. 통나무 다리 건너편에 범인이 없었다는 고로 씨와 쓰루오카 가즈야의 말은 틀림없는 거죠?"

'이 상황에서 다트 핀을 던진 의미는 뭐지? 대체 뭘 하고 싶었던 거야?'

사야카는 몰래 고개를 갸웃했지만, 의사는 별생각 없는 표정으로 대답했다.

"두 사람이 한 말의 신빙성을 의심하는 건 탐정으로서 당연한 일이겠죠. 당시 명탐정 기분이었던 저도 같은 의심을 품었습니다. 고로 씨와 쓰루오카를 의심한 건 아니지만, 제 눈으로 직접 보지 않으면 아무것도 못 믿는 성격이었거든요."

"그렇다면 혹시…… 선생님은 직접 통나무 다리를 건너가서……?"

"네, 그렇습니다. 신기하게도 두렵지 않더군요. 그야 두 사람의 말이 사실이라면 다리 건너에는 아무도 없을 테니까요. 가령 두 사람의 조사가 미흡해서 누군가 있다면, 그걸 찾아내는 게 탐정의 역할 아니겠습니까. 저는 말리는 어른들을 뿌리치고 용감하게 통나무 다리를 건넜습니다. 그랬더니."

"통나무 다리 건너편은 어땠습니까?"

"어, 그게, 그러니까 말이죠……."

"네, 뭐가, 그러니까 말인데요……."

대답을 기다리는 탐정 앞에서 의사는 원통하다는 듯이 고개를 저었다.

"실은 그 직후부터 기억이 없습니다. 머릿속에 기억이 하나도 남아 있지 않아요."

"아니, 기억이 없다니요?! 왜 그런 일이?!"

"어른들에게 들은 바로는 제가 다리에서 떨어졌답니다. 너무 허둥댄 건지, 아니면 원래부터 운동 신경이 없는 탓인지 통나무 다리를 건너려다 균형을 잃고 다리에서 떨어져 균열이 생긴 바위 사이에 끼었다는군요. 그때 머리를 세게 찧었는지 떨어졌을 때의 기억이 없습니다. 아무래도 그대로 기절한 것 같아요."

"쳇, 뭐야, 젠장." 속상한지 다카오가 발을 굴렀다. "결정적인 순간일지도 모르는데, 칠칠치 못하기는."

사야카가 옆에서 끼어들어 다카오를 달랬다.

"자자, 당시 다카자와 선생님은 중학생이었으니까……."

의사는 면목 없다는 듯 고개를 꾸벅 숙였다. 마음을 추슬렀는지 다카오가 다시 질문했다. "그런데 괜찮으셨습니까? 뭐, 괜찮았으니까 지금 여기에 이렇게 계시겠지만."

"네, 덕분에요. 사건이 발생하고 이틀 후에야 깨어났습니다만."

"이틀 후?! 내내 의식이 없었던 겁니까?"

"네. 깨어나 보니 새하얀 벽과 바닥에 둘러싸인 병실이었습니다. 저는 머리와 오른쪽 다리에 붕대가 칭칭 감긴 상태로 침대에 누워 있었고요."

"병실이라면, 병원에 입원한 건가요?"

"네, 오카야마 시내에 있는 아버지의 병원인 '다카자와 의원'에요. 이것도 나중에 들었는데, 바위 사이에 낀 저를 아버지, 고로 씨, 쓰루오카가 힘을 합쳐 끌어 올렸다는군요. 그런데 구하고 보니 의식이 없었던 거죠. 이거 큰일 났다 싶어 밤중에 배와 차로 오카야마 시내까지 옮겼고, 그대로 아버지의 병원에 입원한 겁니다."

"정신없이 이리 뛰고 저리 뛰고 했던 거로군요. 중학생 남자아이의 목숨이 걸렸으니 어른들이 부산을 떨었던 것도 무리는 아니죠. 그렇다면 더 이상한데요. 마찬가지로 중요한 살인사건과 관련해 전혀 난리가 나지 않았다는 건 아무리 뭐래도……."

말이 안 된다는 듯 다카오는 어깨를 살짝 움츠리고 고개를 저었다.

세 명밖에 없는 게임룸에 침묵이 깊게 내려앉았다.

지금으로부터 23년 전, 당시 사이다이지 가문의 가장이었던 사이다이지 도시로 씨가 비탈섬의 별장에서 살해당했다. 범인은 섬 북쪽 가장자리로 도망친 끝에 벼랑에서 바다로 몸을 던졌다고 한다. 그것만으로도 충분히 놀랄 만한 일이건만, 더 나아가 이 살인사건은 아무도 모르도록 완벽하게 은폐됐던 모양이다.

그 사실에 사야카는 끝 모를 공포를 느꼈다. 생각할 것도 없이 한두 사람의 힘으로는 이만한 은폐 공작을 벌일 수 없다. 당시 섬에서 사건을 겪은 사이다이지 가문 사람을 비롯한 관계자들이 다 함께 입을 맞춰야만 가능한 일이다. 도시로 씨 살해사건은 그렇게 하면서까지 숨기고 싶은 일이었던 걸까. 대체 왜, 어떤 이유로 숨기고 싶었던 걸까. 가령 숨기고 싶은 정당한 이유가 있다고 해도, 누가 그 같은 초법규적인 판단을 내릴 수 있을까. 사야카의 머릿속에서 다양한 의문이 소용돌이쳤다.

그런 가운데 다카자와가 천천히 고개를 저으며 말했다.

"기묘한 이야기라 당황하신 것 같군요. 뭐, 무리는 아닙니다. 저 자신도 여태 납득이 가지 않는 이야기니까요."

"선생님, 말이야 바른 말이지." 다카오가 의사를 날카롭게 응시했다. "그 일과 관련해서는 선생님 본인도 공범 중 한 명 아닙니까? 그렇잖아요? 선생님이 주변 사람 누구든, 학교 선생님이나 반 친구, 아니면 파출소 순경에게라도 비탈섬에서 사이다이지 도시로 씨가 살해당했다고 진실을 밝혔다면, 그야 뭐 대부분은 '아아, 불쌍하게도…… 머리를 찧어서 정신이 이상해졌구나……' 하고 생각할지도 모르지만 '어, 그래?' 하고 귀를 기울여 주는 사람도 있었을 겁니다. 하지만 당시 선생님은 그런 행동에 나서지 않았죠. 그래서 진실이 계속 은폐되어 온 거고요. 아닙니까?"

"그, 그건……. 네, 탐정님 말씀이 맞습니다."

아픈 곳을 찔린 듯 의사의 표정이 흐려졌다.

"즉, 당시 아무에게도 진실을 말하지 말라고 선생님을 입막음한 사람이 있었다는 뜻이겠죠. 누구입니까? 물어볼 것도 없이 대충 짐작은 가지만요."

"어, 아시겠습니까?"

"네, 알다마다요." 탐정은 주저 없이 고개를 끄덕였다. "선생님의 아버지, 다카자와 다다나오 씨겠죠. 선생님에게 제일 영향을 줄 수 있을 법한 인물요. 게다가 이런 은폐 공작을 벌일 때는 원래 의사의 협력이 필수입니다. 칼에 찔려 사망한 피해자를 자연사한 걸로 처리하려면, 가짜로 사망진단서를 발급해야 하니까요. 선생님의 아버지가 사망진단서를 썼겠죠. 반대로 말하자면 선생님의 아버지가 계셨기에 살인 사건을 은폐할 수 있을지도 모른다는 비뚤어진 발상이 떠오른 거 아니겠습니까. 사이다이지 가문 사람 중 누군가의 머릿속에……."

은폐 공작의 주모자가 누구인지 탐정은 어느 정도 짐작 가는 모양이었지만, 그 이상의 언급은 피했다. 다카자와는 고개를 살짝 끄덕이고 다시 입을 열었다.

"병원 침대에서 깨어났을 때 머리맡에 아버지가 계셨습니다. 저는 기억이 혼란스러워서 제가 왜 병원에 있는지조차 잘 모르는 상태였어요. 그런 제게 아버지가 설명해 주셨죠. 제가 다리에서 떨어진 것. 어른들이 저를 구해 준 것. 기절한 저를 밤중에 배와 차로 다카자와 의원에 옮긴 것 등등. 설명을 듣는 사이에 서서히 기억이 되살아나더군요. 그제야 저는 중요한 점을 물어봤습니다. 사이다이지네 할아버지는 어떻게 됐느냐고요."

"오카야마 사투리로 물어보셨군요, 당시의 선생님은." 다카오가 쓸데없는 점을 확인하자 "이상합니까? 하나도 안 이상한데요!" 하고 다카자와는 딱 잘라 말했다.

물론 전혀 이상하지 않다. 오카야마에 사는 중학생 남자아이가 오카야마 사투리를 사용하는 건 당연한 일이다. 어른이 된 그가 오카야마 사투리를 사용하지 않는 것이 오히려 신기할 정도다.

다카자와는 유창한 표준어로 말을 이었다.

"아버지는 담담한 말투로 도시로 씨는 돌아가셨다고 대답했습니다. 예상했던 바라 그렇게 놀라지는 않았어요. 아아, 역시 그랬구나 싶었을 뿐이죠. 그래서 다시 물어봤습니다. 경찰은 사건에 대해 뭐라고 하느냐고요. 그러자 아버지의 표정이 확 바뀌더군요. 아버지는 딱딱하게 굳은 제게 얼굴을 가까이 대고 엄하게 말씀하셨습니다. 경찰은 관계없다고, 도시로 씨는 갑작스러운 심장병으로 돌아가셨다고요."

"당시 아버님은 오카야마 사투리로 대답하셨군요!"

"무슨 사투리든 상관없잖습니까!"

물론 무슨 사투리든 전혀 상관없다. 문제는 그 내용이다. 사이다이지 도시로 씨가 살해당한 현장을 목격한 다카자와. 하지만 그의 아버지는 도시로 씨가 병으로 죽었다고 알렸다. 그 말을 듣고 얼마나 충격과 혼란이 컸을까. 사야카는 상상도 되지 않았다.

"저는 당연히 이해가 가지 않았습니다. 칼에 찔려 침대에서 미끄러져 떨어진 것처럼 쓰러져 있던 도시로 씨의 모습을 똑똑히 봤으니까요. 그뿐만 아니라 숲속으로 달아나는 범인을 쫓아가기까지 했습니다. 물론 절대로 뭔가 착각한 건 아니고요. 그런데 도시로 씨가 병으로 죽었다니 말이 됩니까! 대체 무슨 소리를 하는 건가 싶어 화가 났고, 아버지가 제정신인지 의심했죠. 그렇지만 아버지의 표정은 아주 진지했습니다. '잘 들어라, 나오토. 도시로 씨는 병으로 돌아가셨어. 그래서 경찰에는 신고도 안 했다. 이건 사건이 아니야!' 아버지는 제 얼굴을 똑바로 바라보며 그렇게 말씀하셨습니다. 그 심상치 않은 분위기에 휩쓸려 저는 잠자코 고개를 끄덕일 수밖에 없었죠."

"병으로 돌아가셨다는 이야기를 받아들인 겁니까?"

"받아들이지는 않았습니다. 하지만 어리나마 이해한 거예요. 이게 사이다이지 가문 입장에서는 일종의 스캔들이라는 걸. 회사 사장이자 가장이기도 한 도시로 씨가 누군가에게 살해당했으니까요. 미디어도 가만히 내버려두지는 않겠죠. 사이다이지 가문과 사이다이지 출판에 대해 있는 일 없는 일을 마구잡이로 보도할 거예요. 피해자라고 무조건 안전한 입장에서 동정받을 수 있지는 않다는 것 정도는 어린 저도 알고 있었습니다. 가문의 명예에 흠집이 생기고, 출판 사업에도 악영향을 끼칠지 모르죠. 한편으로 도시로 씨를 살해한 진범은 벼랑에서 떨어졌던지 몸을 던졌던지 해서 이미 물고기밥이 됐어요. 그러니 경찰에 신고한들 별 소용 없잖습니까. 그렇다면 차라리 사건 자체를 없었던 걸로 하는 편이 오히려 사이다이지 가문에 이득 아닐까. 어른들이 그렇게 판단했더라도 이상하지 않습니다. 분명 제가 병원 침대에 누워 있는 동안 어른들끼리 의논한 거겠죠. 저는 그렇게 이해했습니다. 그리고 의논을 벌인 끝에 최종적으로 결단을 내린 건 분명 사이다이지 고로 씨였을 겁니다."

"뭐, 그렇겠죠." 다카오는 무감정하게 고개를 끄덕였다. "아주 중대하면서도 얄궂은 결단입니다. 누가 먼저 말을 꺼냈든 고로 씨가 찬성하지 않으면 은폐 공작에 나설 수 없겠죠. 그리고 고로 씨가 그러기로 결단을 내린 이상, 사이다이지 가문 사람과 관계자들은 두

말없이 거기 따랐을 테고요. 선생님의 아버님도 포함해서 말이죠."

"그랬을 겁니다. 그리고 저도 아버지 말씀에 따르지 않을 수 없었죠. 병실에서 아버지는 제게 당부하셨습니다. '알겠지, 나오토. 도시로 씨는 갑작스러운 병으로 돌아가신 거야. 그리고 너는 밤중에 혼자 숲에 들어갔다가 갈라진 바위틈에 빠져서 머리를 다친 거고. 내 말 알아들었지?' 하고요. 저는 그런 얼빠진 짓을 하겠느냐고 속으로 반발하면서도 아버지의 말에 고개를 끄덕였습니다. '알았어. 사이다이지네 할아버지는 병으로 돌아가신 거야' 하고 아버지 앞에서 몇 번이고 다짐하듯 말했습니다. 그리고 앞으로 이 일을 입에 올리지조차 않겠다고 굳게 맹세했죠."

4

이로써 23년 전에 일어났던 기묘한 사건에 관한 설명이 끝났다.

게임룸에 잠깐 침묵이 내렸다. 의사는 말을 많이 해서 피곤한 듯 "후우" 한숨을 내쉬었다. 한편 고바야카와 다카오는 여전히 납득이 가지 않는지, 가슴께에 팔짱을 끼고 깊은 생각에 잠긴 모습이었다. 그 모습을 곁눈질하는 사야카도 혼란스럽고 놀란 마음이 가시지 않았다. 다카자와의 이야기는 아주 구체적이라 신용할 만하다는 직감이 왔다. 적어도 새빨간 거짓말로 꾸며 낸 이야기는 아니다. 그렇다고 해도 너무 터무니없는 내용이라 바로 받아들이기는 힘들었다.

사야카는 가슴속에 떠오른 의문점을 다카자와에게 확인했다.

"참고로 장례식은요? 도시로 씨의 장례식은 별일 없이 치러졌나요?"

"네, 성대한 장례식이었습니다. 얼마 전 고로 씨의 장례식에도 뒤지지 않을 정도로요. 참석한 사람들은 저마다 도시로 씨의 갑작스러운 죽음을 안타까워했죠. 심장이 안 좋은 줄은 몰랐다면서요. 장소는 사이다이지 가문의 보리사인 고묘지였습니다."

"고묘지?! 거기는 도라쿠 스님이 계신 절이죠."

"맞습니다. 당시는 도라쿠 스님같이 이상한 스님은 안 계셨지만요. 있었다면 제 기억에도 남아 있을 겁니다. 분명 그때는 선대 스님이 계셨을 거예요."

"그 선대 스님은 도시로 씨의 죽음에 얽힌 진상을 알고 계셨을까요?"

"아니요, 그건 아닐 겁니다. 진상을 모른다고 장례식에 차질이 생기는 것도 아니니까요. 선대 스님은 참석자와 마찬가지로 도시로 씨가 병으로 돌아가셨다고 믿고 장례식에 임했을 거예요. 그런 장례식으로 고인의 영혼이 성불할 수 있었을지는 잘 모르겠지만요."

"그럼 도라쿠 스님도 이 비밀에 대해서는 전혀 모르시겠네요."

"당연하죠. 만약 그 스님이 알고 있었다면, 비밀이 비밀로 지켜지지 못했을 겁니다. 아무리 봐도 중대한 비밀을 품고 살 수 있을 만한 인물 같지는 않아요."

이미 알고는 있었지만, 다카자와는 도라쿠 스님을 아주 낮게 평가한다. 사야카는 그 경박한 스님이 약간 딱하게 느껴졌다. 하기야 '비밀을 지키지 못할 법한 인물'이라는 평가에 관해서는 사야카도 다카자와와 같은 의견이었지만.

"장례식 운운하기 이전에, 도시로 씨의 시신을 어떻게 처리했는지가 의문이군요." 이번에는 다카오가 다카자와에게 물었다. "시신은 비탈섬의 별장에 쓰러져 있었죠. 하지만 거기로 구급차를 부를 수는 없어요. 즉, 시신은 배와 차를 이용해 몰래 오카야마시의 '다카자와 의원'으로 옮겼다. 그리고 마치 병원에서 사망한 것처럼 위장해 선생님의 아버님이 가짜로 사망진단서를 썼다. 그런 겁니까, 선생님?"

"네, 아마도 그런 식이 아니었을까 싶지만, 저도 자세하게는 모릅니다. 어쨌거나 그런 위장 공작은 제가 의식을 잃은 사이에 진행된 모양이니까요."

"깨어났을 때는 그런 일들이 이미 마무리됐다는 거로군요. 그리고 아버님이 선생님을 설득해서 입막음하면 됐다. 흠, 그렇다면 말도 안 되는 이야기는 아닌가." 다카오는 생각에 잠기듯 턱에 손을 대고 말했다. "그 후로 선생님은 순조롭게 회복되신 거죠?"

"네, 덕분에 순조롭게 회복됐지만, 그래도 며칠은 병원에서 지냈습니다."

"그럼 그동안 아버님은 섬에 돌아가지 않고 선생님 옆에 붙어 계셨습니까?"

"네, 섬에는 돌아가지 않았을 겁니다. 그렇다고 제 옆에만 붙어 있었던 건 아니고요. 오히려 다른 환자 때문에 바빴는지, 옆 병실에 드나들 때가 많았던 것 같습니다."

"허, 친아들보다 중요한 환자가 있을까요? 그 환자는 누구였습니까?"

"저도 궁금해서 옆 병실에 누가 있는지 아버지에게 물어봤죠. 아버지는 약간 주저하면서 '사이다이지 댁의 가나에 씨'라고 대답하셨습니다."

다카오는 한순간 놀란 표정을 지었다 수긍이 갔는지 바로 고개를 끄덕였다.

"음, 가나에 부인이요. 그러고 보니 부인은 살해당한 도시로 씨 옆에서 떨고 있었다고 하셨죠. 그럼 부인도 범인 손에 다치신 겁니까?"

"아니요, 몸보다는 정신에 문제가 있었던 것 같습니다. 도시로 씨가 살해당한 걸 보고 정신적으로 충격을 받은 탓에, 입원해서 안정을 취할 필요가 있었던 거겠죠. 의사가 된 지금에야 그랬겠거니 하는 거고, 당시는 저도 탐정님처럼 가나에 부인이 어딘가 다쳐서 입원한 줄 알았습니다. 아참, 그러고 보니 당시 묘한 생각이 들었는데요. 대단한 일은 아닐지도 모릅니다만."

"상관없습니다. 뭐든지 개의치 말고 말씀해 주십시오."

"이건 어디까지나 제 개인적인 느낌에 지나지 않지만······." 다카자와는 신중하게 서론을 깔고 나서 말을 이었다. "옆 병실에 가나에 부인만 입원한 게 아닌 것 같은 기분이 들더라고요. 누군가 한 명 더 있는 것 아닌가 싶었어요. 벽이 얇아서 옆 병실 환자의 목소리가 어렴풋이 들렸는데, 가나에 부인이 누군가에게 말을 거는 듯한 기척이 가끔 느껴졌습니다."

"흠······. 의사나 간호사를 상대로 말하는 게 아니라요?"

"네, 의료인 말고 다른 사람에게 말하는 것 같은 느낌이었습니다."

"그럼 가나에 부인은 다른 사람과 병실을 같이 썼다는 말씀입니까?"

"그럴지도 모르지만, 저는 1인실을 썼거든요. 이상하지 않습니까? 2인실과 1인실이 비어 있다면, 아버지 입장상 가나에 부인에게 1인실을 주고 저를 2인실에 넣었겠죠. 하지만 실제로는 반대였다는 건……"

"과연, 확실히 묘하군요." 다카오는 고개를 살짝 갸웃하며 말했다. "그 누군가에 대해 아버님은 아무 말씀도 없으셨습니까?"

"네. 몇 번 물어봤지만, 아버지는 모호하게 말을 흐릴 뿐이었습니다. 누군가 있다고도, 없다고도 하지 않았어요. 아버지의 태도가 수상쩍어서 이 일을 기억 속 한구석에 담아 둔 거겠죠. 실제로는 어땠는지 아직도 모르겠지만……"

"나중에 가나에 부인에게 직접 물어보지는 않으셨고요?"

"네. 제가 사이다이지 가문의 주치의가 된 후에 에둘러 물어본 적은 있습니다만, 제대로 된 대답은 돌아오지 않았습니다. 알면서 시치미를 뗀다기보다 실제로 기억에 없는 거겠죠. 어쨌거나 가나에 부인은 그런 상태이니……"

다카자와는 느릿느릿 고개를 저었다. 사야카는 정신이 오락가락하는 가나에 부인의 모습을 떠올리고 깊은 한숨을 내쉬었다.

그러자 무슨 생각을 한 건지 다카오가 다시 당구대로 다가가서 큐대를 잡고 당구대 테두리에 엉덩이를 반쯤 걸친 자세로 앉았다. 그 부자연스러운 자세로 큐대를 겨누더니, 포켓 끄트머리에 놓인 노란 공을 날카롭게 때렸다. 경쾌한 소리와 함께 힘차게 튕긴 노란 공은 테이블에서 튀어나와 바닥에 쿵 떨어졌다. 다카오는 게임룸 바닥을 데굴데굴 굴러가는 노란 공을 바라보다가 갑자기 말했다. "아, 그런데 다카자와 선생님!"

다카오는 아무 일도 없었다는 듯 헛기침을 하고 당구대에서 내려왔다.

"정말 흥미로운 이야기를 들려주셔서 감사합니다. 이번 사건에 중요한 의미가 있는 증언이겠죠. 하지만 아무래도 이해가 안 되는 점이 하나 있습니다."

'아니, 아니, 이해가 안 되는 건 당신이지!'

사야카는 속으로 분개했다. 탐정이 왜 지금 이 상황에서 당구 '묘기'를 보여 줄 필요가 있었는지 통 모르겠다. 다카자와도 같은 기분이었는지 바닥에 멈춘 노란 공을 보며 물었다.

"이해가 안 되는 점이라니, 그게 무슨……?"

"23년이나 가슴속에 묻은 일을 왜 지금 여기서 저희에게 밝히신 건가요? 저희로서는 참 고마운 일이지만, 그래도 괜찮으시겠습니까. 이건 이른바 사이다이지 가문을 배신하는 짓이 아닐까 염려됩니다만……."

"그렇군요. 무슨 말씀이신지는 잘 알겠습니다."

다카자와는 바닥에 있는 공을 주워 들고 말을 이었다. "왜냐고 정면으로 물어보시니 대답하기가 쉽지 않네요. 왜 갑자기 말할 기분이 들었는지는 저도 잘 모르겠습니다. 굳이 말하자면 쓰루오카 가즈야가 살해당한 이 마당에, 크나큰 비밀을 끌어안고 있기가 괴로워졌다고 할까요. 하지만 뭐, 탐정님 말씀대로 사이다이지 가문을 배신한 게 맞긴 하죠."

"이제 배신해도 상관없다, 그런 마음이 생겼다는 겁니까?"

빈틈을 정통으로 찌르는 듯한 탐정의 말에, 잘생긴 의사의 안색이 변했다.

"그, 그게 무슨 말씀입니까······?"

"어제 만찬 때 자리를 떠난 유코 씨를 쫓아 선생님도 식당에서 나가셨죠. 그 후에 두 분이 무슨 이야기를 했는지 저는 모릅니다. 선생님 말씀을 믿는다면 별 이야기는 나누지 않으셨던 모양이지만, 그거 정말입니까? 실은 유코 씨에게 좀 더 깊은 이야기를 하신 거 아니에요? 어쩌면 직접적으로 애정을 표현했을지도 모르죠. 유코 씨는 쌀쌀맞게 거절했고요. 그때 사이다이지 가문에 바치던 선생님의 충성심이 크게 사그라들었고, 그래서 지금 이렇게."

"무, 무슨 소립니까, 이런 무례한!"

다카자와는 발끈한 표정으로 언성을 높이더니, 화를 주체하지 못하겠다는 듯 들고 있던 노란 당구공을 바닥에 내팽개쳤다. 그러자 이게 무슨 조화인지, 바닥에 튕긴 당구공이 앞에 서 있던 탐정의 사타구니를 정통으로 때렸다. 다카오는 신음을 내며 그 자리에 웅크려 앉았다. 다카자와는 그 모습을 본체만체 몸을 휙 돌리더니 "정말 불쾌하군요. 당신 같은 인간에게 중대한 비밀을 밝히는 게 아니었어요" 하고 차갑게 말한 후 게임룸 문으로 성큼성큼 걸어갔다. "그럼 저는 이만 실례하겠습니다. 응?! 흐음, 끙, 어라?! 으차, 끄응."

"저, 저기, 선생님······."

사야카는 문고리와 격투를 벌이는 다카자와에게 차분한 목소리로 말했다.

"문은 잠겨 있을 텐데요? 아까 선생님이 직접 잠그셨잖아요……."

6장

사라진 사람

1

게임룸에서 의사 다카자와 나오토가 충격적인 비밀을 털어놓은 지 얼마 후.

야노 사야카와 고바야카와 다카오는 다시 전망실로 자리를 옮겼다. 널찍한 공간에는 사야카와 다카오 말고 아무도 없었다. 돔 모양의 동그란 지붕을 두드리는 빗소리만이 두 사람의 머리 위에서 희미하게 들려왔다. 유리창으로 밖을 내다보자 아래쪽에 펼쳐진 세토내해가 사납게 날뛰고 있었다. 어지러이 춤추듯 너울거리는 하얀 파도가 오전보다 훨씬 거칠어진 것처럼 보였다.

사야카는 1인용 의자에 앉아 중얼거렸다. "다카자와 선생님의 이야기를 듣고 정말 놀랐어요. 아직도 믿기지 않는 기분이지만요."

"응, 그러게." 창가에서 고개를 끄덕인 다카오는 "그렇지만 에잇" 하고 오른손을 얼굴 앞에서 휙 흔들었다. 그리고 아무것도 없는 허공을 보며 "쳇" 작게 혀를 찼다.

"……." 사야카는 무슨 영문인지 몰라 한순간 어리둥절해졌다.

"왜 그래요?"

"파리야, 파리가 한 마리 있어." 다카오는 시선을 이리저리 돌리며 부모의 원수라도 발견한 듯한 말투로 말했다. 그리고 날아다니는 파리의 모습을 날카로운 눈빛으로 좇았다.

"뭐야, 파리였어요? '화강장'은 숲속 공터 같은 곳에 있으니까, 파리 정도는 있겠죠."

"그건 그렇지만……." 다카오는 파리 잡기를 포기하고 드디어 다카자와의 증언으로 이야기를 되돌렸다. "그래, 선생의 이야기가 확실히 놀랍기는 했지. 하지만 그 이야기를 듣고 이해가 된 점이 몇 가지 있는 것도 사실이야. 일단 첫 번째는."

다카오는 손가락을 하나 세웠다.

"만찬 자리에서 쓰루오카 가즈야가 꺼냈던 '비밀'이라는 말의 의미야. 그건 분명 23년 전에 사이다이지 도시로 씨가 살해당한 일을 가리키는 거겠지. 쓰루오카는 과거에 발생한 살인사건의 자초지종을 아는 관계자 중 한 명이었어. 쓰루오카 또한 다카자와 선생이나 그의 아버지와 마찬가지로, 고로 씨의 지시에 따라 사건을 은폐하는 데 협력했겠지. 쓰루오카는 섬에서 일어난 사건을 20년 넘게 가슴에 묻은 채 살아왔어. 그렇게 생각하면 고로 씨가 쓰루오카에게 거액의 유산을 남긴 것도 충분히 이해가 가지. 지금까지 협력해 준 답례로 말이야. 동시에 앞으로도 잘 부탁한다는 내용의, 고로 씨가 쓰루오카에게 남기는 일종의 유언이라고 볼 수도 있어."

"그래서 고로 씨는 유언장을 개봉하는 자리에 쓰루오카가 동석하기를 원했던 거로군요."

"응, 그게 두 번째로 이해가 되는 점이야."

다카오가 손가락을 두 개 세웠다. 세운 손가락 사이를 스치듯 파리가 붕 날아갔다.

그러자 다카오는 검호 미야모토 무사시가 날아가는 파리를 젓가락으로 잡았다는 유명한 전설을 흉내 내려는 건지, "게 섰거라!" 하고 두 손가락을 느닷없이 허공에 내밀며 날아가는 파리를 붙잡으려고 했다. 물론 그런다고 붙잡힐 둔해 빠진 파리는 없다. 파리는 다카오의 공격을 여유롭게 피하고는 돔 모양 천장으로 재빨리 날아갔다.

"크으으. 더럽게 빠르네." 다카오의 입에서 분노에 찬 목소리가 흘러나왔다.

"내버려둬요. 기껏 파리 한 마리 가지고……."

사야카는 진심으로 기가 차서 얼른 이야기를 되돌렸다. "세 번째로 이해가 되는 점은 뭔가요?"

다카오는 마지못한 표정으로 손가락을 세 개 세우며 말했다. "세 번째는 '그때와는 달라'라는 마사에 씨의 말이야. '그때'가 언제였을지 궁금했는데, 역시 23년 전 사건을 가리키는 거겠지. 사이다이지 가문 사람들은 일치단결해서 과거에 일어난 살인사건을 은폐했어. 하지만 이번에도 그러기는 어려워. 그래서 마사에 씨가 에이코 씨에게 '그때와는 달라'라고 타이른 거야."

"그렇군요. 그걸로 끝인가요?"

"아니, 마지막으로 네 번째." 다카오는 손가락을 네 개 세웠다. "이건 다카자와 선생도 말한 건데, 가나에 부인에 관해서야. 가나에 부인은 왜 마음에 병이 생겼을까. 원래부터 선이 가늘고 병약했던

233

부인에게 23년 전의 사건이 결정적인 영향을 준 거겠지. 부인은 도시로 씨가 살해된 현장에 있었어. 더구나 심한 충격을 받아 시신 곁에서 벌벌 떨고 있었다잖아. 사건에서 가장 처참한 장면을 목격했을 가능성이 높아. 그리고 그걸 계기로 마음이 불안정해진 것 아닐까 싶어."

"확실히 그렇게 생각하면, 가나에 부인이 지금 같은 상태가 될 만도 하네요."

사야카는 코끝에 걸친 안경을 살짝 밀어 올리며 말을 이었다. "즉, 이해가 되지 않았던 점은 대부분 23년 전에 일어난 사건과 관련 있었던 거로군요."

"그런 셈이지."

"이번에 쓰루오카 가즈야가 살해된 것도 과거의 살인사건과 관계가 있을까요?"

"있다고 보는 게 타당하겠지."

"만찬 자리에서 쓰루오카가 비밀을 까발릴 것처럼 협박했잖아요. 그래서 이 작자는 위험하다고 느낀 누군가가 비밀이 발각되지 않도록 쓰루오카의 입을 막았다. 그런 거겠죠?"

"음, 뭐, 그렇게 봐도 틀리지 않을지도……." 어째선지 다카오는 시원스럽지 못하게 말하더니 고개를 설레설레 흔들었다. "내 생각은 조금 달라."

"어떻게 다른데요?"

"그걸 설명하기 전에 하나 물어볼게." 다카오는 창가에서 물러나 의자에 앉은 사야카에게 다가왔다. "다카자와 선생의 이야기를 듣고 완벽하게 납득했나? 좀 이상하다거나, 받아들이기 힘든 부분은 없었어?"

"네?! 그, 그야 조금 정도가 아니라 많이 이상한 이야기라고 생각했죠. 납득이 가느냐 하면, 음, 글쎄요……." 사야카는 잠시 골똘하게 생각하는 표정을 짓다가 입을 열었다. "어쩐지 받아들이기 힘든 점도 있었지만, 그래도 일단 사실은 사실일 거예요. 적어도 다카자와 선생님이 거짓말을 하는 낌새는 전혀 느껴지지 않았는데……."

"그건 나도 동감이야. 선생은 꾸미거나 속이지 않고 진실을 말했겠지. 하지만 그건 그가 믿는 진실에 지나지 않잖아. 그가 사건에 대해 하나도 빠짐없이 정확하게 파악한 건 아니잖아. 따라서 증언에도 아주 모호하고 불확실한 부분이 있었을 거야."

"잘 모르겠네요. 고바야카와 씨, 무슨 말을 하고 싶은 거예요?"

"나는 사이다이지 가문 사람들, 특히 고로 씨가 왜 도시로 씨가 살해당한 사건을 은폐하기로 결단한 건지 납득이 잘 안 돼. 당시 다카자와 선생이 생각한 대로, 사이다이지 가문에는 이 사건이 일종의 스캔들이었겠지. 게다가 진범이 이미 죽었다면 굳이 경찰을 불러 일을 키워 봤자 별 의미도 없어. 확실히 그런 사고방식에 공감은 가. 그래도 역시 완벽하게 납득되지는 않아. 그렇잖아. 사이다이지 가문 사람들은 도시로 씨를 칼로 찔러 죽인 사람이 누구인지 밝혀내고 싶지 않았을까? 특히 고로 씨는 친아버지가 살해당한 거니까. 설령 범인이 바다에 빠져 물고기 밥이 됐더라도, 그게 누구인지는 당연히 알고 싶을 거야. 한데 고로 씨는 사건을 은폐해서 어둠 속에 묻어 버렸어. 그 정도로 직성이 풀렸을까?"

"그것도 그러네요. 그렇더라도 결국은 경찰을 부르지 않았으니, 고로 씨는 그걸로 만족했던 것 아닐까요? 바다로 사라진 범인의 정체에는 그다지 관심이 없었을지도……."

"그럴지도 모르지. 하지만 다른 관점에서 볼 수도 있어."

"어떤 관점이요?"

"고로 씨는 아버지를 죽인 범인이 누구인지 실은 알고 있었다. 그래서 굳이 정체를 밝힐 필요가 없었다. 그런 관점이지."

"뭐라고요!" 사야카는 놀란 나머지 의자에서 벌떡 일어섰다. "그, 그런 말도 안 되는……. 바다로 사라진 범인이 누구인지 고로 씨가 어떻게 안다는 거예요?"

"과연 그럴까? 범인이 바다로 사라졌다는 건 애당초 누구의 증언에 바탕을 둔 이야기지? 당시 다카자와 선생도 통나무 다리 건너편을 직접 확인하지는 못했어. 선생은 다리를 건너다가 떨어졌으니까. 그래, 다리 건너편을 확인한 사람은 두 명, 즉 고로 씨와 쓰루오카뿐이야. 둘은 다리 건너편을 살펴보고 벼랑에는 '아무도 없었다'고 다카자와 선생과 그의 아버지에게 알렸어. 따라서 범인은 벼랑에서 몸을 던졌다고밖에 볼 수 없다는 결론이 자연스레 도출됐지. 다카자와 선생과 그의 아버지도 그것을 믿었고. 그런데 말이야." 다카오는 사야카의 눈을 들여다보며 물었다. "정말로 다리 건너편에는 아무도 없었을까?"

사야카는 움찔했다. 그런 가능성에 대해서는 생각해 보지 않았기 때문이다.

"누군가 있었다는 거예요?"

"있었을지도 모르잖아."

"그럼 도시로 씨를 살해한 범인은 바다에 몸을 던지지 않고 벼랑 앞에 서 있었다. 그런 건가요?"

"그래. 고로 씨와 쓰루오카는 벼랑 앞에서 범인과 대치했어. 두 사람은 범인의 정체를 알았지. 하지만 범인을 벼랑에 홀로 남겨 놓고, 다리를 건너서 돌아왔어. 그리고 '아무도 없었다'고 거짓말한 거야. 그런 가능성도 일단 생각은 할 수 있겠지."

"범인이 누군지 알면서 일부러 진실을 감추다니. 설마……."

숨을 삼키는 사야카 앞에서 다카오는 담담히 설명을 이어 나갔다.

"고로 씨에게 범인은 감싸야 할 존재였어. 간단히 말해 사이다이지 가문 사람 중 한 명이었던 거야. 그렇게 생각하면 23년 전 사건을 은폐한 이유도 납득이 되겠지. 사이다이지 가문의 누군가가 사이다이지 도시로 씨를 살해했다. 그렇다면 고로 씨도 온 힘을 다해 사건을 숨기고 싶지 않겠어? 그리고 그러기 위해서는 일단 다른 누구보다도 쓰루오카의 협력부터 얻어야 해. 고로 씨는 벼랑 위에서 쓰루오카를 설득했겠지. 쓰루오카는 범인을 감싸기 위해서인지, 고로 씨를 돕기 위해서인지, 또는 자기 자신의 이익을 위해서인지 —세 번째일 가능성이 높겠지만—아무튼 고로 씨의 설득에 응했어. 쓰루오카는 고로 씨와 함께 다카자와 선생과 그의 아버지 곁으로 돌아가서 한바탕 연극을 했어. 이후로 쓰루오카는 고로 씨와 중대한 비밀을 공유하게 된 거지."

탐정은 마치 현장을 보고 있었던 것처럼 말했다. 사야카는 그럴 듯한 반론이 떠오르지 않았다.

"확실히 말이 되긴 하네요. 그럼 범인은 대체 누군데요?"

"그걸 아는 사람은 고로 씨와 쓰루오카 가즈야, 그리고 범인 본인 뿐이었을 거야. 그러나 고로 씨가 죽은 순간, 쓰루오카와 범인 단둘만 남았지."

탐정이 무슨 말을 하는 건지 알아차린 사야카는 저도 모르게 "앗" 하고 소리쳤다. "그럼, 쓰루오카를 죽인 건 그 범인? 쓰루오카만 저세상으로 보내면 옛날에 자기가 저지른 범죄를 진정한 의미에서 어둠 속에 묻을 수 있다고 생각하고 쓰루오카를 제거했다는 건가요?"

"어디까지나 내가 추리해 본 바로는 그렇다는 거야. 뭐라고 단정할 수는 없겠지. 내 입으로 말하려니 뭣 하지만, 제법 앞뒤가 맞는 것 같아. 23년 전의 사건과 이번 사건, 두 살인사건이 동일범의 소행이라면 이야기로서는 깔끔하게 맞아떨어져. 그렇지 않아?"

확실히 깔끔하다. 너무 깔끔하게 맞아떨어져서 등골이 오싹할 정도라고 사야카는 생각했다.

범인은 누구일까. 사야카가 다시 물어보려 했을 때였다.

"쉿." 탐정이 집게손가락을 입술에 대고 작게 말했다. "누가 오는가 봐!"

2

나선계단을 올라오는 여러 명의 발소리가 들려오더니 이윽고 전망실에 사이다이지 아쓰히코와 미사키가 나타났다. 미사키는 의자에 앉아 있는 사야카를 보고 기쁜 표정으로 다가왔다.

"와아, 사야카 언니도 여기 있었군요."

"뭐야, 미사키였구나." 사야카는 의자에서 일어서며 말했다. "응, 날아다니는 파리를 바라보며 생각을 좀 하느라……."

"혼자 있나요?" 아쓰히코가 주변을 둘러보며 물었다. "지금 같은 상황에 여자 혼자 방에서 나오는 건 위험하지 않을까요? 살인마가 어디에 숨어 있을지 모르는데."

아쓰히코는 그런 위험성 때문에 딸 옆에 찰싹 붙어 있는 것이다. 이것을 '깊은 애정'으로 받아들일지, '성가신 참견'으로 받아들일지는 미사키의 마음에 달렸지만.

어쨌거나 사야카에게 아쓰히코의 걱정은 괜한 오지랖이다. 사야카는 서가 앞에 서 있는 검은색 정장 차림의 남자를 가리키며 말했다. "걱정하지 마세요. 한 명 더 있으니까."

이에 다카오가 조금 떨어진 곳에서 "이야" 하고 오른손을 들어 아쓰히코와 미사키에게 인사했다. 그리고 서가에서 적당히 책을 한 권 골라 펄럭펄럭 넘기며 말했다. "할 일도 없고 한가해서 책이라도 읽으려고요. 흠흠, '옛날 옛날 어느 마을에 할아버지와 할머니가 살았습니다. 할아버지는 산에 풀을 베러, 할머니는 강에 빨래하러 갔습니다'. 하하하, 어쩐지 들어 본 것 같은 이야기네."

다카오는 서가 앞에서 얼굴에 웃음을 만들어 붙였다. 아쓰히코는 그 모습을 곁눈질하며 사야카에게 귀엣말로 속삭였다.

"의외로 저런 인간이 제일 위험해요. 함부로 마음을 놓으면 안 됩니다."

"아, 네, 그럼요. 명심할게요." 사야카는 쓴웃음만 지었다.

한편 미사키는 천진난만한 분위기를 풀풀 풍기며 다카오에게 다가갔다. "우와, 탐정님은 그림책 같은 것도 읽나요?"

그러자 다카오는 빼려야 뺄 수가 없게 됐는지 그림책을 서가에 돌려놓지 않고 양손으로 펼친 채 대답했다. "어, 아아, 물론이지. 어른도 그림책을 읽고 싶을 때가 있거든. 그러는 미사키는 뭘 하러 왔니? 역시 책을 읽으러? 아니면 파리를 잡으러 왔으려나?"

"파리라니 그게 무슨 소리예요?" 미사키는 의아한 표정으로 다카오의 얼굴을 들여다보았다. "기분 전환하러요. 아빠는 저를 감시하는 역할이고요."

"이런, 이런 미사키. 감시하는 역할이라니 말이 심하잖니. 아빠는 미사키가 걱정돼서 그러는 것뿐이야."

아쓰히코는 난처한 표정으로 머리를 긁적였다. 그 모습을 곁눈질하며 이번에는 다카오가 미사키에게 귀엣말로 속삭였다.

"의외로 저런 사람이 제일 위험해. 마음을 놓아서는 안 돼, 미사키."

"네, 알아요." 미사키는 순순히 고개를 끄덕였다. "모든 사람을 의심하는 게 탐정의 기본이잖아요."

"이봐, 자네. 내 딸한테 쓸데없는 소리 하지 마!" 안색이 바뀐 아쓰히코가 끼어들더니 사랑하는 딸을 보고 말했다. "미사키도 '네, 알아요'가 아니지. 아빠가 위험한 사람일 리 없잖아!"

"그럼 아빠는 자기가 범인이 아니라는 걸 증명할 수 있어?"

"윽, 그건……." 미사키의 솔직한 질문에 아쓰히코는 말문이 막혔다. 그래도 억지로 가슴을 폈지만 "아빠가 남을 죽일 만한 사람이 아니라는 건 평소 행실을 보면 잘 알잖니" 하고 조금도 논리적이지 않은 주장을 내놓아서 사랑하는 딸을 크게 실망시켰다.

그런 아버지와 딸을 바라보며 사야카는 좀 더 논리적으로 생각해보았다.

아까 탐정이 말한 바에 따르면, 23년 전에 도시로 씨를 살해한 범인이 이번에 쓰루오카를 살해한 범인인 셈이다. 그렇다면 아쓰히코는 용의선상에서 벗어나지 않을까. 23년 전에 그는 아직 에이코와 결혼하지 않았으므로 사이다이지 가문의 일원이 아니었다. 과거의 사건과는 무관하다고 해도 되는 존재다. 그가 도시로 씨를 살해했을 가능성은 없는 것이나 마찬가지다. 따라서 쓰루오카도 아쓰히코가 죽인 것이 아니리라. 이건 어디까지나 탐정의 추리가 올바르다는 전제 아래서만 성립되는 이야기지만.

'아니, 잠깐만.'

이런 식으로 따져 보면 두 살인사건의 용의자를 꽤 줄일 수 있지 않을까, 문득 그런 생각이 들었다.

범인은 사이다이지 가문의 일원이자, 23년 전 사건에 관련된 인물이다. 또한 당시 범인을 추적한 다카자와가 느낀 바에 따르면 범인은 아마도 남자다. 하지만 추적극을 벌였던 상황으로 판단컨대 고로 씨와 다카자와 다다나오는 용의선상에서 제외할 수 있으리라. 물론 쓰루오카 가즈야도 용의자가 될 수 없다. 또 누가 있을까. 사이다이지 가문의 남자라고 하면 대체……?

사야카는 턱에 손을 대고 생각에 잠겼다. 조금만 더 노력하면 뭔가 붙잡을 수 있을 것 같았다. 그런 사야카의 생각을 방해하듯 옆에서 아쓰히코가 "흐읍, 허엇!" 하며 갑자기 아무것도 없는 허공에 대고 두 손을 휘둘렀다.

그 모습을 본 미사키는 "왜 그래, 아빠?" 하고 불안한 표정을 지었다. "뭐야? 마침내 보이면 안 되는 게 보이기 시작한 거야?"

"아니, 그게 아니란다, 미사키. 파리가 있어, 파리가. 과연, 이게 아까 자네들이 말한 거로군. 확실히 큰 놈이 한 마리 있어. 그래, 어디 해보자!"

갑자기 투지가 불타올랐는지 아쓰히코는 근처에 있던 잡지 진열대에서 잡지를 한 권 꺼내더니 막대기 모양으로 돌돌 말았다. 그는 잡지를 오른손에 들고 공중을 날아다니는 파리 한 마리를 쫓아다녔다.

"홋, 잘 보렴, 미사키. 한 방으로 끝장낼 테니까."

아쓰히코는 승부욕이 느껴지는 웃음을 지으며 파리가 앉은 의자에 슬금슬금 다가갔다. 다음 순간 "으라차!" 하고 기합을 넣으며 오른손을 휘둘렀지만, 둥글게 만 잡지는 의자 등받이를 허무하게 두드렸다. 파리는 공중에서 원을 몇 번 그린 후 도서 코너로 날아갔다.

거기 서 있는 건 다카오다. 다카오는 자리에 우뚝 선 채 날아오는 파리를 시선으로만 좇았다. 이윽고 그의 시선은 자신의 손 쪽으로 향했다. 시선 끝에는 펼쳐진 그림책이 있었다.

"이번에는 거기냐." 파리 잡기에 집념을 불태우는 아쓰히코 부사장은 다시 돌돌 만 잡지를 오른손에 들고 다카오 곁으로 다가갔다. "이봐 가만히 있어……. 내가 처리할 테니까……."

하지만 부사장이 투지 넘치게 말한 직후였다. 탁!

무자비한 소리와 함께 다카오가 양손으로 그림책을 덮었다. 그 순간 부사장의 입에서 "으핫" 하고 비명 비슷한 게 튀어나왔다. 사야카와 미사키는 무슨 일인가 싶어 한순간 얼굴을 마주 본 후, 다카오 곁으로 뛰어갔다. 다카오는 꼭 덮은 그림책을 해냈다는 표정으로 쳐들었다. 그림책을 펴자 납작 눌려서 죽은 파리가 들러붙어 있었다.

"어때, 멋지게 해치웠어." 탐정은 죽은 파리를 손가락으로 튕겨내며 부모의 원수라도 갚은 것처럼 의기양양한 표정을 지었다. 그런데 다음 순간.

아쓰히코가 둥글게 만 잡지로 느닷없이 탐정의 정수리를 후려갈겼다. 설익은 수박처럼 다카오의 머리에서 퍽, 하는 둔탁한 소리가 났다. "아야." 탐정은 소리를 지르며 얻어맞은 곳을 손으로 눌렀다. 그 앞에서 사이다이지 출판의 차기 사장이 될 남자가 벌겋게 상기된 얼굴로 입술을 떨었다.

"이, 이, 이런 벌 받을 놈이 다 있나!"

"아니, 벌 받을 놈이라니요?!" 다카오가 얼떨떨한 표정으로 따졌다. "어딜 봐서 제가 벌 받을 놈입니까? 그보다 왜 잡지로 때리는 건데요? 저는 파리가 아닙니다!"

"알아!" 아쓰히코는 돌돌 만 잡지를 탐정에게 쑥 내밀며 말했다. "그러는 자네는 무슨 짓을 했는지 아나? 그 그림책은 뭐야?『모모타로』잖아."

"뭐, 그렇겠죠. 할아버지가 산에 풀을 베러 가고, 할머니는 강에 빨래하러 가니까 그야 당연히『모모타로』겠죠. 그게 뭐 어쨌는데요?"

"어쩌고고 저쩌고고, 『모모타로』는 도깨비를 퇴치하는 이야기야. 파리를 퇴치하는 도구가 아니라고!"

마치 도깨비 퇴치에 사용한다면 상관없다는 듯한 논리다. 다카오는 수긍이 안 된다는 표정으로 불만스럽게 입술을 삐죽이며 대꾸했다.

"그야 뭐, 그림책으로 벌레를 눌러 죽이는 게 결코 칭찬받을 짓은 아니지만, 그렇게 화낼 건 없잖습니까. 그러는 당신도 돌돌 만 잡지를 파리채처럼 사용했으니까 피장파장일 텐데……."

그렇게 말하고 다카오는 들고 있던 그림책을 바라보았다. 그리고 드디어 이해가 됐다는 듯 고개를 끄덕였다.

"아하, 알았습니다. 이거, 사이다이지 출판에서 간행한 그림책이로군요. 아이고, 실례했습니다. 자사 상품을 더럽혔으니, 조만간 사장 자리에 오르실 분이 화내는 것도 무리는 아니죠. 사과하겠습니다. 죄송합니다."

탐정이 순순히 사과하자 차기 사장도 미안한 듯 머리를 긁적였다.

"아니야, 알면 됐어. 나도 너무 성질을 부린 것 같아. 『모모타로』가 우리 회사 입장에서는 특별한 작품이다 보니, 잠자코 있을 수가 없었어. 미안해."

이로써 두 사람 사이에 화해가 성립한 듯했다. 그러자 미사키가 새삼스레 아쓰히코에게 물었다.

"그런데 아빠, 왜 『모모타로』가 특별한 작품이야. 혹시 『모모타로』의 무대가 오카야마고, 도깨비섬이 세토내해에 있다는 전설을 믿어서? 하지만 아빠, 큰 소리로 떠들 이야기는 아니지만, 도깨비섬 전설은 전국 곳곳에 존재하잖아. 그리고 다른 지역 사람들은 모모타로 전설에 너무 애착을 보이는 오카야마 사람들을 '조금 이상한 사람……'이라고 생각한단 말이야."

"그런 말 하면 못 써, 미사키." 아쓰히코는 목소리를 높여 힘주어 말했다. "모모타로가 있기에 오카야마가 빛을 보는 것 아니겠니. 반대로 모모타로 말고 오카야마에 뭐가 있어? 아무것도 없잖아!"

"에이, 아무것도 없지는 않지. 수수 경단 같은 건 제법 유명하고……. 아, 그러고 보니 그것도 모모타로 관련 상품이었던가……."

혀를 쏙 내미는 미사키 앞에서 아쓰히코는 열변을 이어 나갔다. "그리고 설령 도깨비섬 전설이 전국 곳곳에 있을지언정, 진짜 도깨비섬은 세토내해에 있는 게 확실해. 실제로 『모모타로』에 등장하는 할아버지와 할머니는 토박이처럼 오카야마 사투리를 사용하잖아."

토박이인지 아닌지는 제쳐 놓더라도, 확실히 『모모타로』의 등장인물들은 대사를 말할 때 '~여', '~유' 같은 특징적인 어미를 많이 사용하는 듯하다. 그게 오카야마 사투리일까. 히로시마 사투리일 가능성은 고려하지 않아도 될까. 사야카는 그 점이 약간 의문스러웠으나 열변을 토하는 아쓰히코 앞에서 반론할 마음은 들지 않았다. 속으로만 그를 '조금 이상한 사람……'이라고 생각했다.

"어쨌든 사이다이지 출판의 창업자이신 너희 증조할아버지께서 모모타로 전설에 특별한 애착을 품고 계셨던 건 틀림없어. 미사키, 사이다이지 출판에서 제일 처음 출간한 책이 그림책이라는 거 아니? 그래, 물론 『모모타로』야. 그 후로도 우리 회사는 다양한 형태로 『모모타로』를 계속 출간해 왔지. 너희 증조할아버지는 그만큼 향토애가 강한 분이셨던 거야."

"아, 그러면 이 별장이 세토내해의 외딴 섬에 있는 것도 역시……."

미사키의 말에 아쓰히코는 힘 있게 고개를 끄덕였다.

"그럼. 물론 도깨비섬 전설에 영향을 받은 거야. 분명 너희 증조할아버지께는 이 비탈섬이 도깨비섬이었겠지."

"흐음, 역시 그렇구나." 미사키는 많이 수긍한 모습이었다.

그 옆에서 탐정도 "과연, 그랬군요" 하고 조용히 고개를 끄덕였다. 그리고 그림책을 서가에 도로 꽂았다.

3

고바야카와 다카오의 조사에는 진전이 전혀 없었다. 조사를 진행할 방도가 없었기 때문이다.

아무래도 23년 전에 일어난 일이 이번 사건의 핵심일 듯했다. 그건 다카자와의 증언으로 확실해진 바다. 하지만 사이다이지 가문 사람들을 찾아다니며 그 일에 관련된 질문을 할 수는 없다.

"그랬다가 다음번에는 내가 처리될지도 모르지." 탐정은 진심으로 신변에 위험을 느낀 듯했다. 야노 사야카도 비슷한 생각이었다.

과거의 사건을 꼭꼭 숨겨 온 사이다이지 가문 사람들 앞에서 비밀을 폭로하려는 모습을 보이면, 그 순간부터 그들 모두를 적으로 돌리게 되리라. '처리'될지 말지는 제쳐 놓고서라도 매우 곤란하다. 태풍 때문에 외딴 섬에 갇힌 이상, 다카오도 사야카도 당분간 그들과 표면상으로는 사이좋게 지낼 필요가 있었다.

그런 이유로 사건에 아무 진전도 없는 상태로 비탈섬에 다시 밤이 찾아왔다.

저녁 식사는 카레였다. 호화로웠던 어제의 만찬과는 딴판으로 검소한 메뉴다. 식당에 모인 사람들도 살풍경한 테이블을 바라보며 저마다 감상을 늘어놓았다.

"갑자기 캠핑 분위기인데." "어젯밤과는 완전히 다르잖아." "어쩔 수 없지." "상황이 상황인걸." "유쾌하게 만찬을 즐길 기분도 아니고." "그래도 맛있어 보인다, 이 카레." "진짜네."

사람들은 마음을 추스르고 테이블에 둘러앉았다. 하지만 수저를 들어 카레를 맛보려고 하는 사람은 없었다. 다들 같은 생각인 모양이었다. '혹시 카레에 독이……' 하고 진부한 추리소설 줄거리가 떠올라서 먹을 용기가 나지 않는 것이다. 사람들의 마음을 알아차렸는지, 식사를 준비한 고이케 부부도 거북한 표정으로 테이블 곁에 뻣뻣하게 서 있었다. 그때였다.

"자자, 그럼 먹어 볼까요!"

자진해서 수저를 집는 용사가 한 명 나타났다. 고바야카와 다카오였다.

"……." 어, 잠깐, 괜찮겠어?

옆에 앉은 사야카가 눈빛으로 물었지만, 다카오는 전혀 개의치 않는 기색으로 모두에게 들릴 만큼 큰 소리로 "잘 먹겠습니다" 하고 소리친 후, 카레를 푹 떠서 입에 넣었다. 그 직후, 웃음기를 띠었던 표정이 싹 바뀌었다. "끄으" 하는 신음과 함께 다카오가 고개를 숙였다. 어깨가 부들부들 떨리자 오른손에 쥔 수저도 덜덜 흔들렸다. 진짜로 카레에 독이 든 건가!

사람들이 웅성거렸다. 다카오는 "끄으, 끄으……" 입술을 떠는가 싶더니 눈물을 글썽이며 "끄으, 끄을내준다!" 하고 환희에 찬 목소리를 토했다.

사야카는 어이가 가출할 지경이었다.

'그런 짓은 초등학교 급식 시간 때나 하라고!'

사야카가 흘겨보거나 말거나 다카오는 아주 만족스러운 표정이었다. 긴장감이 감돌던 식당에 이완된 분위기가 퍼져 나갔다. 테이블에 둘러앉은 사람들은 일제히 카레를 먹기 시작했다.

다행히 독이 든 카레로 사이다이지 가문을 전멸시키려 한 사람은 없었던 모양이었다.

대화에는 전혀 활기가 없었지만, 한 명의 사망자도 없이 무사히 식사가 끝났다. 식당에 모인 사람들은 다시 각자 방으로 돌아갔다. 사야카는 헤어지기 전에 미사키를 붙잡고 물어보았다. "오늘 밤도 내 방에서 잘래?"

미사키는 아쉽다는 듯이 "죄송해요" 하며 포니테일을 좌우로 흔들었다. "오늘 밤은 부모님 방에서 같이 자기로 했어요. 엄마가 그러라고 해서……. 분명 저랑 엄마가 침대를 쓰고, 아빠는 바닥에서 자겠죠……."

"아아, 그렇구나." 무리도 아니라고 사야카는 생각했다. 차기 사장을 바닥에서 재우는 걸 두고 참견할 마음은 없다. 그게 아니라 에이코가 딸을 자기들 방에서 재우는 걸 두고 무리도 아니라고 생각한 것이다.

에이코가 보기에는 야노 사야카라는 젊은 여성 변호사조차 용의자 중 한 명일 것이다. 용의자의 방에 자기 딸을 하룻밤 더 재운다는 선택지는 없으리라. '아니, 잠깐만.'

그런 밑밥 자체가 에이코의 교묘한 연기이고, 사실 에이코는 범인을 이미 알고 있다. 또는 에이코가 쓰루오카를 죽인 범인이다. 그럴 가능성도 없지는 않을지도 모른다는 가능성도 부정할 수 없다고 한다면 거짓말이 될지도……. 음, 잘 모르겠다!

"아니, 역시 너무 지나친 생각이야. 에이코 씨가 범인일 리 없는걸……."

혼자 자기 방으로 돌아온 사야카는 침대에 드러누워 피곤한 머리를 양손으로 벅벅 문질렀다.

다카자와의 증언에 따르면 23년 전에 도시로 씨를 살해한 범인은 남자로 추정된다. 한편 고바야카와 다카오가 추리하기로는 도시로 씨와 이번에 쓰루오카를 살해한 범인은 동일범이라고 했다.

그리고 여기서부터가 사야카의 추리다. 사야카가 자신의 미덥지 못한 뇌세포를 총동원해 생각해 본 바에 따르면, 23년 전 사건의 범인으로 고려할 수 있는 인물은 한 명뿐이다. 바로 3남매 중 둘째, 사이다이지 게이스케다.

왜 그렇게 되는가. 단순한 뺄셈이다. 애당초 23년 전 비탈섬의 별장에 머무른 남자의 수는 한정돼 있다. 사이다이지 도시로 씨, 고로 씨, 그리고 게이스케. 당시 주치의였던 다카자와 다다나오와 그의 아들 나오토. 쓰루오카 가즈야. 그리고 고용인 고이케 기요시다.

총 일곱 명. 피해자인 도시로 씨는 물론 범인이 아니다. 당시 중학생이었던 다카자와 나오토도 용의자에서 빼자. 애당초 그의 이야기를 의심하면 모든 추리가 무의미해진다. 다카자와는 범인이 아니다. 그렇다면 범인을 추적하는 다카자와를 뒤쫓아 간 고로 씨와 다다나오, 그리고 잠시 후 그들을 따라온 쓰루오카 가즈야도 역시 범인일 리 없으리라.

남은 사람은 두 명, 사이다이지 게이스케와 고이케 기요시다. 하지만 고이케 기요시는 고용인에 불과하다. 그가 범인이라면 사이다이지 가문 사람들이 단체로 입을 맞춰 사건을 은폐하려 할까. 대답은 물론 '아니오'다. 고용인이 고용주 가문의 가장인 도시로 씨를 살해했다면 고로 씨는 주저 없이 경찰에 넘길 것이다. 고로 씨는 사건을 은폐하려 했다. 어째서일까.

"범인이 아들 게이스케였으니까."

사야카는 침대 위에서 그 이름을 소리 내어 중얼거렸다. 유일무이한 추리인 것 같기도 했고, 중대한 뭔가가 잘못된 것 같기도 했다.

사이다이지 게이스케는 23년 전, 중학교를 갓 졸업한 15세였으니 몸집은 성인과 크게 차이 나지 않는다. 도시로 씨를 찔러 죽이고 숲으로 도망칠 만한 체력도 있었으리라. 게이스케는 숲을 빠져나와 통나무 다리를 건너 벼랑 가장자리로 몰렸다. 거기에 고로 씨와 쓰루오카가 나타난다. 게이스케가 범인임을 알고 깜짝 놀란 고로 씨는 즉시 진실을 은폐하기로 결심했다. 그 자리에서 쓰루오카를 설득했고, 쓰루오카는 거기 응했다.

"일단 앞뒤는 들어맞는데…… . 어쩐지 납득이 안 되네…… . 게이스케 씨가 자기 할아버지를 찔러 죽인다고? 하하, 설마…… . 그런 말도 안 되는…… 그런 이야기가…… 푸."

사야카의 입에서 느닷없이 공기가 빠져나가는 듯한 숨소리가 흘러나왔다. 침대에 누워 익숙지 않은 추리로 머리를 혹사한 사야카는 어느 틈엔가 잠의 심연에 빠져들었다.

그 후로 시간이 얼마나 흘렀을까. 흠칫 놀라 눈을 뜨자 사야카는 옷을 입은 채 침대에 누워 있었다. 또 깜박 잠든 모양이다. 어째 어제부터 누울 때마다 잠드는 것 같았다. "안 돼, 안 돼." 사야카는 머리를 좌우로 흔들며 침대에서 몸을 일으켰다. 머리맡의 디지털 시계를 보니 자정이 다 되었다. 정말 잘 시간이다.

"쩝, 지금까지 계속 잤지만."

사야카는 자조하듯 중얼거리며 일단 침대에서 내려왔다. 그리고 샤워를 할까 화장실에 갈까 망설이며 방 안을 왔다 갔다 했다. 결국 화장실이 먼저라고 판단해 문을 열고 복도로 나왔다. 화장실은 복도 끝에 있다. 2층으로 통하는 기묘한 계단과는 반대 방향이다.

사야카는 망설임 없이 그쪽으로 걸어가서 공용 화장실의 문을 열었다.

몇 분 후, 볼일을 보고 나온 사야카는 방으로 걸음을 옮기려다 문득 뭔가를 알아차렸다.

어두침침한 복도 저편에 사람 형체가 보였다. 그 사람은 계단을 향해 걸어갔다.

'혹시 게이스케 씨? 아니지, 역시 여자인가?'

정체를 확인할 틈도 없이 그 사람은 계단을 올라갔고, 이윽고 사야카의 시야에서 사라졌다. 2층으로 올라간 것이다. 이런 한밤중에 누가 뭘 하러 2층에? 게임룸에 당구를 치러 갔을 리도 없을 테고.

신경이 쓰인 사야카는 그 사람을 쫓아가서 확인하고 싶다는 호기심에 사로잡혔다. 발소리를 죽여 종종걸음으로 복도를 나아갔다. 계단에 다다르자 새끼 고양이 같은 걸음걸이로 단숨에 계단을 뛰어올랐다. 마지막 단에서 발을 멈추고 고개를 빼꼼히 내밀어 2층 복도를 엿보자 몇 미터 앞에 누군가의 뒷모습이 있었다. 긴 복도의 딱 중간쯤이었다. 즉, 나선계단 부근이다. 그때 그 사람이 주변을 두리번거렸다. 사야카는 얼른 얼굴을 뒤로 빼서 몸을 숨겼다. 몇 초 기다렸다가 다시 고개를 내밀자 복도에는 이미 아무도 없었다.

'분명 나선계단이야!'

사야카는 그렇게 짐작하고 나선계단으로 뛰어갔다. 문제는 위냐 아래냐다. 수수께끼의 인물이 어느 쪽으로 향했는지 판단하기 위해 사야카는 층계참에서 귀를 기울였다. 희미하기는 했지만 분명 발소리가 들렸다. '위쪽이다!'

사야카도 재빨리 나선계단을 올라가려다 이건 아니다 싶어 좀 더 신중하게 행동하기로 했다. 나선계단 위쪽에는 전망실밖에 없다. 이대로 올라가면 수수께끼의 인물과 전망실에서 딱 마주친다. 그때 뭐라고 변명하면 좋을까. '신경 쓰여서 몰래 따라왔어요'라고는 말 못 한다. '잠이 안 와서 책이라도 읽으려고⋯⋯' 같은 말은 어떨까. '응, 이거라면 자연스러워. 좋아, 이걸로 가자!'

사야카는 마음을 정하고 드디어 나선계단을 올라갔다.

"아아~. 왜 이렇게 잠이 안 오지. 심심풀이로 책이라도 읽을까.

그러고 보니 전망실에 책이 참 많던데~. 뭐, 시간이 시간이니 전망실에는 아무도 없겠지만~." 사야카는 아주 자연스러운 대사를 늘어놓으며 천천히 계단을 올랐다.

하지만 전망실에 도착한 사야카를 기다리고 있던 것은 어둠에 잠긴 썰렁한 공간이었다.

천장 조명이 켜져 있지 않아서 발치를 비추는 희미한 상야등 불빛만 눈에 들어왔다. 수수께끼의 인물은 불을 켜지 않은 걸까. 상야등이 있으니까 걷는 데 지장은 없지만, 이래서는 책도 못 읽을 텐데.

사야카는 이상하게 생각하며 벽의 스위치를 찾아서 불을 켰다. 순식간에 눈 부신 불빛이 전망실을 가득 채웠다. 그러자 더 큰 의문이 사야카 앞에 드러났다.

"……어라, 뭐야…… 아무도 없어……?"

눈에 보이는 범위에는 아무도 없었다. 그럴 리 없다. 분명 서가 뒤편 같은 데 숨어서 보이지 않을 뿐이겠거니 싶어서 확인했지만, 역시 허사였다.

도서 코너에도 휴게 공간에도 사람은 숨어 있지 않았다.

"말도 안 돼……. 대체 어떻게 된 거야?"

사야카의 의문에 대답하는 목소리는 없었다.

수수께끼의 인물은 전망실에서 흔적도 없이 사라졌다.

| 7장 |

술래잡기의 반대

1

사야카는 여우에 홀린 기분이었다. 방금 정체 모를 누군가가 나선계단을 올라 전망실로 향했다. 하지만 지금 빠져나갈 구멍이 없는 전망실 어디에도 수상한 인물은 보이지 않는다. 연기처럼 홀연히 자취를 감췄다는 건가. 불빛으로 환한 돔 모양 공간에 혼자 우두커니 서 있던 사야카는 등골이 오싹해져 진저리를 쳤다.

"이, 이것 참……. 분명 잠이 덜 깬 거야……."

진심으로 믿는 건 아니지만, 그렇게 스스로를 납득시키는 수밖에 없었다. 그렇게라도 하지 않으면 그 정체는 이른바 '귀신'이 되는 셈 아닌가. 뭐, 생각하기에 따라서는 따끈따끈한 살인사건이 발생한 저택에 수수께끼의 귀신이 나타나는 것도 말이 될지 모른다. 그렇다면 살해당한 쓰루오카 가즈야의 귀신일까, 아니면 혹시 23년 전에 이 저택에서 목숨을 잃었다는 사이다이지 도시로 씨의…… "아니야, 아니야, 멍청하게 무슨 소릴 하는 거야! 귀신이 어디 있다고! 없다면 없는 거야!"

사야카는 나쁜 생각을 머리에서 떨치듯 고개를 붕붕 내저었다. 그리고 코끝에 걸친 안경을 집게손가락으로 쑥 밀어 올렸다.

"뭐, 됐어. 어쨌든 이런 곳에 오래 있어 봤자 헛수고지. 자, 그럼 나는 이만 내 방으로 돌아갑니다!" 공포와 혼란에 빠진 나머지 사야카는 묘한 혼잣말을 설명하듯 늘어놓았다. "나 참, 대체 누구한테 말하는 거야?"

사야카는 자조하듯 중얼거리고 발걸음을 돌렸다. 하지만 계단을 내려가기 전에 전망실 불을 꺼야 할 것 같아서 벽에 있는 스위치를 내렸다. 그때였다. "끄억."

갑자기 어딘가 먼 곳에서 짧막하게 외치는 소리가 울려 퍼졌다. 뒤이어 쿵쿵쿵 바닥을 세게 내딛는 듯한 소리가 불규칙하게 들렸다. 사야카는 바로 나선계단으로 뛰어갔다.

'비명인가? 이상한 소리도 난 것 같은데.'

무슨 일이 일어났는지는 모르지만, 아래층에서 들려온 것만큼은 틀림없었다.

'아무튼 가 보자!'

마음을 굳힌 사야카는 나선계단을 두 단씩 뛰어서 내려갔다. 2층에 다다랐지만 별 이상한 점은 없었다. 사야카는 그대로 1층으로 향했다. "아앗."

눈 아래에 사람이 있었다. 나선계단 아래 1층 바닥에 누워 있다.

계단을 내려가던 사야카는 누군가 싶어 속도를 늦추었다. 다음 순간, "꺄".

계단에서 쭈르르 미끄러져 균형을 잃고 남은 계단 몇 개를 비명과 함께 굴러떨어졌다. "끄아아아아악."

낙하지점에 누워 있는 사람이 눈에 들어왔다. 전통 작업복 차림의 대머리 남자. '도라쿠 스님이다!'

이 사실을 깨달은 직후 사야카의 오른발이 누워 있는 스님의 옆구리를 파고들었다.

"꾸엑."

옆구리에 강력한 슬라이딩 킥을 맞은 도라쿠 스님의 입에서 나지막한 신음이 새어 나왔다. 새우처럼 몸을 구부리고 몸부림치던 그는 "푸하" 하고 공기가 빠져나오는 듯한 소리를 내는가 싶더니, 힘이 다한 것처럼 움직임을 멈췄다.

"꺄악, 괜찮으세요, 스님!" 사야카는 몹시 당황했다.

도라쿠 스님은 분명 계단에서 떨어진 것이다. 아까 들렸던 짤막한 비명과 뒤이어 쿵쿵쿵, 불규칙하게 들린 소리는 그가 계단을 굴러떨어질 때 났던 소리가 틀림없다. 사야카 본인도 방금 계단에서 떨어져 보고 깨달았다. 계단에서 떨어진 스님은 온몸에 강한 충격을 받고 바닥에 드러누웠다. 그리고 옴짝달싹 못 하는 스님에게 사야카가 발차기로 마지막 일격을 날렸다.

"진짜야?! 내가 스님에게 결정타를 날린 건가?!"

그렇다면 그야말로 비극이다. 사야카는 자신의 행동에 두려움을 느꼈다.

"저, 저기요, 스님. 일어나세요! 무슨 일이 있었던 거예요? 전부 제 탓인가요? 아니죠? 제발 부탁이니까 눈 좀 떠 보세요, 저기요, 스님!"

이대로 스님이 죽으면 변호사로 살면서 평생 후회할지도 모른다. 최악의 사태를 피하기 위해 사야카는 안간힘을 다해 소리쳤다.

"이봐요, 스님, 제발 좀……."

그때 "뭐야?! 무슨 일이야?!" 하고 나선계단 위쪽에서 남자 목소리가 들렸다. 올려다보자 검은색 정장 차림의 남자가 나선계단을 뛰어 내려왔다. 고바야카와 다카오였다.

나선계단을 내려오던 그는 사야카를 보고 속도를 늦추더니 "방금 여자의 비명이 들렸는데, 사야카 씨였어? 어, 쓰러져 있는 건 스님인데?" 하고 이상하다는 표정을 지었다. 거기에 정신이 팔려 발밑에는 신경을 못 썼는지, 다음 순간 다카오도 "앗" 하고 짤막한 비명을 지르며 균형을 잃고 나머지 계단 몇 단을 주르르 미끄러져 떨어졌다.

"으아아아악."

낙하지점에는 역시 바닥에 누운 도라쿠 스님이 있었다. 구두를 신은 다카오의 두 발이 마치 노린 것처럼 스님의 옆구리에 꽂혔다. 스님의 입에서 또 "꾸엑" 하고 신음소리가 튀어나왔다. 이에 사야카는 몰래 안도의 한숨을 내쉬었다. '다행이다. 스님은 아직 안 죽었나 봐!'

그다음 다시 눈을 감으려는 스님의 멱살을 움켜쥐고 억지로 상체를 일으켰다. "정신 좀 차려요, 스님!"

"아, 아아, 괜찮습니다……. 그렇게 흔들지 마십시오……. 아아, 뭐야, 당신들인가……."

드디어 정신이 돌아왔는지 도라쿠 스님은 눈을 번쩍 떴다. 다카오가 스님의 뒤통수를 들여다보며 놀라서 소리쳤다.

"악, 스님, 머리에서 피가 나는데요! 정말 괜찮습니까!"

"어머나, 큰일이네. 계단에서 떨어질 때 머리를 찧었나 봐요."

사야카는 주머니에서 손수건을 꺼내 스님의 뒤통수를 눌렀다. 하얀 손수건이 금세 빨갛게 물들었다. 스님은 손수건을 자기 오른손으로 꾹 누르며 말했다.

"응? 계단에서 떨어져서 머리를? 그랬던가……."

납득이 안 된다는 표정으로 스님은 단호하게 고개를 저었다.

"아니요, 아닙니다. 계단에서 떨어질 때 머리를 찧은 게 아니에요. 소승이 계단을 내려가려는데 누군가 뒤에서 머리를 때렸어요. 그래서 계단에서 굴러떨어진 겁니다. 그뿐만이 아니에요. 그자는 바닥에 쓰러진 소승의 옆구리를 세게 한 번, 아니 두 번, 잇달아 걷어차고 어딘가로 사라졌습니다. 혹시 두 분은 수상한 자를 못 보셨습니까?"

"어, 그게……. 저, 저는 못 봤는데요……."

"그런가……. 그럼 저도 못 봤습니다……."

사야카와 다카오는 쿵짝을 맞춰 자신들에게 불리한 진실을 감췄다. 스님의 옆구리에 강력한 발차기를 날린 건 다름 아닌 자신들이지만, 여기서 그걸 문제로 삼아 봤자 아무 의미가 없다. 중요한 건 옆구리에 날아든 발차기 두 방이 아니라 뒤통수에 가해진 일격이다. 그게 누구의 소행이든, 스님에게 위해를 가할 목적이었음은 의심할 여지가 없다.

"습격당했을 때의 상황은요?" 다카오가 물었다. "애당초 왜 이런 시간에 나선계단을 내려가신 겁니까? 1층에 무슨 볼일이라도 있었어요?"

"그게, 방에 있는 냉장고의 얼음이 다 떨어져서, 식당에 가면 얼음 정도는 있지 않을까……. 특별히 대단한 볼일은 아니었습니다."

"흠. 그런데 그런 스님을 누군가가 뒤에서 때렸다. 대체 누가?"

혼잣말하듯 탐정이 의문을 꺼내자 도라쿠 스님이 재깍 답했다.

"도깨비요."

"엥, 도깨비?!" 다카오는 미간에 주름을 잡으며 물었다. "도깨비라면, 머리에 뿔이 난 도깨비요?"

"틀림없습니다. 소승을 습격한 건 도깨비였어요."

스님은 당당하게 고개를 끄덕였다. 다카오는 옆에 있던 사야카와 한순간 얼굴을 마주 보았다.

그리고 진지한 표정으로 고개를 한 번 끄덕하더니, "만약을 위해 확인하겠습니다만……" 하고 스님에게 얼굴을 가까이 댔다. "그거 빨간 도깨비였습니까? 아니면 파란 도깨비?"

'그게 중요해?! 그딴 건 아무래도 상관없잖아?!'

사야카는 온몸에서 힘이 쭉 빠져나가는 기분이었다. 하지만 스님은 아주 진지하게 대답했다.

"분명 빨간 도깨비였습니다. 음, 계단을 굴러떨어지는 도중에 얼핏 봤지만, 틀림없어요. 그건 빨간 도깨비였습니다."

셋이서 몇 분간 그런 이야기를 나누었지만, 저택 사람들이 본관 1층에 모여드는 기척은 일절 없었다. 저택 구조상 이곳에서 나는 비명이나 소음은 전달되지 않는 걸까. 아니면 이변을 알아차렸으면서도 방에서 가만히 숨죽이고 있는 걸까. 늦은 밤이라 깊이 잠든 사람도 있으리라. 사야카는 어떻게 긴급 사태에 대처해야 할지 고민했다.

"어떻게 할까요, 고바야카와 씨? 사람들에게 이변이 생겼음을 알려야 할까요?"

"흉포한 빨간 도깨비가 '화강장'을 어슬렁거리니까 조심하라고?" 다카오는 비아냥거리는 듯한 웃음을 띤 채 스님에게 다시 확인했다. "빨간 도깨비라고 해서 호랑이 무늬 팬티를 입고 도깨비방망이를 휘두른 건 아니죠?"

"그야 그렇죠. 얼굴이 빨간 도깨비였을 뿐입니다. 복장은 전체적으로 거무스름했을 거예요."

"빨간 도깨비 가면이라도 쓴 거겠죠. 어디로 도망쳤는지는 아십니까, 스님?"

"아니요, 그건 잘 모르겠군요. 나선계단을 뛰어올라 2층으로 가거나, 아니면 1층 현관으로 가서 밖으로 도망치거나 둘 다 가능할 것 같은데……."

"그런가요. 뭐, 어느 쪽이든 이제 와서 쫓아가 봤자 너무 늦었나. 외부인의 소행이든, 내부인의 소행이든……." 체념한 얼굴로 중얼거린 다카오는 스님의 뒤통수를 들여다보며 말을 이었다. "어쨌든 상처부터 치료해야겠네요. 아아, 스님은 움직이시지 않는 게 좋겠어요. 제가 다카자와 선생님을 불러올게요. 사야카 씨는 스님과 같이 있어."

다카오의 일방적인 지시에 사야카는 별생각 없이 고개를 끄덕였다. 그런 사야카에게 다카오가 속삭이듯 작은 목소리로 충고했다.

"잘 들어, 만에 하나 빨간 도깨비가 나타나면 앞뒤 가리지 말고 온 힘을 다해 누가 좀 구해 달라고 소리쳐. 저택이 떠나가도록 말이야."

"어, 뭐라고요?!" 솔직히 그런 창피한 짓은 하기 싫은데. "알았어요. 여기는 맡겨 둬요."

"뭐, 딱히 별일은 없겠지만." 다카오는 자신을 타이르듯 말하더니 다카자와의 방으로 가려는지 재빨리 나선계단을 뛰어올랐다.

사야카는 다카오의 뒷모습이 위층으로 사라지기를 기다렸다가 스님에게로 고개를 돌렸다.

"머리, 많이 아프세요?"

"에이, 별것 아닙니다. 반창고라도 붙이면 낫겠죠. 그나저나 빨간 도깨비의 정체를 모르겠군요. 누가 무슨 목적으로 소승을 노린 건지……."

"뭔가 짚이는 구석은 없고요?"

"음, 없네요. 전혀 짐작이 안 갑니다."

사야카는 아까부터 마음에 담아 두었던 한 가지 가능성을 꺼냈다.

"스님을 습격한 빨간 도깨비는 쓰루오카 가즈야를 끔찍하게 살해한 범인과 동일 인물일까요?"

"글쎄요, 과연 어떨까요. 여하튼 어제오늘 일이니 당연히 동일 인물의 소행이라고 봐야 할지도 모르죠. 하지만 전혀 다른 인물의 소행 아닐까, 솔직히 그런 생각도 들어요. 범행 수법도 많이 다른 것 같으니……."

"확실히 그러네요. 어?!" 사야카는 문득 어떤 사실을 알아차렸다.

어째선지 1층 플로어에 바람이 느껴졌다. 어딘가 창문이라도 열려 있는 걸까.

사야카는 스님 곁에서 벌떡 일어나 바람이 불어오는 방향을 확인했다. 그리고 태풍이 부는 날 특유의 미지근한 바람에 이끌리듯 슬렁슬렁 걸음을 옮겼다.

도라쿠 스님이 당황한 목소리로 사야카를 불렀다. "어어, 이보시오. 혼자서 너무 돌아다니지 않는 편이 좋지 않겠습니까. 어디에 어떤 자가 숨어 있을지 모르는데."

"걱정하지 마세요. 그렇게 멀리는 안 갈 거니까."

"아니, 보살님은 괜찮아도 소승이 괜찮지 않은데……. 이봐요, 소승을 혼자 두지 말아요……. 실은 허리를 다쳤는지 아까부터 일어서려고 해도 전혀 일어설 수가…….'"

사야카는 스님의 한심한 목소리를 등으로 받으며 홀린 것처럼 바람이 부는 방향으로 한 발짝 한 발짝 나아갔다. 어스름한 복도를 둘러보자 나란히 늘어선 문 가운데 열려 있는 문 하나가 눈에 들어왔다. 식당 문이었다.

아무래도 거기서 바람이 부는 듯했다. 사야카는 겁이 났지만, 문 안쪽을 들여다보고 싶다는 욕구를 억누를 수 없었다. 천천히 다가가서 반쯤 열린 문에 손을 댔다. 사야카는 식당 문을 활짝 열며 "실례합니다……"라고 말하며 누군가의 허락을 얻듯이 중얼거렸다. 하지만 "네, 들어오세요" 하고 안에서 대답이 들렸다면 오히려 비명을 지르며 펄쩍 뛸 판이었다.

대답하는 목소리는 들리지 않았고, 문 안쪽은 캄캄했다. 이제는 익숙해진 식당 모습을 어렴풋이 확인할 수 있을 정도였다. 그런 가운데 사야카의 시선이 어느 한 곳으로 빨려들었다.

식당 한구석에 있는 커다란 창문이었다. 사람 한 명이 지나갈 수 있을 만큼 열려 있었는데 거기로 바람이 들어와 창가 커튼이 생명을 얻은 것처럼 세차게 흔들렸다. 폭풍이 치는 밤에 식당 환기를 위해 일부러 창문을 열어 두었을 리는 없다. "누군가 여기를 지나갔다? 빨간 도깨비는 밖에서 들어온 건가?"

그리고 빨간 도깨비는 도라쿠 스님의 머리를 때린 후, 다시 이 창문을 통해 저택 밖으로 도망쳤다. 그렇게 된 걸까. 사야카는 머릿속에 그 광경을 그리며 침을 꿀꺽 삼켰다.

"서, 설령 그렇더라도 빨간 도깨비는 이미 멀리 갔을 거야······."

사야카는 자신을 안심시키기 위해 혼잣말을 중얼거렸다. 그다음 열린 창문으로 다가가 창틀에 손을 대고 어두운 바깥으로 고개를 쑥 내밀었다. 지금은 빗줄기가 약해졌다. 첫 번째 태풍은 이제 멀어지고 있는지도 모른다. 빗방울을 제대로 이루지 못한 안개 상태의 비가 얼굴에 흩날렸다. 사야카는 비로 뿌예진 어둠 저편에서 뭔가 발견할 수 있지 않을까 하는 기대를 품고 시선을 집중했으나 안개비만 안경 렌즈를 적실 뿐 아무것도 발견하지 못했다.

식당에 불을 켜면 뭔가 보일지도 모르겠다 싶어서 벽에 있을 스위치를 찾았다. 스위치를 찾기 전에 비상용 손전등이 먼저 손에 닿았다.

"뭐, 이거라도 괜찮아······." 사야카는 다시 창가로 다가가 손전등을 켜고 불빛으로 창밖을 비추었다. 어둠 속에 눈부시게 빛나는

원이 떠올랐다. 동그란 불빛을 좌우로 움직이며 바깥을 살폈다. 하지만 수상한 사람은 어디에도 없었다.

무리도 아니다. 도라쿠 스님을 습격한 빨간 도깨비가 창문으로 도망쳤더라도, 언제까지고 뒤뜰에서 어슬렁거리고 있을 리 없다.

"아무도 없는 게 당연한가. 그렇다기보다 있으면 곤란하지."

사야카는 안도하며 손전등 불빛을 다시 정면으로 되돌렸다. 동그란 불빛 속에는 가지를 뻗은 나무 한 그루가 서 있었다. 거센 바람에 나뭇가지가 좌우로 흔들린다. 나뭇가지뿐만이 아니라 굵은 나무줄기도 좌우로 흔들렸다. '아니지, 그럴 리 없잖아!'

사야카는 안경테를 손가락으로 잡은 채 눈을 크게 뜨고 나무를 유심히 관찰했다. 동그란 불빛 속에서 꿈쩍도 하지 않는 굵은 나무줄기 옆에는 도깨비 한 마리가 강풍에 몸을 흔들흔들하며 서 있었다. 사야카는 놀란 나머지 입술을 파르르 떨었다.

"빠, 빠, 빨간…… 빨간 도깨비……."

아니, 물론 진짜 도깨비는 아니다. 빨간 도깨비 가면을 쓴 검은색 옷차림의 사람이다. 어쨌거나 공포를 불러일으키는 광경이었다. 사야카는 저택이 떠나가도록 크게 소리쳤다.

"누, 누, 누가아아아아아, 좀 구해 줘요요요오."

2

"뭐, 뭐, 뭐야! 왜, 왜, 왜 그래!"

뒤쪽에서 당황한 목소리가 울려 퍼졌다. 발소리를 내며 식당으

264

로 뛰어든 사람은 고바야카와 다카오였다.

사야카는 창가에서 엉덩방아를 찧으며 그 목소리를 들었다. 자기 비명에 제풀에 놀라 다리가 풀린 것이다. 다카오는 사야카의 얼빠진 모습을 보고 안심한 듯 한숨을 내쉬었다. 그리고 사야카에게 다가오면서 비아냥거리는 투로 말했다.

"이런, 이런. 무슨 일이 있으면 구해 달라고 소리치라고 조언은 했지만, 설마 바보처럼 곧이곧대로 소리치는 사람이 진짜로 있을 줄이야. 정말 놀랄 노자로군."

감탄했다는 듯 다카오가 양손을 펼쳤다. 뒤편에는 다카오가 데려온 다카자와 나오토도 있었다. 다카자와는 걱정스러운 얼굴로 달려와 엉덩방아를 찧은 사야카 곁에 한쪽 무릎을 꿇었다. "왜 그러세요? 무슨 일이 있었던 겁니까?"

"도…… 도깨비…… 빨간 도깨비가…… 저기에."

사야카는 주저앉은 채 손전등 불빛으로 창문을 가리켰으나 다카자와는 무슨 뜻인지 모르겠다는 듯 고개를 갸우뚱했다. 한편 다카오는 대번에 상황을 이해했는지 진지한 표정으로 창문에 다가섰다. 그리고 양복 안주머니에 오른손을 넣어 탐정의 필수품 중 하나인 펜 라이트를 꺼냈다. 다카오는 환자의 입속을 들여다보는 치과 의사처럼 "어디, 어디……" 하며 펜 라이트의 가느다란 불빛을 똑바로 창밖에 비추었다.

몇 초 후, 그는 낙담한 목소리로 말했다.

"아무도 없는 것 같은데. 이봐, 정말로 본 거야, 빨간 도깨비를?"

"봐, 봤어요. 거짓말 아니에요!" 사야카는 힘차게 일어서서 다시 창가로 다가갔다. 그리고 손전등으로 문제의 나무를 비추었다. 아까 빨간 도깨비가 서 있던 나무줄기 옆에는 이미 아무도 없었다.

"분명 내 비명을 듣고서 도망친 거예요."

"뭐, 확실히 깜짝 놀랄 만한 비명이었지. 그 어떤 도깨비라도 내뺄 정도로."

다카오의 이죽대는 말투에 화가 나서 사야카는 입매를 일그러뜨렸다. 다카오는 몸을 빙글 돌려 다카자와에게 말했다. "여기는 저희에게 맡기고, 선생님은 스님을 치료해 주십시오."

"알겠습니다. 그럼 이만." 의사는 혼자 식당을 빠져나갔다.

탐정의 뒷모습을 바라보던 사야카는 미련을 못 떨치고 다시 손전등으로 창밖을 비추었다. "정말이에요. 정말로 바로 저기 있었다고요. 빨간 가면을 쓴 검은색 옷차림의 남자가……."

"응? 남자였어? 가면으로 얼굴을 가렸다면서?"

"듣고 보니 그러네요. 그럼 남자라고 단정할 근거는 없을지도 모르겠어요." 사야카는 어둠을 비추는 동그란 빛에 무심한 시선을 던졌다. 그리고 거기에 떠오른 빨간 도깨비 가면을 멍하니 바라보며 말을 꺼냈다. "하지만 역시 남자 아닐까요. 그게, 체격도 남자 같았고 키도 그럭저럭…… 큰 것 같았거든요……. 엇…… 저, 저, 저저……."

말이 떨리는 것과 동시에 사야카가 든 손전등도 부들부들 떨렸다. 사야카는 다시 터져 나올 뻔한 비명을 꾹 참고 애써 목소리를 쥐어짰다. "저, 저, 저거예요……. 봐요, 보라고요!"

"응, 왜 그래?!"

사야카의 얼굴을 의아하게 들여다보던 다카오는 탐색하듯 창밖으로 시선을 돌리자마자, "헉" 신음을 토해 냈다. 그의 옆얼굴에 단번에 진지한 표정이 깃들었다. 바르르 흔들리는 손전등의 동그란 불빛. 그 한복판에 빨간 도깨비 가면을 쓴 검은색 옷차림의 사람이 서 있었다.

"젠장, 마침내 나타났구나, 이 수상한 놈아!"

소리를 지르자마자 다카오는 창틀을 뛰어넘어 저택 밖으로 몸을 날렸다. 눈앞의 빨간 도깨비와 맨손으로 맞붙을 것 같은 기세였다. 그런 그를 비웃듯 동그란 불빛 속에서 빨간 도깨비의 모습이 사라졌다. 아무래도 도망친 듯했다. 물론 탐정도 잠자코 있지는 않았다.

"놓칠까 보냐!" 힘차게 외친 다카오는 당장 빨간 도깨비를 쫓아갈 태세였다.

'어쩌지? 대체 어쩌면 좋지?'

오래 고민할 여유는 없었다. 잠깐 망설인 끝에 사야카도 결심했다.

"에잇!"

될 대로 되라는 심정으로 기합을 넣으며 사야카도 창틀을 뛰어넘었다. 젖은 땅에 내려서서 오른손에 든 손전등으로 앞쪽을 비추었다. 비로 뿌예진 어둠 속에 탐정의 뒷모습이 보였다. 앞쪽에는 도망치는 빨간 도깨비의 검은 실루엣도 희미하게 보였다.

사야카는 탐정과 빨간 도깨비를 쫓아갔다.

몇 분 후. 비에 젖어 미끄러운 좁은 길을 달리며 고바야카와 다카오가 입을 열었다.

"당신까지 무리해서 따라올 건 없었는데."

거추장스럽다는 듯한 말투였다. 사야카는 거친 숨소리 사이로 간신히 말을 받아쳤다.

"고바야카와 씨한테만 맡겨 둘 수가 있어야죠. 범인을 잡느냐 마느냐의 고비인걸요."

밉살스럽게 말하면서도 사야카는 앞을 똑바로 쳐다보았다. 저 멀리 앞쪽에 도망치는 빨간 도깨비의 모습이 보였다. 주변은 울창한 나무에 둘러싸인 숲이다. 빗발이 약해졌다고는 하나 태풍이 부는 밤이라 달빛은 없다. 그래도 빨간 도깨비를 놓치지 않고 추적할 수 있는 건, 그가 불빛으로 어둠을 비추고 있기 때문이었다. 덕분에 빨간 도깨비의 모습이 어둠 속에 그림자놀이를 하듯 떠올랐다.

"이상한데."

다카오가 추적하는 발길을 늦추지 않고 중얼거렸다. "저 빨간 도깨비, 왜 불을 켠 채로 도망치는 거지? 저래서야 자기가 여기 있다고 이쪽에 알려 주는 거나 마찬가지잖아."

확실히 그의 말대로다. 실제로 사야카와 다카오는 빨간 도깨비를 쫓아간다기보다 이동하는 불빛을 쫓아간다고 해도 과언이 아니었다. 빨간 도깨비가 불을 끄고 어둠 속에 몸을 숨기면 추적은 실패로 돌아갈 것이 분명했다. 그걸 모르는 걸까 아니면 멍청한 걸까.

사야카는 고개를 갸웃거리며 평범한 의견을 꺼냈다. "분명 자기 발밑이 보이지 않으면 위험해서 도망치기가 힘드니까 그런 거겠죠."

"그럴까? 내가 빨간 도깨비라면 도깨비불을 밝힌 채 도망치는 바보 같은 짓은 절대로 안 할 것 같은데……."

"도, 도깨비불이라니……. 이상한 소리 좀 하지 말아요. 저건 그냥 불빛이잖아요. 분명 펜 라이트 같은 걸 들고 있는 거겠죠. 범죄자라면 당연히 그런 물건을 준비할 거예요……. 도, 도깨비불이라니, 그런 허무맹랑한…….”

“뭐, 당신 말이 맞아. 애당초 놈은 도깨비가 아니니까.”

다카오는 직설적으로 딱 잘라 말하고 다시 도깨비가 아닌 빨간 도깨비를 추적하는 데 집중했다.

빨간 도깨비는 숲속 길을 올라갔다. 비탈섬의 경사면을 위로 올라간다는 건, 다시 말해 섬 북쪽으로 향한다는 뜻이다. 거기에 뭐가 있는가. 사야카는 섬의 지리를 잘 모르지만 그래도 몇 번인가 들었던 명칭이 머릿속에 되살아났다.

“‘도깨비 뒤집기 벼랑.’ 빨간 도깨비는 그곳으로 향하는 것 아닐까요?”

“빨간 도깨비니까?”

“말장난하자는 게 아니라요!” 사야카가 언성을 높였다. “그런 것 같지 않아요?”

“그렇지. 실은 나도 당신과 같은 생각이야. 아무래도 ‘도깨비 뒤집기 벼랑’으로 향하는 것 같아.”

의사 다카자와가 23년 전에 사건을 경험한 밤과 똑같은 셈이다.

‘혹시 빨간 도깨비는 과거의 사건을 재현하려는 걸까? 아니, 설마!’

얼른 고개를 저은 사야카는 두 눈과 두 다리에 다시금 의식을 집중했다. 앞일을 상상해 봤자 아무 소용없다. 지금은 도망치는 빨간 도깨비를 놓치지 않는 게 중요하다.

그렇게 다짐하는 사야카 옆에서 다카오가 불쑥 중얼거렸다.

"꼭 술래잡기 같군. 폭풍 속의 술래잡기."

그렇다 싶어 고개를 끄덕이기 직전에 사야카는 허둥지둥 고개를 좌우로 흔들었다.

"전혀 다르죠. 지금은 도깨비가 도망치고 있으니까요(*일본어로 '도깨비'와 '술래'는 발음이 '오니'로 같다). 오히려 '술래잡기의 반대 버전'이라고 해야겠죠."

사야카의 완벽한 논리에 다카오가 "과연, 그것도 그런가"라고 응했다. 역시 이건 일종의 술래잡기이리라. 살인범일지도 모르는 도깨비와, 그를 뒤쫓는 탐정이 벌이는 술래잡기.

양쪽의 간격은 좁혀지지도 벌어지지도 않았다. 기묘한 술래잡기는 미묘한 거리감을 유지한 채 계속됐다. 이윽고 좁은 길 양쪽을 뒤덮은 나무가 끊기고, 앞쪽이 탁 트였다. 미끌미끌한 진창 길이 끝나고, 대신에 울퉁불퉁한 바위밭이 나타났다.

사야카는 앞에 보이는 불빛을 향해 정신없이 걸음을 옮겼다. 그러자 다카오가 사야카의 어깨를 꽉 잡았다. "이봐, 서두르지 마! 잘 보라고!"

"네?!" 왜 경고하는지 몰라서 사야카는 한순간 어리둥절했다. 하지만 시선을 아래로 내린 순간, 자기 발치에 펼쳐진 어두운 공간이 눈에 들어와 온몸이 오싹해졌다. 사야카는 뒤로 펄쩍 물러나 손전등으로 깊은 어둠을 비추었다. "이, 이, 이건 뭔가요……."

"바위 크레바스야. 다카자와 선생이 말했잖아. 잊어버렸어?"

"아아, 그러고 보니……." 그제야 사야카도 생각이 났다.

비탈섬 북쪽, '도깨비 뒤집기 벼랑'으로 이어지는 바위밭에는 깊게 갈라진 틈새가 있고, 거기를 건너갈 방법은 통나무 다리밖에 없다. 확실히 그런 이야기였을 것이다. 기억을 더듬는 사야카 옆에서 다카오는 자신의 펜 라이트로 비스듬히 앞쪽을 비추었다.

"봐, 통나무 다리는 저기 있어. 그나저나 다카자와 선생 말처럼 정말 불안해 보이는군. 빨간 도깨비는 단숨에 다리를 건너간 것 같은데⋯⋯. 우리는 어떻게 할까?"

"어, 어떻게 하다니⋯⋯."

다카자와의 이야기에 따르면 통나무 다리 건너편에는 단애절벽밖에 없다. 빨간 도깨비가 다리를 건너 달아났다면 독 안에 든 쥐신세다. 이제 서둘러 쫓아갈 필요는 없을지도 모른다. 오히려 괜히 다리를 건너려 했다가 다리에서 떨어져 의식 불명 상태에 빠진 다카자와의 전철을 밟을 위험성도 있다. 그러나 여기 머물러 있으면 빨간 도깨비의 정체를 확인할 수 없다.

게다가.

23년 전 사건 때, 다리를 건넌 살인범은 '도깨비 뒤집기 벼랑'에서 어떻게 됐던가.

그렇다, 살인범은 벼랑 위에서 자취를 감췄다. 아마도 바다에 몸을 던진다는 최악의 형태로. 이번에는 그런 결말만큼은 피하고 싶었다. 역시 마음을 단단히 먹고 다리를 건너야 할까. 아니면 탐정만 보내고 나는 여기 남을까? 그러면 혼자 있어야 하는데⋯⋯.

사야카가 고민하는데, 느닷없이 누군가의 고함이 귀에 날아들었다.

"끄아아아악."

강한 바람을 찢어발길 듯한 절규였다. 그 무시무시한 목소리를 듣자마자 다카오와 사야카는 무심코 얼굴을 마주 보았다.

"뭐야?! 이 비명은 빨간 도깨비의……?!"

"맞아요! 가 보죠, 고바야카와 씨!"

고바야카와 다카오와 야노 사야카는 차례대로 통나무 다리를 건 넜다. 다카오는 성큼성큼 걸어서 단숨에, 사야카는 네 발로 엎드려 서 신중하게.

바위 크레바스를 건넌 두 사람은 각자 손전등과 펜 라이트로 주 변을 비췄다.

크고 작은 암석이 줄지은 바위밭이었다. 협소한 지면에서 잡초 와 관목이 발돋움했고, 바위와 바위 사이를 가르듯 소나무가 뿌리 를 뻗었다. 군데군데 자리한 거대한 바위가 가리개 역할을 해서 시 야는 좋지 않았다. 얼핏 둘러보니 두 사람 말고 다른 사람은 눈에 띄지 않았다.

"아무도 없다고 단정할 수는 없겠죠. 빨간 도깨비가 바위 뒤편에 숨어 있을지도 모르니……."

"그러게. 그럴 위험성은 아직 남아 있어. 서로 너무 떨어지지 말 고 살펴보자."

다카오의 말에 사야카는 순순히 고개를 끄덕였다. 누군가 바위 뒤편에서 튀어나오지 않는지 경계하며 바위밭을 꼼꼼히 살펴보았 다. 긴장한 채 수색에 나선 두 사람 앞에 수상한 빨간 도깨비가 모 습을 나타내는 순간은 찾아오지 않았다. 그 대신이라면 뭣 하지만, 수색이 끝날 무렵에 탐정이 흥미로운 물체를 발견했다.

"어이, 봐 봐, 사야카 씨. 이런 게 있어."

다카오가 목소리를 높이며 바위밭 끄트머리로 다가가더니, 바위와 바위 사이에 끼어 있던 묘한 물체를 전리품처럼 머리 위로 쳐들었다. 펜 라이트 불빛에 비친 그것을 보자마자 사야카는 저도 모르게 소리쳤다. "도깨비 가면이군요."

뿔이 달린 빨간 도깨비 가면이었다. 두 사람이 쫓아온 빨간 도깨비가 여기서 가면을 벗어던진 게 틀림없었다. 빨간 도깨비는 분명여기 있었다. 그럼 도깨비 가면을 벗은 수수께끼의 인물은 어디로사라졌을까. 적어도 이 바위밭에는 아무도 없다. 생각할 수 있는 가능성은 한 가지이리라. 사야카의 귓속에 아까 들었던 절규가 되살아났다.

사야카는 안 좋은 예감에 침을 꿀꺽 삼켰다. 다카오가 네 발로 엎드려 바다로 튀어나온 바위밭 끄트머리에서 고개를 내밀더니, 한손에 펜 라이트를 든 채 어쩐지 태평한 어조로 말했다.

"흠, 아무래도 여기가 섬의 최북단인 모양이군. '도깨비 뒤집기벼랑'의 꼭대기겠지. 사야카 씨, 당신도 봐 봐. 경치가 꽤 멋져."

"앗, 어디어디……."

사야카도 다카오와 똑같은 자세로 바위 끄트머리에서 고개를 내밀었다.

그 순간 사야카의 시야에 깎아지른 듯한 벼랑의 풍경이 엄청난박력으로 다가왔다. 그야말로 수직의 벼랑이다. 아니, 안쪽으로 도려낸 것처럼 커브를 그리는 험준한 단애다. 고개를 내민 사야카의몇 미터 아래에 암벽에서 옆으로 불쑥 자라난 굵은 소나무가 있었다. 그보다 훨씬 밑에 물보라를 일으키며 암벽을 씻어 내는 어두운 해수면이 보였다.

보고만 있어도 빨려들 듯한 광경에 사야카는 "히이익……" 하고 한심한 소리를 내며 겁먹은 거북이처럼 고개를 움츠렸다. 그대로 엉금엉금 몇 미터 뒤로 물러난 후에야 사야카는 안도의 한숨을 푹 내쉬었다. "휴우우우우."

탐정의 말을 믿은 자기가 바보였다. 어디가 멋진 경치란 말인가. 까닥 잘못하면 저세상 경치를 보러 가게 생겼다고 속으로 툴툴거리며 사야카는 이마에 맺힌 식은땀과 빗방울을 닦았다. 그리고 새삼 입술을 떨었다.

"그, 그 빨간 도깨비는 도깨비 가면을 벗고 벼랑에서 바다에 떨어졌다. 아까 우리가 들은 비명은 그자가 떨어질 때 지른 거였다. 그런 거겠죠?"

사야카의 질문에 다카오는 벌떡 일어나서 벼랑 끄트머리를 바라보며 대답했다.

"확실히 그렇게 볼 수 있는 상황이군. 발이 미끄러져서 실수로 떨어진 건지, 아니면 죽을 각오를 하고 뛰어내린 건지는 잘 모르겠지만. 그렇다면 23년 전 사건 때와 완전히 똑같은 전개인데. 정말로 그럴까?"

탐정은 어쩐지 납득이 가지 않는다는 표정으로 중얼거렸다.

그 말을 지워 버리듯 벼랑 위에 한바탕 돌풍이 불었다.

3

"그, 그렇지만…… 23년 전과 완전히 똑같지는…… 않은 것 같은데."

사야카가 누구에게랄 것도 없이 중얼거리자 몇 미터 앞에서 다카오의 심술궂은 목소리가 들려왔다.

"뭘 구시렁거리고 있어? 얼른 건너와. 그러다 바람에 날려가도 난 몰라."

"아, 알았어요!" 사야카는 통나무 다리 위에서 소리쳤다. "잔소리 말고 내가 내 타이밍에 알아서 건너가게 놔둬요."

두 사람은 벼랑에서 수색을 마치고 돌아가는 길이었다. 통나무 다리에 또 네 발로 엎드린 사야카는 덮쳐 오는 돌풍을 견디며 겨우 건너편으로 건너갔다.

"후, 힘들어라."

푸념과 함께 더러워진 손발을 털어 낸 사야카는 아까 했던 이야기를 다시 꺼냈다. "23년 전 사건 때는 통나무 다리에 다카자와 선생님과 선생님의 아버지가 있었잖아요. 따라서 벼랑으로 몰린 범인은 다리를 다시 건너서 달아나기가 불가능했어요. 그랬다가는 분명 그 두 사람의 눈에 띌 테니까요."

"그래서 이번과는 다르다는 거야? 그럼 당신은 빨간 도깨비가 벼랑에서 떨어진 척했을 뿐, 실은 몰래 통나무 다리를 건너서 달아났다고 생각하는 건가?"

"가능성은 있다고 생각해요. 우리는 비명을 들었을 뿐, 빨간 도깨비가 벼랑에서 떨어지는 순간을 직접 본 건 아니니까요. 게다가 우리가 벼랑에서 빨간 도깨비를 찾는 동안 다리는 무방비 상태였죠. 몰래 건너가기는 간단했을 거예요."

"과연. 확실히 그건 당신 말이 맞아. 하지만 다리를 지키는 사람이 없었다는 것만이 23년 전과 다른 점은 아니야. 날씨도 과거와는 전혀 다르지. 뭐, 됐어. 일단 저택으로 돌아가자. 사실은 돌아가는 길에 저절로 밝혀질 거야."

"응? 그게 무슨 소리예요?"

고개를 갸웃하는 사야카를 본체만체하고 다카오는 재빨리 숲속 좁은 길을 내려가기 시작했다. 사야카도 의문을 품은 채 따라가는 수밖에 없었다. 돌아가는 길에 밝혀지는 사실이 뭘까. 하지만 좁은 길에 들어선 지 몇 분 지나지 않아 다카오의 말이 무슨 뜻인지 판명됐다.

거기는 길 양쪽을 뒤덮듯이 울창한 나무가 늘어선 곳이었다. 그야말로 나무로 위쪽을 덮어놓은 듯한 느낌이다. 덕분에 비가 내리는데도 몸이 거의 젖지 않았다.

"여길 봐, 사야카 씨."

다카오가 물기를 머금은 지면을 가리키며 갑자기 목소리를 높였다. "23년 전과 달리 오늘 밤은 비가 와. 길은 어디나 질퍽거리지. 여기에는 우리가 길을 올라올 때 찍힌 발자국이 지금도 빗물에 씻겨 나가지 않고 남아 있을 거야. 봐, 여기도, 저기에도."

다카오는 자신과 사야카의 발자국을 차례대로 가리켰다. 그리고 그것들과는 명백히 다른 발자국을 가리키며 말했다. "그리고 이게 빨간 도깨비의 발자국이야."

그것은 운동화 자국으로 보였다. 사이즈는 250밀리미터 정도일까. 얼핏 보기에는 남자 신발 같지만, 여자도 못 신을 사이즈는 아니다. 사야카는 발자국만으로 빨간 도깨비의 성별을 단정하는 건 경솔한 짓이라고 판단했다. 다카오도 그 점은 언급하지 않았다.

"문제는 발자국의 방향이야. 범인의 발자국은 전부 길을 올라가는 것뿐이지. 길을 내려가는 발자국은 하나도 없어. 무슨 뜻인지 알겠지?"

"아아, 그렇구나……." 사야카는 드디어 이해했다.

사야카가 추리한 것처럼 빨간 도깨비가 벼랑에서 떨어진 척하고 몰래 통나무 다리를 건넜다고 치자. 그때 빨간 도깨비의 도주로는 이 좁은 길밖에 없다. 이 어두운 숲속에서 길이 아닌 곳을 뚫고 나아간다는 선택지는 사실상 고려할 가치가 없으니까.

그런데도 단 하나뿐인 길에는 빨간 도깨비가 내려간 발자국이 없다. 숲을 내려가지 않은 것이다. 요컨대 빨간 도깨비는 역시 벼랑에서 자취를 감췄다고 — 벼랑에서 바다로 떨어졌다고 — 생각하는 수밖에 없다.

지면을 바라보며 고개를 끄덕인 사야카는 얼굴을 들어 다카오를 쳐다보았다. 그리고 새삼스레 근본적인 의문을 꺼냈다. "빨간 도깨비는 누구였을까요?"

"누구였을 것 같아? 일단 당신 의견을 들어보고 싶군."

"나, 나는 딱히 의견이……."

사야카는 고개를 저었지만, 머릿속에 떠오르는 이름이 하나 있기는 했다. 아까 자기 방에서 깜박 잠들기 직전까지 그 사람에 대해 생각했다. 만약 이번 일이 과거의 사건을 똑같이 재현한 것이라면, 아까 본 빨간 도깨비의 정체도 '그 사람'이 아닐까.

사야카는 용기를 내서 그 이름을 꺼냈다. 웃어넘겨도 상관없다는 각오로.

"혹시 게이스케 씨? 빨간 도깨비의 정체는 사이다이지 게이스케 씨 아닐까요?"

탐정은 그 이름을 듣고도 전혀 웃지 않았다. 오히려 "호오" 하고 감탄사를 흘렸다. "뭐야, 당신도 나와 같은 가능성을 고려했나 보군. 뭐, 다카자와 선생의 이야기를 순수하게 해석하면 당연하게 도달할 생각이기는 하지만."

다카오는 그렇게 말하고 양복 안주머니에서 천천히 핸드폰을 꺼냈다.

뭘 어쩔 생각이냐고 사야카가 눈짓으로 묻자, 다카오는 씩 웃었다.

"그럼 지금 여기서 확인해 볼까."

"확인하다니, 게이스케 씨에게 전화하려고요?"

"설마. 마사에 씨에게 물어볼 거야. 저택에 게이스케가 있는지 없는지."

다카오는 핸드폰 화면을 탭했다. 몇 초 후, 상대가 전화를 받은 듯 다카오가 물었다. "아아, 마사에 씨세요? 지금 어디서 뭘 하고 계십니까?"

사야카는 통화 내용을 듣기 위해 뻔뻔함을 무릅쓰고 반대쪽에서 다카오의 핸드폰에 귀를 댔다.

성가셔하는 다카오의 귓가에서 마사에의 높은 목소리가 울렸다.

"어디긴, 거실이지. 다카자와 선생님이 스님의 상처를 봐주고 있어. 그것보다 뭐가 어떻게 된 거야? 비명 같은 소리가 잇달아 들리길래 조심조심 상황을 살피러 갔더니 난리법석이 났네. 빨간 도깨비가 나왔다면서? 스님한테 들었어. 그리고 당신과 사야카 씨가 안 보인다면서 다카자와 선생님이 걱정해. 두 사람이야말로 지금 어디서 뭘 하는 거야?"

"저희요? 저희는 방금 술래잡기를 마친 참입니다."

탐정이 가볍게 던진 농담은 상대에게 전혀 전달되지 않았다.

"어, 뭐라고?! 잘 안 들려. 무슨 잡기라고?!"

"술래요, 술래! 술래잡기…… . 아니요, 됐습니다." 다카오는 안 통하는 농담은 그만두고 이야기를 진행했다. "아무튼 저희는 빨간 도깨비를 쫓아서 지금 숲속에 와 있습니다. 그런데 저택에 계신 분들은 전부 거실에 모여 있습니까?"

"전부는 아니고. 방에 틀어박힌 사람도 있어. 여기에는 나랑 스님, 다카자와 선생님, 고이케 부부, 그리고……."

"게이스케 씨는요?"

넌지시, 라기보다는 부자연스럽게 느껴질 만큼 대담하게 다카오가 그 이름을 꺼냈다.

아니나 다를까 마사에가 의아한 듯 되물었다.

"응? 게이스케?! 여기 없는데. 아직 자기 방에 있는 거 아닐까. 이불을 덮어쓰고 떨고 있으려나. 어쩌면 푹 잠들었을지도 모르지만."

"아니요, 마사에 씨." 다카오는 전에 없이 심각한 목소리로 말했

279

다. "어쩌면 게이스케 씨는 이불 속에서 싸늘하게 식어 버렸을지도 모릅니다. 빨간 도깨비의 독수에 걸려서요."

입에서 나오는 대로 말하는, 아무 근거도 없는 허풍이 마사에한 테는 효과적이었다.

"뭐, 뭐라고?! 게, 게이스케도 당했다는 거야?!"

"가능성은 있겠죠. 애당초 빨간 도깨비가 오직 스님을 해코지하려고 저택에 침입했다고 보기는 힘드니까요." 다카오가 그럴싸한 설명을 늘어놓았다.

곧바로 마사에의 목소리에 불안함이 깃들었다. "그것도 그러네. 어쨌든 확인해 볼게."

"다른 사람들이 무사한지도 물론 확인할 필요가 있습니다. 부탁 좀 드릴게요."

"알았어. 고이케 부부의 도움도 받을 테니까 걱정하지 마."

"그럼 잘 부탁드립니다." 다카오는 만족스럽게 고개를 끄덕였다. "저희도 금방 저택으로 돌아가겠습니다."

"어머, 빨간 도깨비 추적은 끝났어?"

"네, 아까 술래잡기를 마친 참이라고……."

"어, 뭐라고?! 무슨 잡기라고?!"

"술래라고요, 술래잡……. 아니요, 됐습니다. 뭘 잡든 무슨 상관입니까!"

다카오는 농담이 통하지 않는 아줌마라고 불평하듯 말을 내뱉더니, 통화 종료 버튼을 꾹 눌러서 막무가내로 전화를 끊었다. 그리고 핸드폰을 안주머니에 넣고 사야카에게 고개를 돌렸다.

"좋아, 얼른 저택으로 돌아가자."

두 사람은 다시 숲속 길을 내려갔다.

야노 사야카와 고바야카와 다카오는 왔던 길을 되짚어서 숲을 빠져나왔다. 이윽고 두 사람 앞에 '화강장'이 그 위용을 드러냈다. 특징적인 구체를 본 순간, 사야카는 오늘 밤에 보았던 수상한 인물이 한 명 더 생각났다.

"그러고 보니 고바야카와 씨, 실은 오늘 밤에 이상한 일이 하나 더 있었어요. 스님이 습격당하기 직전이었는데요……."

사야카는 걸음을 늦추지 않고 전망실에서 있었던 일을 간결하게 설명했다.

다카오는 진지한 표정으로 사야카의 이야기를 끝까지 듣더니 "흠, 전망실에서 연기처럼 사라진 사람이라. 평범하게 생각하면 당신이 잠이 덜 깼던가, 귀신을 봤던가 둘 중 하나겠지" 하고 농담인지 진담인지 모를 감상을 늘어놓았다. 사야카는 안경을 손끝으로 밀어 올리며 항의했다.

"그만해요. 그건 귀신이 아니라고요. 잠이 덜 깬 것도 아니었고요."

"뭐, 그렇겠지. 믿을게. 잘 모르겠지만 이 섬에서는 가끔 사람이 사라지는 모양이니까. 당신이 본 수수께끼의 인물과 그 인물이 사라진 일에도 뭔가 의미가 있을 거야."

"혹시 스님을 덮친 빨간 도깨비와 동일 인물이라든가?"

"글쎄, 그건 어떠려나. 수수께끼의 인물은 나선계단을 올라서 전망실로 향했잖아. 그 직후에 그자가 1층 계단에 나타나는 건 이치에 맞지 않아. 두 사람은 다른 인물이라고 봐야 하지 않을까." 다카오는 말을 마치자마자 전혀 다른 견해를 내놓았다. "한편으로…… 그자가 전망실에서 당신 눈을 피해 몰래 계단을 내려갔을 가능성도 없지는 않아. 계단을 내려가는데 마침 스님이 있길래 뒤에서 공격한 후, 식당 창문으로 도망쳤다. 그런 흐름이었을지도 모르지."

탐정의 말을 듣자 사야카는 더더욱 알쏭달쏭해졌다. 전망실에서 사라진 수수께끼의 인물과 나선계단에서 도라쿠 스님을 습격한 빨간 도깨비. 양쪽은 어떤 관계일까.

어느새 저택에 도착한 두 사람은 건물을 빙 돌아서 정면으로 향했다. 넓은 중정을 가로질러 정면 현관으로 걸어가는 도중에 사야카는 뭔가 마음에 걸려서 중정 한복판에 멈춰 섰다. 다카오가 돌아보고 물었다.

"왜 그래, 사야카 씨?"

"……뭔가 안 느껴져요?" 사야카는 비에 젖은 몸을 두 팔로 감싸며 입술을 떨었다. "뭐, 뭐랄까 누군가 훔쳐보는 듯한 찜찜한 느낌이……."

"훔쳐보다니, 누가? 이번에는 파란 도깨비인가?"

"에이 좀!" 하룻밤에 도깨비 여럿과 마주칠 리 없다. 사야카는 단호하게 고개를 저었다. "아니에요. 그런 게 아니라……. 고바야카와 씨는 아무것도 안 느껴져요?"

"글쎄, 난 딱히." 다카오는 아쉽다는 듯 어깨를 으쓱했다.

'그다지 섬세한 타입으로는 안 보이니까 어쩔 수 없나.'

사야카는 낙담의 한숨을 내쉬며 솔직히 말했다. "나는 두 번째예요. 묘한 시선을 느낀 거요."

예전에 이 느낌을 받은 건 언제였던가. 그렇다, 행방불명된 쓰루오카 가즈야를 찾아다닐 때였다. 그때도 사야카는 중정에서 누군가 훔쳐보는 듯한 기분이 들어서 발을 멈췄다. 그리고 오늘 밤도 그랬다. 단순히 기분 탓일까. 아니면.

해답이 나오지 않는 의문 앞에서 사야카는 다리가 얼어붙는 듯한 감각을 맛보았다. 그런 사야카의 등을 떠밀 듯 다카오가 경박한 목소리로 말했다.

"자자, 생각은 나중에 하고 아무튼 안으로 들어가자. 이번에는 빗물에 양복이 흠뻑 젖었어. 한시라도 빨리 뜨거운 물로 샤워하고 옷을 갈아입고 싶다고."

"그러게요. 들어가죠." 사야카는 정리되지 않은 생각을 머리에서 떨치고 걸음을 옮겼다.

두 사람은 중정을 지나 드디어 '화강장' 정면 현관에 도착했다.

"아이고, 다녀왔습니다." 다카오는 피로에 지친 목소리로 말하며 문을 열려고 했다. 하지만 당연히 방범에 신경 썼다고 할까, 안에서 잠근 문은 꿈쩍도 하지 않았다. 다카오는 부루퉁한 표정으로 소리쳤다 "문 좀 열어 주세요. 접니다, 고바야카와요."

밤중에 비 맞은 생쥐 꼴로 밖에 서 있으려니 처량하기 짝이 없었다. 사야카도 묵직한 문짝을 주먹으로 두드렸다.

"죄송하지만, 문 좀 열어 주시겠어요?"

현관문 앞에서 다카오와 사야카는 각자 목소리를 높였다. 그러자 드디어 뜻이 통했는지 안에서 철컥, 자물쇠 풀리는 소리가 들렸다. 다음 순간 두 사람의 눈앞에서 묵직한 문이 지체 없이 열리고는 이목구비가 단정한 청년이 웃는 얼굴로 두 사람을 맞이했다.

"야노 변호사님. 다행이다. 다들 걱정하고 있었어요."

사이다이지 게이스케였다. 방금까지 그가 빨간 도깨비가 아니겠느냐고 의심했던 사야카는 단번에 자신의 착각을 깨달았다. 사야카는 기어드는 목소리로 "그, 그런가요. 걱정을 끼쳐서 죄송……" 하고 고개 숙였다.

게이스케는 악의라고는 없는 표정으로 두 사람을 번갈아 바라보았다.

"자, 안으로 들어오세요. 아아, 탐정님도 무사해서 마음이 놓이네요."

평소와 다름없는 말투에, 탐정은 의미심장하게 응했다.

"네……. 게이스케 씨도 무사해서 참 다행입니다……."

4

사야카와 다카오는 게이스케를 따라 거실로 들어갔다. 거기에는 저택 사람들이 거의 다 모여 있었다.

에이코는 외동딸 미사키, 여동생 유코와 함께 긴 소파에 앉아 있었다. 남편 아쓰히코는 경비견처럼 소파 주위를 빙빙 돌아다녔다. 마사에는 혼자 창가에 서서 어두운 바깥 풍경을 바라보고 있었다. 도라쿠 스님은 1인용 소파에 몸을 깊숙이 묻은 자세였다. 반들반들한 뒤통수에 붙인 커다란 반창고가 똑똑히 보였다. 다카자와가 스님이 바란 대로 치료를 해 준 모양이다. 다카자와는 거실 벽에 등을 기댄 채 팔짱을 끼고 있었다. 고용인 고이케 기요시는 입구 부근에 공손하게 서 있었다. 하지만 아내 고이케 시노부의 모습은 보이지 않았다. 눈에 띄지 않았지만 가나에 부인도 분명 자기 방에 있으리라. 고이케 시노부는 가나에 부인을 보살피기 위해 거실에 동석하지 않은 것으로 추정됐다.

사야카와 다카오가 나타나자 거실에 모인 사람들 사이에 술렁거리는 분위기가 퍼져 나갔다.

그런 가운데 에이코가 소파에서 일어나 안심한 듯 웃으며 두 사람에게 말했다.

"돌아오셨군요. 다카자와 선생님과 스님께 이야기를 듣고 걱정했어요."

벽에 기댄 다카자와가 에이코의 말을 이어받았다.

"식당에 계셨을 두 분이 갑자기 사라져서 무슨 일인가 싶었습니다. 열린 창문으로 밖에 나가셨다는 것만큼은 알았지만요."

"그랬군요. 걱정을 끼쳐서 죄송합니다." 다카오가 미안하다는 듯 고개를 숙였다.

"빨간 도깨비를 쫓아간 거겠지요?"

도라쿠 스님이 소파에서 몸을 틀어 두 사람을 보았다. 스님의 말에 다카오는 말없이 고개를 끄덕였다. 그러자 미사키가 눈을 반짝이며 환성을 질렀다.

"굉장하다. 폭풍이 치는 밤에 빨간 도깨비를 쫓아가다니 사극 속 체포담 같네요."

'사극 속 체포담?! 단어 선택이 의외로 올드하네, 미사키!'

사야카는 속으로 가볍게 핀잔을 주었다. 하지만 미사키는 어디까지나 천진난만한 태도로 물었다.

"붙잡았어요, 언니? 그 빨간 도깨비."

미사키의 말에 아버지 아쓰히코가 당황한 듯 끼어들었다. 그는 흠뻑 젖은 사야카와 다카오에게 딱하다는 시선을 던지며 말했다. "미사키, 괜히 왜 그런 걸 물어보고 그래? 안 물어봐도 알잖아……. 그렇지, 자네들?"

사야카는 입술을 깨물며 담담하게 사실을 전했다. "네, 빨간 도깨비는 붙잡지 못했어요. 그 이야기를 하기 전에, 저기…… 옷부터 갈아입으면 안 될까요?"

사야카의 당연한 요청을 듣고서야 아차 싶은 분위기가 번졌다.

마사에가 모두를 대표하듯 앞으로 나섰다. "그러게. 이대로 물을 뚝뚝 흘리고 있으면 너무 가엾잖아. 알았어, 옷 갈아입고 와. 뜨거운 물로 샤워도 하고."

"가, 감사합니다." 사야카는 고개를 꾸벅 숙여서 감사의 뜻을 전했다.

옆에 있는 다카오도 안도한 표정이었다. 하지만 두 사람이 몸을 돌려 거실을 나서기 직전에 마사에가 날카로운 목소리로 다카오를 불러 세웠다. "당신은 남아."

"어, 뭐라고요?!"

"뭐긴 뭐야. 이리로 와서 설명해. 빨간 도깨비를 추적한 경위를 우리 앞에서 자세하게."

그 순간 다카오는 간식 앞에서 기다리라는 명령을 받은 강아지 같은 표정을 지었다.

　"저, 저는 옷도 못 갈아입는 겁니까? 뜨거운 물로 샤워도 못 하고?!"

　탐정이 항의하자 의뢰인인 마사에는 차갑게 대꾸했다.

　"그런 건 나중에 해도 되잖아! 잔말 말고 지금 당장 설명해!"

　다카오를 남겨 놓고 혼자 거실을 나선 사야카는 일단 자기 방으로 향했다. 뜨거운 물로 염원하던 샤워를 마치고 짙은 감색 바지에 흰 셔츠로 갈아입었다. 그리고 다시 거실로 향하는 도중에 복도에서 다카오와 딱 마주쳤다. 이제야 의뢰인에게서 해방된 모양이었다.

　사야카는 다카오에게 다가가 속삭이듯 작은 목소리로 물었다.

　"술래잡기의 경위를 잘 설명했어요? 다들 납득하던가요?"

　"응, 일단은." 고개를 끄덕인 다카오는 경계하듯 주변을 둘러본 후 사야카를 복도 끝으로 데려갔다. "하지만 23년 전 일에 대해서는 일부러 아무 말도 하지 않았어. 그냥 오늘 밤 당신과 함께 빨간 도깨비를 쫓아가다가 왠지 모르게 벼랑에서 놓쳤다고만 했지. 다카자와 선생도 잠자코 내 이야기를 들었고."

　"사이다이지 가문 사람들의 반응은 어땠나요?"

　사야카의 질문에 다카오는 불쾌하다는 듯 흥, 하고 콧방귀를 뀌었다.

　"정말 천연덕스럽더군. 그 3남매도 도시로 씨 살해사건에 대해서는 일절 언급하지 않았어. 내 이야기를 들으면 과거의 사건을 재현했다는 걸 뻔히 알 텐데 말이지. 아무도 그걸 말하려고 하지 않아.

3남매뿐만이 아니야. 마사에 씨도 옛날 사건에 관해서는 입도 벙긋 안 했어. 내 이야기를 들으면서 처음 접한 사건을 대하는 듯한 반응을 보였지. 실은 두 번째면서……."

"음, 도시로 씨 살해사건에 대해서는 시치미를 뚝 떼겠다는 거로군요."

즉, 폭풍이 그치고 비탈섬에 경찰들이 출동해도 사이다이지 가문 사람들은 과거의 살인사건에 관해서는 입을 꾹 다물 것이다. 그리고 이번에 벌어진 쓰루오카 살해사건과 도라쿠 스님 상해사건만 수사를 요청할 작정이리라.

그렇다면 수상한 사이다이지 가문 사람들 앞에서 어떤 태도를 취해야 할까. 사야카가 팔짱을 긴 채 고민하는데, 다카오가 귓속말했다.

"사이다이지 가문 사람들은 다카자와 선생이 우리에게 과거의 비밀을 폭로했다는 걸 아직 몰라. 그러니까 당신도 비밀 같은 건 모르는 척으로 일관해, 알겠지?"

"역시 그렇게 해야 할까요? 모조리 털어놓으면 안 될까요?"

"무슨 멍청한 소리야? 당연히 안 되지!"

다카오는 속이 탄다는 듯 젖은 머리를 벅벅 문질렀다. "쓰루오카 가즈야가 왜 살해당했는데? 분명 사이다이지 가문의 비밀을 까발릴 것 같아서 제거당한 거야. 다카자와 선생은 제쳐 놓더라도, 외부인인 나나 당신이 비밀을 알고 있다는 게 밝혀지면 어떻게 될까? 당장에 쓰루오카와 같은 꼴이 될지도 몰라. 무슨 말인지 알아들었어?"

"어, 우리도 제거당한다는 뜻?!" 사야카는 등골이 오싹했다. "그런 말도 안 되는……."

"아니, 그럴 위험성도 없다고는 할 수 없어." 다카오는 진지한 얼굴로 고개를 끄덕였다.

"하, 하지만 오늘 밤에 나타난 빨간 도깨비의 정체는 사이다이지 가문 사람이 아니잖아요. 물리적으로 불가능해요. 게이스케 씨는 저택에 있었고, 다른 사람들도 모두 저택에 모여 있었어요."

"그건 확실히 그렇지만." 다카오는 고개를 기울였다. "뭐, 그 점은 나중에 생각하자. 아무튼 사이다이지 가문 사람들 앞에서 과거 사건은 언급하지 마. 난 아직 죽기 싫어."

그건 사야카도 사양이다. "알겠어요. 조심할게요."

"그럼 뒷일은 맡길게. 아무래도 감기가 오려나 봐…… 으, 에……"

엣취! 절묘한 타이밍에 재채기를 선사한 다카오는 코를 훌쩍이며 혼자 복도를 걸어갔다.

염원하던 온수 샤워와 마른 옷이 기다리고 있는 자기 방을 향해.

5

야노 사야카는 탐정과 교대하듯 거실로 돌아갔다. 아까와 마찬가지로 '화강장'에 머무르는 사람 대부분이 모여 있었다. 쓰루오카 가즈야가 죽은 현재, 총 열세 명이다. 그중 몸 상태가 안 좋은 가나에 부인과 그녀를 돌보는 고이케 시노부, 그리고 샤워하러 간 고바야카와 다카오를 제외한 나머지 열 명이 한군데 모인 셈이다. 한복판의 낮은 테이블에는 탐정이 들고 돌아온 빨간 도깨비 가면이 놓여 있었다. 테이블 상판에서 빨간 도깨비가 노려보는 것 같아서 조금 으스스했다. 사야카는 도깨비 가면에서 얼굴을 돌려 거실에 있는 아홉 명을 훑어보았다. 아까와 똑같은 면면이지만, 그들이 자아내는 분위기는 아까와 비교하면 확실히 달랐다.

몇십 분 전에 거실은 긴장, 공포, 불안 등으로 가득했다. 쓰루오카 가즈야 살해사건에 이어 오늘 밤은 도라쿠 스님이 습격당하는 사건이 발생했다. 저택 사람들이 동요를 일으켰다는 건 상상하기 어렵지 않았다.

하지만 지금은 거실에 안도감과 차분함, 그리고 약간이지만 이완된 분위기가 감도는 것 같았다. 사야카가 잠깐 샤워하러 간 사이에 분위기가 급격히 달라졌다. 대체 탐정은 오늘 밤에 있었던 일을 그들에게 어떻게 설명한 걸까.

궁금증이 발동한 사야카에게 제일 먼저 말을 꺼낸 사람은 최고 연장자인 사이다이지 마사에였다. 사야카에게 다가온 마사에는 "아아, 돌아왔군, 사야카 씨. 당신이 없는 사이에 탐정님한테 자세한 사정을 들었어. 무서운 경험을 했나 보던데" 하고 테이블에 놓인 도깨비 가면을 곁눈질했다. "어쨌든 무사해서 다행이야."

"감사합니다, 마사에 씨." 사야카는 어색한 웃음으로 답한 후, 마음에 걸렸던 점을 일단 확인했다. "그런데 경찰에는 신고하셨나요?"

"신고라면 내가 했어요." 사이다이지 출판의 차기 사장 사이다이지 아쓰히코가 손을 들었다. "날씨가 날씨인 데다 밤이라 당장 오지는 못하겠죠. 아침이 되기를 기다리는 수밖에. 하지만 뭐, 이런저런 일이 있었던 것치고 결과적으로는 잘됐어요."

"어, 잘됐다니요?! 그게 무슨 말씀이신지……."

사야카는 도무지 이해가 안 돼서 아쓰히코를 빤히 바라보았다. 에이코가 남편을 대신해 설명했다.

"보시면 알겠지만 저택 사람은 거의 다 거실에 모여 있어요. 어머니와 고이케 시노부 씨는 없지만, 두 사람은 어머니 방에 있고요. 그렇죠, 다카자와 선생님?"

"네, 그렇습니다." 벽 앞에 선 다카자와가 즉시 대답했다. "아까 잠깐 살펴보러 갔었는데, 두 분 다 방에 계셨습니다. 가나에 씨는 이미 잠드셨고요."

의사의 말에 고개를 크게 끄덕인 후, 에이코는 다시 설명했다.

"즉, 저택 사람 중에 빠진 사람은 한 명도 없어요. 다시 말해 탐정님과 변호사님이 쫓아간 빨간 도깨비는 저택 사람이 아닌 거죠. 섬에 침입한 외부인이 범인이었던 거예요."

동의한다는 듯 남편 아쓰히코가 두세 번 고개를 끄덕였다. 그는 원래 쓰루오카가 살해당한 직후부터 외부인의 범행 가능성을 주장했다. 이번 일로 자신의 주장이 증명된 셈이라 만족스러운 모양이었다. 하지만 사야카는 어리둥절한 표정으로 물었다.

"아, 네……. 하지만 이렇게 폭풍이 치는데 침입자가 어떻게 섬에……?"

약간 얼빠진 질문이었는지도 모르겠다. 에이코의 남동생 게이스케가 못 말리겠다는 듯 어깨를 으쓱하며 대답했다. "폭풍이 치기 전에 섬으로 침입한 것 아닐까요? 그렇게 생각하면 문제는 없습니다. 아니, 어쩌면 우리가 비탈섬에 오기 전에 침입자가 먼저 와 있었는지도 모르죠. 바다만 잔잔하면 고무보트로도 상륙할 수 있을 테니까요."

"그건 그렇지만, 대체 뭣 때문에 그런 짓을?"

"물론 쓰루오카 가즈야를 죽이기 위해서죠." 유코가 대답했다. "위험을 무릅쓰고 섬에 건너올 이유로 충분해요. 그렇지 않나요?"

"쓰루오카를 죽인 후에도 섬에 남아 있을 이유는……." 그렇게 말하다 말고 사야카의 머릿속에도 뭔가가 번뜩했다. "앗, 그렇구나. 태풍으로 바다가 거칠어져서……."

"네, 분명 그럴 거예요." 유코는 사야카가 말귀를 알아들어서 만족스러운 듯 고개를 끄덕였다. "쓰루오카를 죽인 침입자는 폭풍 때문에 본토로 돌아갈 수 없게 됐어요. 저택에 발이 묶인 저희들처럼요. 분명 어딘가 비를 피할 곳을 찾아내 숨어 있는 거겠죠."

유코의 말에 사람들은 대부분 고개를 끄덕였다. 하지만 사야카는 여전히 수긍이 안 됐다.

"그럼 그 침입자는 왜 오늘 밤에 스님을 습격한 걸까요?"

이 질문은 외부인 범행설을 믿는 사람들에게도 꽤 어려운 문제였던 모양이다. 즉시 대답하는 사람이 아무도 없어서 거실에 침묵이 내려앉았다. 그런 와중에 에이코의 딸 미사키가 갑자기 입을 열었다. 총명한 여고생은 일단 도라쿠 스님에게 물었다.

"저기, 침입자가 딱히 스님께 원한이 있었던 건 아니겠죠?"

"오오, 물론이요." 스님은 커다란 반창고를 붙인 뒤통수를 문지르며 자신만만하게 단언했다. "제 입으로 말하기는 뭣 하지만, 소승은 남에게 원한을 살 사람이 아닙니다. 승려로서 아주 성실하게 살아

292

왔는걸요. 존경을 받으면 받았지, 원망받을 일은 절대로 없습니다."

자신을 너무 높게 평가하는 말이라 전혀 도움이 안 될 것 같았지만, 사야카는 잠자코 흘려 넘겼다. 미사키 역시 고개를 끄덕이지도 젓지도 않고 다시 사야카를 보더니 "그럼 이런 것 아닐까요" 하며 얼굴 앞에 손가락을 하나 세웠다. "제 생각에, 침입자는 분명 배가 고팠던 거예요."

"앗, 배가 고팠다고?!"

소녀의 입에서 튀어나온 색다른 의견을 듣고 사야카는 저도 모르게 눈이 동그래졌다.

미사키는 아주 진지하게 자신의 의견을 설명했다. "그래요. 살인범도 시간이 흐르면 배가 고프겠죠. 하지만 섬에 발이 묶인 범인은 식량을 마련할 길이 없었어요. 그래서 늦은 밤에 저택에 숨어들기로 한 거죠. 빨간 도깨비 가면을 쓰고요. 주방에서 먹을 걸 찾을 생각이었겠죠. 그러다 나선계단에서 스님과 딱 마주치고 만 거예요. 당황한 범인은 스님을 때려눕히고 식당 창문으로 도망쳤어요. 그 모습을 사야카 언니와 탐정님이 발견하고 쫓아간 거고요. 그 결과 폭풍 속에서 술래잡기를 벌였다. 오늘 밤에 생긴 일은 그렇게 된 것 아니었을까요?"

"흠, 과연." 사야카는 감탄했다. 솔직히 미사키의 이야기에는 앞뒤가 맞지 않는 부분도 많다. 왜 주방을 노렸을 침입자가 나선계단에 있었는가. 주방이 2층에 있다고 생각한 걸까. 도깨비 가면은 어디서 구했을까. 왜 하필 도깨비 가면인가. 그런 의문점은 해결되지 않았다. 그렇지만 범인이 '배가 고파서' 저택에 숨어들었다는 건 실로 빼어난 견해로 느껴졌다. "미사키의 이야기를 듣고 보니, 확실히 그럴 것 같기도 하네."

"그렇죠! 그렇죠!" 미사키는 의기양양한 얼굴로 포니테일을 팔랑 거렸다.

"정말 그래, 미사키. 그게 이번 일의 진상이라고밖에 생각할 수가 없겠구나." 아쓰히코는 외동딸의 추리를 덮어놓고 칭찬하더니, 사야카에게 고개를 돌렸다. "분명 딸이 말한 대로겠죠. 그리고 탐정 말에 따르면 달아난 빨간 도깨비는 '도깨비 뒤집기 벼랑'에서 떨어 져서 바다에 빠졌다면서요?"

"어, 바다에 빠졌는지는 정확하게 모르겠지만……."

"하지만 비명을 들었잖아요?" 아쓰히코는 사야카에게 다가가 확인하듯 물었다. "그리고 벼랑 위에는 도깨비 가면만 남아 있을 뿐, 사람은 어디에도 보이지 않았다. 그렇죠?"

"네, 그건 확실해요."

"그럼 틀림없네. 스님을 습격한 빨간 도깨비, 즉 처남을 죽인 살인 자는 벼랑에서 바다로 떨어진 겁니다. 날씨가 이 모양이니 살아남 지는 못하겠죠. 비는 소강상태라도 물살이 거친 건 변함없으니까."

"아, 네……. 그래서……?"

사야카는 머뭇머뭇 물었다. 그러자 아쓰히코는 사야카에게라기 보다 거실에 모인 모두에게 호소하듯 말했다.

"즉, 이번 참극도 일단 막이 내렸다는 거죠. 더 이상 사건은 일어 나지 않아요. 물론 아직 불확실한 점은 있겠죠. 범인은 왜 처남을 죽였는가. 어떤 수단으로 살해했는가. 왜 이 섬에서 죽일 필요가 있었는가. 아니, 애당초 우리는 범인의 이름조차 모르지만요. 오히려 모르는 것 천지예요. 하지만 그런 건 우리가 생각해 봤자 소용없고, 생각할 필요도 없습니다. 범인은 이미 바닷속에 있으니까요. 그러니 경찰이 수사해 주기를 얌전히 기다리자는 겁니다. 폭풍이 지나가고 바다가 잔잔해지면 경찰이 당장이라도 출동할 테니까."

무슨 말인지 이해하고 고개를 끄덕인 사야카는 거실에 감도는 이완된 분위기의 정체를 깨달았다. 범인은 외부에서 침입한 정체 모를 누군가. 그리고 그자는 바다에 빠져서 죽었다. 오늘 밤에 있었던 일을 합리적으로 판단하면 당연히 그런 결론이 도출될지도 모른다. 저택에 있는 사람들에게도 이상적인 결말이다. 외부에서 침입한 누군가가 범인이라면, 사이다이지 가문의 명성에 금이 갈 일은 없다. '그래도 돼? 이걸로 정말 사건은 끝난 걸까?'

의문을 품는 사야카와 달리 마사에가 속이 후련하다는 표정으로 말했다.

"아아, 이제야 다들 안심하고 잘 수 있겠군."

| 8장 |

벼랑 아래의 기적

1

다음 날 아침, 야노 사야카는 유리창을 세게 두드리는 빗소리에 깨어났다. 안경을 쓰면서 침대를 빠져나와 창가로 다가가자 바깥 날씨는 난리도 아니었다. 어젯밤에는 소강상태를 유지했던 비도 다시 기세가 강해졌다. 커다란 빗방울이 공중에 굵은 사선을 그리며 지면에 쏟아졌다.

바람도 변함없이 강한 듯했다. '화강장'을 둘러싼 녹색 나무들의 굵은 나뭇가지도 대어를 낚은 낚싯대처럼 휘었다. 사야카의 방에서는 바다가 보이지 않지만, 궂은 날씨로 추측건대 모모타로가 복숭아에서 태어난 것만큼 확실하게 물결이 몹시 거칠 듯했다.

'잠깐만. 이 비유가 적확할까. 모모타로는 정말로 복숭아에서 태어났나?'

"뭐, 무슨 상관이람." 사야카는 고개를 젓고 느릿느릿 옷을 갈아입었다. 짙은 감색 바지에 새하얀 셔츠 차림이다. 어젯밤에 푹 젖은 웃옷은 당분간 마를 것 같지 않아서 포기했다.

방을 나서서 식당으로 향하자 남자 세 명이 있었다. 아침부터 검은색 정장 차림인 고바야카와 다카오는 테이블 앞에 앉아 묵묵히 토스트를 먹고 있었다. 한편 사이다이지 아쓰히코와 도라쿠 스님은 팔짱을 낀 채 텔레비전 앞에 있었다. 두 사람은 복잡한 표정으로 일기예보를 뚫어지게 들여다보았다. 이윽고 도라쿠 스님이 아쓰히코에게 탄식하듯 말했다.

"지금까지 깜빡했는데, 태풍은 두 개였지요. 하나가 지나갔나 싶었는데 바로 두 번째가 접근 중이라니, 저희도 참 운이 없군요."

"그러게요. 아침이 되면 경찰이 올 줄 알았는데……." 아쓰히코는 어깨를 축 늘어뜨린 채 한숨을 섞어 중얼거렸다. "정말이지 신이고 부처님이고 없군요, 스님."

"그러게나 말입니다……."

어, 거기는 긍정하면 안 되는 대목 아닌가, 스님? 승려로서는 하다못해 '신은 없어도 부처님은 있다'라고 해야 하지 않을까? 사야카는 속으로 그렇게 중얼거리며 다카오 앞에 앉았다. 잠시 후 고이케 시노부가 사야카 앞에도 토스트, 스크램블드 에그, 커피로 아침 식사를 차려 주었다. 사야카는 커피를 한 모금 마신 후 탐정에게 제일 큰 의문을 던졌다.

"그 정장, 용케 말랐네요. 어젯밤은 물웅덩이에 빠진 개보다 심하게 젖었었는데. 어떤 비밀 기술을 사용한 거예요?"

"아아, 이거?" 다카오는 양복 옷깃을 손가락으로 집더니 충격적인 사실을 알렸다. "아직 덜 말랐어. 따로 입을 옷이 없어서 입고 있을 뿐이야. 후하핫."

웃어넘길 문제가 아니다. "그런 걸 입고 괜찮나요!"

"뭘, 아무 문제 없어. 젖은 옷은 입고 다니는 동안에 저절로 마르는 법이니까."

"······." 뭐라고 해야 할까, 허의 허를 찔러 정면 돌파하는 방식이다. 사야카는 이제 감탄밖에 나오지 않았다. "과연, 자연건조로군요."

하지만 옷이 마르기 전에, 옷을 입고 있는 본인이 감기에 걸리지 않을까? 사야카는 의문스러웠지만 딱히 걱정해 줄 생각은 없었다. 그럴 기분이 들지 않을 만큼 태연한 표정으로 탐정은 아침을 먹었다. 터프함으로 먹고사는 사립탐정이라고 칭찬해야 할까. 사야카는 어이없는 기분으로 토스트를 먹으며 다른 질문을 던졌다.

"그런데 아버지와 연락했어요? 현경 수사1과장님이랑······."

"아아, 아까 통화했어. 상황은 어제와 다를 바 없고. 경찰은 배고 헬리콥터고 못 띄워. 우리는 변함없이 이 섬에서 한 발짝도 못 나가는 상황인 거지."

다카오의 부정적인 발언에 텔레비전 앞에 있던 도라쿠 스님이 반론했다.

"아니지요, 섬에서 나가지 못하는 건 변함없더라도 어제와는 상황이 크게 달라졌습니다. 어쨌거나 쓰루오카를 죽인 범인은 이 섬에 없으니까요. 그 점은 안심이지요."

"확실히 그건 그렇죠, 스님."

탐정은 쓴웃음을 지으며 장단을 맞추었다. 그리고 텔레비전 앞에 있는 두 명에게 들리지 않도록 목소리를 낮추어 사야카에게 말했다. "아까 저 사람들한테 들었는데, 아무래도 어젯밤에 내가 샤워하고 침대에서 한숨 자는 동안 그런 결론이 나왔나 보더군. 외부에서 침입한 자가 범인이라는 결론이."

"흠, 고바야카와 씨, 그대로 잠들어 버렸군요." 그러고 보니 어젯밤에 샤워하러 간 탐정은 결국 거실로 돌아오지 않았다. 사야카는 수수께끼가 하나 풀린 기분이었다. "맞아요. 고바야카와 씨가 자는 사이에 완전히 그런 쪽으로 이야기가 흘러갔어요. 범인은 외부에서 온 침입자. 그리고 그자는 벼랑에서 바다에 떨어져 죽었다. 그게 모두가 내놓은 결론이죠."

"그렇군. 뭐, 그런 결론을 받아들이고 싶은 기분도 모르는 바는 아니야. 그런데 당신은 그 결론에 납득했나?"

"글쎄요." 사야카는 잠깐 뜸을 들이다 솔직한 생각을 말했다. "좀 안이하달까, 너무 원만하게 수습되는 느낌이랄까……. 마치 누군가가 준비한 스토리 같은……."

"오오, 드디어 마음이 맞았군, 사야카 씨!"

탐정은 작게 외치더니 오른손을 내밀어 악수를 청했다. "실은 나도 같은 의견이야."

"마음이 맞은 건 아니에요. 우연히 생각이 같았을 뿐이죠." 양쪽이 의미하는 바는 많이 다르다. 사야카는 탐정이 내민 오른손을 무시하고 다시 커피를 마셨다. "무슨 말을 하고 싶은 거예요, 탐정님?"

"아침 먹고 마사에 씨 방에 가 보지 않겠어? 일단 어젯밤 일을 확인할 필요가 있으니까." 탐정은 입가에 손을 대고 더 작은 목소리로 가장 중요한 인물의 이름을 꺼냈다. "특히 게이스케에 대해 물어보고 싶어."

299

알겠어요, 하고 사야카는 눈빛만으로 대답한 후 토스트를 입에 넣었다.

아침을 다 먹자마자 다카오와 사야카는 사이다이지 마사에의 방을 찾아갔다. 노크하자 곧장 방문이 열리고 마사에가 고개를 내밀었다. 방문자를 경계하는 낌새는 전혀 없었다. 마사에도 불안과 공포의 시간은 다 지나갔다고 여기는 것이리라.

다카오가 "좀 여쭤보고 싶은 게 있어서요"라면서 고개를 숙이자 마사에는 "알았어, 어젯밤 일이로군" 하고 눈치 있는 모습을 보이며 두 사람을 위해 문을 활짝 열었다. 두 사람은 마사에의 방으로 들어갔다.

"오늘은 아침 안 드셨습니까? 식당에 안 계시던데요."

다카오가 소파에 앉으며 물었다. 마사에는 컵 세 개에 머신으로 내린 커피를 따르며 대답했다. "응, 늦잠을 자서 아침은 걸렀어. 둘 다 커피면 되지?"

네, 하고 사야카가 고개를 끄덕였다. 옆에서 다카오가 자못 진지한 표정으로 "네, 독이 안 든 블랙으로" 하고 심술궂은 농담을 던졌다. 그 순간 마사에가 움직임을 멈췄다. 다카오는 히죽 웃더니 "이게 바로 진정한 블랙 조크!" 하고 회심의 한 방을 날렸다는 듯한 표정을 지었다. 그의 농담이 어디가 어떻게 재미있는지 이해하려면 시간이 많이 필요할 듯했다. 사야카가 느끼기에 2박 3일 정도로는 불가능했다.

"어휴, 아직도 그런 소릴 하는 거야?" 물론 마사에도 웃음기 하나 없이 어처구니없다는 표정이었다. 마사에는 커피 세 잔을 테이블에 내려놓고 사야카와 다카오 정면의 의자에 앉아서 말했다. "이제 사건은 끝났어. 지금쯤 범인은 바닷속에 있겠지. 어젯밤에 탐정님이 샤워하는 동안 그런 결론이 났다고. 아니면 뭔가 또 다른 가능성이 있다는 거야?"

"그걸 확인하기 위해 온 겁니다."

다카오는 딱 잘라 말하고 본론으로 들어갔다. "어젯밤에 빨간 도깨비를 놓치고 돌아오는 길에 마사에 씨께 전화드렸죠. 통화한 후에 게이스케 씨가 어떤지 확인하셨습니까?"

"물론이지. 그런 식으로 말하길래 걱정됐거든. 바로 게이스케 방에 가 봤어."

"어땠나요? 게이스케 씨는 자기 방에 있었습니까?"

"응, 있었지."

마사에가 짤막하게 대답했다. 하지만 너무나 짤막한 대답이라 사야카는 오히려 믿기 어려운 기분이었다.

다카오도 마찬가지였는지 다짐을 받듯 물었다. "정말입니까? 정말로 마사에 씨가 두 눈으로 직접 확인하셨어요?"

"응, 확인했어. 시간은 좀 걸렸지만."

"시간이 걸렸다고요?! 그게 무슨 말씀입니까?"

의아해하는 탐정에게 마사에는 담담하게 설명했다.

"게이스케 방에 가서 문을 두드렸는데, 그때는 대답이 없었어. 꽤 세게 두드렸는데도 말이야. 그래서 게이스케가 자기 방에 없는 줄 알았지. 분명 다른 방에 있을 거라고 생각했어. 예를 들면 전망실이나 게임룸 같은 곳에. 그래서 일단 거실로 돌아갔어. 거실에는 저택 사람들이 대부분 모여 있었지. 다들 소란이 벌어진 걸 알고 방에서 뛰쳐나온 거야. 하지만 게이스케는 없었어. 물어보니 다들 모른다며 고개를 젓더군."

"그래서 어떻게 하셨습니까?"

"물론 당황해서 찾아다녔어. 어디선가 게이스케가 빨간 도깨비의 희생양이 됐을지도 모르잖아? 고이케 기요시와 유코도 도와줬어. 식당, 전망실, 지하실 같은 데도 찾아봤지만 어디에도 없길 뭐야. 불안에 휩싸인 우리는 어쩔 수 없이 한 번 더 게이스케의 방에 갔어. 그랬더니……."

"……그랬더니?" 탐정은 소파 위에서 몸을 내밀었다.

마사에는 김샜다는 듯이 어깨를 으쓱했다.

"방에 있더라고, 게이스케가. 욕실에 오래 들어가 있었던 모양이야. 왜 샤워하고 있으면 문을 두드리는 소리가 안 들리잖아. 그래서 대답이 없었던 건가 봐. 그런 줄도 모르고 게이스케를 찾아 온 저택을 돌아다닌 거지. 정말 얼빠진 짓이었다니까."

마사에는 후후후 웃고서 커피를 마셨다. 다카오는 무표정한 얼굴로 고개를 끄덕였다.

"그렇군요. 샤워하고 나왔다니, 그것 참 마침맞게……."

그러자 마사에가 탐정의 말꼬리를 붙잡고 날카롭게 물었다.

"어머, '마침맞게'라니 무슨 뜻이야?"

"아니요, 그냥……." 다카오는 엉뚱한 방향을 바라보며 얼버무렸다.

마사에는 더욱 매서운 말투로 따져 물었다. "어젯밤 전화로는 게이스케를 걱정하는 척했지만, 그건 거짓말이었어. 실은 걔를 의심하는 거지? 빨간 도깨비의 정체가 아닐까 싶어서."

"아니요, 아니요, 아닙니다."

탐정은 당황한 듯 한 손을 내저었다. "그럴 리가요. 게이스케 씨가 빨간 도깨비라면 이미 바다에 빠져 죽었을 테니까요. 그럼 지금 저택에 있는 게이스케 씨는 대체 누구냐는 이야기가 되죠. 아닙니까, 마사에 씨?"

다카오가 농담조로 꺼낸 말을 듣자마자 마사에의 얼굴에 한순간 흠칫하는 표정이 떠올랐다. 마사에는 입술을 떨며 항의하듯 말했다.

"무, 무슨 소릴 하는 거야! 재수 없는 소리 하지 마!"

마사에는 전에 없이 서슬 퍼런 목소리로 질책하더니, 들고 있던 커피를 허겁지겁 들이켰다.

그 부자연스러운 태도에 탐정은 얼떨떨한 표정이었다. 옆에서 듣고 있던 사야카도 어리둥절했다.

다카오와 사야카는 고개를 갸웃거리며 의아한 표정으로 얼굴을 마주 보았다.

2

"……저기, 아까 그 말 무슨 뜻이에요?"

사야카가 마사에의 방을 나서자마자 물었다. 다카오는 "엉?! 내가 무슨 이상한 말을 했던가"라며 시치미를 뚝 떼더니 긴 복도를 혼자 재빨리 걸어갔다. 참다못한 사야카는 계단을 올라 2층으로 가는 도중에 다카오의 앞을 막아섰다. 이번에는 정면으로 그를 몰아붙였다.

"잡아떼지 말아요. '마침맞게……'라니 그게 무슨 뜻인데요?"

"아아, 그거. 그건 참 '마침맞다'는 머릿속 생각이 그대로 입을 타고 나온 거야. 정말 마침맞잖아. 머리가 젖은 걸 둘러댈 핑계로 '샤워'는 이상적이지. 문을 두드리는 소리에 응하지 않은 이유도 되고 말이야."

"머리가 젖었다니……. 아, 그런가!"

사야카는 무심코 손뼉을 쳤다. "빨간 도깨비는 빗속을 돌아다녔으니 머리고 몸이고 쫄딱 젖었을 거예요. 그걸 위장하기 위해 막 샤워한 척했다. 즉, 빨간 도깨비의 정체는 게이스케 씨였던 거로군요."

"그렇게 생각할 수도 있다는 이야기야."

"하지만 잠깐만요……. 역시 그건 무리 아닐까요?" 사야카는 고개를 갸우뚱하며 반론했다. "'도깨비 뒤집기 벼랑'에서 저택으로 돌아올 때 고바야카와 씨가 젖은 길을 가리키며 그랬잖아요. 빨간 도깨비가 돌아간 발자국이 없다고. 만약 빨간 도깨비의 정체가 게이스케 씨라면, 그는 어떻게 발자국을 남기지 않고 숲속 길을 내려갈 수 있었을까요? 그건 불가능해요."

"확실히 당신 말이 맞아. 즉, 게이스케는 우연히 그 타이밍에 샤워를 오래 즐긴 것뿐인가. 그 늦은 밤에 씻는 것도 약간 부자연스럽지만 말이야."

"그건 그렇지만……."

말을 머뭇거리는 사야카를 내버려두고 다카오는 다시 계단을 올랐다. 사야카는 허둥지둥 다카오를 쫓으며 물었다. "이번에는 누구한테 가려고요?"

"당연한 걸 묻고 그래?" 탐정은 돌아보지도 않고 대답했다. "게이스케 방이지. 그 시간에 정말로 욕실에 있었는지, 직접 물어볼 거야."

게이스케의 방에 도착한 고바야카와는 즉시 문을 두드렸다. 안에서는 아무 대답도 없었다. "없나 본데요." 낙담한 사야카의 말에 다카오는 비아냥거림이 담긴 어조로 "아니, 이번에야말로 진짜 욕실에 있는지도 모르지" 말하며 다시 문을 두드렸다.

탐정의 태도에서 게이스케를 몹시 의심하는 마음이 고스란히 묻어났다.

하지만 안에서 아무 반응도 없자 탐정도 결국 포기한 듯 방에서 등을 돌리며 말했다. "뭐, 됐어. 저택을 돌아다니다 보면 마주치겠지."

그 후 다카오는 게이스케를 찾아 저택을 어슬렁어슬렁 돌아다녔다. 사야카도 다카오와 동행했다. 돌아다니던 두 사람은 2층 게임룸 앞에서 일제히 발을 멈췄다. 안에서 당구 치는 소리가 들렸다.

"누가 있는 것 같네요……."

중얼거리는 사야카 앞에서 다카오가 문을 열었다. 게임룸에는 두 사람이 찾아다녔던 사이다이지 게이스케가 있었다. 다카오는 막역한 친구와 10년 만에 재회한 것처럼 호들갑스럽게 두 팔을 펼쳤다. "이야, 여기 계셨군요. 한참 찾았습니다."

"어, 저를요?" 큐대를 든 게이스케는 어리둥절한 표정이었다.

"물론이고 말고요. 당구를 꼭 함께 치고 싶어서요."

'그게 아니잖아! 애당초 당구 규칙도 전혀 모르면서!'

사야카는 속으로 소리치며 탐정을 흘겨보았다. 그러자 이심전심이랄까. 탐정은 당구대의 당구공으로 뻗던 손을 멈추고 다시 게이스케 쪽으로 빙글 돌아섰다. "하지만 대결은 제가 당구 규칙을 파악한 후에 하기로 하죠. 지금 공부하는 중이거든요."

"아, 네……."

"그것보다 실은 게이스케 씨께 여쭤보고 싶은 게 있는데요."

"저한테 물어보고 싶은 것?! 그게 뭔가요?"

그러자 탐정은 한순간 망설이는 표정으로 "어, 뭐라고 하면 좋을까" 하고 이제 와서 고민하듯 머리를 쓸어 올리더니 겨우 질문을 꺼냈다. "요컨대 그거죠. 어젯밤에 꽤 오래 샤워를 하신 모양인데, 정말인가 싶어서요."

너무나 직설적인 질문에 사야카는 낙담의 한숨을 내쉬었다. '좀 더 티 안 나게 넌지시 물어볼 수는 없었어, 탐정?'

어깨를 축 늘어뜨리는 사야카 앞에서 게이스케는 무슨 뜻인지 모르겠다는 듯 고개를 갸웃했다. 하지만 이윽고 이해가 갔는지 "아아……" 하고 목소리를 흘리더니, 큐대를 당구대 위에 내려놓고 탐정의 얼굴을 똑바로 응시했다. "마사에 고모께 들으셨군요?"

"뭐, 그런 셈이죠." 탐정은 모호하게 고개를 끄덕였다.

게이스케는 어깨를 살짝 움츠렸다. "확실히 어제는 밤늦은 시간에 씻었습니다. 그래서 스님이 습격당해 다치신 줄도 한동안 몰랐죠. 두 분이 빨간 도깨비를 쫓아가신 것도요. 씻고 나온 직후에 알았어요. 마사에 고모가 방에 오시고야 소동이 벌어졌음을 알아차린 거죠. 정말이지 나도 참 한가롭게 굴었구나 싶었는데……. 그게 왜요?"

"아니, '그게 왜요?'라고 말씀하시면 뭐라고 말씀드리기가 애매합니다만." 탐정은 난감한 듯 턱을 문지르며 말했다. "왜 굳이 밤늦은 시간에 씻으신 거죠?"

"그냥요. 그냥 씻고 싶어서 씻었을 뿐입니다. 물론 그런 소동이 일어날 줄 알았다면, 그 시간에 씻지 않았겠죠. 저에게 예지 능력이 있는 건 아니니까요."

"하하, 물론 그건 그렇겠죠. 하지만……."

"탐정님." 게이스케는 다카오의 말을 막듯 목소리를 높이며 한 발짝 다가섰다. "혹시 저를 의심하시는 겁니까. 설마 어젯밤에 출몰한 빨간 도깨비의 정체가 저라고?"

"엇?! 에이, 아닙니다." 정곡을 찔린 탐정은 당황해서 손을 내저으며 말했다. "그럴 리 없죠. 빨간 도깨비는 벼랑에서 떨어져 불고기 밥이 됐으니까요."

'불고기'가 아니라 '물고기'겠지! 말실수도 희한하게 하네. 왜 빨간 도깨비가 밥에 얹어 먹으면 맛있는 반찬이 되는 건데! 사야카는 속으로 적확하게 핀잔을 주었다. 자신의 실수를 눈치채지 못한 탐정은 딴청 부리듯 웃으며 머리만 긁적였다.

게임룸에 침묵이 흐르는 가운데, 사야카는 완전히 다른 각도에서 질문을 던져 보았다.

"그런데 게이스케 씨, 어젯밤에 탐정님이 가지고 돌아온 도깨비 가면 말인데요. 그건 사이다이지 가문에 얽힌 미술품 같은 건가요? 아니면 가문과는 아무 연관도 없는 물건인가요?"

"음, 글쎄요. 적어도 저는 그런 가면을 본 적이 없습니다. 하지만 사이다이지 가문은 수많은 미술품과 공예품을 소장하고 있죠. 저도 전부 다 파악하고 있는 건 아니지만요."

"그럼 사이다이지 가문과 연관 있는 가면일 가능성도 부정은 할 수 없다는 말씀인가요?"

"그야 뭐, 가능성은 있겠죠. 아실지도 모르지만, 사이다이지 출판은 모모타로와 아주 깊은 인연이 있거든요."

"그 이야기라면 아쓰히코 씨께 들었어요. 사이다이지 출판에서 첫 번째로 출간한 책이 『모모타로』 그림책이었다면서요." 사야카는 문득 떠오른 생각을 말했다. "그 그림책을 지금 볼 수 있나요?"

"어, 지금 여기서요?"

"네, 이 저택에 한 권쯤 있지 않을까 싶어서요. 혹시 전망실 도서 코너에 있지 않을까요?"

"아니, 그게 어떠려나……." 말을 얼버무린 게이스케가 게임룸 천장에 시선을 주며 되물었다. "그런데 그걸 봐서 어쩌시려고요?"

"딱히 어쩌자는 건 아니고요. 그냥 빨간 도깨비의 얼굴을 한번 보고 싶었을 뿐인데요."

사야카의 대답에 게이스케는 쓴웃음을 지으며 말했다.

"빨간 도깨비는 어느 그림책이든 얼굴이 비슷하게 생겼지 않습니까. 화난 것처럼 빨간 얼굴에 눈이 부리부리하고, 머리에는 뿔이 두 개 달렸고……."

"아니요, 뿔은 하나일지도 모릅니다."

다카오가 날카로운 듯하면서도 아무래도 상관없는 듯한 지적을 날렸다. 그는 입술 가장자리를 끌어 올려 씩 웃으며 말했다. "어쩐지 저도 그 책을 보고 싶어졌습니다. 어떤가요, 게이스케 씨? 고로 씨의 유언에 따라 사이다이지 가문의 장서를 전부 상속받으셨죠. 게이스케 씨의 허락을 받아야 볼 수 있을 텐데요."

"그런가요. 그렇다면 꼭 보여드리고 싶습니다만……. 아쉽네요!" 게이스케는 작게 소리치고 고개를 저었다. "여기 '화강장'은 어디까지나 별장입니다. 그런 중요한 책은 두지 않아요. 있다면 회사 창고에 있지 않으려나요."

"그렇군요. 어쩔 수 없죠." 다카오는 순순히 물러났다.

사야카도 생각난 김에 꺼내 본 부탁이므로 끈덕지게 요구할 마음은 없었다.

세 사람의 대화가 끊긴 그때였다.

갑자기 문이 덜컥 열리고 게임룸에 새로운 인물이 나타났다. 전통 작업복 차림의 도라쿠 스님이었다. 그는 열린 문으로 고개를 디밀고 안쪽을 확인하더니, 기쁜 듯이 표정을 풀었다.

"오오, 목소리가 들려서 누군가 했는데, 게이스케 씨와 탐정님이었군요."

스님은 그렇게 말하며 남자 두 명을 가리켰다. 사야카는 자신이 투명인간이 된 것 같은 비애를 맛보았다.

'나도 있잖아!' 그렇게 티 내는 의미도 담아서 "어흠" 하고 일부러 헛기침을 한 번 한 후 사야카는 입을 열었다. "뭔가 용건이라도 있으세요, 스님?"

"아니요, 보살님에게는 딱히 용건이 없는데요." 도라쿠 스님은 무례하기 짝이 없는 소리를 하며 게임룸으로 들어왔다. "하지만 모처럼 여기서 만났으니, 겸사겸사라고 하면 뭣하지만 탐정님께 드릴 말씀이 있습니다."

스님의 말에 다카오는 고개를 갸웃했다. "쩝, '모처럼 여기서 만났다'고 하셨지만, 아까 식당에서도 뵀잖아요. 왜 또……?"

"아까는 아까, 지금은 지금이지요." 스님은 성가시다는 듯이 한 손을 내저었다.

두 사람의 이야기를 듣고 게이스케는 배려하기로 마음먹었는지 "그럼 저는 자리를 비워드리겠습니다"라며 혼자 게임룸에서 나가려고 했다.

그러자 스님은 즉시 게이스케를 불러 세웠다. "아니요, 기다리십시오. 딱히 신경 쓰실 것 없습니다. 게이스케 씨도 꼭 들어줬으면 하는 이야기거든요."

그 말에 게이스케는 아리송한 표정으로 다시 방 한복판으로 돌아오면서 스님에게 물었다.

"무슨 말씀인데요? 혹시 이번 사건과 관련 있는 이야기입니까?"

"홈, 그것 말인데, 실은 소승도 어떤 시주님께 들었을 뿐이라 어떻게 받아들여야 할지 망설여집니다. 어쩌면 이번 사건과 관계가 있을지도 모르고, 전혀 관계없을지도 모르지요. 그래서 두 분의 견해를 듣고 싶습니다."

사야카는 티 나게 헛기침을 한 번 더 하고 물었다. "무슨 이야기인데요?"

"음, 한마디로 말하자면 이 섬에 얽힌 기적담이라고나 할까……."

"에엥, 기적이라고요?!" 다카오가 괴상한 목소리로 반응했다. 그는 갑자기 흥미가 동한 듯 스님에게로 고개를 돌렸다. "아주 재미있을 것 같은데요."

"글쎄, 어떠려나요. 사실이라면 확실히 재미있는 이야기지만, 완전히 실없는 이야기일 가능성도 부정은 할 수 없거든요. 어쨌거나 이 지역에 사는 개구쟁이 남자 중학생들의 체험담이니까요. 솔직히 소승도 그렇게까지 신빙성 있는 이야기라고는 생각지 않습니다. 그래도 일단 탐정님한테 알려드릴 필요는 있을 것 같아서요."

"허, 왜요?" 탐정이 진지한 얼굴로 물었다.

스님은 탐정을 똑바로 쳐다보고 대답했다. "그 기적의 무대가 북쪽 벼랑이기 때문이지요. 일명 '도깨비 뒤집기 벼랑'. 어젯밤에 빨간 도깨비가 떨어졌다는 그 벼랑 바로 밑에서 일어난 신기한 일입니다. 어떻습니까, 탐정님, 궁금하신지요? 소승도 어젯밤에 있었던 술래잡기의 전말을 듣고, 이 이야기를 누군가에게 들려주고 싶어서 입이 근질근질했습니다."

"아주 궁금하네요. 꼭 들려주십시오."

다카오의 애원에 도라쿠 스님은 씩 웃으며 고개를 끄덕였다.

"들려드리고 말고요. 정신을 가다듬고 잘 들어 보십시오."

3

도라쿠 스님은 마작 테이블의 의자를 끌어당겨서 앉았다. 다카 오는 당구대 가장자리에 엉덩이를 걸치고 이야기를 들을 자세를 취했다. 게이스케는 벽에 등을 기댄 채 잠자코 팔짱을 꼈다. 사야카는 또 다른 의자에 앉아 스님을 재촉했다.

"그래서 무슨 이야기인데요? 남자 중학생들의 체험담이라고 하셨는데, 걔들이 뭘 어쨌길래요?"

"낚시요." 도라쿠 스님이 이야기를 시작했다. "남자 중학생 세 명이 낚시를 했답니다. 그것도 그냥 낚시가 아니라 밤낚시를. 세 명은 미리 짜고서 집을 빠져나와 밤바다에 작은 배를 띄웠어요. 선외기가 달린 작은 배였다는군요. 그 배를 타고 향한 곳이 바로 비탈섬이었지요. 중학생들은 비탈섬 북쪽 벼랑 밑에 도착해 낚시를 시작했습니다."

"흐음, 어쩐지 위험한 냄새가 나는걸요." 사야카는 불안한 낌새로 중얼거렸다.

하지만 다카오는 고개를 저으며 말했다. "위험하기는. 학교 친구와 밤낚시라니 아주 재미있겠는데."

"오오, 실제로 재미있었던 모양입니다." 스님이 말을 이었다. "투광기라고 하나, 큼지막한 불빛을 해수면에 비춰 물고기들을 끌어모으고, 낚싯줄을 드리우자 물고기가 신나게 잡혔다는군요. 천진하고 순박한 중학생 세 명은 정신없이 낚싯대를 잡아당겨 물고기를 닥치는 대로 낚아 올렸지요. 그날 밤은 세 명에게 청춘의 유쾌한 한

312

페이지로 남을 터였습니다. 그런데!" 스님이 느닷없이 목소리를 높였다.

사야카는 어깨를 움찔했다. "그런데…… 뭐요?"

"즐겁게 낚시하던 그들에게 갑자기 재난이 떨어져 내렸어요. 말 그대로 머리 위로 떨어져 내린 거지요."

다카오는 얕잡아 보는 듯한 어조로 "이야, 머리 위에라" 하고 말했다. "벼랑 위에서 빨간 도깨비라도 떨어졌습니까?"

"그렇다면 재난이긴 해도 기적이라고는 할 수 없지 않겠습니까?"

"아니죠, 스님. 별안간 머리 위에 빨간 도깨비가 떨어지면 기적인데요, 너무 충분할 만큼……."

"저기요, 고바야카와 씨, 말허리 좀 끊지 말아요." 사야카가 안경 너머로 날카로운 시선을 던지며 농담을 늘어놓는 다카오를 나무랐다. 그리고 다시 스님에게 물었다. "그래서, 벼랑 위에서 뭐가 떨어졌나요?"

"응?! 소승은 벼랑에서 뭔가 떨어졌다고 한 적이 없는데……."

"어라?!" 듣고 보니 그랬나 싶어 사야카는 고개를 갸우뚱했다.

그런 사야카에게는 아랑곳없이 스님은 뜻밖의 말을 꺼냈다. "벼랑 위가 아니었습니다. 그건 바닷속에서 튀어나온 모양이에요. 바닷속에서 점프하듯 나타난 거지요. 그리고 순식간에 배 위쪽으로 높이 떠올랐다는군요."

사야카는 스님의 말이 무슨 뜻인지 제대로 파악하지 못해 얼떨떨할 뿐이었다. 다카오는 미간에 주름을 잡으며 반신반의하는 표정으로 물었다. "바닷속에서요? 돌고래나 범고래라도 나타난 겁니까?"

"아니요, 인간이었습니다." 스님은 진지한 표정으로 딱 잘라 말했다. "하기야 중학생들도 처음 본 순간에는 돌고래 같은 건 줄 알았다는군요. 하얀 돌고래나, 하얀 배를 내보인 범고래인 줄. 요컨대 그것은 허여멀겋게 보인 거예요. 하지만 인간이었지요. 흰색 옷을 입은 인간. 그자가 해수면을 찢어 내듯 나타나서 공중으로 튀어 오른 겁니다."

스님의 이야기가 너무 희한해서 게임룸은 잠시 깊은 침묵에 휩싸였다. 의자에 앉은 사야카는 입을 떡 벌렸고, 당구대에 엉덩이를 걸친 다카오는 복잡한 표정이었다. 벽에 기댄 게이스케도 팔짱을 낀 채 미동도 없었다. 그런 가운데 다카오가 침묵을 깨고 입을 열었다.

"그렇군요. 정말이지 정신 똑바로 차리고 들어야 할 이야기 같은데요." 탐정은 손끝으로 눈썹을 문지르며 중얼거렸다. "인간이 바닷속에서 갑자기 공중으로 점프했다……. 아니, 하지만, 그런 말도 안 되는……. 아무리 뭐래도 그런 일은 이해가 안 되는데……."

"물론 이해가 안 되는 일이지요. 그래서 기적이라고 한 것 아니겠습니까."

두 사람의 대화에 끼어들 듯 사야카가 입을 열었다. "저기, 스님. 상황을 좀 더 자세하게 알려 주시지 않겠어요? 예를 들어 중학생들은 해수면을 가만히 바라보고 있었나요. 아니면 다른 곳을 보면서 수다라도 떨고 있었나요?"

"해수면에서 인간이 튀어나오는 순간을 똑똑히 보았는지 묻고 싶은 거로군요. 그 점은 확실히 중요하지만 아무래도 그 인간은 중

314

학생 세 명의 뒤편에서 점프한 모양이에요."

"뒤편?! 그럼 점프하는 순간을 똑똑히 본 건 아니다, 그건가요?"

"아니, 그렇지는 않고요. 그때 세 명은 휴식을 마치고 각자 낚싯대를 집어 들려는 참이었습니다. 그런데 뒤편에서 갑자기 커다란 물소리가 난 거지요. 돌고래가 뛰어오르는 듯한 물소리가. 세 사람은 놀라서 뒤를 돌아보았지만 딱히 아무것도 없었습니다. 하지만 자세히 살펴보고 있자니, 거품이 이는 해수면이 쑥 불거지는가 싶더니 거센 물보라를 일으키며 사람이 튀어나왔다는 거예요. 즉, 기적은 세 사람의 눈앞에서 일어난 거지요. 보지 않은 장면을 상상으로 보충해 만들어 낸 이야기가 아닙니다. 물론 착각을 했거나 잠에 취해 꿈을 꾼 것도 아니고요. 실제로 일어난 일이었나 보더군요."

스님은 그렇게 말했지만, 꿈이나 환각이 아닌데 그런 현상을 목격하는 게 과연 가능할까. 사야카는 아무래도 믿기지 않았다.

한편 다카오는 냉정한 말투로 이야기를 재촉했다. "그런데 스님, 바닷속에서 튀어나왔다는 흰옷을 입은 사람은 어떻게 됐습니까? 점프하고 나서 다시 바닷속으로 돌아갔나요? 그렇다면 그자는 인어라는 건데……."

"그럴 리가 있나!" 스님은 탐정이 농담 따먹기를 하듯 던진 말을 일축하고 이야기를 계속했다. "흰옷을 입은 사람은 세 중학생의 머리 높이 솟아올랐다가, 그들이 올려다보는 앞에서 아름다운 포물선을 그렸습니다. 그날 밤은 달빛이 밝아서 밤하늘을 배경으로 흰옷이 눈에 쏙 들어왔다는군요. 하지만 그 직후에 그자가 손발을 버둥거리며 뚝 떨어졌지요. 원래는 바다에 떨어졌겠지만, 우연하게도 바로 밑에 세 중학생이 탄 배가 있었어요. 그 결과, 그자는 배에 내동댕이쳐지듯이 떨어졌다는군요."

"배 위에요?! 그럼 중학생들은 그 사람을 지척에서 봤겠군요."

"오오, 물론 보았지요. 남자였답디다. 그 이상은 모르고요."

"왜죠?" 다카오는 당구대에 앉은 채 이상하다는 듯 고개를 기울였다. "얼굴은 확인하지 않은 겁니까? 얼굴을 보면 나이 정도는 대충 알 텐데……."

"그럴 여유가 없었던 모양이에요. 남자가 떨어진 충격으로 배가 심하게 흔들리다 순식간에 뒤집혔거든요. 중학생들은 어두운 바다에 빠져서 흰옷 차림 남자를 신경 쓸 처지가 아니었어요."

"어엇, 큰일이잖아요!" 사야카는 저도 모르게 입가에 손을 댔다. "무사했나요, 그 중학생들은……."

"음." 스님은 전에 없이 심각한 표정으로 고개를 끄덕이더니, 벽에 기대어 서 있는 게이스케를 힐끗 보며 말했다. "그 세 명은 무사했습니다. 어두운 바다를 떠다니다가 거꾸로 뒤집힌 배를 간신히 원래대로 뒤집어서 올라탔지요. 다행히 선외기도 망가지지 않고. 구사일생한 그들은 비탈섬을 뒤로하고 헐레벌떡 집으로 도망쳤다는군요."

"잘됐네요." 사야카는 무심코 안도의 한숨을 내쉬었다. 하지만 바로 고개를 획획 내저으며 방금 한 말을 취소했다. "아니요, 잘 안 됐어요! 전혀 잘되지 않았다고요. 흰옷을 입은 남자는 어떻게 됐나요? 세 중학생은 무사했더라도, 배 위로 떨어진 남자는…… 배가 뒤집혔으니 바다에 빠졌겠죠……. 그 사람은 살아남았나요?"

사야카가 머뭇머뭇 묻자 도라쿠 스님은 천천히 고개를 저었다.

"정확하게는 모릅니다. 하지만 정황상 살아남았다고 보기는 힘들겠지요. 애당초 배에 떨어졌을 때 머리를 세게 찧어서 죽었을 가능성도 있고요. 설령 죽지 않았더라도 그런 상태로 바다에 빠졌다면 헤엄치기조차 힘들었을 거예요. 실제로 배 위로 올라온 중학생들이 주변을 살펴보았지만, 흰옷을 입은 남자는 어디에도 보이질 않았다는군요. 뭐, 투광기며 손전등이며 조명 기구는 모조리 바다에 가라앉았으니 충분히 수색하기는 불가능했겠지만."

"그럼 육지로 도망친 세 사람은 어떻게 했나요? 어른들에게 사실을 밝히고 부근 바다를 수색하지는……?"

사야카의 질문에 도라쿠 스님은 모호한 표정으로 고개를 끄덕였다.

"그들은 당시 어른들에게 자신들이 체험한 일을 있는 그대로 밝히지는 않았던 모양입니다. 그런 기적 같은 체험담을 어른들이 믿어 줄 리 없으니. 그들이 정확하게 어디까지 이야기했는지는 소승도 모르고요. 다만 다음 날 부근 바다를 수색하기는 했나 보더군요."

"그럼 흰옷을 입은 남자는 발견됐나요?"

"아니, 발견되지 않았어요. 분명 물결에 휩쓸려 먼바다로 떠내려가 상어 밥이라도 됐겠지요. 그렇다면 찾아내기는 불가능할 겁니다. 결과적으로 바다에서 점프한 신기한 남자의 정체는 수수께끼로 남았어요. 아참, 그렇지!"

스님은 갑자기 생각났다는 듯 한 가지 일화를 덧붙였다.

"참고로 살아남은 중학생 중 한 명이 묘한 소리를 했다는군요. 바다에 빠져 허우적거릴 때 바닷속에서 기묘한 걸 목격했다나."

"뭡니까?" 당구대에 앉은 탐정이 물었다. "바닷속에서 뭘 봤는데요?"

"용."

"용이요?!" 탐정은 어이없다는 듯 목소리를 높였다. "용이라면 드래곤…… 말씀입니까?"

"그렇습니다. 바다에 사는 드래곤, 이른바 해룡이지요. 바닷속에서 꿈틀거리는 용을 보았다고 구사일생으로 돌아온 중학생이 진지한 얼굴로 말했다는군요. 뭐, 그 이야기를 들은 사람들은 다들 단순한 착각이거나 극한 상황에서 뇌가 만든 환영이었을 거라 생각하고 제대로 상대해 주지 않았나 보지만."

"무리도 아니죠. 현대의 세토내해에 용이 산다는 이야기를 믿을 사람은 없을 테니까요."

"암요. 20년 넘게 옛날인 당시도 믿는 사람은 한 명도 없었던 모양입니다."

도라쿠 스님이 그렇게 말한 직후에 탐정은 당구대 가장자리에서 주르르 미끄러져 떨어졌다. 그리고 의외라는 듯이 눈을 깜빡거렸다.

"2, 20년?! 어, 이거 일어난 지 20년도 넘게 지난 일이었습니까?!"

"그렇습니다." 대수롭지 않다는 듯 스님은 고개를 끄덕였다. "소승이 최근 이야기라고 한 적은 없는데요."

"그건 그렇지만, 설마 그렇게까지 옛날이야기일 줄은 생각도 못 했네요."

"어허, 진짜배기 옛날이야기입니다. 30대 후반의 남자 시주님이 아직 천둥벌거숭이였던 중학생 시절에 직접 경험한 일을 소승에게만 들려준 거예요. 20년도 넘게 지났으니 이제 괜찮다고 생각한 거겠지요. 분명 자기 가슴속에 숨겨 두기가 괴로웠던 거예요. 어떻습니까, 탐정님? 23년이나 예전 일에는 흥미가 안 생기십니까?"

"으음, 아무래도 이번 사건과는 관계없지 않을까……. 어, 23년? 으엥, 스님 방금 23년 전이라고 하셨습니까?!" 다카오는 문득 뭔가에 생각이 미친 듯 괴상한 소리를 질렀다. 그리고 허둥지둥 확인했다. "스님, 방금 이야기 분명히 23년 전에 일어난 거죠? 대충 그 무렵이 아니라, 정확히 23년 전. 그렇죠?"

"그렇습니다. 딱 23년 전이지요. 계절은 봄방학 초반이라고 들은 기억이 나는데. 그렇다면 지금이 2018년이니까 1995년 3월이겠군요."

"아아……. 1995년…… 3월……."

혼잣말하듯 중얼거리던 다카오의 표정이 순식간에 굳어졌다. 사야카도 긴장을 느끼지 않을 수 없었다.

예전에 의사 다카자와가 몰래 밝힌 이야기에 따르면, 과거에 비탈섬의 이 별장에서 사이다이지 가문의 가장 도시로 씨가 살해당하는 사건이 발생했다. 사이다이지 가문 사람들과 관계자들의 의향으로 살해사건은 은폐되고 도시로 씨는 단순한 병사로 처리됐지만, 다카자와의 기억 속에는 소년 시절에 체험했던 일이 선명하게 남아 있었다. 다카자와가 말한 바에 따르면 도시로 씨 살해사건은 지금으로부터 딱 23년 전에 발생했다. 분명 1995년 3월이었을 것이다. 그리고 그와 같은 시기에 남자 중학생 세 명이 '도깨비 뒤집기 벼랑' 바로 밑에서 기적과도 같은 경험을 했다고 한다. 단순한 우연일까, 아니면.

두 가지 일은 같은 날 밤에 일어난 걸까?

사야카는 갑자기 한기가 느껴져서 양손으로 어깨를 끌어안았다. 다카오는 턱에 손을 대고 뭔가 생각에 잠긴 표정이었다. 게임룸이 쥐 죽은 듯 고요해진 가운데, 도라쿠 스님이 지금까지 아무 말도 없던 그를 보고 물었다.

"어떻습니까, 게이스케 씨. 지금 제 이야기를 듣고 어떤 생각이 드십니까?"

"어, 어쩌냐니⋯⋯. 글쎄요, 딱히⋯⋯."

게이스케는 자기가 알 바 아니라는 듯이 고개를 홱 돌렸다. 그때 사야카는 비로소 알아차렸다. 지금까지 벽에 기대어 잠자코 이야기를 듣기만 했던 게이스케. 하지만 그의 옆얼굴에는 한눈에 알 수 있을 만큼 굵은 땀방울이 맺혀 있었다.

| 9장 |
고바야카와 다카오의 모험

1

도라쿠 스님이 게임룸에서 말해 준 23년 전의 신기한 사건. 그 이야기를 들은 고바야카와 다카오는 무슨 생각을 했는지 나선계단을 내려가 '화강장' 지하로 향했다. 살해당한 쓰루오카 가즈야의 방도 조사할 작정인가 싶어 고개를 갸웃하며 따라가자, 뜻밖에도 탐정의 목적지는 쓰루오카의 방 바로 옆이었다. 야노 사야카는 더더욱 고개를 기울이며 열린 문 안쪽을 들여다보았다.

그곳은 저택의 지하창고인 듯했다. 쌓아 올린 골판지상자, 낡은 가구와 망가진 가전제품에 섞여 톱이며 망치 같은 연장과, 목재 조각이나 페인트 등의 자재가 보관되어 있었다.

사야카는 조심조심 안으로 들어가며 다카오의 등에 대고 물었다.

"이런 곳에서 뭘 찾으려고요?"

"음, 글쎄, 일단은 로프. 몸을 지탱할 수 있을 만큼 튼튼한 게 좋겠지. 길이도 넉넉해야겠고……."

그렇게 대답하며 다카오는 쌓여 있는 골판지상자를 들여다보았다. 그리고 몇 분간 창고 안쪽에서 갖가지 잡동사니를 뒤진 끝에 그의 입에서 쾌재가 터져 나왔다.

"오옷, 찾았다! 그래, 이거야 이거. 그야말로 안성맞춤이야……."

다카오가 양손으로 끄집어낸 것은 튼튼해 보이는 굵은 로프였다. 똬리를 튼 뱀 같은 형태로 정리해 놓은 로프는 한 아름쯤 됐다. 풀면 길이가 꽤 길 듯했다.

사야카는 안경을 손끝으로 밀어 올리며 로프를 빤히 바라보았다.

"안성맞춤이라니, 이 로프로 뭘 하려고요?"

"실은 슬슬 목을 매 볼까 해서." 탐정은 멋진 농담을 날렸다.

"이야, 사건이 미궁에 빠진 책임을 지려는 건가요? 구질구질하지 않아서 좋네요." 사야카는 웃음기 하나 없이 말했다.

"미궁에 빠지기는! 설령 미궁에 빠지더라도 내 책임은 아니야!"

"그럼 시시한 소리는 집어치우고, 얼른 진짜 이유를 말해 줘요!"

사야카는 저도 모르게 언성을 높였다. "설마 범인을 붙잡아서 꽁꽁 묶기 위한 건 아니겠죠. 사람을 묶을 로프가 이렇게 길 필요는 없을 테고……. 그렇다면 다른 용도……. 어, 진짜?"

사야카의 머릿속에 얼토당토않은 용도가 떠올랐다. 설마 이런 상황에서 말도 안 된다고 사야카 본인도 고개를 저을 정도였다. 그런 사야카 앞에서 탐정은 잡동사니를 더욱 헤집어서 쓸 만한 물건을 몇 개 더 찾아냈다. 그걸 바라보고 있자니 자신의 안 좋은 예감이 현실로 다가오는 것 같아서 사야카는 무심코 몸을 부르르 떨었다.

점심식사를 마친 후, 고바야카와 다카오는 검은색 정장 위에 새

빨간 판초 우의라는 참신한 스타일로 '화강장' 정면 현관에 나타났다. 빨간 판초 우의는 로프와 마찬가지로 지하창고에서 발견한 물건이다. 둘둘 감긴 로프는 오른쪽 어깨에 멨다. 아주 무거울 테지만 터프함으로 먹고사는 사립탐정답게 흐트러짐 없는 발걸음이었다.

"좋아, 그럼 가 볼까!" 탐정이 위세 좋게 소리쳤다.

"다녀와요. 힘내요!" 사야카는 진심으로 응원했다.

"……."

"……."

정면 현관이 침묵과 정적에 휩싸인 직후, 두 사람 사이에 격렬한 내분이 발발했다.

"헛소리하지 말고 당신도 따라와!" "싫어요, 폭풍이 치잖아요!" "이런 박정한 인간 같으니라고!" "하지만 무리라고요!" "무리는 무슨 무리야!"

두 사람의 말다툼이 평행선을 그리던 가운데.

다카오는 사야카에게 등을 홱 돌리더니 마침내 마지막 수단을 꺼냈다.

"알았어. 당신은 안 와도 돼. 아니, 오지 마. 오히려 당신이 없는 게 나아. 따라오면 걸리적거려. 알겠지, 절대로 오지 마. 절대로. 절대로 오지 말라고 했어. 절대로……."

"알았어, 알았어요. 나도 갈게요. 네, 네, 가면 되잖아요!" 결국 사야카는 탐정의 비열하기 짝이 없는 전략에 굴복하고 말았다. "그런데 탐정님, 어디서 목을 매려고요?"

"흥, 지금이 목을 맬 상황인가. 탐험할 거야. 목적지는 '도깨비 뒤집기 벼랑'이다."

역시 그런가. 사야카는 암담한 심정으로 깊은 한숨을 내쉬었다.

2

이리하여 사야카도 비옷을 챙겨 입었다. 변호사다운 정장 차림에 녹색 판초 우의라는, 어떤 의미에서 전위적인 패션이다. 빨간 다카오와 녹색 사야카는 나란히 진열된 컵라면 두 개 같았다. 두 사람은 함께 빗속으로 뛰쳐나가 저택 뒤편에 펼쳐진 숲속으로 힘차게 뛰어들었다. 어젯밤은 빨간 도깨비를 쫓아서 지나갔던 숲속 좁은 길을, 오늘은 평범하게 걸어서 나아갔다. 다행히 비는 소강상태라 판초 우의로 충분히 견딜 만한 강수량이었다. 바람은 변함없이 강했지만, 걸음을 방해할 정도는 아니다. 질척질척한 길에 발이 빠지는 것만 조심하면 숲속을 나아가기가 그리 어렵지는 않았다.

이윽고 숲을 빠져나온 두 사람은 무사히 통나무 다리를 건너서 비탈섬 북쪽 가장자리에 도착했다. 다카오가 즉시 손목시계를 확인했다. "저택에서 여기까지 걸어서 15분 걸렸군. 통나무 다리에서 쓸데없이 잡아먹은 시간을 제외하면, 저택에서 벼랑 위까지 걸어서 10분쯤 걸리는 셈이야. 의외로 가까운걸."

"흐음. 어젯밤은 여기까지 꽤 멀게 느껴졌는데 실은 그렇지도 않네요."

"응, 원래 비탈섬은 작은 섬이니까. 어디 보자."

다카오는 뭔가 찾는 듯 벼랑 위의 바위밭을 두리번거렸다. 잠시 후 "좋아, 이걸로 하자" 하고 만족스럽게 고개를 끄덕이더니 커다란 바위로 다가가서 로프 끄트머리를 바위에 동여맸다. 하지만 매듭이 정말로 엉망진창이었다. 볼품없는 매듭은 잘못 만든 경단 같아 보였다. 탐정은 이런 어중간한 매듭에 자신의 목숨을 맡길 생각일까. 사야카는 걱정된 나머지 잠자코 있을 수가 없었다.

"그런 적당한 매듭으로는 안 돼요! 고바야카와 씨, 로프를 전혀 다룰 줄 모르는가 보군요. 로프 좀 줘 봐요. 그리고 칼 있어요?"

다카오에게 로프와 칼을 받은 사야카는 일단 다카오가 묶은 로프를 매듭 부분에서 싹둑 절단했다. 그리고 바로 옆에 있는 다른 바위로 다가가 로프를 칭칭 감은 후, 익숙한 손놀림으로 꼭 묶었다. 로프를 바위에 단단히 묶었고, 매듭도 깔끔하게 정리했다. 사야카는 의기양양하게 코를 쳐들고 가슴을 쭉 폈다.

"후훗, 어때요! 이게 바로 아버지에게 직접 전수받은 보우라인 매듭이라는 거예요. 이거라면 아무리 잡아당겨도 절대로 풀리지 않아요. 봐요."

사야카는 한 손으로 로프를 잡고 "에잇!" 하며 힘껏 잡아당겼다. 큰 바위는 단번에 옆으로 벌렁 드러누웠다. "얼레……?!"

넘어진 바위에서 로프로 만든 고리가 쏙 빠져나왔다. 발아래에 떨어진 고리를 보고 다카오의 안색이 창백해졌다. "그, 그렇군. 확실히 매듭 자체는 풀리지 않는 것 같은데……."

"그, 그렇죠……." 사야카는 거북한 마음에 엉뚱한 방향을 보며 말했다. "좀 더 무겁고 안정감 있는 바위에 묶으면, 다음번에는 성공할 거예요……. 아마도……."

두 사람은 맛있어 보이는 수박을 고르는 커플처럼 신중하게 바위를 선별했다. 사야카는 절대로 벌렁 드러눕지 않을 법한 거대한 바위의 중심부에 다시 로프를 잡아맸다.

한편 다카오는 로프의 남은 부분을 벼랑 끄트머리에서 바다로 늘어뜨린 후, 대담하게도 판초 우의를 벗어 던지고 검은색 정장 차림을 드러냈다. 다만 허리에는 창고에서 찾아낸 두꺼운 작업용 벨트를 감고 있었다. 벨트에는 타원형 모양 철제 고리가 여러 개 달려 있었다. 굳이 따지자면 한신 경마장의 바깥쪽 잔디 코스(*위쪽이 넓고 아래쪽으로 갈수록 좁아지는 길쭉한 동그라미 형태다) 같은 모양이다. 철제 고리의 일부분이 스프링 장치로 여닫히는 그것이다. 사야카도 정식 명칭이 뭔지는 모르지만, 아무튼 다카오는 그 고리에 로프를 끼우고 만족스럽게 웃었다. "좋아, 이제 됐어."

"정말 그걸로 된 걸까요?" 사야카는 미덥지 못한 장치를 보면서 불안감에 사로잡혔다. "단숨에 로프를 타고 주르르 떨어져서 바다에 풍덩. 그대로 상어에게 잡아먹히지는 않겠죠?"

"걱정하지 마. 로프에 몇 미터 간격으로 매듭을 지어 놨거든. 벨트 고리에 매듭이 걸릴 테니까 바다로 급강하할 위험은 없어."

"흐음. 하지만 반대로 첫 번째 매듭이 걸려서 오도 가도 못 하게 되는 거 아니에요?"

"그것도 걱정할 것 없어. 매듭이 고리에 걸리면 다른 고리를 그 매듭 밑에 채우면 돼. 그리고 매듭 위쪽 고리를 로프에서 빼는 거지. 그러면 다음 매듭까지는 내려갈 수 있잖아. 그걸 반복하면 아래로 조금씩 안전하게 내려갈 수 있어. 아, 다만." 다카오는 진지한 표정으로 얼굴 앞에 손가락을 하나 세웠다. "이건 평소부터 몸을 단련해서 초인적인 능력을 갖춘 사립탐정, 고바야카와 다카오니까 가능한 일이야. 우리 착한 여러분은 절대로 따라 하면 안 돼!"

탐정이 갑작스럽게 주의를 주어서 사야카는 어리둥절해졌다.

"누구한테 말하는 거예요? 여기 '우리 착한 여러분'은 없는데요."

'초인적인 능력을 갖춘 사립탐정'이 과연 존재하는지도 꽤 의문이었으나 고개를 갸웃하는 사야카 앞에서 다카오는 진지하게 고개를 끄덕였다.

"뭐, 어때. 불행한 사고만 일어나지 않으면 난 그걸로 만족이야. 자, 그럼." 다카오는 산책이라도 하러 가는 듯한 발걸음으로 벼랑 끄트머리에 다가갔다. 그리고 벼랑 아래를 내려다보며 결연하게 말했다. "이만 가 볼까."

거의 자살 희망자의 대사다. 이만 저승으로 가 볼까. 로프가 없었다면 완전히 그렇게 느껴졌으리라. 사야카의 등골에 싸늘한 기운이 올라왔다. 이 마당에 와서야 사야카는 무모한 탐정에게 처음 물어보았다. "저기, 고바야카와 씨, 벼랑 밑에서 뭘 찾으려는 건데요?"

"글쎄, 대체 뭐가 있는지 그걸 확인하러 가는 거야."

얼버무리듯 대답한 후 다카오는 곧 다시 볼 텐데도 가볍게 손을 흔들어 인사했다. 그리고 양손으로 로프를 잡고 발밑을 확인하며 조심스레 벼랑 아래로 내려가기 시작했다.

사야카는 가슴 앞에 양손을 마주 모았다. "괜찮아요? 신중하게…… 천천히 서두르지 말고……."

"에이, 괜찮아. 걱정 붙들어 매." 탐정은 여유 있는 목소리로 대답하며 서서히 벼랑 아래로 모습을 감추었다. 이윽고 그의 모습은 벼랑에 가려서 사야카가 있는 곳에서는 더 이상 보이지 않았다. 목소리만 강한 바람에 섞여 띄엄띄엄 들려왔다. "이야, 벼랑 아래쪽은 이렇게 되어 있구나아아아아아아아악!"

갑자기 찢어지는 듯한 절규가 길게 이어졌다. 사야카의 머릿속에 가파른 벼랑을 따라 거꾸로 떨어지는 탐정의 모습이 떠올랐다. 그 직후 '도깨비 뒤집기 벼랑'에 정적이 찾아왔다. 사야카가 귀를 기울이고 있자니 풍덩, 애달픈 물소리가 들린 것 같았다.

"꺅, 꺄아아아악!"

한 박자 늦게 꽥꽥 비명을 지른 사야카는 엉금엉금 기다시피 벼랑 가장자리로 다가갔다. "괘, 괘, 괘, 괜찮아요!" 입술을 떨며 벼랑 아래쪽을 내려다본 다음 순간, 눈앞에 의외의 광경이 펼쳐졌다. 사야카는 눈썹을 찡그리며 "으엥?!" 얼빠진 소리를 중얼거렸다.

바로 밑에 벼랑의 암벽에서 옆으로 쑥 자라난 소나무가 보였다. 탐정은 소나무의 줄기 부분을 두 발로 밟고 태연하게 서 있었다. 한 방 먹였다는 듯 심술궂은 웃음이 얼굴에 맺혀 있었다.

사야카는 그제야 속았음을 깨달았다. "뭐, 뭐가 '풍덩'이야. 이상한 짓 하지 말고, 얼른 내려가요! 그냥 다시는 올라오지 말든가!"

벼랑 위에서 사정없이 악을 쓰자, 기세에 눌린 것처럼 탐정은 소나무 줄기에서 떨어졌다. 사야카가 또 깜짝 놀라거나 말거나, 그는 멋진 몸놀림으로 로프를 다루며 매끄럽게 벼랑을 내려갔다. 사야카는 벼랑 가장자리에서 안전한 곳까지 물러나 안도의 한숨을 내쉬었다. 그리고 이제 일절 탐정을 걱정하지 않기로 결심했다.

시간이 얼마나 흘렀을까. 녹색 판초 우의를 입은 사야카는 로프를 잡아맨 거대한 바위 뒤편에 무릎을 끌어안고 앉아 비바람을 견디고 있었다. 다카오의 목소리는 더 이상 들리지 않았다. 이쪽에서 소리쳐도 강풍 때문에 역시 다카오에게는 들리지 않으리라. 벼랑 아래로 팽팽하게 뻗어 있는 로프 한 줄기. 거기서 전해지는 미세한 진동만이 벼랑 밑에 있을 탐정의 움직임을 겨우 전달했다. '엇, 하지만 잠깐!'

"정말로 이 로프 끝에서 탐정이 무사히 작업하는 중이라고 할 수 있을까?"

사야카는 불안해졌다. 분명 로프는 팽팽한 상태다. 하지만 로프에 매달린 탐정이 실신했더라도 팽팽할 것이다. 로프가 미세하게 진동하는 것도, 그저 강풍으로 로프가 흔들리기 때문일지도 모른다. 사야카는 속이 바짝바짝 탔다.

"어쩌지. 꽤 오랫동안 아무 응답도 없어. 혹시 벼랑 밑에서 뭔가 일이 터졌는지도 몰라. 불러도 목소리는 닿지 않을 테고……. 핸드폰? 핸드폰을 가지고 내려갔으려나. 설령 가져갔더라도 받을 수 있을까?"

의문스럽게 생각하면서도 사야카는 핸드폰을 꺼내 다카오에게 전화를 걸어 보았다.

전화는 연결되지 않았다. 전원이 꺼져 있든지, 전파가 닿지 않는 곳에 있든지 둘 중 하나다. 사야카는 더더욱 불안해졌다.

"전파가 닿지 않는 곳이라면, 설마 바닷속이라든가……."

안 좋은 예감에 몸이 덜덜 떨렸다. 사야카는 벼랑 위를 오가며 자신에게 물었다.

"어떻게 할래, 야노 사야카? 이대로 그냥 기다릴 거야? 아니, 그럼 안 돼. 이러는 동안에도 저 밑에서 탐정이 도움을 바라고 있을지도 모르잖아. 탐정의 자업자득? 그렇지, 확실히 그래. 하지만 역시 도와주지 않으면……. 그럼 어떻게? 로프를 잡아당겨서 끌어 올린다? 아니야, 불가능해. 나 혼자 힘으로는 남자를 절대로 못 끌어 올려……. 그, 그래도, 그래, 해보는 수밖에 없어!"

사야카는 마음을 정하고 팽팽한 로프로 다가갔다. 하지만 로프를 양손으로 꽉 붙잡고 "가, 간다. 영차" 하고 소리를 지르며 뒤쪽에 체중을 싣자마자 뒤로 벌러덩 자빠졌다. 하마터면 바위밭에 뒤통수를 찧을 뻔했다.

"으앗!" 뜻밖의 일에 사야카는 깜짝 놀랐다. "뭐, 뭐야?! 어떻게 된 거야?!"

여자 힘으로는 절대로 꿈쩍도 하지 않을 로프. 하지만 사야카가 잡아당기면 당길수록 로프가 질질 끌려 올라왔다. 어떻게 된 걸까. 사야카는 정신없이 두 팔을 움직여 로프를 끌어당겼다. 그렇게 몇십 번이나 로프를 끌어당긴 끝에, 드디어 로프 끝부분이 손에 다다랐다.

"……."

사야카는 너무 놀라서 말문이 턱 막혔다. 다음 순간 아무것도 없는 로프 끝부분을 움켜쥐며 하늘을 향해 부르짖었다.

"끄, 끄, 끊어졌어! 로, 로, 로, 로프 끝부분이 끊어져 나갔어!"

3

너무나 심각한 일이 벌어져 사야카는 정신이 아찔했다. 끊어진 로프가 의미하는 바는 명확했다. 역시 무모한 시도였다. 창고에서 우연히 찾아 급조한 로프에 불과하다. 그걸로는 탐정의 몸을 충분히 지탱할 수 없었다. 분명 어딘가 약한 부분이 있었을 테고, 바로 그 지점에서 로프가 뚝 끊겼다. 불쌍한 사립탐정 고바야카와 다카오는 남은 로프를 움켜쥔 채 벼랑에서 추락해 바닷속으로 가라앉은 것이다. 지금쯤 상어 밥이 됐을지도 모른다. '아아, 맙소사!'

사야카는 새파랗게 질린 얼굴로 비틀비틀 일어섰다. 한시라도 빨리 알려야 한다. 하기야 누구에게 알린들 상어 배 속에서 탐정이 되살아나지는 않으리라. 그래도 이 상황을 혼자 끌어안고 있는 것보다는 낫다. 사야카는 벼랑에 등을 돌리고 쏜살같이 달렸다.

통나무 다리를 건너 숲속 좁은 길을 내달렸다. 뺨을 흐르는 물방울은 하늘에서 내리는 비일까, 아니면 슬픔의 눈물일까. 사야카는 젖은 뺨을 닦지도 않고 계속 달렸다.

생각해 보면 그는 좋은 사람이었다. 만난 지 고작 사흘째니까 솔직히 잘은 모르지만, 분명 좋은 사람이었으리라. 희미하게 흐려진 시야 저편에 당장이라도 그의 기운찬 모습이 떠오를 것 같았다. 자신 넘치는 태도. 보란 듯이 의기양양한 표정과 히죽거리는 웃음. 남을 무시하듯 낮잡아 보는 시선.

'어라, 그는 정말로 좋은 사람이었을까?'

새삼스레 의심이 들었다. 그러고 보니 지난 사흘간 그가 있어 다

행이었다거나, 도움을 받았다거나, 살았다는 식으로 생각한 적은
한 번도 없었던 것 같다. 그렇게 슬퍼할 필요는 없지 않나 싶어 기
분이 싸늘하게 식는 듯했다. '아니야, 그렇지 않아. 그는 좋은 사람
이었을 거야.' 백번 양보해서 그렇게 좋은 사람이 아니었을지라도,
그는 분명 명탐정이었다. 쓰루오카 가즈야 살해사건에 과감히 맞
서서 수수께끼를 풀어내고, 아니, 전혀 풀어내지는 못했지만, 어떻
게든 풀고자 애쓰고 있었던 건 사실이다. 그러다 결국 뜻을 이루지
못하고 덧없이 바다에 빠졌다.

'어라, 그는 정말로 명탐정이었을까?'

그러고 보니 지난 사흘간 그의 발언과 행동에서 명탐정다운 면모
를 느낀 적은 한 번도 없었던 것 같다. 특별히 아까워할 만한 인물
은 아니었을지도 모른다 싶어 역시 기분이 싸늘하게 식는 듯했다.
'아니야, 그렇지 않아. 아무리 쓸모없는 인간이라도 사람은 사람인
걸!' 마음을 고쳐먹고 숲속 좁은 길을 열심히 달렸다.

뺨을 흐르는 물방울은 이제 완전히 비다. 눈물일 리 없었다.

사야카는 10분쯤 걸릴 거리를 5분 남짓 만에 주파해 자신의 기록
을 대폭 경신했다. '화강장'에 도착하자 건물 정면에서 부지에 들어
섰다. 중정의 헬기 착륙장을 가로지르려다 또 누군가의 시선이 느
껴져 한순간 제자리걸음을 했다. 하지만 바로 속도를 높여서 정면
현관에 도착했다. 사야카가 몸으로 부딪치다시피 현관문을 밀어서
열려는데.

"케엑!" 두꺼운 문에 튕겨 나가서 한심한 비명을 질렀다. "아이고
야……. 맞다, 밖으로 열리는 문이었지……."

사야카는 정신을 다잡고 문고리를 당겨 문을 열었다. 녹색 판초 우의를 벗어 던지고 현관홀에 뛰어들자 앞쪽에 남자의 커다란 등이 보였다. 본 적 있는 뒷모습을 향해 달려간 사야카는 무릎에 양손을 얹고 "허억허억" 거칠게 숨을 내쉬었다. 그리고 숨도 제대로 돌리지 못한 채 벼랑에서 일어난 비극을 열심히 설명했다.

"크, 큰일 났어요! 그, 그 사람이, 탐정님이, 벼랑을 조사하러 갔는데……. 로프가 끊어져서……. 벼랑에서 바다로 추락을……. 아, 아무튼 같이 좀……."

사야카는 앞에 서 있는 검은색 정장의 소맷자락을 잡아당기며 호소했다. 그러자.

"어, 누가 바다로 떨어졌다고?"

돌아본 남자는 누가 뭐래도 고바야카와 다카오였다. 보란 듯이 의기양양한 얼굴과 히죽거리는 웃음이 눈앞에 있었다.

"……." 사야카는 어떻게 된 영문인지 몰라 한순간 말문이 막혔다. 그리고 다음 순간, 귀신이라도 본 것처럼 잔뜩 겁먹은 표정으로 "히, 히, 히에에엑……" 하고 힘없이 소리쳤다. 그대로 의식이 어딘가 먼 곳으로 휙 날아갔다. 본인은 몰랐지만, 그 순간 사야카는 정신을 잃었다.

그로부터 얼마나 시간이 흘렀을까. 눈을 떴을 때 사야카는 침대에 쭉 뻗어 있었다. 낯선 천장을 보고 놀라 상반신을 일으켰다. 눈앞에 고바야카와 다카오가 있었다. 그는 방구석에 있는 1인용 의자에 앉으면서 여유롭게 한 손을 들어 인사했다.

333

"이야, 드디어 깨어난 모양이군."

얼굴에는 심술궂게 히죽거리는 웃음이 맺혀 있었다.

그 모습을 본 순간, 사야카는 "허억!" 하고 작게 비명을 지르며 또 정신을 잃을 뻔했지만, 몇 번이고 기절만 할 수는 없다. 사야카는 정신을 단단히 붙들고 다카오를 보았다. 아무래도 귀신은 아닌 듯 했다. 그렇다면 따져 물어야 할 것이 산더미처럼 많다. 뭐부터 물어 보면 좋을까. 고민하던 사야카는 일단 자신에 대한 일부터 물어보 았다.

"내가 기절하고 얼마쯤 지났어요? 10분?"

"글쎄, 한 시간은 잠들었던 것 같은데."

"한 시간!" 사야카는 깜짝 놀라 침대 위에서 자세를 바로 했다. "그렇게 오래 잤어요? 이 침대에……. 어, 그런데 여기는 누구 방 이에요? 내 방은 아니고……. 어쩐지 본 적 있는 것 같은데……."

"그야 그렇겠지. 여기는 쓰루오카 가즈야의 방이야. 지하창고 옆 방."

확실히 그랬다. 쓰루오카가 사라진 날 아침, 사야카는 그를 찾아 이 방에 한 번 와 봤다. 탐정이 기절한 사야카를 죽은 사람의 방으 로 데려와서 침대에 눕힌 모양이다.

"왜 쓰루오카의 방이에요? 눕힐 거면 거실 소파라도 괜찮을 텐 데, 왜 하필 지하에, 앗." 사야카는 안 좋은 예감에 얼굴이 창백해졌 다. "혹시 탐정님, 다른 꿍꿍이가 있어서……?"

매섭게 쏘아보며 묻자 다카오는 어깨를 살짝 으쓱했다.

"그딴 시시한 질문 말고, 따로 물어보고 싶은 게 있지 않나?"

"뭐가 '시시한 질문'이에요!" 사야카는 발끈했지만, 분명 더 중요한 질문이 있었을 것이다. 탐정에게 꼭 물어보고 싶은 것이. '그렇지!'

사야카는 정신을 가다듬고 다카오에게 물었다. "고바야카와 씨. 당신, 어째서 살아 있는 거예요?! 상어에게 잡아먹혔을 줄 알았는데, 어째서……?"

"어휴, 상어가 뭐 어쨌다고?" 다카오는 불만스럽게 입술을 삐죽였다. "보다시피 나는 쌩쌩해. 봐, 발도 제대로 달려 있잖아(*일본에는 귀신에게 두 발이 없다는 통설이 있다)."

귀신이 아니라는 듯 탐정은 의자에 앉은 채 두 발을 들어 구두 뒷굽을 맞부딪쳤다.

사야카는 더더욱 아리송해졌다.

"어떻게 된 거예요? 고바야카와 씨는 로프를 타고 '도깨비 뒤집기 벼랑'을 내려갔어요. 모습도 보이지 않았고 목소리도 들리지 않았죠. 그래서 내가 로프를 끌어 올렸더니 로프 끝부분이 뚝 끊겨 나가서……. 그런데 어떻게 살아 있는 거예요? 아니, 잠깐만, 그것도 확실히 의문이지만……." 사야카는 이해가 되지 않는 점을 하나 더 지적했다. "어떻게 나보다 먼저 저택에 돌아온 거죠?"

"……." 다카오는 고개를 갸웃거리는 사야카를 유쾌한 표정으로 바라보기만 했다.

"저기요, 어느 틈에 날 앞지른 거예요? 난 전속력으로 숲속 길을 뛰어서 내려왔다고요. 도중에 날 앞질러 간 사람은 절대로 없었는데!"

"흠, 의문점은 그 정도인가?"

"글쎄요, 더 있을지도 모르지만, 지금은 그 정도려나요."

"그렇군. 그럼 이번에는 내가 대답할 차례인가." 다카오는 의자에서 일어서며 말했다. "일단 첫 번째 의문에 답하지. 난 당신한테 다른 꿍꿍이는 없어."

"어, 그런 '시시한 질문'은 이제 잊어버려요." 사야카는 거북하고 멋쩍은 마음에 얼굴을 붉히며 대꾸했다. "가능하면 다른 질문에 대답했으면 싶은데……."

"알았어. 그렇게 하자. 그럼 일단 거기서 비켜 주지 않겠어?"

"엥, 비키라니요……?"

어리둥절해하는 사야카에게는 아랑곳없이 다카오가 침대로 다가왔다.

"잔말 말고 좀 비키라니까. 잘못하면 다쳐."

다카오는 침대 가장자리를 양손으로 잡고 위쪽으로 쭉 끌어 올렸다. 그러자 사야카의 엉덩이 아래, 묵직한 느낌의 중후한 침대가 마치 서양의 성에 설치된 도개교처럼 위로 탁 열렸다. "꺄악!"

이날 몇 번째인지 모를 비명을 지르며 사야카는 침대에서 굴러떨어졌다. 바닥에 엉덩방아를 찧은 사야카는 갑작스러운 일에 아연실색하면서도 눈을 동그랗게 뜨고 침대를 바라보았다. 침대 매트리스 부분이 비스듬히 위로 올라가 있었다.

"아, 이거 수납 침대로군요. 침대 매트리스를 들어 올리면, 프레임 부분을 커다란 수납공간으로 사용할 수 있는 거. 어라?!"

수납공간일 프레임 부분을 들여다본 순간, 사야카는 눈살을 찌푸렸다.

거기는 단순한 수납공간이 아니었다. 텅 빈 공간에는 네모난 구멍이 커다랗게 뚫려 있었다. 다다미 한 장보다 약간 작은 구멍이다. 거기서부터 방바닥 아래를 향해 계단이 뻗어 있었다. 전혀 예상치 못한 광경에 사야카는 어안이 벙벙할 따름이었다. "뭐, 뭔가요, 이건……?"

"수납공간은 아니야."

"그건 알아요." 사야카는 뻥 뚫린 검은 구멍을 위에서 들여다보며 의문을 꺼냈다. "계단이 있네요……. 이 계단, 어디로 이어지는 걸까요?"

그러자 기다렸다는 듯 탐정이 기운차게 말했다. "그렇군, 그렇군, 이 아래가 궁금한가. 그럼 안내해드리지. 난 이미 여기를 한 번 지나왔으니까."

다카오는 수납공간이 아닌 텅 빈 공간―무슨 공간이라고 하면 좋을지 잘 모르겠지만―으로 먼저 들어갔다. 아무것도 모르는 사람이 보면 다카오가 계단을 내려가는 모습이 '걸음을 옮길 때마다 바닥 밑으로 가라앉는 사람'처럼 보일 것이다.

"자네도 얼른 따라오게." 다카오가 묘하게 옛날 탐정 같은 말투로 재촉했다.

"어, 그게, 그러니까……." 사야카는 주저하지 않을 수 없었다. 솔직히 흥미가 없지는 않았지만 위험을 무릅쓰면서까지 안에 들어가 볼 필요는 없을 것 같았다. "고바야카와 씨가 안쪽 상황을 설명해 주는 걸로 충분한데요……."

"이런, 무슨 소릴 하는 거야. 자기 눈으로 직접 봐야지. 당신은 이 사건의 탐정 조수잖아."

그러고 보니 그런 역할을 부여받은 기억이 머릿속 한구석에 어렴풋이 남아 있었다.

"음, 어쩔 수 없나……." 마음을 정한 사야카는 프레임 부분의 네모난 나무틀을 넘어서 수수께끼의 공간에 발을 들여놓았다. 사야카는 나락의 입구처럼 어두운 구멍으로 이어지는 계단을 한 발짝 한 발짝 신중하게 내려갔다. 사람 한 명이 겨우 지나갈 수 있을 정도로 좁은 계단이다. 발판은 나무고, 양쪽 벽은 콘크리트였다. 계단을 몇 개 내려가자 앞서가던 다카오가 말했다.

"아아, 사야카 씨, 문을 꼭 닫아. 누가 보기라도 하면 곤란하니까."

"어, 문이요?! 아아, 침대 말이군요." 문이라기보다 뚜껑이라는 표현이 올바르지 않을까 싶었다. 비밀 공간을 덮는 뚜껑. 아무튼 계단 위로 되돌아간 사야카는 손을 쭉 뻗어서는 올라가 있는 매트리스 밑부분의 손잡이같이 생긴 곳을 잡았다. 힘을 주어 잡아당기자 사야카의 머리 위에서 뚜껑이 쾅 닫혔다. 그 순간이었다.

"꺄아아아악."

사야카가 또 비명을 질렀다. 오늘은 비명만 지르는 날인가 보다. "뭐, 뭐, 뭐야, 깜깜하잖아! 아무것도 안 보여. 안 돼. 난 못 가. 못 가, 못 가, 못 가……!"

어둠 속에서 다카오가 가벼운 공황 상태에 빠진 사야카에게 말을 걸었다.

"지, 진정해, 사야카 씨! 침대 문을 닫으면 깜깜해지는 게 당연하잖아. 놀랄 일이 아니라고!"

"그래도 어두운 건 무서운데……. 아, 조명 도구는요?! 손전등 같은 거 없어요?!"

그러자 사야카의 눈앞에 LED라이트의 밝은 불빛이 나타났다. 다카오는 손에 든 LED라이트로 사야카의 발치를 비추며 말했다. "자, 이제 됐지? 당신 것도 있어."

"뭐, 뭐야. 조명 도구를 준비했으면 처음부터 줬어야죠!"

사야카는 입을 삐죽 내밀고 다카오가 내민 펜 라이트를 낚아채듯 받아들었다.

다카오는 사야카에게 등을 휙 돌리더니 계단 앞쪽에 불빛을 비추었다. "그럼 가자. 이 앞에 비탈섬의 비밀이 있어."

4

고바야카와 다카오는 어두운 계단을 내려갔다. 야노 사야카는 그의 뒷모습을 뒤쫓듯이 따라갔다. 수수께끼의 계단은 몇 미터 아래에서 직각으로 꺾였고, 거기서 또 몇 미터 내려갔다. 기분 탓인지 공기가 서늘하게 느껴졌다. 사야카가 그런 생각을 하고 있자니 계단 출구에 도착했다.

도착한 곳은 그야말로 땅의 밑바닥 같은 분위기였다. 바로 지하에 뻥 뚫린 동굴이었다. 다다미 열 장 정도 크기일까. 발밑도 옆면도 단단한 암석으로 뒤덮인 공간이다. 바위들은 포개어지듯 이어지며 타원형 천장을 형성했다. 당장이라도 천장의 암석이 무너져 머리 위로 떨어지지 않을까 겁이 났지만, 실제로 그럴 위험은 없으리라. 천연 동굴로 보이는 이 동굴은 어제오늘 만들어진 것이 아니다. 예술적이라고 할 만큼 바위가 촘촘히 쌓인 암벽을 바라보며 사야카는 무심코 감탄에 찬 한숨을 내쉬었다.

"굉장하다……. '화강장' 지하에 이런 동굴이 있었다니……."

"놀랐지?" 다카오는 어쩐지 우쭐거리는 기색이었다. 자기가 발견했다고 자랑하고 싶은 모양이었다.

"이걸 만든 건 고로 씨일까요……."

"아니, 그의 선대인 도시로 씨 시절부터 있었을 거야. 23년 전 사건을 계기로 저택을 개축하기 전부터 있었겠지. 하기야 천연 동굴 자체는 몇만 년 전, 이 섬이 생겼을 때부터 여기 있었겠지만."

"그러게요. 이런 공간을 나중에 인공적으로 만들기는 불가능하겠죠."

"아마 이 저택을 건설하는 기초 공사 단계에서 지하 동굴이 발견됐겠지. 그걸 도시로 씨가 비밀 지하실로 활용한 것 아닐까 싶어. 저택 지하실과의 사이에 비밀 계단을 만들어서 말이야."

"흐음. 확실히 재미있는 취향이지만, 이런 공간을 어디에 사용할 생각이었을까요."

"글쎄. 여름에는 시원할 것 같으니, 낮잠 자기에 안성맞춤이라고 생각했는지도 모르지."

실제로 그 정도밖에 용도가 없어 보였다. 사야카는 사방을 둘러싼 암벽을 바라보다가 당초의 질문으로 되돌아갔다. "그래서, 이 지하 동굴이 뭐 어쨌는데요? 내가 물어본 건 저택의 비밀이 아니라 당신이 상어에게 잡아먹히지 않고 살아난 이유일 텐데요."

"아아, 잊어버린 건 아니야."

그렇게 말하며 다카오는 동굴 한쪽으로 다가갔다. 그쪽 벽면에도 다양하게 생긴 암석이 복잡한 형태로 쌓여 있었다. 다카오는 그 앞에 서서 입술에 손가락을 대며 "쉿!" 침묵을 요구했다. 그러자 어디선가 휘이, 휘이, 하는 피리를 부는 듯한 소리가 들려왔다. 그리고 희미하게 공기가 흔들리는 것이 느껴졌다.

"자, 알겠지? 어디선가 바람이 불어 드는 거야."

"정말이네." 사야카는 작은 목소리로 답했다. "다시 말해 이 동굴은 어딘가로 연결되어 있다? 전혀 그렇게는 안 보이지만."

사야카는 펜 라이트로 사방의 동굴 벽을 비추어 보았다. 전부 거대한 암석으로 막혀 있어 아무리 봐도 완전히 밀폐된 공간처럼 느껴졌다.

"대체 동굴 어디에 바람이 통하는 길이 있다는 거예요?"

"알아차리기 힘들지만 실은 여기 있어. 자, 여길 봐." 다카오는 양복 호주머니에서 지포 라이터를 꺼내 불을 켰다. 라이터 불을 앞쪽 바위에 가까이 대자 똑바로 솟은 불이 흔들리며 거기에 공기가 흐른다는 걸 증명했다.

"아앗, 뭐야!" 사야카는 놀라서 소리쳤다. "고바야카와 씨, 흡연자였어요?"

"그게 놀랄 포인트야?" 다카오는 부루퉁한 표정으로 라이터를 집어넣었다.

탐정의 흡연 습관을 운운할 때가 아니다. 사야카는 마음을 가다듬고 눈앞의 벽에 불빛을 비추었다. 동그란 불빛 속에 판판한 바위 두 개가 떠올랐다. 얼핏 보기에는 딱 맞물린 것처럼 보이지만 자세히 보자 두 바위 사이에 약간의 틈새가 있었다. 위아래 약 1미터 길이로 바위벽이 벌어져 있는 것이다. 하지만 폭이 아주 좁았다.

사야카는 찜찜한 예감을 느끼며 탐정에게 물었다. "설마 여기를 지나가라는 건……."

"그 '설마'야." 탐정은 아무렇지도 않게 말했다. "실은 이 앞에 재미있는 게 있거든."

"무리예요. 무리, 무리, 무리! 이런 데를 어떻게 지나가요!"

"아니, 오히려 못 지나갈 리 없어. 나도 지나갔으니까, 당신이라면 거뜬하겠지. 보아하니 틈새에 걸릴 몸매도 아닌 것 같은데……."

"뭐 어쩌고 어째!" 성난 고함이 동굴에 메아리치는 것과 동시에, 사야카는 오른쪽 다리로 다카오의 장딴지에 날카로운 로우킥을 날렸다.

뒤이어 "끄악" 하는 다카오의 짤막한 비명이 동굴에 메아리쳤다. 그는 양손으로 발길질을 당한 다리를 문지르며 말했다. "젠장, 알았어, 알았어. 지나가는 도중에 당신 가슴이든지 엉덩이든지 걸리면 내가 온 힘을 다해 잡아당겨서 빼 줄게. 뭐, 그런 사태는 천지가 뒤집혀도 일어나지 않겠지만. 그럼 당신부터 가."

"어?! 나부터……." 사야카는 망설였다. 이럴 때 먼저 가는 것과 나중에 가는 것 중에 어느 쪽이 더 안전할까. 순식간에 머릿속으로 시뮬레이션을 돌린 끝에, 사야카는 한 가지 결단을 내렸다. "그럼 안 내면 진 거! 가위바위보……."

"뭐야 갑자기! 가위바위보고 나발이고 빨리 좀 가라고!"

"싫거든요~. 뭔가 불길한 예감밖에 안 들거든요~."

"홍, 내 참 기가 막혀서. 알았어. 그럼 내가 먼저 간다." 선언하듯 말한 다카오는 보란 듯이 벽의 틈새로 다가갔다. 일단 오른발을 틈새에 넣고, 그다음에 엉덩이, 그리고 상반신과 얼굴. 이제 왼쪽 다리만 남았을 때였다.

"윽, 뭐지, 이상한데?"

바위벽 안쪽에서 당황한 탐정의 목소리가 들렸다. 사야카는 등골이 오싹해졌다.

"이, 이상하네……. 아까는 문제없이 빠져나갔는데……."

"자, 자, 잠깐만, 괜찮아요? 설마 도중에 끼었다든가?"

"아니, 뭐, 걱정할 필요 없어. 진짜 괜찮아. 그런데 사야카 씨, 부탁이 하나 있는데. 그쪽에서 날 반대편으로 세게 밀어 줄래?"

"완전히 낀 거잖아요." 사야카는 또다시 얼굴이 창백해졌다. "세게 밀라니 그래도 될까요? 그랬다가 다시는 이쪽으로 못 돌아오게 되면 어쩌려고……?"

"흠, 그럴 가능성은 부정할 수 없지만, 아무튼 부탁해. 바위와 바위 사이에 낀 상태로 죽기는 싫어……."

"아, 알았어요. 이렇게 된 이상 어쩔 수 없죠. 갈게요!" 사야카는 양손을 앞으로 쭉 내민 채 "에잇!" 하고 도움닫기를 해서 검은색 양복저고리를 확 떠밀었다. 그러자 탐정의 몸은 바위 틈새를 깔끔하게 쏙 통과해서 반대편으로 빠져나갔다. 그 직후에 바위벽 너머에서 몹시 안도한 듯한 탐정의 한숨이 들렸다. "아이고, 살았다. 한때는 어떻게 되나 싶었는데……. 어이, 사야카 씨, 당신도 와. 자, 빨리!"

"……." 눈앞에서 그런 광경을 본 탓에 솔직히 전혀 내키지 않았지만, 탐정을 혼자 벽 너머에 내버려둘 수도 없다. 사야카는 하는 수 없이 아까 탐정이 그랬듯 벽 틈새에 오른발을 넣었다. '아아, 제발 도중에 걸리지 않기를!'

다행인지 불행인지 탐정이 지적한 대로 사야카의 몸은 틈새에 전혀 걸리지 않았다.

사야카는 큰 어려움 없이 틈새를 스르르 통과했다. 동굴의 바위 벽 건너편도 역시 동굴이었다. 다만 이번 동굴은 지하실 같은 공간이 아니라, 가느다란 대롱처럼 멀리까지 구불구불 이어져 있었다. 대롱 저편에 뭐가 있는지는 아무리 펜 라이트로 비춰 봐도 알 수 없었다. "이 동굴, 어디까지 이어져 있는 거예요?"

다카오는 사야카의 질문에 대답하지 않고 묵묵히 걸음을 옮겼다. 사야카도 뒤따라가는 수밖에 없었다.

상상했던 대로 동굴 길은 걷기 힘들었다. 울퉁불퉁한 바위 위를 걷자니 해안의 바위밭을 걷는 듯한 느낌이 들었다. 배어 나온 지하수에 젖어서 바위 표면이 미끄러운 탓에 몇 번이고 넘어질 뻔하면서도 사야카는 앞으로 계속 나아갔다. 발밑은 불안했지만 의외로 오르막이나 내리막은 거의 없었다. 평평한 바위 길이 길게 이어진다. 익숙해지자 두 사람의 걸음이 서서히 빨라졌다. 그러다 사야카는 문득 깨달았다. "바다 냄새가 나는 것 같은데……."

부드러운 바람에 세토내해의 바닷물 냄새가 실려 왔다. 이 어두운 동굴 길은 어느 해안으로 이어지는 게 확실했다. 잠시 더 걷자

암흑과 암석뿐인 것 같았던 공간 저편에 드디어 희미한 빛이 보였다. 두 사람은 그 빛을 향해 총총 걸어갔다. "저기가 동굴의 출구로군요."

"맞아. 하지만 출구라고 해서 무작정 뛰쳐나가지는 말고."

"알아요. 저 출구 너머는 벼랑이겠죠……." 그리고 벼랑 아래는 물론 바다다.

드디어 두 사람은 동굴 길의 종착점에 도착했다.

희미한 빛은 포개어진 큰 바위의 틈새로 비스듬히 비치고 있었다. 틈새라고 해도 어른 한 명이 여유롭게 빠져나갈 수 있을 만큼 넓다. 사야카는 최대한 조심스럽게 그 틈새로 맞은편을 내다보았다. 미친 듯이 날뛰는 세토내해의 풍경이 의외로 아주 가까웠다. 벼랑 아래에서 부서지는 파도의 물보라가 여기까지 닿을 듯했다. 사야카는 납빛 바다를 바라보며 말했다.

"여기는 섬 북쪽 가장자리로군요."

"응, '도깨비 뒤집기 벼랑'이야. 우뚝 솟은 벼랑의 한복판보다 아래쪽. 해수면에 가까운 곳이지."

실제로 눈 밑에 보이는 바다와 사야카가 있는 곳은 고작 4, 5미터 거리였다.

비탈섬을 방문할 때 타고 온 어선의 갑판에서 사야카는 이 벼랑을 한 번 보았다. 하지만 벼랑의 해수면 근처에 이런 틈새가 있고, 그 안쪽으로 동굴이 이어져 있을 줄은 꿈에도 몰랐다. 분명 이 지역 어부나 뱃사람도 몰랐을 것이다.

"즉." 사야카는 말했다. "이게 고바야카와 씨가 이번 모험에서 얻은 성과인 거네요. 당신은 로프를 타고 '도깨비 뒤집기 벼랑'을 내려가서 이 틈새를 발견했다. 틈새와 연결된 동굴은 섬 안쪽까지 이어진다. 그래서 당신은 스스로 로프를 절단했다. 그리고 동굴 길을 따라 '화강장'으로 혼자 돌아왔다."

"뭐, 그런 셈이지. 도착해 보니 침대 바로 아래였던 건 몹시 놀라운 점이었지만."

"당신이 나보다 먼저 저택에 돌아올 수 있었던 방법은 알았어요. 하지만 여전히 모르겠네요. 고바야카와 씨, 왜 이 동굴 길이 '화강장'으로 이어져 있을 거라고 믿은 거죠? 도중에 막혔을지도 모른다는 생각은 안 해봤어요?"

"안 했어. 확신이 있었거든. 이 동굴은 100퍼센트 저택까지 이어진다. 그러니까 이제 로프는 필요 없다. 그렇게 생각했기에 망설임 없이 로프를 끊을 수 있었던 거야."

"왜 그렇게까지 확신을 품을 수 있었는지 모르겠다는 건데요."

"그 이유는 이거야." 다카오는 펜 라이트 불빛으로 발치를 비추었다.

그것은 지면에서 꿈틀거리는 검은 뱀 같은 물체였다. 길이는 50센티미터 정도. 원래는 로프같이 가늘고 긴 끈 모양의 물체였으리라. 그것이 오랜 세월 눈바람, 아니 동굴 속이니까 눈을 덮어쓰지는 않았겠지만, 아무튼 더위, 추위, 바닷바람, 미생물 등 다양한 풍화 작용을 거쳐 현재 이 상태가 된 것으로 추정됐다.

"이게 뭔데요? 뭔가가 풍화해서 새까만 숯처럼 변한 것 같은데……."

"뭐일 것 같아? 이건 단순한 로프가 아니야."

탐정은 특기인 낮잡아 보는 듯한 시선을 던지며 물었다. 사야카
가 발끈하며 되물었다.

"로프가 아니면 뭔데요?"

다카오가 씩 웃으며 대답했다.

"그게 말이지…… . 굳이 이름을 붙이자면 '용의 꼬리'라고 할까."

"엥, 용의 꼬리……가 뭔데요?"

사야카는 고개를 갸우뚱하는 것이 고작이었다.

5

동굴 안쪽에서 발견된 끈 모양 물체. 하지만 로프는 아니라고 고
바야카와 다카오는 말했다. '용의 꼬리'라고도 했다. 그건 대체 뭘까.

야노 사야카가 캐물었지만 탐정은 심술 맞게 히죽히죽 웃기만 할
뿐, 결국 그것의 정체에 대해서는 명확하게 언급하지 않았다.

"당신에게 보여 주고 싶은 건 다 보여 줬어. 슬슬 저택으로 돌아
갈까."

탐정은 동굴 끄트머리에서 발걸음을 돌렸다. 불만은 있었지만
사야카도 따라갈 수밖에 없었다.

아까 걸어왔던 동굴 길을 반대 방향으로 나아갔다. 올 때는 걷기
힘들었는데, 두 번째라고 훨씬 걷기 편해져서 신기했다. 익숙해지
면 더 빨리 걸을 수 있으리라. 어쩌면 잔달음질을 칠 수 있을지도
모른다. 더구나 섬 전체가 비탈진 비탈섬에서 이 동굴 길은 유일하
게 거의 평평한 길이다.

"즉, 절묘한 지름길이네요." 사야카는 다카오를 따라가며 입을 열었다. "이 길을 이용하면 '도깨비 뒤집기 벼랑'에서 저택까지 최단 거리로 이동할 수 있어요……."

"그렇지. 그리고 이 길을 이용하면 숲속 길에 범인의 발자국이 남지 않아."

"확실히 그러네요." 사야카의 목소리가 동굴에 메아리치듯 울려 퍼졌다.

어젯밤에 빨간 도깨비와 술래잡기를 했을 때, 돌아오는 길에는 빨간 도깨비의 발자국이 없었다. 그 사실을 근거로 '빨간 도깨비는 벼랑에서 바다로 몸을 던졌다'라는 희망적인 관측이 나왔다. 하지만 이 길의 존재가 밝혀진 이상, 이야기는 완전히 달라진다. "역시 빨간 도깨비는 바다로 몸을 던진 게 아니었군요."

"맞아. 그럴싸한 비명을 질러서 바다에 빠진 척하고, 실은 벼랑에 있는 틈새로 동굴에 들어와서 지름길을 따라 저택으로 돌아온 거지. 그래서 질척질척한 길에 빨간 도깨비가 돌아오는 발자국이 남아 있지 않았던 거고. 한편으로, 여길 봐."

다카오가 펜 라이트로 발아래의 지면을 비추었다. 바위와 바위 사이에 모래가 쌓인 곳이었다. 습기를 띤 모래 위에 누군가의 발자국이 남아 있었다. 밑창 모양과 크기를 정확히 알아볼 수 있을 만큼 선명한 발자국은 아니다. 그래도 발자국 앞부분이 저택 쪽을 향하고 있는 것만큼은 분명했다.

"남자 발자국이네요." 사야카의 눈에는 그렇게 보였다. "그런데 이거, 당신 발자국인 건……?"

"아니, 내 발자국이 아니야. 이건 아까 내가 이 길을 처음으로 지나갔을 때 이미 찍혀 있었던 거야. 뭐, 믿든 말든 그건 당신 마음이지만."

"으으음!" 사야카가 고민에 빠지자, "믿어!" 하고 다카오가 언성을 높였다.

"그러게요. 이제 와서 당신을 의심해도 소용없겠죠." 사야카는 탐정의 말을 믿기로 하고 이야기를 이어 나갔다. "최근에 당신 말고 이 길을 지나간 누군가가 빨간 도깨비라는 거군요. 그렇다면 문제는 그게 누구냐는 건데……."

"바로 그거지." 고개를 끄덕인 다카오는 펜 라이트 불빛을 다시 저택 방향으로 돌렸다. 빨간 도깨비의 정체에 대해 여기서 논의할 생각은 없는 듯했다. "그럼 갈까."

사야카는 탐정의 뒷모습을 쫓듯 걸음을 옮겼다. 어두운 길을 나아가는 도중에 "아, 그러고 보니……" 하고 사야카는 문득 다른 화제를 꺼냈다. "한 가지 알아차린 게 있어요. 아까 당신이 벼랑에서 떨어져 죽은 줄 알고 저택으로 뛰어갔는데요……."

"아아, 확실히 그때는 분명 내가 '죽었다'고 믿는 눈치였지." 다카오는 뒤를 돌아보고 사야카에게 비난 어린 시선을 던졌다. "그래서?"

"그때 중정에서 정면 현관으로 향하는 도중에 또 느꼈어요. 누군가가 훔쳐보는 듯한 기묘한 기척을."

"그러고 보니 전에도 그런 소리를 했었지." 다카오는 걸음을 멈추고 사야카를 보았다. "그래서, 뭘 알아차렸는데? 당신을 훔쳐보는 수수께끼의 인물이 누구인지 알아냈다는 거야?"

"네, 알아낸 것 같아요. 어쩐지 그럴 것 같다는 거지만……."

"이야, 그거 재미있군. 한번 들어볼까. 중정에서 당신을 훔쳐본 작자는 누구였어?"

"그건……." 사야카는 마음을 정하고 힘 있는 어조로 말했다. "건물이에요."

너무나 뜻밖의 발언이었는지 탐정의 입이 한순간 반쯤 벌어졌다.

"건무울?! 어, 건물이라면…… '화강장'……?!"

"네."

"거참 '네'라니, 이봐……, 건물이 당신을 보고 있었다는 거야?!"

"뭐, 그렇다고도 말할 수 있겠네요."

"어휴, 기분 탓이겠지." 다카오는 그렇게 단정하고 다시 어두운 길을 걸어갔다.

사야카는 다카오를 쫓아가면서 말했다. "네, 물론 기분 탓이겠죠. 건물이 누군가를 훔쳐볼 리 없으니까요. 훔쳐본다고 느낀 건 분명 내 기분 탓이에요. 둔감한 당신과 달리 난 아주 섬세한 감성의 소유자니까요."

"그 점은 동의하기 힘든데……. 무슨 소리를 하고 싶은 거야?"

"어, 그러니까…… 뭐였더라? 아, 그렇지……." 사야카는 머릿속을 다시 정리한 후 입을 열었다. "무슨 말이 하고 싶은 거냐 하면, 확실히 기분 탓이기는 해도 그게 전부는 아니라는 거예요. 왜 건물이 훔쳐보고 있는 것처럼 느껴지는가. 그건 '화강장'이라는 건물 자체를 그런 식으로 만들었기 때문이겠죠."

"그런 식으로 만들었다고?!"

"그러니까 '중정을 바라보는 식으로'요. 좀 더 자세히 말하자면 '중정을 바라보는 사람의 모습을 본떠서' 건물 전체를 지은 거겠죠. 그렇게 생각하지 않아요?"

"사람의 모습을? 본떴다고? 즉 '화강장'이 사람 모양을 하고 있다는 거야?"

어둠 속에 울리는 다카오의 목소리에서 어쩐지 비웃는 듯한 분위기가 묻어났다.

사야카는 기죽지 않고 계속 주장했다. "맞아요. 아마 틀림없을 거예요. 물론 건물 안에 있으면 전혀 그렇게 안 보이죠. 중정으로 나와서 주변을 둘러보면 다소는 알기 쉽겠지만, 그래도 좀처럼 알아차리지 못할 테고요. 제일 좋은 방법은 새처럼 하늘에서 건물 전체를 조감하는 거예요. 그러면 똑똑히 보일걸요. 정면 현관, 거실, 식당 등이 있는 2층짜리 본관이 인간의 몸통. 정확하게 말하자면 가슴부터 윗부분이요. 2층짜리 본관 양쪽에서 가늘고 길게 건물이 뻗어 나와 있죠. 우리가 머무는 방이 있는 단층 별관요. 그게 좌우 팔이에요. 그리고 2층 본관의 중앙에서 차통 같은 원통형 통로가 위로 뻗어 있잖아요. 그건 어떻게 봐도 목이죠. 그렇다면 그 목 위에 있는 전망실은······."

"아하, 사람의 머리인 거로군!"

다카오는 발걸음을 딱 멈추고 외쳤다. 하지만 곧장 "아니, 아니지, 잠깐, 잠깐" 하고 자제하듯 고개를 저으며 다시 천천히 걸음을 옮겼다. "그렇게 단정하기는 일러. 건물 모양이 사람을 닮았다고?

듣고 보니 그럴지도 모르지만, 우연의 산물일 수도 있잖아. 전체가 가타카나의 코 모양인 건물은 결코 드물지 않아. 거기에 전망실을 설치하려면 필연적으로 건물 중앙 부분에서 나선계단을 통해 위로 올라가도록 설계하겠지. 딱히 몸통에 목을 달려고 생각지 않아도 자연스레 그런 형태가 나올 거야."

"그럼 전망실이 구체인 것도 필연인가요? 정육면체든 원반 모양이든 뭐든지 상관없었을 텐데, 왜 하필 구체죠?"

"그, 그야 뭐, 그렇지만……"

"전망실이 동그란 공 모양인 건, 사람의 머리 모양을 염두에 두고 만들었기 때문이다. 그렇게 생각하지 않아요?" 사야카는 열심히 물고 늘어졌다.

"으, 으음……. 확실히 전망실이 사람 머리같이 생겼기는 해……"

다카오는 마침내 항복한 듯 고개를 끄덕였다. 그리고 문득 뭔가를 깨달은 표정으로 고개를 들었다.

"어, 잠깐만. 겉모습만이 아니야. 구체 부분은 전망실이자 반쯤은 도서실이기도 해. 수많은 책이 보관되어 있지. 지식으로 가득하다고. 사람으로 따지자면 뇌에 해당하는 건가."

"뇌……." 다카오의 이 지적은 사야카에게도 의외였다. "그렇구나. 거기까지는 생각이 못 미쳤는데, 확실히 그런 의미일지도 모르겠네요."

"응, 평범하게 생각하면 양도 많고 무거운 책을 굳이 그렇게 높은 곳에 놓아둘 필요는 없어. 도서실이 필요하면 1층에 만들면 돼. 그런데도 굳이 구체 속에다 도서실을 만들었으니 역시 사람의 뇌를 의도한 거겠지. 도서실은 뇌, 그리고 전망실은 눈이야."

다카오의 말에 사야카는 만족스럽다는 듯이 가슴을 폈다.

"그것 봐요! 그래서 중정을 지날 때마다 누군가가 훔쳐보는 듯한 기분이 든 거라고요."

"음, 당신의 아주 섬세한 감성이 승리했는지도 모르겠군. 확실히 '화강장'은 사람 형태로 지어진 것 같아."

다카오는 진지한 표정으로 고개를 끄덕였다. 그리고 다음 순간 "어, 그렇다면······" 하고 어둠 속에서 발을 멈추는가 싶더니 무슨 생각을 한 건지 느닷없이 배를 끌어안고 껄껄 웃었다. 어두운 동굴에 탐정의 웃음소리가 요란하게 울려 퍼졌다. 사야카가 깜짝 놀라 쳐다보자 그는 거친 숨소리 사이로 말을 꺼냈다. "아하핫, 이, 이거 웃기군! 그랬어, 그런 거였어. 아핫, 참 세심하기도 하셔라. 이봐, 사야카 씨, 그 건물을 지은 사이다이지 고로 씨는 아무래도 강박관념이 강한 양반이었나 봐!"

"갑자기 웃지를 않나, 뭐예요?"

"드디어 알았어. 우리를 당혹스럽게 한 그 부자연스러운 계단에 담긴 의미를."

"부자연스러운 계단? 그 빙 돌아가는 계단······."

사야카의 방이 있는 별관에서 본관 2층으로 이어지는 계단이다. 그 계단으로 2층에 올라가서 다시 나선계단을 내려와야 본관 1층에 다다른다. 그 기묘한 구조 때문에 별관에 머무는 내내 사람들은 쓸데없이 멀리 돌아가야 했다.

"의미가 불분명한 그 계단에 뭔가 역할이 있나요?"

"아니, 딱히 역할이라고 할 정도는 아니지만 전혀 무의미하지도 않아. '화강장'이 사람의 가슴부터 위쪽 부분을 충실하게 본뜬 건물이라면, 그 계단은 그렇게 만드는 수밖에 없지. 아직도 모르겠어? 잘 생각해 봐. 자, 인간의 팔은 어디에 달려 있지?"

"어디냐니…… 팔은 물론 어깨에……." 그렇게 말하며 사야카는 자기 오른쪽 어깨를 왼손으로 쓰다듬었다. 그 순간 사야카는 퍼뜩 생각이 떠올라 소리 질렀다. "아, 그렇구나! 그럼 그 계단은 팔이 어깨부터 뻗어 나오도록 하기 위해 일부러?"

"분명 그럴 거야. 가슴 바로 옆에서 팔이 쑥 뻗어 나오면 이상하잖아. 팔은 어깨에 달려 있어야 정상이야. 그렇게 생각하면 객실이 있는 별관, 즉 팔 부분은 일단 계단을 올라 본관 2층의 가장자리, 즉 어깨 부분에 연결되어야겠지. 그래서 실제로 그렇게 만든 거야. 그 부자연스러운 계단은 사람으로 따지자면 위팔, 또는 겨드랑이 아래쪽에 해당하려나. 어쨌거나 굉장한 강박관념이잖아. 고로 씨의 독창성에는 정말 감탄이 나올 따름이야."

탐정은 유쾌하게 웃으며 다시 동굴 길을 걸어갔다. 그 뒤를 따라가는 사야카는 오히려 공포와도 비슷한 감정을 맛보았다.

"왜 그런 걸까요?! 확실히 '화강장'은 사람 형태와 닮았어요. 하지만 어쩐지 내가 생각한 것 이상으로 사람 형태를 의식해서 지은 듯해요. 머리에 배치한 도서실도, 겨드랑이 아래쪽에 해당하는 계단도, 단순한 강박관념으로 치부할 수는 없다고요. 저택에는 그 정도로 이상한 구석이 있는 것 같아요. '화강장'은 대체 뭘까요?"

사야카가 질문을 던지는데 바위벽이 눈앞을 가로막았다. 얼핏 보기에는 막힌 것 같지만, 이 벽에는 사람이 지나갈 수 있는 틈새가 있다. 탐정은 아까 고생해서 통과한 그 틈새에 몸을 아무렇게나 밀어 넣으며 사야카의 질문에 대답했다.

"뭐냐니, '화강장'은 사람 형태의 저택이야⋯⋯. 그래, 당신 말마따나 새처럼 공중에서 조감하면 이 저택은 책상 앞에 앉아 있는 사람의 상반신처럼 보이지 않을까. 책상 상판에 두 팔을 뻗은 사람 모습으로⋯⋯. 응?!"

탐정이 갑자기 말을 멈췄다. 동시에 몸도 딱 멈췄다.

바위와 바위 사이에서 앞으로도 뒤로도 움직이지 않는 탐정. 그 모습을 보자 사야카는 불길한 예감에 몸이 떨렸다.

"왜, 왜 그래요?! 혹시 또 걸려서 꼼짝도 못 하게 됐다든가⋯⋯?!"

"음, 확실히 그것도 사실이지만⋯⋯." 다카오는 바위 틈새에서 몸을 비틀며 말했다. "그뿐만은 아니야⋯⋯. 지금 머릿속에서 뭔가 번쩍한 것 같았는데⋯⋯. 아, 뭐였더라⋯⋯. 젠장, 뭔가 알 것 같았는데⋯⋯."

"야단났네! 또 끼었군요. 내가 아까처럼 밀어 줄까요?"

"아니, 안 돼, 안 돼!" 다카오는 몸을 꿈틀거리며 외쳤다. "난폭하게 굴지 마. 지금 중요한 뭔가가 번쩍 떠오를 것 같단 말이야. 부탁이니까 잠깐만 이 상태로⋯⋯."

'이 상태라니, 바위 틈새에 낀 상태로?!'

"무슨 바보 같은 소리예요!" 사야카는 고개를 붕붕 젓고는 개의치 않고 다카오의 몸을 양손으로 꾹 밀었다. "고바야카와 씨가 끼어 있으면 나도 못 지나가잖아요!"

사야카는 혼신의 힘을 다해 다카오를 틈새로 밀어 넣었다. 다카오의 입에서 고통스러운 목소리가 흘러나왔다. "아야야야……. 그만해, 사야카 씨, 팥소가 나오겠어, 팥소가 튀어나온다……."

"당신이 무슨 붕어빵이야!" 사야카는 고함을 버럭 지르며 '붕어빵' 몸통 부분을 더 세게 밀었다. 그러다가 갑자기 사야카의 양손에 느껴지던 감촉이 사라졌다.

다카오는 바위 틈새를 통과해 반대쪽으로 쑥 빠져나갔다.

다음 순간.

"아앗, 그, 그렇구나, 그랬구나아아아아아앗."

탐정이 부르짖는 소리가 어둠 속에 울려 퍼졌다. 그 목소리가 동굴 벽이며 바닥에 반사돼 틀림없이 동굴 전체가 흔들린 기분이 들었다. 천장에서 떨어진 작은 돌이 사야카의 머리와 어깨에 후드득 쏟아졌다.

이걸 두고 살아 있는 기분이 아니라고 하는 것이리라. 사야카도 "끼야악" 비명을 지르며 허둥지둥 바위벽 틈새를 빠져나갔다. 틈새 건너편은 아까도 지나온 천연 지하실이다. 사야카는 거기 서 있는 검은색 정장 차림의 남자에게 거세게 항의했다.

"아, 좀! 여기서 큰소리 내지 말아요. 천장이 무너지면 어떻게 할 거예요!"

"뭐라고?! 천장이 무너지긴 왜 무너져? 그것보다 기뻐해, 사야카 씨."

다카오는 자신만만하게 사야카를 바라보았다. 두 눈에는 전에 없이 강한 고양감이 깃들어 있었다.

"이번 사건, 어쩐지 진상을 알아낸 것 같아."

"어, 알아냈다고요?!" 갑작스러운 전개에 사야카는 어리둥절했다. "바위 틈새에 낀 덕분에?!"

사야카의 말에 다카오는 몹시 낙심한 듯 고개를 저었다.

"아니, 딱히 끼인 덕분은 아니지만……."

| 10장 |

'화강장'의 비밀

1

그날 밤. '화강장' 식당에는 현재 이 저택에 머무르는 사람이 전부 모여 있었다.

물론 살해당한 쓰루오카 가즈야는 없다. 그 대신은 아니겠지만, 내내 자기 방에 틀어박혀 있었던 가나에 부인이 오랜만에 모습을 드러냈다.

말수가 적고 가끔 꺼낸 말도 종잡을 수 없을 때가 많지만 안색은 나쁘지 않았다. 식당에 올 때도, 지팡이를 짚기는 했지만 두 발로 걸어서 왔다. 몸 상태가 생각만큼 나쁘지는 않은 모양이었다. 식욕도 있는지 양옆에 앉은 게이스케와 유코의 도움을 받으며 다른 사람들과 똑같은 메뉴를 즐겼다.

사이다이지 마사에는 그런 가나에 부인에게 이따금 말을 걸면서 편안하게 식사했다.

에리코와 남편 아쓰히코, 그리고 딸 미사키는 도라쿠 스님의 쓸데없는 수다에 어울려 주었다.

수다 내용은 스님 본인의 실패담인 듯했다. 꿇어앉은 채 법사를 진행했던 도라쿠 스님은 일어선 순간, 그만 다리가 저려서 비틀거리다 넘어지고 말았다. 그래서 불단에 얹힌 영정사진이며 위패며 전부 쓰러뜨리는 바람에 남자 시주한테 멱살을 잡혔다는 멋진 무용담이었다. 미사키와 아쓰히코에게는 그런 자학 개그가 잘 먹혔지만, 에이코는 무표정한 얼굴로 조용히 나이프와 포크를 움직일 뿐이었다.

고바야카와 다카오와 야노 사야카는 다카자와 나오토와 함께 말석에 앉아 묵묵히 식사했다.

도중에 다카자와가 "그러고 보니 낮에는 두 분 다 안 보이시던데, 외출이라도 하셨습니까?" 하고 넌지시 탐색했다. 그러자 바보 같은 사립탐정이 "아아, 둘이서 어두운 곳에 틀어박혀 은밀한 한때를 보냈습니다"라면서 일부러 오해를 살 만한 발언을 하는 바람에 사야카는 해명하느라 고생했다.

"아니에요, 안 그랬어요! 은밀한 한때는 무슨!"

사야카는 기분 나쁜 듯 얼굴을 붉히며 포크로 치킨 소테를 찍어서 입에 넣었다.

고용인인 고이케 기요시와 시노부 부부가 식사 시중을 들었다. 테이블에 차려진 음식들은 두 사람이 솜씨를 다하여 만든 프렌치 요리다. 어젯밤에 나온 카레는 조심조심 먹었던 사람들도 오늘 밤은 아무 의심도 없이 극상의 맛을 마음껏 즐겼다. 아직 해결되지 않은 살인사건의 한복판에 있다는 긴장감은 느껴지지 않았다. 오히려 이완된 분위기마저 감돌았다.

다들 빨간 도깨비가 바닷속에 가라앉음으로써 이번 사건은 막을 내렸다고 생각하는 모양이었다. 어쩌면 그렇게 믿고 싶을 뿐인지도 모르지만.

어쨌든 식사 도중에 사건을 화제로 꺼내는 사람은 없었다.

그때 다카오의 핸드폰이 울렸다. 예의 없는 탐정은 자리에 앉은 채 목소리를 낮추어 전화를 받았다. "여보세요……. 앗, 아버지구나……. 굳이 식사 시간에 어쩐 일이야……?"

이쪽이 밥을 먹는 중인지 상대가 어떻게 알겠느냐마는, 그건 제쳐 놓고.

통화 상대는 다카오의 아버지인 듯했다. 즉, 오카야마 현경 수사 1과의 소마 다카유키 과장이다. 그 사실을 깨닫고 사람들은 일제히 다카오에게 시선을 주었다. 탐정은 더 이상 목소리를 낮추지 않고, 오히려 들으라는 듯이 큰 소리로 아버지와 통화했다.

"……어, 이쪽 상황은 어떠냐고?! 아니, 차분해. 사건도 거의 해결됐고 말이야……."

다카오의 말에 몇몇이 흠칫 놀란 표정을 지었다. 다카오는 그 모습을 곁눈질로 확인하면서 태평한 어조로 말을 이었다. "……에이, 범인은 이미 바다에 빠져서 죽었어……. 자세한 내용은 직접 만나서 설명할게……. 그런데 경찰은 언제쯤 섬에 오는 거야……. 내일 아침에는 올 수 있을 것 같다고?! 그렇구나, 그럼 시간이 별로 없네……. 아니, 그냥 혼잣말이야……. 알았어. 그럼 내일 보자. 기대해, 아버지."

통화를 마친 다카오는 사람들에게 말했다.

"여러분, 좋은 소식입니다. 내일 아침에는 경찰이……."

"드디어 오는군, 이 섬에!" 사이다이지 아쓰히코가 탐정을 앞질러 말했다.

다카오가 고개를 크게 끄덕이자 누가 먼저랄 것도 없이 다들 안도에 찬 목소리를 흘렸다. 물론 사야카도 고대하던 소식에 가슴을 쓸어내린 사람 중 하나였다.

도라쿠 스님만 의문 어린 표정으로 입을 열었다.

"그건 다행이지만, 그 말씀은 뭐였습니까? 아까 시간이 별로 없다고 했는데……?"

"어, 그게, 어허, 신경 쓰실 것 없습니다." 탐정은 머리를 쓸어넘기며 시치미를 떼려고 애썼다. "범인이 누구든 벼랑에서 떨어져 지금쯤 상어 밥, 아니 벌써 상어 똥이 됐을 테니까요, 하하하!"

밥 먹는 자리에 어울리지 않는 상스러운 농담에, 사람들은 진절머리가 난다는 표정이었다.

탐정은 자신의 농담 때문에 분위기가 썰렁해지든 말든 게걸스럽게 닭고기를 먹었다.

2

밤이 깊었다. 저택 사람들도 다들 곤히 잠들었을 무렵.

수상한 형체 두 개가 어둠을 틈타 '화강장' 정면 현관에서 튀어나왔다. 고바야카와 다카오와 야노 사야카였다. 태풍의 영향으로 변함없이 바람이 강한 듯, 하늘을 올려다보자 두툼한 구름이 물결처럼 흘러갔다. 다만 ㄷ 모양 건물에 둘러싸인 중정에서는 강풍의 위력이 반감돼서 걷는 데 지장은 없었다. 비는 한 방울도 떨어지지 않았다. 이런 상황이라면 다카오의 아버지 말마따나 내일 아침에는 경찰들이 배를 타고 섬을 찾아오리라. "이런 한밤중에 뭘 하자는 거예요, 고바야카와 씨?"

사야카가 새삼스레 묻자 다카오는 의연한 말투로 대담하게 결의를 표명했다.

"경찰이 오기 전에 사건을 끝내려고."

그리고 중정 한복판으로 천천히 걸음을 옮겼다.

회색 콘크리트에 덮인 살풍경한 공간. 여기는 중정인 동시에 헬기 착륙장이기도 하다. 그 사실을 나타내는 알파벳 'H'를 노란 페인트로 칠해 놓았다. 하지만 너무 커서 가까이에서 보면 무슨 글씨인지 알아볼 수 없을 정도다.

사야카는 노란 글씨를 가리키며 물었다. "헬기 착륙장이 뭐 어쨌는데요? 이런 밤중에 헬기라도 착륙한다는 거예요?"

다카오는 사야카의 질문에 직접 대답하지 않고 발밑의 노란 글씨를 바라보며 말했다. "실은 전부터 마음에 걸렸어. 왜 'H'가 옆을 향한 걸까."

"흠, 'H'가…… 옆을 향했다……?"

"그래. 전망실에서 내려다봤을 때 이 'H'는 옆으로 누워 있는 것처럼 보여. 요컨대 알파벳 'H'가 아니라 가타카나 '에(エ)'나 '공(工)'이라는 한자 같아 보이지." 다카오는 손가락을 허공에 대고는 공장의 공이라는 한자를 쓰며 말했다. "그렇게 생각지 않아, 사야카 씨?"

362

"뭐야, 그런 점이 마음에 걸렸던 거예요?" 사야카는 허탕 친 것 같은 기분으로 작게 숨을 내쉬었다. "그거라면 나도 알고 있었어요. 하지만 그런 건 아무래도 상관없잖아요. 하늘에서 보면 알파벳 'H'든 가타카나 '에'든, 한자 '공'이든 전부 똑같아 보일 테니까. 게다가 헬리콥터가 360도, 어느 방향에서 날아올지 모르는데, 'H'의 올바른 방향을 어떻게 정하겠어요?"

"나도 처음에는 그렇게 생각했어. 하지만 그 안이한 생각을 아무래도 당신 때문에 바꿔야 할 것 같아."

"나 때문? 그거 무슨 뜻이에요?"

사야카가 고개를 갸웃거리자 다카오는 저택 옥상에 있는 구체를 올려다보며 말했다.

"당신이 날카롭게 꿰뚫어 본 대로 '화강장'은 사람 모습을 본떠서 만든 것 같아. 그것도 몹시 강박관념을 품고서 말이지. 그렇다면 전망실이 있는 구체가 머리이자 얼굴이며, 이 저택의 눈일 거야. 그렇게 생각했을 때, 역시 'H'의 방향은 이상해. 진짜로 알파벳 'H'를 의미하는 거라면 당연히 전망실에서 바라봤을 때 'H'라고 읽을 수 있도록 그려야겠지. 그런데 굳이 90도 옆으로 눕힌 형태로 그렸다는 건……."

"그렸다는 건……?"

"단순히 헬기 착륙장을 의미하는 기호가 아니라는 뜻이야. 분명 다른 의미가 있겠지. 그게 뭔지 들키지 않도록 헬기 착륙장의 'H'인 것처럼 위장한 거고. 인간은 일단 한 가지 의미가 부여되면 그걸 받아들이고, 다른 의미는 좀처럼 생각하지 않는 법이거든. 실제로 당

363

신도 이 'H'를 헬기 착륙장을 나타나는 기호로밖에 생각하지 않았잖아."

"그건 그렇지만……." 사야카는 불안한 심정으로 고개를 끄덕였다. "하지만 달리 무슨 의미가 있는데요? 이 'H'로 뭘 위장한 거냐고요?"

"음, 이 글씨를 가까이에서 다시 관찰해 보니 똑똑히 알겠어. 자, 여길 봐." 다카오는 발을 멈추고 지면을 구두 앞부분으로 가리켰다. 회색 콘크리트에 노란색 페인트로 굵은 선을 그려 놓았다. 페인트를 어찌나 두껍게 칠했는지 콘크리트 지면에 약간이지만 턱이 생길 정도다. 다카오는 회색과 노란색의 경계를 손가락으로 가리키며 말했다. "여길 봐. 콘크리트에 홈이 있지? 얼핏 보면 콘크리트와 두꺼운 페인트 사이에 턱이 생긴 것처럼 보이기도 해. 실은 그렇지 않아. 물론 저절로 생긴 균열도 아니고 말이야. 일직선으로 파인 이 홈은 인공적으로 만든 거야. 그게 'H'의 세로획을 따라 뻗어 있는 거지."

"정말이네. 지금까지 전혀 몰랐네요."

"무리도 아니야. 홈이 있는 줄 알아보기 힘들도록 그려 놓은 거니까."

"그렇구나. 그렇다면……." 사야카는 'H'의 반대쪽 세로획으로 달려가서 지면 상태를 확인했다. 그쪽 페인트와 콘크리트의 경계에도 일직선 홈이 숨겨져 있었다. 기대했던 결과에 사야카는 고개를 끄덕였다. "역시 생각한 대로네요. 일직선 홈은 'H'의 양쪽에 있어요."

"아니, 양쪽뿐만이 아니야. 'H'의 가로획을 따라서도 비슷한 홈이 파여 있어." 다카오는 노란색 가로획의 한가운데에 서서 세 번째 홈을 가리켰다. "그리고."

"어, 더 있나요?"

사야카가 묻자 다카오는 "여기에도 있지" 하고 또 다른 홈을 가리켰다.

그것은 지금까지 보았던 홈과 달리 페인트로 위장하지 않고 훤히 드러난 상태였다. 'H'의 두 세로획 위쪽 끄트머리를 연결하는 모양새로 곧게 뻗어 있다. 그런 홈이 'H'의 반대편에도 있었다. 두 세로획 아래쪽 끄트머리를 일직선으로 연결하는 홈이다.

"어떻게 된 거죠?"

"요컨대 일직선 홈은 'H' 모양이 아니라 'H'의 위쪽과 아래쪽을 각각 직선으로 연결하는 형태야. 오히려 한자 '날 일(日)' 같은 모양이라고 할 수 있겠지. 전망실에서 자세히 보면 '日'이 옆을 향한 모양으로 보일지도 몰라."

"이 노란 'H'는 옆으로 누운 '날 일' 자를 감추기 위해서?"

"그렇지. 지면에 '날 일' 자가 있으면 오히려 이상하니까, 헬기 착륙장 기호같이 'H'를 그린 거야. 실제로 'H' 덕분에 우리는 지금까지 이런 홈이 있는 줄도 몰랐잖아. 이제 알겠지? 보란 듯이 그려 놓은 'H'가 실은 교묘한 위장이었다는 것을."

"그렇네요. 하지만 역시 잘 모르겠어요. 결국 이 홈은 뭔가요? 의미가 있을 텐데요."

"물론이지. 당신 눈에는 뭐로 보여?" 다카오가 시험하는 듯한 눈빛을 던졌다.

사야카는 턱에 손을 대고 "음" 하며 생각에 잠겼다. 그러다 문득 뇌리를 스친 한 가지 생각을 그대로 입 밖에 꺼내 보았다. "이거, 어쩐지 승강판 같네요."

"승강판?!" 탐정은 미간에 주름을 잡고 방금 사야카가 한 말을 되뇌었다.

"네, 승강판요. 왜 무대 밑에서 배우나 가수를 위로 올려 보내는 장치를, 무대 한복판쯤에 설치해 두곤 하잖아요. 그거랑 비슷하지 않아요?"

"과연. 중정을 무대로 치면 확실히 이 홈은 승강판의 틀에 해당하겠지. 좌우로 설치된 네모난 승강판 두 개. 꽤 재미있는걸."

"혹시 홈으로 구분된 부분이 오르내린다거나……?"

자신의 발상에 자신감을 얻은 사야카는 얼른 지면에 한쪽 무릎을 꿇고 홈에 손가락을 끼우거나 주먹으로 두드려 보거나 했다. 물론 그 정도로 콘크리트는 꿈쩍도 하지 않았다. 잠시 후 사야카는 포기하고 일어서서 말했다. "음, 설령 움직인다고 해도 사람 힘으로는 안 될 것 같은데요. 어딘가에 이 장치를 움직이는 스위치 같은 게 있다면……?"

"오, 이제야 알아차렸나?"

"거참, 말투로 사람 성질 좀 건드리지 맙시다!"

사야카는 욱해서 다카오를 노려보다가 깜짝 놀라서 표정이 바뀌었다. "앗, 설마, 진짜요?! 진짜로 있어요, 이걸 움직이는 스위치가?!"

"응, 분명 있을 거야. 우리는 그걸 몇 번이나 봤어."

"응? 어디? 어디에 그런 스위치가⋯⋯." 사야카는 중정 주변을 두리번두리번 둘러보았다.

이에 탐정은 사야카를 내버려두고 말없이 정면 현관 쪽으로 몸을 돌려 비스듬히 위쪽을 바라보았다. 그의 시선 끝에 있는 것은 공 모양 전망실이다. 사야카는 탐정이 말하고자 하는 바를 즉시 이해했다.

역시 사건을 푸는 열쇠는 전망실에 있는 모양이었다.

3

고바야카와 다카오는 정면 현관으로 저택에 들어가자마자 나선 계단을 빙글빙글 뛰어올라 건물 2층으로 향했다. 그대로 차통 같은 원통형 부분―즉, 저택의 '목' 부분―을 통과해 전망실로 올라갔다. 그를 뒤쫓는 야노 사야카도 몇 초 늦게 돔 모양의 공간에 도착했다. 전망실에 발을 들여놓은 사야카는 여기가 저택의 '눈'임을 새삼 실감했다.

이 전망실은 중정에 면한 쪽에만 창문이 있기 때문이다. 도서 코너인 반대쪽에는 책과 서가가 있을 뿐 밖을 내다볼 수 있는 창문은 하나도 없다.

"왜 중정 쪽에만 창문이 있는 건지 내내 궁금했어요. 사람의 형태를 모방한 건축물이라면 그것도 당연하겠죠."

"응, 뒤통수에 눈이 달린 사람은 없으니까."

다카오는 그렇게 말하고 사야카와 함께 창가로 다가갔다. 투명한 유리창으로 중정을 내려다보자 옆을 향한 'H'가 보였다. 지금까지는 알파벳으로만 보였던 노란색 글씨가, 이제는 사야카 눈에도 다르게 보였다. 그럼 뭐로 보이느냐고 물으면 대답하기 난감하지만, 아무튼 단순한 알파벳이 아니다.

그런 생각을 하는 사야카를 놓아둔 채, 다카오는 혼자 창문 가까이 놓인 유리 케이스로 다가갔다.

유리 케이스에는 오브제 같은 청동 책이 들어 있다. 또는 책을 본떠 만든 청동 오브제라고 해야 할까. 어쨌든 투명한 유리 속에 있는 건 금속으로 만든 중후한 책 한 권이다.

"그 유리 케이스가 왜요?"

다카오는 사야카의 질문을 완전히 무시하고, 케이스 표면을 쓰다듬거나 네 귀퉁이를 주먹으로 두드리는 등 기묘한 행동을 보이며 유리 케이스를 조사하느라 여념이 없었다.

잠시 후 다카오는 유리 케이스가 설치된 받침대 부분에서 뭔가 발견한 듯했다. 그는 씩 웃으며 드디어 사야카에게 고개를 돌렸다. "생각한 대로야. 받침대 부분에 사이다이지 출판의 로고 마크가 박혀 있는데, 분명 이게 스위치겠지."

"정말로?!" 사야카는 솔직히 반신반의였다. "그럼, 그걸 눌러 봐요."

"알았어." 다카오는 로고 마크 부분을 손가락으로 꾹 눌렀다. "얼레?!"

"아무 일도 안 일어나잖아요. 누르는 게 아니라 돌리는 거 아니에요?"

"그런가." 다카오는 고개를 끄덕이고 로고 마크를 돌리려고 했다. "제, 젠장, 안 돌아가."

"분명 돌리는 방향이 반대인 거겠죠. 시계 방향이 아니라 반시계 방향으로……."

"아아, 그런가……. 으윽, 틀렸어! 오른쪽이고 왼쪽이고 전혀 안 돌아가!"

다카오는 짜증이 치민 표정으로 로고 마크를 누르거나 당기거나 긁거나 했다. 생각나는 방법을 모조리 다 사용했지만, 유리 케이스는 아무 반응도 없었다.

결국 인내심의 한계에 달했는지 다카오는 "에라, 이 망할 것! 이렇게 된 이상, 유리 케이스를 박살 내겠어" 하고 될 대로 되라는 듯 선언했다. 그리고 느닷없이 머리 위로 손을 번쩍 쳐들더니 "이야야압!" 하고 기합을 내지르면서 유리 케이스 한복판을 손날로 힘껏 내리쳤다.

"으아아아!" 사야카는 비명을 지르며 뒤로 펄쩍 물러났다.

다음 순간, 퍽!

전망실에 둔탁한 소리가 울려 퍼졌다. 두드려도 깨지지 않는 강화유리였던 모양이다. 유리 케이스는 탐정의 손날을 가볍게 튕겨 냈다. 이어서 전망실에 "커윽!" 하는 한심한 비명이 울려 퍼졌다. 다카오는 오른손을 움켜쥔 채 펄쩍펄쩍 뛰었다. 그런데.

그때 기적이 일어났다. 눈물을 글썽거리는 탐정의 눈앞에서, 쩍!

갑자기 유리 케이스가 열렸다. 유리가 깨진 것이 아니다. 탐정이 손날로 후려친 한복판 부분이 반으로 쩍 갈라지듯 케이스가 열린 것이다. 사야카의 눈도 휘둥그레졌다. 다카오는 이마에 진땀을 흘리며 "어, 어, 어, 어때, 사야카 씨! 내, 내, 내, 내가 생각한 대로잖아!" 하고 센 척하려 애썼지만, 새빨갛게 부어오른 그의 오른손만 봐서는 아무래도 '생각한 대로'였던 것 같지 않았다.

어쨌거나 결과는 마찬가지다. 유리 케이스는 깨지지 않고 열렸다.

"흠, 케이스가 한복판에서 양쪽으로 갈라지듯 열리다니 재미있네. 이것도 강박 중 하난가……."

다카오가 의미심장하게 중얼거리길래 사야카가 "무슨 소리예요?" 하고 물었으나 답은 돌아오지 않았다. 대신 다카오는 기묘한 의견을 내놓았다. "내 추리가 맞다면, 이건 사이다이지 출판의 창립 몇십 주년인지를 기념해서 만든 단순한 오브제가 아니야."

"그럼 뭔데요?"

"이건 책이야."

"그야 보면 알죠. 혹시 누굴 바보로 알아요?"

"아니, 그런 뜻이 아니라……." 다카오는 답답하다는 듯 고개를 저으며 말을 이었다. "이건 진짜배기 책이라고. 페이지를 넘겨서 읽을 수 있는 한 권의 서적이야."

"어, 그런가요. 금속으로 만든 책이라니, 그런 게 있으려나?" 사야카는 눈앞의 진열품을 빤히 바라보았다. "애당초 무슨 책일까요? 제목은 안 보이는데."

"내용은 대충 짐작이 가. 이 책은 『모모타로』야. 그림책이지."

"그림책?! 그러고 보니 미사키의 아빠가 그랬죠. 사이다이지 출

370

판에서 제일 처음으로 출간한 책은 『모모타로』 그림책이었다고. 그럼 이 오브제 같은 책은 그걸 복원한 거로군요."

"그래. 그래서 유리 케이스 한복판이 쩍 갈라지는 거야. 왜, 모모타로가 탄생하는 유명한 장면이 있잖아. 할머니가 커다란 복숭아를 손날로 내리치자 복숭아가 반으로 쩍 갈라지고 안에서 아기가 나오는 장면. 이 유리 케이스로 그 장면을 재현한 거지. 이것도 사이다이지 고로 씨의 강박관념 중 하나인 셈이야."

"과연, 그런 거였군요." 할머니가 복숭아를 가르는 데 사용한 건 손날이 아니라 식칼이었겠지만, 그건 제쳐 놓고 사야카는 문득 고개를 저었다. 탐정은 자신만만하게 말하지만, 금속으로 만든 이 책이 가령 복원한 『모모타로』라고 한들 뭐 어쨌단 말인가. 모모타로든 우라시마 타로(*거북이를 구해 준 보답으로 용궁에서 즐거운 시간을 보내고 돌아왔더니 300년이 지나 있었다는 설화의 주인공)든 가쓰 신타로(*맹인 검객 자토이치 시리즈로 유명한 일본의 영화배우)든, 이번 사건과는 관계없을 것이다. 그보다 헬기 착륙장의 'H'에 관한 수수께끼는 대체 언제 풀리는 걸까?

사야카는 납득이 가지 않는 심정으로 다카오를 지켜보았다.

그런 사야카의 시선을 받으며 다카오가 유리 케이스에 다시 다가섰다. 그리고 유리 케이스에 들어 있는 두꺼운 책을 향해 신중하게 오른손을 뻗었다. 녹청이 슨 청동 표지에 다카오의 손끝이 닿았다. 그리고 마침내 표지가 펼쳐졌다.

어떤 책이든 비슷하겠지만, 첫 페이지에는 표제가 실려 있다. 청동으로 재현한 페이지에는 분명 '모모타로'라는 제목이 큼지막하게 적혀 있었다. 아니, 금속판으로 만든 페이지니까 활자는 적혀 있는 게 아니라 새겨져 있다. 이 얼마나 정밀한 세공인가. 이런 식으로 『모모타로』 내용을 전부 재현한 걸까. 사야카가 큰 호기심을 품고 지켜보는 가운데 다카오가 다음 페이지를 넘겼다. 그러자 다음 순간.

자신의 눈앞에 나타난 의외의 광경에 사야카는 깜짝 놀라 눈을 부릅떴다.

"뭐, 뭐야, 이거⋯⋯."

"어, 모르나?" 다카오는 히죽 웃고서 말했다. "이건 『모모타로』의 유명한 첫 장면이잖아. '하나, 세상 사람들의 생피를 빨고, 둘, 괘씸한 악행 삼매경⋯⋯' 하는 그거."

"그건 『모모타로』의 첫 장면이 아니라, 『모모타로자무라이』(*떠돌이 무사 모모타로가 한 영주 가문의 후계자 문제에 휘말려 활약하는 소설 및 영화)의 클라이맥스잖아요!"

"아참, 착각했다." 다카오는 자기 머리에 꿀밤을 때리고 말을 이었다. "그래, 『모모타로』 하면 유명한 장면 있잖아. '옛날 옛날 어느 마을에 할아버지와 할머니가 살았습니다. 할아버지는 산에 풀을 베러, 할머니는 강에 빨래하러 갔습니다' 하는 그거."

"그건 안다니까요⋯⋯." 사야카는 중얼거리듯 말한 후 "그렇지만 이 책은⋯⋯" 하고 다시 눈앞의 그림책을 가리켰다.

탐정 말대로 그것은 『모모타로』의 유명한 첫 장면이었다. 손을 흔들며 좌우로 헤어지는 노부부의 모습. 할아버지는 풀을 벨 도구를 들었고, 할머니는 빨래에 쓸 대야를 끌어안고 있다. 그 뒤편으로 두 사람이 사는 허름한 집이 보인다. 그러한 장면이 펼쳐진 양쪽 페이지에 입체적으로 튀어나와 있었다. 사야카는 그림책을 바라보며 무심코 소리쳤다.

"이거 그림책은 그림책이라도 이른바 '입체북'이로군요!"

"맞아. 사이다이지 출판에서 제일 처음 출간한 책은 『모모타로』 '입체북'이었던 거야."

탐정은 진지한 표정으로 고개를 깊이 끄덕이더니 말을 덧붙였다.

"'입체북', 또는 '팝업북'이라고도 하지만."

"팝업……북……."

사야카는 그 말을 입속으로 중얼거린 후 입체적으로 튀어나와 있는 그림을 다시 바라보았다. 팝업북은 책을 펼치면 종이 그림이 일어나는 것이 일반적이지만, 이 팝업북은 일어나는 그림도 종이가 아니라 청동으로 만들었다. 사야카는 무심코 감탄을 흘려 냈다.

"……굉장하다. 종이가 아니라 전부 얇은 동판이에요. 그걸 등장인물이나 배경 형태로 오려 내서 입체를 만들었어요. 대단한 세공 실력이에요!"

"응, 확실히 굉장하지. 하지만 정말로 놀라워해야 할 점은 그게 아니야."

"네?!"

사야카가 고개를 들자 다카오는 어느 틈엔가 유리 케이스 앞을 떠나서 혼자 창가에 서 있었다. 그리고 창밖을 가리키며 말했다. "자, 중정을 봐."

사야카도 창가로 다가가서 유리창에 얼굴을 바짝 대고 눈 밑에 펼쳐진 중정을 바라보았다. 그 순간, 사야카는 저도 모르게 숨을 삼켰다.

탐정 말대로 정말로 놀라워해야 할 광경이 있었다.

중정에 펼쳐진 광경. 그것은 손을 흔들며 좌우로 헤어지는 노부부의 모습이었다. 풀을 벨 도구를 든 할아버지. 빨래 대야를 든 할머니. 뒤편에는 두 사람이 사는 집. 방금 팝업북으로 본 것과 완전히 똑같은 인물과 배경이 중정에 있었다. 그것들은 팝업북으로 본 것처럼 입체적으로 튀어나와 있었다. 그 광경에 사야카는 그야말로 깜짝 놀랐다.

"……어, 어떻게 된 거예요?! 저, 저건…… 뭐예요?!"

"저것도 책이야. 중정에 설치된 팝업북이지."

"책이라니…… 말도 안 돼……. 중정에 있던 건 헬기 착륙장일 텐데……."

"아까도 말했잖아. 중정에 있는 'H'는 헬기 착륙장이 아니야. 무대의 승강판이라는 발상은 제법 가까웠지만 그것도 아니지. 'H'인지 '날 일'자인지가 옆으로 누운 것처럼 보이는 그 부분은 바로 책이야. 그것도 보통 책이 아니라 거대한 팝업북. 그 증거로, 두 눈 크게 뜨고 잘 봐."

다카오는 다시 유리 케이스 속의 팝업북으로 다가가더니, 페이지를 잡고 천천히 넘겼다. 다음 페이지는 강 풍경이었다. 빨래하는 할머니. 주변의 나무들. 강의 위쪽에서 흘러오는 건 커다란 복숭아다. 그러한 장면이 펼쳐진 양쪽 페이지 속에서 일어섰다.

사야카는 얼른 중정으로 시선을 돌렸다. 아까까지 존재했던 첫 장면은 이미 없었다. 대신에 빨래하는 할머니, 주변의 나무들, 그리고 커다란 복숭아가 보였다.

재차 충격을 받은 사야카에게 다카오는 담담히 이야기의 내용을 읽어 주었다.

"어디 보자, '할머니가 강에서 빨래하고 있을 때 강 위쪽에서 커다란 복숭아가 둥실둥실 떠내려왔습니다……'인가. 이것도 『모모타로』에서는 빼놓을 수 없는 장면이지."

팝업북이라고 해도 그림책인 이상, 그림과 함께 글도 있다. 글은 동판으로 만든 페이지의 한쪽 구석에 새겨져 있었다. 다카오는 그 글을 읽은 것이다.

사야카는 유리 케이스 속의 작은 팝업북과 중정의 거대한 팝업북을 번갈아 바라보며 말했다.

"연동되잖아……. 두 팝업북을 무슨 장치로 연결해 놓은 거로군요!"

"맞아. 자세한 메커니즘은 모르겠지만, 일종의 무선 조종 장치 같은 거라고 보면 되겠지. 여기 있는 작은 팝업북이 조종 장치야. 이걸 움직이면 중정의 커다란 팝업북이 움직이지. 작은 그림책의 페이지를 한 장 넘기면, 중정에 있는 거대한 그림책의 페이지도 한 장 넘어가는 식으로. 이제 알겠지? 다음 페이지를 넘기면 뭐가 나타날지."

"내가 아는 『모모타로』라면 다음 장면은 집 안이에요. 할머니가 커다란 복숭아를 반으로 가르자 안에서 아기가 나올 텐데요."

"아마 그럴 거야. 확인해 보자."

다카오는 팝업북 페이지를 한 장 더 넘겼다.

사야카는 얼굴을 중정 쪽으로 향한 채 상황을 지켜보았다. 사야카의 시선 끝에서 거대한 페이지가 천천히 올라가더니 반대쪽으로 쿵 넘어갔다. 빨래하는 할머니의 모습이 사라지고, 상상했던 장면이 모습을 나타냈다.

커다란 복숭아를 사이에 두고 앉은 노부부. 할머니는 큼지막한 식칼을 쥐고 있다. 배경은 허름한 민가의 벽이다. 그러한 장면이 펼쳐진 양쪽 페이지에서 뚜렷하게 튀어나왔다. 오래된 민가가 실제로 거기 나타난 것 같았다. 그 광경을 본 순간 사야카의 머릿속에서 뭔가가 번쩍였다. 혹시 이건!

하지만 사야카가 입을 열기 전에, 아래쪽을 바라보던 다카오가 먼저 감탄에 찬 목소리를 내뱉었다.

"굉장해. 정말 대단한 집착이야. 차라리 광기라고 해야 할 정도야. 사야카 씨, 이 저택이 사람 모습이라고 했지? 난 책상 앞에 앉은 사람 같다고 생각했어. 하지만 더 엄밀하게 말하자면 이 저택은 책상 앞에 앉아 팝업북을 읽는 사람의 모습을 충실히 본뜬 거야. 세상에 이렇게 기묘한 저택과 이렇게 기묘한 책이 있다니! 사야카 씨, 저 책을 좀 더 가까이에서 보고 싶지 않아?!"

4

고바야카와 다카오는 몸을 돌려 재빨리 전망실 계단으로 향했다. 다시 중정으로 내려가 가까이에서 거대한 팝업북을 보려는 것이다. 같은 욕구를 자제할 수 없었던 사야카도 두말없이 다카오를 따라갔다. 두 사람은 1층으로 나선계단을 뛰어 내려갔다. 정면 현관으로 나가자 두 사람 앞에 장관이 펼쳐졌다.

방금까지 거대한 'H'가 있었던 중정. 하지만 중정 한가운데 이제 'H'는 없다. 대신에 모모타로가 탄생하는 장면이 있었다. 가까이 다가가서 보자 수직으로 올라온 노부부의 표정까지 자세히 확인할 수 있었다. 잘라 낸 동판에 세밀한 조각 솜씨로 인물의 얼굴과 의복을 재현한 것이다. 등장인물의 크기는 실제와 거의 동일한 듯했다. 다만 어디까지나 그림책 속 인물이므로 결코 현실감 넘치지는 않는다. 오히려 익살스럽게 희화화한 모습이다. 설령 가까이에서 보더라도 진짜 노인으로 착각할 리는 없으리라.

배경은 완전히 달랐다. 오래된 민가를 아주 실감 나게 재현했다. 동판의 둔탁한 갈색도 오래된 목조가옥의 외벽 같은 분위기를 자아냈다. 물론 팝업북 속 건물이므로 실제 민가와는 다르다. 무엇보다 이 집에는 지붕이 없다. 외벽도 사방을 둘러싸고 있는 게 아니라, 어디까지나 배경으로 등장인물 뒤편에 대도구처럼 서 있을 따름이다.

그래도 아무것도 모르는 사람에게 느닷없이 이걸 보여 주면, 눈앞에 오래된 집이 있다고 착각하지 않을까. '그렇다면!'

사야카는 아까 머릿속에서 번쩍였던 뭔가가 확신으로 바뀌는 걸 느꼈다. "겨우 알았네. 사건이 일어난 날 밤에 미사키가 봤다는 오두막 비슷한 정자 같은 건물은 이거였군요."

"맞아. 미사키가 본 건 진짜 건물이 아니었어. 팝업북 속에서 올라온 거대한 그림이었지. 전래동화에 나오는 오래된 집 그림. 너무 거대해서 미사키는 그게 진짜 건물인 줄 알았던 거야. 만약 미사키가 전망실에서, 그러니까 저택의 '눈' 부분에서 그림책을 봤다면 절대로 그런 착각을 하지 않았겠지. 하지만 미사키는 이 그림책을 객실이 있는 1층의 창문으로, 즉 저택의 '팔' 부분에서 봤어. 그래서 미사키의 시야에는 오래된 민가 느낌의 건물이 들어왔을 뿐, 각도상 할아버지와 할머니는 보이지 않은 거야."

"미사키의 이야기로는 그 오두막인지 창고인지의 앞에 빨간 도깨비가 있었다고 했어요. 빨간 도깨비가 허공에 둥둥 떠 있었다는 이야기였는데요."

"그건 빨간 도깨비가 아니야. 그렇다고 미사키가 잘못 본 것도 아닐걸. 미사키가 봤다고 했으니 얼굴이 새빨간 남자가 실제로 건물 곁에 있었겠지."

"어, 진짜로?!"

"진짜인지 아닌지는 지금 여기서 조사해 보면 알겠지."

다카오는 그림책 속으로 발을 들여놓았다. 수직으로 세워진 병풍 같은 민가의 벽. 그 벽을 따라 다카오는 바닥을—바닥이랄까 책 페이지 위를—터벅터벅 걸었다. 잠시 후 다카오가 페이지의 한 곳을 가리키며 소리쳤다.

"봐, 여기야. 여기에 말라붙은 핏자국이 있어."

사야카는 다카오가 가리키는 곳에 시선을 모았다. 둔탁한 갈색 페이지 위에 분명 검붉은 자국이 있었다. "진짜네. 그렇다면 여기서 피를 흘린 거로군요."

"그래. 그리고 이 벽 모서리에는 옷의 실보무라지 같은 것이 붙어 있어."

"그러네요." 사야카는 수직으로 서 있는 벽의 한쪽 모서리를 보며 고개를 끄덕였다. "그 말인즉슨, 어떻게 된 건데요?"

"음, 여기서 상기해야 할 점은 쓰루오카의 기이한 죽음이야. 당신도 기억하겠지만 쓰루오카는 온몸의 뼈가 부러질 만큼 강한 충격을 받았어. 마치 여러 사람에게 심한 폭행이라도 당한 것처럼. 그럼 그의 시체는 왜 그렇게 심각한 상태였던 걸까. 무엇보다 그를 무참하게 죽인 흉기는 뭐였을까. 우리는 사건 당초부터 그걸 궁금해했지."

"네, 그 점은 큰 의문이었죠……."

"그 의문에 대한 해답이 이제 확실히 드러났어."

"확실히 드러났다고요?! 고바야카와 씨, 쓰루오카를 죽인 흉기가 뭔지 알아낸 거예요?"

"응, 알아냈어. 지금 우리 눈앞에 있잖아."

"눈앞에……?" 그렇게 중얼거리며 사야카는 눈앞에 있는 것을 보았다. 오래된 민가다. 아니, 오래된 민가를 무대로 한 『모모타로』의 명장면. 요컨대 그림책이다. 그걸 재확인한 순간, 사야카는 소스라치게 놀랐다. "그럼 혹시?!"

"그래, 흉기는 책이야. 이 팝업북이지."

다카오는 눈앞에 있는 의외의 '흉기'를 가리키며 딱 잘라 말했다.

"쓰루오카는 그림책의 페이지와 페이지 사이에 끼어서 죽었을 거야. 요전에 내가 잡았던 그 불행한 파리처럼."

다카오의 말을 듣자 사야카는 새삼스레 그 광경이 떠올랐다. 그림책에 우연히 파리가 앉자 다카오는 펼쳐져 있던 책을 탁 덮어서 잡았다. 분명 그런 일이 있었다.

그럼 쓰루오카도 똑같은 일을 당했다는 건가. 그 파리처럼 퇴치당했다는 건가. 확실히 이 팝업북은 거대한 금속 덩어리다. 페이지와 페이지 사이에 끼면 어떤 사람이라도 파리처럼 단번에 세상을 하직할 것이다. 머리에서 피가 줄줄 흐르고 온몸의 뼈도 조각나리라. 아니, 그렇더라도.

얼떨떨해하는 사야카 앞에서 다카오는 담담히 자신의 추리를 펼쳤다.

"책을 덮어서 파리를 잡은 사람은 그 후에 뭘 어떻게 할까. 당연히 책을 다시 펼쳐서 파리가 확실히 죽었는지 확인하겠지. 실제로 범인도 그렇게 했을 거야. 다시 책을 펼쳐서 파리가 틀림없이, 아니, 쓰루오카 가즈야가 죽었는지 확인하려 했겠지. 미사키가 목격한 건 바로 그 광경일 거야. 책 사이에 낀 순간 쓰루오카는 머리를 찧어서 피를 흘렸고, 온몸에 타박상을 입어서 숨을 거뒀어. 동시에 그의 옷깃 뒷부분이 배경의 모서리에 우연히 걸린 거지. 그 상태로 다시 이 페이지를 펼치면 어떻게 될까? 당연히 배경인 오래된 민가가 튀어나오면서 세워져. 동시에 쓰루오카의 시신도 배경의 모서리에 걸린 채 높이 들어 올려지겠지. 그 결과, 시신은 건물 모서리에 매달린 꼴이 되고 말았어. 아무것도 모르는 미사키에게는 이 광경이 어떻게 보였을까."

"그렇구나. 얼굴이 새빨간 남자가 허공에 둥둥 떠 있는 것 같은, 기이한 광경으로 보였겠네요. 그래서 미사키는 빨간 도깨비가 나타났다는 생각에 크게 비명을 질렀고요. 그런 거죠?"

"맞아. 미사키가 당황해서 당신에게 도움을 요청한 것도 무리가 아니지."

다카오의 이야기를 듣고 사야카는 사건이 일어난 밤을 떠올렸다. 비명을 지르며 사야카의 방에 뛰어든 미사키는 이불을 뒤집어쓰고 몸을 벌벌 떨었다. 그때 미사키는 분명 쓰루오카의 시체를 본 것이다. 꿈을 꾸거나 환각을 본 것이 아니었다.

하지만 사야카는 미사키의 말을 완전히 믿을 수 없었다. 사야카가 복도로 나가서 중정을 확인했을 때는 평소와 다름없는 풍경이 펼쳐져 있었기 때문이다.

"그렇다면……. 그때 쓰루오카의 시신이 건물과 함께 사라진 건 요컨대……."

"응, 맞아. 누군가 다시 책을 덮은 거야."

"그럼 사건이 발생한 날 밤에 이 팝업북을 펼쳤다가 덮은 인물이 바로 쓰루오카를 살해한 범인이겠군요?"

"당연히 그렇지."

그렇게 말하고 탐정은 문득 위쪽을 올려다보았다.

그 옆얼굴에 갑자기 깜짝 놀란 표정이 서렸다.

사야카도 따라서 고개를 들었다. 시선 끝에 인간의 머리를 연상시키는 구체 전망실이 보였다. 불이 켜진 전망실에서 누군가가 움직였다.

틀림없다. 누군가 전망실에서 이쪽을 지켜보고 있다.

사야카는 입술을 떨며 탐정에게 물었다.

"고, 고바야카와 씨…… 버, 범인은…… 대체 누구예요?"

쩌렁쩌렁한 목소리로 외쳤다.

똑바로 가리켰다. 그리고

느닷없이 비스듬히 위쪽을

그 자리에서 몸을 빙글 돌리는가 싶더니

숨을 크게 들이쉰 탐정은.

멈췄다.

딱

거기서

걸어가더니.

천천히

한복판까지

페이지

펼쳐진

그리고

중얼거리듯이 말하며 탐정은 다시 팝업북 페이지 속에 발을 들여놓았다.

"흥, 뻔하잖아. 흥기는 책이야. 그렇다면……."

"범인은 이 책을 읽는
독자라는 뜻이지.
야, 거기 너 말이야,
너!"

11장

진범

1

고바야카와 다카오는 허공을 가리키는 자세로 꼼짝도 하지 않았다. 그의 집게손가락이 가리키는 곳은 저택의 '얼굴'인 공 모양 전망실이다. 야노 사야카도 거대한 팝업북 옆에서 전망실을 올려다보았다. 전망실에 있는 누군가도 분명 사야카와 다카오를 내려다보고 있을 것이다. 팝업북을 보며 재미있어하는 어린아이처럼.

그 직후에 다카오의 몸이 갑자기 휘청 흔들렸다. 팝업북 페이지의 거의 한복판에 서 있는 탐정. 그가 두 발로 밟고 있는 지면같이 거대한 페이지가 느닷없이 비스듬히 기울었다. 페이지 위에 우뚝 선 오래된 민가 느낌의 건물도 어쩐지 전체적으로 일그러진 것처럼 보였다.

사야카는 흠칫했다. 이 그림책의 '독자'가 다른 페이지로 넘기려 한다. 즉, 이 페이지를 덮으려 한다!

사야카는 재빨리 탐정에게 소리쳤다. "위험해, 피해요!"

사야카의 경고를 기다릴 것도 없이, 페이지 한복판에서 한껏 폼

잡고 있던 탐정은 "어이쿠야, 점프!" 하고 구시대적인 리액션과 함께 화려한 앞텀블링을 선보이며 페이지 밖으로 탈출했다. 그 직후에 페이지가 탐정 뒤편에서 쿵, 하고 큰 소리와 함께 넘어갔다.

간발의 차로 위기를 모면한 다카오는 페이지 밖에서 무릎을 꿇은 채 안도의 한숨을 내쉬었다. 그 모습을 보고 사야카도 가슴을 쓸어내렸다.

팝업북으로 시선을 돌리자 아까까지 서 있던 오래된 민가 느낌의 건물은 흔적도 없이 사라졌다. 대신에 소년 검객 차림새의 사내아이와 약간 의인화된 꿩이 나타났다. 사내아이 뒤쪽에는 개와 원숭이도 있었다. 모모타로가 세 번째 동료와 만나는 장면이 틀림없었다.

그 장면을 보자마자 다카오가 불만스럽게 말했다. "이런, 이런, 책을 너무 날림으로 읽는 '독자' 잖아. 한 번에 다섯 페이지쯤 넘겼어."

"지금 그게 문제가 아니잖아요!" 사야카는 탐정에게 외쳤다. "당신, 방금 죽을 뻔했다고요!"

"아아, 하마터면 페이지 사이에 끼어서 파리처럼 납작해질 뻔했지."

말을 툭 내뱉자마자 다카오는 벌떡 일어나서 다시 '독자' 의 '얼굴' 을 가리키며 "야, 인마. 거기 꼼짝 말고 있어라!" 하고 어린아이가 싸움을 거는 듯한 대사를 날렸다. 그리고 저택 정면 현관으로 힘차게 달려갔다. "좋아, 범인과 직접 대결한다!"

"아, 잠깐, 나도."

사야카는 허둥지둥 탐정을 쫓아갔다. 건물에 뛰어들어 현관홀을 지나 나선계단을 뛰어올랐다. 사야카는 숨을 헐떡이며 앞서가는 탐정에게 물었다.

"저기…… 고바야카와 씨……. 범인이 누구인지…… 알아낸 거예요……?"

"응, 대충 짐작은 가……. 당신은 아직 모르겠나……. 쓰루오카를 죽이는 데 사용된 흉기는 팝업북이야……. 그럼 그것의 소유자는 누구일까……, 이제 알겠지?"

그 순간 사야카는 허를 찔린 것처럼 "엇" 하고 소리쳤다. 하지만 다음 질문을 꺼내기도 전에 두 사람은 전망실에 도착했다.

탐정의 어린아이 같은 도발을 곧이곧대로 받아들인 걸까, 아니면 이제 와서 도망치지도 숨지도 않겠다는 강한 결의의 표명일까. 전망실에는 한 인물이 꼼짝도 하지 않고 가만히 서 있었다. 폴로셔츠를 입은 남자다. 중정 쪽 유리창을 향해 서 있어서, 사야카와 다카오에게는 그의 등밖에 보이지 않는다. 남자 옆의 유리 케이스는 반으로 갈라진 복숭아처럼 한복판이 쩍 열려 있어서 안에 든 청동 팝업북이 훤히 보였다. 팝업북에는 역시 모모타로와 꿩이 만나는 장면이 입체적으로 튀어나와 있었다.

다카오는 숨을 고를 틈도 없이 남자의 등을 향해 집게손가락을 쭉 내밀었다.

"이봐, 장난질은 끝났어. 이제 도망칠 구멍은 없다. 단념하고 면상을 내밀어!"

원래부터 남자는 저항할 생각이 전혀 없었던 모양이다. 탐정이 시키는 대로 몸을 빙글 돌려 두 사람 쪽으로 돌아섰다. 이목구비가 단정하니 잘생긴 얼굴. 상냥한 두 눈으로 사야카와 다카오를 똑바로 바라보았다.

사이다이지 가문의 3남매 중 둘째, 사이다이지 게이스케였다.

사야카는 놀라움과 낙담이 반반씩 섞인 심정으로 중얼거렸다. "아아, 게이스케 씨······. 역시 당신이 쓰루오카를 죽인 범인이로군요······."

게이스케는 아무 대답도 하지 않았다. 무표정하게 사야카와 다카오를 바라볼 뿐이었다.

그런 게이스케를 대신하듯 다카오가 입을 열었다.

"그래. 사이다이지 고로 씨의 모든 장서는 유언장 내용에 따라 게이스케가 상속했어. '모든 장서'란 말 그대로의 의미야. 오카야마 시내에 있는 사이다이지 가문 본가에 소장된 장서는 물론이고, '화강장'에 있는 책도 지금은 전부 그의 소유지. 당연히 유리 케이스에 들어 있는 청동 팝업북도. 중정에 있는 거대한 팝업북도 지금은 게이스케가 소유한 장서의 일부인 셈이야. 그렇죠, 게이스케 씨?"

다카오는 새삼스레 그의 이름을 부르더니 상냥하게 생긴 남자의 얼굴에 매서운 시선을 던졌다.

"당신은 유언장의 내용에 따라 '화강장'에 있는 팝업북 두 권을 고로 씨에게서 물려받았어. 동시에 고로 씨의 살의도 물려받았지. 당신은 고인의 유지에 따라 팝업북을 흉기로 사용해 쓰루오카 가즈야를 살해했어. 그렇죠?"

이 물음에도 게이스케는 침묵을 지켰다. 대신에 사야카가 다카오에게 물었다.

"이해가 안 되네요. 고로 씨의 살의를 게이스케 씨가 팝업북과 함께 상속했다고요? 그렇다면 고로 씨는 예전부터 쓰루오카 가즈야를 죽이고 싶어 했다는 건가요? 하지만 왜? 왜 고로 씨가 쓰루오카를 죽이고 싶어 하는데요?"

사야카는 잇달아 질문을 던졌다. 그제야 게이스케가 무거운 입을 열었다.

"……그건 말이죠……. 복수입니다."

"네?!" 사야카는 한순간 어리둥절해졌다. "복수라니……, 뭐에 대해서요?!"

"23년 전 일의 복수죠. 두 분은 모르시겠군요. 23년 전, 이 저택에서 살인사건이 발생했습니다. 당시 사이다이지 가문의 가장이셨던 저희 할아버지, 도시로가 살해당했죠. 네, 쓰루오카 가즈야가 저희 할아버지를 살해한 범인이었습니다!"

한순간 전망실은 적막에 잠겼다. 그 경직된 분위기를 깨뜨리듯 고바야카와 다카오가 입을 열었다.

"23년 전에 사이다이지 도시로 씨가 누군가에게 살해당한 사건 말이군요. 그에 관한 이야기는 우리도 들었습니다. 당시를 알고 있는 어떤 인물이 비밀을 밝혔죠."

그게 누구인지는 말할 수 없지만요, 라고 덧붙이며 탐정은 장난꾸러기처럼 혀를 쏙 내밀었다. 이리하여 의사 다카자와 나오토의 체면은 일단 지켜졌다.

다카오는 말을 계속했다. "하지만 당시 이런저런 사정으로 사건 자체가 은폐됐죠. 도시로 씨는 병으로 급사한 걸로 원만하게 처리됐어요. 제 말이 맞죠?"

"잘 아시는 것 같군요." 게이스케는 감탄한 듯 고개를 끄덕였다. "맞습니다. 사건은 은폐됐죠. 살인사건이 일어났다는 사실 자체가 사이다이지 가문 같은 명문가에는 커다란 스캔들이니까요. 당연히 돌아가신 아버지가 은폐에 강한 의지를 보였습니다. 하지만 아버지도 결코 범인을 용서한 건 아니었어요. 다만 진범이 누구인지 당시는 정말로 몰랐습니다. 범인으로 추정되는 인물은 '도깨비 뒤집기 벼랑'으로 몰린 끝에 사라졌다. 분명 바다에 빠져서 물고기 밥이 됐을 것이다. 그게 중론이었으니까요. 그자가 누구인지 아버지도 짚이는 구석이 없었습니다."

"그런데 왜 이제 와서 갑자기 쓰루오카의 소행인 걸로?"

다카오는 이해가 안 된다는 표정으로 물었다. "20년도 넘게 잠들어 있었던 사건이 급전개를 이룰 만한 계기라도 있었습니까?"

"네, 계기는 뭐, 말하자면 단순한 우연입니다. 오카야마 시내에 있는 사이다이지 가문의 본가에서 포치라는 이름의 반려견을 키워요. 이렇다 할 특징 없는 평범한 시바견인데요."

"음, 포치라." 어리둥절한 얼굴로 탐정이 이야기를 재촉했다. "……그래서요?"

"지금으로부터 반년쯤 전, 몸 상태가 좋지 않았던 아버지의 요양차 저희는 '화강장'에 왔습니다. 그때 포치도 비탈섬에 데려왔고요. 포치가 이 섬에 온 건 그때가 처음이었죠. 저는 포치와 함께 섬 여기저기를 돌아다녔습니다. 물론 건물 안도요. 어느 날 저는 포치를 데리고 지하실로 향했습니다."

"거기라면 우리도 들어갔었습니다. 쓰루오카의 방에 있는 침대 매트리스를 들어 올리면 아래로 내려갈 수 있는 계단이 나오죠. 이른바 비밀 지하실이에요."

"꽤 많이 조사하셨군요. 그렇습니다, 거기예요. 뭐, 비밀 지하실이라고 해도 사이다이지 가문 사람이라면 다들 아는 곳이죠. 그런 의미에서는 비밀이고 뭐고 아닙니다. 저는 반쯤 재미 삼아 포치를 거기에 데려갔어요. 포치는 바위에 둘러싸인 널찍한 공간에서 신나게 뛰놀았습니다. 그런데 잠시 후 포치가 벽 한군데를 향해 멍멍 짖더군요. 마치 '여길 파라, 멍멍'이라고 말하듯이."

"자, 잠깐만요. 그런 비유는 안 되죠!" 어째선지 탐정이 당황해서 끼어들었다. "이번 사건은 오카야마답게『모모타로』가 모티프인 사건입니다. 그런데 괜찮겠습니까, 거기만『꽃 피우는 할아버지』(*상처 입은 강아지를 주워다 기르자 강아지가 보물이 있는 곳을 알려 주었다는 내용의 설화)처럼 됐는데요."

"이건 실제로 있었던 일이라서요……."

"그, 그렇군요. 그럼 어쩔 수 없죠." 탐정은 마지못해 고개를 끄덕였다. "계속하시죠."

"저는 고개를 갸웃거리며 포치에게 다가갔습니다. 그런데 제 눈앞에서 포치가 순식간에 사라져 버렸지 뭐예요. 이게 무슨 일인가 싶어 저는 부근을 샅샅이 뒤졌습니다. 그러다 드디어 알아차렸죠. 바위 벽에 개 한 마리가 간신히 지나갈 만한 틈새가 있다는 걸요."

"개 한 마리라니요. 무리하면 사람도 지나갈 수 있을 정도의 틈새예요." 체험자인 탐정이 주장했다.

"네, 옳으신 말씀입니다. 사실 저도 그 틈새를 빠져나갔으니까요. 거기에 포치가 있더군요. 그때 저는 또 알아차렸습니다. 바위벽 틈새의 건너편에 그야말로 비밀 통로라고나 불러야 할 동굴이 길게 뻗어 있다는 걸요."

"그 동굴은 '도깨비 뒤집기 벼랑'까지 이어지죠. 게이스케 씨, 그 동굴을 끝까지 탐색하셨죠? 그럼 거기서 기묘한 물체를 발견하셨을 텐데요."

"아무래도 전부 다 알고 계신 것 같네요. 맞습니다. '도깨비 뒤집기 벼랑'으로 나갈 수 있는 동굴 끝부분에서 그걸 발견했어요. 거무튀튀하니 로프처럼 생긴 물체의 일부였죠. 꽤 오랜 시간 방치됐는지 너덜너덜하게 풍화됐더군요. 저는 말없이 잠깐 생각에 잠겼습니다. 아무도 모르는 지하 통로, 그리고 로프 같은 물체의 잔해. 그때 머릿속에 한 가지 가능성이 떠올랐어요."

"바로 '쓰루오카 가즈야 범인설'이로군요." 앞질러 가듯 다카오가 설명했다. "23년 전에 쓰루오카는 범인으로 고려되지조차 않았을 겁니다. 당시 도주하는 범인을 추적한 사람들이 있었으니까요. 중학생이었던 다카자와 나오토 선생님과 그의 아버지인 다다나오 씨, 그리고 사이다이지 고로 씨였죠. 세 명은 달아나는 범인을 통나무 다리 건너로 몰아넣었어요. 한편 쓰루오카는 세 사람보다 꽤 늦게 통나무 다리에 나타났고요. 만약 쓰루오카가 범인이라면 통나무 다리를 건넌 후 반대쪽에서 나타나는 재주를 못 부리겠죠. 따라서 쓰루오카는 범인일 리 없다……."

"네. 당시는 다들 그렇게 생각했습니다. 아니, 반년 전까지는 저도 아버지도 전혀 의심하지 않았죠. 하지만 저와 포치가 발견한 새로운 사실이 그러한 결론을 날렸어요. 비밀 지름길이 있다면, 쓰루오카의 범행이 불가능하다고는 할 수 없다. 아니, 불가능하기는커녕 오히려 그 범행은 쓰루오카만이 저지를 수 있다고 해도 과언이 아니다. 비밀 지름길의 출입구는 당시 쓰루오카가 사용했던 침대였으니까요. 사건이 일어난 밤에 그가 자기 방 침대에서 자고 있었다면, 아무도 그 비밀 지하 통로를 못 지나가겠죠. 쓰루오카뿐이에요, 몰래 그 길을 이용할 수 있었던 사람은!"

"과연. 단순 명쾌하고 유일무이한 논리입니다. 솔직히 저도 동감이에요. 23년 전, 사이다이지 도시로 씨를 살해한 범인은 쓰루오카 가즈야라고 봐도 무방하겠죠. 동기는 도시로 씨의 유산이었을까요?"

탐정의 말에 고개를 끄덕이면서도 사야카는 "하지만" 하고 소박한 의문을 꺼냈다.

"그렇다고 해서 왜 게이스케 씨가 쓰루오카를 죽여야 하는데요?"

이 질문에는 게이스케 본인이 대답했다.

"반년 전에 아버지가 이미 말기 암이었기 때문입니다. 오랜 세월이 지나 겨우 사건의 진상을 알아냈지만, 아버지께는 복수할 만한 기력도 체력도 없었어요. 덧붙여 쓰루오카가 어디 있는지도 당시는 몰랐고요. 복수를 갈망하면서도, 당신 손으로 직접 복수를 실행할 시간이 아버지께는 남아 있지 않았습니다."

"자, 잠깐만요." 사야카는 강한 위화감을 느끼고 끼어들어 질문했다. "복수, 복수 하는데, 고로 씨는 그렇게나 쓰루오카에게 복수심을 불태운 건가요? 왜요? 아버지가 살해당했으니까?"

"물론 그런 이유도 있습니다만 그뿐만은 아니에요." 게이스케는 고개를 저은 후, 사야카를 응시하며 딱 잘라 말했다. "오히려 더 큰 복수의 동기는 어머니였습니다."

"가나에 부인이요……?"

"네, 그렇습니다. 어머니는 당시 사건의 첫 번째 발견자였어요. 너무나 충격적인 체험이었겠죠. 안 그래도 병약했던 어머니는 사건을 계기로 정신에 병이 들고 말았습니다. 지금도 그 상태가 계속되고 있고요. 여러분이 이 섬에 와서 보신 대로요. 어머니와 대화다운 대화를 나누는 사람은 저 하나 정도입니다. 제가 곁에 없으면 불안해서 견딜 수가 없나 봐요. 밤중에 침대에서 일어나 불편한 다리로 저를 찾아 돌아다니기도……. 그런 어머니가 너무 가엾은 나머지, 아버지는 지난 23년간 범인을 증오하는 마음을 내려놓을 수 없었던 겁니다. 그런데 정작 범인이 밝혀졌는데도 당신 손으로는 복수할 수가 없어요. 아버지가 얼마나 원통했겠습니까!"

깊게 한탄하는 목소리가 전망실에 울려 퍼졌다. 사야카는 고로 씨의 원통함에 동감해 잠시 할 말을 잃었다.

다카오의 목소리가 전망실에 내린 침묵을 깨뜨렸다.

"그래서 원통함을 풀지 못한 고로 씨가 당신한테 직접 부탁한 겁니까? 자신을 대신해 쓰루오카에게 복수해 달라고?"

"아니요, 그렇게 직접적으로 말씀하지는 않았어요. 만약 아버지가 그렇게 부탁했다면 저는 기꺼이 따랐겠죠. 아버지는 복수를 맡긴다는 식의 말씀은 한마디도 안 했습니다. 다만."

"다만, 뭡니까?"

"아버지는 죽을 날이 가까워졌다는 걸 깨달았겠죠. '화강장'에 숨겨진 비밀을 제게 알려 줬습니다. 중정에 거대한 팝업북이 있다는 것. 그 팝업북이 이 유리 케이스의 팝업북과 연동된다는 것. 작은 팝업북의 페이지를 넘기면 거대한 팝업북의 페이지도 넘어간다는 것 등등 실로 놀랄 만한 내용이었습니다. 동시에 저는 이 저택에 숨겨진 비밀을 하나 더 알아차렸죠. 사실 이 저택은 사람 모습을 모방해서 만든 겁니다. 팝업북을 보며 즐기는 사람의 모습을요. 그건 인생을 바쳐 사이다이지 출판을 경영한 아버지의 모습 같기도 했고, 살해당한 할아버지, 또는 어머니의 모습 같기도 했어요……."

게이스케의 말투가 숙연해지자 전망실에 또 미묘한 침묵이 내려앉았다. 사야카는 엇나갈 뻔한 이야기를 원래대로 되돌렸다. "그래서 결국 언제였나요? 게이스케 씨가 고로 씨를 대신해 복수하고자 결심한 타이밍은?"

"그건 말이죠. 야노 변호사님이 이 저택에서 유언장을 읽은 바로 그 순간이었습니다."

게이스케가 갑자기 손가락을 들어 자기를 가리키길래 사야카는 움찔했다. "엇, 그때라고요!"

"그렇습니다. 유언장 내용을 들을 때까지 저는 돌아가신 아버지의 유지를 헤아리지 못했죠. 하지만 그 순간 똑똑히 알았습니다. 유언에 따라 아버지의 장서는 전부 제 것이 되었죠. 도깨비를 퇴치하는 장면이 그려진 거대한 팝업북도요. 한편 쓰루오카는 23년 만에 비탈섬을 방문했어요. 이 또한 아버지가 유언장 PART 1을 이용해 의도적으로 계획한 일이라고 봐도 되겠죠. 전부 돌아가신 아버지가 안배해 둔 겁니다. 거기서 헤아릴 수 있는 아버지의 유지는 하나 밖에 없습니다. 아버지는 제게 이렇게 명령한 거예요. '쓰루오카를 죽여다오. 놈을 멋지게 퇴치하는 장면을 보여다오. 이 저택을 나라 고 생각하고서'."

"그래서 즉시 쓰루오카를 죽이러 나선 거군요."

다카오가 차분한 어조로 물었다. 게이스케도 차분한 표정으로 대답했다.

"네. 유언장이 개봉된 날 밤에요."

2

고요한 전망실의 창가에서 사이다이지 게이스케는 담담하게 설 명했다.

"그날 만찬 때 작은 소동이 일어난 후, 저는 쓰루오카에게 몰래 편지를 건넸습니다. '동생이 전해 달라더군. 쑥스러워서 직접 못 주 겠나 봐'라는 핑계로요. 물론 유코 말고 제가 쓴 편지입니다. 이래 보여도 글씨체가 여자 못지않게 예쁘거든요."

"편지 내용은?" 고바야카와 다카오가 물었다. "대충 상상은 갑니 다만……. 쓰루오카를 함정으로 유인하기 위한 가짜 편지였겠죠. '한밤중에 혼자 중정으로 오세요……' 같은 달콤한 말로 쓰루오카 를 꾀어내는 내용이었을 겁니다."

"맞습니다. '만찬 때 있었던 일을 사과하고 싶어서……'라고 썼 습니다. '보여드리고 싶은 게 있어요'라고도요. 실제로 그에게 보여 주고 싶은 게 있었으니까요."

"쓰루오카가 유코 씨의 제안을 덥석 받아들일 것이라 기대하고, 당신은 전망실에서 쓰루오카가 나타나기를 기다렸겠죠. 거대한 팝업북을 중정에 꺼내 둔 상태로요."

"그렇습니다. 어느 페이지든지 상관없었습니다만, 마침 모모타로가 탄생하는 유명한 장면이 펼쳐졌길래, 그걸 쓰루오카의 마지막 장면으로 삼기로 했습니다. 저는 그 순간을 가만히 기다렸죠. 아버지의 영정사진을 가슴에 품고요."

"마침내 쓰루오카가 한밤중에 혼자 중정에 나타났죠. 그리고 거기서 처음으로 봤을 겁니다. 중정 한복판에 출현한 그 거대한 팝업북을."

"네. 멀리서도 쓰루오카가 얼마나 놀랐는지 똑똑히 알겠더군요. 말소리는 들리지 않았지만 '뭐야 이건⋯⋯' 같은 말을 중얼거렸겠죠. 그리고 유코를 찾으려는 건지 주변을 두리번거렸습니다. 그러다 튀어나온 거대한 그림 뒤편에 유코가 숨어 있는 게 아닐까 생각했는지, 쓰루오카는 제 발로 팝업북 속에 발을 들여놓았습니다. 처음에는 경계하듯 머뭇머뭇했지만, 이윽고 완전히 안심했는지 성큼성큼 팝업북 한가운데로 나아가더군요. 기다렸던 순간이었습니다." 게이스케는 당시의 광경을 머릿속에 떠올리듯 눈을 감고 말했다. "저는 팝업북을 덮었습니다."

"유리 케이스의 팝업북을 탁 덮은 거군요. 그 책에 연동되는 중정의 거대한 팝업북도 탁 덮일 테고요. 거대한 페이지의 한복판에 서 있던 쓰루오카는 도망칠 여유가 없었을 겁니다. 무거운 페이지와 페이지 사이에 끼어서 순식간에 납작해졌겠죠. 책 사이에 끼인 파리가 불쌍하게 죽는 것처럼……."

"네, 더할 나위 없이 비참한 죽음이었습니다. 하지만 할아버지를 죽이고, 아버지와 어머니에게 엄청난 고통을 안긴 악당에게 그만큼 합당한 최후는 또 없겠죠. 돌아가신 아버지도 그 광경을 전망실에서 내려다보며 아주 흡족해했을 겁니다."

"네, 분명 그렇겠죠……." 어쩐지 빈정대는 듯한 어감을 풍기며 탐정은 고개를 끄덕였다. 그리고 새삼스레 게이스케를 쳐다보았다. "당신은 범행 후에 쓰루오카가 진짜로 죽었는지 확인하기 위해 덮었던 페이지를 다시 펼쳤을 겁니다. 그때 작은 사고가 일어났죠. 죽은 쓰루오카의 옷이 팝업북 속 오래된 민가 느낌의 건물 모서리에라도 걸렸는지, 쓰루오카의 시신이 튀어나오는 건물과 함께 우뚝 일어선 거예요."

"네, 저도 깜짝 놀랐습니다. 한순간 쓰루오카가 죽지 않고 페이지 위에 두 발로 서 있는 줄 알았습니다. 음, 그나저나 이상하군요. 탐정님은 어떻게 그런 사실까지 아시는 거죠? 마치 그때 중정에서 있었던 일을 직접 보시기라도 한 것 같네요."

"아니요, 제가 본 건 아니고요. 마침 화장실에 가려던 미사키가 그 광경을 봤습니다. 하지만 얼굴이 피로 물든 변사체를 보고 미사키는 '빨간 도깨비'라고 생각한 모양이에요. 게다가 빨간 도깨비는 건물과 함께 연기처럼 사라지고 말았고요. 당신이 팝업북을 다시 덮었기 때문입니다. 그 결과 미사키가 목격했다는 사실도 흐지부지돼서 큰 소동은 벌어지지 않았습니다. 미사키는 우리에게만 그 이야기를 해 줬어요. 우리는 미사키에게 들은 이야기를 다른 사람들에게는 비밀로 했습니다."

"그랬군요. 설마 미사키가 봤을 줄이야……."

의외라는 듯 탄식하며 게이스케는 창문 아래에 펼쳐진 거대한 팝업북을 바라보았다. 그리고 이해가 됐다는 것처럼 고개를 끄덕였다. "미사키의 증언 덕분에 탐정님은 저 거대한 팝업북의 존재를 알아차렸군요."

"물론 그렇고 말고요. 그 정보가 없었다면 아무리 저라도 중정에 이런 장치가 있는 줄 상상도 못 했겠죠. 지하에 비밀 통로가 있다는 걸 알아차린 것도 아까 말했던 어떤 인물의 증언 덕분이고요. 흠, 그렇게 생각하면 이번 사건에서는 운이 아주 좋았네요. 그러고 보니 중요한 증언을 해 준 사람이 한 명 더 있었군요."

"그게 누군데요?"

게이스케의 질문에 다카오가 대답했다.

"도라쿠 스님입니다."

"그 땡중요? 그가 무슨 도움이 되는 증언을?"

"당신도 게임룸에서 우리와 함께 들었을 텐데요. 왜, 23년 전 '도깨비 뒤집기 벼랑' 아래에서 중학생 세 명이 기적을 체험했다는 이야기 있잖습니까."

탐정의 말에 게이스케는 "아아, 그거요" 하고 기억이 되살아난 것처럼 고개를 끄덕였다. "바닷속에서 사람이 튀어나왔다는 이야기 말이군요. 마치 돌고래나 범고래처럼 점프했다든가……. 그게 중요한 증언이라고요? 일종의 괴담 또는 도시전설 같은 거잖아요?"

"꼭 그렇게 볼 수는 없죠. 스님의 말을 들어 본 바로는 완전히 지어 낸 이야기도 아닌 것 같거든요. 게이스케 씨, 저는 그 이야기에 나온 바다의 기적에 얽힌 수수께끼를 풀어내야 이번에 발생한 사건들의 수수께끼를 풀 수 있다고 생각합니다."

"사건들의 수수께끼?!" 게이스케는 어리둥절한 표정으로 말했다. "수수께끼가 어디에 있는데요? 제가 이미 말씀드렸지 않습니까. 쓰루오카를 죽인 건 바로 접니다. 아버지가 유언장을 통해 제게 명령했어요. 그런 의미에서는 아버지와 저, 2대에 걸친 복수극이라고 해도 되겠죠. 더 이상 무슨 수수께끼가 있다는 말씀입니까? 나선계단에서 빨간 도깨비가 스님을 습격한 사건이요? 그건 물론 접니다. 외부인의 범행으로 위장하기 위해 빨간 도깨비 가면을 쓰고 한바탕 연극을 벌인 거예요. 저는 '도깨비 뒤집기 벼랑'까지 도망쳐서 미리 준비해 둔 로프를 타고 벼랑을 내려갔습니다. 그리고 벼랑에 있는 틈새로 동굴에 들어갔죠. 로프를 절단해서 바다에 버린 후 동굴을 통해 몰래 저택으로 돌아온 거예요."

"네, 비에 젖은 걸 얼버무리기 위해 마사에 씨에게는 '샤워'를 했다고 거짓말했고요. 덕분에 빨간 도깨비의 정체가 게이스케 씨인 줄은 아무도 몰랐습니다."

"잘 알고 계시네요. 그럼 수수께끼는 이제……."

"아니요, 수수께끼는 아직 남아 있습니다. 예를 들면 이 전망실이죠. 게이스케 씨, 이 창가에서 고로 씨의 영정사진을 품에 안고 쓰루오카가 죽는 광경을 돌아가신 아버님께 보여드렸다고 했죠?"

"네, 그렇고 말고요. 그게 돌아가신 아버지의 뜻이었으니까요."

"돌아가신 아버지의 뜻이라, 정말로 그랬을까요?"

"정말로……라니요?!" 몹시 놀랐는지 게이스케의 눈이 휘둥그레졌다. "갑자기 무슨 말씀을 하시는 겁니까, 탐정님. 뭔가 의심스러운 점이라도 있다는 거예요?"

"의심스럽다고 할 정도는 아니지만……." 탐정은 그렇게 서론을 깔고 혼자 창가로 다가갔다. "예를 들어 전망실 창문으로 중정을 내려다보면 전망이 좀 별로예요. 각도상 잘 안 보이죠. 그렇게 느끼는 건 과연 저뿐일까요?"

"뭐라고요?! 안 보이기는 뭐가 안 보입니까. 유리창에 다가서면 중정이 훤히 보이는걸요. 뭐가 문제라는 말씀이세요?"

"분명 유리창에 다가서면 그렇죠. 반대로 말해 창문에서 조금만 떨어지면 중정을 내려다볼 수 없다는 거예요. 그럴 수밖에요. 이 돔 모양의 전망실 창문은 비스듬히 위를 향하고 있으니까요. 저 멀리 바다나 하늘을 바라보기에는 좋지만, 가까운 지면을 내려다보기에는 별로 적합하지 않습니다. 아닙니까, 게이스케 씨?"

"확실히 전망실 구조상 그런 문제는 있을지도 모르지만……. 무슨 말씀을 하고 싶으신 겁니까?"

"게이스케 씨, 아까 이 저택이 사람 모습을 모방해서 만든 거라고 했죠. 그 말에는 저도 동감입니다. '화강장'은 사람 모습, 특히 팝업북을 보며 즐기는 사람 모습을 표현했어요. 요컨대 전망실이 있는 이 구체는 인간의 '얼굴'이자 '머리'죠. 그래서 당신은 고인의 영정 사진을 들고 전망실 창가에 서서 쓰루오카가 죽는 순간을 보여 준 거고요. 전망실의 창문이 저택의 '눈'에 해당한다고 생각하고서. 하지만 정말로 그럴까요?"

"그, 그게 무슨 뜻이야?"

"이 구체가 인간의 '얼굴'이자 '머리'인 건 틀림없습니다. 그래서 여기에 좀 부자연스러운 형태로 도서 코너를 설치해 둔 거고요. 서적은 지식의 상징. 그것이 대량으로 존재하는 도서 코너는 이른바 이 저택의 '뇌'겠죠. 그러면 지금 우리가 있는 돔 모양의 전망실은 인간의 뭐에 해당할까요?"

"뭐, 뭐냐니⋯⋯." 게이스케는 말을 어물거렸다. "뭐냐 하면, 그러니까⋯⋯."

그때 사야카의 머릿속에서 갑자기 한 가지 해답이 번쩍였다. "알았다. '뇌'가 담긴 돔 모양의 공간. 즉, 여기는 저택의 '두개골'이에요. 그렇죠, 고바야카와 씨?"

"맞아, 사야카 씨." 다카오는 고개를 끄덕이고 다시 게이스케를 보았다. "그럼 다시 묻겠습니다만, 전망실 창문은 정말로 저택의 '눈'일까요? 눈은 뇌나 두개골 앞에 달려 있습니까? 아니죠. 거기 있는 건 이마나 헤어라인, 잘 쳐줘도 눈썹입니다. 그런 곳에 눈이 달린 사람은 없어요. 아닙니까, 게이스케 씨?"

"그런 건 순 억지입니다!" 게이스케는 내뱉듯이 말했다.

억지가 아니라고 사야카는 생각했다. 고로 씨는 두 팔이 어깨부터 시작되도록 일부러 멀리 돌아가는 계단을 설치할 만큼 강한 강박을 품고 저택을 증축했다. 탐정이 꿰뚫어 본 대로 전망실 창문은 저택의 '눈'이 아니다. 눈은 보통 이마와 눈썹 밑에 있다.

거기에 생각이 미친 순간, 사야카는 흠칫했다.

다카오는 그런 사야카의 모습을 힐끔 보고 나서 천천히 입을 열었다.

"게이스케 씨, 실은 내내 궁금했던 게 있었는데요. 전망실에 처음 들어왔을 때부터 그 궁금증이 머릿속 한구석을 떠나지 않았습니다."

그리고 다카오는 구두 뒷굽으로 바닥을 두드리면서 말했다.

"지금 우리가 있는 이 구체의 위쪽 절반은 전망실과 도서 코너죠. 그럼 이 아래, 구체의 아래쪽 절반에는 뭐가 있을까요?"

3

"구체의 아래쪽 절반이라니?" 게이스케는 어이없다는 듯 입을 떡 벌렸다. 그리고 건조하게 웃었다. "하핫, 아무것도 없지. 있을 리가 없잖아."

"예전에 한 번이라도 보신 적이 있습니까?"

"보기는 뭘 봐? 애당초 이 구체의 아래쪽에는 아무도 못 간다고!"

"아니요, 갈 수 있습니다. 갈 수 있을 거예요. 그렇지, 사야카 씨?"

갑자기 질문이 날아들어서 사야카는 몹시 당황했다.

"뭐요?! 몰라요. 내가 어떻게 알겠어요?"

"하지만 이상한 체험을 했잖아. 전에 당신이 말해 줬을 텐데. 도라쿠 스님이 빨간 도깨비에게 습격받기 직전의 일이야. 당신은 수수께끼의 인물을 쫓아 나선계단을 올라 전망실로 향했어. 하지만 전망실로 향했을 인물은 빠져나갈 구멍이 없는 이 공간에서 연기처럼 사라졌지. 기묘한 일이라고 당신도 고개를 갸웃거렸을 거야."

"아아, 그 이야기……. 확실히 이상한 일이었죠." 사야카는 고개를 끄덕이다가 눈살을 확 찌푸렸다. "어, 그럼 그때 내가 봤던 수수께끼의 인물은 혹시……."

"그래. 그 인물은 이 구체의 위쪽 부분에서 아래쪽 부분으로 이동한 거야. 그렇게라도 봐야 당신이 체험한 인간 소실의 수수께끼를 설명할 수 있겠지. 그러니까 이 구체의 위쪽 부분에서 아래쪽 부분으로 이동할 수 있는 비밀 통로나 계단이 분명 있을 거야."

"흥, 말도 안 되는 소리!" 게이스케는 고개를 홱 돌리며 말했다. "그런 게 있을 리 없어. 만약 그런 비밀 통로가 있다면 꼭 한 번 보고 싶군!"

게이스케는 어느덧 고상한 존댓말을 집어치우고 완전히 싸움을 거는 말투로 다그쳤다.

한편 다카오도 누가 싸움을 걸면 기꺼이 응하는 성격인 모양이었다. "좋고 말고요!" 다카오는 가슴을 쭉 펴더니 대담하게도 긁어 부스럼을 만드는 발언을 했다. "시간을 조금만 주시면 제가 멋지게 찾아내서 보여드리겠습니다."

그러자 게이스케의 얼굴에 곧장 도발하는 듯한 표정이 서렸다. "오, 이거 재미있군. 그럼 조금이 아니라 몇 시간이라도 드리지. 얼마든지 찾아봐!"

"흥, 몇 시간이나 필요할 리가요." 다카오는 더욱 오기를 부리며 게이스케 앞에서 몸을 홱 돌렸다. 그리고 도서 코너 쪽으로 곧장 걸어갔다.

사야카는 다카오를 쫓아가며 불안한 심정을 털어놓았다.

"그렇게 허세를 부리다니, 정말 괜찮겠어요? 나중에 큰 창피를 당해도 난 몰라요."

"어쩔 수 없지. 이렇게 된 이상 찾아내는 수밖에."

아까의 오기는 어디 갔는지 탐정은 미덥지 못한 말투로 중얼거렸다. 그리 승산 높은 승부는 아닌 모양이다. "뭐, 비밀 통로가 존재하는 것 자체는 틀림없어. 문제는 그걸 어떤 형태로 위장했냐인데……. 음, 버튼을 누르면 책으로 가득한 이 묵직한 서가가 옆으로 이동한다든가, 그런 장치가 어딘가 있을 텐데……."

"설마요!" 사야카는 기가 차서 저도 모르게 소리쳤다. "그런 게 있을 리가……."

"아니지, 아니지. 이 저택에 또 어떤 장치가 숨겨져 있더라도 더는 놀라지 않을 거야."

"……." 듣고 보니 그랬다. 서가가 회전하든 바닥이 솟구치든 놀랄 일이 아니다. 이 저택에서는 충분히 있을 만한 일이니까.

사야카는 다카오와 함께 서가를 밀거나 두드리거나 했다. 서가에 숨겨진 문을 열면 비밀 아지트가 나타난다. 어릴 적에 그런 내용의 영화나 드라마를 본 것 같았기 때문이다. 하지만 기대와 달리 어디를 어떻게 밀어도 서가는 꿈쩍도 하지 않았다. "……역시 틀렸나."

사야카가 체념 어린 말을 꺼내자 두 사람 뒤쪽에서 게이스케가 야유했다.

"슬슬 포기하지 그래, 탐정님?"

바로 그때.

미련 많은 남자, 고바야카와 다카오의 시선이 지금까지 그냥 보고 지나친 한 곳에 꽂혔다.

서가에 인접한 형태로 놓아둔 청소 도구함이었다. 예전에 다카오가 어머니와 통화할 때 전화 부스처럼 사용한 세로로 길쭉한 공간이다. 다카오는 그 직육면체의 문 앞으로 다가갔다. "그러고 보니 이 청소 도구함은 어쩐지 부자연스러운 곳에 있네. 보통은 눈에 띄지 않는 벽 앞에 둘 텐데."

"이건 꽤 한복판 근처에 있네요."

"애당초 도서 코너에 청소 도구함이 꼭 필요할 것 같지도 않아. 하핫, 그렇다면 여기로군!" 목표물을 정한 탐정이 청소 도구함 문으로 오른손을 뻗었다. 단숨에 문을 열자 어른이 여유롭게 들어갈 만한 공간이 눈에 들어왔다. 대걸레, 빗자루, 먼지떨이 같은 청소 도구는 전부 벽의 후크에 깔끔히 걸려 있었다. 하지만. "봐, 사야카 씨. 바닥에는 양동이 하나 없잖아."

"그러게요. 그냥 나무 바닥 같아요."

"평범한 바닥일 리 없지. 분명 문처럼 열릴 거야……."

다카오는 그 자리에 쪼그려 앉아 청소 도구함의 바닥판을 면밀히 조사했다. 거의 정사각형 모양의 나무판자다. 표면은 거칠거칠했지만 눈에 띄게 울퉁불퉁한 부분은 없었다. 다카오는 바닥판을 문지르거나 두드려보다가 말했다. "젠장, 어디에도 잡을 만한 부분이 없잖아."

"잡을 곳이 없으면 못 열겠네요."

"응, 손잡이만 있으면 어쩐지 열릴 것 같은데……. 앗!" 그때 다카오의 시선이 어떤 물체를 포착했다. 다음 순간 다카오의 입에서 의외의 말이 흘러나왔다. "그래, 돌돌이야!"

"네?! 돌돌이라면……."

"돌돌이는 돌돌이지. 그래, 이거 말이야."

벌떡 일어난 다카오는 후크에 걸린 청소 도구 중에서 가늘고 기다란 물건을 꺼냈다.

정말로 돌돌이였다. 정식 명칭은 뭘까. '일회용 접착 시트식 막대형 청소 도구'라고 하면 될까. 금속 막대 끝에 접착 시트가 감긴 원통이 장착된 형태로, 원통을 바닥이나 카펫에 대고 돌돌돌돌 굴리면 쓰레기나 먼지가 접착 시트에 찰싹찰싹 달라붙는, 그 돌돌이다.

사야카는 고개를 기울이며 탐정에게 물었다.

"그걸로 뭘 어쩌려고요? 청소라도 하려고요?"

"그렇지, 이걸로 바닥을 돌돌돌돌 깨끗하게……. 뭔 소리야!" 다카오는 사야카에게 버럭 고함을 질렀다. "이 중대한 국면에 청소나 하고 있을 여유가 어디 있어!"

"그야 뭐, 그렇지만……." 그렇다면 이 중대한 국면에 일단 말을 받아 주었다가 면박 주는 당신은 뭐 하는 건데? 사야카는 화가 폭발할 것 같은 기분으로 다시 물었다. "그럼 그걸 어디에 쓰려고요?"

"이렇게 써야지." 다카오는 막대 끝부분의 접착 시트를 청소 도구함 바닥판에 대고 꾹 눌렀다. 그대로 막대를 들어 올리자 접착 시트에 달라붙은 바닥판이 비스듬히 올라왔다. 탐정이 짐작한 대로 정사각형 바닥판은 문처럼 한쪽으로 열리는 구조였다. 그 광경을 보고 사야카는 무심코 감탄을 토해 냈다.

"굉장하다! 접착력이 장난 아닌데요! 요즘 돌돌이는 성능이 대단하네요."

"아니, 요즘 돌돌이의 성능이 대단한 게 아니라, 이 돌돌이가 접착력이 강한 특제인 거야. 분명 비밀 문을 열기 위해 준비해 둔 거겠지. 그나저나 놀랄 포인트가 거기야?"

"아참, 그렇죠." 지금 돌돌이의 접착력은 문제가 아니다. 사야카는 다시 놀라움을 표현했다. "굉장하다……. 비밀 통로 입구가 정말로 있었네요!"

그 말에 기분이 좋아졌는지 탐정은 "이 정도야 껌이지"라며 흐뭇해했다. 그 뒤쪽에서 게이스케가 "뭐야 이게!" 하고 당혹스러운 표정으로 말했다. "이, 이런 장치가 있었다니……. 아버지한테는 아무 말도 못 들었는데……."

어쩔 줄 모르는 게이스케를 본체만체, 탐정은 정사각형 문을 90도까지 열었다. 청소 도구함의 바닥이 빠져서 네모난 구멍이 뻥 뚫린 듯한 상태다. 하지만 구멍 아래에는 계단이 있는 듯했다. 그걸 확인하고 다카오가 말했다.

"사야카 씨가 추적한 수수께끼의 인물이 느닷없이 사라진 건 이래서였군. 그자는 이 계단을 내려간 거야. 청소 도구함 문을 닫으면 누구에게도 들킬 걱정이 없지."

"확실히 그때 여기는 조사하지 않았어요……." 사야카는 구멍 속을 들여다보았다. "그런데 이 아래에 뭐가……?"

"좋아, 우리도 내려가 보자고. 아아, 게이스케 씨는 안 와도 됩니다."

"왜!" 게이스케가 언성을 높였다. "나도 보고 싶어. 같이 갈 거야!"

"그래요? 하지만 뭐가 있어도 저는 모릅니다." 마치 중대한 뭔가의 존재를 예견이라도 한 것처럼 탐정은 의미심장하게 중얼거렸다.

게이스케는 "흥" 콧방귀를 뀌었다. "어차피 아무것도 없을 거야. 창고 같은 거겠지."

바닥 밑에 있는 것이 단순한 수납공간이라면, 입구를 왜 청소 도구함으로 위장한단 말인가. 분명 뭔가 중대한 비밀이 숨겨져 있다.

사야카는 이번 사건이 드디어 최종 국면에 가까워졌음을 예감했다. "자, 빨리 내려가요, 고바야카와 씨!"

사야카가 등을 떠밀 듯 말하자 다카오가 고개를 살짝 끄덕였다. 그리고 발밑에 입을 벌린 네모난 구멍 속으로 천천히 발을 들여놓았다.

난간이 달린 목제 계단은 길이가 고작 3미터 정도였고 경사도 완만했다.

내려가자 사야카가 상상했던 것과는 다른 공간이 나타났다. 구체의 아래쪽 절반이니까 돔 모양 전망실을 거꾸로 뒤집은 모양 아닐까. 사야카는 멋대로 그런 이미지를 부풀렸었다. 굳이 말하자면 샐러드 볼 같은 모양의 공간. 그 한복판에 나선계단이 담긴 원통형 기둥이 서 있는 모양새를 상상했지만, 실은 그렇게 희한한 방이 아니었다.

계단을 내려가자 평평한 바닥이 펼쳐졌다. 천장 높이도 평범한 집과 다름없는 듯했다.

다만 실내가 한눈에 들어오지는 않았다. 불빛이 부족했다. 계단 위쪽에 뻥 뚫린 네모난 입구에서 비쳐드는 희미한 불빛만이 세 사람 주변을 어렴풋이 비추었다.

"방이 참 어둡네……." 사야카는 그렇게 중얼거리며 어둠 저편에 시선을 모았다.

그 목소리에 답하듯 다카오가 양복 안주머니에서 펜 라이트를 꺼냈다. 동시에 게이스케도 호주머니에서 지포 라이터를 꺼내서 불을 켰다.

두 개의 불빛 속에 떠오른 것은 실로 의외의 광경이었다.

사야카에게 '화강장'은 전망실로 대표되는 근대적이고 기능적인 공간이면서도, 어떤 의미에서는 무미건조한 인상을 주었다. 하지만 지금 사야카의 눈앞에는 그와 정반대의 공간이 펼쳐져 있었다.

방 전체는 돔 모양이 아니다. 벽이 수직으로 서 있다. 벽도 결코 무미건조하지 않았다. 아름다운 나뭇결이 돋보이고 따스함이 느껴졌다. 물론 거대한 원통형 기둥은 어디에도 없었다. 발밑에는 털이 길고 푹신푹신한 카펫이 깔려 있었다. 고풍스러운 덩굴무늬가 그려진 카펫은 한눈에도 고급임을 알 수 있었다. 벽 한구석에 자리한 고풍스러운 나무 장식장에는 앤티크 일본 인형, 함석 자동차, 그리고 어째선지 프라모델 탱크 등이 진열되어 있었다.

그 장식장 위에 양초가 세 개 세워진 촛대가 있었다. 촛대에서도 세월이 흘러야만 갖춰지는 풍격이 느껴졌다. 게이스케가 지포 라이터로 양초에 불을 붙였다.

방이 단숨에 밝아졌다. 게이스케는 촛대를 들고 주변을 둘러보았다.

"뭐야, 이 방은……. 여기만 묘하게 만듦새가 고풍스러운데……."

"어쩐지 좀 그리운 느낌이 드네요······."

"음, 구체의 아래쪽 절반이 이런 공간일 줄이야······."

사야카 일행은 3인 3색의 감상을 꺼내 놓았다. 그때 방 한구석에서 뭔가를 보고 사야카가 "헉" 하고 소리 질렀다. "누, 누가 있나?!"

사야카는 뒷걸음치면서 앞쪽을 가리켰다. 거기에는 이 방에 단하나뿐인 창문이 있었다. 방향상으로도 건물 구조상으로도, 중정을 향한 창문이 틀림없었다. 전체적으로 고풍스러운 분위기를 풍기는 실내에서 그것만 모양새가 기묘했다. 바닥부터 천장까지 비스듬히 곡선을 그리는 유리창. 그 특징적인 형태는 이 공간이 구체의 아래쪽 절반임을 나타내는 증거였다.

그 창문 곁에 커다란 책상이 있었다. 역시나 나무로 만든 고급품인 듯했다. 중후한 책상 앞에는 등받이가 커다란 의자가 있었다. 고급스러움이 넘치는 가죽 회전의자다.

그리고······ 의자 위에 누군가 있었다. 등받이 위쪽으로 정수리가 보였고, 가죽을 댄 팔걸이에는 하얀 소맷자락에 덮인 팔이 얹혀있었다. 책상을 향한 의자에 누군가 앉아 있는 것이다. 그 모습을 보자마자 다카오는 입을 꾹 다물었고, 게이스케는 깜짝 놀랐는지 눈을 크게 떴다.

사야카는 떨어진 곳에서 머뭇머뭇 상대를 불렀다.

"저, 저기····· 누, 누구세요·····?"

대답은 없었다. 사야카는 어찌해야 좋을지 판단이 서지 않았다. 탐정은 입을 다문 채 꼼짝도 하지 않았다. 그러자 마음을 단단히 먹은 듯 게이스케가 크게 소리쳤다.

"다, 당신 누구야……. 이봐, 안 들려!"

역시 대답은 없었다. 게이스케는 더는 못 참겠는지 촛대를 든 채 책상 옆으로 성큼성큼 다가가서는 의자 등받이를 잡았다. "누구야, 얼굴 좀 보자!"

노기등등한 목소리와 함께 게이스케가 의자 등받이를 끌어당겼다. 다음 순간 의자가 매끄럽게 회전해 앉아 있던 사람의 온몸이 드러났다.

흰옷을 입은 젊은 남자였다. 아직 소년이라도 해도 될 만큼 몸이 가냘픈 남자.

하지만 세 사람의 시선을 한몸에 받으면서도 남자는 어떤 반응도 보이지 않았다. 미동도 없이 경직된 것처럼 똑같은 자세를 유지했다.

남자는 이미 죽은 뒤였다.

4

말을 고르지 않고 느낀 대로 표현하자면, 이렇게 깔끔한 시체는 난생처음 보았다. 너무 깔끔한 나머지 사야카는 시체를 보면서도 살아 있는 인간이 아닌가 잠시 착각했을 정도였다. 실로 신기한 시체였다. 뽀얗고 투명한 뭔가가 피부 표면을 뒤덮고 있었다. 그 투명한 뭔가를 통해 피부의 윤기마저 전해질 정도였다.

"주, 죽은 거죠, 이 사람……?" 사야카는 떨리는 목소리로 물어보았다.

"응, 아마 죽은 지 꽤 됐을 거야." 다카오가 대답했다.

"죽은 지 꽤……?" 솔직히 그렇게는 보이지 않았다. 아주 최근에 사망한 것처럼 느껴졌다. "이건 뭘까요……?"

"시랍(屍蠟)이야. 공기가 차단된 습한 환경에 시체를 놓아두면, 체내의 지방이 밀랍 같은 물질로 변해서 신체 표면을 뒤덮지. 그 결과 시체는 부패하지 않고, 사망한 당시의 모습 그대로 오랫동안 보존돼. 시랍화라는 현상이지. 뭐, 일종의 영구 시체야."

"영구 시체……."

"아주 보기 드문 일이야. 이 남자는 젊은 나이에 죽었겠지. 그리고 시체가 무슨 작용으로 시랍화했어. 덕분에 사망한 당시의 모습을 지금도 유지하고 있는 거고."

"그렇군요……. 하지만 이 사람은……."

사야카가 중대한 의문을 꺼내려 했을 때였다.

사야카 뒤쪽에서 느닷없이 여자 목소리가 들렸다. 여자는 조율이 잘못된 듯한 새된 목소리로 "게이스케…… 게이스케…… 거기 있니?" 하고 열심히 불렀다. 사야카가 놀라서 돌아보자 잠옷 차림의 가나에 부인이 시야에 들어왔다. 난간을 잡고서 불편한 다리를 불안하게 움직여 계단을 내려온다. 침대에서 혼자 빠져나와 저택을 배회하다 여기에 다다른 것이다. 청소 도구함에서 새어 나오는 게이스케의 목소리에 반응한 건지도 모른다.

"어, 어머니. 왜 이런 곳에!" 게이스케가 놀라서 눈을 부릅떴다.

그러자 가나에 부인의 입에서 놀라움과 환희에 찬 목소리가 흘러나왔다. "어머나, 게이스케! 게이스케 아니니! 이런 곳에 있었구나, 널 찾아다녔는데……."

"안 돼요, 어머니, 얼른 주무셔야……."

평소의 상냥한 표정을 되찾은 게이스케는 촛대를 책상에 내려놓고 가나에 부인에게 다가갔다. 그러나 가나에 부인은 반기는 양손을 피하듯 게이스케 옆을 지나쳤다. 어, 하고 모두가 놀란 순간, 부인은 비틀비틀 창가의 책상으로 달려갔다. 그리고 의자에 앉아 있는 남자 시체를 꼭 끌어안았다.

"아아, 게이스케! 엄마가 얼마나 찾았는지 몰라……."

가나에 부인은 시랍화한 소년의 시체에 뺨이라도 문댈 듯이 얼굴을 가까이 댔다. 사야카가 이 섬에 온 뒤로 이렇게 활기 있는 가나에 부인의 얼굴은 처음 보았다. 유리구슬처럼 공허했던 눈은 전에 없이 생기가 넘쳤고, 목소리는 기쁨으로 떨렸다.

경악에 찬 표정으로 그 모습을 바라보던 게이스케가 떨리는 목소리로 물었다. "어, 어머니…… 뭐 하시는 거예요……?"

가나에 부인은 표정을 싹 바꾸어 무감정한 얼굴로 게이스케를 쳐다보았다. 그리고 냉혹함마저 느껴질 만큼 차가운 목소리로 되물었다. "당신은…… 누구죠?"

| 12장 |

23년 만의 진상

1

"누, 누구?! 누구……냐니……. 그게 무슨 말이에요?!"

우두커니 서 있는 사이다이지 게이스케의 입에서 잠꼬대하듯 중얼거리는 소리가 새어 나왔다. 그는 움켜쥔 주먹을 부들부들 떨며, 찢어질 듯 부릅뜬 두 눈으로 어머니를 똑바로 쳐다보았다. 자신의 존재를 알리려 애쓰는 어린아이 같은 눈이었다.

하지만 가나에 부인은 게이스케에게는 눈곱만큼도 관심을 보이지 않고, 의자에 앉은 소년에게로 고개를 돌렸다. 시랍화한 소년의 시체. 아무 말도 없는 그에게 부인은 진지한 표정으로 물었다.

"저기, 저 사람은 누구니? 게이스케의 친구야?"

물론 시체가 대답할 리 없다.

게이스케가 대신 대답했다. 그는 이마에 진땀을 흘리며 가슴에 손을 댔다.

"나야……. 내가 게이스케라고……."

무정하게도 부인은 단호하게 고개를 저었다. "무슨 말씀인지 잘 모르겠네요. 제 아들은 여기 있어요. 이상한 말씀 하지 마세요!"

부인은 시체의 어깨를 끌어안았다. 그 모습을 본 게이스케는 "이럴 수가⋯⋯" 하고 중얼거린 것을 끝으로 말문을 닫았다. 당장이라도 자리에 털썩 주저앉을 지경이지만, 무릎에 힘을 주어 억지로 참고 있음을 알 수 있었다. 옆얼굴이 빈사 상태의 환자처럼 창백했다.

촛불이 비치는 실내에 해저를 연상시키는 침묵이 내려앉았다.

일련의 일들을 곁에서 지켜본 야노 사야카는 도대체 무슨 영문인지 몰라 어리벙벙할 따름이었다. 옆에 서 있는 고바야카와 다카오는 이런 상황을 예견했는지, 비교적 냉정한 표정이었다. 사야카는 혼란스러운 와중에도 일말의 진실을 찾기 위해 다카오에게 물었다.

"이게 무슨 상황이에요? 어떻게 된 거죠⋯⋯?"

"어떻게 된 거냐고? 당신이 본 그대로야." 탐정은 감정을 억누른 목소리로 진실을 알렸다. "모두가 '사이다이지 게이스케'라고 부르고, 우리도 그렇게 믿었던 남자는 사실 가나에 부인의 아들이 아니었어. 부인의 아들은 이미 세상을 떠났지. 지금으로부터 23년이나 전에."

"그럼 시랍화한 저 소년⋯⋯이 진짜 게이스케 씨⋯⋯?"

사야카는 안경 너머로 시체에 시선을 주었다. 탐정은 "그래" 하고 나지막한 목소리로 답하며 고개를 끄덕였다.

그러자 자신이 가짜 취급을 당했다고 느꼈는지 곁에 서 있던 게이스케가 의자에 앉은 시체를 가리키며 버럭 고함을 질렀다. "허, 헛소리 집어치워! 저건 게이스케가 아니야. 사이다이지 게이스케는 나라고. 저건 내가 아니야. 나는 나야!"

말을 마치기가 무섭게 게이스케는 적의를 드러내며 시체에 덤벼들려고 했다. 그 모습을 보자마자 가나에 부인이 소년을 필사적으로 끌어안았다. 아들을 보호하려 하는 어머니 그 자체였다. 푹 고꾸라질 듯이 돌진을 멈춘 게이스케는 울 것 같은 표정이었다. 떨리는 그의 입술에서 애처로울 만큼 작게 중얼거리는 소리가 새어 나왔다. "어머니…… 왜……."

다카오가 게이스케의 어깨를 꽉 잡았다. 그리고 자기 곁으로 끌어당기더니 타이르듯 말했다. "진정하세요. 당신은 분명 사이다이지 게이스케입니다. 적어도 지난 23년간은 쭉 그랬어요. 하지만 그 이전에는 저기 있는 소년이 게이스케였죠. 즉, 당신은 2대 게이스케입니다. 당신은 죽은 소년의 이름을 물려받았어요. 아니, 당신의 의도와는 상관없이 물려준 거겠죠. 이름뿐만이 아니에요. 호적, 집, 소지품, 가족 전부 물려받는 형태로 지난 23년간 사이다이지 가문의 아들로 살아온 겁니다."

"그, 그런 터무니없는……, 말도 안 돼……."

"아니요, 말이 됩니다. 그건 당신이 제일 잘 알 텐데요. 어때요, 게이스케 씨? 머릿속에 23년보다 오래된, 아직 소년이었던 시절의 기억이 뭔가 하나라도 남아 있습니까?"

다카오는 단도직입적으로 물었다. 그러자 게이스케는 "으윽" 하고 괴롭게 신음하더니 입을 다물었다.

그 침울한 표정을 보고 사야카는 게이스케가 어떤 상태인지 이해했다.

"게이스케 씨……. 기억을 상실한 거로군요……."

게이스케는 사야카의 말을 부정하지 않았다. 그는 탐정에게 진지한 얼굴로 호소했다.

"확실히 옛날 기억은 없어. 23년 전, 이곳에서 할아버지가 살해당해 혼란스러운 와중에 난 머리를 크게 다쳤지. 범인에게 심하게 얻어맞았거든. 그 이후로 난······."

"과거의 기억을 깡그리 잃어버렸다. 그런 설명을 들은 거로군요, 사이다이지 가문 사람들에게. 그중에서도 특히 사이다이지 고로 씨가 당신에게 그런 스토리를 심어 준 거겠죠."

"스토리를 심었다니! 이건 허구가 아니야. 진실이라고!"

"하지만 그게 진실인지 아닌지, 당신은 모를 텐데요. 기억을 잃은 당신으로서는."

"······." 게이스케는 할 말을 찾지 못했는지 입을 다문 채 의자에 앉은 소년의 시체를 바라보았다. 가나에 부인은 아무 말도 없는 소년에게 기쁜 표정으로 뭐라고 자꾸 말을 걸었다. 게이스케는 그 모습을 외면하듯 다시 탐정에게 고개를 돌렸다. "그럼 당신은 안다는 건가. 기억을 잃은 나는 모르는 걸, 당신은 안다는 거야······?"

매섭게 노려보는 게이스케 앞에서 탐정은 자신만만하게 고개를 끄덕였다. 게이스케는 탐정을 닦달했다.

"그럼 제발 가르쳐 줘. 저 소년이 진짜 게이스케라면 왜 죽은 건데? 23년 전에는 할아버지만 돌아가신 거 아니었나? 내가 기억하지 못하는 23년 전에, 대체 무슨 일이 있었던 거야?"

잇달아 날아드는 질문을 막듯 다카오는 오른손을 펴서 앞으로 내밀었다. 그리고 얼핏 듣기에는 질문과 전혀 관계가 없을 듯한 부분부터 이야기를 시작했다.

"아까도 화제로 삼았죠. 23년 전 밤에 '도깨비 뒤집기 벼랑' 밑에서 일어난 기적을요."

"아아, 인간이 돌고래나 범고래처럼 바닷속에서 점프했다는 이야기였지."

원래 그것은 사야카와 다카오가 도라쿠 스님에게 들은 도시전설 같은 소문이었다. 그러고 보니 다카오는 그 기적에 얽힌 수수께끼를 풀어내야 이번에 발생한 사건들의 수수께끼를 풀 수 있다는 의미심장한 소리를 했다. 사야카가 옆에서 끼어들었다.

"혹시 그 기적에 얽힌 수수께끼를 푼 거예요?"

"응, 대강 알아냈어."

자신만만하게 고개를 끄덕인 다카오는 다시 게이스케를 보고 말했다. "게이스케 씨는 빨간 도깨비 가면을 쓰고 스님을 습격했죠. 이를테면 과거에 쓰루오카가 저지른 범행을 재연한 거예요. 게이스케 씨는 당연히 도시로 씨 살인사건 때 쓰루오카가 뭘 어떻게 했는지 잘 알겠죠."

"물론이지. 쓰루오카는 이 저택에서 살인을 저지른 후, 섬 북쪽 끄트머리로 도주했어. 그리고 '도깨비 뒤집기 벼랑'에서 바다로 떨어진 척, 로프를 타고 벼랑을 내려가다가 바위 틈새로 지하 동굴에 들어갔어. 그는 그 동굴의 비밀 통로를 통해 천연덕스러운 얼굴로 저택에 돌아온 거야."

"과연, 그렇군요." 탐정은 무감동하게 말했다. "쓰루오카가 '로프를 타고 벼랑을 내려갔다'고 말씀하셨죠. 그럼 게이스케 씨가 빨간 도깨비 가면을 쓰고 트릭을 재연했을 때도 로프를 타고 벼랑을 내려갔겠군요?"

"그렇고 말고. 다른 방법은 없잖아."

게이스케는 당연하다는 듯이 고개를 끄덕이는 반면 탐정은 아쉽다는 듯이 고개를 저었다.

"아니요. 실은 23년 전에 쓰루오카는 로프를 사용하지 않았습니다."

"그럴 리가 있나! 쓰루오카도 나와 마찬가지야. 로프를 타고 벼랑을 내려갔어. 로프 조각은 지금도 동굴 북쪽 가장자리에 널브러져 있고."

"그 잔해는 저도 봤습니다. 사야카 씨도 봤지?"

"네, 봤어요." 고개를 끄덕인 사야카는 중요한 사실이 생각났다. "그러고 보니 그때 고바야카와 씨가 이상한 소리를 했죠. 이건 단순한 로프가 아니랬나 뭐랬나……."

"아아, 그랬지. 오랜 세월 바닷바람을 맞고 너덜너덜하게 풍화돼서 새까만 숯처럼 변한 로프 모양 물체. 하지만 그건 로프의 잔해가 아니야."

"그럼 뭔데요……?"

사야카의 질문에 탐정은 딱 잘라 대답했다.

"그것의 정체는 고무줄이야. 검고 굵고 기이다란 고무줄."

"어, 고무줄?!" 사야카는 코끝에 걸린 안경을 손끝으로 쑥 밀어 올리며 말했다. "쓰루오카는 로프가 아니라 기다란 고무줄을 사용했다는 건가요? 왜 고무줄을……?"

"그야 뻔하지." 다카오는 일도 아니라는 듯 말했다. "고무줄을 사용한 건 '도깨비 뒤집기 벼랑'에서 번지점프를 하기 위해서야."

"버, 번지점프라고요!" 사야카는 무심코 소리 질렀다. "그럼 쓰루오카는 로프를 타고 벼랑을 내려간 게 아니라, 길쭉한 고무줄을 사용해 벼랑에서 뛰어내렸다는 건가요?"

"응. 그게 로프를 타고 내려가는 것보다 훨씬 빠르지. 쓰루오카는 좀 더 빨리 저택으로 돌아올 방법이 없을까 고민하다 번지점프라는 방법을 떠올렸을 거야. 실제로 '도깨비 뒤집기 벼랑'은 번지점프에 적합한 환경이잖아. 벼랑 위쪽은 바다로 튀어나와 있고, 아래로 갈수록 안쪽으로 도려낸 것처럼 커브를 그리니까. 덤으로 벼랑 끝부분에는 바다 쪽으로 쑥 튀어나오듯이 자라난 소나무가 있어. 번지점프 고무줄을 지탱할 포인트로, 그 소나무 만한 건 또 없겠지."

게이스케는 눈을 동그랗게 뜬 채 탐정의 말을 들었다. 다카오는 담담히 설명을 계속했다.

"분명 고무줄 끝부분끼리 묶어서 고리 모양으로 만들었을 거야. 요컨대 거대한 고무밴드지. 쓰루오카는 그 거대한 고무밴드를 미리 섬에 가지고 와서 한쪽 끄트머리를 소나무 줄기에 걸어 둔 거야. 다른 한쪽은 벼랑의 바위에라도 걸어 놨겠지. 이렇게 미리 준비한 상태로 쓰루오카는 범행 날을 맞았어. 한밤중에 도시로 씨를 살해한 쓰루오카는 창밖으로 뛰쳐나가서 섬 북쪽 가장자리를 향해 도주했어. 그걸 쫓아간 게 누구였더라?"

"당시 중학생이었던 다카자와 나오토 선생님이요……."

"그렇지. 다카자와 선생은 분명 우리 앞에서 그렇게 말했어." 탐정은 정보 제공자가 누구인지를 서슴없이 폭로했다. 그리고 바로 고개를 저었다. "하지만 다카자와 선생은 착각한 거야. 당시 다카자와 선생이 쫓아간 사람은 살인범이 아니었어."

"즉, 쓰루오카가 아니었다는 거예요? 그럼 누구를 뒤쫓아간 건데요?"

"사이다이지 게이스케. 다만 2대가 아니라 가나에 부인의 친아들인 저 소년."

다카오는 시랍화한 소년을 가리켰다. "사건이 일어난 밤, 다카자와 선생만 쓰루오카를 쫓아간 게 아니었던 거야. 게이스케도 범인을 뒤쫓았지. 그런 게이스케를 다카자와 선생이 죽어라 쫓아간 거고. 범인으로 착각하고 말이야."

"그렇게 된 거구나……."

다카오의 추리를 듣고 사야카는 의문이 하나 풀렸다. 쓰루오카가 도시로 씨를 살해한 범인으로 판명되기 전에 사야카는 '실은 게이스케가 도시로 씨를 살해한 진범 아닐까'라는 의혹을 품었다. 당시 상황을 들어 본 바, 다카자와가 추적한 남자의 정체는 게이스케라고 보는 편이 제일 자연스럽기 때문이다. 지금 탐정의 이야기에 따르면 사야카의 추리는 어떤 의미에서 타당했다.

"소년 다카자와는 소년 게이스케를 쫓아갔고, 소년 게이스케는 도망치는 쓰루오카를 쫓아간 거로군요. 즉, 소년 다카자와 앞쪽에는 쓰루오카와 소년 게이스케가 있었다. 그런데 그 두 사람은 어떻게 했나요? 통나무 다리를 건넜을까요?"

"응, 앞서가던 두 사람은 건넜을 거야. 한편 소년 다카자와는 범인을 독 안의 쥐로 만들기 위해 다리 앞에 머물렀지. 그 결과 '도깨비 뒤집기 벼랑'에 쓰루오카와 소년 게이스케, 단둘만 남는 상황이 벌어졌어. 거기서 과연 무슨 일이 일어났을까?"

"……." 사야카는 숨죽인 채 탐정의 말을 기다렸다.

"쓰루오카는 예정대로 번지점프를 결행하려 했을 거야. 벼랑 위에는 달빛밖에 비치지 않고, 바위가 여기저기 널려 있어서 시야가 좋지 않지. 어둠을 틈타 점프할 수 있어. 설령 소년 게이스케가 그 모습을 목격하더라도, 살인자가 바다로 몸을 던진 것처럼 보이겠지. 오히려 쓰루오카에게는 이상적인 상황이라고 할 수 있어. 쓰루오카는 바위에 걸어 둔 고무줄을 빼내서 자기 몸에 묶었어. 뭐, 엄밀하게 말하자면 묶은 게 아니라, 뭐랄까, 그 왜, 한신 경마장의 바깥쪽 잔디 코스같이 생긴 타원형 고리를 사용해서……."

"카라비너예요, 카라비너!" 사야카는 무심코 끼어들었다. "지금에야 생각났네요. 그 도구의 이름은 카라비너예요. 한신 경마장과는 아무 상관도 없으니까 사건 이야기에 집중해요!"

"아아, 그래, 그거야. 쓰루오카는 카라비너를 사용해서 고무줄을 자기 벨트 같은 데 고정했겠지. 사방이 캄캄한 가운데 벼랑 끄트머리에 선 쓰루오카는 일부러 비명을 지르며 번지점프를 하려고 했었겠지."

"하려고 했었겠지? 표현이 이상한데요?"

"방해가 들어왔어. 물론 방해한 건 소년 게이스케고. 쓰루오카가 점프하기 직전에 소년 게이스케가 그 모습을 발견하고 달려와서 쓰루오카를 붙잡은 거야. 어쩌면 살인범이 자살한다고 착각하고 저

지하려 한 건지도 모르지. 아무튼 소년 게이스케는 벼랑에서 뛰어
내리려는 쓰루오카에게 들러붙었어. 하지만 순간적인 차질이 생겼
다고 행동을 중지할 수 없었던 쓰루오카는 개의치 않고 벼랑에서
뛰어내린 거야."

"어……, 그렇다면……."

"그래, 두 사람은 함께 벼랑에서 떨어졌어. 쓰루오카는 고무줄에
몸을 연결한 상태로. 한편 소년 게이스케는 쓰루오카의 몸에 달라
붙은 상태로. 이를테면 2인 1조 번지점프지."

"큰일이네요! 그랬다간 고무줄이 끊어지지 않을까요?"

"음, 그럴 가능성도 충분해. 다행히 고무줄이 끊어지지는 않았어.
한편으로 정원을 초과한 번지점프는 예상외의 사태를 초래했지. 원
래 번지점프는 혼자 뛰는 거야. 당연히 고무줄의 길이도 한 사람의
몸무게에 맞춰서 조정해 놨겠지. 그런데 고무줄에 두 사람의 몸무
게가 가해진 거야. 큰 힘을 받은 고무줄은 도중에 끊어지지는 않았
지만, 예상했던 것보다 더 길게 늘어났겠지. 아래로 쭈우욱."

"당연히 그렇겠지요." 대체 무슨 말을 하고 싶은 거야, 고바야카
와 씨?'

사야카가 고개를 갸우뚱하는 가운데 다카오는 설명을 계속했다.

"고무줄이 너무 늘어나면 어떻게 될까. 번지점프는 땅에 닿을락
말락 떨어진 직후에, 고무줄의 반발력으로 위를 향해 끌려 올라가
는 레저 스포츠야. 쓰루오카가 시도한 번지점프도 마찬가지지. 원
래는 해수면에 닿을락 말락 늘어난 후, 위로 끌려 올라가도록 고무
줄의 길이와 강도를 조정해 놨을 거야. 하지만 정원을 초과한 탓에

계산대로 되지 않았어. 예상했던 것보다 고무줄이 더 늘어나서 두 사람은 해수면에 내동댕이쳐졌지. 두 사람은 한순간이기는 하지만 바닷속으로 쑥 들어갔을 거야. 세찬 물소리를 내면서. 그리고 그 물소리를 지척에서 들은 사람들이 있었지."

"윽……." 신음을 내지른 건 사야카가 아니라 지금까지 침묵을 지키던 게이스케였다. 머리가 아픈지 양손으로 옆머리를 누르며 괴롭게 숨을 헐떡거렸다. 사야카는 그 모습을 곁눈질하며 탐정에게 물었다.

"물소리를 지척에서 들은 사람들이라면, 당시 벼랑 밑에서 밤낚시를 즐겼다는 남자 중학생 세 명이겠군요."

"맞아. 세 사람은 등 뒤에서 난 물소리를 들었어. 그리고 놀라서 돌아봤지. 그때 세 사람 앞에서 무슨 일이 일어났을까?"

"흰옷을 입은 남자가 해수면에서 튀어나와 공중으로 높이 점프했다……."

"그래. 중학생들 눈에는 분명 그렇게 보였을 거야. 하지만 사실은 조금 달라. 해수면에서 튀어나온 건 흰색 옷을 입은 소년 사이다이지 게이스케만이 아니었어. 검은색 옷을 입은 살인범 쓰루오카 가즈야도 있었지. 살인범은 대개 거무튀튀한 옷을 입는 법이거든. 검은색 옷을 입은 쓰루오카와 흰색 옷을 입은 소년 게이스케, 두 사람은 함께 벼랑에서 떨어져 바다에 빠진 직후, 함께 공중으로 솟아오른 거야."

"물속에서 점프한 게 아니라, 벼랑 위쪽 소나무에 묶인 고무줄의 반발력으로 끌려 올라간 거군요."

"그렇지. 하지만 한밤중의 바다에서 벌어진 일이야. 검은색 옷을 입은 쓰루오카는 어둠에 묻혀서 중학생들에게는 잘 안 보였겠지. 검은색 고무줄도 마찬가지고. 그 결과, 그들에게는 흰색 옷을 입은 소년의 모습만 똑똑히 보였어. 흰색 옷을 입은 소년이 혼자 물속에서 나타나 공중으로 점프했다. 그들은 그렇게 착각한 거야."

"확실히 그런 식으로 보였겠죠. 아무것도 모르는 이들에게는……."

"소년 게이스케의 분투도 거기까지였어. 쓰루오카의 몸에 달라붙어 공중으로 솟아오른 소년 게이스케는 결국 힘이 다해 쓰루오카의 몸에서 손을 놨지. 몸이 가벼워진 쓰루오카는 고무줄의 반발력으로 더 높이 끌려 올라갔어. 한편 추진력을 잃은 소년 게이스케는 공중에서 호를 그렸고, 중력에 의해 중학생 세 명이 탄 배로 급강하했지. 그 충격으로 배가 심하게 흔들리다 뒤집혔고, 중학생 세 명과 소년 게이스케는 밤바다에 빠졌어. 그들의 머리 위에서는 검은 고무줄에 연결된 검은 옷차림의 쓰루오카가 요요처럼 위아래로 왔다 갔다 하고 있었겠지. 하지만 바다에 빠진 그들에게는 당연히 그런 광경이 보이지 않아. 그 결과, 중학생들의 잘못된 인식은 정정되지 않았어. 이게 도라쿠 스님이 들려준 기적의 진상이야."

2

고바야카와 다카오는 설명을 이어 나갔다.

"고무줄 끝에 매달린 쓰루오카는 진자의 요령으로 벼랑의 암벽에 달라붙었고, 바위 틈새로 지하 동굴에 들어갔어. 그리고 준비해 둔 칼로 자기 몸에 연결된 고무줄을 잘랐지. 그때 절단된 고무줄 조각이 동굴에 떨어진 거야. 쓰루오카는 나머지 고무줄을 회수할 작정이었겠지. 고리 형태의 고무줄을 자르고, 한쪽 끝부분을 잡아당기면 증거물인 고무줄을 전부 동굴 속으로 가져올 수 있어. 하지만 여기서도 쓰루오카의 계획은 예정대로 진행되지 않았지."

"무슨 일이 일어난 건가요?" 야노 사야카가 물었다.

"쓰루오카는 중요한 증거물인 고무줄을 회수하지 못하고 바다에 빠뜨린 거야. 길쭉한 고무줄은 상당히 무거우니까. 동굴 안으로 당겨 넣으려 했지만 잘 되지 않았던 거겠지. 그 결과, 고무줄은 현장 부근의 해수면에 떨어졌고, 주변 바다를 떠다녔어."

"그래요? 그럼 그때 바다에서 허우적대고 있던 중학생들이 고무줄이 있다는 걸 알아차리지 않을까요?"

"그렇지. 하지만 떨어진 순간에는 몰랐을 거야. 중학생들은 물살을 헤치느라 정신없었을 테니까. 가까이서 물소리가 크게 났더라도 반드시 알아차린다는 보장은 없어. 당연히 그들이라고 아무것도 모르는 채 그저 허우적대고만 있었던 건 아니야. 바다에 빠진 고무줄을 똑똑히 목격했어. 다만 바닷속에서 말이지."

"앗, 그렇구나!" 사야카는 도라쿠 스님의 이야기에 나왔던 기묘한 목격담이 문득 생각났다. "용이군요. 허우적대던 중학생이 바닷속에서 봤다는 용. 그건 해룡이 아니라 바닷속을 흔들흔들 떠다니는 기일쭉한 고무줄이었던 거예요."

"맞아. 혼란에 빠진 중학생의 눈에는 그게 꿈틀거리는 용처럼 보인 거겠지. 당시에 사람들이 그 목격담을 좀 더 진지하게 들었다면,

바닷속을 떠다니는 기다란 고무줄을 발견할 수 있었을지도 몰라."

탐정은 기묘한 목격담 해설을 마치고 다시 사건이 일어난 날 밤으로 이야기를 되돌렸다.

"쓰루오카는 고무줄을 회수하는 데 실패했지만, 금방 마음을 다잡고 예정대로 지하 동굴을 비밀 통로 삼아 저택으로 돌아갔어. 바닷물에 젖은 옷은 재빨리 갈아입었겠지. 그리고 이번에는 숲속 좁은 길을 달려 통나무 다리를 막고 있는 소년 다카자와와 그의 아버지, 그리고 고로 씨 앞에 나타난 거야."

이로써 과거에 일어난 사건의 설명이 끝났다. 탐정은 "후우" 크게 숨을 내쉬었다.

사야카는 명백하게 드러난 진상에 눈이 번쩍 뜨이는 기분이었다. 솔직히 대번에 믿기 힘든 일이기는 하다. 하지만 탐정이 들려준 추리는 23년 전 저택에서 발생한 살인사건과, 그날 밤바다에서 일어난 기적의 이면을 멋지게 설명했다. 사야카는 머뭇머뭇 입을 열었다.

"그나저나…… 바다로 내팽개쳐진 소년 게이스케는 그대로 목숨을 잃었겠죠……?"

"응, 무리도 아니지. 분명 배에 떨어졌을 때 소년은 몸에 큰 충격을 받았을 거야. 그리고 나서 밤바다에 빠졌으니 살아날 길이 없었겠지."

다카오는 시랍화한 소년 게이스케를 보았다. 시체는 분명 흰옷 차림이었다. 당시 소년이 잠옷으로 입었던 운동복 같은 것이리라. 그 모습을 바라보며 사야카는 다카오에게 물었다.

"소년 게이스케의 시체가 저런 상태로 이 비밀 방에 놓여 있다니, 이건 어떻게 된 걸까요?"

"글쎄, 자세한 경위는 나도 몰라. 하지만 시체가 여기 있는 이상, 바다에 빠진 소년 게이스케의 시체는 운 좋게 비탈섬 해안에 닿은 거겠지. 그걸 당시 섬에 있던 사이다이지 가문 사람들이 발견한 거고. 그리고 그들은 진실을 은폐했어. 소년 게이스케의 죽음도, 도시로 씨가 살해당한 사실도 전부."

"어째서요? 왜 사건을 은폐해야 했던 건데요?"

"대충 짐작이 가지 않아? 당시 사이다이지 가문 사람들은 쓰루오카가 범행을 저지를 수 있을 거라고 생각하지 않았어. 지하 통로의 존재를 몰랐으니까 당연하지. 그들은 도시로 씨를 살해한 범인이 벼랑에서 바다로 떨어져서 죽었을 거라고 믿었어. 그런데 소년 게이스케의 익사체가 해변에서 발견된 거야. 이 두 가지 사실을 합쳐서 생각하면 어떻게 될까?"

"아, 그렇구나. 당시 사이다이지 가문 사람들은 소년 게이스케가 도시로 씨를 살해한 진범이라고 믿은 거군요. 즉, 손자가 할아버지를 죽인 거라고. 그래서 사건을 표면화할 수 없었던 거고요. 가문에서 존속 살인이 발생했다는 불명예스러운 일을 덮고 싶었던 거예요."

"그럴 거야. 분명 고로 씨가 그 중대한 결단을 내렸겠지."

"자, 잠깐만!"

게이스케가 탐정의 말을 막았다. 그는 혼란스러운 머리를 끌어안고 힘껏 외쳤다. "부탁이니까 멋대로 이야기를 진행하지 마. 내가 벼랑에서 떨어졌다고?! 바닷속에서 공중으로 튀어 올랐다가 배에 떨어졌고……. 바다에 빠져 죽었다고?!"

"아니요, 그게 아닙니다." 다카오는 딱하다는 눈빛으로 고개를 저었다. "바다에 빠져 죽은 건 당시의 소년 게이스케예요. 당신 말고요. 당신은 살아 있잖습니까."

"아, 당연하지! 난 살아 있어. 그럼 난 누군데? 게이스케가 23년 전에 죽었다면……. 여기 있는 죽은 소년이 게이스케라면……. 지금 게이스케로 살고 있는 나는……, 난 대체 누구냐고!"

현재 게이스케라는 이름으로 살아가고 있는 그가 광기 어린 눈으로 호소했다.

탐정은 결심한 듯 입을 열었다. "이건 추리라기보다 제 상상입니다만, 당신의 정체는 아마도……."

탐정이 새로운 사실을 밝히려 한 바로 그때였다.

"호오, 전망실 아래쪽에 이런 공간이 있었을 줄이야!"

탐정의 말을 막듯 뒤쪽에서 남자 목소리가 들렸다.

사야카는 "앗" 하고 소리치며 뒤를 돌아보았다. 감색 전통 작업복을 입은 까까머리 남자가 눈에 들어왔다. 남자는 전망실에서 이어지는 계단을 내려오며 주변을 두리번거렸다. 그도 가나에 부인처럼 청소 도구함 속의 입구를 발견하고 멋대로 발을 들여놓은 모양이다.

사야카는 저도 모르게 다카오와 얼굴을 마주 보았다. 다음 순간 두 사람은 동시에 입을 열었다.

"아아, 도라쿠 스님, 지금 중요한 장면이니까 방해하지 마십시오."

429

"죄송해요, 스님. 지금은 스님이 나설 차례가 아니에요."

두 사람은 계단 앞에 버티고 서서 불청객을 뒤로 밀어내려 했다.

하지만 스님은 "어허, 소승을 방해꾼 취급하지 마십시오" 하며 두 사람 사이를 가르듯 억지로 비밀 방에 내려섰다. "오호라, 아주 재미있는 방이군."

도라쿠 스님은 신기한 듯 미지의 공간을 둘러보았다. 이윽고 그 시선이 의자에 앉은 소년의 시체와 그 옆에 무릎으로 서 있는 가나에 부인의 모습을 포착했다. 그 순간 스님의 얼굴에 약간 놀라워하는 기색이 서렸다. "허어, 이런, 이런……." 스님은 조심스럽게 중얼거린 후 멀찍이서 소년의 시체에 합장을 올리며 "나무아미타불, 나무아미타불……" 염불을 외웠다.

스님이 놀라기는 했지만 충격은 별로 받지 않은 것 같아서 사야카는 신기했다. 도라쿠 스님은 앞쪽에 있는 남자에게 시선을 돌렸다. 지난 23년간, 게이스케의 이름으로 살아온 그에게.

스님은 약간 난폭하게 느껴지는 어조로 느닷없이 말했다.

"자신이 누구인지 아직 모르겠나. 그럼 소승이 알려 주지."

도라쿠 스님이 너무나 예상 밖의 말을 꺼내서 사야카는 깜짝 놀랐다.

스님은 이름을 빼앗긴 남자의 얼굴을 똑바로 가리켰다. 그리고 그에게 새로운 이름을 알려 주었다.

"네 이름은 사기누마 히로시. 23년 전에 사건이 일어난 날, 밤낚시를 즐겼던 중학생 세 명 중에 제일 어린 녀석이었어. 어때, 기억나?"

스님은 거칠면서도 다정함이 느껴지는 어조로 말을 이었다. 떨리는 목소리였다.

"오랜만이다, 사기누마⋯⋯. 너 인마, 살아 있었구나⋯⋯."

3

도라쿠 스님의 말에 지금까지 '사이다이지 게이스케'의 이름으로 살아온 남자는 몹시 동요했다.

"사기누마⋯⋯ 히로시⋯⋯?"

들어 본 기억이 있는 것이리라. 그는 이름의 어감을 확인하듯, 또는 그리워하듯 몇 번이고 입속으로 되뇌었다. "사기누마, 히로시⋯⋯ 사기누마, 히로시⋯⋯."

"그래. 백로의 '로', 용소의 '소', 박사의 '박', 역사의 '사'를 써서 사기누마 히로시야."

"사기누마 히로시⋯⋯, 그게 내 이름⋯⋯."

혼란의 소용돌이에 빠진 그는 실감이 나지 않는 듯 모호한 표정을 지을 뿐이었다.

그때 다카오가 전에 없이 진지한 표정으로 물었다.

"알려 주십시오, 스님. 대체 몇 살이십니까?"

"첫 질문이 그겁니까?" 스님은 노골적으로 낙담하며 되물었다.

탐정은 미안하다는 듯 머리를 긁적이며 말했다. "확실히 이제 와서 드릴 질문은 아닐지도 모르겠군요. 하지만 처음 만났을 때부터 스님이 몇 살일까 궁금하기는 했거든요. 반질반질한 머리에, 장삼이며 전통 작업복을 입고 중얼중얼 염불 외는 모습만 보면, 저보다 훨씬 나이가 많을 것 같았습니다. 솔직히 마흔 살이 넘은 어엿한 중년이라고 생각했어요. 하지만 피부 상태와 잔주름 유무를 고려하면 좀 더 젊은 것 같기도 했고요. 덧붙여 그 경박한 말과 행동, 그리고 정신 연령은 거의 중학생 수준이라고 해도 과언이 아니고……."

"그게 과언이 아니면 뭐가 과언입니까! 누가 중학생 수준이라는 거예요!"

진지한 얼굴로 덤벼드는 걸 보면 역시 도라쿠 스님의 정신 구조는 중학생에 가깝다. 사야카도 궁금해서 물어보았다. "실제로는 몇 살이세요, 스님?"

그러자 스님은 작업복 가슴께에 손을 얹고 대답했다. "흠, 승려라는 직업상 인생 경험이 풍부할 것이라 여길 만도 하지요. 하지만 사실 나이를 그렇게 많이 먹지는 않았습니다. 여기 있는 사기누마 히로시와는 한 학년 차이. 소승이 1년 선배일 뿐입니다."

"어, 한 학년 위라고요?!" 탐정은 말도 안 된다는 듯이 눈을 부릅뜨더니, 무슨 생각을 했는지 목소리를 낮추어 확인했다. "그럼 스님, 혹시 몇 년 꿇으셨습니까……?"

"네, 실은 3학년을 두 번……. 보자 보자 하니까 사람이 보자기로 보이나!" 도라쿠 스님이 썰렁한 개그를 하듯 핀잔을 주는 바람에, 수수께끼를 푸느라 긴장감 넘쳤던 분위기가 엉망이 되어 버렸다. "한 번도 안 꿇었어! 나이도 내가 한 살 위야!"

도라쿠 스님은 딱 잘라 말했다. 듣고 보니 의외로 젊어 보였다. 게이스케와 동년배라고 하면 그럴 수도 있겠다 싶을 만큼 피부 상태가 양호했다. 그제야 사야카는 흠칫 놀라서 게이스케로 살아온 남자와 도라쿠 스님의 얼굴을 번갈아 가리키며 말했다.

"……어?! 그렇다면 스님은 게이스케 씨와 같은 학교의 선후배 사이……. 혹시 그 중학생 3인조의……."

"오오, 그렇고 말고요."

도라쿠 스님은 당연하다는 듯 고개를 끄덕였다. "소승이 중3, 이 녀석이 중2. 우리는 23년 전, 같은 배를 타고 있다가 밤바다에 빠졌습니다. 그리고 그대로 생이별했어요."

"그럼 스님이 들려주신 그 기적의 점프에 얽힌 이야기는 본인의 체험담이었던 거군요."

"뭐, 그런 셈이지요." 도라쿠 스님은 미안하다는 듯 고개를 살짝 숙였다. "혹시 두 분께 말씀드리면 몇십 년이나 소승의 마음에 걸려 있었던 신기한 일을 합리적으로 설명해 줄지도 모르겠다 싶어 이야기해 본 겁니다. 역시 기대했던 대로, 아니 기대 이상으로 훌륭한 해답이었어요."

스님의 말을 듣고 다카오는 의아한 듯 눈살을 모았다. "스님, 방금 저희가 나눈 이야기를 숨어서 듣고 계셨습니까?"

"아아, 그럼요. 청소 도구함에 숨겨져 있던 문 앞에서 탐정님의 추리를 들으며 몇 번을 감탄했는지 모릅니다. 탐정님의 추리가 소승이 옛날에 목격했던 기적의 진상을 명확하게 밝혀 주었습니다. 정말 멋졌어요. 그러나 탐정님을 칭찬하기 위해 모습을 드러낸 건 아닙니다."

도라쿠 스님은 옛 친구를 다시 바라보았다.

"야, 사기누마, 나 기억 안 나? 봐, 나야, 나. 기타자키라고, 기타자키 신야. 어때? 이름을 들어도 감이 안 와?"

"기타자키?! 기타자키, 신야…… 기타자키…… 신야……. 음,
감이 안 오는데요. 역시 스님은 스님이지. 도라쿠 스님이라고 해야
딱 와닿아요." 탐정이 말했다.

"누가 당신한테 물어봤어? 이 화상아!" 스님은 낄 때 안 낄 때를
모르는 탐정에게 고함을 버럭 질렀다. "사기누마에게 물어보는 거
잖아! 어때, 사기누마, 기억나……?"

하지만 사기누마라고 불린 남자는 금시초문이라는 듯 "기타자
키…… 기타자키, 신야……?" 하고 중얼거리며 초점이 맞지 않는
눈으로 허공만 바라보았다.

그 모습을 보고 도라쿠 스님은 어깨를 축 늘어뜨렸다.

"음, 틀렸나. 뭐, 무리도 아니지. 그로부터 20년 넘게 지났으니.
지금이랑 그때랑 내 인상이 너무 달라. 이러면 어때, 사기누마?" 스
님은 뭔가 좋은 생각이 났는지 자기 머리를 가리키며 말했다. "이
반질반질한 까까머리에 번들번들 윤이 나는 리젠트 머리를 얹는다
면? 그래도 기억이 안 나?"

뭐야 그게? 사야카는 고개를 기웃했다. 하지만 다음 순간 사기누
마라고 불린 남자의 표정이 놀랄 만큼 달라졌다. 그는 눈을 부릅뜨고
부들부들 떨리는 손가락으로 스님의 까까머리를 가리켰다.

"리, 리, 리, 리젠트! 리젠트 머리를 한 기, 기, 기, 기타자……."

강한 충격을 받았는지 입술도 덜덜 떨렸다. 그 모습을 보고 사야
카는 손가락을 딱 튕겼다.

"됐다! 반응이 있네요. 기타자키라는 이름보다 리젠트 머리에 반

응이 왔어요!"

"이야, 스님은 중3 때 리젠트 머리였나. 확실히 깜짝 놀랄 만하군."

다카오는 오히려 도라쿠 스님이 옛날에 하고 다녔던 헤어스타일이 너무 의외라서 어이없어하는 표정이었다.

어쨌거나 기억을 잃은 남자의 머릿속에서 뭔가가 되살아나기 시작했다. 잠들었던 과거의 기억이 요란하게 꿈틀거린다. 그의 표정만 봐도 알 수 있었다.

오랜 세월 봉인된 다양한 추억이 지금 머릿속에서 넘쳐흐르려 한다. 그 계기는 23년 만에 들은 자신의 이름, 그리고 23년 만에 재회한 선배다. 솔직히 리젠트 머리가 그에게 얼마나 임팩트 있는 기억이었을지는 짐작도 되지 않았지만, 그 특징적인 헤어스타일도 그의 기억을 되살리는 소중한 마중물이라는 건 분명했다.

이마에 진땀을 흘리는 그의 옆에서 탐정이 주먹을 불끈 쥐고 말했다.

"이 기회에 전부 기억해 냅시다, 게이스케 씨. 아니, 사기누마 히로시 씨!"

"맞아요. 힘내세요, 사기누마 씨!"

"그래, 사기누마! 닫힌 기억의 문을 지금이야말로 활짝 여는 거야!"

다카오와 사야카, 그리고 도라쿠 스님—아니, 지금은 기타자키 신야라고 해야 할까—아무튼 세 사람은 고뇌에 빠진 남자에게 열심히 응원을 보냈다. 격려에 응하듯 게이스케도—아니, 이제는 사기누마 히로시라고 불러야 할지도 모르지만—기억의 문을 비틀어

열려고 애쓰는 모습이었다.

"윽……. 내 이름은 사기누마…… 사기누마 히로시……."

"그래, 넌 사기누마야. 다른 누구도 아닌 사기누마 히로시라고."

"그러고 보니…… 분명 아는 이름 같은데……. 먼 옛날에 어디선가 들어 본 이름……."

"당연하지. 네 이름이니까." 도라쿠 스님은 웃는 얼굴로 고개를 끄덕였다.

다카오는 앞으로 몸을 내밀며 말했다. "대단한걸. 이 상태라면 정말로 기억이 돌아올지도 몰라."

"이제 다 왔어요, 사기누마 씨!" 사야카도 기대에 찬 시선을 그에게 던졌다.

20년도 넘게 사기누마 히로시의 기억을 막아 온 묵직한 문이 지금 여기서 열릴 것인가. 그런데 바로 그때. "쯧쯧, 어쩐지 소란스럽구나, 게이스케."

창가에서 가나에 부인의 목소리가 울려 퍼졌다. 부인은 의자에 앉은 소년의 시체에 말을 걸었다. 살아 있는 자기 아들에게 이야기하는 것처럼. "너랑 단둘이 이야기하고 싶은데……. 예의라고는 없는 사람들이네……. 빨리 나가 주면 좋으련만……."

가나에 부인의 목소리에는 엄청난 힘이 깃들어 있었던 모양이다. 사기누마 히로시로 돌아오고 있던 그를 단숨에 사이다이지 게이스케로 되돌릴 만한 힘이. 기억의 벽을 넘기 직전이었던 그의 눈에 사이다이지 게이스케의 감정이 되살아났다. 그리고 그는 게이스케로서 외쳤다. "아니에요, 어머니! 그 녀석은 게이스케가 아니에요. 게이스케는 나예요. 여기 있는 나라고요, 어머니!"

'아니야. 그 여자는 당신의 진짜 어머니가 아니야!'

사야카는 그렇게 소리 지르려 했다. 하지만 미처 말을 꺼내기도 전에 사기누마가―아니, 이제는 완전히 사이다이지 게이스케로 되돌아간 그가―재빨리 행동에 나섰다.

"저, 전부 그 자식 잘못이야. 그 자식 때문에 이런 일이……. 이, 이 가짜 같으니라고!"

고함을 지르자마자 그는 시랍화한 소년의 시체를 향해 쏜살같이 달려갔다. 애먼 화풀이라고 하면 확실히 그렇다. 하지만 사이다이지 게이스케로서 오랜 세월을 보내 온 몸으로서는 도저히 충동을 주체할 수 없었으리라. 의자에 앉은 게이스케의 시체에, 그의 대역을 맡아 온 또 한 명의 게이스케가 덤벼들었다. 기괴한 형제 싸움을 연상시키는 광경이었다.

사야카와 다카오는 얼떨떨할 따름이었다. 도라쿠 스님도 깜짝 놀라 우두커니 서 있기만 했다.

가나에 부인만이 사랑하는 아들을 지키고자 몸을 던져 두 사람 사이에 끼어들었다. 하지만 부인이 지키고자 하는 것은 죽은 게이스케였다. 부인은 살아 있는 게이스케에게 적의로 가득한, 칼날 같은 눈빛을 던졌다. 몸싸움을 벌이던 중에 부인의 몸이 책상 모서리에 부딪혔다. 그 바람에 책상이 흔들려서 상판에 세워 둔 촛대가 옆으로 쓰러졌고, 양초 세 개가 바닥에 떨어지면서 털이 긴 카펫에 불이 번졌다.

"앗, 위험해!"

이번에야말로 사야카는 망설임 없이 몸싸움을 벌이는 게이스케와 가나에 부인 곁으로 달려갔다.

바로 그때였다. "비켜!"

의연한 목소리가 방 전체에 울려 퍼졌다. 병약한 가나에 부인의 입에서 나왔다고는 믿기지 않을 만큼 위압감 있는 목소리였다. 그 박력에 기가 죽었는지 "으아앗" 하고 소리를 지르며 살아 있는 게이스케가 엉덩방아를 찧었다. "뭐, 뭐 하는 거예요, 어머니!"

당황한 그를 가나에 부인이 촛대를 들고 떡하니 막아섰다. 양초가 빠져서 꼬챙이 부분이 드러난 촛대는 마치 삼지창 같았다. 가나에 부인은 촛대를 양손으로 들고서 믿기지 않을 만큼 무서운 기세로 소리쳤다. "내 아들한테 손가락 하나라도 까딱했다가는 용서하지 않겠어! 잔말 말고 물러가. 더 이상 다가오지 마!"

가나에 부인은 위협하듯 촛대를 좌우로 휘둘렀다. 그는 엉덩방아를 찧은 자세로 슬금슬금 뒤로 물러났다. 부인 뒤편의 불붙은 카펫에서 검은 연기가 피어올랐다.

"진정하세요, 부인." 다카오는 부인 뒤쪽을 가리키며 말했다. "뒤, 뒤를 보세요!"

"맞아요, 가나에 씨." 사야카도 열심히 외쳤다. "지금은 그럴 때가……."

"맞습니다, 사모님. 뒤쪽을 잘 보십시오." 도라쿠 스님은 인상을 찡그리며 호소했다. "어이구, 딱하게도…… 사모님의 소중한 아드님이 불에 활활……."

"뭐라고?!"

전혀 예상치 못한 말이었으리라. 가나에 부인은 한순간 영문을 모르겠다는 표정이었지만, 머뭇머뭇 뒤를 돌아보자마자 천장을 뚫고 한없이 울려 퍼질 것처럼 무서운 절규를 토해 냈다. "꺄아아아아아아악!"

게이스케의 시체에서 벌건 불길이 솟구치고 있었다.

"시랍화한 시체는 표면이 지방으로 덮여 있지. 이를테면 기름 막으로 코팅한 것 같은 상태야. 당연히 불에 약해서 아주 잘 탄다고 들었어⋯⋯."

"그렇군요⋯⋯. 에이씨, 깨알 지식을 자랑할 때가 아니잖아요!"

사야카가 고함을 지르자 다카오는 "음, 그렇지" 하고 고개를 끄덕였다. 그리고 가나에 부인에게 재빨리 달려가 부인의 가느다란 팔을 잡고 말했다. "도망치시죠, 부인. 여기 있다간 연기에 싸여서 전부 저승길 동무가 될 겁니다. 자, 게이⋯⋯ 아니, 사기누마 씨도 같이 갑시다. 사야카 씨도 빨리 밖으로. 어, 도라쿠 스님은 어디 있지?"

"아, 스님은 혼자서 냉큼 도망친 모양이에요⋯⋯."

"젠장, 승려면서 자기만 살려고 하다니, 천벌을 받을 놈 같으니라고!" 탐정은 씁쓸한 표정이었지만 바로 마음을 다잡았다. "뭐, 됐어. 아무튼 우리도 여기서 나가자."

다카오는 가나에 부인의 팔을 잡아끌며 계단으로 향했다. 하지만 무슨 생각인지 계단 앞에 멈춰서 뒤를 돌아보았다. 사야카도 따라서 뒤돌아보자, 창가에 놓인 책상은 완전히 불덩어리였다. 의자에 앉은 소년의 시체도 대부분 벌건 불길에 휩싸였다. 영구 시체가 되어 20여 년이나 썩지 않고 생전의 모습을 유지해 온 사이다이지 게이스케. 그 육체에도 드디어 사라질 때가 찾아왔다.

사야카는 기묘한 감개에 빠져서 가만히 서 있었다. 그때 가나에 부인이 소리를 질렀다.

"게이스케!"

동시에 가나에 부인은 팔을 세차게 흔들어 다카오의 손을 뿌리치고, 소년의 시체 곁으로 비틀비틀 되돌아갔다. 그리고 풀썩 쓰러지듯 아들의 시체를 활활 타오르는 불길과 함께 끌어안았다. 불길 속에서 슬픔을 띤 절규가 솟구쳤다. 뭔가 타는 소리와 냄새가 났다. 그 순간 사야카 옆에서 "으윽" 하고 나지막하게 신음한 건 사이다이지 게이스케였을까, 아니면 사기누마 히로시였을까.

"가, 가나에 씨가!" 사야카는 소리를 지르고 부인을 구하기 위해 한 발짝 앞으로 나섰다. 다카오가 오른손으로 사야카의 팔을 단단히 붙잡았다.

"그만둬. 다가가면 당신도 불길에 휩쓸려."

"하지만 저래서는 가나에 씨가……."

"어쩔 수 없지." 다카오는 고개를 희미하게 저었다. 체념이 묻어나는 말투였다. "부인이 선택한 길이야. 하고 싶은 대로 놔두자고……."

"……." 사야카는 아무 대꾸도 할 수 없었다.

"자, 빨리 밖으로! 사기누마 씨도 멍하니 있지 말고요!"

다카오는 망연자실하게 서 있는 그의 등을 떠밀며 서둘러 계단을 올랐다.

뒤따라가던 사야카는 계단을 오르는 도중에 다시 뒤를 돌아보았다.

불기운이 점점 강해지는 가운데, 아들을 끌어안고 함께 불타는 어머니의 모습이 검은 연기 너머로 어른어른 보였다. 사야카는 그 광경을 잠깐 응시한 후, 고개를 돌리고 단숨에 계단을 뛰어올랐다.

4

사야카와 다카오는 연기와 열기에 등 떠밀리다시피 청소 도구함의 비밀 출입구로 뛰쳐나왔다. 사기누마 히로시와 사이다이지 게이스케, 둘 중에 뭐라고 불러야 할지 몹시 망설여지는 그도 "콜록, 콜록" 기침하며 전망실 바닥에 무릎을 꿇었다.

피어오르는 연기가 돔 모양 공간 전체에 퍼지기 시작했다. 발밑의 바닥에서 서서히 열기가 느껴졌다. 아무래도 지금 돔 모양 전망실은 타오르는 불길에 달구어지는 타진 냄비, 뚜껑이 고깔 모양인 모로코의 냄비 같은 상태인 듯했다. 계속 여기 있다가는 모두 모로코 요리가 될지도 모른다.

사야카는 밀려오는 연기를 막기 위해 일단 청소 도구함의 문을 닫았다.

"이래 봤자 언 발에 오줌 누기겠죠. 곧 전망실도 연기로 가득 찰 거예요."

"그뿐만 아니라 바닥이 불타서 쑥 꺼질지도 몰라."

다카오는 불길한 소리를 하더니 바닥에 넋 놓고 앉아 있는 그를 억지로 일으켜 세웠다. 그리고 그의 팔을 잡고 소리쳤다. "어쨌든 아래로 내려갑시다. 자, 빨리."

다카오는 그의 팔을 잡아끌며 나선계단을 뛰어 내려갔다. 사야카도 두 사람을 쫓아 저택 2층으로 내려갔다. 2층에는 불이 나자 냉혹하게도 누구보다 먼저 자취를 감춘 도라쿠 스님이 있었다. 스님을 보자마자 다카오가 소리 높여 항의했다.

"어디 가셨습니까, 스님! 느닷없이 사라지다니 너무하잖습니까!"

"그런 불평을 들을 이유는 없는데요. 소승은 소화기를 찾으러 나간 겁니다."

"아, 그러셨군요." 스님이 든 빨간 소화기를 보고 다카오는 수긍하는 표정을 짓더니, 바로 나선계단 위쪽을 가리켰다. "그럼 스님, 부디 진화에 나서 주시기 바랍니다. 현장은 아실 테니……"

"암요, 소승에게 맡기십시오." 위세 좋게 승낙한 스님은 소화기를 들고 나선계단을 뛰어올랐다. 하지만 몇 초 지나지 않아 "와아악" 비명 비슷한 소리가 들렸다. 스님은 사용하지 않은 소화기를 들고 다시 2층으로 뛰어 내려왔다. "제기랄, 이보쇼, 날 죽일 생각이야! 전망실에 연기가 가득하잖아. 무슨 훈제실 같다고!"

"어라, 그랬나요?"

"'그랬나요'는 개뿔!"

얼굴이 시뻘겋게 물든 스님을 보고도 다카오는 전혀 주눅이 드는 기색 없이 말했다. "안타깝게도 소화기가 도움이 되는 단계는 이미 지난 것 같군요. 그럼 어쩔 수 없죠. 다른 사람들을 전부 깨웁시다. 전망실에 불이 났다는 걸 알려야 해요."

이 제안에는 스님도 진지한 표정으로 고개를 끄덕였다. "알겠습니다. 그럼 소승은 다카자와 선생님을 깨우러 가겠습니다. 야, 사기누마! 너도 나랑 같이 가자!"

"네?!" 먼 옛날의 선배가 일방적으로 명령하자 그는 잠시 당황한 표정이었다. 하지만 마음속으로 뭔가 납득한 점이 있었으리라. "아, 네, 기타자키 선배!"

그는 사람들 앞에서 처음으로 도라쿠 스님을 '키타자키'라는 이름으로 불렀다. 자신이 사기누마 히로시라는 사실을 드디어 받아들인 것이리라. 실제로 선배의 이름을 부르는 그의 목소리는 혼란스러운 기억에서 빠져나온 것처럼 명료하게 느껴졌다.

그 모습을 보고 다카오가 고개를 끄덕였다. "좋습니다. 건물 그쪽은 스님과 사기누마 씨께 맡길게요. 그럼 저희는 건물 이쪽을 맡기로 하죠. 가자, 사야카 씨! 에이코 씨와 미사키를 깨우는 거야. 그리고 유코 씨와 마사에 씨도."

"부사장님도 잊으면 안 돼요!"

사야카는 달려가는 다카오를 쫓아갔다.

네 사람은 2층 중앙에서 좌우로 갈라졌다. 사야카는 다카오와 함께 2층 복도를 나아가 고로 씨의 강박이 담긴 계단—인간의 모습을 모방한 저택의 어깨부터 위팔에 해당하는 부분—을 뛰어 내려갔다. 그러자 복도 저편에 여자가 보였다. 잠옷 위에 얇은 가운을 걸친 에이코였다. 뭔가 이변이 생긴 걸 알아차리고 방에서 나온 모양이다. 에이코는 다카오와 사야카를 보고 곧장 달려왔다.

"무슨 일이에요?! 위층이 몹시 소란스러운 것 같은데……. 그리고 중정에 있는 거대한 오브제 같은 저건 또 뭐고요?! 게다가 이 냄새는⋯⋯?!"

에이코는 불안한 표정으로 코를 실룩거렸다.

다카오는 현재 상황을 간결하게 알렸다. "전망실 부근에 불이 났습니다."

"전망실이라고요!" 에이코의 얼굴이 불안으로 일그러졌다. "그, 그럼, 게이스케는⋯⋯."

"게이스케 씨?!" 다카오는 지체 없이 되물었다. "어느 게이스케 씨 말씀이죠?"

비아냥거림이 섞인 탐정의 말에 에이코의 표정이 딱딱하게 굳었다. 그리고 놀라움에 찬 눈으로 탐정을 보았다. "타, 탐정님은 아시는 건가요, 그 일을!"

"네. 제 눈으로 똑똑히 봤습니다. 사이다이지 가문의 비밀을."

"그, 그럼, 그 비밀 방도⋯⋯."

"네, 그것도 봤습니다. 지금은 불바다가 됐겠지만⋯⋯."

탐정의 말에 에이코는 경악한 표정이었다. 입술도 바들바들 떨렸다. 그런 에이코를 가까이에서 보며 사야카는 한 가지 사실을 깨달았다. "에이코 씨, 당신이었군요. 스님이 빨간 도깨비에게 습격당한 날 밤에 전망실에서 사라진 수수께끼의 인물은⋯⋯."

사야카의 날카로운 지적에 에이코는 "헉" 하고 소리를 내뱉더니 입을 꾹 다물었다.

태도로 보건대 사야카의 말에 정곡을 찔린 것이 분명했다.

다카오가 퍼뜩 정신을 차렸는지 "그런 것보다!" 하고 크게 소리쳤다. "건물 안은 위험합니다. 곧 여기에도 연기가 밀려들 겁니다. 빨리 대피하세요. 미사키는요?"

"아직 자기 방에서 자고 있을 거예요."

"깨웁시다. 그리고 유코 씨도. 사야카 씨는 마사에 씨를 부탁해!"

"알았어요." 사야카는 얼른 복도를 달려가려 했다.

뒤쪽에서 에이코의 절박한 목소리가 들렸다. "잠깐만요. 일단 어머니부터! 어머니는 몸이 안 좋아서 남의 도움 없이는 대피하기 힘들어요."

"아니요, 그럴 필요 없습니다."

탐정이 내뱉은 무자비한 한마디에 에이코는 "네?" 하고 눈살을 찌푸렸다. 탐정은 너무나도 가혹한 사실을 인정사정없이 알려 주었다.

"가나에 부인은 지금도 비밀 방에 계십니다. 진짜 아드님과 함께요."

"……" 에이코가 그 말의 의미를 올바로 이해하기까지 1초도 채걸리지 않았다.

에이코의 입에서 애절하기 짝이 없는 비명이 세차게 흘러나왔다.

5

그로부터 얼마 지나지 않아 '화강장'은 본격적으로 불타기 시작했다. 사람 모습을 모방한 건물의 얼굴에 해당하는 부분이 불길을 뿜어내며 타올랐다. 비밀 방에서 시작된 불이 전망실에도 번진 모양이었다. 뜨거운 바람 때문인지 수많은 유리창이 깨졌고, 뻥 뚫린 공간에서 넘실거리는 붉은 화염이 얼핏얼핏 보였다. 사야카와 다카오는 저택 부지의 제일 가장자리에 서서 그 광경을 멍하니 올려다보았다.

이미 대피를 마친 사이다이지 가문의 관계자들은 모두 잠옷 차림이거나 그에 가까운 차림새였다. 다들 아무 소리도 내지 못하고, 그저 눈앞의 충격적인 광경에 시선을 빼앗겼다.

사이다이지 마사에는 혼자 쪼그려 앉아서, 에이코는 딸 미사키의 어깨를 끌어안고서, 다카자와는 유코 옆에 붙어서, 고이케 기요시와 시노부 부부는 서로 손을 꼭 잡고서, 그리고 도라쿠 스님은 활활 타오르는 불길을 향해 합장하면서. 마지막으로 이제 사이다이지 게이스케가 아니라 사기누마 히로시로 자신의 정체성을 되찾은 남자는 다른 사람들과 조금 떨어진 곳에 우두커니 서서.

사람들은 점점 화염에 휩싸이는 전망실을 가만히 쳐다보았다. 충격을 받은 나머지 다들 넋이 나간 듯한 표정이었다. '어라?! 한 명 모자라는 것 같은데?!'

사야카가 고개를 갸웃거린 바로 그때, 미사키가 충격적인 사실을 알렸다.

"큰일 났어! 아빠가 없잖아! 엄마, 아빠 깨우는 거 잊어버렸지!"

"아, 그러고 보니……." 에이코는 아차 싶은 표정이었다.

사야카와 다카오도 얼굴을 마주 보며 머리를 긁적였다.

"봐요, 그래서 잊어버리면 안 된다고 한 건데……."

"하지만 결국 잊어버렸군, 부사장을 깨우는 걸……."

도라쿠 스님은 건물에 양손을 모은 자세를 유지한 채, 성급하게도 고인을 애도하는 염불을 외기 시작했다.

그런 와중에 '화강장' 정면 현관이 갑자기 바깥쪽으로 쾅 열렸다.

검은 연기에 등을 떠밀리듯 밖으로 뛰쳐나온 건 다름 아닌 미사키의 아빠, 사이다이지 아쓰히코였다. 간신히 목숨을 부지해 중정으로 도망친 아쓰히코는 거대한 『모모타로』 팝업북을 보고 깜짝 놀란 눈치였다. "뭐, 뭐야, 이건!" 아쓰히코는 놀라움과 감탄이 섞인 말을 내뱉더니 일어서 있는 모모타로, 원숭이, 개, 꿩 사이를 누비듯이 빠져나와—팝업북 위를 가로질러서—겨우 사랑하는 아내와 딸 곁에 도착했다.

"에이코, 이게 무슨 일이래? 대체 뭐가 어떻게 된 거야?"

아쓰히코가 당혹스러워하는 것도 무리는 아니다. 하지만 그 질문에 간결하게 대답할 수 있는 사람은 거의 없었다. 도라쿠 스님도 탐정이 오늘 밤에 선보인 추리를 전부 보고 들은 것은 아니다. 탐정 본인을 제외하면 사정을 자세하게 아는 사람은 진범인 사기누마 히로시와 사야카뿐이다.

'그렇다면 여기서는 내가 탐정 조수로서 제 역할을 다하는 수밖에 없겠네!'

사명감을 느낀 사야카는 사람들 앞에 나서서 사태가 여기에 이르기까지의 경위를 간추려 설명했다.

요령 있게 정리하기에는 너무나 복잡한 이야기였지만 열심히 설명했다. 그리고 드디어 가나에 부인이 친아들과 함께 불길에 휩싸인 장면에 다다르자, 귀를 기울이고 있던 사람들 사이에 깊은 한숨

같은 목소리가 퍼졌다. 첫째 딸 에이코는 원통하다는 듯 고개를 숙였고, 셋째 딸 유코의 입에서는 흐느껴 우는 소리가 새어 나왔다.

"설명하느라 수고했어." 상사 같은 말투로 조수의 노고를 치하한 탐정이 다시금 사람들 앞으로 나섰다. 그리고 에이코에게 말을 걸었다.

"제 생각으로는 에이코 씨가 23년 전 일을 제일 잘 알고 계실 것 같은데요. 알고 계신 사실을 말씀해 주시면 안 될까요?"

"말하라니, 이제 와서 뭐를요?" 에이코는 지친 얼굴로 탐정을 바라보았다. "탐정님은 이번 사건도, 과거 사건도 전부 잘 아시는 것 같은데……."

"네, 대강은 이해했습니다만 모르는 점도 많아요. 무엇보다 사이다이지 게이스케와 사기누마 히로시의 관계를 모르겠습니다. 세상을 떠난 소년 게이스케의 대역을 왜 소년 사기누마가 맡게 된 건가, 그것을 잘 모르겠네요. 사건 당시 소년 게이스케가 도시로 씨를 살해했다고 추정되는 상황이었다. 그래서 도시로 씨 살해사건을 은폐해야 했고, 도시로 씨가 병으로 사망했다고 가짜 사망 진단서를 만들었다. 다카자와 나오토 선생님의 아버지, 다다나오 씨를 통해. 거기까지는 일단 이해가 갑니다. 그렇다면 소년 게이스케의 죽음도 똑같은 방법으로 자연사처럼 위장할 수 있었을 텐데요. 왜 소년 게이스케에게는 대역이 필요했는가, 왜 소년의 죽음은 그 자체가 은폐됐는가. 그 점이 아무래도 납득이 가지 않습니다."

"탐정님 말씀대로 게이스케의 죽음도 자연사로 처리해야 했을지 모르죠. 하지만 그럴 수 없었던 사정이 있었어요."

에이코는 그 특별한 사정을 설명했다.

"할아버지가 살해당한 다음 날 아침에 게이스케의 시신이 발견
됐죠. 장소는 비탈섬의 선착장 근처 바위밭이었어요. 해류를 타
고 거기로 흘러온 거겠죠. 파도가 밀려오는 물가에서 시신을 제일
먼저 발견한 사람은 어머니였어요. 전날 밤부터 모습이 보이지 않
는 게이스케를 찾아 해변을 돌아다니다가 발견한 거예요. 안 그래
도 신경이 약한 어머니가 사랑하는 아들의 변해 버린 모습을 보고
어떻게 견디겠어요? 어머니는 온 섬에 울려 퍼질 만큼 크게 비명
을 지르고 그 자리에서 정신을 잃었어요. 당시 섬에 있었던 아버지,
저, 마사에 고모, 그리고 쓰루오카 가즈야가 그 목소리를 듣고 현장
에 달려갔죠. 게이스케의 시신과 기절한 어머니를 발견한 아버지
는 일단 둘 다 저택으로 옮기려고 했어요. 그런데 그때 제가 그 바
위밭에서 기절한 소년을 한 명 발견한 거예요."

"그게 당시 중학생이었던 사기누마였군요."

"네, 물론 그때는 그 낯선 소년이 어디 사는 누구인지 아무도 몰
랐어요. 하지만 어쩌면 어젯밤에 발생한 살인사건과 관련 있을지
도 모른다고 생각했는지 아버지가 소년도 저택으로 데려갔죠. 소
년은 바다에 빠진 후에 해변에 밀려왔는지 많이 쇠약해진 상태였
어요. 아버지는 소년을 자기 방 침대에 눕혔죠. 그때 아버지가 무슨
생각을 했는지는 정확하게 모르겠어요. 다만 제 생각에 아버지는
이 수수께끼의 소년이 할아버지를 살해한 진범이 아닐까, 그렇다
면 오히려 고맙겠다는 일말의 희망을 품고 있었던 것 아닐까 싶어
요. 그래서 소년이 의식을 되찾도록 노력한 거겠죠. 소년에게 사건

의 진상을 듣고 싶었을 거예요."

"그렇군요. 하지만 소년에게 진상을 들을 수는 없었다. 의식을 되찾은 소년은 어젯밤 일은커녕 자신의 이름조차 기억하지 못하는 상태였으니까. 그렇죠?"

"네, 소년은 기억을 완전히 상실했어요."

"하지만 모르겠군요. 고로 씨는 소년이 기억을 상실한 걸 기회 삼아, 그 소년을 죽은 게이스케의 대역으로 삼은 셈인데……. 그건 어째서요?"

"어머니가 이유예요. 게이스케의 시신을 발견하고 정신을 잃은 어머니는 깨어난 후에도 충격으로 한동안 말도 못 했죠. 그야말로 망연자실한 상태였어요. 그런 어머니가 우연히 아버지 방에 갔을 때, 침대에 누워 있는 소년을 본 거예요. 그 순간 어머니는 활짝 웃으며 말했어요. '어머나, 게이스케, 여기 있었구나. 모습이 안 보여서 걱정했는데, 다행이다. 엄마, 안심했어'라고요. 진심으로 안도한 표정을 지으며 정말 기쁜 듯이!"

"설마." 곁에서 이야기를 듣고 있던 사야카가 놀라서 말을 꺼냈다. "가나에 부인은 생판 남을 자기 아들로 착각한 건가요?! 어떻게 그런 일이……."

"소년 게이스케와 소년 사기누마는 그렇게 닮았습니까?"

다카오도 이상하다는 듯 고개를 갸웃했다. 그러자 에이코는 고개를 절레절레 저었다.

"나이는 게이스케가 좀 더 많았어요. 키와 몸집은 거의 비슷했죠. 생김새도 닮았다고 하면 닮았을지도 모르겠네요. 하지만 자세히 보면 다른 사람이라는 걸 대번에 알 수 있어요. 정신이 멀쩡했다면 착각할 리 없겠지만 사랑하는 아들이 죽었다는 사실을 믿을 수 없었던, 아니, 믿고 싶지 않았던 어머니는 무의식중에 사실을 바꿔버린 거예요. 어머니는 눈앞에 잠들어 있는 소년을 자기 아들이라고 믿었죠. 그렇게 믿음으로써 간신히 안정적인 정신 상태를 유지할 수 있었을 거예요. 그런 어머니에게 어떻게 사실을 말할 수 있겠어요? 만약 이 소년이 게이스케가 아니라 다른 사람이라는 진실을 알렸다면 어머니는 망가졌을지도 몰라요. 그게 두려웠던 아버지는 어머니의 착각을 정정하지 않고 사실로 받아들이기로 했어요. '그래, 게이스케야. 다쳤지만 생명에 지장은 없으니까 안심해' 하고 얼핏 듣기에는 다정하지만, 실은 무시무시한 거짓말을 하면서요."

"그때부터 소년 사기꾼마는 사이다이지 게이스케가 된 거군요. 혹시 소년을 일단 본토로 보내서 한동안 다카자와 의원에 입원시키지 않았습니까?"

"네, 상처를 치료하고 체력을 회복시키기 위해 며칠쯤요. 그때는 어머니도 함께였어요. 어머니가 소년 곁에서 한시도 떨어지려 하지 않았거든요."

그 말을 듣고 지금까지 침묵을 지키던 다카자와가 손뼉을 짝 쳤다.

"그렇구나. 사건이 일어난 날 밤에 저는 통나무 다리에서 떨어져서 다쳤어요. 제가 입원해 있는 동안 가나에 씨가 옆 병실에 입원했었죠. 어쩐지 옆 병실에 사람이 한 명 더 있는 것 같은 낌새가 느껴졌는데, 바로 소년 사기꾼마였군요."

"맞아요." 에이코가 고개를 끄덕였다. "소년과 어머니가 입원한

451

동안 아버지는 비탈섬에 있었던 사이다이지 가문의 관계자, 즉 저와 유코, 마사에 고모, 다카자와 다다나오 선생님, 고이케 부부, 그리고 쓰루오카 가즈야 앞에서 자신의 생각을 밝혔어요. 그 소년을 게이스케로서 가족의 일원으로 받아들이고 앞으로도 어머니 곁에 두겠다는 생각을요."

"흠." 탐정이 팔짱을 꼈다. "소년은 기억을 상실했죠. 주변 사람들이 '넌 사이다이지 가문의 아들 게이스케다'라고 하면 소년은 그 말을 받아들일 수밖에 없어요. 확실히 소년을 게이스케의 대역으로 삼기는 불가능하지 않았겠군요."

"하지만." 사야카는 저도 모르게 끼어들었다. "그건 중대한 범죄 행위예요. 어떤 이유에서든 남의 아이를 빼앗은 건 유괴죄에 해당합니다. 당시 고로 씨의 무시무시한 생각을 듣고 반대하는 사람은 없었나요?"

"네, 그야 물론 엄청난 논쟁이 벌어졌죠. 소년의 부모를 찾아내서 돌려줘야 한다는 상식적인 의견도 당연히 나왔고요. 하지만 결국 아버지가 고개를 끄덕이지 않는 한, 누구도 아버지를 거역할 수 없어요. 그리고 소년을 자기 아들이라 믿는 어머니를 생각할수록, 두 사람을 떼어 놓기가 힘들어서……. 그래서 저희는 정말 큰 잘못을…… 소년에게는 아들이 돌아오기를 기다리는 진짜 부모님도 계셨을 텐데……."

고개를 떨군 에이코를 보자 사야카는 더 이상 아무 말도 꺼낼 수 없었다. 대신에 탐정이 입을 열었다.

"한 번 죄를 저지른 사람은 두 번, 세 번 계속해서 죄를 저지르는 경향이 있지. 그때마다 넘어야 하는 심리적인 허들이 낮아지기 때문이야. 도시로 씨 살해사건을 일치단결해서 은폐한 사이다이지 가문 사람들에게 소년을 게이스케의 대역으로 삼는 건 이를테면 두 번째 범죄야. 그런 만큼 심리적 허들이 더 낮아졌겠지. 당시 고로 씨의 의견에 사이다이지 가문 사람들이 동의했던 것도 이해는 가."

탐정은 다시 에이코를 보고 물었다.

"오히려 문제는 소년 주변의 사람들이 그 중대한 비밀을 지킬 수 있느냐 없느냐겠죠."

"네, 맞는 말씀이에요. 가족의 결속은 단단하고, 고이케 부부의 충성심은 높죠. 그리고 다카자와 다다나오 선생님은 아버지의 오랜 친구고요. 아버지는 사람들이 분명 비밀을 지킬 거라고 확신했겠죠. 다만 당시 여섯 살이었던 유코는 어머니를 지키기 위해서라고 단단히 타일러야 했지만요."

"그래도 걱정거리가 남습니다. 쓰루오카 가즈야요. 그는 당시부터 가문의 문제아였죠?"

"네, 가장 큰 불안 요소가 바로 쓰루오카였어요. 자칫하면 그 비밀을 약점 삼아 큰돈을 뜯어내려 할지도 몰라요. 실제로 그럴 만한 사람이었고요. 그런데 그런 걱정은 기우로 끝났어요. 쓰루오카는 뜻밖에도 얌전히 아버지의 명령에 따라 비밀을 지켰어요. 소식이 끊긴 뒤로도 비밀을 폭로한 낌새는 없었고요. 쓰루오카도 사이다이지 가문의 핏줄이니 어머니를 위해 입을 다물어 준 거라 생각했는데……."

"사실 쓰루오카가 비밀을 엄수한 건 가나에 부인이나 사이다이지 가문을 위해서가 아니었다. 쓰루오카 본인이 도시로 씨를 살해한 진범이었기 때문이다. 게이스케에 얽힌 비밀을 폭로하는 건, 은폐된 과거의 살인사건을 다시 부각하는 짓이다. 쓰루오카 입장에서도 결코 그러고 싶지는 않았을 것이다. 그래서 쓰루오카는 가문의 비밀을 일절 입 밖에 내지 않았다. 쓰루오카로서는 이대로 사이다이지 가문과 인연이 끊겨도 상관없었다. 그런 생각이었겠죠."

"그런 인간을 내가 섬에 다시 불러들인 거네. 일부러 탐정님까지 고용해서……."

사이다이지 마사에가 후회 깊은 말투로 중얼거렸다. 탐정은 의뢰인을 보고 고개를 천천히 저었다.

"쓰루오카를 섬에 불러들인 건 마사에 씨가 아닙니다. 고로 씨가 유언장을 통해서 자신의 뜻을 전한 거죠. 전부 고로 씨가 저희에게 시킨 겁니다. 행방불명된 쓰루오카를 찾아내 비탈섬에 데려온 건 저. 그리고 고로 씨의 유지를 이해하고 쓰루오카에게 복수한 것이 게이스케의 이름을 물려받은 사기누마 히로시. 이건 그런 사건인 거예요."

길고 긴 사건 설명이 일단락된 듯했다. 탐정은 긴 여행을 마친 여행자가 짊어진 짐을 내려놓듯 깊은 한숨을 내쉬었다. 사야카는 아직 의문이 남아 있었다. 사야카는 에이코에게 직접 물어보았다.

"에이코 씨, 왜 몰래 그 비밀 방을 찾아가신 거예요?"

"아버지는 생전에 그 방에 있는 특수한 시신을 소중히 유지하고 관리했어요. 아버지가 돌아가신 후로는 제가 그 역할을 이어받았고요. 누구에게나 맡길 수 있는 일은 아니니까요."

"그것도 고로 씨의 유지였던 거군요." 고개를 끄덕인 사야카는 아주 소박한 호기심에서 다른 질문을 꺼냈다. "애당초 소년 게이스케의 시신은 왜 그렇게 특수한 상태가 된 건가요?"

"아아, 그건 자연의 신비라고밖에 대답할 수가 없겠네요. 23년 전, 아버지는 게이스케의 시신을 어떻게 해야 할지 고민하다가 일단 지하실 밑의 동굴로 옮겼어요. 정식으로 화장할 수는 없으니까요. 하지만 동굴의 암반이 너무 단단해서 구덩이를 파고 묻을 수도, 즉 토장을 치를 수도 없었죠. 결국 동굴에 게이스케의 시신을 안치한 상태로 시간이 흘러갔어요. 신기하게도 지하에 놓아둔 시신이 일절 썩지 않고, 생전의 모습을 유지하지 뭐예요? 시랍화라는 현상이 있다는 건 저도 나중에야 알았어요. 아버지는 사랑하는 아들의 시신이 그렇듯 특수하게 변한 것에 일종의 운명을 느꼈겠죠. 그때부터예요, 아버지가 이 저택을 열심히 증축하고 개축한 건."

"아아, 그래서 고로 씨는 전망실과 비밀 방을 만든 거로군요. 그리고 거기를 시랍화한 시신을 안치하기 위한 방으로 삼았어요. 더나아가 고로 씨는 사람의 형상을 모방해서 저택 자체를 고쳐 나갔죠. '화강장'을 소년 게이스케를 본뜬 모뉴먼트로 바꾼 거예요."

사야카의 말에 뜻밖에도 도라쿠 스님이 "과연" 하고 고개를 끄덕였다. "요컨대 '화강장'은 어린 나이에 유명을 달리한 소년 게이스케의 무덤이었던 거로군요. 그러고 보니 소승은 이 건물을 본 순간부터 어쩐지 합장을 드려야 할 것 같은, 염불 한 구절이라도 외워야 할 것 같은 낌새를 막연하게 느꼈는데, 그래서……."

감개무량하게 중얼거린 스님은 '화강장' 쪽으로 돌아섰다. 불붙은 구체는 이제 완전히 화염에 휩싸인 뒤였다. 스님은 눈을 감고 합장하더니 또 수상쩍은 염불을 외우기 시작했다. 그때였다.

"앗, 저기 봐요!"

미사키가 소리치며 불타는 구체를 가리켰다. "곧 부서져서 떨어질 것 같아요!"

미사키가 말한 대로였다. 불타오르는 구체와 구체를 지탱하는 원통형 부분. 지금까지 안정감을 유지해 온 두 건조물이 사람들 눈앞에서 서서히 일그러지면서 기울어졌다.

그 광경을 보고 다카오는 씁쓸한 표정을 지었다.

"어휴, 전망실에 책을 그렇게 많이 놔두니까 이 꼴이 나는 거야!"

"지금 그런 불평을 한들 무슨 소용이에요!"

사야카는 한 발 한 발 뒷걸음을 치면서 소리 질렀다.

사람들이 마른침을 삼키며 지켜보는 가운데, 거대한 구체가 크게 흔들렸다. 구체를 지탱하는 원통형 부분이 팍 꺾였다. 지켜보는 사람들 사이에서 "우왓" 하고 비명이 일었다. 다음 순간.

"꺄악."

사야카가 짧게 비명을 질렀다. 버팀목을 잃은 거대한 구체가 중정으로 뚝 떨어졌다. 일본 본토까지 울려 퍼지지 않을까 싶을 만큼 요란한 굉음이 섬 전체를 뒤흔들었다. 지면에 한 번 튕긴 구체는 중정을 데굴데굴 구르며 거대한 팝업북을 우지끈 짓뭉갰다. 불타면서 굴러가던 구체는 그제야 움직임을 멈췄다.

피어오르는 검은 연기. 공중에서 떨어지는 불티. 새빨간 혀를 연상시키는 불길이 청동으로 만든 모모타로와 그의 동료들을 집어삼

켰다. 도라쿠 스님은 합장한 자세를 유지한 채 그 모습을 바라보며
말했다.

"오오, '화강장'의 머리가 떨어졌군……. 이걸로 이 저택도 운명
했어……."

| 13장 |

재회

1

폭풍 같은 하룻밤이 지나감과 동시에 진짜 폭풍, 즉 태풍도 저 멀리 북쪽으로 지나간 모양이었다. 다음 날 아침, 비탈섬 위에는 구름한 점 없이 청명한 가을 하늘이 펼쳐졌다. 쏟아지는 햇빛이 세토내해를 다정하게 비추자 바다가 반짝반짝 빛났다.

잠옷 차림으로 밤을 지새운 저택 사람들도 오늘 아침은 평상복으로 갈아입었다.

어젯밤에 불타서 떨어진 구체는 거대한 팝업북을 파괴한 후, 중정에서 저절로 불이 꺼졌다. 결과적으로 불이 번지는 것을 모면한 저택 본관은 거의 아무 피해도 없었다. 덕분에 자기 방으로 돌아가서 옷을 갈아입을 수 있었다.

사람들은 대부분 저택 부지 끄트머리에 뭉쳐서 바다를 바라보고 있었다.

"앗, 왔다, 왔다! 저기, 분명 경찰이 탄 배일 거예요."

미사키가 포니테일을 흔들며 폴짝폴짝 뛰었다.

아쓰히코는 "그래? 여기서는 잘 안 보이는데……" 하다가 갑자기 손뼉을 짝 쳤다. "아참, 전망실에서 보면 되겠네. 그러면."

"무슨 소릴 하는 거야, 여보?" 에이코가 미덥지 못한 남편에게 딱하다는 시선을 보냈다. "전망실은 불타서 떨어졌잖아. 그새 잊어버렸어?"

"아아, 그랬지." 아쓰히코가 머쓱한 듯 머리를 긁적였다.

그 모습을 보고 배려심이라고는 없는 탐정이 "이런, 이런, 저런 사람이 사장 자리에 앉는다니, 사이다이지 출판은 정말 괜찮은 걸까?" 하고 본심을 중얼거렸다. 그리고 비아냥거리듯이 말을 이었다. "하기야 그걸 걱정할 때가 아니지. 옛날에 사이다이지 가문에서 벌어진 범죄가 밝혀진 이상, 출판사 자체가 존속의 위기에 처할 테니까."

"쉿, 다 듣겠어요!" 사야카는 집게손가락을 입에 대고 무례한 탐정에게 주의를 주었다. 그러자 옆에 있던 마사에가 "다 들었어"라며 침울한 표정으로 말했다. 다카자와와 고이케 부부도 씁쓸한 표정이었다.

사건이 얼추 해결되고 경찰의 도착도 임박한 지금, 사람들 사이에 약간 누그러진 분위기가 감돌았다. 그런 가운데 사기누마 히로시는 어쩐지 거북한 표정으로 조금 떨어진 곳에 서 있었다. 도라쿠 스님, 즉 기타자키 신야가 평소처럼 태평한 얼굴로 옆에 붙어 있었다.

그리고 마지막 한 명인 사이다이지 유코는 거기서 더 멀리 떨어진 중정에 우두커니 서 있었다. 사야카는 혼자 있는 유코를 보고 그리로 다가갔다.

중정은 눈을 가리고 싶을 만큼 처참한 상태였다. 불타서 떨어진 구체에서는 하얀 연기가 피어올랐고 여태 치익치익, 하고 열기가 뿜어져 나오는 듯한 소리가 났다. 굳이 비유하자면 검게 탄 다코야키 같았다. 다코야키에 깔린 거대한 팝업북은 몰골이 말이 아니었다. 청동으로 만든 등장인물과 배경은 고열에 녹아 보기 흉한 금속 덩어리로 변했다.

"엄마는 아직 저 안에 있는 거로군요."

유코가 검게 탄 구체를 바라보며 힘없이 중얼거렸다. 어젯밤에는 잠옷 차림으로 대피했지만, 지금은 하얀 블라우스에 베이지색 치마 차림이다. 양갓집 딸 같은 평소 스타일로 돌아왔어도 표정은 어젯밤과 다를 바 없이 시들시들했다.

유코 입장에서는 어쩔 수 없나 생각하며 사야카가 대답했다.

"네, 가나에 씨는 게이스케 씨의 시신과 운명을 함께하셨어요."

"엄마는 역시 오빠를 사랑한 거군요."

사야카는 고개를 끄덕인 후, 문득 궁금해져서 물어보았다. "유코 씨, 전망실 밑에 진짜 오빠의 시신이 안치되어 있다는 걸 알고 계셨나요? 그걸 알고서 이 섬에 오신 거예요?"

유코는 살짝 숙인 고개를 천천히 좌우로 흔들었다. "아니요, 그건 몰랐어요. 아빠는 비밀 방에 시체를 안치했다는 걸 언니에게만 알려 줬겠죠."

"그럼 팝업북도요?"

"네, 이런 게 중정에 있는 줄은 상상도 못 했어요. 이건 언니도 못 들었지 않았을까요?"

분명 유코의 말이 맞으리라. 실제로 어젯밤 에이코는 중정에 나타난 '거대한 오브제 같은 저것'을 보고 몹시 놀란 표정을 지었다.

'화강장'은 거대한 무덤. 그렇다면 그 거대한 팝업북은 고로 씨가 죽은 아들의 무덤 앞에 바친 공물이었을 것이다. 팝업북 제작에 관여한 사람을 제외하면 그 존재를 아는 사람은 고로 씨 한 명뿐이었으리라. 고로 씨는 죽을 날이 가까워졌음을 깨닫고 팝업북의 존재를 2대 게이스케인 사기누마 히로시에게만 알렸다. 그리하여 고로 씨의 유지는 사기누마에게 전해졌고, 죽은 자에게 바친 공물은 복수를 위한 흉기로 변했다.

저세상으로 떠난 고로 씨는 그걸로 만족했을지도 모른다. 하지만 이 세상에서 계속 살아가야 할 사기누마에게는 아무 보답도 없는 일이다. 유코 또한 마찬가지다.

그렇게 생각한 사야카는 마음을 단단히 먹고 유코에게 물어보았다.

"유코 씨, 혹시 게이스케 씨, 아니지, 사기누마 히로시 씨를 사, 사, 러브, 리베, 사랑한 거 아니세요?"

역시 익숙지 않은 말은 사용하는 게 아니다. 동요한 나머지 말을 몹시 더듬었다. 하지만 진지한 질문이었다. 게이스케로 살아온 남자와 유코는 친남매가 아니다. 그 사실을 물론 유코는 알고 있었다. 그리고 한 핏줄이 아닌 젊은 남녀가 함께 생활하면 연애 감정이 싹터도 이상할 것 없다. 실제로 비탈섬에서 지낸 며칠간, 사야카는 두 사람의 정다운 모습을 여러 번 보았다. 기억을 상실한 사기누마에게는 그럴 마음이 없었더라도, 유코는 비밀스러운 감정을 숨기고 있던 것 아닐까.

사야카의 지레짐작에 유코는 망설이는 낌새 하나 없이 고개를 끄덕였다.

"네, 사랑했어요. 지금도 사랑하고요."

"여, 여, 여, 역시나!"

너무 흥분한 나머지 사야카가 애용하는 안경이 코끝에서 흘러내렸다.

"하지만 착각하지는 마세요, 사야카 씨."

유코는 선수를 치듯 말을 이었다. "어디까지나 오빠로서요. 저는 오빠를 사랑했고, 지금도 오빠를 사랑해요. 저 사람의 진짜 이름이 사이다이지 게이스케가 아닐지언정, 제게는 20년 넘게 단 하나뿐인 오빠였으니까요."

"……."

너무나도 멋진 유코의 대답에 사야카는 잠시 침묵했다. 그리고 흘러내린 안경을 손끝으로 척 밀어 올리고 진심으로 감탄했다. "아, 아름다운 이야기예요……. 이 이야기를 나중에 탐정님과 스님께 해도 될까요?"

"절대로 안 돼요."

유코는 조용하면서도 반론을 허용치 않는 어조로 말했다. "변호사님이라서 말씀드린 거예요. 저희 둘만의 이야기로 해 주세요. 물론 오빠에게도 말씀하지 마시고요."

그제야 유코는 밝은 웃음을 되찾았다. 사야카는 오른손을 가슴에 대고 다짐했다.

"네, 약속할게요. 걱정하지 마시고 맡겨 주세요. 이래 보여도 변호사라 입은 무겁거든요. 아아, 이렇게 수다를 떠는 사이에, 보세요!"

어느덧 사람들이 줄줄이 저택 부지를 나서서 선착장으로 이동하기 시작했다. 경찰의 배가 도착한 모양이었다. "자, 우리도 갈까요, 유코 씨?"

사야카는 유코의 팔을 잡았다. 두 사람은 선착장으로 걸음을 옮겼다.

2

선착장에 정박한 소형 선박에서 수많은 사복 형사와 제복 순경, 감식과원 등등이 내렸다.

그중에서도 후줄근한 양복을 입은 중년 형사가 제일 먼저 섬에 발을 디뎠다.

마사에와 에이코를 비롯한 사이다이지 가문 사람들이 잔교에서 그를 맞이했다. 오카야마가 자랑하는 명문가 관계자들 앞에 서자 형사는 약간 긴장한 표정이었다. 양복 안주머니에서 경찰 수첩을 꺼내 들고는 천천히 신원을 밝혔다.

"오카야마 현경 수사1과장 소마 다카유키라고 합니다. 늦게나마 이렇게 왔습니다."

"고생 많으십니다." "기다리고 있었어요." "많이 도와주십시오."

사이다이지 가문 사람들이 점잖게 인사하는 가운데.

"어이구, 이제야 납셨네. 늦었잖아, 아버지!"

아들 다카오가 방약무인한 말투로 끼어들었다. 아버지의 양복보다는 훨씬 좋아 보이는 검은색 정장 차림으로, 추레한 아버지를 바라보며 말을 이었다. "아쉽게 됐네, 아버지. 이번에는 정말로 늦은 것 같아."

"응? 늦었다니?!" 그 순간 소마 과장의 얼굴에 어두운 그림자가 드리웠다. "그렇다면 사이다이지 가문의 3남매는 이미 몰살당했다……든가?"

"뜬금없이 무슨 소리야!" 다카오는 목숨을 부지한 에이코와 유코를 가리키며 말했다. "아버지, 그런 유의 미스터리 소설을 너무 많이 읽은 거 아니야?"

"뭐야, 아니야? 그 말을 듣고 실마……. 아니, 안심했다. 응, 안심했어."

'방금 실망했다고 말하려던 거 아니었나, 이 형사님?'

의심이 앞서는 사야카와 달리, 다카오는 전혀 개의치 않는 기색으로 고개를 저었다.

"전혀 아니지. 이건 그런 사건이 아니야. 꽤 복잡하게 뒤얽힌 사건이라 한마디로 설명할 수는 없지만, 그래도 이미 해결했어. 그러니까 아버지가 나설 차례는 없어. 한발 늦었다고."

에이, 기껏 여기까지 왔는데?! 소마 과장은 당장이라도 그렇게 말할 것처럼 불만스러운 표정으로 아들에게 물었다. "그럼 들어 볼까, 다카오. 범인은 누구야?"

"저기 있는 저 사람." 다카오는 순순히 좀 떨어진 곳을 가리켰다.

거기에는 사기누마 히로시가 있었다. 도라쿠 스님에게 떠밀리듯 그가 앞으로 나섰다.

"그렇구나, 알았다." 고개를 끄덕인 소마 과장은 곧장 그쪽으로 걸어가서 "사정은 서에서 자세히 듣지" 하며 스님에게 수갑을 채우려 했다. 그러자 대번에 스님의 안색이 바뀌었다.

"으아, 잠깐, 잠깐! 소승이 아닙니다. 이쪽이에요, 이쪽!"

"어, 이 사람?!" 소마 과장은 의외라는 표정이었다.

"그렇습니다. 그나저나 형사님, 왜 소승이 범인이라고 생각하신 겁니까?"

"이런, 직업상 사람을 보는 눈에는 자신이 있는데……." 소마 과장은 스님에게 한 번 더 실례를 범한 후, 사기누마 히로시에게 몸을 돌려 벌레도 못 죽일 것처럼 상냥한 그의 얼굴을 빤히 들여다보았다. "정말로 당신이…… 살인을……?"

"네, 틀림없습니다. 제가 쓰루오카 가즈야를 죽였습니다."

아주 고분고분한 사기누마의 태도가 마음에 들었는지 소마 과장은 "음" 하고 길게 목소리를 흘렸다. 그리고 용의자가 도주할 우려가 없다고 판단했는지 들고 있던 수갑을 도로 넣은 후, 수염이 삐죽삐죽한 턱에 오른손을 대고 말했다. "아무래도 이런저런 사정이 있는 모양이네요. 뭐, 알겠습니다. 일단 현장으로 안내해 주실까요? 이 사람은 그 후에 체포해도 늦지 않을 것 같군요."

소마 과장은 부하들을 데리고 '화강장'으로 이어지는 길을 걸어갔다.

"어라?! 저기 배가 한 척 더 오는 것 같은데요."

미사키가 그렇게 소리치며 다시 비탈섬 앞바다를 가리켰다.

다카오는 미사키가 가리키는 쪽을 바라보며 물었다. "아버지, 저것도 경찰의 배야?"

"어, 그럴 리가." 소마 과장은 손차양으로 햇빛을 막으며 멀리 있
는 배를 바라보았다. "음, 그냥 어선 같은데……."

"어선?!" 그 말을 듣고 사야카는 흠칫 놀랐다. 섬으로 접근하는
배의 색깔과 모양, 크기가 낯익었기 때문이다. "벤텐마루호다!"

"그렇군. 듣고 보니 분명 우리가 이 섬에 올 때 탔던 배야." 다카
오도 눈을 가늘게 뜨고 고개를 끄덕였다. "그런데 왜 벤텐마루호가
또 이 섬에?"

"글쎄요, 우리를 데리러 온 걸까요?"

"아닙니다." 도라쿠 스님이 뒤에서 대답했다. "소승이 선장에게
직접 전화해서 부른 거예요."

"스님이 저 배를?" 사야카가 중얼거렸다.

다카오도 고개를 갸우뚱했다.

두 사람은 의아한 표정으로 얼굴을 마주 보았다. 뭔가 획책한 바
가 있는 것처럼 도라쿠 스님의 입가에 웃음이 맺혔다. 스님은 사기
누마 히로시를 보며 어깨를 탁 두드렸다.

"어때? 선장의 얼굴을 보고 생각나는 거 없어? 왜, 우리 셋이서
자주 어울려 놀았잖아. 지금의 너라면 기억해 낼 수 있을 거야. 그
렇지, 사기누마?"

"우, 우리 셋이라니……. 그럼 혹시…… 오, 오, 오가와라……
오가와라 선배?!"

"그래, 오가와라 고스케야. 우리 3인조의 리더!"

도라쿠 스님, 즉 기타자키 신야가 꺼낸 이름을 사야카와 다카오

는 처음 들어 봤다. 사야카가 어리둥절해하는 가운데 벤텐마루호가 선착장에 접근했다. 조타실에서 키를 잡은 선장의 볕에 탄 피부와 상고머리가 똑똑히 보였다.

도라쿠 스님이 "어이!" 하고 한 손을 들자 조타실 창문 너머로 선장도 "오오!" 하고 한 손을 흔들었다.

상고머리 선장은 약간 난폭하다고도 할 수 있는 조타 실력을 선보였다. 벤텐마루호의 뱃머리로 잔교에 들이받을 듯이 흰색 선체를 무리하게 정박시켰다. 다음 순간 선장이 이상하리만치 들뜬 표정으로 조타실에서 뛰쳐나왔다. 그리고 뱃머리에서 잔교로 힘껏 점프하더니 두 팔을 크게 펼치고 외쳤다.

"오오, 사기누마! 정말로 살아 있었구나!"

"오, 오가와라 선배!"

사기누마도 기쁘게 소리치며 선착장을 뛰어갔다. 수많은 형사와 순경, 그리고 사이다이지 가문 사람들이 지켜보는 가운데, 서로에게 달려가던 두 남자는 잔교 한복판에서 마주치자마자 꼭 끌어안았다.

"……." 분명 감동적인 장면이리라. 사야카가 보기에는 낫살이나 먹은 남자끼리 어설프게 포옹하는 것처럼 느껴질 뿐이었지만, 옆에서 바라보는 도라쿠 스님의 얼굴은 벅찬 감동으로 가득했다. 사야카는 그 옆얼굴을 보고 말했다. "그러고 보니 스님, 이 섬에 올 때 벤텐마루호에서 선장님과 사이좋게 이야기 나누고 계셨더랬죠."

사야카는 도라쿠 스님과 처음 만났을 때의 상황이 선명하게 기억났다.

"즉, 스님과 선장님은 옛날부터 친구였고, 그 기적을 체험한 세 중학생 중 두 명이었다. 그런 거로군요."

"오오, 바로 그렇습니다. 이제야 겨우 세 명이 다시 모였네요!"

다카오가 옆에서 끼어들어 물었다. "그럼 한 가지 가르쳐주시겠습니까? 이번에 스님이 비탈섬을 방문하자 오랜 친구가 사이다이지 게이스케라는 이름을 대며 나타났다. 이건 단순한 우연입니까, 아니면 스님은 처음부터 오랜 친구와 재회할 생각으로 섬을 방문하신 겁니까? 어느 쪽이에요?"

"흠, 결론부터 말하자면 후자입니다. 소승이 사이다이지 게이스케라는 남자를 처음으로 본 건 사이다이지 고로 씨의 장례식 때였어요. 유족 자리에 앉은 그의 얼굴을 보고 깜짝 놀랐죠. 23년 전 바다에서 행방불명된 후배 사기누마 히로시와 몹시 닮았더라고요. 하지만 얼굴만 닮은 남일 가능성도 있겠지요. 그런데 사이다이지 가문에서 사십구재 법사를 비탈섬에서 올릴 거라고 소승에게 알려 주더군요. 오가와라 고스케에게 그 이야기를 하자 이렇게 말했습니다. '좋은 기회야. 그 남자가 사기누마인지 생판 남인지 똑똑히 확인해. 그리고 만약 그 녀석이 사기누마라면 반드시 데리고 돌아와'라고요. 그래서 소승은 나한테 맡기라고 큰소리를 떵떵 치고 이 섬으로 온 겁니다."

숨겨진 사정을 밝힌 도라쿠 스님은 다카오를 보고 전에 없이 진지한 어조로 말했다. "약속한 대로 녀석을 데리고 돌아갈 수 있을 것 같군요. 탐정님 덕택입니다."

"에이, 스님과 친구분을 위해 진상을 파헤친 것도 아닌데요, 뭘."

탐정은 웬일로 쑥스러운 표정을 지으며 엉뚱한 방향을 바라보았다.

"오오, 그렇겠지요." 스님은 씩 웃으며 고개를 끄덕이더니 잔교에 다시 시선을 주었다. "자, 그럼 소승도 감동적인 재회의 장면에 끼어 보도록 할까요."

스님은 사야카와 다카오에게 고개를 꾸벅 숙였다. 그리고 몸을 휙 돌리고는 오랜 친구들 곁으로 재빨리 달려갔다.

"야, 사기누마, 오가와라! 둘이서만 부둥켜안지 말고, 나도 끼워 줘! 이렇게 셋이 모이는 건 진짜 오랜만이잖아!"

해변에 울리는 도라쿠 스님의 들뜬 목소리가 푸른 하늘에 빨려들었다.

스님을 맞이하는 두 사람은 울먹이는 얼굴로 웃었다.

태풍의 여운이 느껴지는 돌풍이 해수면을 어루만지듯 가끔 불어
왔다. 비탈섬을 뒤로한 벤텐마루호는 푸른 바다에 하얀 물결을 남
기며 혼슈 쪽으로 항해하는 중이었다.

사야카는 다카오와 함께 앞쪽 갑판에 서서 상쾌한 바닷바람을 맛
보았다.

조타실을 보자 선장 오가와라 고스케가 타륜을 조작하고 있었
다. 그 옆에는 스님 기타자키 신야가 장삼에 가사를 걸친 모습으로
서 있었다. 그뿐이라면 섬에 갔을 때의 광경과 다를 바 없다. 하지
만 지금은 사기누마 히로시가 두 사람과 함께 있다. 좁은 조타실이
어른 세 명으로 꽉 찼다. 제복 경관 한 명이 조타실 입구에 서서 빈
틈없이 감시하고 있었지만, 세 사람은 전혀 신경 쓰는 기색 없이 자
신들만의 세계에 푹 빠져서 뭔가 이야기를 나누고 있었다. 어쨌거
나 참 오랜만에 만났으니 할 이야기는 차고 넘치리라. 수사1과장
소마 다카유키는 어디까지나 순수한 마음에서 본토에 도착하기까

지 세 사람에게 담소를 나눌 시간을 제공한 듯하다.

"……그나저나 신기한 사건이었어. 인간의 모습을 모방한 저택. 거대한 팝업북. 그걸 흉기로 사용한 복수극. 결과적으로 그 사건이 20년 넘게 잠들어 있던 과거의 사건을 깨웠지. 가나에 부인은 일찍이 사별했던 아들과 재회했고, 그와 운명을 함께했어. 한편 23년간 멈춰 있었던 저들 세 명의 시간은 지금 다시 움직이기 시작했고. 참으로 기구한 운명이랄까. 이봐, 그렇게 생각하지 않나, 사야카 씨?"

"아, 네네, 그렇죠, 수사1과장님……."

어색한 사야카의 대답을 듣고 소마 다카유키 과장은 몹시 불만스러운 표정을 지었다.

"'수사1과장님'이라니 너무 서먹하잖아. '다카유키 씨'면 돼, 사야카 씨."

"하아……." 왜 내가 오늘 처음 만난 중년 형사의 이름을 불러야 한단 말인가. 그리고 왜 이 사람에게 이름을 불려야 한단 말인가. 당혹스러워하는 사야카에게 도움의 손길을 내밀 듯 고바야카와 다카오가 끼어들었다.

"흥, '기구한 운명이랄까'는 무슨. 아버지는 아무것도 안 했잖아!"

"아무것도 안 했다니, 이런 버릇없는 녀석이 다 있나. 경찰은 이제부터 착실하게 보충 수사에 나서야 해. 그리고 이번 사건을 해결한 공적은 최종적으로 우리 오카야마 현경 수사1과에 돌아갈 거야."

"젠장, 남의 공적을 빼앗다니 도둑놈이 따로 없네! 그러고 보니 아버지는 80년대에 요코시마섬에서 사건이 발생했을 때도 어머니의 공적을 가로챘다면서? 이번에는 아들 차례야? 무슨 아버지가

이래…….'

"불만이 있거든 너도 형사가 되지 그랬냐? 구태여 탐정 나부랭이가 되고 말이야!"

"얼씨구, '탐정 나부랭이'? 그러는 아버지도 탐정이랑 결혼했으면서!"

"뭐, 그건 그렇지만……. 하지만 사키 씨는 오카야마에서 제일가는 미인 탐정이었으니까……. 나도 모르게 그만……."

"'나도 모르게 그만'? 할 말 안 할 말 좀 가려서 해!"

벤텐마루호의 뱃머리 부근에서 두 사람은 거세게 대립하며 말다툼을 벌였다. 그 모습을 바라보는 사야카는 아버지와 아들의 관계를 도무지 종잡을 수가 없었다. 사이가 좋은 건지 나쁜 건지…….

그때 소마 과장의 핸드폰이 울렸다. 허둥지둥 핸드폰을 귀에 대자마자 그의 입에서 아내의 이름이 흘러나왔다. 소마 과장은 한 옥타브 높은 목소리로 통화했다.

"이야, 사키 씨구나……. 응, 괜찮아, 문제없어……. 사건은 초스피드로 마무리했지……. 뭘, 수사1과장이 직접 나서면 이 정도쯤 순식간에……. 어, 다카오? 아아, 그 녀석. 아니, 걔는 특별히 한 게 없어……. 아니, 정말로, 정말로…… 그런데 사키 씨~."

소마 과장은 기쁜 목소리로 전화 저편의 아내에게 있는 일 없는 일을 늘어놓으며 통통 튀는 듯한 발걸음으로 뒤쪽 갑판을 향해 사라졌다. 탐정 아들은 그런 아버지를 밉살스럽다는 듯이 바라보았다. 사야카가 입꼬리에 미소를 띠고 말했다.

"뭐야, '나도 모르게 그만'이라면서 실은 부부 금실이 좋네요."

472

"흥, 좋은 수준을 넘어서 홀딱 반했지. 아버지 쪽에서 일방적으로."

다카오는 조타실에서 중학교 선배들과 이야기를 나누는 사기누마를 다시 바라보았다. 그리고 새삼스럽게 물었다. "당신은 변호사잖아. 그래서 물어보는 건데, 사기누마는 무거운 벌을 받을까? 물론 살인죄가 가볍지는 않겠지만……."

"사기누마 씨요. 살인죄로 재판받는 건 어쩔 수 없겠죠. 하지만 정상참작될 여지는 충분해요. 애당초 진정한 의미에서 이번 복수극을 꾸민 사람은 사이다이지 고로 씨인걸요. 사기누마 씨는 고로 씨의 유지에 따라 꼭두각시처럼 움직였을 뿐이에요. 그 점을 강하게 주장하면 의외로 가벼운 판결이 내려질지도 모르죠. 걱정하지 말아요. 맡겨 줘요, 고바야카와 씨. 누가 뭐래도 '야노 법률 사무소'가 사기누마 씨와 함께하니까요!"

"이봐, 정말 괜찮겠어? '야노 법률 사무소'는 사야카 씨와 미덥지 못한 당신의 아버지가 운영하는 곳이잖아. 소문은 나도 들었어. 유언장 PART 1을 개봉했을 때, 긴장한 나머지 실신했다는 이야기."

"그건 분명 아빠의 실수였지만, 이번에는 괜찮아요. 제대로 할 테니까."

"아이고……. 사기누마 히로시는 앞으로도 한동안 고난의 길을 걸어야겠군……."

입이 험한 탐정이 야유하듯 중얼거렸지만, 절대로 그렇지 않다고 사야카는 속으로 단호하게 고개를 저었다. 조타실에서 자신들만의 시간을 보내고 있는 세 사람. 그들이 시간과 장소에 구애받지 않고 옛날처럼 친하게 지낼 수 있는 날이 반드시 찾아온다. 그러기 위해 이번에는 내가 변호사로서 활약할 차례다. 사야카는 새롭게 결의를 다졌다.

"뭐, 열심히 해봐. 재판 날은 나도 방청하러 갈게."

마치 사야카의 속내를 꿰뚫어 본 것처럼 다카오가 격려했다. 그리고 무슨 생각을 했는지 갑자기 양복저고리를 벗어서 손가락 하나로 어깨에 걸쳤다. 그것도 모자라 오른발을 높이 들어 뱃전에 얹고 '바다 사나이' 같은 자세를 취했다. 다카오의 입에서 처음 들어보는 엔카(*일본의 대중가요. 애수를 띤 구슬픈 가락이 특징이다) 노랫말이 흘러나왔다.

사야카는 이 남자가 무슨 생각으로 행동하는 건지 끝끝내 이해하지 못했다. 분명 앞으로도 이해하지 못할 것이다. 진심으로 그런 생각이 들었다.

벤텐마루호는 경쾌한 엔진 소리를 내며 느긋하게 고지마항으로 향했다. 저 멀리 앞쪽에 시선을 주자, 가을 햇살을 받은 세토대교와 교각이 세워진 섬들이 보였다.

사야카는 뒤를 돌아보고는 안경테를 손가락으로 잡고 열심히 그 모습을 바라보았다.

하지만 평온한 세토내해가 펼쳐질 뿐, 비탈섬의 모습은 이제 어디서도 찾아볼 수 없었다.

유머 미스터리의 1인자,
히가시가와 도쿠야의 데뷔 20주년 기념작!

1968년생인 히가시가와 도쿠야는 어렸을 때부터 다양한 미스터리 소설을 읽어 왔다. 그러다 스물여섯 살 때 회사를 그만둔 후 아야츠지 유키토, 아리스가와 아리스, 노리즈키 린타로 등 이른바 '신본격 미스터리' 1세대의 작품을 접하고는 자신도 소설을 써 보기로 마음먹었다고 한다. 하지만 느닷없이 요코미조 세이시의 작품 같은 장편을 쓰려다 실패하고, 단편 위주로 집필해 나간다.

몇몇 단편이 앤솔러지에 실렸지만 정식으로 데뷔했다고 하기는 어려운 상황에서, 같은 세대 작가들의 데뷔작을 보고 좌절도 했다는 모양이다. 특히 교고쿠 나츠히코의 『우부메의 여름』을 읽고 이 정도는 써야 데뷔할 수 있다면 자기는 데뷔를 못 하는 것 아닐까 생각했다고.

그러던 어느 날, 출판사 관계자에게 '카파-원(Kappa-One) 등용문'이라는 콘테스트에 참가해 보지 않겠느냐는 권유를 받고 다시 장편을 쓰기로 마음먹는다. 하지만 장편 미스터리를 어떻게 써야 할지 몰랐으므로, 살인사건과 단서를 찾는 과정 사이사이에 '유머'를 섞기로 한다. 그렇게 탄생한 작품이 장편 데뷔작 『밀실의 열쇠를 빌려 드립니다』(지식여행, 2011)다. 어쩌면 그때부터 히가시가와 도쿠야의 작가 행로는 정해졌는지도 모르겠다.

2002년에 데뷔해 꾸준히 작품 활동을 하던 중, 2010년에 발표한 『수수께끼 풀이는 저녁식사 후에』(arte, 2016)가 어마어마한 히트를 치면서 인기 작가 반열에 오르게 된다.

그동안 한국에도 히가시가와 도쿠야의 작품이 많이 소개되었다. 그중 『저택섬』(현대문학, 2011)은 그의 작가 경력 중에서도 상당히 독특한 작품이라 할 수 있다. 외딴 섬에 있는 기묘한 저택(육각형)에서 살인사건이 벌어지는 이야기이기 때문이다. 얼핏 아야츠지 유키토의 '관 시리즈'에 영향받은 것처럼 보이지만, 실은 시마다 소지의 『기울어진 저택의 범죄』에 영향받았다고 한다. 자신의 본격 미스터리관에 비추어 볼 때 『저택섬』의 완성도가 상당히 마음에 들었는지 그는 속편을 쓰고 싶었지만 『수수께끼 풀이는 저녁식사 후에』가 어마어마한 인기를 끄는 바람에 이 계획은 한참 뒤로 미루어진다.

그리고 2022년에 데뷔 20주년 기념으로 드디어 『저택섬』의 속편인 『속임수의 섬』이 일본에서 출간되었다. 사실 『수수께끼 풀이는 저녁식사 후에』가 인기를 끌기 이전부터 쓰고 있었다고 한다. 『저택섬』의 몇몇 요소를 공유하되, 이 책을 읽지 않아도 즐기는 데는 전혀 지장이 없는 작품이다.

지방의 유력 가문, 그 가문이 보유한 외딴섬의 기묘한 저택, 그리고 그 저택에서 벌어지는 기이한 살인사건.『속임수의 섬』역시 이와 같은 '저택물'의 특성을 물려받은 것처럼 보이나 한 가지 큰 차이가 있다. 바로 '유머'다.

아야츠지 유키토는 자신에게 본격 미스터리란 '분위기'라고 표현한 바 있다. 그렇다면 히가시가와 도쿠야에게 본격 미스터리란 '유머'다. 미소, 폭소, 실소와 함께 책을 읽어 나가다 보면 깜짝 놀랄 트릭과 진상이 독자의 눈앞에 펼쳐진다. 물론 중요한 복선과 단서는 '유머' 속에 담겨 있다.

대규모 트릭을 사용했다는 점에서 히가시가와 도쿠야가 자신의 대표작으로 생각한다는『속임수의 섬』. 독자 여러분도 그의 유머와 트릭을 마음껏 즐겨 보시기를 바란다.

2024년 1월
김은모

속임수의 섬

초판 1쇄 발행 2024년 1월 29일
초판 2쇄 발행 2024년 2월 19일

지은이 히가시가와 도쿠야
옮긴이 김은모

펴낸이 안병현 김상훈
본부장 이승은 총괄 박동옥 편집장 박윤희
책임편집 이경주 디자인 박지은
마케팅 신대섭 배태욱 김수연 제작 조화연

펴낸곳 주식회사 교보문고
등록 제406-2008-000090호(2008년 12월 5일)
주소 경기도 파주시 문발로 249
전화 대표전화 1544-1900 주문 02)3156-3665 팩스 0502)987-5725

ISBN 979-11-7061-098-4 (03830)
책값은 표지에 있습니다.